i
imaginist

想象另一种可能

理想国
imaginist

被侮辱与被损害的

Ф. М. Достоевскому

［俄罗斯］
费奥多尔·米哈伊洛维奇·
陀思妥耶夫斯基 著

冯加 译

Униженные и оскорбленные

云南人民出版社

目录

第一部 1
第二部 127
第三部 247
第四部 377
尾声 473
题解 511

译后记 527

主要人物和常见人物表

伊万·彼得罗维奇（小名：万尼亚）
本书第一人称的叙述者，即"我"，孤儿，在伊赫缅涅夫家长大，爱上其女儿娜塔莎

尼古拉·谢尔盖伊奇·伊赫缅涅夫
小地主，娜塔莎的父亲，万尼亚的养父

纳塔利娅·尼古拉耶芙娜（小名：娜塔莎）
伊赫缅涅夫之女，初与伊万相爱，后来与阿廖沙私奔，终遭遗弃

安娜·安德烈耶芙娜·舒米洛娃
娜塔莎的母亲

阿列克谢·彼得罗维奇·瓦尔科夫斯基（小名：阿廖沙）
小公爵，曾为娜塔莎的情人，后别有所恋

彼得·亚历山德罗维奇·瓦尔科夫斯基
公爵，阿廖沙的父亲。年轻时诱拐史密斯之女，生下女儿内莉，后母女二人均遭遗弃

卡捷琳娜·费奥多罗芙娜·菲利蒙诺娃（小名：卡佳）
富家女，阿廖沙的未婚妻

杰里米·史密斯
侨居俄国的英国人，内莉的外祖父

叶连娜（小名：内莉）
瓦尔科夫斯基公爵遗弃的女儿，史密斯的外孙女

菲利普·菲利佩奇·马斯洛博耶夫
万尼亚的中学同学，私人密探

亚历山德拉·谢苗诺芙娜
马斯洛博耶夫的情妇

第一部

第一章

去年三月二十二日的黄昏时分，我遇到一件怪事。那天我一直在城里东奔西走，想找一个新住所。原来的住房十分潮湿，而当时我已经咳得很厉害了。从前年秋天起，我就打算搬家，可是一直拖到来年春天。跑了一整天，我也没有找到一处合适的地方。首先，我想租一套单独的住房，而不是跟别人合住；其次，哪怕只有一个居室，但房间必须宽大，此外不用说，房租还得尽可能便宜些。我发现，住在局促的斗室里，连思路也会日渐狭隘。每当我构思自己的新作时，总喜欢在室内不停地来回走动。顺便提一句：我总觉得，构思一部作品，想象着如何布局，最后完稿，较之写作本身更令人愉快，而且说真的，这绝不是因为我懒得动笔。那又是为什么呢？

从早晨起我就感到不适，太阳落山时我甚至感到很难受：忽冷忽热，像是得了寒热病。更何况我一整天都在奔波，此时已筋疲力尽。傍晚时分，暮色渐浓，我正走在沃兹涅先斯基大街上。我爱彼得堡三月里的太阳，尤其是夕照[1]，当然我是指晴朗而寒冷的傍晚而言。这时整条大街忽然明亮起来，笼罩着一片耀眼的霞光。刹那间，所有的房子熠熠生辉，那些灰色、黄色和暗绿色的外墙一扫原来那种阴沉的色调。这时你的心胸似乎豁然开朗，你仿佛震颤了一下，或者似乎有人用胳膊肘推了你一下。新的观点，新的想法油然而生……一道阳光，竟能对人的心灵产生如此神奇的效果，简直令人惊叹！

但是阳光隐去了；寒气袭人，冻得鼻子发酸；夜色更加浓重了；一家家店铺里都点亮了煤气灯。快到米勒点心店的时候，忽然我好像脚下生根，站住不动，开始朝街对面张望，似乎预感到，我会立刻遇到一件不同寻常的事，而且就在那一瞬间，我看到了街对面那个老人和他的狗。我记得很清楚，一种极不愉快的感觉使我的心揪在一起，但这究竟是一种什么感觉，我自己也说不好。

我不是神秘主义者，对预感和占卜之类几乎一概不信。可

---

[1] 彼得堡的夕照，这一景象，在陀思妥耶夫斯基的许多作品中反复出现，有人认为它对陀思妥耶夫斯基具有象征意义。(本书有三种注释：1. 俄编注，即俄文版编者注；2. 译者注；3. 凡未标注的，均为2010年河北教育出版社出版的《费·陀思妥耶夫斯基全集》主编陈燊所注。)

是在我的一生中，却碰上了几件难以解释的意外事，不过类似的经历我想许多人也都有过。比如，就拿眼前这位老人来说吧：为什么当时我一见到他，立刻就感到，当天晚上我肯定会遇到一件不同寻常的事呢？只是话又说回来，我当时已经病了，而病中的感觉几乎永远是难以置信的。

老人弯腰驼背，拖着缓慢无力的步子，挪动着两条棍子般不能弯曲的细腿，用拐棍轻轻地敲击着石板人行道，正朝点心店走去。我生来还从未见过如此怪模怪样的人。在此之前，我在米勒的店里也经常见到他，他那模样总是让我难受，让我震惊。他个子很高，驼背，有一张八十岁老人那种毫无表情的脸，穿一件到处开绽的旧大衣，一顶戴了二十个年头的破旧圆帽盖住他的秃头，只有在他的后脑勺上露出一撮已经不是灰白而是黄白的头发；他的一举一动都显得茫然，就像由身上安的发条在推动——所有这一切，使得初次遇见他的人都不由得暗暗吃惊。不错，见到这样一个已是风烛残年又无人照看的孤苦老人，的确让人纳闷，更何况他像一个刚从监护人那里跑出来的疯子。同样令人诧异的是，他消瘦异常，身上几乎没有肉，当真是瘦得皮包骨头。一双大而呆滞的眼睛，嵌在两个青色的大眼圈里，总是直愣愣地望着正前方，从不斜视，而且我相信，这双眼睛任何时候都是视而不见的。即使他望着你，他也径直朝你走来，仿佛他的面前空无一物。我已经几次注意到这一点。不久前他开始常来米勒的点心店，不知他来自何处，但总是带着他的狗。店里的顾客中从来没有人想过要跟他交谈，他也从来没有跟任何人说过一句话。

"他为什么常来米勒的店里?他在那里要干什么?"我暗自寻思,依旧站在街对面,不由自主地留心观察他。一种懊丧的情绪——疾病和疲劳的产物——浮上我的心头。"他在想些什么?"我继续暗自思量,"他的脑子里会有什么念头?难道他还能思考问题?他的脸死气沉沉,什么表情也没有。他又是从哪儿弄来了这条讨厌的狗?它寸步不离地跟着他,似乎已经跟他合为一体,再说狗和主人怎么这般相像?"

这条倒霉的狗看来也八十上下了,不错,肯定有这么老。首先,它看上去比任何一条狗都老;其次,不知怎么,我第一眼看到它时,脑子里突然冒出一种想法:这狗不可能是一条普通的狗,它的来历一定非比寻常;它身上必定有某种神奇的魔力;或许它就是化身为狗的梅菲斯特[1];它的命运和主人的命运一定有着种种神秘莫测的联系。看到它,你就会立刻认为:它大概有二十年没有进食了。它瘦得只剩一副骨头架子,或者说,如同它的主人(其实狗和主人并无二致)。它全身的毛几乎都掉光了,连尾巴上也一样,那条总是夹起的尾巴,像棍子一样耷拉着。它那长着两只长耳朵的狗头,老是沮丧地垂得低低的。我这辈子还没有遇见过这么难看的狗。当他和它走在街上的时候——主人在前,狗随其后——狗鼻子紧贴主人衣服的下摆,就像粘在一起似的。每走一步,他和它那种步态,他和它那副模样似

---

[1] 歌德《浮士德》第一部中的魔鬼,最初以黑色鬈毛狗的形象出现在浮士德面前。

乎都在说：

> 我们老啦，老啦，天哪，我们真老啦！

记得有一次我忽发奇想：这老人和狗或许是从霍夫曼[1]的书里那些由加瓦尔尼[2]画的插图上溜出来的，此刻他们正在世界各地巡游，为该书的出版做活广告哩。我穿过街道，跟着老人也进了点心店。

在点心店里，老人的表现古怪极了。在柜台后面站着的米勒，近来一见到这位不速之客进来，便做鬼脸表示不满。首先，这位古怪的客人从来不说要买什么东西。每次进店后他径直走到一个角落的炉子旁，坐在那里的一把椅子上。如果他在炉边的老座位已被人占用，他便一脸迷茫地在占了他位子的先生面前站上片刻，之后似乎懵懵懂懂朝另一个屋角的窗前走去。在那里他选了一把椅子，慢慢地坐了下来，随后摘下帽子，把它放在身边的地板上，再把拐棍放在帽子旁，然后往椅背上靠去，一动不动地待上三四个小时。他从来没有拿过一张报纸，没有说过一句话，也没有发出过一点儿声响。他只是坐着，睁大眼睛望着前方，可是他的目光呆滞无神，死气沉沉，因此你完全

---

[1] 霍夫曼（1776—1822），德国小说家。其作品具有神秘怪诞的色彩。陀思妥耶夫斯基读过他的全部作品，深受他的影响。
[2] 保尔·加瓦尔尼（1804—1866），法国素描画家，石印技师，曾为《霍夫曼幻想小说集》法译本（1846）画过精美插图。

可以跟人打赌说,他对于周围的一切是视而不见、听而不闻的。那条狗呢,它先在原地转上那么两三圈,然后垂头丧气地趴在主人的脚旁,把嘴脸伸在主人的一双靴子中间,长长地出了一口粗气,直挺挺地躺在地板上,整个晚上同样一动不动,在这段时间内好像死过去了一般。看来这两个生灵整个白天是像死尸般躺在某个地方,只等日落时分才突然复活,仅仅是为了到米勒的店里来完成某种无人知晓的神秘使命。坐够了三四小时之后,老人站了起来,拿起自己的帽子,回到某处家里。那狗也爬了起来,再夹起尾巴,耷拉下脑袋,迈着原先那种迟缓的步子,机械地尾随着主人。后来,点心店里的顾客们开始尽量避开这个老头儿,甚至不愿坐在他的近旁,似乎都很厌恶他,可是他对此却毫无觉察。

这家点心店里的顾客大部分是德国人。他们经常从整条沃兹涅先斯基大街的各个角落来这里聚会——他们是各种行当的小业主:有经营小五金杂货的,烤面包的,开染坊的,卖帽子的,做马具的——全是一些老古板(就此词的德文含义而言)。米勒店里弥漫着一种古老的风习。店老板经常来到这些老顾客身边,陪他们在桌旁坐一坐,聊一聊,同时干上几杯潘趣酒[1]。店老板家的几条小狗和几个幼小的儿女,有时也来店堂里玩,顾客们总要逗逗孩子们,摸摸那些狗的脑袋。大家彼此都混熟了,并且互相敬重。当顾客们埋头阅读德文报纸的时候,在通向店老

---

[1] 一种由果汁、茶、酒等掺和的混合饮料。

板居室的那扇门后,常常传来《奥古斯丁》[1]的乐曲声,那是店老板的大女儿,一个馒头浅色鬈发、长得像只小白鼠的德国小姐,正在一架旧钢琴上叮叮咚咚地反复练习。这支圆舞曲颇受听众欢迎。每个月的月初,我总要到米勒的店里来阅读他订的几份俄文杂志。

走进点心店,我看到那老人已经坐在窗下,那条狗也像往常那样直挺挺地趴在他的脚旁。我找了一个角落,默默地坐下,暗暗自问:"我何苦来这里呢?我在这里根本无事可做,何况我又病了,最好赶紧回家,喝杯热茶,躺下休息。难道我来这里仅仅是为了观察这个老人?"我感到懊恼,"他跟我有什么相干?"我这样寻思着,不禁又回想起刚才我在街上看到他时所体验到的那种古怪而又难受的感觉,"所有这些沉闷的德国人跟我又有什么相干?这种沉于幻想的情绪,意味着什么?近来我发现,一些不足道的身边小事,常常引起我的不安。这种无谓的忧虑,又意味着什么?"正如一位思想深刻的评论家在分析我最近发表的一部小说时愤慨地指出的,这种无谓的忧虑只能妨碍我生活,妨碍我清醒地观察人生。但是,尽管我又是沉思,又是自怨自艾,却依然留在原处。与此同时,我的病让我感到越来越难受,最后我竟舍不得离开这个温暖的房间了。我拿过一份法兰克福的报纸[2],才读了两行,就打起瞌睡来了。那些德

---

[1] 一支用华尔兹舞曲谱写的德语流行歌曲《我亲爱的奥古斯丁》。作者认为这支歌是德国小市民情调的典型表现。
[2] 似指在德国法兰克福发行的日报《法兰克福报》,它于1856年创刊。

国人并不打扰我。他们读报,抽烟,只偶尔(大约半小时一次)压低了声音,断断续续地讲起某一桩法兰克福的新闻,或者插上一段著名的德国幽默作家沙菲尔[1]的笑话或警句,随后怀着加倍的民族自豪感重又埋头读报。

我眯瞪了大约半小时,一阵强烈的寒战使我醒了过来。真的该回家了。但这时室内演出的一幕哑剧让我又留了下来。我前面说过,那个老人一旦在他的老位子上坐下,立刻就直愣愣地望着一个地方,此后整个晚上便目不旁视。我不止一次落入这种目不转睛而又一无所见的视线之中:那种极不愉快的感觉简直让人受不了,通常我总是尽快换一个座位。此刻那老人的受害者是一个身材矮小、肚子滚圆、衣冠楚楚的德国人,他那小小的立领浆得笔挺,脸色红得出奇。他是从里加[2]来的客商,名叫亚当·伊万内奇·舒尔茨。我后来得知,他是米勒的知交,可当时他并不认识老人和其他顾客。他正兴致勃勃地读着"*Dorfbarbier*"[3],边读边呷着潘趣酒。忽然他抬起头来,发现老人的目光正死死地盯着他。这使得他窘迫不堪。亚当·伊万内奇,如同一切"有身份的"德国人一样,是个气量小又要面子的人。有人这样目不转睛地、肆无忌惮地审视他,令他感到奇怪和屈辱。他强压胸中怒火,把目光从这个无礼的客人身上移开,独自嘟

---

[1] 莫里茨·沙菲尔(1795—1858),德国诗人和幽默作家,其作品的俄译本于1845年在彼得堡出版。

[2] 为拉脱维亚首府。

[3] 德文:《乡村理发师》,1844年在莱比锡创办的德国幽默刊物。

哝了几句，默默地又把头埋进报纸里。但他按捺不住，两分钟后又满腹狐疑地从报纸后面往外扫了一眼：依旧是那种固执的目光，依旧是那种茫然的谛视。这一次亚当·伊万内奇还是没有作声。但当同样的情况重复第三遍时，他顿时火冒三丈，认为自己义不容辞，理应起来维护自己的尊严，不让美丽的里加市的声誉在有身份的公众面前受到损害，显然他是以里加市的代表自居了。他忍无可忍，用报夹子猛击桌子，甩手把报纸扔到桌上，随后，他怀着个人尊严不容冒犯的豪情，面孔因潘趣酒和自尊心而涨得通红，瞪起那双发红的小眼睛，同样牢牢地盯住那个令人气愤的老头儿。看来他们二位（德国人和他的对手），都想凭借自己的目光足以催眠的威力来镇住对方，看谁先感到难堪而低下头来。报夹的响声和亚当·伊万内奇的反常态度，引起了全体顾客的注意。大家立刻放下手边的事，一个个认真而又好奇地默默注视着这对敌手。场面变得富于戏剧性。但是面红耳赤的亚当·伊万内奇那对挑衅的小眼睛里的威力丝毫未起作用便消失殆尽了。那老人却若无其事地继续直愣愣地望着狂怒的舒尔茨先生，丝毫没有觉察到，自己成了大家好奇的对象，似乎他的脑袋不是长在地球上，倒像是长在月球上。亚当·伊万内奇终于忍耐不住，他暴跳如雷。

"你干吗这样死死地盯着我？"他用德语厉声喊道，声音刺耳，一副恐吓的样子。

但他的对手依然不出一声，似乎没有听懂这句问话，甚至根本没有听到他说什么。亚当·伊万内奇决定说俄语。

"我闻(问)你,你为什么这样死死地顶(盯)着我?"他更加气愤地喊道,"我,大名丁丁(鼎鼎);你无名小猪(卒)!"[1]他从椅子上跳起来,又补上一句。

但是那老人却一动不动。那些德国人都因气愤发出不满的嘟哝声。米勒本人听到店堂里吵吵闹闹,立即赶了过来。他弄清了事情的原委,以为老人耳聋,便弯腰凑近他的耳朵。

"舒尔茨先生请您不要老顶(盯)着他,"他尽量大声地说,同时仔细打量着这个古怪的顾客。

老人无意识地看了米勒一眼,忽然他那张原本呆板的脸上,露出一丝惊慌不安的神色。他忙乱起来,弯下身子,气喘吁吁地去拿他的帽子。他慌忙抓起帽子和拐棍,颤巍巍地站起身来,面带可怜地微笑,一个穷人因坐错了位子被人赶走时那种惶恐不安的微笑,准备离开这个房间。这个骨瘦如柴的穷苦老人那副温顺老实而又慌乱的神态,是那样招人可怜,那样令人揪心,以致所有在场的人,首先是亚当·伊万内奇,立刻改变了对事态的看法。显然这个老头儿不仅不会欺负任何人,而且时刻都明白,别人可以把他当成叫花子,从任何地方赶出去。

米勒是个生性善良、富于同情心的人。

"不,不,"他鼓励地拍拍老人的肩膀说,"您坐着吧!Herr[2],舒尔茨aber[3]恳请您不要老是顶(盯)着他。他这人是很

---

[1] 此处及以下几处,为德国人说俄语发音不准,语法有误,故作如此处理。——译者注
[2] 德文:先生。
[3] 德文:只是。

有名气的。"[1]

可怜的人连这句话也听不懂,他比刚才更加慌乱起来。他弯腰拾起从帽子里掉出来的一块破旧的蓝手帕,开始呼唤他的狗。那狗一动不动地躺在地板上,两只前爪捂住了嘴脸,看来已经睡熟了。

"阿佐尔卡,阿佐尔卡!"他含糊不清地叫道,声音苍老而发颤。"阿佐尔卡!"

阿佐尔卡一动不动。

"阿佐尔卡,阿佐尔卡!"老人愁苦地反复叫道,还用拐棍去碰了碰它,可是那狗照样躺着不动。

老人的拐棍落到了地上。他屈身跪下,双手捧起阿佐尔卡的头。可怜的阿佐尔卡!它已经死了。它在主人脚旁无声无息地死了,也许是因为衰老,也许是饿死的。老人一时惊呆了,只盯着它看,似乎还没有意识到他的阿佐尔卡已经死了。后来他慢慢地向他过去的奴仆和朋友弯下腰去,把自己苍白的脸贴到死狗的脸上。室内鸦雀无声。我们大家都深受感动……最后可怜的老人缓缓站了起来,他脸色煞白,浑身打战,像寒热病发作了。

"可以把狗做成动物裱(标)本,"动了恻隐之心的米勒说,他想尽量安慰一下老人(他把动物标本说成是动物裱本)。"可以做成很耗(好)的动物裱(标)本,费奥多尔·卡尔洛维奇·克

---

[1] 此句原文有两处动词变位的错误,以示米勒的俄语说得不地道。——译者注

里格尔很会做动物裱（标）本，费奥多尔·卡尔洛维奇·克里格尔是做动物裱（标）本的嫩（能）手。"米勒反复强调，一边从地上拾起拐棍，把它递给了老人。

"没错，我是做动物裱（标）本的嫩（能）手，"克里格尔先生走了过来，谦恭地证实道。这是一个身材瘦长、品德高尚的德国人，长一头棕红色的鬈发，鹰钩鼻子上架一副眼镜。

"费奥多尔·卡尔洛维奇手艺高巧（超），能做各种各样极耗（好）的动物裱（标）本，"米勒又补充道。他因为想出这个主意，不禁得意起来。

"没错，我手艺高巧（超），能做各种各样极耗（好）的动物裱（标）本，"克里格尔先生再次证实道，"我可以把您的狗做成动物裱（标）本，不收您一个戈比。"他心中充满了宽厚仁爱、助人为乐的热情，又补充了一句。

"不，您做动物裱（标）本的费用由我来租（出）！"亚当·伊万内奇·舒尔茨发狂般高呼。他的脸比刚才又红了一倍，胸中同样燃起高尚的激情，他还天真地认为，这种种不幸全是因他而起的。

老人听着这一切，显然不明所以，仍然浑身发抖。

"蹬（等）一下！您先来一杯高级白兰地！"米勒看到神秘的客人已经挪动脚步要走，连忙叫道。

有人端来了白兰地。那老人机械地拿起酒杯，但他的手抖得厉害，杯子还没有送到嘴边，酒已洒了一半。他滴酒未沾，又把杯子送回托盘。随后他古怪地、极不合时宜地笑了一笑，颤巍巍地加快了步子,跌跌撞撞地走出了点心店,把阿佐尔卡留在了原地。大家惊诧地站着,感叹不已。

"Schwernoth！ Was für eine Geschichte！？"[1] 那些德国人个个瞪大眼睛,面面相觑地说。

我急忙跑出去追赶老人。从点心店里出来,往右走几步,便是一条狭窄而阴暗的胡同,两侧却有不少高大的楼房。像有什么东西启示我:那老人肯定拐进胡同里去了。这里右侧的第二幢楼房尚未完工,四周还搭着脚手架。楼房四周围着的栅栏几乎伸到胡同中间,紧挨着栅栏铺着木板,供人通行。在栅栏和楼房所形成的一个黑暗的角落里,我找到了老人。他坐在木板人行道的边沿,两只胳膊拄在膝盖上,双手抱着头。我挨着他坐下。

"请听我说,"我几乎不知从何说起,便这样开始,"不要为阿佐尔卡难过了。我们走吧。我送您回家。要想开些。我这就去叫辆马车来。您住在什么地方？"

老人没有回答。我不知该去叫车,还是该留下陪他。周围又没有行人。突然他抓住我的胳膊。

"胸口堵——"他声音嘶哑,几乎听不清。"堵……"

"我们回您家去！"我喊道,一面欠起身子,使劲扶起他来。"您应该喝点茶,躺下休息……我这就去叫辆马车。我去请大夫……我认识一位大夫……"

---

[1] 德文:真可怜,这是怎么回事！？

我记不清还对他说了什么。他也想站起来，但是刚刚抬起身子，又跌坐到地上，又用那种嘶哑憋气的声音嘟哝着什么。我尽可能向他弯下腰去，这才听到：

"瓦西里岛，"老人哑声说，"六街……在……六……街……"

他不出声了。

"您住在瓦西里岛？那您走错方向啦。应当往左走，不该朝右走。我这就把您送回去……"

老人一动不动。我抓起他的一条胳膊，但胳膊像僵死的一样落了下去。我看一眼他的脸，又摸了摸——他已经死了。我觉得这一切恍若梦中。

这件意外事故着实让我忙了一阵，而在这期间我的寒热病却不治自愈了。老人的住所终于找到了。不过他不是住在瓦西里岛上，而是住在离他死去的地方只有两步路的克卢根公寓。他的居室紧靠屋顶，在五层楼上，是一套单独的住房，有一个小小的外室和一个天花板很低的大房间。房间里有三个类似窗子的窄条。他穷得一无所有。全部家具不过是一张桌子、两把椅子和一张破旧不堪的长沙发。沙发硬得像石板，到处露出里面的小椴树内皮。就连这几样东西原来也都是房东家的。看得出来，炉子已经很久不生火了；连一支蜡烛也找不出来。直到此刻我才明白，老人去米勒店里的唯一目的，只是想在烛光下坐一坐，暖一暖身子。桌上放着一只空陶杯和一块吃剩的又干又硬的面包皮。连一个戈比也没有找到。甚至找不出一套换洗衣服给他穿上以便下葬，好在有人拿出了自己的衬衫。很清楚，他不可能这样完全孤身一人生活，肯定有人不时来看望他。在桌子的抽屉里找到了他的身份证件，死者是一个外国人，但已入俄国国籍，名字叫杰里米·史密斯，机械师，七十八岁。桌上有两本书：一本简明地理和一本俄文版《新约全书》，后者的页边空白处写满了铅笔字，还留下不少指甲印。我把这两本书都收了起来。我问过一些房客和房东——几乎没有人知道他的任何情况。这幢公寓的房客很多，多半是手艺人和德国女人。这些德国女人同时又转租住房，并提供伙食、照料家务。公寓的总管出身贵族，他对过去的这位房客也说不出多少情况，只知道这套住房每月租金为六卢布，死者生前在这里住了四个月，但最近两个月已付不起房租，所以已经几次赶他搬家。我还打听过是不是常有人来看他，但谁的答复都不能令人满意。这幢楼房很大：登上这只诺亚方舟[1]的人少不了，谁能一一记得清呢。公寓的看门人已经干了五六年，总能提供一些情况，可惜他两周前休假回老家去了，留下一个侄儿替代。他的侄子是一个年轻小伙子，有半数房客还认不清。大概我现在也说不好当时的这番查询究竟有什么结果，不过老人最后还是下葬了。在那些日子里，我成天忙忙碌碌，但还是抽空去了一趟瓦西里岛，到了六街。可是一到那里，我只好暗自嘲笑自己：在六街上，除了一排普普通通的房屋外，我还能看到什么呢？"不过为什么

---

[1] 见《旧约全书·创世记》（第六—七章）：上帝因世界败坏，决定让洪水泛滥，淹没一切生灵。他让义人诺亚驾着方舟，带领全家和一些畜类逃离洪水，使其在洪水退后，滋生兴旺。

老人临死前,"我又琢磨道,"提到六街和瓦西里岛呢?难道当时他在说胡话?"

我仔细查看了史密斯空出来的那套住房。我很喜欢这套居室,就把它租了下来。主要是房间很大,虽说也很低矮,开头几天老让我觉得,我的头快要碰到天花板了。不过我很快就习惯下来。每月才六卢布租金,找不到更便宜的房子了。另外,住房单独进出,这一点尤其让我满意。剩下的事就是找一名仆人,因为没有仆人帮忙是难以生活的。开头这段时间,看门人答应每天至少来一趟,如有急需,他还可以随时来帮忙。"谁知道呢,"我想,"也许会有人来看望老人呢!"可是史密斯死后已经过了五天,却始终没有人来过。

第二章

当时,即一年前,我仍在为几份杂志撰稿,写一些小文章,但我坚信,日后我定能写出大部头的佳作来。我当时正在写一部长篇小说,结果是小说没写完,我却住进了医院,而且看来不久于人世了。既然来日无多,那又何苦再写什么东西呢?

如今,我经常不由自主地回忆起我生命中最后一年间那些令人痛苦的经历。我真想把这一切全部写下来,而且总觉得,如果不这样做,那我会苦闷死的。所有这些往日的印象,有时使我激动万分,痛苦不堪。一旦用笔写出来,这些印象就会变得有条理些，令人快慰些，而不至于像幻觉、像噩梦那样折磨人了。我就是这样想的。光是机械地书写本身，就有很大意义：它能让我安心，使我冷静，还能唤起我昔日奋笔疾书的习惯，把我的那些回忆和苦涩的梦想落实成文字，变成我的一份工作……没错，这是一个好主意。何况它还会给医士留下一笔遗产：等他冬天安窗框时，起码可以拿我的手稿来糊窗户吧。

可是不知怎么，我着手写的故事是从中间开始的。既然要把往事全部写下来，那就应当从头写起。好吧，就让我从头说起吧。好在我的自传不会很长。

我不是本地人，我出生在遥远的某省。我的父母都算得上是好人，但是他们在我很小的时候便相继去世，留下我这个孤儿。我是在尼古拉·谢尔盖伊奇·伊赫缅涅夫家中长大的。伊赫缅涅夫是一个小地主，他出于怜悯收养了我。他只有一个女儿，叫娜塔莎，比我小三岁。我跟她如同兄妹，一块儿长大。啊，我那金色的童年！一个活到二十五岁的人，还苦苦怀念并珍惜自己的童年，直到临死时依然怀着无比欣喜和感激之情，一心只追忆童年往事，这该是多么愚蠢！那时天上的太阳是多么灿烂，完全不像如今彼得堡上空的太阳；那时，我们两颗稚嫩的心跳动得多么轻快而欢畅！我们的四周尽是田野和树林，而不像现在这样，到处是一座座死气沉沉的石头房子。而在尼古拉·谢尔盖伊奇担任管家的瓦西里耶夫斯科耶村，花园和树林是多么美丽！我同娜塔莎常到这里来玩，而在花园后面便是一大片潮湿的树林。记得有一次，我们两个孩子竟在林子里迷路了……啊，多么美好的黄金岁月！人生的帷幕刚刚揭开，那样神秘而迷人，而认识生活又是多么甜美而愉快！那时，总觉得在每一丛灌木后面，每一棵大树后面，都隐藏着某个我们从未见过的神秘的精灵。神话世界与现实生活当真融为一体了。每当夜幕初降，在我们的深谷里便升腾起浓浓的雾霭，那些曲曲弯弯的灰色长带缠住了一丛丛长在崖边石缝里的灌木，这时我同娜塔莎总是手牵着手站在崖边，又好奇又害怕地朝下面张望，期待着从谷底的迷雾中不久会有什么生灵出现在我们面前，或者会回应我们的呼唤。这样一来，奶妈讲的那些童话，想当然都是真实的了。

很久以后，有一次我不知怎么向娜塔莎重提往事，说起有一天我们弄到了一本《儿童读物》[1]，两人立刻跑到花园里的池塘边。在那里的一棵枝繁叶茂的老槭树下，有一张我们心爱的绿色长椅。我们一坐下来便开始读《阿尔封斯和达琳达》[2]——那是一篇神奇的故事。直到如今，每当我想起这篇故事，内心仍会感到一阵阵奇异的颤动。一年前，有一次我给娜塔莎背诵这篇故事的开头两行——"我这篇故事的主人公叫阿尔封斯，出生于葡萄牙，他的父亲拉米尔先生"等等，当时我几乎要哭了，想必我那模样很傻，所以娜塔莎对我的兴奋才报之以古怪的一笑。不过她立即意识到这很不妥（我记得是这样），为了安慰我，

---

[1] 全名为《有益心智的儿童读物》（1785—1789），为俄国作家尼·伊·诺维科夫（1744—1818）主办的俄国第一份儿童与青少年期刊。这段情节大概是来自作家本人对童年生活的回忆。——俄编注
[2] 又名《艺术与自然的魅力》，为一篇劝谕性伤感主义小说。俄国作家尼·米·卡拉姆津译，刊于《儿童读物》，1787年，第十一、十二期。——俄编注

她也开始追忆往事。她说呀说呀,自己也深深感动。这是一个美妙的夜晚,我们把童年旧事一桩桩一件件回忆了一遍:还记起送我去省城上寄宿学校时的情景——天哪,她当时哭得多么伤心——也回想起我们俩最后一次分手,从此我便永远离开了瓦西里耶夫斯科耶村。那时我已从寄宿学校毕业,即将启程去彼得堡准备考大学。当年我十七岁,她还不满十五。娜塔莎说,我那时笨手笨脚,又高又瘦,她一看到我就想笑。告别时我把她引到一旁,想对她说一句至关重要的话;但我的舌头不知怎么忽然麻木不灵了。她至今还记得,我当时激动异常。不用说,我们谈不下去了。我不知该说些什么,她呢,也许还不能理解我。我只是伤心落泪,就这样,什么也没说便离她而去了。我们重逢时已过去多年,而且是在彼得堡。那是在两年前。伊赫缅涅夫老人举家来到这里,为打官司东奔西走,而我则刚刚在文坛上崭露头角。

第三章

尼古拉·谢尔盖伊奇·伊赫缅涅夫出身于一个早已败落的名门世族。不过在他父母去世之后,他还是继承了一份相当不错的田产,有一百五十名农奴。二十岁那年,他进了骠骑兵团。生活一帆风顺,但在服役的第六个年头,在一个倒霉的晚上他输光了全部家产。他彻夜未眠。次日晚上,他又出现在牌桌旁,用他手头仅有的财物——一匹马当作赌注。这副牌他赢了,接着又赢了第二副、第三副,半小时后他赢回了自己田产中一个名叫伊赫缅涅夫卡的小村庄。据最近一次男性人口普查,该村共有五十名农奴。他从此戒了赌,第二天便申请退役。一百名农奴就这样无可挽回地失去了。两个月后他在中尉的职位上退役,回到了自己的田庄。从此以后,他一辈子绝口不提他赌输的事。尽管大家都知道他为人和善,但如果有人胆敢提及此事,那他必定跟那人吵翻。他在村子里辛勤管理田产,在三十五岁那年,同一个贫穷的贵族小姐结为夫妻。这位贵族小姐叫安娜·安德烈耶芙娜·舒米洛娃,是个没有陪嫁的姑娘,不过受过教育,曾在省城贵族女子寄宿学校就读,受业于一位法国女侨民蒙-里韦什[1],这也是安娜·安德烈耶芙娜终生引以为荣的事,尽管从来也没有人明白,这种教育究竟是怎么回事。尼古拉·谢尔盖伊奇成了一个精明能干的东家,邻近不少地主都来向他学习经营之道。几年后,邻村瓦西里耶夫斯科耶的一个地主,也就是彼得·亚历山德罗维奇·瓦尔科夫斯基公爵,有一天突然从彼得堡归来,他那个村子有九百名农奴。他的到来在四乡八里造成了轰动。这位公爵风华正茂,虽说年纪也不轻了,但官衔不小,还结交了一些显要人物,他相貌英俊,又广有资财,加之是个鳏夫,因此特别引起全县太太小姐们的浓厚兴趣。人们议论纷纷,说什么省长是他的亲戚,曾在省城为他举行了隆重的招待会,

---

[1] 这个姓氏来自法国女作家乔治·桑的小说《蒙-里韦什》(1853)。

说什么省城的女士们如何"被他的那些恭维话弄得神魂颠倒"，诸如此类的传言不少。总而言之，他是彼得堡上流社会一位卓尔不群的代表人物，这种人物是难得在外省露面的，一旦露面，必定给人以不同凡响的印象。其实公爵待人接物并不殷勤好客，特别是对待他不需要的人和他认为地位稍稍低于自己的人。他不屑于结交庄园邻近的地主，这立刻招来了许多敌人。因此，当他忽然想要去拜访尼古拉·谢尔盖伊奇时，大家无不感到惊异。诚然，尼古拉·谢尔盖伊奇是他的近邻之一。在伊赫缅涅夫家中，公爵给大家留下了深刻印象。他立刻迷住了他们夫妇俩，尤其是安娜·安德烈耶芙娜，见了他简直欣喜若狂。没过几天，他同这一家人就相处得相当随便了。他每天都去看望他们，有时也邀请他们来家中做客。他说说俏皮话，讲讲奇闻轶事，在他们家那架糟糕的钢琴上弹弹琴，唱唱歌。伊赫缅涅夫夫妇简直大惑不解，这样一位高贵而又讨人喜欢的人，怎么会遭到邻居们众口一词的谴责，说他这个人十分傲慢，目空一切，冷漠无情，还自私自利呢？应当承认，公爵的确是看中了尼古拉·谢尔盖伊奇这样个正直、坦率、无私而又高尚的人。不久，一切都清楚了。公爵之所以来到瓦西里耶夫斯科耶，是为了赶走他的管家。那个管家伊万·卡尔洛维奇是个恣意妄为的德国人，一个自命不凡的农艺师。此人有一头令人肃然起敬的白发，鹰钩鼻上还架一副眼镜。不过，尽管有上述种种出众之处，他却厚颜无耻、肆无忌惮地盗窃东家的财物。更令人不能容忍的是，他还把几个庄稼人折磨得半死不活。最后，伊万·卡尔洛维奇的真面目被揭露了,他的盗窃行为被当场捉住。他感到十分委屈,极力辩白说德国人向来诚实等等。尽管如此,他还是被赶走了,而且丢尽了脸面。公爵急需一名管家,于是看中了尼古拉·谢尔盖伊奇,因为他不只是一名精明的当家人,而且为人极其诚实,他的人品显然是不容置疑的。看得出来,公爵十分希望尼古拉·谢尔盖伊奇能主动请求出任他的管家,但事与愿违,于是在一个晴朗的上午,公爵亲自登门,以最友好的态度,言辞恳切地向他提出了这一建议。伊赫缅涅夫起初一再推辞,但是为数可观的薪酬让安娜·安德烈耶芙娜动心了,而请求者的一番盛情更是打消了其他种种疑虑。公爵达到了目的。应当承认,他是一个善于揣摩别人心理的高手。他在结识了伊赫缅涅夫夫妇之后短短的时间里,已清楚地意识到他在跟什么人打交道,而且懂得只有用友好而热诚的态度才能博得伊赫缅涅夫的好感,打动他的心,否则就是金钱也帮不上大忙。他所需要的,是一名闭上眼睛都可以永远信赖的管家,这样他就再也不用跑回瓦西里耶夫斯科耶村了,他当真是如此盘算的。他终于博得了伊赫缅涅夫的极大好感,以致后者真心诚意地相信了他的友谊。尼古拉·谢尔盖伊奇是那种极其善良、既天真又带点浪漫情绪的人。不论人们怎么议论他们,这种人在我们俄国总是那么高尚,他们爱上什么人(有时只有上帝知道为什么),就会把整个心灵都奉献给他,有时他们那种眷恋之情简直达到了可笑的地步。

好多年之后,公爵的田庄已是一片繁荣景象。瓦西里耶夫斯科耶的庄园主和他的管家之间从未发生过任何不愉快的事,但他们的关系仅仅限于枯燥的事务性的书信往来。公爵从不干涉尼古拉·谢尔盖伊奇的经营安排，有时还给他出点主意。这些主意不仅切合实际而且行之有效，连伊赫缅涅夫都为之叹服。看得出来，公爵不仅不喜欢随意挥霍，甚至还深谙生财之道。约莫在光临瓦西里耶夫斯科耶的五年之后，他致函尼古拉·谢尔盖伊奇，委托他购进该省的另一处极为富庶的田庄，那里有四百名农奴。尼古拉·谢尔盖伊奇欣喜万分，有关公爵的成就，有关他一帆风顺、青云直上的传闻，他都一一放在心上，就像公爵是他的亲兄弟一样。当公爵有一次确实向他表示了异乎寻常的信任时，他那份欣喜便达到了顶点。是这么一回事……不过写到这里，我认为有必要提一提这位瓦尔科夫斯基公爵生平中几件特别重要的事，因为在我的这部小说里他多少也算是一个主要人物。

第四章

我在上文提到过，公爵已经丧偶。他年纪轻轻时就为了金钱而结了婚。由于双亲在莫斯科彻底破产，他几乎一无所获。瓦西里耶夫斯科耶的田庄一次次被抵押、再度抵押。他负债累累。年仅二十二岁的公爵，迫于生计，只好在莫斯科的某机关找份差事。当时他身无分文,一如"那古老世家的赤贫子孙"[1]而步入人生。后来,他娶了一个包税商[2]家早已过了婚龄的老姑娘为妻,这门婚事解救了他。那个包税商无疑在陪嫁问题上欺骗了他,不过用妻子带过来的钱,他还是赎回了祖传的田庄,并重振家业。落到公爵手里的那个商人的女儿,勉勉强强会写几个字母,连两个词儿都拼写不下来,而且容貌丑陋,只有一样不容忽视的美德:心地善良而且百依百顺。公爵充分利用了这一美德:结婚一年之后(这时她已给他生了一个儿子),他把母子二人丢在莫斯科,交给她的包税商父亲照料,自己则跑到外省求职。在外省,他靠彼得堡一位显赫亲戚的关照,谋得了一个相当不错的职位。他一心渴望出人头地,不断升迁,获得高官厚禄。他考虑,带着这样一个丑婆娘,无论在彼得堡还是在莫斯科都无法立足,因此拿定主意等待机遇,先到外省去开创自己的前程。据说,还在新婚的第一年里,他就虐待妻子,差一点把她折磨死。每当听到这种传闻,尼古拉·谢尔盖伊奇总感到气愤,并激烈地为公爵辩护,一再断言,公爵绝不会干出那种不道德的事来。大约七年之后,公爵的妻子终于一命归天,她那丧偶的丈夫便立刻迁回了彼得堡。在彼得堡,他甚至引起了小小的轰动。他风华正茂,是个美男子,颇有家财,上天又赋予他种种出色的品质和无可置疑的机智;他风度翩翩,秉性快活,因此他的

---

[1] 引自尼·阿·涅克拉索夫的诗《公爵夫人》(1856)。
[2] 俄国对酒类实行包税制:由包税商向国家缴纳一定税金,取得酒类专卖权。

出现，完全不像初来乍到一心找门路、碰运气的求职者，而是一个相当独立自主的人物。人们都说，他身上确实有一股魅力，确实有一种令人倾倒的强有力的东西。他尤其受到女士的青睐，他同一名交际花的暧昧关系弄得他声名狼藉而又家喻户晓。他挥金如土，不惜钱财，尽管他生性节俭，甚至到了吝啬的地步。在牌桌上，他肯大把输钱给所需要的人，连眉头都不皱一下。然而他之所以回到彼得堡并非为了寻欢作乐：他需要彻底打通仕途，确立自己的地位。他达到了目的。就连他那位显赫的亲戚纳英斯基伯爵，对他在社会上取得的成就也深表惊讶，而且认为对他特别关照是可取而又体面的，甚至恩宠有加，把他七岁的儿子接到家中抚养。假如公爵以一名普通求职者的身份出现，那么伯爵肯定会不予理睬。（正是在这段时间里，公爵去了一趟他的田庄瓦西里耶夫斯科耶，并结识了伊赫缅涅夫一家。）最后，他通过伯爵的斡旋，终于在一个举足轻重的驻外使馆中谋得了一个重要职位，随后便出国去了。此后有关他的传闻变得有点模糊不清。据说他在国外遇到了一件不愉快的事，不过究竟是什么事，谁也说不清。人们只知道他又购进了四百名农奴，此事我在前面已经提及。他回国已是多年以后的事了，当时他已身居要职，所以立刻在彼得堡确立了显赫的地位。在伊赫缅涅夫卡，人们传说他准备再娶，要同某个有钱有势的显贵联姻。"他快要做大官啦！"尼古拉·谢尔盖伊奇兴奋地搓着手说。我当时正在彼得堡上大学，记得伊赫缅涅夫还特意给我来过信，要我打听一下有关这门婚事的传闻是否属实。他也曾给公爵去信，请他对我多加关照，不过公爵并没有给他回信。我只知道，他的儿子起先由伯爵抚养，后来进了皇村贵族学校[1]，十九岁那年从该校的法政科毕业。我把这些情况写信告诉了伊赫缅涅夫夫妇，还提到公爵十分疼爱他的儿子，对他娇宠有加，现在就开始为他安排前程了。所有这一切，都是我从我的大学同学那里打听来的，他们认识小公爵。就在这段时间里，有一天上午，尼古拉·谢尔盖伊奇收到了一封公爵来信，这信使他大为震惊……

　　公爵同尼古拉·谢尔盖伊奇之间的关系，我在上文已经提及，仅仅限于枯燥的事务性的书信往来。但在这封信中，公爵却详尽地、坦诚而友好地谈到了他的不少家庭情况：他抱怨自己的儿子，说他行为放荡，令他伤心，又说，当然对这种孩子气的胡闹也不必看得过于严重（他分明在替儿子辩护）。但他还是决意要对他稍加惩罚，吓唬他一下。具体的做法是：把他送到乡间，在伊赫缅涅夫的看管下生活一段时间。公爵写道，他完全信赖"自己的朋友——极其善良又无比高尚的尼古拉·谢尔盖伊奇，尤其信赖安娜·安德烈耶芙娜"，请求他们二位把他的浪荡儿子接纳进他们的家庭，在宁静的乡间多加教诲，使他懂得人情世故，可能的话，还要爱他，而最主要的是，要改掉他那种轻浮放荡的习气，"开导他，使他懂得为人处世必须遵循的那些有益

---

[1] 指1811年创办的亚历山大（皇村）中学，从1848年起，改为高等政法学校，专门培养贵族子弟。

而又严格的行为准则"。不消说,伊赫缅涅夫老人欣然接受了这一委托。不久小公爵便来到了乡间,夫妇俩把他当亲生儿子对待。很快,尼古拉·谢尔盖伊奇便深深地爱上了他,丝毫不亚于爱自己的女儿娜塔莎。即便后来老公爵和伊赫缅涅夫夫妇彻底闹翻了,老人依然满怀深情地不时回忆起他的阿廖沙——老人已经习惯这样称呼小公爵阿列克谢·彼得罗维奇。实际上,他的确是一个讨人喜欢的男孩子,长得眉清目秀,那样柔弱、敏感,像女孩子似的,与此同时他又生性快活、天真、率直,富于种种高尚的情操,有一颗仁爱、真诚、知恩图报的心,因此他立刻成了伊赫缅涅夫全家的宠儿。别看他已经十九岁,其实还完全是个孩子。很难想象,他那个据说很爱他的父亲究竟出于什么原因放逐他。传说这个年轻人在彼得堡过着游手好闲的浪荡生活,不愿供职,让他的父亲很生气。由于彼得·亚历山德罗维奇公爵在他的信中只字不提放逐儿子的真正原因,所以尼古拉·谢尔盖伊奇绝口不向阿廖沙盘问什么。不过,各种传言倒是不少。说什么阿廖沙生活放荡,让人不能容忍;说他跟一位有夫之妇关系暧昧,甚至要跟人决斗;说他打牌输掉的钱,数额之大叫人难以置信;甚至说他拿别人的钱来肆意挥霍。另有一种说法是,公爵之所以把儿子送到乡间,完全不是因为儿子有什么过错,而是做父亲的有他特殊的自私考虑。尼古拉·谢尔盖伊奇愤然驳斥了这种种传闻,何况阿廖沙非常爱他的父亲,尽管他在幼年和少年时期很少见到他。现在,每当他谈起父亲的时候,总是兴致勃勃,大加赞扬。看得出来,他深受父亲的影响。有一次，阿廖沙在闲谈中提到过一位伯爵夫人，说他们父子二人如何同时追求她，但最后还是他，阿廖沙，占了上风，为此父亲对他耿耿于怀。他一讲到这段故事，总是眉飞色舞，像孩子般一脸天真的表情，还快活得朗声大笑。这时，尼古拉·谢尔盖伊奇便立刻打岔，不让他说下去。阿廖沙也证实了父亲有意再娶的传闻。

阿廖沙的放逐生活快满一年了。这一年里，他每隔一段时间便给父亲写上一封恭恭敬敬、明白事理的信，最后他已经完全习惯了乡间生活，以至当公爵在夏天再次亲临庄园时（他事先把此行通知了伊赫缅涅夫夫妇），这个被放逐的儿子反倒请求父亲允许他在乡间尽可能多住些时日，并且声言，只有乡间生活才是他真正该过的生活。阿廖沙的种种决定和冲动，来源于他那异乎寻常的神经质的敏感，来源于他那颗火热的心，来源于他有时近乎荒唐的轻率，此外，也是由于他极易接受外来的种种影响，以及他的毫无主见。但是，公爵听完他的请求，不知怎么却起了疑心……总之，尼古拉·谢尔盖伊奇已经认不出他原先的"朋友"了：彼得·亚历山德罗维奇公爵变化很大。他对尼古拉·谢尔盖伊奇突然变得特别地吹毛求疵；在检查庄园的账目时他表现出令人厌恶的贪婪、吝啬和莫名其妙的猜疑。凡此种种，使得善良的伊赫缅涅夫伤透了心，在很长一段时间里，他都不愿相信自己的这种感觉。公爵此次回乡，同十四年前初次来到瓦西里耶夫斯科耶时的做法完全相反。这一次公爵拜访了所有的邻居，这当然是指那些显要的乡绅，至于尼古拉·谢尔盖伊奇的家，他却一次也没有去过，而且对待他如同对待自己的下属一样。忽然又发生了一件不可思议的事：没有任何明显的原因，公爵跟尼古拉·谢尔盖伊奇竟彻底决裂了。有人偷听到，双方都说了许多尖刻的侮辱人格的话。伊赫缅涅夫一气之下离开了瓦西里耶夫斯科耶，但事情并没有到此为止。四乡八里突然盛传一则十分难听的谣言。人们传说：尼古拉·谢尔盖伊奇摸透了小公爵的脾性，存心利用他的种种缺点来达到自己的目的；他的女儿娜塔莎（当时她已十七岁）费尽心机让这个二十岁的年轻人爱上自己；她的父母怂恿他俩相爱，尽管表面上装出毫无觉察的模样；工于心计、"品行不端"的娜塔莎最后完全把这个年轻人迷住了，因为在她的精心策划下，在一年之内小公爵竟没有见到一个真正才貌出众的姑娘，虽说在邻近一些可敬的地主家中，这样的姑娘不计其数。最后人们断言，这对情人已经私下商定，不久将在十五俄里外的格里戈里耶沃村的教堂里举行婚礼，这事表面上似乎瞒着娜塔莎的双亲，其实做父母的对哪怕是最微小的细节不但知道得一清二楚，而且正是他们给女儿出了许多卑鄙龌龊的主意。总之，要把本县那些好搬弄是非的男男女女就此事制造的流言蜚语统统记录下来，恐怕一本书也写不下。可是最令人震惊的是，公爵对此居然完全信以为真，甚至仅仅为了这个原因又亲自回到了瓦西里耶夫斯科耶，因为他在彼得堡时就收到了外省寄来的一封匿名信。当然，凡是对尼古拉·谢尔盖伊奇稍有了解的人，根本不可能相信这些强加于他的指控，但实际上却像通常那样，大家奔走相告，议论纷纷，又添油加醋，摇头不止，而且……大家还给予无情的谴责。而伊赫缅涅夫为人过于高傲，他不屑于在那些搬弄是非的男女面前替女儿辩白，还严禁他的安娜·安德烈耶芙娜向任何邻居做任何解释。至于遭受如此恶毒诽谤的娜塔莎本人，甚至过了整整一年，仍然对所有这些诋毁和流言一无所知，因为做父母的小心谨慎地向她隐瞒了整个事件，因而她依旧是那样快乐，那样天真，如同十二岁的小姑娘。

与此同时，双方的争吵却越来越激烈。那些好事之徒是不会打瞌睡的。有人告密，有人出来作证，而且最终使公爵相信，多年来尼古拉·谢尔盖伊奇对田庄的经营管理，根本谈不上什么廉洁奉公，堪为表率。不仅如此，三年前在出售一片林地时，尼古拉·谢尔盖伊奇还私吞了一万二千银卢布，就此事可以向法庭提出确凿无误的证据。何况此事他是自作主张，并未获得公爵任何合法的委托，事后才向公爵说明出售林地如何必要，而且交出的售款远比实际进项要少得多。不消说，这一切诚如日后表明的那样，无非是恶意中伤，但是公爵对此却深信不疑，甚至当着众人的面，直呼尼古拉·谢尔盖伊奇为贼。伊赫缅涅夫忍无可忍，以同样侮辱性的言辞回敬他；于是便发生了可怕的争吵。接下去便是一场官司。尼古拉·谢尔盖伊奇由于没有必要的证明文件，其实主要是因为没有后台，再加上没有打这一类官司的经验，眼睁睁地就输掉了这场官司。他的田庄被查封了。被激怒的老人扔下一切，最后决定举家迁往彼得堡，以便亲自张罗这桩案子，而把外省的事务交给了一名有经验的代理人。看来公爵很快就意识到他不该无端欺负伊赫缅涅夫。然而双方都感到深受侮辱，因此已无和解的可能，盛怒的公爵则不遗余力地要彻底打赢这场官司，实际上就是要夺走他前任管家的最后一块面包。

第五章

就这样，伊赫缅涅夫举家来到了彼得堡。有关我同娜塔莎久别重逢的情景，这里我就不加描述了。四年来我从来没有忘记过她。当然，每当我思念她的时候，连我自己也不完全明白我的那种感情；然而这次重逢却使我很快就意识到，命中注定她是属于我的。在他们刚来彼得堡的时候，我总觉得，这几年她不知怎么好像没有长大，好像没有一点变化，还是我们分手前的那个小姑娘。但后来我每天都在她身上发现一种新的东西，一种我当时还完全不熟悉、而她又似乎要瞒我的东西，似乎这姑娘存心要躲着我——这一发现让我心花怒放！伊赫缅涅夫老人初来彼得堡时总是愤愤不平，火气很大。他的事情进行得很不顺利。他发怒，生气，成天张罗那些证明文据，根本无暇顾及我和娜塔莎。而安娜·安德烈耶芙娜则失魂落魄，起初简直什么事都弄不明白，彼得堡使她感到害怕。她唉声叹气，心惊胆战，哭哭啼啼地怀念往日的生活，怀念伊赫缅涅夫卡，她为娜塔莎已经长大成人，却没有人关心她而忧虑。她对我无话不说，因为她再也找不到另一个可以推心置腹、完全信赖的朋友。

正是在这段时间里,在他们来彼得堡之前不久,我完成了我的第一部长篇小说[1],从此开始了我的文学生涯。由于我是新手,起先都不知道该把小说往哪儿送。在伊赫缅涅夫家,我绝口不提此事。于是他们责备我游手好闲,也就是说,既不上班做事,也不设法谋一份工作,并且为此差点跟我吵翻。老人痛心地,甚至气愤地谴责我,不用说,他是出于一片慈父般的关心。我呢,无非是不好意思告诉他们我在做什么罢了。真的,我哪能直截了当地说,我不想去做事而想写小说呢?所以暂时我只好瞒着他们,说我一时找不到事做,但我尽力在找。他没有工夫来核实我的话。记得有一次,娜塔莎听到了我们的谈话,便悄悄地把我领到一边,流着眼泪恳求我一定要好好考虑自己的前程。她盘问我,竭力想探出我正在做什么,但我对她也守口如瓶,于是她要我起誓,保证我不会做个懒汉或闲人而毁掉自己的一生。诚然,我没有对她透露我在做什么,但我记得,如果她能对我的创作,对我的第一部长篇小说说上一句赞扬的话,那我宁愿用日后我从评论家和赏识者那里听到的全部最为动听的好评来换取它。后来我的小说终于问世了。在该书出版之前,文学界早已议论纷纷。Б[2]读完我的手稿,高兴得像个孩子。不,

---

[1] 指作家本人于1845年5月完成的长篇小说《穷人》。此处和下文实际上是他自己写作《穷人》时的情况。

[2] 指别林斯基(1811—1848),俄国文学批评家、哲学家。这里谈的是别林斯基读了《穷人》后大为赞赏的情况。

如果说我曾感到过幸福的话，那么这甚至不是在我一举成名而令人陶醉的时刻，而是在我还没有把手稿给任何人看，或者读给任何人听的时候：在那些漫漫长夜里，我满怀着让人欢欣鼓舞的希望与梦想，满怀着对创作的热爱，同我的幻想，同我所创造的人物生活在一起，我把他们视作我的亲人，就像他们当真活着似的。我爱这些人物，与他们同欢乐，共悲伤，有时还为我那些没有心计的主人公流下真诚的眼泪。我简直无法形容，两位老人对我的成就是多么高兴，虽说起初他们非常惊讶：在他们看来，这事太出人意料，太离奇了！就说安娜·安德烈耶芙娜吧，她怎么也不相信，这位人人交口称赞的新作家，竟是那个平平常常、普普通通的万尼亚！于是她不住地摇头。伊赫缅涅夫老人则很久都不肯相信这个事实，刚开始时听到种种消息，甚至吓坏了。他开始唠叨，说我从此断送了自己的前程，又说一般而言那些耍笔杆子的都行为放浪。然而源源不断的新消息，各种报刊上的书讯，以及最后他从他所景仰和信赖的熟人那里听到的一些对我的赞许，迫使他改变了看法。后来，他又看到我忽然有了一大笔钱，了解到写一部小说可以领到多少稿酬，这时他最后的怀疑便一扫而空。于是，他对我的怀疑迅速转变为热烈的、充分的信任，为我的时来运转高兴得像个孩子，而且突然对我的未来想入非非，充满希望，沉醉于五光十色的梦幻之中。每一天他都为我安排新的前程，制定新的计划，在这些计划中，他什么没有想到啊！他开始对我表露出一种特别的、前所未有的尊敬。但我也记得，通常在他兴致勃勃、想人非非的时候，疑虑又突然向他袭来，他又感到困惑了。

"作者，诗人！可真奇怪……什么时候这些诗人才能在社会上出人头地，升官晋爵呢？这种人嘛，也就是一些庸庸碌碌的文字匠，靠不住的呀！"

我发现，他多半是在傍晚时分才萌生这类疑虑，提出所有这些微妙的问题。（全部细节以及那段幸福时光我是难以忘怀的！）一到傍晚，我们的老人便变得特别烦躁，特别敏感和多疑。我和娜塔莎早已发现这一情况，常常事先相顾而笑。记得我为了让他振作起精神，便对他讲了许多有关作家的故事，其中有苏马罗科夫[1]当上了将军的故事，杰尔查文[2]收到一个鼻烟壶和不少金币的故事，以及女皇陛下亲自访问罗蒙诺索夫[3]的故事。我还讲到普希金和果戈理的一些趣闻。

"知道，我的朋友，我都知道，"老人回答道，尽管他也许是平生头一次听到这些故事。"嗯，你听着，万尼亚，不过我还是很高兴，你那部粗制滥造的作品不是用诗体写成的。诗，我的朋友，那是胡言乱语；你先别跟我争论，要相信老人的话；我是为你好。诗，纯粹是胡言乱语，白白浪费时间！只有中学生才写诗；诗只会把你们这些年轻人送进疯人院……就算普希

---

[1] 亚·彼·苏马罗科夫（1717—1777），俄国诗人、剧作家。四等文官，相当于少将军衔。——俄编注
[2] 加·罗·杰尔查文（1743—1816），俄国诗人，因写颂诗《费丽察颂》（1782）而获得女皇叶卡捷琳娜二世奖赏的金鼻烟壶和五百枚金币。
[3] 米·瓦·罗蒙诺索夫（1711—1765），俄国学者和诗人，女皇叶卡捷琳娜二世曾亲自参观他家中的实验室。

金伟大,谁敢说不是呢!不过也就是一些押韵的小诗,别的也说不上什么,一种虚无缥缈的东西……不过我也很少读他的诗作……散文则是另一码事!散文作者可以教育读者,比如说,可以抒发对祖国的爱,或者宣扬种种美德……不错!我呢,孩子,只是不会表达,不过你是明白我的意思的。我这样说是爱护你。喂,喂,你就读吧!"最后他带点袒护的神气这样说道,这时我终于把书拿了出来,我们喝完茶,大家围着圆桌坐下,"读吧,把你在那里写的东西拿出来读一读;你的名声不小啊!我们来听一听,听一听!"

我翻开书,准备朗读。这天晚上正值我的小说刚刚印出来,我终于先弄到一本,便跑到伊赫缅涅夫家朗读我的作品。

我没能早一些给他们朗读我的手稿,因为手稿早交给了出版商,这使我多么懊恼和遗憾!娜塔莎甚至难过得哭了起来,她还跟我吵了一架,责备我不该让别人在她之前读了我的小说……我们终于围桌而坐。老人摆出一副异常严肃的批评家的架势。他想极其严格地评论这部小说,要"由自己来判断"。老太太也郑重其事,想必她是为了听这次朗读才特地戴上了一顶新的包发帽。她早就注意到,我总是一往情深地望着她的宝贝娜塔莎;注意到每当我跟娜塔莎说话的时候,我总是好像呼吸也急促了,两眼也发黑了,也注意到娜塔莎瞧我的时候,她那双眼睛不知怎么显得比平时更亮。不错!我的好时光终于到来了,功成名就、前程似锦、无比幸福的时刻到来了,所有这些好事一下子同时到来了!老太太还发现,她的老头子不知为何开始夸奖我,用一种异样的目光端详我和他的女儿……她顿时吓坏了:毕竟我不是伯爵,不是公爵,不是权倾一时的亲王,甚至也不是一名贵族出身、年轻英俊、胸前挂着勋章、从法科学校[1]毕业的六等文官!安娜·安德烈耶芙娜不喜欢半途而废,不愿轻易放弃自己的希望。

"大家都在夸奖这个人,"她这样寻思,"夸他什么呢——不清楚。作家,诗人……可是这个作家到底是干什么的呢?"

第六章

我不歇气地给他们读完了我的小说。我们喝完茶后就开始读,一直读到凌晨两点。老人先是皱起了眉头。他期待着某种不可企及的崇高的东西,这种东西也许他本人理解不了,但必须是崇高的;然而书里没有崇高,而是一些平平淡淡的日常生活,一切都是那样熟悉,就跟我们身边发生的事完全一样。最好主人公是个伟人,有趣的人,或者是一个类似罗斯拉夫列夫和尤里·米洛斯拉夫斯基[2]那样的历史人物,可是书里写的却是一个

---

[1] 1835年创办的贵族学校。
[2] 俄国作家米·尼·扎戈斯金(1789—1852)的两部历史小说《罗斯拉夫列夫》,又名《俄国人在1812年》(1831)和《尤里·米洛斯拉夫斯基》,又名《俄国人在1612年》(1829)中的主人公。陀思妥耶夫斯基父亲家中藏有这两部书。——俄编注

小人物，一个受尽生活折磨甚至有点痴呆的小职员[1]，此人连制服上的纽扣都掉得一个不剩。而且这一切都是用一种极普通的文体写成的，就跟我们平时说话一模一样……真是怪事！老太太用疑问的目光不时瞧瞧尼古拉·谢尔盖伊奇，甚至撅起了嘴，好像在生什么闷气："这种废话连篇的东西居然值得印成书，还念给人家听，别人还为它付一大笔钱？"——她的脸上分明这样写着。娜塔莎则全神贯注地、如饥似渴地听着，两眼一眨不眨地盯着我的嘴，看我吐出每一个字，她那好看的小嘴也跟着微微翕动。这是怎么回事？我还没有读到一半，我的听众全都掉眼泪了。安娜·安德烈耶芙娜真诚地哭着，打心眼里可怜我的主人公，十分天真地希望在他倒霉的时候能多少帮他做点什么——这一点我是从她连连的感叹中听出来的。老人已经放弃了对崇高作品的一切幻想："从第一步就可以看出，你要想成功，路还远着呢。平平淡淡，实在是一篇不怎么样的故事；可它却能抓住你的心。"他说，"可它让你渐渐地理解了而且忘不了你周围发生的一切；它让你明白，一个受尽生活折磨的最卑贱的人也是人，而且是我的兄弟！"[2]娜塔莎边听边落泪，还在桌子底下偷偷地紧紧握住了我的手。书读完了。她站起身来，满脸绯红，热泪盈眶；她忽然抓起我的手吻了一下，便跑出了房间。做父母的面面相觑。

---

[1] 这里谈的是陀思妥耶夫斯基的第一部长篇小说《穷人》的主人公马卡尔·杰武什金。
[2] 伊赫缅涅夫谈的实际是别林斯基评论《穷人》时说过的话。

"嗯，瞧她多么激动，"老人说，女儿的举动让他吃了一惊。"不过这也没什么，这很好，很好，这是一种高尚的激情！她是个善良的姑娘……"他嘟哝着，斜眼望着妻子，似乎想替娜塔莎辩护，同时不知怎么也想替我辩护。

安娜·安德烈耶芙娜虽说在听我朗读的时候相当激动，一副深受感动的模样，不过她此刻的神情却仿佛在说："马其顿王亚历山大当然是个英雄，可是为什么非得弄坏椅子呢？"[1]

娜塔莎很快又回来了。她眉开眼笑，喜不自胜，从我身边经过时，还悄悄地拧了我一把。老人本来准备"严肃"地评论我的小说，可是因为高兴没能坚持到底，他兴奋起来：

"好啊，万尼亚，我的朋友，好啊，好啊！你真让我感到欣慰！这甚至出乎我的意料。写得不崇高，不伟大，这是明摆着的……瞧我手头有一本《莫斯科的解放》[2]，那是在莫斯科写的——打第一行你就看得出来，老弟，这么说吧，那个主人公简直像雄鹰一般高高飞翔……不过，你知道吗，万尼亚，你写的东西比较简单，比较浅显易懂。就因为读得懂，我喜欢它！它好像更亲切一些，所有这些事好像我都经历过。至于崇高是怎么回事？说真的，我自己也不太懂。要是我的话，会把文体改得好一些：尽管我夸奖你，不论怎样，还是不够崇高……再说现在也来不

---

[1] 这是果戈理的名剧《钦差大臣》中市长说的一句话。说的是一位历史教员讲到马其顿的亚历山大大帝（公元前356—前323）时过于激动，以致弄坏了几把椅子。

[2] 指《波扎尔斯基公爵和下城市民米宁》，又名《1612年莫斯科的解放》（1840），它是俄国作家伊·尼·格卢哈列夫（1809—1840年后）的长篇小说。

及改了:书已经印好了。除非第二版[1]还可改动?哦,老弟,说不定当真要印第二版哩!到时候你又可以拿到一笔钱啦……好啊!"

"难道您真的拿了许多钱,伊万·彼得罗维奇?"安娜·安德烈耶芙娜说,"我瞧着您,却怎么也不敢相信。哎呀,我的上帝,这年月为这种事竟也给钱!"

"你听着,万尼亚,"老人继续道,他的兴致越来越高,"这种事虽说不是公职,不过也还是有前程的。连那些大人物也会读你的书哩。你说过,果戈理每年都领津贴,甚至被派出国了。[2]要是能轮到你,那该多好啊!怎么?或许太早了点?还得再写几本书?那你就写吧,孩子,快点写!别躺在荣誉上睡大觉。这有什么好观望的!"

他说这话的神气是那样深信不疑,又是那样热心,使我不忍心制止他的想入非非,给他泼冷水。

"或许,比如说吧,也会送你一个金鼻烟壶……怎么不会呢?要知道,皇恩浩荡啊,想鼓励鼓励你嘛。谁知道呢,或许还要召你进宫哩,"他小声补充道,还眯起左眼,意味深长地看了看我。"或许不会?或许入朝做官还太早了点?"

"得了吧,还入朝做官呢!"安娜·安德烈耶芙娜像是有气似的说。

---

[1] 《穷人》于1847年出单行本。
[2] 果戈理居住在意大利期间(1845—1848),经俄国作家茹科夫斯基等人上书请求,每年收到沙皇尼古拉一世给予的津贴一千卢布。

"再过一会儿,你们就要封我做将军啦。"我开心地笑着回答。

老人也笑了。他非常得意。

"尊敬的将军大人,阁下可想吃点东西?"淘气的娜塔莎大声嚷嚷。这时她已给我们摆好了晚餐。

她哈哈大笑,跑到父亲跟前,伸出两条热乎乎的臂膀紧紧地拥抱他。

"我善良的好爸爸!"

老人深受感动。

"行了,行了,好,好!我不过是随便说说罢了。管他将军不将军的,咱们还是来吃晚饭吧。啊呀,你这个多情的姑娘!"他说着,还轻轻地拍拍娜塔莎红扑扑的小脸蛋——一有合适的机会他总爱这样。"你瞧,万尼亚,我这是爱护你才这么说的。好吧,就算当不上将军(离将军还远着哩),毕竟也是名人啦,是写书人啦!"

"亲爱的爸爸,现在都叫'作家'!"

"不叫写书人?这我可不知道。好吧,就算是作家吧。我想说的是:写了一部小说,自然不会让你去当宫廷高级侍从,这事连想都别想,可是毕竟也能出人头地,弄个什么使馆随员当当也好啊!说不定真会把你送出国,去意大利,去那边疗养,或者深造,也会补贴你一笔钱。不用说,你得把样样事情做好,你得工作,认真负责地工作,以此来赢得金钱和荣誉,在那边可不能马马虎虎,找什么门路……"

"到那时你可不要太骄傲啊,伊万·彼得罗维奇。"安娜·安德烈耶芙娜笑着加了一句。

"你不如尽快授给他一枚勋章,亲爱的爸爸。使馆随员算个啥呀!"

娜塔莎又在我的胳膊上拧了一下。

"这孩子老是取笑我!"老人叫道,他乐呵呵地瞧着娜塔莎,而她的小脸蛋红扑扑的,那双眼睛快活得像星星那样闪亮。"我呀,孩子们,看来真扯得太远了,都成了阿尔纳斯卡罗夫[1]了。我向来都这样……可是万尼亚,我瞧着你,不知怎么总觉得你太平凡了……"

"咳,我的老天爷,那他究竟该长成什么样呢,亲爱的爸爸?"

"噢,不,我不是这个意思。我只是说,万尼亚,你那张面孔有点……我是说,好像完全没有诗意……知道吗,据说他们,也就是诗人们,一个个都脸色苍白,头发是那样的,眼睛里总有一种……你知道,就像歌德或者诸如此类的诗人那样……我这是在《阿巴顿纳》[2]里读到的……不对吗?我又说错啦?瞧你这个淘气孩子,老来取笑我!我呀,朋友们,不是什么有学问的人,不过我能感觉出来。噢,什么面孔不面孔的,这无关紧要,在我眼里你的面孔也好看;我很喜欢……我要说的不是这个……我要说的是,为人要诚实,万尼亚,要做一个诚实的人,这是

---

[1] 指俄国作家尼·伊·赫梅利尼茨基(1789—1845)的喜剧《空中城堡》(1818)的主人公阿尔纳斯卡罗夫,他的名字成了轻信的幻想家的代名词。——俄编注
[2] 俄国作家尼·阿·波列沃依(1796—1846)写的一部浪漫主义小说,其主人公为一未成名、好幻想的诗人。

最要紧的,过诚实的生活,别胡思乱想!你前程无量。要踏踏实实地做你的事;这就是我要说的,我要说的就是这层意思。"

多么美妙的时光!所有的闲暇时间,每天晚上,我都在他们家里度过。我给老人带去文学界和文学家们的消息,不知什么缘故,老人忽然对这些感到极大的兴趣。他甚至开始阅读起Б的评论文章来了。有关这位批评家的情况,我曾多次向他谈起,尽管他几乎读不懂他的文章,但还是欣喜若狂地称赞他,而且痛斥那些在《北方雄蜂》[1]报上写文章攻击他的论敌。老太太则警惕地监视着我和娜塔莎,但她看不住我们!我们之间已经说出了那句至关重要的话[2],我也终于听到,娜塔莎低下头、半张着嘴、几乎像耳语般对我说了一声:好的。不过老人们还是知道了,他们猜测着,思忖着,安娜·安德烈耶芙娜一直都在摇头。她感到奇怪,又觉得可怕。她不相信我。

"你眼下写书出了名,这自然不坏,伊万·彼得罗维奇,"她这样说道,"可是一旦你写不出书来,或者出了什么事情,到那时怎么办?你最好还是找份公职做做正经事!"

"听我对你说,万尼亚,"老人一再考虑后,终于下决心说,"我自己也看到了,觉察到了,我还承认,我甚至非常高兴,知道你和娜塔莎……嗨,说这些干什么!你瞧,万尼亚,你们两

---

[1] 实指当时由尼·伊·格列奇(1787—1867)和法·卢·布尔加林(1789—1859)出版的《北方蜜蜂》报(1825—1864),它是彼得堡的政治和文学性报纸。最初带有自由主义色彩,三四十年代后趋向反动,经常攻击别林斯基以及具有反专制农奴制倾向的"自然派"作家。

[2] 俄国求婚者的惯用语:"做我的妻子,好吗?"

个都还太年轻,我的安娜·安德烈耶芙娜说得不错,我们要再等一等。你固然有才华,甚至才华出众……哦,但不是天才,像开头那些人捧你的那样,你也就是有点才华。[1](今天我还在《雄蜂》报上读到批评你的文章[2],他们也太小看你了;去它的,那算什么报纸!)不错,你也看到了:你那才华还不等于典押借贷行里的钱款,而你们两人都很穷。咱们再等上那么一年半,或者哪怕一年呢,等你事业有成,在人生的路程上站稳了脚跟——到那时娜塔莎就是你的人了;如果你做不到这一点——那你自己看着办吧!……你为人正直,你考虑去吧……"

我们的事就到此为止,没有向前发展。而一年后,情况却发生了变化。

不错,这事发生在几乎整整一年之后!在九月份一个晴朗的傍晚,我去看望我的老人们,当时我病着,心里慌乱,差点没晕倒在椅子上,他们望着我那副模样,简直吓坏了。然而我之所以头晕目眩,之所以心慌意乱,以至十次走到他们家门口,十次又返回来,不敢进去,却并不是因为我还没有功成名就——既没有荣誉,也没有钱财,也不是因为我不是什么"使馆随员",

---

[1] 伊赫缅涅夫在这里近似地复述了别林斯基在《当代短评》(1846)中的一段话:"凡是有头脑和欣赏能力的人都不会否认陀思妥耶夫斯基的才华,甚至是出众的才华……"

[2] 指发表在《北方蜜蜂》1846年1月30日第25期上的一篇文章,署名:Я. Я. Я.。这是俄国批评家列·瓦·勃兰特(1813—1884)的化名。该文称,读完《穷人》后"大失所望",一个"并非完全没有才能"的年轻作者被一些批评家(指别林斯基)所提倡的原则葬送了。——俄编注

还没有资格被派往意大利去疗养;而是因为对我来说这一年比十年还漫长,同样,我的娜塔莎在这一年间恍若也经历了十年岁月。我们之间的事变得遥遥无期……我记得那一次我坐在老人面前,默不作声,心不在焉地用一只手折着早已折坏了的帽檐。我坐在那里,不知为了什么目的老等着娜塔莎出来。我的衣着寒碜,面容憔悴,人也瘦了,脸色发黄——那副模样哪里像什么诗人,眼睛里哪有什么伟人的神采——这可是善良的尼古拉·谢尔盖伊奇曾经热切期盼的。老太太怀着那种毫不作假却又过于性急的怜悯之情望着我,心里恐怕在想:"瞧这么一个人差一点儿成了娜塔莎的未婚夫,哦,多亏上帝保佑!"

"怎么,伊万·彼得罗维奇,不想喝点茶吗?(茶炊在桌子上吱吱冒汽。)生活过得怎么样?我的上帝,您病得不轻啊!"她愁苦地问我,那声调我至今都记得。

我现在仿佛也能看到:她嘴里这样对我说,眼里却流露出对另一件事的担忧;她的老头子同样也在为这件事发愁。老人忧心忡忡,面对着一杯已经凉了的茶水,默默地想着自己的心事。我知道,此刻他们正在为同瓦尔科夫斯基公爵打官司的事烦心,这场官司对他们来说凶多吉少;除此之外,他们又碰到了一些新的不愉快的事,弄得尼古拉·谢尔盖伊奇心情极坏,甚至生病了。引起这场官司风波的小公爵,大约在五个月前找了一个机会,又来拜访伊赫缅涅夫夫妇。老人向来像爱亲生儿子一样爱着他心爱的阿廖沙,几乎每天都要念叨他,自然高高兴兴地接待了他。安娜·安德烈耶芙娜看到他,又想起了瓦西里耶夫斯科耶村，不由得大哭了一场。阿廖沙背着父亲，开始经常来看望他们。尼古拉·谢尔盖伊奇为人正直、坦率，心地单纯，他愤怒地抛开了一切要他有所戒备的劝告。由于自尊心和高傲，他甚至不愿去想：一旦公爵得知他的儿子又受到伊赫缅涅夫一家人的接待，他会说些什么，老人从心底里鄙视公爵的种种荒唐的猜疑。但他并不知道，他是否有足够的力量经受住新的侮辱。后来，小公爵几乎每天都来他们家。两位老人觉得跟他在一起十分愉快，整个晚上小公爵都待在他们家里，直到深夜才离去。不用说，最后他父亲全知道了。于是恶毒的谣言不胫而走。公爵写了一封可怕的信，再一次把尼古拉·谢尔盖伊奇侮辱了一番，又拿以前的题目大做文章，而且严禁儿子踏进伊赫缅涅夫的家门。此事发生在我去看望他们的两周前。老人愁肠百结。怎么！他那天真纯洁、品性高尚的娜塔莎重又遭到恶毒的诽谤，被牵扯进这种卑鄙龌龊的阴谋中去啦！从前侮辱过她的人，现在又来糟践她的名声啦！……对此怎能忍气吞声，不去报仇雪恨！开头几天，他绝望得卧床不起了。这一切我都知道。整个事件的细枝末节我都了解，尽管我生着病，痛苦不堪，最近三周一直躺在我的住所，一次也没有去看望他们。而且我还知道……不！我当时还只是预感到，意识到，却不愿相信，除了这件事外，他们现在又碰到另一件事，这后一件事恐怕是最使他们焦虑不安的了，而我也痛苦不堪地关注着它。不错，我痛苦不堪。我害怕猜出真相，害怕相信这是事实，而且想方设法躲开这决定命运的不幸时刻。同时我又是为了这一刻而来的。这天晚上，我鬼使神差般到了他们家。

"啊，万尼亚，"老人像猛地清醒过来，突然问道，"你这一阵是不是病了？怎么好久不来啦？真对不起：我早就想去看望你，可是不知怎么总是……"他重又陷入沉思。

"我身体有点不舒服。"我答道。

"嗯，不舒服！"五分钟之后他才重复我的话，说道，"难怪不舒服呢！我当时就说过，事先警告过你——你听不进去！哼！不，万尼亚，我的孩子，看来诗神自古以来都是坐在阁楼上挨饿的，今后也还得挨饿。就是这么回事！"

不错，老人心情极坏。倘若他心灵上没有创伤，他是不会对我说起诗神挨饿这番话的。我仔细端详他的面孔：他脸色发黄，眼中流露出一种困惑莫解的疑虑。他显得有点冲动，而且异常焦躁。老太太经常不安地瞧他几眼，连连摇摇。有一次，他刚转过身去，她便偷偷地冲着他向我点头示意。

"纳塔利娅·尼古拉耶芙娜[1]近来身体可好？她在家吗？"我向心事重重的安娜·安德烈耶芙娜问道。

"在家，在家，"她接口道，似乎对我的问题难以回答。"她马上就会出来见您的。难道这是闹着玩的吗！三个礼拜没见面啦！她不知怎么，变得有点那个……叫你都弄不明白：她是病了呢还是没病，求上帝保佑她！"

她胆怯地看了丈夫一眼。

---

[1] 娜塔莎的名字和父称。

"你说什么？她一点儿事也没有，"尼古拉·谢尔盖伊奇不大情愿、生硬地答道，"她身体很好。无非是女孩子长大了，不再是个娃娃，就这么回事。谁能弄得清她们姑娘家的烦恼和变化无常呢？"

"唉，的确是变化无常！"安娜·安德烈耶芙娜用她一贯抱怨的语气接口附和道。

老人不作声了，用手指笃笃地敲着桌面。"天哪，难道他们家真的出事了？"我惊恐地想道。

"哦，你们那里怎么样？"他又开口道，"Б 还在写评论吗？"

"是的，还在写。"我答道。

"唉，万尼亚，万尼亚！"他一挥手，最后说，"这种时候，评论管什么用！"

门开了，娜塔莎走了进来。

第七章

她拿着自己的帽子，进屋后便把它放在钢琴上。随后她走到我跟前，默默地向我伸出手来。她的嘴唇微微翕动，似乎想对我说句问候的话，可是一个字也没有吐出来。

我们已经三周没有见面。我困惑而惊恐地望着她。这三周来她发生了多大的变化啊！我看到她苍白的脸颊凹陷下去，嘴唇像害热病般干裂，一双眼睛在黑黑的长睫毛下闪着炽热的光和某种无比强烈的决心。我望着她，不由得一阵心酸。

可是，天哪，她又是多么美啊！无论过去还是以后，我还从来没有见过她在这个不祥之日里那么楚楚动人。难道这就是她，这就是娜塔莎吗？难道这就是仅仅一年之前曾那样目不转睛地瞧着我，微微翕动着嘴唇听我朗读小说，那天晚上不断跟他父亲开玩笑，进晚餐时跟我逗趣的那个嘻嘻哈哈、无忧无虑的女孩子吗？难道这就是在房间里低着头、红着脸对我说了"好的"的那个娜塔莎吗？

响起了低沉有力的教堂钟声，召唤大家去做晚祷。娜塔莎猛地一惊，安娜·安德烈耶芙娜则在胸前画了一个十字。

"你不是要去做晚祷吗，娜塔莎，听，已经打钟了，"她说，"去吧，娜塔申卡[1]，去吧，去祈祷吧，好在很近！再说还可以散散步。干什么老把自己锁在房里呢？瞧你的脸色多么苍白，像中了邪似的。"

"我……也许……今天不去了，"娜塔莎说得很慢，声音很轻，如耳语一般。"我……不太舒服，"她又补充一句，脸色变得煞白。

"还是去吧，娜塔莎。你刚才可是想去的，瞧你把帽子也拿出来了。去祈祷吧，娜塔申卡，祈祷吧，求上帝保佑你身体健康。"安娜·安德烈耶芙娜劝说着，一边胆怯地望着女儿，似乎有点怕她。

"是啊，去吧，顺便再散散步，"老人同样不安地端详着女

---

[1] 娜塔莎的另一小名。

儿的脸，又加了一句："你母亲说得对。万尼亚也可以陪你去。"

我觉察到，一丝苦笑掠过娜塔莎的嘴唇。她朝钢琴走去，拿起帽子戴在头上。她的手在颤抖。她的全部动作像是无意识的，仿佛她自己也不知道在做什么。做父母的都留神地注视着她的一举一动。

"别了！"她小声说。

"哟，我的天使，说什么'别了'！又不是出远门！你出去吹吹风也好啊，瞧你的脸色多么难看，哎呀，瞧我把这事给忘了——我老是忘这忘那的——我给你做了一个护身香囊[1]，把一段经文缝在里面了，我的天使。那是去年一个基辅来的修女教我做的。很中用的一段经文，我刚把它缝好。戴上吧，娜塔莎。或许上帝真会赐你健康的。你可是我们的独生女呀！"

老太太从针线筐里取出一个娜塔莎贴身佩带的金十字架，在同一条带子上已经拴着一个刚刚缝好的护身香囊。

"戴上它，保佑你一生平安！"她把十字架给女儿戴上，在她胸前画了一个十字，又补充道："以前我每天晚上都要这样给你画十字，做祈祷，祝你一夜安睡，你呢，总是跟着我念祈祷经文。现在你不像当初啦，上帝也不让你心神平静。唉，娜塔莎呀娜塔莎！我这做母亲的祈祷也帮不了你啦！"老太太说完，哭了起来。

娜塔莎默默地吻了一下她的手，朝门口迈出一步，但她突

---

[1] 俄国民俗：香囊中装神香或护身符，与十字架一起挂在胸前，用以消灾避邪。

然又迅速转过身来,朝父亲走去。她的胸部剧烈地起伏不止。

"亲爱的爸爸!您也为我画个十字,祝福……您的女儿吧,"她哽咽着说,并在他面前跪下了。

我们大家都对她突如其来、过于郑重的举动感到疑惑不解。父亲呆呆地看了她好一阵,他完全不知所措了。

"娜塔申卡,我的好孩子,我的乖女儿,我的小宝贝,你这是怎么啦!"他终于喊出声来,说罢,他泪如雨下。"你为什么事这样烦恼?为什么昼夜哭泣?这些我全知道,我夜夜睡不着觉,不时爬起来,站在你房门外听着呢……你把一切都告诉我,娜塔莎,把你心里的话统统告诉我,告诉你的老爸爸,让我们一道……"

他说不下去了,一把扶起女儿,紧紧地搂住了她。娜塔莎浑身打战,依偎在父亲胸前,把头埋在他的肩膀上。

"没什么,没什么,是因为……我不太舒服……"她喃喃地说,强忍着的泪水使她呜咽了。

"愿上帝也像我一样祝福你吧,我亲爱的孩子,我的宝贝!"父亲说,"愿上帝赐你心灵永远安宁,愿上帝保佑你避开一切灾难。向上帝祈祷吧,我的好孩子,也让天主能听到我这个罪人的祈祷。"

"还有我的祈祷,还有我对你的祝福!"老太太泪流满面地补充道。

"别了!"娜塔莎轻轻地说。

她在门口站住,再次回头看看父母,本想说些什么,但说不出来，便快步走出了房间。我有一种不祥的预感，急忙跑去追她。

第八章

她默默地快步疾走，低着头，也不看我。可是穿过大街、踏上滨河大道时，她忽然站住了，一把抓住我的胳膊。

"好闷哪！"她喃喃地说，"心里憋得慌……好闷哪！"

"回去吧，娜塔莎！"我惊恐不安地叫道。

"难道你还没有看出来，万尼亚，我这是永远离开了家，离开了他们，而且永远不回去了吗？"她说着，用一种难以形容的痛苦表情望着我。

我的心猛地下沉。尽管这一切在我去他们家时便早有预感，尽管也许在很久很久以前我已经模模糊糊地意识到了这一切，但是，此刻她的这番话，还是像晴天霹雳般使我大为震惊。

我们俩愁苦地沿着滨河大道走去。我说不出话来。我猜测着，思索着，完全不知所措了。我的头开始发晕。我觉得这事太荒唐了，太不可思议了！

"你责怪我吗，万尼亚？"她终于说。

"不，可是……可是我不信；这不可能！……"我回答，却不明白自己说了什么。

"不，万尼亚，这是真的！我抛下他们走了，既不知道他们会怎么样……也不知道自己会怎么样！"

"你去他那里，是吗，娜塔莎？"

"是的！"她答道。

"但这是不可能的！"我气愤若狂地叫道，"你知道吗，这是不可能的，娜塔莎，我可怜的姑娘！你这是发疯啊！你这是要杀了他们，也毁了你自己！你知道这事的后果吗，娜塔莎？"

"我知道，可是我有什么办法呢，我也是身不由己呀！"她说。从她的话里流露出一种彻底的绝望，就好像她此去是要上断头台。

"回去吧，回去吧，趁现在还不算晚，"我一再恳求她，可是我越是热烈、越是坚决地恳求她，自己便越清醒地意识到，我的那些规劝是多么无济于事，而且在当前这种时刻也是愚蠢的。"你明白吗，娜塔莎，你对你的父亲做了什么？这一点你仔细考虑过吗？要知道，他的父亲是你父亲的仇人；要知道公爵侮辱了你的父亲，怀疑他偷了钱，他骂你父亲是贼。要知道，他们正在打官司……天哪！这还不是最坏的事，你知道吗，娜塔莎——啊，我的上帝，所有这些你都是知道的呀——你知道公爵还怀疑你的父母，认为阿廖沙在乡间你们家做客期间，是你父母故意让你和阿廖沙亲近相好的？你想一想，你只要好好地想一想，当时你父亲听了这种诽谤是多么痛苦！两年来，他的头发全白了——你倒是瞧瞧他呀！而主要的是：这一切你都知道，娜塔莎，我的主啊！至于永远失去你对两位老人意味着什么，这我就不说了！你可是他们的命根子，是他们老年时唯一的依靠。这一点我都不想说了,你自己应该知道。你想想,你父亲始终认为,你是无端受辱,遭到那些傲慢的人的诽谤和欺凌,而且至今还没有报仇雪恨!现在,正是现在,因为你们家重新接待了阿廖沙,所有这些日积月累的怨仇,又被重新激化,而且愈演愈烈。公爵再次侮辱了你的父亲,因为这新的侮辱老人至今怒气未消,可是突然间,这一切,所有这些责难如今倒像是有根有据的了!凡是知道这件事的人,如今都要替公爵开脱,都要指责你和你的父亲了。唉!现在叫他怎么办呢?要知道,这会立刻置他于死地的!羞愧,耻辱,这些都是因为谁呢?都是因为你,他的女儿,他唯一的最最宝贵的孩子!你母亲又会怎么样?要知道,她不会活得比你父亲更长久……娜塔莎呀娜塔莎!你在做什么呀?回去吧!你清醒清醒吧!"

她一直没有说话。最后,她像是责备似的瞥了我一眼,那目光里饱含着彻骨的痛苦和悲哀,于是我明白了:即使我不说这番话,她那颗受伤的心也早已在流血了。我也明白,她做出这样的决定,是付出了沉重的代价的,而我那番话不仅于事无补、为时已晚,而且又一次折磨着她,刺痛了她的心。这一切我都明白,但我又无法克制自己,继续说下去:

"可是你刚才亲口对安娜·安德烈耶芙娜说的:也许你今天不去……做彻夜祈祷[1]了。这么看来,你本想留在家里;这么看来,你还没有完全下定决心?"

---

[1] 东正教的一种祈祷形式,包括教堂的晚课和早课。

她只是苦笑一下作为回答。我何必还要问这个呢？我其实完全明白：一切已经无可更改地决定了，已经无法挽回了。可是我也有点失常了。

"难道你就这么爱他？"我痛心地望着她喊道，连自己也不明白问了什么。

"这叫我怎么回答呢，万尼亚？你都看到了！他要我出来，我就出来了，在这里等着他。"她依然苦笑着说。

"可是你听我说，你听我说，"我像抓住了一根救命稻草。又开始劝她，"这一切还是可以挽回的，还可以用另一种方式，另一种完全不同的方式加以解决！不必离家出走。我来教你怎么做，娜塔舍奇卡[1]。我保证为你们安排一切，一切，包括约会，以及其他事情……就是不要离家出走！……我给你们传递书信，为什么不呢？这种办法比现在这样好。这事我能做到，我会让你们满意的，你们看着吧，一定让你们满意……而你，娜塔舍奇卡，也不至于像现在这样毁了你自己……而你现在这样做是在彻底毁掉自己，彻底毁掉！你同意吧，娜塔莎：一切都会十分圆满，你们将如愿以偿，相亲相爱……等你们的父亲言归于好（因为他们最终一定会和解的）——到那时……"

"够了，万尼亚，别说了，"她打断我的话，握紧我的手，含着眼泪微微一笑。"善良的好心的万尼亚！你真是个善良而正直的人！一句话也不提你自己！是我先抛弃你，而你却原谅了

---

[1] 娜塔莎的昵称。

一切，一心只想着我的幸福。你还要为我们传递书信……"

她泣不成声了。

"我其实知道，万尼亚，你以前多么爱我，直到现在还爱着我。可是在整个这段时间里，你没有说过一句责备我的话，没有说过一句让我伤心的话！而我，我……我的主啊，我是多么对不起你呀！你可记得，万尼亚，你可记得我俩一起度过的那段岁月？啊，我要是不认识他，要是从来没有遇到过他，那该多好啊！那样的话，我就会跟你，万尼亚，跟你，跟我最善良的人、我最亲爱的人，永远生活在一起了！……不，我配不上你！你瞧，我有多坏：在这种时刻还向你提起我俩往日的幸福，而你，即使我不提，也够痛苦的了！瞧，你有三个礼拜没上我家了，我向你起誓：万尼亚，我一次也不曾想到过你会诅咒我，会恨我。我知道你为什么不来：你不想妨碍我们，不想让我们因你而受到良心谴责。而你看到我们在一起，难道就不痛苦吗？我老等着你来，万尼亚，时时刻刻等着你来！万尼亚，你听着，如果说我爱阿廖沙爱得丧失理智，爱得发狂，那么我对你的爱也许更为深沉，我把你当成我的知己。我早已感觉到，心里也知道，离开你我将无法生活；我需要你，需要你的心，你有一颗金子般的心……唉，万尼亚！多么痛苦、多么沉重的时刻来临了！"

她泪流满面。是啊，她痛苦不堪！

"啊，我多么想见到你！"她噙着眼泪继续道，"你近来瘦多了，一副病容，脸色苍白，你当真病了吗，万尼亚？你瞧我，连问都不问一声！只顾谈自己的事。噢，现在你跟那些杂志编辑相处得怎么样？你的新小说呢？有进展吗？"

"现在哪儿还顾得上小说，顾得上我呢，娜塔莎！我的事情算得了什么！而且也没什么，马马虎虎，别提这些了！我要问的是，娜塔莎：是他要你去找他的吗？"

"不，不仅仅是他，主要是我。他当然说过的，可是我自己也……你瞧，亲爱的，我把一切都告诉你吧：他家里正为他筹划一门亲事，未婚妻有钱有势，亲戚都是高官显要。他父亲坚持要他娶她，可是他父亲，你也知道，是个诡计多端的人。他使出了浑身解数开导儿子：十年也碰不上这种好运气呀！对方有钱有势……而她，据说长得十分漂亮，受过良好的教育，心地善良——简直十全十美，连阿廖沙也为她着了迷。何况他的父亲也想早日把他这个累赘打发走，这样他自己也可以再婚，所以他千方百计一定要拆散我们，他怕我,怕我影响阿廖沙……"

"莫非公爵知道你们相爱的事？"我吃惊地打断她的话，"他只是起了疑心，无非是胡乱猜疑罢了。"

"不，他知道，他什么都知道。"

"是谁告诉他的？"

"前几天阿廖沙把一切都对他说了，是他亲口告诉我的，说他把一切都告诉了父亲。"

"天哪！瞧你们做了些什么！亲口承认了一切，而且是在这种时刻？……"

"你别责怪他，万尼亚，"娜塔莎打断了我的话，"也别取笑他！不能像评论常人那样来评论他。你要讲公道。要知道，他不是你我那种人。他是个孩子。他受的教育也跟我们不一样。难道他明白在做什么吗？最初的印象，最初的外来影响，就会使他忘掉一分钟前发誓要献身的一切。他性格软弱。比如说，他可以对你海誓山盟，但同一天，他又会同样真诚地投入另一个女人的怀抱，还会第一个跑来把这事详详细细地告诉你。他也许会做坏事，可是你也不能责怪他做了坏事，而只能为他惋惜。他也能做出自我牺牲，甚至是很大的自我牺牲！可是一旦他接受了某个新的印象，他立刻又会把过去的一切忘得一干二净。同样，他也会把我给忘了，如果我不是经常待在他身边的话。瞧，他就是这样的人！"

"唉，娜塔莎，也许这一切不是真的，仅仅是谣传。唉，像他这样的孩子哪能结婚呢！"

"我告诉你：他父亲是另有所图。"

"那你怎么知道，他的未婚妻十全十美，连他也被她迷住了呢？"

"是他自己对我说的。"

"怎么！他自己告诉你，说他已经爱上了另一个女人，却又要求你做出这样的牺牲？"

"不，万尼亚，不！你不了解他，你跟他相处的时间不长，应当先接近他、了解他，然后再去评论他。天底下没有比他更真诚、更纯洁的人了！怎么？难道让他说谎就好吗？至于说到他迷上别人，那是因为他只要一个礼拜看不见我，他就会把我忘了，并爱上另一个女人，可是过后只要再见到我，他又会跪在我的脚下。不！我知道这件事，他什么也不瞒我，这样更好，否则我会终日猜疑，苦闷而死的。是这样，万尼亚！我已经下了决心：如果我不是时时刻刻、经常不断、每一分钟都待在他的身边，那他就会不爱我，忘掉我，抛弃我。他就是这样的人：随便哪个女人都能让他着迷。到那时我该怎么办呢？到那时我便去死……死又算什么！我甚至乐于现在就去死！我如果失去了他，活着又有什么意思？这比死更糟，比一切痛苦更糟！啊，万尼亚，万尼亚！要知道，总有某种原因才让我此刻为他而抛下了双亲！你别劝我了：一切已经决定！他必须时时刻刻待在我的身边。我不能回家去。我知道，我既毁了自己，也害了别人……哎呀，万尼亚！"她忽然浑身哆嗦，大声叫道，"他要是已经真的不爱我了，那怎么办！如果你刚才说他的话全是对的（这种话我可从来没有说过）：他只是在骗我，他只是装出一副真心爱我的样子，而实际上是一个心怀恶意、爱慕虚荣的人，那我该怎么办呢！瞧我，现在在你面前还替他辩护，而他，也许此刻正跟另一个女人待在一起，在暗暗嘲笑我……而我，我这么下贱，抛弃一切，满街奔走，到处找他……哎呀，万尼亚！"

这声发自她肺腑的叹息，充满了无限的痛苦，令我的整个心灵为之震颤、哭泣。我明白，娜塔莎此刻已经完全失去自我控制的能力，只有那种极其盲目与疯狂的忌妒心，才会使她做出如此疯狂的决定。但是此刻我自己也妒火中烧，并从内心爆发出来。我忍无可忍，一种卑劣的感情迷住了我的心窍。

"娜塔莎，"我说，"只是有一点我不明白：既然你刚才对他作了这样一番评说,那你怎么还能爱他呢?你不尊敬他,甚至不相信他的爱,可是你却死心塌地地要去找他,为了他不惜把大家都毁掉吗?这究竟是怎么回事?他会折磨你一生,而你对他也一样。你太爱他了,娜塔莎,爱过头了!我不能理解这种爱情!"

"不错,我爱他爱得发疯,"她答道,似乎痛苦得脸色都变白了。"我从来没有这样爱过你,万尼亚。我其实也知道,我这是发了疯,我不应该这样去爱一个人。我知道,我这样爱他未必就好……听着,万尼亚:我其实早就知道,甚至在我和他相处最幸福的时刻,我就预感到,他所能给我的只有痛苦。可是,既然我现在觉得,连他给我的痛苦也是一种幸福,那又该怎么办呢?难道我现在是为了寻求欢乐才去找他的吗?难道我不是预先就知道,在他那里等待我的是什么,我会因他而遭受到什么吗?他一再发誓说他爱我,再说许下种种诺言,可是他的山盟海誓我一句也不信,我不把它们当真,过去也没当真过,尽管我也知道,他并没有骗我,而且他也不会骗人。我告诉过他,亲口告诉过他,我丝毫也不想束缚他。这样和他相处会更好些,因为谁都不喜欢受人约束,我就是第一个不喜欢这样。可是我又乐于做他的奴隶,心甘情愿地做他的奴隶。我乐于忍受他带来的一切,一切,只要他能和我在一起,只要我能看着他!我甚至觉得,即使他另有所爱也无妨,只要有我在场,只要我也在他的身旁……我就这么下贱,是吧,万尼亚?"她突然问我,用那种狂热的燃烧着的目光望着我。有一刹那我觉得,她像在说胡话。"有这种种愿望是不是很下贱？是不是？我自己也说这是下贱。可是如果他现在抛弃我，那我就跑遍天涯海角去找他，哪怕他推开我，哪怕他赶我走。瞧你现在劝我回家——这样做又会怎么样？即使今天我回去了，而明天还会出走的，只要他一声吩咐——我就会跟他走。只要他一声口哨，一声呼唤，我就会像条狗一样追随着他……痛苦啊！可是我不怕他给我带来的任何痛苦！我会知道，我是为他而痛苦……哎呀，这种感觉是说不出来的，万尼亚！"

"那么你父亲呢，母亲呢？"我寻思道。此刻她似乎已经忘了他们。

"这么说，他不打算跟你结婚吗，娜塔莎？"

"他答应过，什么都答应过。他现在叫我出来，就是为了明天偷偷地举行婚礼，在郊区，不过他自己也不知道他在做什么。他也许不知道婚礼是怎么举行的。他算个什么丈夫呀！可笑，真的。一旦真结了婚，他就会感到苦恼，就会埋怨……我可不希望他在任何时候为任何事情埋怨我。我愿为他献出一切，而无须他为我做任何事情。既然结婚不会使他幸福，那又何必让他做个不幸的人呢？"

"不，你这是昏了头了，娜塔莎，"我说，"怎么，你现在直接去找他吗？"

"不，他答应到这里来接我，我们约好了……"

于是她急切地举目远望，可是前方连一个人影也没有。

"他没有来！你倒先来了！"我气愤地叫道。娜塔莎像挨了一棒，身子摇晃起来。她的脸痛苦得扭曲了。

"他也许根本不会来了，"她苦笑着说，"前天他来信说，如果我不答应出来，那他不得不放弃去郊区教堂跟我举行婚礼的决定；那么他的父亲就会把他带到他的未婚妻那里。他写得那么简单，那么自然，就像这事无关紧要似的……如果他真的去她那边了，那我该怎么办，万尼亚？"

我没有回答。她紧紧地抓住我的胳膊——她的眼睛里闪现着泪花。

"他在她那里，"她喃喃自语，声音几乎听不见，"他其实希望我不来这里，这样他就可以去找她，事后还可以说，他是对的，他早通知了我，是我自己没有来。我让他厌倦了，所以他才迟迟不来……哎呀，我的上帝！我简直疯了！最近一次，他亲口对我说，我让他厌倦了……我还等什么呢！"

"瞧他来了！"[1] 我突然在滨河大道上看到他从远处走来，便大声叫道。

娜塔莎打了个冷战，惊呼一声，两眼定定地望着渐渐走近的阿廖沙，猛地甩开我的胳膊朝他飞奔而去。他也加快了步子，不一会儿，她已经被他拥在怀里了。街上除了我们，再没有别人。他俩又是亲吻，又是欢笑；娜塔莎笑了哭，哭了又笑，就像两人久别重逢一般。她那苍白的双颊泛起了红晕，她欣喜若狂……

---

[1] 这里伊万·彼得罗维奇的话与会见的情景，同陀思妥耶夫斯基的中篇小说《白夜》中第四夜的描写颇为相似。

阿廖沙看到了我，立刻朝我走来。

第九章

　　我目不转睛地端详他，虽说此前也曾多次见过他。我注视他的眼睛，似乎他的目光能解开我的全部疑惑，能向我说明：何以这个孩子能让她神魂颠倒，何以能在她的心中唤起如此痴迷的爱情——爱得忘掉自己的天职，爱得不惜牺牲迄今为止对她来说最神圣的一切？小公爵抓起我的两只手，紧紧地握住了，他的目光温柔而明亮，穿透了我的心。

　　我感到，我对他下的种种结论可能是错误的，如果仅仅因为他是我的情敌。不错，我不喜欢他，而且老实说我永远也不会喜欢他。在所有认识他的人当中，恐怕只有我一人持这种态度。他身上的许多东西绝对不合我的心意，甚至包括他那优雅的外表，也许正因为他的外表过于优雅，我才不喜欢他。后来我明白，就在这一点上，我的看法也有失公允。他身材颀长，体态匀称而优美；一张椭圆形的脸总是那么苍白；一头浅黄色的金发，一双蓝蓝的大眼睛目光柔和、若有所思，有时会突然闪露出十分单纯、十分天真的快活表情。他那丰满、鲜红的嘴唇不大不小，轮廓优美，几乎永远带着一种严肃的神气，因此每当他的唇边忽然浮现出一丝微笑，便让人觉得出乎意料，让人感到格外迷人。他的微笑是那么天真，那么憨厚，因而，不论你当时的心情如何，你都会感到必须立刻报之以同样的微笑。他的穿着并不奢华，却总是十分雅致；看来他的优雅风度与生俱来，他无须为此花费丝毫力气。当然，他身上也有些不良习气，一些上流社会的坏习惯：轻浮、自负、彬彬有礼的放肆。然而他的心地十分坦诚纯朴，总是他本人首先揭露自身的这些缺点，老实地认错，并加以嘲笑。我以为，这个孩子永远不会撒谎，哪怕为开玩笑而撒谎他也不会，即使他真的撒了谎，那么他肯定没有想到这么做有什么不好。就连他的一些自私的考虑和行为不知怎么也让人觉得颇为可爱，之所以这样，也许是因为他总是坦率直言，丝毫不加掩饰。他没有一点隐私。他的内心软弱、轻信而又胆怯；他毫无主见。欺负他、哄骗他，就像欺负、哄骗一个孩子那样是有罪的，叫人于心不忍。他天真得与他的年龄不相称，他对现实生活毫无了解，不过哪怕他活到四十岁，恐怕对人情世故也还是一无所知。这种人似乎命中注定永远长不大。我觉得没有一个人能不喜欢他，他会像孩子那样招你爱怜。娜塔莎说得对：他也可能屈从于某个人的强大影响去做坏事。但我以为，一旦意识到这么做的后果，他一定会后悔莫及。娜塔莎本能地感觉到，她将成为他的心上人和主宰；他甚至将成为她的牺牲品。她预先品味了那份神魂颠倒地爱她所爱的人、并苦苦折磨他的快乐，她正因为爱他，才迫不及待地首先委身于他，成为他的牺牲品。不过阿廖沙的眼睛里同样闪烁着爱情的光辉，他狂喜地望着她。娜塔莎得意地瞥了我一眼。这一瞬间，她忘掉了一切——忘掉了双亲，忘掉了离别和种种疑虑……她沉浸在幸福中。

"万尼亚！"她叫道，"我对不起他，我配不上他！我还以为你不会来了呢，阿廖沙。"她无限深情地望着他说，马上又补充道："忘掉我的这些坏念头，万尼亚。我会赎罪的！"阿廖沙微微一笑，吻了她的手，他还没有放开她的手，便转身对我说：

"请不要责怪我。我早就想拥抱您，就像拥抱亲兄弟一样。她对我讲了您的许多事！到目前为止，我跟您仅仅是初交，不知怎么还没有成为朋友。让我们做朋友吧，还要……请您原谅我们，"他有点脸红，低声说道，继而微微一笑，笑得那么动人，使得我不能不由衷地想回报他的这番问候。

"是的，没错，"娜塔莎接过话头说，"他是我们的人，他是我们的兄长，他已经原谅我们了，如果没有他的帮助，我们是不会幸福的。我已经对你说过……哎呀，我们俩真是狠心肠的孩子，阿廖沙！可是我们可以三个人一起生活呀……万尼亚！"她继续道，她的嘴唇发抖，"现在你回到他们身边去吧，你回去吧；你有一颗金子般的心，即使他们不肯宽恕我，可是看到连你都宽恕了，他们对我说不定会心软的。你把一切都告诉他们，统统告诉他们，用你发自内心的话对他们讲；好好想想，会找到这种话的……你要保护我，救救我。你把所有的原因，所有的情况都告诉他们，你怎样理解的就怎样讲。你知道吗，万尼亚，如果我今天没有碰上你，我也许还下不了决心这样做！你是我的救星，我立刻寄希望于你，希望你能把发生的一切好好地转告他们，至少你可以说得婉转些，不会让他们乍听到这个可怕的消息时过于悲伤。哦，我的上帝，上帝！……请你替我告诉他们，万尼亚，说我知道，现在我做的事是不能被宽恕的：即使他们宽恕了，上帝也不会宽恕的。告诉他们，哪怕他们诅咒我，我也要一辈子为他们祝福，为他们祈祷。我心里永远牵挂着他们！唉，为什么我们大家不能都成为幸福的人呢！为什么！为什么！……天哪！瞧我干了什么事呀！"她仿佛醒悟似的突然喊道，恐惧得双手捂脸，全身发抖。阿廖沙立刻抱住她，默默地、紧紧地把她搂在怀里。几分钟过去了，大家都默不作声。

"只有您才会要求她做出这样的牺牲！"我用责备的目光望着他说。

"请不要责怪我！"他再一次说，"我向您保证，目前的种种不幸，虽说是很大很大的不幸——不过是暂时的。这一点我深信不疑。只有坚定，才能度过这一刻。她也是这样对我讲的。您知道：这一切的起因全在于这种家族的傲慢，这些完全不必要的争吵，还有什么官司！……但是……这件事我反复思考过，请您相信——所有这一切应该结束了。我们大家会重又和好，到时候就会非常幸福，因为看到我们这样幸福，老人们也会握手言欢的。谁知道呢，说不定正是我们的婚姻，才能促成他们的和解！我认为，甚至不可能不是这样。您怎么看呢？"

"您说到婚姻，请问，你们打算什么时候举行婚礼？"我问，同时看了娜塔莎一眼。

"明天或后天；最迟是后天——这是肯定的。您瞧，连我自己也不太清楚，而且说真的，我在那边还没有做什么安排呢。我原以为娜塔莎也许今天不会来。再说我父亲今天非要带我去见未婚妻——您知道家父正在给我提亲，这事娜塔莎跟您讲过吗？可是我不愿意。噢，所以我还没能把这事安排妥当。不过我们后天举行婚礼还是肯定要的。至少我这么认为，因为没有别的出路。明天我们就动身去普斯科夫。离那里不远有一个村子，那里住着我的一个贵族学校的同学，他是一个非常好的人；到时候我也许会介绍你们认识。那个村子里总会有神父的，不过话又说回来，我也不能肯定到底有没有。本来应该事先打听好，可是我还来不及……不过，说真的，这些都是小事。只要把大事放在心上就行了。其实也可以从邻近的村子里请一位神父来，您看怎么样？要知道，那边总会有一些别的村子吧！只可惜我至今还没有给那边写过一行字，本来应该事先通知一声的。很可能我的朋友目前不在家……不过这是排在末尾的一件事！只要拿定了主意，我想那边的事会自行安排好的，不是这样吗？暂时，哦，也就是明天或者后天吧，先让她住到我那儿。您知道吗，我已经租了一套单独的住房，等我们回来以后就一起住进去。我再也不想去父亲那里住了，不是吗？您一定要来看我们，我已经把居室布置得十分漂亮。我们皇村学校的老同学会来看我的，到时候我们将举行晚会……"

我怀着不解而又悲哀的心情望着他。娜塔莎用目光恳求我不要严厉指责他，要我宽容些。她面带忧伤地微笑听他讲话，同时又似乎在欣赏他，就像人们欣赏一个活泼可爱的孩子，乐意听他喋喋不休地说些虽不通事理却招人喜欢的话。我责备地盯了她一眼。我的心情变得难以承受的沉重。

"那么您父亲呢?"我问,"您敢肯定他会原谅你们吗?"

"他一定会原谅的,不然他还能怎么样?开始他当然会骂我一顿,我甚至相信一定会这样做。他就是那种人,向来对我很严厉。也许他还会去找什么人告我的状,总而言之,会利用他做父亲的权威。不过这一切都不是当真的。他爱我爱得像丢了魂;他发一通脾气,过后就会原谅的。到那时大家言归于好,我们大家都成了幸福的人。她的父亲也一样。"

"可是如果他不原谅呢?您可曾想到这一点?"

"肯定会原谅的.不过或许不会很快。那有什么?我要向他证明,我也是一个有个性的人。他老骂我软弱,骂我轻浮。现在让他瞧瞧,我究竟是不是轻浮。要知道做一个有家室的人,那可不是开玩笑,到那时我就不再是个孩子了……噢,我这是想说,到那时我就跟别人一样……是个有家室的人了。我要出去做事,自食其力。娜塔莎说,这比现在这样依赖别人生活要强得多。您可不知道,她对我说了多少金玉良言哪!这些话我可是永远也想不出来——我出生的环境不同,受的教育也不同。说真的,我其实也知道自己轻浮,几乎什么事也做不成;不过,您知道吗,前天我突然冒出一个绝妙的念头。尽管现在不是时候,但我还是想对您讲一讲,因为娜塔莎也应该听一听,然后再请您给我们出出主意。您瞧,是这样的:我想写一部小说,把它卖给那些刊物,就像您那样,杂志编辑那方面您会帮我搞妥的,是不是?我把希望寄托在您身上了!昨天一个通宵我都在构思一部长篇小说,对,先练练笔。您知道吗:说不定会写出一部很受欢迎的作品哩。情节我取自斯克里布[1]的一出喜剧……不过容我以后再跟您详谈。主要是写作能挣钱……您不是就得了一大笔稿费吗？"

我忍不住笑了。

"您笑了，"他说，也跟着我笑了。"不，您听我说呀，"他带着无比天真的表情补充道，"您别看我表面上像个孩子；真的，我的观察力特别敏锐，您日后会看到的。为什么不试一试呢？说不定真能有所成就……不过话又说回来，您似乎也是对的：我对现实生活确实一无所知；娜塔莎也这样说我，大家也都这样说我，我能成个什么样的作家呀？您笑吧，笑吧，可是您得帮助我改好；哪怕是为了她，您也会这样做，您爱她。我跟您说实话吧：我配不上她，我有这种感觉。这让我心情十分沉重，我甚至弄不清她为什么这么爱我？看来，我只能把整个生命都奉献给她了！说真的，在此之前我什么都不怕，可是现在我真害怕：我们这是在干什么呀！上帝啊！当一个人完全献身于自己的职责的时候，好像老天故意作对似的，他怎么就缺乏足够的能力和毅力去履行自己的职责呢？至少您得帮助我们，我们的朋友！您现在可是我们唯一的朋友了。您知道，我一个人又懂得什么呢？请原谅，我对您抱着过高的期望；我认为您是无

---

[1] 斯克里布（1791—1861），法国剧作家，一生写过三百五十多部闹剧、喜剧和历史剧，它们在巴黎舞台上演出达十年之久。这些剧作情节生动，戏剧效果强烈。陀思妥耶夫斯基在《冬天记的夏天印象》(1863) 里认为，这些剧作反映了法国资产阶级的理想和趣味。

比高尚的人，比我强多了。不过我也会改好的，请相信，我一定会配得上你们二位的。"

这时他又握住了我的手，那双漂亮的眼睛放出光来，流露出他内心善良而美好的感情。他无限信任地向我伸出手来，真的相信我是他的朋友！

"她一定能帮助我改好的，"他继续道，"不过您也别把事情想得太糟糕，别为我们太担心了。我毕竟抱有许多希望，至于物质方面，我们完全是有保障的。我，比如说吧，要是小说写不成——说实在的，前不久我还认为写小说是个愚蠢的主意，我刚才提起这件事，无非是想听听您的意见。——要是小说写不成，实在万不得已我还可以去教教音乐。您不知道我粗通音乐吧？即使用这种手段谋生，我也不以为可耻。在这件事上，我的思想是十分进步的。对了，除此之外，我还有许多贵重的小摆设和首饰，这些东西有什么用？我可以卖掉它们，靠这笔钱，您知道吗，我们可以生活很久！最后，实在万般无奈的时候，我也许真会去找点事做做。父亲甚至会高兴的，他老逼着我去做事，我就老推说身体不好。——不过，他好像在什么地方替我挂上名了——等他看到，结婚对我大有好处：我为人稳重了，又真的去做事了，他一高兴也就原谅我啦……"

"不过，阿列克谢·彼得罗维奇，您可曾想到，令尊和她的父亲之间现在又会闹出什么纠纷？您认为今天晚上他们两家的人会怎么样？"

我向他指了指娜塔莎，她听了我的话已经变得面无人色。

我丝毫不可怜她。"

"不错，不错，您说得对，这太可怕了！"他答道，"我也想过这一点，而且心里很苦恼……可是又有什么办法呢？您说得对：哪怕只求得她的父母宽恕我们，那也好啊！您不知道，我是多么爱他们！他们就像我的亲生父母，而我竟这样来报答他们！……唉！这些争吵，这些官司，真够瞧的！您不会相信，我们现在是多么讨厌这些事情。他们到底为什么争吵！我们大家彼此相亲相爱该有多好，他们却争吵不休！大家和好了，事情不就完啦！说真的，我要是他们的话，必定会这么做……听了您的话，我真害怕。娜塔莎，我们俩做的事太可怕了！这话我以前就说过……你却坚持……可是您听我说，伊万·彼得罗维奇，这一切也许会顺利解决呢，您怎么想？要知道，他们最终会和解的！让我们来促使他们和解吧。就这么办，一定这么办。他们总不能自始至终老是反对我和娜塔莎相爱吧……就让他们骂我们好啦，可我们仍旧永远爱他们，这样他们也就不会再坚持了。您不会相信，我家老爷子有时心肠多么好！他也就是喜欢皱着眉头看人，其实在许多事上他是非常通情达理的。您可不知道，今天他跟我说话时态度多么温和，怎样耐心地说服我！可我呢，今天偏要跟他作对，想想心里都难过。全都是因为这些荒谬的成见在作怪。简直是——发疯！他要是能好好地看看她，哪怕跟她待上半小时，那该多好啊！他肯定什么事都会答应我们的。"阿廖沙说着，温柔而深情地看了娜塔莎一眼。

"我已经成百上千次满心欢喜地想象过，"他又喋喋不休地说下去,"当他了解到,她好得能让所有的人都倾倒,他一定会喜欢她的。他们从来没有见过这样的好姑娘!父亲认定她不过是一个诡计多端的女人。我有责任为她恢复名誉,这一点我能做到!啊,娜塔莎!所有的人都会喜欢上你,所有的人;没有一个人会不喜欢你!"他兴奋地补充道,"尽管我根本配不上你,可是你爱我吧,娜塔莎,而我……你可是了解我的呀!何况我们的幸福并不需要太多的东西!不,我相信,我相信今晚应该给我们带来一切——幸福、安宁、和睦!但愿今晚美满幸福!我说得对吧,娜塔莎?可是你怎么啦?我的上帝,你这是怎么啦?"

她面无人色。在阿廖沙夸夸其谈的这段时间里,她一直定睛望着他;可是她的眼神变得越来越黯淡呆滞,脸色也越来越苍白。我感到,到了最后,她已经听而不闻、神情恍惚了。阿廖沙的呼喊仿佛使她猛地清醒过来。她回过神来,四下里望望,突然向我扑来。她急急忙忙地似乎想避开阿廖沙,从口袋里飞快地掏出一封信来,把它塞给了我。信是给两位老人的,昨天晚上就写好了。她把信塞给我的时候,深深地看了我一眼,似乎想把她的目光刻在我的心上。这目光里充满绝望,我永远也忘不了这可怕的目光。恐惧也向我袭来,我看到,直到此刻她才充分意识到自己此举的可怕后果。她努力想对我说点什么,甚至都张了嘴,却突然晕了过去。我赶紧扶住她。阿廖沙吓得脸色煞白。他给她揉太阳穴,吻她的手和嘴唇。大约过了两分钟,她苏醒过来。阿廖沙来时乘的那辆轿式马车,就停在不远处。

他把马车叫过来。上车时，娜塔莎像疯了似的抓住我的一只手，一颗眼泪落下来，热乎乎地滴在我的手指上。马车启动了。我在原地又站了很久，目送着她渐渐远去。我的全部幸福刹那间毁灭了，我的生命也随之折断了。我痛苦地感觉到了这一点……我慢慢地往回走，沿着原路去看望两位老人。我不知道该怎样走进他们的家门，不知道该对他们说些什么，我的思想麻木了，两条腿发软……

这就是我所经历的全部幸福，我的恋情就这样结束了，收场了。现在容我来继续叙述中断了的故事。

第十章

史密斯死后的第五天，我搬进了他的住所。那一整天我都非常烦恼。天气阴沉而寒冷，飘落的潮湿雪花中夹杂着雨点。直到傍晚，太阳才露了一下面，一束迷途的阳光居然照进我的居室，想必是出于好奇吧。我开始后悔，不该搬到这儿来住。房间固然不小，但十分低矮，到处都被熏黑了，还有一股霉味，虽说也有几件家具，可还是空空荡荡，叫人感到极不舒服。当时我就想到，我最后的那点健康一定会葬送在这个陋室里。我不幸言中了。

一上午我都忙于收拾我的稿纸，把它们按章节整理妥当。由于没有公文包，我是把文稿放在枕头套里带来的。这么一来，稿纸不仅弄皱了，前后也弄乱了。随后我坐下来写作。我当时还在写那部长篇小说，但写得很不顺手，我的心思不在这上面……

我把笔一扔，到窗前坐下。暮色苍茫，我的心情也越来越抑郁。各种沉重的思绪纠缠不清。我总觉得，我最终会死在彼得堡。春天快到了。我想到，只要我能逃离这个牢笼，跑到广阔的天地里，呼吸一下原野和林间的新鲜空气，也许还能像春天一样重获生机。我已经很久很久没有见到原野和森林了！……记得我的脑子里还动过这样一个念头：假如有一种法术，或是出现一个奇迹，能让我把过去的一切，把近年来所经历的一切，全都忘得一干二净，那该多好啊！忘掉一切，让头脑清醒过来，精力饱满地重新开始生活，那该多好啊！当时我还有这样的梦想，寄希望于获得新生。"哪怕进疯人院也行，"最后我甚至想，"好叫他们洗洗我的脑子，把里面的一切重新安排妥当，到那时我又能康复了！"我依旧渴望生活，对它满怀信心！可是我记得，当时我就不禁失笑了。"出了疯人院又干什么呢？难道还去写小说吗？……"

就这样我沉入了幻想，苦恼不堪。与此同时，时间在慢慢地过去。黑夜降临了。这天晚上，我本来有约在身：娜塔莎昨天晚上就给我送来一封便函，要我务必去找她一趟。我一跃而起，准备动身。即使她不约我，我也早就想尽快逃走，随便去什么地方，哪怕刮风下雨，道路泥泞。

随着夜色越来越浓，我的房间似乎变得越来越大，似乎它在不断地扩展延伸。我不由得想象到,每天晚上我都会在每个屋角看到史密斯:他会坐在那里直愣愣地望着我,就像在米勒店里望着亚当·伊万内奇那样,而且他的脚旁一定躺着阿佐尔卡。正想到这里,瞬间发生的一件事让我大吃一惊。

不过,我应当坦白承认:不知是由于我神经失调,还是由于新居带给我的种种新的印象,或者由于不久前心情过于抑郁,总之,不知什么原因,一到黄昏来临,我就渐渐地陷入一种奇怪的精神状态(而现在当我生病的时候,几乎每天夜里它都一再向我袭来),我把它称之为神秘的恐怖。这是一种不堪承受的折磨人的恐惧感,惧怕某种东西,不过究竟怕什么,连我自己也说不清,它虚无缥缈,令人百思不得其解,然而也许转瞬之间它就会成为一个实实在在的东西,而且仿佛嘲笑理智的一切判断,它来到我这里,站在我面前,像一个无可争辩的事实那样阴森可怕,没有固定形状,又残酷无情。这种恐惧感不顾理智的任何阻挠,常常越演越烈,以致最后理智丧失了对抗这种感觉的任何能力,尽管这时的脑子也许更加清醒。理智不听使唤,它不起作用了,于是,这种精神上的分裂加剧了那种有所期待而又胆战心惊的苦恼。我觉得,这种苦恼有点类似活人害怕死人的感觉。但是在我的苦恼中,可能发生的那种危险是模模糊糊的,这就使得我更加痛苦不堪。

记得我当时背对着门站着,正要从桌上拿起我的帽子,刹那间我突然冒出一个念头:只要我转过身去,一定会看到史密斯——他先是轻轻地推开门,站在门口朝室内打量一下,然后垂下眼睑，不出声地走进来，站在我的面前，一双浑浊的眼睛直愣愣地望着我，忽然又直冲着我，从他干瘪的嘴里发出一阵阵不出声的笑，而且笑得浑身晃动，一直在晃动。这幅情景突然异常鲜明而清晰地呈现在我的想象中，与此同时，我的心中突然形成一种确有把握、不容置疑的信念：这一切不可避免地一定会发生，甚至已经发生了，只因为当时我背对着门站着，所以才看不见罢了，而且就在这一刹那，说不定门已经打开。我急忙回头一看，怎么？——门当真在慢慢地打开，正如我一分钟前想象的那样轻轻地、无声地打开了。我惊叫一声。很久都没有人露面，就像门是自动打开的。突然在门槛上出现了一个奇怪的身影，我在黑暗中观察到，有两只眼睛正仔细地、固执地打量着我。一阵寒噤后，我感到手脚冰凉。我大为惊讶，因为我看到这是一个孩子，一个小姑娘。这个从未见过的孩子，此刻这么奇怪地、意外地出现在我的房间里，这远比史密斯本人的出现更加吓人。

我已经说过，门是她不出声地慢慢地推开的，似乎她害怕走进来。她推开门后，站在门口，久久地望着我，仿佛不胜惊讶地呆住了。未了，她不出声地、慢慢地朝前迈了两步，在我的面前站住，依然一声不吭。现在我可以就近看清她了。这是一个十二三岁的小姑娘，身材瘦小，脸色苍白，像是大病初愈，一双乌黑的大眼睛因而显得分外明亮。她的左手在胸前按住一块破旧的头巾，用来捂住她那因为夜间寒冷而冻得仍在发抖的胸脯。她穿的可以说是一身破烂。一头浓密的黑发未经梳理，乱蓬蓬的。我们彼此都目不转睛地审视着对方，就这样站了两三分钟。

"外公呢？"她终于开口问道，声音嘶哑，而且轻得几乎听不见，好像她的胸部或喉部有什么疾患似的。

听到她的问话，我那神秘的恐怖顿时一扫而光。有人在打听史密斯，他的踪迹被意外地发现了。

"你的外公吗？他已经死了呀！"我脱口而出，完全没有准备好怎样回答她的问题。我立刻后悔了。刚开始时，她还像原来那样站着，突然她浑身发抖，抖得十分厉害，好像她有什么危险的精神病快要发作了。我急忙扶住她，不让她倒下。过了几分钟，她有所好转，这时我清楚地看到，她很不自然地努力控制自己，想在我面前掩饰她内心的激动。

"请原谅，原谅我，小姑娘！原谅我，我的孩子！"我说，"我刚才是脱口而出，也许情况不是这样……我可怜的孩子！……你找谁？是找曾经住在这儿的那个老人吗？"

"是的。"她吃力地小声说，一直不安地望着我。

"他姓史密斯，对吗？"

"对，没错！"

"那么说，他……噢，是的，他是死了……不过你别伤心，我的亲爱的。你早先怎么不来呢？现在你从哪儿来？他是昨天下葬的；他死得很突然，是猝死……那么说，你是他的外孙女了？"

小姑娘没有回答我那些急促而又颠三倒四的问题。她默默地掉转身子，不出声地走出房间。我不胜惊讶，竟忘了留住她：再仔细问问她。但她在门口又站住了，向我半转过身子，问道：

"阿佐尔卡也死啦？"

"是的，阿佐尔卡也死了。"我答道。我觉得她问得很奇怪，好像她深信阿佐尔卡一定会跟老人一块儿死去似的。听到我的回答，小姑娘不声不响地走出了房间，小心翼翼地带上了身后的门。

片刻之后，我跑出去追她，我后悔不迭：怎么会让她走了呢！她悄无声息地走了出去，我甚至没有听见她打开通往楼梯的另一扇门。我寻思她还来不及下楼，便站在拐角倾听。但是周围很静，听不见任何人的脚步声。只听见楼下四层有扇门砰的一声响，之后四周又重归寂静。

我急忙走下楼去。我住所外面的这段楼梯，从五层到四层，呈螺旋形；四层以下便是直的了。楼道又脏又黑，任何时候都是黑黢黢的——在有着无数小套住宅的公寓大楼里，通常都是这样的。这时楼道里已经一片漆黑。我摸索着下到四层，停了下来，这时我忽然灵机一动：在这里，在拐角，一定有人在躲着我，我用双手摸索，小姑娘果真在这里，她站在墙角，面对着墙壁，正悄悄地、不出声地在啜泣。

"你听我说，你怕什么呀？"我开始说，"刚才我吓着你了，我很抱歉。你外公临死的时候说到你了，那是他最后的一句话……我那里还留着一些书，大概是你的。你叫什么名字？在哪儿住？他说在六街……"

但我没有把话说完。她一声惊叫，似乎是因为我知道了她的住处。她伸出干瘦的手一把推开了我，急忙朝楼下奔去。我去追她，还听得见下面有她的脚步声。忽然脚步声没有了……等我跑到街上，已不见她的踪影。我一直跑到沃兹涅先斯基大街，发现我寻找她是枉费心机：她消失不见了。"或许她下楼的时候，"我寻思，"又找了个地方躲起来了。"

第十一章

可是我刚踏上这条大街那又脏又湿的人行道，便撞上一个行人：那人显然心事重重，低头急匆匆地赶着路。我大吃一惊，认出他原来是伊赫缅涅夫老人。这个晚上我竟两次跟人不期而遇。我知道老人在三天前就病得不轻，没想到在这么潮湿的天气我却在大街上突然遇到他。何况在此之前他几乎从来不在傍晚时外出，自从娜塔莎离家出走之后，也就是大约半年以前，他当真成了闭门不出的人。他见了我高兴得有点不同寻常，就像一个人终于找到了一个可以推心置腹的朋友。他一把抓住我的手，紧紧地握着，也不问一声我去哪儿，拉着我就走。他为了什么事正焦急不安，慌慌张张，十分激动，"他到底要上哪儿去呢？"我暗自纳闷。不能问他，因为近来他变得极其多疑，有时别人的一个最平常的问题或意见，他都认定其中带有得罪他、侮辱他的意思。

我偷偷打量他：他一脸病容，近来瘦多了，胡子有个把星期没刮了。头发完全变白，乱糟糟地露在一顶皱巴巴的帽子外面，像一条条小辫子似的搭在他那件破旧大衣的领子上。以前我就发现，有的时候他似乎会想得出神：比如，他忘了室内并非他独自一人，常常自言自语，还比比划划做着手势。看到他这副模样，真让人心情沉重。

"喂，怎么样，万尼亚，你怎么样？"他说，"你去哪儿，我的朋友？瞧我又跑出来了：我有事。你身体好吗？"

"倒是您身体可好？"我问道，"前几天您不是还病着吗？怎么现在就出门了！"

老人没有回答，好像压根儿没听我的话。

"安娜·安德烈耶芙娜身体可好？"

"还好，还好……不过嘛，她也有点小病。我那个老伴有点伤心……老惦记着你：怎么不上我们家了呢？你此刻是去看我们吧，万尼亚？不是的？是不是我妨碍你了，耽误你去办什么事？"他突然问道，不知何故还不大信任地怀疑地审视着我。多疑的老人变得极其敏感和急躁，如果我此时回答他说，我不是去看望他们的，他必定感到气恼，还会冷冷地跟我分手。我急忙肯定地说，我正要去看望安娜·安德烈耶芙娜呢，虽说我也知道，这会耽误时间，说不定根本来不及再去看娜塔莎了。

"哦，这就好，"老人说，我的回答使他完全安心了。"这很好……"突然他又不言语了，沉思起来，似乎有什么话没有说完。

"是啊，这很好！"四五分钟后他又机械地重复一遍，像是从深深的沉思中惊醒过来。"嗯……你要知道,万尼亚,我们一向把你当亲儿子对待;上帝没有赐给我和安娜·安德烈耶芙娜……一个儿子……所以就把你送给我们了;我一直就是这么想的。老太婆也一样……不错!你呢,对我们一向很敬重,很体贴,就像一个知恩图报的亲儿子。为此上帝会保佑你,万尼亚,我们老两口也一样,永远祝福你,爱你……没错!"

他的声音发颤,停了片刻他才说:

"没错……噢,你怎么样?没病吧?为什么那么久都不去我们家了呢?"

我把史密斯的事讲给他听,并向他道歉,因为史密斯的事拖住了我,此外我自己几乎也累病了,就这样忙忙碌碌,所以没有工夫跑到瓦西里岛(他们那时住在该岛)去看望他们:路太远了。我还差点说漏了嘴:尽管这样,在这段时间里,我还是抽空去看了娜塔莎,但我及时打住了话头。

老人对史密斯的事很感兴趣。他变得专心些了。当他了解到我的新居很潮湿,也许比原先的住所更糟糕,而且每月还得付六卢布房租时,他甚至发起火来了。总之,他变得极易冲动,焦躁不安。遇到这种时刻,只有安娜·安德烈耶芙娜还能对付他一下,但也不是任何时候都奏效。

"哼……这就是你搞文学的结果,万尼亚!"他几乎是恶狠狠地喊起来,"文学把你逼进阁楼,它还要送你进坟墓!这话我早就对你讲过,我早就预见到了!……哦,怎么样,Б还在写评论吗?"

"他已经死了,死于肺痨。[1] 我好像跟您讲过的。"

"死了,嗯……死了!这也在意料之中,怎么样,他给老婆孩子留下什么了吗?[2] 我听你说过,他家里有老婆,好像还有……这种人何苦要结婚呢!"

"没有,他什么也没留下。"我答道。

"哦,果真是这样!"他无比激动地叫起来,仿佛这事与他休戚相关,仿佛已故的 Б 是他的亲兄弟。"什么也没留下,没留下!你要知道,万尼亚,我早就预感到他会这样了此一生,当时,你还记得吧,你老在我面前夸他。说得倒轻巧:什么也没有留下!啊……他赢得了荣誉!就算是这样,而且也许是不朽的荣誉,可是荣誉毕竟不能当饭吃。我呀,孩子,当时就预料到你也会这样,万尼亚;我嘴上夸奖你,可心里老是为你担忧。Б 就这样死了?怎么又能不死呢!我们的生活多好啊……还有,我们这地方多好啊,你瞧啊!"

他不经意地做了一个手势,指着迷迷蒙蒙的街景,要我看那些在浓雾弥漫的昏暗中闪烁不定、发出惨淡幽光的路灯,看沿街那些肮脏的房屋和潮得泛光的石板人行道,要我看那些脸色阴沉、怒气冲冲、衣服淋湿的行人,以及笼罩在整个这幅景象之上那浓如泼墨般黑沉沉的彼得堡的上空。这时我们已经来到广场,在我们面前的一片昏暗中,矗立着一座由下面的煤气

---

[1] 指别林斯基,他于俄历 1848 年 5 月 28 日死于肺病。
[2] 别林斯基没有给家属留下任何遗产。据同时代人回忆,他一生清贫,死前几个月已付不起房租和女佣的工钱,被迫出售他从国外带回的几件衬衫。

灯照亮的纪念铜像[1],再远一些,便是拔地而起的以撒大教堂[2]那黑黢黢的庞大建筑物,由于天色昏暗,教堂的轮廓已模糊不清。

"你曾经说过,万尼亚,他是个好人,豁达大度,讨人喜欢,有感情,有良心。噢,他们都是这样的,你的那些有良心、讨人喜欢的人!不过他们还会制造孤儿。嗯……我想他一定乐于去死的!……哎呀!我真想离开这里,哪怕去西伯利亚!……你怎么啦,小姑娘?"他看到人行道上有一个行乞的小孩,突然这样问道。

这是一个瘦小的女孩子,最多七八岁,穿着肮脏的破衣服,一双小小的光脚拖着两只破鞋。她拉扯着那件有点像罩衣的早已嫌小的破褂子,竭力想遮掩住冻得发抖的瘦小身子。她把那又黄又瘦、带着病容的小脸转向我们,怯生生地、一声不响地望着我们,一脸温顺的、生怕遭到拒绝的可怜相,向我们伸出一只哆哆嗦嗦的小手。老人看到她这副模样,猛地打了个寒噤,又急速地向她转过身去,甚至把她吓了一跳。她哆嗦了一下,急忙从他身边躲开。

"怎么啦,你怎么啦,小姑娘?"他叫道,"怎么啦?你在要钱吧?是吗?喏,这个给你……拿着吧,拿着!"

他激动得手都在发抖,慌慌张张地赶紧掏自己的口袋,从中摸出了两三个银色硬币。但他嫌少,又取出钱夹子,从中抽

---

[1] 指沙皇尼古拉一世铜像,1859年在彼得堡以撒广场建成。
[2] 1818—1858年建于彼得堡,为俄罗斯古典主义晚期的建筑古迹。这座庞大的建筑物高一百〇一点五二米,其巨大圆顶直径为二十一点八三米。

出一张一卢布纸币——里面的全部财产,把所有的钱都塞到小乞丐的手里。

"基督保佑你,小……姑娘,我的孩子!愿天使与你同在!"

他伸出发抖的手,在可怜的孩子身上一连画了好几个十字;但他突然看到我也在场,而且正望着他,便皱起眉头,快步朝前走去。

"这种事,你瞧,万尼亚,真叫我不忍心看,"他气愤地沉默良久后说,"这些无辜的小孩子在街头的寒风中冻得浑身发抖……都怪他们该死的父母!不过话又说回来,做母亲的如果不是自己也遭遇不幸,又哪能打发自己的孩子去干这种可怕的事呢!……她的小屋里一定还有几个孤儿,她是姐姐;他们的母亲病了……哼,他们不是豪门子弟!这世上,万尼亚,能有多少豪门子弟呢!哼!"

他沉默半响,似乎不知该怎么说才好。

"你知道,万尼亚,我曾经答应过安娜·安德烈耶芙娜,"他犹豫不决地、吞吞吐吐地开始说,"答应过她……这就是说,我和安娜·安德烈耶芙娜两人都同意领一个孤儿来抚养……对,随便哪家的孤儿;也就是领个穷苦人家的女孩子到我们家;你明白吗?要不然剩下我们老两口太冷清了!嗯……不过你瞧,安娜·安德烈耶芙娜现在不知为什么开始反对这么做了。你去跟她谈谈,只是别说是我叫你去的,而是你自己的主意……开导她一番……你明白吗?我早就想求你这么办了……让你去说服她也同意,要我自己去求她,总有点不好意思开口……咳,何必说这些废话！我要小姑娘干什么？其实用不着。噢，无非是想找个安慰……能听听孩子的声音……不过说实在的，我这样做全是为老太婆好；让她快活一些，比守着我一个人强。不过我这都是瞎扯！你听我说，万尼亚，这么个走法我们什么时候到家呀，不如叫辆马车吧；路还远着呢，安娜·安德烈耶芙娜怕要等急了……"

我们叫了出租马车，到达安娜·安德烈耶芙娜那里时已经晚上七点半了。

第十二章

老两口相爱至深。爱情和长年相伴的习惯把他们紧紧地拴在一起。不过尼古拉·谢尔盖伊奇对他的安娜·安德烈耶芙娜却有点冷漠，有时甚至相当严厉，特别是当着外人的面。不仅现在他是这种态度，就是以前，在他们生活最幸福的时期，他也是这样。有一些人生性温柔，极其敏感，但有时却有一种执拗，一种纯洁的矜持，他们不愿意表现自己，即使对自己心爱的人儿也不肯流露自己的一片柔情，不仅有旁人在场时如此，就是两人私下里也一样，甚至比有人在场时更为拘谨。这种人的温情只偶尔迸发出来，而且它被压抑得越久，迸发得越是热烈，越是冲动。伊赫缅涅夫老人对他的安娜·安德烈耶芙娜多半就是这样，而且从年轻时代起就如此了。他敬重她，无限爱她，尽管她只是一个心地善良、除了爱自己的丈夫外几乎一无所长的女人，以致他常常抱怨，说她缺心眼，有时对他的感情过于外露，很不得体。但在娜塔莎离家出走之后，老两口儿之间反倒更亲热了。他们痛苦地感觉到，从今以后，他们在这个世界上就无依无靠了。虽说尼古拉·谢尔盖伊奇有时异常郁闷，然而老两口儿只要两个小时不待在一起，就会感到烦恼与不安。他们之间达成了默契，那就是闭口不提娜塔莎，就好像这个世界上根本没有这个人。安娜·安德烈耶芙娜甚至不敢在丈夫面前转弯抹角地提到她，虽说这样做对她来说着实困难。她早已在内心原谅了娜塔莎。我们之间似乎也达成了默契：只要我一来，我多少得给她带去一些有关她那可爱而难忘的宝贝的消息。

　　这位老太太如果长久得不到女儿的消息，就会生病。我每次到他们家，她总想知道每一个最小的细节，总是又着急又好奇地一再盘问我，听了我的叙述便"宽心"了。有一次，我告诉她娜塔莎病了，她听了差一点吓死，甚至立刻要亲自去看望她。不过这是一个极端的例子。起初，她即使在我面前也不敢吐露她想去看女儿的心思，而且在我们每一次谈话之后，也就是在她从我嘴里探问出她想知道的一切之后，她便认为有必要在我面前闭紧嘴巴，而且一定要再次声明：虽说她也关心女儿的命运，但娜塔莎毕竟是个不可饶恕的罪人。不过这都是装模作样罢了。更多的情况是安娜·安德烈耶芙娜伤心欲绝，痛哭失声，当着我的面用最亲昵的小名呼唤娜塔莎，伤心地埋怨尼古拉·谢尔盖伊奇，而且当着他的面开始小心翼翼地旁敲侧击，说什么有些人一身傲气，铁石心肠，说什么如果我们不能宽恕别人的过失，那么上帝也不会宽恕那些不能宽恕别人的人。不过当着他的面，她的话从来也就到此为止。遇到这种时刻，老人立刻变得冷酷无情，板起面孔，皱起眉头，一言不发，或者突然间，通常是异常尴尬地、大声地说起别的事，或者干脆跑进自己的房间，把我们留下，以便给安娜·安德烈耶芙娜一个机会，让她可以在我面前或是哭哭啼啼，或是发发牢骚，尽量诉说她的痛苦。每次我一来，他通常就这样回到自己的房间，有时只跟我打声招呼，让我有时间把有关娜塔莎的全部最新消息都告诉安娜·安德烈耶芙娜。这一次他也是这样。

"我浑身淋湿了，"他一进门就这样对她说，"我要回自己屋里去，你呢，万尼亚，就待在这儿。哦，他在找房子的时候遇到了一件怪事，你跟她说说吧。我一会儿就回来……"

他急忙走开，甚至极力不看我们一眼，似乎有点不好意思：是他把我们两人弄到一起了。在这种场合，特别是再次回到我们这儿时，他总是神色严厉，怒气冲冲，无论对我还是对安娜·安德烈耶芙娜都是这样，甚至好吹毛求疵，好像在生自己的气，怨恨自己的和善与宽容似的。

"他就是这种人。"老太太说，近来她对我不再拘礼，把心里的想法都告诉我。"他对我从来就是这样，其实他也知道我们看透了他那些花招！干吗在我面前装模作样呢！难道我是什么外人吗？他对女儿也是这样。他本来是可以宽恕她的，说不定心里想宽恕她，谁知道他呢。夜里他常常哭，我听到的！可是表面上装得若无其事,一身傲气……我的少爷,伊万·彼得罗维奇,你快告诉我:他刚才去哪儿啦?"

"您是问尼古拉·谢尔盖伊奇吗?不知道,我还想问您呢。"

"他出门的时候,我真的吓呆了。因为他有病,又是这种天气,再说眼看就天黑了。哦,我想,一定有什么重要的事要办。可是还有什么事比您知道的那件事更重要呢?我暗自寻思,可是不敢问他。你知道现在我什么事都不敢问他啦。我的上帝啊,为了他,也为了她,我真的常常发呆。我想,莫不是他去找她了?莫不是他决计宽恕她了?其实他什么都打听到了,他知道她的最新消息。我能肯定他知道,可是他是从哪儿打听到的,我却猜不透。昨天他像是愁死了,今天也一样。您怎么不言语呢?快说呀,我的孩子,那边又出什么事啦?我一直等着您来,就像等待上帝派来的天使,眼睛都望穿啦。噢,怎么样,那个坏蛋要抛弃娜塔莎啦?"

我立刻把我所知道的一切都告诉了安娜·安德烈耶芙娜。我对她向来是有话直说的。我告诉她,娜塔莎和阿廖沙之间的关系似乎真有破裂的危险,这一次情况远比他们以前的争吵要严重;昨天娜塔莎给我送来一封便函,要我今晚九时务必去找她一趟,所以我本来不打算今天来看望他们,是尼古拉·谢尔盖伊奇硬把我拽来的。说完后,我详细地给她解释:目前的情况总的来说十分危急;阿廖沙的父亲外出回来已经两周多,他什么话也听不进去,对阿廖沙看管很严;不过最主要的是阿廖沙好像自己也不反对那门亲事,听说他甚至爱上了那个姑娘。

我还补充说，据我猜测，娜塔莎写便函的时候，心里肯定十分激动；她写道：一切将在今晚决定。决定什么？——这我就无从知道了。有一点也很奇怪，便函是她昨天写的，却约我今天去，还规定了时间：九点钟。所以我一定要去，而且越快越好。

"去吧，去吧，我的孩子，你一定要去，"老太太急忙张罗起来，"不过你得等他出来，你喝杯茶吧……哎呀，怎么茶炊还没送上来！马特廖娜！你弄的茶炊呢？简直像个强盗，哪儿是个仆人！……噢，你喝完茶，找个得体的借口就快走。不过你明天一定得来我家，把什么事都告诉我，而且要早点来。上帝啊！莫不是又发生了什么不幸！不过，还有什么会比现在的情况更糟糕的呢！其实尼古拉·谢尔盖伊奇什么都打听到了，我的心告诉我，他什么都知道了。我呢，从马特廖娜那里了解到许多情况；她呢，是从阿加莎那里打听来的，而那个阿加莎的教母就住在公爵家里，她叫玛丽亚·瓦西里耶芙娜……噢，这些其实你也知道。今天我的尼古拉大发雷霆：我才说了那么两句，他就冲着我大喊大叫，后来他又有点后悔，抱怨说他缺钱用。好像他是因为缺钱用才大喊大叫的。吃完午饭他去小睡。我从门缝里偷偷地看（门上有一道小缝，但他不知道），他这个可怜的人正跪在神龛前祈祷哩。我看到这情景，两条腿就发软了。后来，他既没喝茶，也没午睡，拿起帽子就出门了。他是四点多钟走的。我也不敢问他：怕他又冲我嚷嚷。他现在经常大喊大叫，多半是冲着马特廖娜，有时也冲着我来。只要他一声喊叫，我的腿立刻发软，吓得心惊肉跳。其实他只是发发脾气，我也知道是这样,但还是担惊受怕。他出门后,我祈祷了整整一个钟头,求上帝保佑他能心平气和。噢,她的便函在哪儿,快让我看看!"

我把便函给了她。我知道安娜·安德烈耶芙娜暗自怀着一种梦想,那就是阿廖沙(她有时叫他混账东西,有时又叫他无情无义的坏孩子)最终会娶了娜塔莎,他的父亲彼得·亚历山德罗维奇公爵最终会同意这门婚事。她甚至在我面前几次说漏了嘴,尽管在别的时候又反悔,拒不承认说过的话。不过,她无论如何也不敢当着尼古拉·谢尔盖伊奇的面说出自己的心愿,虽说她也知道,老头子早就怀疑她有这种想法,甚至不止一次话里有话地数落她。我认为,一旦他得知有可能结下这门亲事,那他最终必定会诅咒娜塔莎,而且会把她从心中永远赶出去的。

当时我们都这么想。他心心念念盼着他的女儿回来,但他只想念她一个人,他期待她幡然醒悟,彻底忘掉她的阿廖沙。这是他宽恕她的唯一条件,尽管他没有明说,但从旁看来,这是显而易见、不容置疑的。

"他性格软弱,是个没有主见的孩子,可又铁石心肠,我从来这么说他,"安娜·安德烈耶芙娜又开始说,"他们不会管教他,结果就养成了这么一个浪荡公子。她是那么爱他,可他现在却要抛弃她,我的主啊!她会怎么样呢,我那可怜的孩子!他在他的新欢身上发现什么啦,真叫我奇怪!"

"我听说,安娜·安德烈耶芙娜,"我表示不同的看法,"他的未婚妻是个迷人的姑娘,连纳塔利娅·尼古拉耶芙娜也这么认为……"

"你别信这个！"老太太打断我的话，"什么迷人不迷人的！不论什么模样的女人，只要她晃晃裙子，你们这些耍笔杆儿的就会觉得她迷人。至于娜塔莎夸她，那是因为她心灵高尚。她不想法子管住他，事事原谅他，她自己就吃尽了苦头。他对她变了多少次心啦！那些坏蛋都是铁石心肠！简直把我吓坏了，伊万·彼得罗维奇！一个个都傲气十足。我那老头子若能压压他的傲气，宽恕了她，宽恕了我的宝贝，再把她领回家来，那该多好啊！我要搂着她，把她瞧个够！现在她瘦了吧？"

"是瘦了，安娜·安德烈耶芙娜。"

"唉，我的宝贝！我呀，伊万·彼得罗维奇，太不幸了！昨晚我哭了一夜，今天又哭了一天……为什么呢？以后我再告诉你！有多少次我绕着圈子、支支吾吾地对他说，要他宽恕了吧；我不敢直说，只好绕圈子，耍那么点小花招。就这样，我心里还是直发慌，我想万一他发起火来，真会诅咒她！在此之前，我还没有听他诅咒过……所以我就害怕，可别再招来他的诅咒。那样一来,会怎么样呢？遭到父亲的诅咒,就会受到上帝的惩罚。我就这样过日子，每天都吓得胆战心惊。再说你也该感到害臊，伊万·彼得罗维奇；说来你是在我们家长大的，也看到我们把你当亲儿子对待，瞧你也胡扯什么迷人！瞧人家玛丽亚·瓦西里耶芙娜说得多清楚——我错了，因为有一天上午，我趁老头子出去办事，请她过来喝咖啡——她把全部底细都告诉我。公爵，也就是阿廖沙的父亲，跟那位伯爵夫人关系不正当。据说那位伯爵夫人老早就责怪他不肯跟她结婚，可是公爵却一味推托。这位伯爵夫人在她丈夫还活着的时候名声就不好，尽干些伤风败俗的事。丈夫一死，她就出国去了；那些意大利人和法国人就来捧她，她常把一些男爵带回家，就在那里勾搭上了彼得·亚历山德罗维奇公爵。可是她的继女，也就是她那个前夫（一名包税商）的女儿，这期间渐渐长大了。这位伯爵夫人，也就是那个继母，把所有的家产都花光了；而她的继女卡捷琳娜·费奥多罗芙娜这期间长大成人，她那两百万也越滚越多——那是她的包税商父亲专为她存在典押借贷行里的。据说她名下现在有三百万啦。公爵灵机一动：好哇，让阿廖沙娶那姑娘！——他这人很精明！到手的东西他是不会放过的！那位伯爵，你记得吗，就是他们家的那位亲戚，那个有权有势的宫廷侍从，也表示同意；三百万可不是闹着玩的。好啊，伯爵说，你先去跟伯爵夫人谈谈。于是公爵就把自己的心愿对伯爵夫人说了。那个伯爵夫人大吵大闹，不答应：据说，那个女人不守妇道，蛮不讲理，喜欢胡闹！这里的有些人家，据说已经不接待她了；这里可不是外国。她说，不行，公爵，你自己得娶我，要我的继女嫁给阿廖沙，那可绝对办不到。那姑娘，就是那个继女，听说很爱她的继母；几乎到了崇拜她的地步，什么事都依着她。据说那姑娘性情温柔，好得像天使！公爵看明白了是怎么回事，就劝伯爵夫人别担心。他说，你把你的家产都花光了，你欠下的债一辈子也还不清。可是，一旦你的继女嫁给阿廖沙，那他们就成了天造地设的一对：你的继女天真无邪，我的阿廖沙是个小傻瓜；我们一开始就把他们抓在手里，我们一起来监护他们；
到时候你就有钱花了，你要是嫁给我，能有什么好处？这人诡
计多端！共济会会员[1]！那是半年以前的事，当时伯爵夫人还拿
不定主意，可是现在，据说两人跑了一趟华沙，在那里谈妥啦。
这就是我打听到的情况。这些全是玛丽亚·瓦西里耶芙娜对我
讲的，她把他们所有的底细都告诉我了，而她又是从一个可靠
的人那里打听来的。好了，你瞧，这事关系到钱财，几百万卢
布呢，还说什么迷人不迷人的！"

安娜·安德烈耶芙娜的叙述使我大为吃惊。它同我不久前
从阿廖沙那里听到的情况完全相符。他在谈起这件事的时候，
还夸口说，为金钱而结婚他是无论如何也不干的。可是卡捷琳
娜·费奥多罗芙娜又让他倾倒，让他动心。我从阿廖沙那里还
听说他父亲也打算结婚，尽管他本人一再否认这种传闻，不想
过早地惹恼伯爵夫人。我已经说过，阿廖沙很爱他的父亲，欣
赏他，夸奖他，把他当成神灵一样，无限信任他。

"你说的那位迷人的小姐，其实出身并不高贵，"安娜·安
德烈耶芙娜继续说，她对我称赞小公爵的未婚妻大为恼火。"倒
是娜塔莎跟他更般配。那位小姐不过是包税商的女儿，我家娜
塔莎才是名门闺秀。我忘了告诉您，昨天我那老头子打开他的
小箱子——包铁皮的那一只，你还记得吗？——整个晚上，一

---

[1] 共济会为18世纪初产生于英国的宗教道德运动。它从18世纪70—80年代起
已在俄国广泛传播。共济会会员希图建立一个全世界的秘密组织，以达到把全
人类联合在宗教兄弟同盟之中的乌托邦目的。

直坐在我的对面,翻阅我家的那些契约和文书。一副严肃认真的样子。我正在织袜子,没有看他,也不敢看他。他见我一声不响,就生起气来,后来他主动叫了我一声,就给我谈起咱家的家谱来了,讲了整整一个晚上。原来我们伊赫缅涅夫家族远在伊凡雷帝[1]在位时就已经是贵族了,至于我的娘家舒米洛夫家族,早在阿列克谢·米哈伊洛维奇[2]在位时就很有名气了,我们有这方面的证据,连卡拉姆津[3]的史书里也提到过哩。原来是这样,我的孩子,从这条线上看,我们显然一点儿也不比别人差。老头子刚开口跟我谈起这件事,我就明白他的心思了。看来,他因为娜塔莎叫人瞧不起才感到恼火。人家只不过因为有钱,这才胜过我们。哼,就让那个强盗,那个彼得·亚历山德罗维奇去张罗他的钱财吧;谁都知道他是个铁石心肠、爱财如命的人。据说,他在华沙时就秘密加入了耶稣会[4],真有这事吗?"

"愚蠢的流言,"我答道,虽说这个谣言的广为流传无意中引起了我的兴趣。不过,关于尼古拉·谢尔盖伊奇翻阅自家契约和文书的情况却耐人寻味。过去他从来没有夸耀过他家的门第高贵。

---

[1] 伊凡雷帝(1530—1584),俄国沙皇,1547—1584年在位。
[2] 阿列克谢·米哈伊洛维奇(1629—1676),俄国沙皇,1645—1676年在位。
[3] 尼·米·卡拉姆津(1766—1826),俄国作家,历史学家,著有《俄国通史》,共十二卷。该书实际上并未提到这两个家族。——俄编注
[4] 天主教修会之一,是在16世纪中叶欧洲宗教改革运动兴起后,天主教内部顽固派反对宗教改革的主要集团。在西方,"耶稣会士"被用作"伪善者"的同义词。

"所有的坏蛋都是铁石心肠!"安娜·安德烈耶芙娜继续说,"噢,她怎么样啦?我那宝贝伤心了吧?在哭吧?哎呀,你该去找她了!马特廖娜,马特廖娜!她真是个强盗,不是仆人!……他们没有侮辱她吧?快说呀,万尼亚!"

我怎么回答她呢?老太太呜呜咽咽哭起来了。我问她又遇到了什么不幸,因为刚才她本来想告诉我的。

"唉,我的孩子,祸不单行啊,看来,杯里的苦酒还没有喝完呢!亲爱的,你是不是还记得,我有一个圆形的颈饰,镀金的,是个纪念品,里面嵌着一张娜塔舍奇卡儿时的画像;那时她才八岁,是我的小天使。那是我和尼古拉·谢尔盖伊奇特地请一个路过的画师画的,看来你是忘记了,孩子!他是个出色的画师,他把她画成了小爱神:那时候她一头柔软的金发蓬蓬松松,画上的那件薄纱小衫透明得能看清她的小身子,她是那么漂亮,叫人怎么看也看不够。我请求画师给她添上一双小翅膀,可是画师不答应。现在,在经历了我家那场可怕的灾难之后,孩子,我从首饰匣里又取出了那个小金盒,系在一根丝带上,挂在胸前,跟十字架挨在一起。我老是提心吊胆的,就怕让老头子看见了。因为早先他下过命令,要我把她所有的东西统统扔出家门,要不就烧掉,不准留下一样东西让人想起她。可是我呢,哪怕看看她的画像也好啊!有时我伤心落泪,看看她的画像,心里就松快些。有时我一个人在家,我就一再吻它,像吻她本人一样,我用最亲昵的小名叫她,每天夜里我都画十字祝福她。老头子出门了,我就跟画像说话,向她提个问题,又想象她怎么回答我,然后再向她提另一个问题。唉,亲爱的万尼亚,说起来都叫人心里难受啊!好,我一直很高兴,心想他不知道这个小金盒,也没有发觉。可是昨天早上我一摸:小金盒没有了,只留一根丝带在晃荡,可能是丝带磨断了,我把它弄丢了。我吓呆了。找吧。我东找西找,到处都找遍了,就是没有!它无影无踪了!它能掉到哪儿去呢?我琢磨,多半掉在床上了,我把被子褥子翻了个遍——没有!既然它掉在什么地方,那么总有人会发现它,那么除了他或者马特廖娜,还会有谁呢?哦,绝对不可能是马特廖娜,她对我向来是忠心耿耿的……喂,马特廖娜,你能不能快点把茶炊送来?噢,我又想,万一让他找着了,那可怎么得了?我坐在那里发愁,我哭呀哭呀,眼泪就是收不住。尼古拉·谢尔盖伊奇对我却越来越和气,他望着我也很伤心,就好像他知道我为什么哭,他挺可怜我。我心里暗想:他怎么会知道?莫非他找着了,把它从通风小窗里扔出去了?他在气头上当真会这么干的;扔掉后他现在也伤心了——后悔不该扔掉。我同马特廖娜就到窗外的地上去找——什么也没有找着。石沉大海了。我哭了一夜。我第一次没有在夜里为她祝福。唉,这是凶兆,凶兆,伊万·彼得罗维奇,这不是好兆头。第二天,我的眼泪还是止不住地流,我还是哭个不停。我一直在等您,亲爱的,就像等待上帝派来的天使,我有多少心里话要对您说呀……"

老太太又伤心地哭起来。

"噢,对了,我忘了告诉您啦!"她想起了什么,突然又高兴地说,"您听他说起过孤女的事吗?"

"听说过,安娜·安德烈耶芙娜,他告诉我,好像你们老两口儿仔细想过了,打算领养一个穷苦人家的小姑娘,一个孤女。这是真的吗?"

"我可没有想过,孩子,我没有想过!什么孤女我都不要!她会让我想起我那苦命的孩子,想起我们的不幸。除了娜塔莎,我谁也不要。我只有一个女儿,永远只有一个女儿。只是他想领养一个孤女,孩子,那是什么意思呢?您是怎么想的,伊万·彼得罗维奇?他这是看我成天伤心落泪,想来安慰我呢,还是想彻底忘掉自己的亲生女儿,去依恋另一个孩子呢?在回来的路上,他还对您讲起我的什么事啦?您看他那模样怎么样?脸色阴沉、怒气冲冲的?嘘!他来了!咱们以后再说,孩子!……别忘了,明天一定来!……"

第十三章

老人走了进来。他好奇地、又似乎面带愧色地看了我们一眼,皱起眉头,走到桌子跟前。

"茶炊呢?"他问,"怎么到现在还没有送上来?"

"快了,老爷子,快了。瞧,这不是送上来了吗?"安娜·安德烈耶芙娜忙着张罗起来。

马特廖娜一看到尼古拉·谢尔盖伊奇进屋,立刻端着茶炊出来了,似乎她是专等他进来才送上茶炊的。她是一个忠诚可靠的老仆人,但在全世界所有的女仆中间,她又是最任性、最喜欢唠叨的一个,脾气倔强而耿直。她怕尼古拉·谢尔盖伊奇,在他面前她总能管住自己的舌头。可是在安娜·安德烈耶芙娜面前,她就完全找到了补偿,她时时处处对她很粗鲁,有时自以为是,明显地想管束她的女主人,虽说与此同时她又是真心诚意地爱着她和娜塔莎。早在伊赫缅涅夫卡的时候,我就认识这个马特廖娜。

"唉……衣服湿透了可真不舒服!可是回到家里,也没人想给你准备一杯茶水。"老人低声埋怨道。

安娜·安德烈耶芙娜立刻冲着他向我递了个眼色。老人最讨厌这种神秘的暗示,尽管这时他极力不看我们,但从他的脸色可以看出,刚才安娜·安德烈耶芙娜冲着他向我暗递眼色,他是完全觉察到的。

"我刚才出去办点事情,万尼亚,"他忽然开口说,"真是糟糕透了。我对你说过吧?他们完全是在诬陷我。你瞧,我没有证据,没有一份必要的文书,现有的证据不说明问题……哼……"

他指的是跟公爵的那场官司。案子仍拖延未决,但形势变得对尼古拉·谢尔盖伊奇极为不利。我默默无语,不知该怎么回答他。他怀疑地看了我一眼。

"行啊!"他似乎被我们的沉默激怒了,忽然又接口说下去,"越快越好!他们休想把我诬陷成一个窃贼,哪怕他们宣判我必须赔款。我良心清白,由他们判决去吧。起码案子了结了;他们会结案的，会搞得我倾家荡产……我要抛弃一切，去西伯利亚！"

"天哪，你要去哪儿？何苦去那么远的地方呢！"安娜·安德烈耶芙娜忍不住叫道。

"可是在这里，我们又能接近什么呢？"他粗声粗气地问，似乎很高兴能反驳她。

"噢，不管怎么说……总能接近一些人吧……"安娜·安德烈耶芙娜说，忧伤地瞥了我一眼。

"接近哪些人？"他叫道，把那咄咄逼人的目光从我身上移到她身上，又移回来。"接近什么人？接近强盗、诬告者、叛徒吗？这种人无处不在！你别担心，即使在西伯利亚也碰得着。你要是不愿意跟我一道去，就留下好了，我不会强迫你。"

"老爷子，尼古拉·谢尔盖伊奇！你把我留下，叫我去指靠谁呀！"可怜的安娜·安德烈耶芙娜嚷嚷起来，"要知道，在这个世界上，我除了你，再也没……"

她突然打住，默不作声了，只把那惊恐的目光转向我，似乎在寻求庇护和援助。老人被激怒了，对谁都吹毛求疵；他是顶撞不得的。

"好啦，安娜·安德烈耶芙娜，"我说，"西伯利亚完全不像人们想象得那么糟糕。万一真发生了不幸的事，你们不得不变卖掉伊赫缅涅夫卡，那尼古拉·谢尔盖伊奇的这个主意甚至还很好呢。在西伯利亚，您可以从私人那里找一份相当不错的差事，那时……"

"行，总算伊万的话说得有点道理。我就是这么想的。我要抛开一切，远走高飞！"

"哟，我可真没有料到！"安娜·安德烈耶芙娜举起双手一拍，吃惊地叫道，"万尼亚，连你也来这一套！伊万·彼得罗维奇，我可没有料到你会这么说……我想你也知道，我们向来是疼爱你的呀，可现在……"

"哈哈哈！那么，你料到什么啦！我们在这里靠什么维持生计，你想想吧！我们的钱都花光了，只剩下最后一个戈比了！难道你要我去找彼得·亚历山德罗维奇公爵，乞求他手下留情吗？"

一听到公爵的名字，老太太便吓得发抖。她手里的茶匙碰着茶碟叮当作响。

"不，说真的，"伊赫缅涅夫接着说下去，一种难以抑制的泄愤的快感使他慷慨激昂起来。"你怎么想，万尼亚，是不是我当真要去一趟！何苦去西伯利亚呢！我不如明天就换一身像样的礼服，梳洗一番，把头发抹平；安娜·安德烈耶芙娜再给我准备一件新胸衣（去拜会这样一位大人物，不这样是不行的），再去买一副只有上流人士才戴的手套，然后去叩见公爵大人，对他说：老爷，公爵大人，我们的恩人、亲爹！求求您饶了我们吧，求求您赏给一块面包吧！——家有妻儿老小呀！……是不是这样好，安娜·安德烈耶芙娜？你是不是要我这样去做？"

"老爷子……我什么也不要。我是一时糊涂说了那番话。既然我惹恼了你，那就请你原谅吧，只求你别大喊大叫，"她说，吓得越发战战兢兢的了。

我深信,当他看到可怜的老伴一脸的眼泪和惊恐时,内心一定在呜咽哭泣,怕是肝肠寸断了。我深信,老人的悲痛远远超出她的哀伤,但他又不能克制自己。一些心地极其善良但又神经脆弱的人,有时就是这样。这些人虽说心地善良,却深深陷入自己的痛苦和愤怒之中而不能自拔,甚至到了自我欣赏的地步。他们无论如何要寻找机会发泄满腔悲愤,哪怕这会伤害到另一个人,另一个毫无过错、多半还是他们最亲近的人。一个女人,比如说吧,有时渴望感到自己是多么不幸,多么委屈,尽管实际上她既没有委屈,也没有不幸。许多男人在这一点上很像女人,甚至那些绝不懦弱、绝无女人气的男人,也是这样。此刻老人渴望争吵,虽说他自己也为这种渴望而感到痛苦。

记得当时我还闪过一个念头:在此之前,难道他当真有过什么反常的举动,类似安娜·安德烈耶芙娜推测的那样?也许他受了上帝的启示,当真想去找娜塔莎,可是半路上又醒悟过来,或者想到什么地方不妥当,突然又改变了主意——这种情况是很可能发生的。现在他回到家里,怒气冲冲,为不久前的愿望和感情而羞愧得无地自容,就要找个人来发泄一通恨自己软弱的怨气,于是就选中了他认为最有可能跟他抱有同样愿望和感情的人。也许当他想要宽恕女儿的时候,他已经想象出他那可怜的安娜·安德烈耶芙娜欣喜若狂的模样,所以现在事情不顺利,不用说,为此他首先就要怪罪于她了。

然而她那悲痛欲绝的神情,以及被他吓得战战兢兢的模样却感动了他。他似乎为自己的狂怒感到羞愧,因而及时约束了自己。大家默不作声,我也极力不去看他。不过这一美好的时刻并没有持续多久。他无论如何总要吐出心中的不快,哪怕发一通脾气,哪怕咒骂一顿。

"你瞧,万尼亚,"他突然说,"我很抱歉,我本来不想说的。不过现在是时候了,我该直截了当地说个清楚,决不拐弯抹角,要像任何一个正直的人应该做的那样……你明白吗,万尼亚?你来了我很高兴,所以我想当着你的面大声地说一说,好让别的人也听得见:所有这些废话、眼泪、叹息和不幸,都让我厌烦透了!我强迫自己忘掉的那件事(也许我的心当时在流血,在哭泣),是永远不会再回到我心里了。不错!我说到做到。我指的是半年前发生的那件事,你心里明白,万尼亚!我现在这样毫无顾忌地、直截了当地说出来,正是为了让你不至于对我的话产生任何误解,"他补充道,那双红肿的眼睛一直望着我,显然在回避老伴那惊恐不安的目光。"我再重复一遍:这是胡说!我不允许!……叫我十分恼火的是,所有的人都把我当成了傻瓜,当成了最下贱的人,认定我怀有那么下贱、那么脆弱的感情……他们以为我痛不欲生,快要发疯了……胡说!我已经甩掉了,我已经忘记了过去的感情!我没有回忆……没有!没有!没有!就是没有!……"

他一跃而起,一拳打在桌子上,震得杯子叮当响。

"尼古拉·谢尔盖伊奇!难道您就不可怜一下安娜·安德烈耶芙娜?您瞧,您对她做了什么?"我再也按捺不住,几乎是愤怒地望着他说。可是我的话只是火上浇油。

"不可怜！"他浑身颤抖，脸色煞白，大声喊道，"不可怜，因为别人也不可怜我！不可怜，因为在我的家里就有人在耍阴谋，反对我这个受尽侮辱的一家之主，却去袒护那个本该受到诅咒和惩罚的伤风败俗的女儿！……"

"老爷子，尼古拉·谢尔盖伊奇！求你别诅咒！……你干什么都行，就是不能诅咒女儿！"安娜·安德烈耶芙娜也喊叫起来。

"我诅咒！"老人吼道，声音比刚才高出一倍。"因为有人就要求我这个受人欺负、遭人作践的人，去找这该诅咒的女儿，并请求她的原谅！不错，不错，就是这样！有人就是这样日日夜夜折磨我，就在我的家里，成天哭哭啼啼、唉声叹气，再加上那些愚蠢的暗示！想唤起我的怜悯心……你瞧，你瞧，万尼亚！"他又说，一面用发抖的手急切地从一侧的衣袋里掏东西，"这里有我那案子的部分摘录！照这案卷的说法，如今我已成了窃贼、骗子，我偷了我恩人的财物！……我为她蒙受羞辱，我为她名誉扫地！这就是，这就是，你看吧，你看吧！……"

他从外衣一侧的口袋里掏出一张张公文纸扔在桌上，开始急急忙忙地从中寻找想给我看的那一页，可是他想找的那张纸却偏偏找不着，于是他不耐烦地一把抓住了口袋里所有的东西，把它们全掏了出来，突然，有一样东西"当"的一声重重地落到桌子上……安娜·安德烈耶芙娜惊叫了一声。这就是她丢失的那只小金盒。

我几乎不敢相信自己的眼睛。热血涌上了老人的头，涌上了他的双颊,他的身子震颤了一下。安娜·安德烈耶芙娜站在那里,双手合十,带着哀求的神色望着他。她的脸焕发出喜悦和希望的光辉。老人面红耳赤,在我们面前十分尴尬……没错,她没有弄错,她现在明白了她的小金盒是怎么失落的了!

她明白了:是他找到了小金盒,想必他对自己的发现大为高兴,说不定兴奋得手都发抖,他把它藏在身边,生怕别人看见;然后找个地方,独自一人怀着无限的爱,看着他爱女的小脸蛋——看哪,看哪,总也看不够;说不定他跟可怜的老伴一样,避开别人把自己锁在房里,跟他亲爱的娜塔莎说话,想象着她怎么回答,然后自己再接下去说;到了夜里,想必他怀着苦苦的思念之情,强压住胸中的哭号,一再爱抚着亲吻着这可爱的画像,不仅没有诅咒,反而祈求上帝宽恕与祝福他不想见到、在旁人面前必定要咒骂的女儿。

"亲爱的,这么说来你还爱着她哩!"安娜·安德烈耶芙娜叫道。在一分钟前还诅咒过她的娜塔莎的这个严父面前,她再也控制不住自己了。

不料一听到她的惊呼,他的两眼便射出疯狂的怒火。他抓起小金盒,使劲把它摔到地板上,像疯了似的用脚去踩它。

"我要永远,永远地诅咒你!"他气喘吁吁地、声嘶力竭地喊道,"永远,永远!"

"上帝啊!"老太太叫了起来,"她,她,我的娜塔莎!……他用脚,用脚去踩她的小脸蛋!……暴君!你这个冷酷无情、铁石心肠、狂妄自大的家伙!"

听到老伴的哭号，疯狂的老人停了下来，他被自己所做的事吓坏了。突然，他抓起地板上的小金盒，急忙向室外奔去，但刚跑了两步，他便双膝跪下，两手抵住前面的沙发，浑身无力地垂下了头。

他像孩子、像女人那样号啕大哭。他呼天喊地，哭得透不过气来，似乎心都要碎了。一个威严的老人刹那间变得比孩子还要柔弱。啊，现在他已经不会诅咒她了，现在他在我们面前也不再难为情了，一阵父爱的冲动，促使他当着我们的面，无数遍地亲吻那张他一分钟前还用脚去践踏的画像。看来，被他长期压抑在心中的那份对女儿的柔情和爱，此刻正势不可挡地喷涌而出，而且这激情又是如此强烈，使得他像散了骨架似的，变得浑身无力了。

"宽恕她，宽恕她！"安娜·安德烈耶芙娜哭号着大声喊道，一面弯腰去拥抱他。"把她领回家来，亲爱的，等到末日审判的时候，上帝会顾念你的宽容和仁慈的！……"

"不，不，决不，永远不！"他用嘶哑、哽咽的声音喊道，"永远不！永远不！"

第十四章

我到娜塔莎那里已经很晚，快十点了。那时她住在谢苗诺夫桥附近的芳坦卡，住在商人科洛图什金的一幢肮脏的公寓楼的四层。在离家出走之初,她和阿廖沙住在翻砂街上一栋别致的小楼里,租的那套房子虽说不大,但漂亮而舒适,而且在三层。可是没过多久,小公爵的钱财就花光了。他想当音乐教员也没有当成,却开始借债度日,欠下了一笔对他来说相当可观的债务。他把钱都用来装饰住房,给娜塔莎购买礼物了。娜塔莎反对他这么浪费,有时责备他几句,有时甚至急哭了。阿廖沙是个多情又细心的人,有时整整一个礼拜都兴致勃勃地在考虑着,该送她一件什么样的礼物,想象着她又如何接受这件礼物。他把这事当成自己真正的娱乐,而且总在事先眉飞色舞地向我描述他那些期望和幻想。有时因为她的数落和眼泪,他又垂头丧气,那副模样叫人看了都觉得可怜。后来,他们之间常常为了礼物的事互相责备,引起一些不愉快和争执。除此之外,阿廖沙还背着娜塔莎挥霍钱财。他跟着那帮同伴外出寻欢作乐,不止一次对她变心;他经常去找各种各样的若瑟芬和明娜;与此同时,他仍然深深地爱着他的娜塔莎。他对她的爱不知怎么夹杂着痛苦。他经常来找我,一副伤心愁闷的样子,对我说,他抵不上娜塔莎的一根小指头;说他粗俗,有罪,不能理解她,根本不值得她爱。他的话有一部分道理:他们之间确实不平等;在她面前,他总觉得自己是个孩子,而她也一向把他当成孩子。他常常流着眼泪,向我忏悔他又结识了一个若瑟芬,同时又恳求我千万别把这事告诉娜塔莎。在供出所有这类隐私之后,他便畏畏缩缩、战战兢兢地跟我一起去找她(他非把我拉去不可,一再强调:在他犯罪以后,就不敢正眼看她了,说只有我才能鼓起他的勇气），而娜塔莎只消看他一眼，立刻就明白是怎么回事。她一向忌妒心重，但对他的轻浮浪荡却一概予以宽容，我真不明白她是怎么回事。通常是这样：阿廖沙和我刚走进室内，他便小心翼翼地跟她说起话来，一边胆怯而又温柔地望着她的眼睛。她马上猜出他又做了坏事，但不露一点声色，从不首先提起这事，什么也不追问，相反，她立刻对他倍加亲热，显得比平时更温柔、更快活——从她这方面说，这既不是装模作样，也不是存心耍手腕。不是的，对于这样一个心地善良的人来说，原谅和宽恕本身就是一种无穷的享受：似乎在宽容阿廖沙的过程中，她找到了一种异乎寻常的更为充实的乐趣。诚然，当时的问题仅仅涉及那些若瑟芬。看到她那么温顺，那么宽容，阿廖沙再也忍不住，不需旁人提问，立刻主动坦白，悔恨交加地道出了一切——为的是让心里能轻松一些，也为了如他说的"重新做人"。得到宽恕之后，阿廖沙简直欣喜若狂，有时竟感动得流下眼泪，有时又高兴得一边哭，一边亲吻她，拥抱她。他随即又快活起来，像孩子那样无遮无拦地讲起他同若瑟芬的艳遇以及全部细节，讲的时候始终笑容满面。有时还哈哈大笑，与此同时又不住地祝福和赞美娜塔莎。就这样，整个晚上就在幸福和欢乐中度过。等到花光了钱，他就开始变卖东西。由于娜塔莎的坚持，他们在芳坦卡找了一套便宜的小居室。他们继续变卖东西，娜塔莎甚至卖了她的几条连衣裙，并开始找工作做。这事让阿廖沙知道了，他无比伤心绝望：他不断骂自己，大呼她瞧不起自己，但又想不出任何办法来改善他们的处境。目前，就连这些最后的财源也没有了,唯一的办法就是找一份事做,可是工作的报酬却微不足道。

他们刚开始同居的时候,阿廖沙跟他的父亲为此大吵了一场。当时公爵有意让儿子娶伯爵夫人的继女卡捷琳娜·费奥多罗芙娜·菲利蒙诺娃为妻,虽说这仅仅是一厢情愿,但他拿定主意非要实现这一计划不可。公爵经常带阿廖沙去看望未婚妻,劝他竭力讨得她的喜欢,威逼利诱,软硬兼施,就是要他从命。然而由于伯爵夫人从中作梗,事情受到了挫折。于是做父亲的对儿子同娜塔莎的关系,只好采取睁一眼闭一眼的态度,把事情交由时间去解决。他深知阿廖沙朝三暮四,为人轻浮,因此寄希望于他的痴情很快了结。直到最近,公爵几乎不再担心儿子真会娶娜塔莎为妻。至于那一对情人,那么他们只好拖着,直到阿廖沙同父亲正式和解,或者等到情况有了变化。不过,娜塔莎显然不愿提及此事。阿廖沙有一次私下里告诉我,说他父亲对整个事件似乎还有点高兴,因为这件事让伊赫缅涅夫受尽羞辱,这一点正中他的下怀。可是表面上公爵对儿子一贯采取不满的态度:减少了给儿子的一份本来就不多的生活费用(他对儿子异常吝啬),还威胁要全部取消。但不久伯爵夫人因事去了波兰,他也跟去了,依旧不知疲倦地力求实现他的求亲计划。诚然,说到结婚成家,阿廖沙还太年轻,可是未婚妻太富有了,机不可失啊!公爵终于达到了目的。我们听说,这门婚事好歹总算谈妥了。就在我此刻执笔的时候,公爵刚刚回到彼得堡。他亲亲热热地接待了儿子,可是儿子同娜塔莎难舍难分的关系，却让他惊讶之余很不痛快。他开始怀疑，甚至有点担心了。他曾严厉而坚决地要求儿子与娜塔莎断绝关系，但很快就想出了一个更好的办法，便领着阿廖沙去拜会伯爵夫人。伯爵夫人的继女虽说还是个小姑娘，但几乎是个美人儿，极其善良，有一颗坦诚而纯洁的心灵，开朗，聪明，温柔。据公爵估计，不出半年，这一切定能收到成效，到时候他的儿子不会再感到娜塔莎魅力依旧，而且也不会再用半年前的眼光去看待自己的未婚妻。但是公爵只猜对了一半……阿廖沙当真一见钟情。我还要补充一点：目前做父亲的突然对儿子异乎寻常地亲热起来（虽说照旧不给他钱）。阿廖沙感到，在这种亲热下面，隐藏着父亲不可更改的主意，这使他闷闷不乐——可是，如果他不能天天见到卡捷琳娜·费奥多罗芙娜，他就会更加苦恼。我知道，他已经五天没有去看娜塔莎了。我从伊赫缅涅夫家出来去看她的时候，一直不安地猜度着，她想对我说些什么呢？我老远就看到了她窗口的亮光。我们早已约定：一旦她有事，非要见我，那就在窗口点一支蜡烛。所以每当我路过这里（几乎每天晚上都会这样），我总能根据窗口不寻常的烛光，猜到她在等着我，她需要我。近来她经常点上蜡烛……

第十五章

娜塔莎独自在家。她双手抱胸，心事重重，静静地在室内走来走去。桌上的一只快要熄灭的茶炊,已经等了我很久。她微微一笑,默默地向我伸出手来。她脸色苍白,带着病容。她的微笑中透着痛苦、温柔和忍耐。她那双明亮的蓝眼睛显得比往日更大,头发显得更浓密——看来是由于消瘦和疾病的缘故。

"我还以为你不会来了呢,"她说着向我伸出手来,"我甚至想让玛芙拉去你那里探问一下;我寻思,莫不是你又病了?"

"没有,没生病,我在别处耽搁了,我这就告诉你。你怎么样,娜塔莎?出什么事啦?"

"什么事也没出,"她回答,似乎有点惊讶。"怎么啦?"

"可是你写的……你昨天写了便函要我来,而且规定了时间,既不能晚,也不能早;这可非同寻常。"

"啊,对了!我昨天一直在等他。"

"他怎么啦,还没有来?"

"没有。所以我就想,要是他不来了,那我就得跟你商量一下。"她沉吟一下,补充道。

"那么今天晚上你还在等他吧?"

"不,不等了;他在那边。"

"你怎么想呢,娜塔莎,他会不会从此就不再来了?"

"当然会来。"她答道,不知怎么还特别严肃地看了我一眼。

她对我接二连三的问题不太高兴。我们都不作声,继续在室内踱步。

"我一直在等你,万尼亚,"她又笑了笑开始说,"你知道我刚才做什么了吗?我在这儿走来走去背一首诗。你还记得吧——

《小铃铛》——冬日的路:'桌上茶炊在沸腾……'想当初我们两人还一起朗诵过:

> 风雪停息路闪亮,
> 黑夜睁眼千万双……
> "接下去是
> 忽闻歌声热情唱,
> 铃儿相伴响叮当:
> '情郎何时会前来,
> 相依相偎度时光!
> 我的生活真欢畅!
> 曙光初照玻璃窗,
> 欢欢喜喜斗寒霜。
> 桌上茶炊在沸腾,
> 屋角炉火噼啪响,
> 照亮布幔后面床……'"

"写得多好啊!这些诗句多么令人伤感,万尼亚!这幅图画多么富于想象力,意境又多么深远!就像幅十字布,刚绣个开头——你想怎么绣就怎么绣。这里面有两种感情:往日的情怀和近来的感受。这茶炊,这布幔,让人感到多么亲切……在我们那个小县城里,几乎所有的小市民家里都有这些东西;现在我好像都能看见这样的人家:一栋新房子,原木搭的,内墙还

没有钉上木板……接下去是另一幅图画:

"忽闻歌声又飞扬,
铃铛声声传忧伤:
'情郎何日进门来,
紧紧拥我入郎怀?
我的生活真无奈!
居室阴暗添惆怅,
窗子漏风冰冰凉……
窗外那棵樱桃树,
玻璃结冰看不清,
只怕早已被冻僵。
我的生活好凄凉!
布幔花色全褪光。
病病歪歪室内走,
不把亲人去探望。
如今无人把我骂,
因为我已无情郎……
唯有老妪在嘟囔……'"[1]

"'病病歪歪室内走',这'病病歪歪'几个字放在这里多么

---

[1] 引自俄国诗人雅·彼·波隆斯基(1819—1898)的诗《小铃铛》(1854)。

贴切！'如今无人把我骂，'——这行诗里包含着多少温情，愉悦，回忆带来的痛苦，还有那些自己寻来又自我欣赏的烦恼……我的上帝，这诗写得多好啊！写得多么真实！"

她不做声了，似乎在压抑涌上喉头的抽泣。

"我的亲爱的，万尼亚！"她过了一会儿才对我说，而且突然又不作声了，似乎她自己都忘了想说什么，或者刚才那句话是她未假思索、一时冲动才说出口的。

我们继续在室内踱步。神像前点着一盏长明灯。近来娜塔莎越来越笃信上帝，可是又不喜欢别人跟她谈起这件事。

"怎么，明天是节日吗？"我问，"你点上了长明灯。"

"不，不是节日……怎么啦，万尼亚，你坐下呀，你一定累了。想喝茶吗？你还没有喝过茶吧？"

"我们都坐下吧，娜塔莎。我喝过茶了。"

"那么你刚才从哪儿来？"

"从他们那里。"我和她总是这样称呼我们的老人。

"从他们那里？你怎么来得及呢？是你自己去的，还是他们叫你的？……"

她接二连三向我提出好些问题，因激动脸色显得更加苍白。我原原本本地对她讲述了我如何路遇老人，同她母亲的谈话以及小金盒的故事。我讲得很详细，而且绘声绘色。我从来不对她隐瞒什么。她全神贯注地听着，不放过我的每一句话。她的眼里闪现出泪花。小金盒的故事使她万分激动。

"等一下，等一下，万尼亚，"她经常打断我的话叫道，"你讲详细些，全部细节，全部细节，尽量详细些，你讲得还不够详细！……"

我只好一而再、再而三地重复着，不时回答她有关细节的一连串问题。

"那么你当真认为，他本来是想来找我的吗？"

"不知道，娜塔莎，我简直不能想象会这样。他为你伤心，他爱你，这是肯定的。至于说他是否想来找你，这……这……"

"他还吻了小金盒？"她打断了我的话，"他吻小金盒的时候说什么了？"

"他的话颠三倒四，他只是大声叫喊。他用最亲昵的小名叫你，呼唤你……"

"呼唤我？"

"是的。"

她小声哭了起来。

"可怜的人！"她说。"既然他什么都知道，"她沉默片刻后才说，"其实这也不奇怪。他对阿廖沙父亲的许多情况都是了解的。"

"娜塔莎，"我有点胆怯地说，"我们去他们那里吧……"

"什么时候？"她问，脸色变得煞白，还从圈椅里微微欠起身子。她以为我要她立刻走呢。

"不，万尼亚，"她把双手搭在我肩上，凄然一笑，又说，"不，亲爱的。这是你一贯的话题，不过……现在最好别提这件事。"

"这场可怕的争执难道就永远、永远不能了结了吗？"我愁苦地叫道，"难道你就这么高傲，就不肯先迈出第一步！这第一步应该由你来迈，之后才轮到他。也许你父亲只等你这么做就宽恕你了……他是父亲；是你让他蒙受了屈辱！你要尊重他的自尊心；这种自尊心合情合理，是很自然的！这件事应当由你来做。你试一试，他会无条件地宽恕你的。"

"无条件！这不可能。请你别无缘无故地责备我，万尼亚。我日日夜夜都在想这件事。自从我离开他们之后，也许没有一天我不想它。再说这事我和你谈过多少次啦！其实你自己也知道，这是不可能的！"

"你试一试！"

"不，我的朋友，不行。即使我试着这么做了，那也只能使他更加恨我。一去不返的东西是追不回来的，你知道什么东西是追不回来的吗？追不回我同他们一起度过的我童年时代那些幸福的日子。即使父亲也肯宽恕我,恐怕他现在也认不出我来了。他爱的依然是那个小姑娘，那个大孩子。他欣赏的是我儿时的天真烂漫；他爱抚我的时候，总要摸摸我的头，就像我还是一个七岁的小姑娘，坐在他的膝头，给他唱我那些儿歌。从很小的时候起，直到我在家里的最后一天，每天晚上他总要来到我的床前，给我画十字，祝我晚安。在我们遭遇不幸的前一个月，他还偷偷地给我买了一副耳环（其实我全知道了），他高兴得像个孩子，想象着我得到礼物时会多么快活。后来他听我说我早知道耳环的事，便对所有的人，首先对我，发了一通脾气。在我离家出走的前三天，他注意到我烦恼不堪，自己也立刻发起愁来,差一点病倒了。还有——你猜怎么着?——为了让我快活起来,他居然想到给我买了一张戏票!……真的,他想用这种办法来治我的心病!我对你再说一遍,他所熟悉的、喜爱的还是那个小姑娘,他连想都不愿去想,有朝一日我会长大,成为一个女人……他就从来没有想到过这一点。现在,即使我当真回家了,恐怕他也认不出我来了。即使他当真肯宽恕我,那么他迎来的又是什么人呢?我已经变了,已经不是那个小姑娘,我已经饱尝忧患。即使我设法去迎合他,他照旧会叹惜过去的幸福,照旧会伤心烦恼,因为我已经完全变了,不再是他曾经疼爱的那个小姑娘。看来童年总是更加美好!往事不堪回首!啊,过去的岁月多么美好,万尼亚!"她心驰神往地叫道。这一声发自肺腑的痛苦的感叹,中断了她的话。

"你说的一切,娜塔莎,都是对的,"我说,"这么看来,他现在必须重新了解你,重新爱你。关键是重新了解你。是吗?他会再爱上你的。难道你当真认为他不能够了解你,理解你吗?他,他,他有那样一颗心!"

"啊,万尼亚,别这样不公道!我有什么特别的心思需要他了解呢?我刚才说的不是这个意思。你瞧,还有呢:父爱也是夹杂着忌妒的。令他伤心的是,我同阿廖沙的事从开始到作出决定都是背着他干的,而他却不知道,完全忽略了。他知道他事先对此毫无觉察,现在他就把我们相爱的不幸结局,我的私奔,都归咎于我的'忘恩负义'的不露形迹。一开始我就没有去找过他,后来也从来没有去向他悔过我萌生爱情之后内心的每一个活动；相反，我把一切都藏在心里，我瞒着他，而且我敢肯定，万尼亚，在他的内心深处，一定觉得这种做法比我的爱情的结局——也就是我离家出走而投入情人的怀抱这件事本身，更使他伤心和屈辱。就算他现在能像父亲那样热情而亲切地接纳我，然而怨恨的种子永远埋下了。到了第二天、第三天，他就会伤心，疑惑，埋怨。再说他绝不会无条件地宽恕我的。即使我能对他说，而且老老实实地说出我的心里话，说我明白，是我让他受了很大的屈辱，在他面前我当真是罪孽深重！如果他不想了解，为了我同阿廖沙的幸福我付出了多大代价，我自己又忍受了多大痛苦，尽管这会使我伤心，但我会压下心头的悲痛，会忍受一切——可是对他来说我这样做也还不够。他会要求我做出我做不到的补偿：他会要求我诅咒我的过去，诅咒阿廖沙，忏悔自己不该爱上他。他一心想要不能实现的东西——追回往昔的岁月，把最近这半年从我们的生活中一笔勾销。可是我绝不会诅咒任何人，我也绝不会忏悔……事情既然发生，已经走到这一步……不，万尼亚，现在不行。还不到时候。"

"那么什么时候才算到时候呢？"

"不知道……还得继续受苦受难，才能熬到我们未来的幸福，用新的痛苦来换取这种幸福。痛苦能净化一切……唉，万尼亚，人生有着多少痛苦啊！"

我默然无语，若有所思地望着她。

"你干吗这样看着我，阿廖沙？哦，不对，万尼亚。"她说，发现叫错了人，不禁凄然一笑。

"我现在看到你在笑,娜塔莎。你这是从哪儿学来的?你以前不曾这样笑过。"

"那么我的笑里有什么?"

"往日孩子般的单纯,真的,其中还含有……不过你笑的时候,你的心似乎在经受着剧烈的痛苦。瞧你都瘦了,娜塔莎,可是你的头发倒像是更浓密了……你穿的是什么衣服?这身连衣裙还是在家里做的吧?"

"你是多么爱我呀,万尼亚!"她温柔地看我一眼,这样答道,"那么你呢,你现在在做什么?你的事情怎么样了?"

"没有什么变化,还在写我的小说,不过很艰难,不顺手。才思枯竭了。勉强写得下去,也许还能引人入胜;可是把一个很好的主题给糟蹋了,这很可惜。这是我的一个心爱的主题。不过无论如何得按时交稿,给刊物送去。我甚至想抛开这部长篇,尽快构思出一个中篇来,要写得既轻松又优美,绝无阴暗忧郁的倾向[1]……绝对不能……人人都应当快活,应当高兴嘛!……"

"我可怜的肯下苦功的人!哦,史密斯怎么样啦?"

"史密斯死了。"

"他的幽灵没有回你的住处吧?我认真对你说,万尼亚:你病了,你的神经出了毛病,尽生出这些幻想。有一次你跟我谈起租那套住房的时候,我就发现你这样了。住房潮湿,不好,是吗?"

---

[1] 类似的思想,常见于陀思妥耶夫斯基在19世纪50年代寄自塞米巴拉金斯克的信中。

"是的！今天晚上我还碰到一件事……不过，我以后再跟你讲。"

她已经不听我说话，坐在那里陷入了沉思。

"真不明白，那天我怎么会离开他们的，当时我心急如焚。"她望着我，终于说道，那眼神却并不期待我的回答。

即使我这时跟她说话，相信她也听不进去。

"万尼亚，"她说，声音小得几乎听不清，"我请你来，要商量一件事。"

"什么事？"

"我要跟他分手。"

"是已经分手了呢，还是想跟他分手？"

"这种生活应该结束了。我叫你来，为的是说出一切，说出郁结在我心里的一切，把我至今一直瞒着你的事情统统告诉你。"她总是这样开始向我披露她心中的秘密，但结果常常是，所有这些秘密我早从她的嘴里知道了。

"唉，娜塔莎，这话我已经听你说过一千遍了！当然，你们再也不能一起生活下去了；你们的关系有点奇怪；你们彼此没有任何共同之处。可是……你有足够的勇气吗？"

"以前还仅仅是一种打算，万尼亚；现在我已经拿定了主意。我无比爱他，结果倒成了他的头号敌人，我在断送他的前程。应该给他自由。他不可能娶我，他无法违抗他的父亲。我也不想束缚他。所以我甚至很高兴他能爱上要他娶的未婚妻。这样他同我分手时就会轻松些。我必须这样做！这是责任……既然我爱他,那我就应该为他牺牲一切,应该向他证明我的爱情,这是责任!不是吗?"

"可是你无法说服他。"

"我不会去说服他的。哪怕他现在走进来,我也会像以前一样对待他。不过我必须找到一种办法,让他能轻轻松松地离开我,也就是说让他不受良心的谴责。就是这个问题使我苦恼不堪,万尼亚;请你帮助我。你可有什么好主意?"

"办法只有一个,"我说,"那就是你根本不再爱他,而且爱上另一个人。不过这也未必是一种好办法。你不是很了解他的性格吗?瞧他已经五天不来看你了。你不妨假设他完全抛弃了你,你只需给他写一封信,说你自己要离开他,那么他就会立刻跑来找你的。"

"你为什么不喜欢他,万尼亚?"

"我!"

"不错,是你,你!你是他的敌人,明里暗里都是这样!你说到他的时候,总免不了有一种报复的情绪。我已经发现一千次了,你最大的快乐就是贬低他,中伤他!就是中伤,我说的是实话!"

"可是你这话也对我说过一千次了。行啦,娜塔莎,我们不谈这个话题。"

"我真想搬家,找另一个地方去住,"她沉默了一会儿,又开始说,"噢,你别生气,万尼亚……"

"那又怎么样,即使你搬了家,他还会找上门的,至于我,上帝作证,我可不是爱生气的人。"

"爱情的力量是强大的,新的爱情能约束住他。即使他回来找我,那也只会待上片刻,你怎么想呢?"

"不知道,娜塔莎,他的一切想法都荒唐之极,他既想娶那位小姐,又想爱你。他似乎能同时做好两件事。"

"要是我能确切知道他真的很爱她,那我就会痛下决心……万尼亚!你不要对我隐瞒任何事情!你一定知道什么,可又不想告诉我,是不是这样?"

她用一种不安的、探询的目光望着我。

"我什么也不知道,我的朋友,我向你保证:我对你向来是无话不说的。不过,我还有一种想法:也许他根本不像我们想象的那样,已经深深地爱上了伯爵夫人的继女。他无非是一时着迷罢了……"

"你这么想吗,万尼亚?上帝啊,但愿我能肯定这一点!啊,我真想能立刻见到他,只看他一眼就行。我一看他的脸色就什么都能知道!可是他却不在这里!不在这里!"

"这么说,你是在等他,娜塔莎?"

"不,他在她那边;我知道,我派人去打听过了。我也真想见到她……你听着,万尼亚,我又要胡说了,可是,难道我就不能去看她吗?难道我就不能在什么地方会见她吗?你说呢。万尼亚?"

她焦急不安地等着我的回答。

"见面是可以安排的。只不过光是见面也还不够吧。"

"见上一面就足够了,到时候我自己就心里有数了。你听我说,我居然变得这么傻,我在这里走来走去,老是一个人!一个人!我老是在想,那些思想像一阵阵旋风袭来,沉重得叫人难以忍受!后来我想出一个主意,万尼亚:你能不能跟她结识一下?要知道,伯爵夫人夸奖过你的小说——当时你亲口对我说的。你现在也不时去参加 P 公爵家的晚会[1],她也经常去的。你设法让别人把你介绍给她。说不定阿廖沙自己会介绍你们相识。这样一来,你就能把有关她的一切都告诉我了。"

"娜塔莎,我的朋友,这事以后再谈。现在我想问的是:难道你当真认为,你有足够的勇气跟他分手吗?你现在瞧瞧你自己:难道你的内心平静吗?"

"勇气——会——有的!"她回答,声音轻得勉强能听见。"一切都为了他!我的整个生命都为了他!可是你知道,万尼亚,叫我无法忍受的是,他现在待在她那里,把我忘了,他坐在她的身边,有说有笑,你记得的,就像从前坐在我这儿一样……他目不转睛地望着她的眼睛,他从来都这样看人;这会儿他根本不会想到我在这儿……跟你在一起。"

她没有把话说完,绝望地看了我一眼。

"你怎么啦,娜塔莎,你刚才还说,刚才呀……"

"让我们一起,让我们大家一起分手吧!"她目光灼灼,打

---

[1] 《穷人》取得成功后,彼得堡上流社会纷纷邀请陀思妥耶夫斯基参加他们的沙龙。P 公爵,可能是指俄国著名作家、音乐评论家弗·费·奥多耶夫斯基公爵(1803—1869)。当时陀思妥耶夫斯基时常参加他家的文学、音乐沙龙。

断了我的话,"是我自己允许他这么做的。可是,我真伤心呀,万尼亚,他怎么就先把我忘了呢?唉,万尼亚,这是多么痛苦啊!我都弄不明白自己了:想的是一回事,做的是另一回事!真不知道会出什么事!"

"行了,行了,娜塔莎,别激动!"

"你瞧已经五天了,时时刻刻……无论在梦中,还是醒着——我总是想着他,想着他!这样吧,万尼亚:让我们去找他吧,你陪我去!"

"够了,娜塔莎。"

"不,一定要去!我盼着你来就为这事,万尼亚!这事我已经想了三天了。我给你写信也为这事……你一定要陪我去,你不应该拒绝我……我一直在等你……已经三天了……今天那边有晚会……他在那边……我们走吧!"

她像在说胡话。外屋传来嘈杂的声音,玛芙拉好像在跟什么人争吵。

"你停一下,娜塔莎,这是谁?"我问,"你听!"

她侧耳细听,不以为然地微微一笑,但脸色瞬间变得煞白。

"我的上帝!谁在哪儿?"她喃喃地说,声音几乎听不清。

她本想拦住我,但我还是跑到外屋去看玛芙拉。果然不错!这是阿廖沙。他问了玛芙拉一些事,玛芙拉起初不让他进来。

"你这个人打哪儿来的呀?"她像个当家人似的责问道,"什么?这些天在哪儿浪荡啦?好了,进去吧,进去吧,你休想笼络我!进去呀,看你有什么说的?"

"我怕谁！我要进去！"阿廖沙说，不过神情不免尴尬。

"进去呀！你的腿脚不是挺麻利的嘛！"

"进去就进去！啊，您在这儿！"他看到我便说，"太好了，您也在这儿！咳，我不是来了吗，您说我现在该怎么办……"

"进去就是了，"我答道，"您怕什么？"

"我什么也不怕，我向您保证，因为我的确没有任何过错。您认为我错了吗？您会看到的，我马上就来证明我是无辜的。娜塔莎，可以进来见你吗？"他站在关着的房门前，故作镇静地叫道。

没有人回答。

"这是怎么啦？"他不安地问。

"没什么，她刚才还在里面，"我答道，"莫不是……"

阿廖沙小心翼翼地推开了门，胆怯地朝室内扫了一眼。一个人也没有。

突然，在屋角，在柜子和窗户之间，他发现了她。她站在那里，似乎想躲起来，一副半死不活的模样。一想到这幅情景，我至今仍不免好笑。阿廖沙轻手轻脚地走到她身边。

"娜塔莎，你怎么啦？你好啊，娜塔莎，"他怯怯地说，有点害怕地望着她。

"怎么说呢，噢……什么事也没有！"她困窘不堪地答道，好像倒是她做错了事似的，"你……想喝茶吗？"

"娜塔莎，你听啊……"阿廖沙心慌意乱地说，"也许你相信我对不起你……但是，我是无辜的，我完全是无辜的！你要明白,我这就来告诉你。"

"那又何必呢?"娜塔莎小声道,"不,不,不用这样……还是把手给我……没事了……像往常一样……"于是她从屋角里走出来,红晕飞上了她的脸颊。

她低下头,似乎害怕看到他似的。

"啊,我的上帝!"他欣喜若狂地喊道,"要是我当真对不起她,那么在此之后我恐怕不敢看她一眼了!您瞧!您瞧啊!"他转身对我叫道,"她认为我对不起她。一切都跟我作对,一切表面现象都于我不利!我五天没有来了!有传闻说我在未婚妻那里——那又怎么样呢?她已经原谅我了!她已经说了:'把手给我就没事了!'娜塔莎,亲爱的,我的天使,我的天使!我毫无过错,你要明白这一点!我真的毫无过错!刚好相反!刚好相反!"

"可是……可是你刚才还在那边……刚才还有人要你去那边……你怎么来这儿了?几……点钟啦?"

"十点半!我是去那边了……不过,我推说自己病了,就走了——五天来,这是我第一次,第一次获得自由,第一次能摆脱他们,前来看你,娜塔莎。我是说,我也能早点来,但我故意不来!为什么呢?你马上就会知道,让我来解释清楚。我就是为了这件事才来的,只有这一次,上帝见证,我对你是毫无过错的,真的毫无过错,毫无过错!"

娜塔莎这才抬起头来,看了他一眼……但对方的目光是那样明亮,那样纯真;他的面容是那样愉快,那样诚实,那样欢欣,叫人不能不相信他说的一切。我预料他们会欢呼起来，扑上去互相拥抱——在类似这种言归于好的场合，他们以前已经多次这样做了。然而这一次娜塔莎似乎承受不住如此强烈的幸福，她垂下了头，忽然……低声啜泣起来。这时阿廖沙就受不了啦。他扑到她的脚下。他吻她的双手，双脚，像疯了一般。我把圈椅推到她跟前，她坐下了。她感到两腿发软。

第二部

第一章

过了一会儿,我们俩像疯了一般哈哈大笑。

"你们倒是让我说,让我说呀。"阿廖沙嚷嚷道,他那清亮的嗓音一再压倒了我们的笑声。"他们以为我这次又跟以前一样……是来说些无关紧要的废话……告诉你们吧,我有一件最最有趣的事情。喂,你们什么时候才能闭嘴!"

他一心想讲他的故事。从他的神情可以判断他有重大新闻。由于掌握这些新闻,他一脸天真的洋洋得意,但又拿腔作势、故作正经的模样,立刻逗得娜塔莎开怀大笑。我也情不自禁跟着她笑了起来。他越是生我们的气,我们笑得越开心。阿廖沙先是懊丧、继而又像孩子般绝望,他的这副神态最终弄得我们就像果戈理笔下的海军准尉[1]，只要别人向他举起一个手指头，他就立刻大笑不止。玛芙拉从厨房里走出来，站在门口，十分气愤地望着我们。使她恼火的是，娜塔莎并没有狠狠地训斥阿廖沙一顿，这五天来，她一直巴望着娜塔莎能这样做，谁知现在大家反倒那么快活。

最后，娜塔莎看到阿廖沙被我们笑得生气了，这才止住笑声。

"你到底想告诉我们些什么呢？"她问。

"怎么着，茶炊要端上来吗？"玛芙拉毫不客气地抢在阿廖沙开口前问道。

"你走开吧，玛芙拉，你走开吧。"阿廖沙朝她挥着手叫道，急于把她赶走。"我要把已经发生的事、正在发生的事和将要发生的事，统统告诉你们，因为这一切我全知道。我看得出来，我的朋友们，你们想知道这五天我待在什么地方——我正想告诉你们这件事；可是你们老不让我说。首先，我一直在骗你，娜塔莎，这段时间我一直在骗你，而且早就在骗你了，这就是最主要的一点。"

"你骗了我？"

"不错，是骗了，而且骗了整整一个月啦；早在我父亲回来之前就开始骗了。现在是彻底坦白的时候了。一个月前，当时我父亲还没有回来，我突然收到他的一封很长很长的信，可这

---

[1] 见果戈理：《婚事》，第2幕，第8场。剧中人物热瓦金讲到一个乐观好笑的海军准尉佩图霍夫时说："只要伸出指头对他摇一摇，他立刻就会笑起来，一直不停地笑到天黑。"

件事我对你们俩只字未提。他在信里直截了当地向我宣布——请注意,他的语气十分严厉,真把我吓坏了——他说,我的那门亲事已经定下来了,我的未婚妻完美无瑕;又说我当然配不上她,可是无论如何我一定要娶她。所以要我做好准备,把我那些胡思乱想全盘打消,等等,等等。胡思乱想指什么,我们可都清楚。就是这封信我瞒过了你们……"

"瞒什么啦!"娜塔莎打断了他的话,"瞧他吹嘘的!其实你当时就把信的全部内容都告诉我们了。我还记得,那几天你突然变得那么听话,那么温柔,跟我寸步不离,就像做错了什么事似的,而且断断续续地把信的内容全都告诉我们了。"

"不可能,主要之处我肯定没有说。可能是你们两人猜到了什么,那就是你们的事了。反正我没有说。我把它藏在心里,懊恼极了。"

"我记得,阿廖沙,你当时不断地来找我商量,所以把那件事也告诉我了,是断断续续说的,当然啦,是用一种假定的方式。"我望着娜塔莎,补充道。

"全都说出来了!你就别夸口啦!"她接口道,"得了吧,你能隐瞒住什么事啊?算了吧,你哪能当骗子呢?连玛芙拉也统统知道了。你知道吗,玛芙拉?"

"嘿,怎么能不知道!"玛芙拉从门外探进头来,应声答道,"没出三天,你统统说出来啦。你可不会耍滑头!"

"咳,跟你们说话真烦人!你是出于怨恨才这样说,娜塔莎。至于你,玛芙拉,你是弄错啦,我记得,当时我急得像个疯子,你总记得吧，玛芙拉？"

"怎么能不记得呢。你现在也像个疯子啊。"

"不，不，我说的不是这一点。你再想想！当时我们手头没有钱了，是你把我的银烟盒拿去当了。不过，主要是我要警告你，玛芙拉，你对我也太放肆了。都是娜塔莎把你惯坏了。好啦，就算我当时真的都对你们说过了；是断断续续说的——我现在记起来了。不过，那语气，信的语气，你们是没法知道的，其实那封信最主要的就是语气。我现在要说的正是这个呀。"

"那好，到底是什么语气呢？"娜塔莎问。

"听着，娜塔莎，你这么问，像在开玩笑。你可别开玩笑。我向你保证，这点很重要。那语气十分严厉，弄得我都泄气了。父亲向来不是这样对我说话的。也就是说，宁可让里斯本毁于一旦[1]，也不可违抗他的旨意——瞧，就是这种语气！"

"好了，好了，快说吧。当时你干吗要瞒我呢？"

"啊，我的上帝！还不是怕吓着你了。我希望自己能把一切安排妥当。可是你瞧，在收到信后，爸爸也回来了，我的苦难也临头了。我准备好了，要给他一个坚决、明确、严肃的答复，可是不知怎么却一直没有做到。而他甚至不再问起这事，真是个滑头！相反，他装出一副若无其事的样子，似乎问题已经解决，

---

[1] 指1755年葡萄牙首都里斯本大地震。这次地震使三分之二的城市被毁，五分钟内六万人丧生。法国哲学家、作家伏尔泰（1694—1778）曾用这一题材创作长诗《里斯本的灾难》（1756）和哲理小说《老实人》（1759）以表达他的哲学思想——对"造物主"仁慈的怀疑。陀思妥耶夫斯基对这一题材也很感兴趣，他在《——波夫先生与艺术问题》（1861）一文中曾写到里斯本大地震。

我们之间从此已经不可能再发生任何争吵和误会；你听见了吗，甚至已经不可能，就这么自信！他对我的态度，开始变得那么和蔼可亲，真让我感到吃惊。他有多聪明，伊万·彼得罗维奇，要是您能知道就好了！他什么都读过，什么都知道。你哪怕只见过他一面，他就能知道你的全部心思，就像了解自己一样。可能就是因为这个缘故，有人才给他起了个绰号，管他叫耶稣会士。娜塔莎不喜欢我夸奖他。你可别生气，娜塔莎。这只是……顺便说说而已！开头他不给我钱，而现在却给了，昨天给的。娜塔莎！我的天使，现在，咱们的穷日子熬到头啦！喏，你瞧！这半年来他惩罚我，减少给我的费用，昨天他给我补足啦！你们瞧有多少啊，我还没有数呢。玛芙拉，你瞧呀，这么多钱哪！从今以后，咱们再也不用去当什么匙子和领扣啦！[1]"

他从衣袋里掏出很厚一沓钞票，约莫有一千五百银卢布，全放到桌上。玛芙拉眉开眼笑地看着钱，还夸了阿廖沙几句。娜塔莎则拼命催他快说下去。

"这样一来，我想，我该怎么办才好呢？"阿廖沙继续道，"叫我怎么去违抗他的意志啊？也就是说，我向你们二位起誓，如果他对我严厉，不那么和气，那我就不顾一切了。我会直言不讳地告诉他：我不情愿，我已长大成人，现在已无可挽回了！而且，请你们相信，我会拿定自己的主意。可当时——我能对他说什么呢？你们可别责怪我。我看得出来，你好像有点不满意，

---

[1] 富贵人家的餐具和领扣是银制的。

娜塔莎。你们两个干吗使眼色呀？你们一定在想：这下他上当了，一丁点儿坚定性都没有了。不，我很坚定，坚定，而且比你们想象的还坚定！证据就是，尽管我处境困难，我还是立即对自己说：这是我的责任；我必须把一切，把所有的一切全都告诉父亲。于是我就开始说，把什么话都说了，他听完了我的话。"

"说什么啦，你到底说了什么啦？"娜塔莎不安地问。

"我本想说：我不要任何别的未婚妻，我已经有了——这就是你。可是这句话我至今还没有直截了当地说出来，但我让他在思想上有了这个准备，我明天就去告诉他。我已经拿定主意了。开始时我这样讲：为了金钱而结婚是可耻的、不光彩的，我们自命为什么贵族真是愚蠢之极——我跟他推心置腹，就像我们是亲兄弟一样。随后，我立刻向他声明：我是Tiers-Etat, Tiers Etat C'est l'essentiel[1]；我感到自豪的是，我跟大家一样，而且我一点儿也不想与众不同……我说得很热烈，很动听，连我自己都吃惊啦。最后，我用他的观点向他证明……我不客气地说，我们算什么公爵？只不过是公爵出身罢了，其实我们身上哪儿有公爵的气派？首先，我们并没有巨大的财富，而财富是最主

---

[1] 法文："第三等级，第三等级是最主要的等级。"这句名言出自法国18世纪资产阶级革命活动家、天主教修道院院长西哀士（1748—1836）的小册子《什么是第三等级？》。该书于1789年法国大革命前夕出版，预言资产阶级将夺取政权。当时法国的第一等级为僧侣，第二等级为贵族，第三等级包括资产阶级和农民、城市平民。

要的东西。当前首屈一指的公爵,当推罗特希尔德[1]。其次,在真正的上流社会里,早就没有人提到我们啦。排在最后一名的公爵,大概是伯父谢苗·瓦尔科夫斯基了,他也无非是在莫斯科有点名气,而且是因为把出卖最后三百名农奴的钱挥霍一空才出的名。如果做父亲的不是拼命积攒钱财,恐怕他的子孙都得去种地——如今就有不少这样的公爵。所以说,我们没有什么可妄自尊大的。总而言之,我把心里话统统说出来了——统统说出来了,说得既热烈又坦诚,甚至还添枝加叶。他对我的话居然没有反驳,一上来就责备我,说我不该冷落了纳英斯基伯爵,后来又说我该去讨得我的教母K公爵夫人的欢心,说什么只要K公爵夫人热情接待我,那就意味着我会到处受到欢迎,我的前程就大有希望了。他说呀说呀,没完没了地说下去!他话中有话,他这是暗示:自从我和你娜塔莎同居以来,我就把他们这些人都冷落了;暗示这都是受了你的影响。不过到目前为止,他还没有直接提到你,显然他在回避这个话题。我们两人都在耍心眼,都在等待时机,要抓住对方的把柄。你可以相信,娜塔莎,胜利会在我们这一边!"

"那好啊。可是结果怎么样,他做了什么决定?这才是主要的。你真饶舌,阿廖沙……"

---

[1] 是在法兰克福起家的德国大银行家家族。它的第一代为迈耶·阿姆谢尔(1744—1812),学徒出身。他有五个儿子,后来,他的家族的银行遍布全欧,历久不衰。在陀思妥耶夫斯基的长篇小说《白痴》,特别是《少年》中,罗特希尔德的名字成为财富和金钱万能的象征。

"天知道他怎么想，谁也弄不清他怎么决定的。我根本没有饶舌，我说的是正经事：他甚至没有做任何决定，对我的一番议论只是一笑了之，不过那种笑容让人觉得他似乎在可怜我。我也知道这有损我的自尊，但我不觉得可耻。他说：'我完全同意你说的话，不过，还是让我们去看看纳英斯基伯爵吧。可是要注意，到了那边，你千万别提这件事。我是了解你的，可他们却不能理解你。'看得出来，他们这些人对父亲的接待都不怎么热情，不知为什么事生他的气呢。总的说来，如今上流社会的人有点不喜欢他！刚开始的时候，伯爵对我摆足架子，十分傲慢，甚至好像完全忘了我是在他家里长大的，装出一副苦苦回忆的样子，真有他的！他对我的忘恩负义很是生气，其实，我丝毫没有忘恩负义。在他家里简直无聊透顶——于是，我后来就不去了。他对父亲也非常怠慢。非常怠慢，非常怠慢，叫我都弄不明白，父亲何苦要去那里。这一切让人气愤。可怜的爸爸在他面前不得不低三下四，卑躬屈膝；我也明白，这都是为了我，可是我却什么也不需要。后来我曾想把我所有这些感受全都告诉父亲，可是我忍住了。那又何必呢！他的那套信念不是我改变得了的。我只会惹他恼火；我不说他已经够难受的了。好吧，我想，我只好耍点花招，胜过他们，迫使伯爵尊重我——你们猜怎么样？全部目的我立刻达到了，才一天的工夫，情况完全改观！现在纳英斯基伯爵见了我，都不知该让我坐在哪儿才好。这一切全是我做的，我独自一人，光凭自己的心计，这么一来，连父亲也只好摊摊双手啦……"

"听着,阿廖沙,你最好谈点正事!"娜塔莎不耐烦地嚷道,"我还以为你会谈谈咱俩的事,而你却只想说你在纳英斯基伯爵家里如何大出风头。你那个伯爵跟我有什么关系?"

"什么关系!您听见了吧,伊万·彼得罗维奇,什么关系?这可是最主要的正事。你马上就会明白的,一切最后才见分晓。不过你们得让我讲下去……而最后——为什么不直说了呢,是这样:娜塔莎,还有您,伊万·彼得罗维奇,我这个人有的时候也许真的太不明事理,太不明事理了。噢,是的,甚至不妨说,简直就是愚蠢——有的时候就是这样。不过这一次,我向你们保证,我可是耍了不少花招……哦……末了,甚至可以说显露了我的机智。所以我想,你们一定会高兴的,因为我并不总是那么——笨。"

"咳,你怎么这样说,阿廖沙,够了,亲爱的!……"

娜塔莎受不了别人说她的阿廖沙不够聪明。有好几次,她一句话也不说,生我的闷气,只因为我不大客气地向阿廖沙证明,他做了某件蠢事。这是她的一块心病。她受不了别人贬低阿廖沙,恐怕正是因为她自己也意识到了他的缺点。不过,她绝不把自己这种看法告诉他,害怕这样做会伤了他的自尊心。在这种场合,阿廖沙不知怎么特别敏感,总能揣摩到她内心的隐衷。娜塔莎看在眼里,很是伤感,马上就奉承他,抚慰他。现在他的话刺痛了她的心,原因就在这里……

"行了,阿廖沙,你也就是有点轻浮,你绝对不是那种人,"她补充道,"你干吗要贬低自己呢?"

"那好吧,那就让我把话说完。伯爵接待我们之后,父亲甚至对我大为恼火。我心想,等着瞧吧!随后我们乘车去拜访公爵夫人。我早听说,她已经老糊涂了,耳朵又聋,还特别喜欢小狗。她养了一群小狗,喜欢得要命。尽管这样,她在上流社会却有很大影响,就连纳英斯基伯爵,那个 le super-be[1],也得对她 antichambre[2]。于是我一路上制定出进一步行动的详细计划,你们猜我的根据是什么?根据是,所有的狗都喜欢我,真的!我注意到了这一点。也许我身上有某种魔力,也许因为我爱所有的动物,我也不知道为什么,反正所有的狗都喜欢我,就这么一回事!现在顺便谈谈魔力的问题,娜塔莎,我还没有来得及告诉你,前几天我们招了一次魂,在一个巫师家里。这太有意思了,伊万·彼得罗维奇,我简直惊呆了。我把尤里乌斯·恺撒[3]的魂给招来啦!"

"哎呀,我的上帝!你把尤里乌斯·恺撒招来干什么呀?"娜塔莎叫道,随即哈哈大笑,"竟有这样荒唐的事!"

"那为什么……好像我是个……为什么我就没有权利给尤里乌斯·恺撒招魂?这能把他怎么样吗?瞧她笑的!"

"当然不能把他怎么样……啊,亲爱的,那好吧,尤里乌斯·恺撒对你说什么啦?"

---

[1] 法文:傲慢的人。
[2] 法文:卑躬屈膝。
[3] 优里乌斯·凯撒(公元前 100—前 44),古罗马统帅、政治家和作家,终身独裁者(实际上的君主)。

"他什么也没有说。我只是握着铅笔,铅笔就自动在纸上移动,写出字来了。他们说,这是尤里乌斯·恺撒在写。我不信这个。"

"那他写什么啦?"

"他写的东西类似果戈理的'奥勃莫克尼'[1]……哎,你们就别笑啦!"

"那你就讲讲公爵夫人吧!"

"就是嘛,瞧你们老是打断我的话。后来我们到了公爵夫人那里,我首先要做的事,就是向咪咪大献殷勤。这位咪咪是一条又老又丑、最讨人嫌的哈巴狗,脾气很倔,还爱咬人。公爵夫人可喜欢它啦,见了它就像丢了魂。她看上去跟它一般老。我先是拿几块糖果喂它,不到十分钟就教会它伸出爪子来,这件事是别人一辈子也教不会的。公爵夫人简直欣喜若狂,高兴得都要哭了:'咪咪!咪咪!我的咪咪会握手了!来了什么人,她就说:'咪咪会握手了!这是我的教子教它的!'纳英斯基伯爵走进来,她说:'咪咪会握手了!'她含着感动的眼泪望着我。真是个再好不过的老太太,我甚至有点可怜她了。我很精明,随即又奉承了她一番:她有一个鼻烟壶,里面画着她六十年前当新娘时的肖像。她把鼻烟壶掉到地上了,我拾起来,装作什么也不知道,说:'Quelle charmante peinture![2] 好一个绝色美

---

[1] 见果戈理喜剧《诉讼》(1842)片段。剧中一女地主在遗嘱上胡乱地把自己的名字"叶夫多基娅"签为"奥勃莫克尼"。按:"奥勃莫克尼"不是姓氏,而是俄语动词 обмокнуть 的命令式。意译为"你蘸一下",故有人译为"你蘸一下墨水"。

[2] 法文:多么可爱的画像!

人!'好,她立刻就眉开眼笑,跟我东拉西扯地聊起来,问我在哪儿上的学。交了哪些朋友,又夸我的头发如何漂亮,说个没完没了。我也一样:尽逗她开心,给她讲了一件丑闻。她喜欢这一套,只是伸出一个指头吓唬我一下,不过大部分时间她一直是笑容满面。放我走的时候,她又是吻我,又是画十字祝福,要我每天都去给她解闷。伯爵紧紧地握住了我的手,那双眼睛一副讨好的样子。我爸爸呢,虽说他是最善良、最正直、最高尚的人,可是呢,你们相信也罢,不相信也罢,在我们回家的路上,竟高兴得差点哭起来了。他不断拥抱我,立刻跟我讲了许许多多心里话,一些令人不解的心里话,大谈什么功名前程啦,人情关系啦,金钱啦,婚姻啦,许多话我都听不明白。就在那时候,他把钱给我了。这是昨天的事。明天我还要去看公爵夫人,不过父亲毕竟是个十分高尚的人——你们不要有别的想法,尽管他总想让我离开你,娜塔莎,不过那是因为他被钱迷住了,他想要卡佳的几百万卢布,而你却没有钱。他要钱也完全是为了我,他对你不公道,只不过因为他没有见识。有哪个做父亲的不希望自己的儿子幸福呢?他习惯于把百万家私当成幸福,这也不是他的过错。他们那些人都是这样的。所以只能用这种观点而不是别的观点来看他,这样一来,他立刻就成为正确的了。我特意急忙赶来找你,娜塔莎,是想让你相信这一点,因为我知道你对他有偏见,当然,这不是你的错。我并不责怪你……"

"这么说来,你也就是在公爵夫人那里受到了恩宠?你的全部花招就是指这个?"娜塔莎问。

"怎么会呢！瞧你说的！那只是一个开头……我之所以大谈公爵夫人，你该明白，是因为我想通过她把父亲抓到手里，我主要的故事还没有开始呢。"

"好吧，那你就快说吧！"

"今天我还碰到一件事，一件非常奇怪的事，直到现在我还感到惊讶呢，"阿廖沙继续道，"应当向你们指出，虽说我父亲和伯爵夫人已经把我们的亲事定了下来，不过到目前为止还根本没有正式的婚约，所以我和卡佳哪怕现在分手，也不会闹得满城风雨，这事只有纳英斯基伯爵一人知道，而他算是我家的亲戚和靠山。此外，尽管这两周来我跟卡佳做了好朋友，可是直到今天晚上，我跟她还只字未提将来的事，也就是婚姻问题，以及……噢，以及爱情。已经决定，这门婚事首先要征得K公爵夫人的同意，因为我们期待从她那里得到各方面的袒护和滚滚财源。她说什么，上流社会就随声附和；她结交的都是一些显贵……他们一定要把我引进上流社会，要我出人头地。伯爵夫人，即卡佳的继母，特别坚持这种安排。问题是，鉴于她在国外的种种越轨行为，公爵夫人也许根本就不会接待她，而公爵夫人如果不接待她，那么别的人肯定都不会接待了；因此我同卡佳的婚事对她而言就是一个良机。所以原先反对这门亲事的伯爵夫人，听说今天我在公爵夫人家里大获成功，简直高兴透了，不过这事先放到一边，而主要的是：我去年就认识了卡捷琳娜·费奥多罗芙娜，可当时我还是个孩子，什么也不懂，所以当时看不出她有任何……"

"只不过你当时更爱我，"娜塔莎打断他的话，"所以才看不出来，而现在……"

"可别这么讲，娜塔莎，"阿廖沙激动地叫道，"你完全错了，你是在侮辱我！……我甚至不来反驳你，你接着听下去就会明白的……唉，你要是了解卡佳就好了，你要是知道她有一颗多么温柔、坦诚、纯洁的心灵就好了！你会了解她的，不过你得听我把话说完！两周前，她们刚回来，父亲就带我去看卡佳，那时我开始仔细地观察她。我发现，她也在留神观察我。这引起了我极大的好奇心，且不说我本来就有一种强烈的愿望想更好地了解她——这一愿望还在我收到父亲那封使我大吃一惊的信时就产生了。关于她我不想多说，我也不想夸奖她，我只说一点：她是卓尔不群的。她的性格那么独特，她的心灵那么坚强，那么真诚；她坚强，正因为她纯洁；她真诚，所以我在她面前简直像个孩子，像她的小弟弟，尽管她才十七岁。我还注意到一点：她非常忧郁，好像心里藏着什么秘密；她不爱说话，在家里几乎总是默默无言，好像害怕什么……她似乎总在思考什么。她好像有点怕我的父亲。她不爱她的继母——我看出了真相；伯爵夫人出于某种目的，到处散布谎言，说她的继女如何爱她；原来这不是真的：卡佳只是绝对顺从她，似乎在这一点上她们两人达成了默契。四天前，我做了种种观察之后决定实现我的意图，而今天晚上我就付诸行动了。这就是：把一切都告诉卡佳，老老实实地向她承认一切，劝她站到我们这一边，这样，事情就可以一下子了结啦……"

"怎么！你告诉她什么？你承认什么啦？"娜塔莎不安地问。

"一切，一切的一切，"阿廖沙答道，"感谢上帝，是主启示我这么去做的！可是你们听我说，听我说呀！四天前，我拿定了主意：我要离开你们，自己来了结这件事。因为要是我跟你们在一起，我就老是犹豫不决，我会听信你们的话，永远也下不了决心。要是我一个人呢，我就会让自己这么办——时时刻刻提醒自己：这事该了结了，我必须把它了结；我鼓足勇气，事情也就——了结啦！我决定等有了结果再回来找你们，现在有了结果我就回来啦！"

"什么，什么？事情怎么啦？你快说呀！"

"十分简单！我直接去找她，诚实地、勇敢地说出一切……不过，我先得告诉你们一件在此之前发生的事，这事至今让我感到十分奇怪。在我们动身之前，父亲收到一封信。当时我正要进他的书房，就站在门口。他没有看见我。这封信像是把他惊倒了，他竟自言自语起来，不时惊呼什么，忘乎所以地在室内走来走去，最后突然哈哈大笑，手里一直拿着那封信。我都害怕走进去，等了一会儿才进了门。父亲为了什么事很高兴，非常高兴；他跟我说话的时候神情有点古怪，说着说着他突然打住了，要我立刻就动身，尽管时间还很早。伯爵夫人家里今天没有别的客人，就我们父子二人。娜塔莎以为那里有晚会，你错啦！你得到的消息不准确……"

"唉，阿廖沙，求你别离题了。快说，你是怎么把一切告诉卡佳的！"

"幸运的是，我和她单独待了整整两个小时。我开门见山地对她说，虽然有人要给我们提亲，但这是不可能的；说我心里还是很喜欢她的，还说现在只有她一个人才能解救我。于是我把实情都告诉了她。你想想，娜塔莎，她对我们的事，对我和你的事，居然一无所知！啊，要是你能看到她深受感动的模样就好了！起先她简直吓坏了，脸色变得煞白。我把我们的事都讲给她听：说你为了我而抛弃了自己的家，我们现在单独生活在一起，我们很痛苦，什么都怕，现在我们只好来找她——我这些话也是代表你说的，娜塔莎——我是想让她主动地站到我们这一边，而且直截了当地去告诉她的继母，说她不愿意嫁给我。只有这样，我们才能得救，此外我们就别无出路了。她很感兴趣地、满怀同情地听着。这时她的那双眼睛多么美啊！似乎她的整个心灵都化进她的目光里了。她的眼睛蓝极了。她感谢我对她的信任，并且保证竭尽全力来帮助我们。后来她开始问起你的情况，说她很想认识你，要我向你转告，她已经像爱自己的姐姐那样爱你了，希望你也能爱她，像爱自己的妹妹。当她得知我已经五天没有见到你了，便立刻催我来看你……"

娜塔莎大为感动。

"可是在此之前，你竟能大谈你在一个什么耳聋的公爵夫人那里立下的功劳！唉，阿廖沙呀阿廖沙！"她责备地看着他叫道，"哦，卡佳怎么样呢？她要你走的时候高兴吗？快活吗？"

"是的，她很高兴，因为她做了一件高尚的事，可她自己却哭了。因为她其实也是爱我的，娜塔莎！她承认，她已经渐渐地爱上我了；说她平时见不到什么人，说她早已喜欢我了；说她特别看重我，因为她的周围尽是欺骗和谎言；在她看来，我为人真诚、正直。最后，她站起来说：'好吧，上帝保佑您，阿列克谢·彼得罗维奇，我原以为……'，话没有说完，她就泣不成声，并且走开了。我们已经决定，明天她去告诉继母，说她不愿意嫁给我，明天我也要把一切都告诉父亲，坚决地、勇敢地说出自己的打算。她甚至责备我，为什么不早告诉她，她说：'一个诚实正直的人应该是无所畏惧的！'她多么高尚！她也不喜欢我的父亲，说他狡猾，贪财。我为父亲辩护，她不信我的。万一明天我同父亲谈不成——她断定谈不成——那她同意我去找K公爵夫人，寻求她的保护。到时候他们就谁也不敢出来反对了。我和她还互相保证，今后要像亲兄妹一样。啊，可惜你不了解她的身世，你不知道她是多么不幸，她是多么厌恶她在继母身边的生活，以及周围的这种环境……这些她没有直说，似乎她也有点怕我，我是根据她的一些话猜出来的。娜塔莎，我的亲爱的！要是她能看到你，她一定会迷上你！她的心多么善良！跟她在一起真是轻松愉快！你们俩是天生的一对姐妹，理应相亲相爱的。我一直都这么认为。真的，我真想把你们两人弄到一起，自己站在近旁，好好欣赏你们。你别多心，娜塔舍奇卡，你就让我谈谈她吧。在你面前我就想谈谈她，在她面前就想谈谈你。你其实知道，我是最爱你的，胜过她……你是我的一切！"

娜塔莎默默地望着他，那么温情脉脉，又有点忧伤。他的话似乎给了她安慰,又仿佛让她痛苦。

"很早了,还在两周以前,我就看清了卡佳的人品,"他继续道,"那阵子我每天晚上都去她们家。回来的路上我老想啊想啊,想你们两个人,把你们做一番比较。"

"我们两个究竟谁更好呢?"娜塔莎含笑问道。

"有时候是你,有时候是她。不过到最后,总是你更好些。每当我跟她谈话的时候,我总觉得自己好像变好了,变聪明了,不知怎么也变高尚了。好啦,明天,明天所有的问题都会解决!"

"你能舍得她吗?要知道,她是爱你的,你不是说,你也发现这一点了吗?"

"舍不得,娜塔莎!可是我们三个人可以彼此相爱呀,到时候……"

"到时候就得永别了!"娜塔莎像是自言自语地小声说。阿廖沙疑惑不解地看了她一眼。

但是我们的谈话突然被一个最意外的情况打断了。外间厨房里传来了轻微的声响,好像有人进来了。不一会儿,玛芙拉推开房门,偷偷地向阿廖沙点头示意,要他出去。我们都转身看着她。

"有人找你呢,出来吧,"她用一种神秘的口气说。

"这时候谁还会来找我呢?"阿廖沙纳闷地望着我们说,"我去看看!"

厨房里站着公爵(他父亲)的一名穿号衣的仆人。原来公爵在回家途中把他的马车停在娜塔莎住处附近,派人上来打听一下,阿廖沙是不是在她这里。仆人说明来意后立刻就走了。

"太奇怪了!从来还没有发生过这种事,"阿廖沙说,一面困惑不解地望着我们,"这是怎么啦?"

娜塔莎不安地瞧着他。突然,玛芙拉又推开了我们的门。

"他来啦,公爵!"她急急地小声说完,立刻又缩了回去。

娜塔莎脸色苍白,从座位上站了起来。蓦地,她的眼睛放出光来。她轻轻地扶着桌子,站在那里,激动地望着那扇门,等着那位马上就要进来的不速之客。

"娜塔莎,别害怕,有我跟你在一起!我不许旁人欺负你,"阿廖沙悄声道。他有点不安,但没有惊慌失措。

门开了,瓦尔科夫斯基公爵亲自登门造访了。

第二章

他迅速而留神地扫了我们一眼。光凭这目光还猜不透:此番前来他到底是敌还是友?不过,先让我仔细地描写一下他的外貌。这天晚上,他使我特别惊讶。

我以前也见过他。他四十五六岁,不会更大。一张脸上五官端正,十分耐看;面部表情则随外界情况而不断变化,从眉飞色舞、喜气洋洋到皱眉蹙额、愁云满面,或愤愤不平,说变就变,而且变得飞快,非常彻底,就像突然之间拧动了另一根发条。那张端正的椭圆形脸庞肤色微黑,牙齿整齐洁白,两片又小又薄的嘴唇轮廓分明，笔直的鼻子略带鹰钩，高高的额头上居然看不出一丝细微的皱纹，一双相当大的眼睛是灰色的——这一切构成了一个近乎美男子的形象。与此同时，他的脸并不给人以愉悦的印象。这张脸之所以令人讨厌，就在于他的表情似乎不属于他自己，而总是刻意造作、精心设计、借用别人的——于是你不由得生出一种想法：你永远也弄不清他的真正表情。经过一番仔细的观察，你会开始怀疑，在这张一贯如此的假面之下，也许隐藏着凶险、狡诈和极端自私的本性。他那双漂亮的毫不掩饰的灰眼睛特别引人注目，似乎只有这双眼睛才不肯完全听从他的意志。他看人时，总想露出温和而亲切的目光，但他的目光似乎也有两重性：在温和、亲切之中又闪现出残忍、猜疑、刺探和凶恶的神色……他的身材相当高大，体态优美，略显清瘦，看上去比实际年龄小得多。一头柔软的深褐色头发里几乎不见一根银丝。他的双耳、双手、双腿都非常匀称、好看。这完全是一种贵族血统的美。他的衣着十分考究，雅致，而且时髦，多少带点年轻人的气派，不过这跟他倒也般配。他像阿廖沙的长兄，至少你不会认为他是这个已成年的儿子的父亲。

他径直朝娜塔莎走去，定睛看着她，对她说：

"在这样的时刻我前来造访，而且事先没有通报，这不仅令人奇怪，也有违常规。但我希望，也请您相信，至少我还能意识到我的行为有点反常。我也知道，我在跟谁打交道，知道您很明智，又宽宏大量。只请您给我十分钟时间，我希望，您将会理解我，并认为我的举动并不唐突。"

他的这番话说得彬彬有礼，但很有力量，而且语气坚决。

"您请坐。"娜塔莎说。她还没有摆脱最初的拘谨和几分惊慌。他微微欠身，款款落座。

"首先，请允许我先对他说几句，"他指着儿子开始说，"阿廖沙，你不等我，甚至不同大家告别就走了。你刚走，就有下人禀报伯爵夫人，说卡捷琳娜·费奥多罗芙娜头晕难受。伯爵夫人本想跑去看她，不料卡捷琳娜·费奥多罗芙娜忽然自己过来了。她心情极坏，而且异常激动。她直截了当地对我们说，她不能做你的妻子。她还说，她要进修道院；说你请求她的帮助，而且向她坦白承认你爱着纳塔利娅·尼古拉耶夫娜……卡捷琳娜·费奥多罗芙娜的这番不可思议的表白，而且又是在这种时刻，不用说，是由于你同她做过一次异常奇怪的解释。她的举止几乎失常了。你要明白，当时我是多么震惊和害怕。刚才我乘车经过这里，看到您窗口的灯光，"他转向娜塔莎继续道，"于是，一个在我脑际萦绕已久的想法完全控制了我，使我无法抗拒最初的冲动，便进来看您。我的目的何在呢？我马上来告诉您，但我要事先请您别对我说明中的某些粗鲁的话感到吃惊。这一切是那么突然……"

"我希望能理解您，而且能……正确理解您要说的话。"娜塔莎结结巴巴地说。

公爵目不转睛地审视她，似乎急于想把她一眼看透。

"我也寄希望于您的明智，"他继续道，"如果说此刻我敢于前来找您，那是因为我知道，我在跟谁打交道。我早就知道您了，尽管我一度对您很不公道，有点对不起您。请听我说：您知道，我跟令尊之间有些陈年的积怨。我无意替自己辩解，也许我错怪了他，也许我的过失比我目前所估计的还要严重。但是，假如真是这样的话，那么我自己也受骗了。我为人多疑，这一点我自己承认。我总是先看到别人坏的一面，再看到他好的一面——这是一颗冷漠的心所固有的不幸特征。但是，我这人不习惯掩饰自己的缺点。我听信了所有的传言，因此当我听说您离开了您的父母的时候，我真为阿廖沙担心。那时我对您还不了解。后来我渐渐地做了一些调查，调查的结果令我深受鼓舞。我经过一番观察和研究，最后确信，我的那些怀疑是没有根据的。我得知，您跟您的家庭闹翻了，我还知道，您父亲竭力反对您跟我儿子成婚。尽管您对阿廖沙很有影响，甚至可以说能够完全驾驭他，但您至今没有利用这种影响力，没有强迫他跟您结婚，仅此一点，就足以证明您出色的人品。不过，我还是要向您承认，当时我拿定主意要千方百计阻挠你们的婚事。我知道，这话我说得过于直率了，然而此时此刻对我来说直言相告比什么都重要；等您听完我的话，您也会同意这一点的。在您离家出走后不久，我就离开了彼得堡，不过在动身的时候，我已经不再为阿廖沙担心了。我也寄希望于您高尚的自尊心。我已经明白，在我们两家的不和没有消除之前，您自己也不愿意结婚。我明白，您不想破坏我们父子的和睦，因为我是绝对不会允许他和您结婚的；您也不愿意让别人议论您，说您妄想当一名公爵夫人，所以要跟我们家联姻。相反，您甚至表现出对我们的蔑视，也许您还等着，有朝一日我会亲自登门，求您屈尊接受我儿子的求婚。但我固执已见，依旧对您没有好感．我无意替自己辩解，但我也不隐瞒我对您没有好感的原因。这原因就是：您既没有地位，也没有财产。我虽说也薄有家产，但我们需要更多的钱财。我们这个家族已经没落。我们需要权势和金钱。季娜伊达·费奥多罗芙娜伯爵夫人的继女虽说没有权势，但十分富有。只要稍迟一步，求婚者会纷纷登门，会抢走我们相中的姑娘，这样的良机是不能丧失的．所以，尽管阿廖沙还太年轻，我还是决计为他提亲。您看，我毫不隐瞒。您可以鄙视这样的父亲，说他居然亲口承认，他出于私利和偏见，竟教唆儿子去干坏事，因为抛弃一个宽宏大量、为他牺牲一切的姑娘，这种行为是卑劣的，他对她是有罪的。但我无意替自己辩解。我想让我的儿子娶季娜伊达·费奥多罗芙娜伯爵夫人的继女为妻的第二个原因是，这个姑娘非常非常值得爱恋和尊敬。她容貌可人，受过良好的教育，性情极好，人也聪明，虽说在许多方面还是个孩子。阿廖沙生性软弱，为人轻浮，极其不明事理，二十二岁了还完全像个孩子，也许他只有一样长处，那就是心地善良——不过，在具有上述种种缺点的情况下，这一优点甚至是危险的。我早已觉察到，我对他的影响开始减弱：年轻人的冲动和激情占了上风，甚至压倒了一些真正应尽的义务。我也许太爱他了，但我确信，对他来说仅有我一人的指导是不够的，而他又必须经常处在别人的良好影响之下。他性情驯良，软弱，多情，他宁肯去爱别人，听命于人，也不愿去指使别人。他一辈子也就只能这样。您可以想象出,当我遇到卡捷琳娜·费奥多罗芙娜后,我是多么高兴啊!因为她正是我希望儿子娶的最理想的姑娘。可是我高兴得晚了。另一种影响——您的影响,已经牢牢地控制了他。一个月前我返回彼得堡,开始密切地观察他,惊奇地发现他有了很大变化,他明显地变好了。轻浮,幼稚,在他身上几乎没有改变,然而一些高尚的情操却在他心里埋下了根;他感兴趣的事不再局限于一些游戏玩乐,他开始关心崇高的、高尚的、真诚的东西。他的思想是奇怪的,不稳定的,有时是荒唐的;然而他的愿望、兴趣和心灵却变好了,而这是一切的基础。他身上所有这些好的变化,无疑是因为受了您的影响。您改造了他。不瞒您说,当时我的脑子里甚至闪过一个念头;也许您比任何人都更能促成他的幸福。但是我赶走了这个念头,我不愿意这样想。我无论如何要让他离开您。我开始行动,而且自以为达到了目的。一小时以前,我还认为自己胜券在握。可是,伯爵夫人家里发生的事,一下子推翻了我的全部计划,首先使我感到震惊的,是这样一个出人意料的事实:他对您深深的依恋,他对您强烈而坚贞的爱,他的这种严肃认真的态度简直令人吃惊。我要对您再说一遍:您彻底改造了他。我突然看到,他身上的变化甚至大大超出了我的想象。今天他忽然在我面前显示出完全出乎我意料的聪明,与此同时,还有那种异乎寻常的机灵和悟性。他选择了最可靠的途径,来摆脱他认为的困难处境。他触动并唤醒了人们心中最高尚的天赋——那就是宽恕他人和以德报怨的本能。他完全信赖被他伤害的姑娘,又求得她的同情和帮助。他触动了一个已经爱上他的女人的自尊心,直言不讳地告诉她:她有一个情敌,与此同时,又唤起她对她的情敌的好感,求得她对自己的谅解,并且答应跟他永远保持无私的兄妹情谊。敢于做出这番表白,同时又不使对方蒙受羞辱和委屈——这一点,就连那些最工于心计的聪明人有时也难以做到,而只有像他这样心胸坦荡、纯洁而又受到很好指点的人才能做到。我相信,您,纳塔利娅·尼古拉耶芙娜,一定没有参与他今天的行动,既没有说过什么,也没有出过主意。您很可能是刚刚才从他那里了解到这一切的。我没有说错吧?是不是这样?"

"您没有说错。"娜塔莎认同道,她双颊绯红,两眼放出异样的光彩,似乎充满了灵感。公爵的雄辩开始起作用了。"我已经五天没有见到阿廖沙了,"她补充道,"这一切全是他自己的主意,自己去做的。"

"肯定是这样,"公爵证实道,"尽管如此,但是,他的出乎意料的洞察力,他的果断和责任感,最后,他的这种高尚的坚贞——所有这一切都是您对他施加影响的结果。我终于认清了这一点,刚才在回家的路上我还在想这件事,经过一番考虑,忽然感到我完全可以作出决定了。我们同伯爵夫人家的亲事已经破裂,不可能恢复了;即使能够恢复,这事也办不成了。既然我已经确信,只有您才能使他幸福,您是他真正的导师,您已经奠定了他未来幸福的基础——那还有什么好说的呢!我没有向您隐瞒过任何事情,现在也毫不隐瞒;我这人非常喜欢功名、钱财、权势，乃至高官厚禄。我也意识到其中多半是偏见，但我喜欢这些偏见，绝对无意践踏它们。但是，在有些情况下，应当允许有各种不同的考虑，不能用同一把尺子衡量一切……此外，我很爱我的儿子。总之一句话，我得出结论，阿廖沙不能跟您分手，因为离开您他肯定会毁了一生。难道不是这样吗？我也许用了整整一个月的时间才得出这个结论，而直到现在我才明白我的决定是完全正确的。当然，如果只是为了告诉您这一番话，那我完全可以明天再登门拜访，用不着几乎在深更半夜前来打扰您。不过我此刻的仓促也许能向您表明，我是多么热心，主要是多么真诚地来做这件事。我不是个孩子，在我这种年龄是绝不会轻举妄动的。在我来这里以前，一切都已决定，而且经过了深思熟虑。但我感到，我还需要花很长时间，才能使您完全相信我的真诚……不过，还是转入正题吧，现在我是否该向您说明我此番前来的目的了？我来，是为了履行我对您的责任，而且——怀着对您的无限敬意，郑重其事地请求您成全我儿子的幸福，并接受他的求婚。噢，请不要认为，像我这样严厉的父亲，终于决定饶恕自己的孩子，并且仁慈地认同你们的幸福了！不！如果您这么看我，那您就贬低我了。请您也不要认为，根据您为我的儿子做出的牺牲，我事先就料到您会同意这门婚事。也不是这样！我要第一个大声宣布：他配不上您……他善良，真诚——这一点他自己也会认同的。但是，这还不够。吸引我此刻前来的，不仅仅是这个……我来这里……（这时他毕恭毕敬地、一本正经地从座位上站起身来）我来这里，是希望我能成为您的朋友！我知道，我根本没有这种权利，丝毫没有！但是——请允许我经过努力，能博得这种权利，请允许我抱有希望！"

他在娜塔莎面前恭恭敬敬地俯身低头，等候她的答复。在他说话的这段时间里，我一直留心观察他。这一点他注意到了。

这席话他说得很冷淡，有点卖弄口才的意味，有些地方甚至漫不经心。他说话的语气，有时简直同促使他在这种不合适的时刻登门的冲动很不协调，何况他是初次来访，何况我们还是这种关系。他的某些措辞显然是精心雕琢的。在这一席长篇大论、长得令人奇怪的讲话中，有些地方他似乎故意把自己装扮成一个怪人，一个竭力装出一副幽默、打趣、漫不经心的模样来掩饰自己真实感情的怪人。不过这一切是我后来才琢磨出来的，当时却是另一种情况。最后的几句话他说得那么诚恳，那么富于感情，还做出一副对娜塔莎极其尊敬的真诚的模样，以致把我们大家都征服了。他的睫毛上甚至闪过了类似眼泪那样的东西。娜塔莎那颗高尚的心完全被征服了。她紧随其后也从座位上站起来，默默地、十分激动地向他伸出自己的手。他握住她的手，又温柔地、动情地吻了一下。阿廖沙欣喜若狂。

"我对你说过，娜塔莎！"他叫道，"可你不信我的！你不信他是世上最高尚的人！现在你看到了，你亲眼看到了吧！……"

他向父亲扑过去，热烈地拥抱他。公爵同样热烈地拥抱了他。但公爵急于早些结束这个多情的场面，似乎羞于流露自己的感情。

"够了，"他拿起自己的帽子，说道，"我该走了。我本来只请求您给我十分钟时间，不料却待了整整一个小时，"他讪笑着补充道，"不过在我离开的时候，我又极其殷切地期待着能尽快地再次见到您。您能允许我经常前来拜访您吗？"

"可以，可以！"娜塔莎答道，"请经常来！我希望能尽快地……喜欢上您……"她面带羞色补充道。

"您是多么真诚，多么老实！"公爵听了她的话微微一笑说，"您甚至不想作假，来几句一般的客套话。不过您的真诚比所有那些虚礼更加珍贵。是的！我意识到，我需要花很长很长的时间才能博得您的青睐！"

"行了，别夸我啦……够了！"娜塔莎羞怯地悄声说。这一刻她是多么可爱呀！

"就这样吧！"公爵最后说，"不过还要说两句正事。您瞧瞧，我有多么不幸！因为明天我不能上您这儿来了，明天不行，后天也不行。今天晚上我收到一封信，这信对我来说极为重要，它要我立即处理一件事情，而我是无论如何也推脱不了的。明天一早我就要离开彼得堡。请不要认为，我之所以深夜来访就是因为明天和后天都没有时间。您当然不会这么想的，不过这正是说明我多疑的一个小例子！为什么我觉得您一定会这么想呢？不错，这种多疑在我的一生中对我妨碍极大，我同您家的这场争执，也许仅仅是我这种不幸的性格造成的！……今天是星期二。星期三，星期四，星期五，我都不在彼得堡。我希望星期六我一定能回来，而且当天就来看望您。请告诉我，到时候我可以在您这儿待上整整一个晚上吗？"

"当然可以，当然可以，"娜塔莎叫道，"星期六晚上我将等候您！殷切地等候您的光临！"

"我真是太荣幸了！我要更多、更多地了解您！可是……我该走了。不过，不跟您握握手我还不能走。"他突然向我转过身来，继续道，"请原谅！我们这些人现在说起话来总是那么不相连贯……我已经荣幸地跟您见过几次面，有一次我们甚至互相做了介绍。在离开之前，我不能不表示，恢复跟您的交往使我多么高兴！"

"我见过您，这是真的，"我握住他的手答道，"不过对不起，我不记得我们彼此做过介绍。"

"去年在P公爵府上。"

"对不起，我忘了。不过我向您保证，这一次我永远忘不了。今天这个晚上对我来说是特别难忘的。"

"不错，您说得对，我也有同感。我早就知道，您是纳塔利娅·尼古拉耶芙娜和我儿子真正的知交。我希望能在你们三位之后有幸跻身第四。我说得对吗？"他向娜塔莎转过身去，又补充了一句。

"对，他是我们最真诚的朋友，而且我们要永远在一起！"娜塔莎深情地答道。可怜的姑娘！当她看到公爵没有忘记同我打招呼，她简直高兴得神采飞扬了。她多么爱我呀！

"我遇到过许多崇拜您的天才的人，"公爵继续道，"我还认识两位真诚地景仰您的女士。若能认识您本人，她们将引以为荣。这就是我最好的朋友伯爵夫人,还有她的继女卡捷琳娜·费奥多罗芙娜·菲利蒙诺娃。请允许我抱有希望,您不会拒绝我荣幸地把您介绍给这两位女士吧?"

"您过奖了,虽说目前我很少与人交往……"

"不过您一定得把您的住址告诉我!您住在什么地方?我将不胜荣幸……"

"我一般不接待客人,公爵,至少目前是这样。"

"不过,虽说我不配破例……但是……"

"好吧,既然您这样要求,我将十分高兴。我住在某某胡同的克卢根公寓。"

"克卢根公寓楼!"他叫道,似乎有什么事让他吃了一惊,"怎么!您……在那儿住了很久啦?"

"不,不很久,"我答道,不由自主地定睛注视他,"我的寓所是四十四号。"

"四十四号?您是……一个人住那儿吗?"

"就我一人。"

"是,是这样!我这是因为……我好像知道这幢公寓。那就更好了……我一定去拜访您,一定!我有许多事要跟您交换一下意见,还有许多事求您帮忙。您在许多方面能使我感激不尽。您瞧,我一下子就提出这么多要求来啦。不过再见吧!再次握您的手!"

他握了我的手,再握阿廖沙的手,又吻了一下娜塔莎的小手,然后走了出去,并没有要求阿廖沙跟他回去。

我们三人全都不知所措了。这一切来得那么突然,那么出人意料!我们都感到,就这一瞬间,情况完全改观,一种全新的、不可知的局面就要开始了。阿廖沙默不作声地在娜塔莎身边坐下,轻轻地吻她的手。他不时看看她的脸,似乎在等待,她会说什么呢?

"亲爱的阿廖沙,你明天一定要去看看卡捷琳娜·费奥多罗芙娜。"她终于说。

"我自己也这么想,"他答道,"我一定去。"

"但是,她见到你也许心里很难受……那怎么办?"

"不知道,我的朋友。这一点我也想到了。我要想一想……看一看……再做决定。好啦,娜塔莎,我们的处境现在完全改观啦!"阿廖沙迫不及待地说起来。

她微微一笑,含情脉脉地看了他很久。

"他多么彬彬有礼!他看到你的住处这么简陋,居然一句话也没说……"

"说什么呢?"

"哦……让你搬家呀……或者说点别的什么。"他红着脸补充道。

"够了,阿廖沙,这又何必呢!"

"所以我才说他多么彬彬有礼呢!瞧他把你夸的!我早对你说过……说过!不,他什么都明白,什么都能感觉到!可是说到我的时候,他总把我当成孩子,他们所有的人都这么看待我,也是的,我其实就是这样的。"

"你虽然是个孩子,可是比我们所有的人都纯洁。你心地善良,阿廖沙!"

"可他说我的好心只能坏事。这是什么意思?我不明白。你知道吗,娜塔莎?我是不是应该尽快回去看看父亲?明天天一亮,我再回到你这儿来。"

"去吧,去吧,亲爱的。你能想到这一点就很好。你一定要对他有所表示,听见了吗?明天你要尽早回来。往后你不会再离开我,一走就是五天了吧?"她温存地望着他,调皮地补充了一句。我们都喜不自禁,沉浸在无限的欢欣中。

"你跟我一道走吗,万尼亚?"阿廖沙离开时叫道。

"不,他得留下;我还有些话要对你说,万尼亚。记住啦,明天天一亮就回来!"

"天一亮准回来。再见啦,玛芙拉!"

玛芙拉激动万分。公爵讲的话,她全都听到了,是偷听到的,但许多话她听不懂。她真想弄个明白,问个究竟。此刻她神色严肃,甚至有点高傲。她也猜想到许多情况有了变化。

室内只剩下我们两人。娜塔莎抓住我的手,沉默良久,似乎在考虑该说什么。

"我累了!"她终于有气无力地说,"听着:明天你会去看望我们的老人吗?"

"一定去。"

"你可以告诉妈妈,但不要对他说。"

"知道,我从来不跟他提你的事。"

"这才对,其实你不说他也会知道的。你要注意:他说些什么,他是什么态度。主啊,万尼亚!难道为了这门婚事,他当真要诅咒我吗?不,不可能!"

"公爵应该把一切都处理好,"我急忙接口道,"他一定要跟他言归于好,到那时就什么都解决了。"

"啊,我的上帝!但愿如此!但愿如此!"她像祈祷似的叫道。

"你别担心,娜塔莎,一切都会妥善解决的。事情正朝这方面发展。"

她定睛望着我。

"万尼亚,你认为公爵这人怎么样?"

"如果他说的都是真心话,那么,照我看来,他这人就十分高尚。"

"如果他说的都是真心话?这是什么意思?难道他说的不是真心话吗?"

"我有这样的感觉,"我答道。"看来她的脑子里也转过这种念头,"我暗自想道,"真奇怪!"

"你一直盯着他……目不转睛……"

"不错,我感到他有点奇怪。"

"我也有同感。他不知怎么老是说个没完……噢,我累了,亲爱的。这样,你也回去吧,明天你看望了他们以后尽早上我这儿来。还有一件事:刚才我对他说我要尽快喜欢他,这话是不是会得罪他?"

"不……有什么可得罪的呢?"

"或者是不是很愚蠢?因为这岂不是等于说,我现在并不喜欢他。"

"正好相反,你这话说得既天真,又自然。那一刻你可爱极了!如果他出于上流社会的偏见不能理解这一点,那他才是愚蠢的。"

"你好像在生他的气,万尼亚?哎呀,我是不是太傻,既多疑,又好面子!你别取笑我,我可是什么都不瞒你。唉,万尼亚,我亲爱的朋友!如果我又遭到不幸,如果我又痛不欲生,恐怕只有你能来这里陪伴我了;恐怕只有你了!这一切叫我怎么来报答你呢!永远不要责骂我,万尼亚!"

回到家里,我立即脱衣上床。我的房间潮湿阴暗,跟地窖一般。种种奇怪的思绪涌上心头,使我久久不能入睡。

此刻,想必有一个人躺在他舒适的床榻上正要朦胧入睡。而且,假如他肯赏脸的话,他一定在暗自嘲笑我们。不过他未必肯赏脸呢!

第三章

第二天上午十点左右,我想赶往瓦西里岛看望伊赫缅涅夫夫妇,然后再从他们家尽快去看娜塔莎。正准备出门时。突然在房门口撞上了昨天来过的小姑娘——史密斯的外孙女。她是来找我的。不知为什么,见到她我特别高兴。昨天我没来得及仔细打量她,白天她让我更为吃惊。真是很难遇到比她更古怪更奇特的人了,至少看外表是这样。小小的个子,一双不像俄国人的乌黑的眼睛亮晶晶的,一头浓密而蓬乱的黑发,以及那种让人捉摸不透的沉默而固执的目光——她的这一切足以引起大街上任何一个行人的注意。她的眼神尤其令人吃惊:既透着机灵,又带着宗教审判官的不轻信甚至怀疑。她那身又脏又旧的衣服,在白天的光照下显得比昨天更加破烂。我感到她好像患有某种顽固的、经常发作的慢性病,这病正逐渐地无情地摧残着她的肌体。她那张苍白而消瘦的脸上,带有一种不自然的因胆汁过多而黑里透黄的颜色。尽管贫穷和疾病弄得她不成样子,但总的说来,她的长相还是很不错的。她的眉毛线条分明,又细又好看;特别漂亮的是她那宽大而略低的前额,两片轮廓分明的小巧的嘴唇,虽然几乎没有血色,显得十分苍白,却总带着一种高傲而勇敢的神气。

"啊,你又来了!"我叫道,"好啊,我也寻思你会来的。进来吧!"

她像昨天那样慢慢地跨过门槛,走了进来,疑惑地向四周张望。她仔细地打量她外公住过的房间,似乎在察看这屋子住进新房客后有了哪些变化。"嘿,有其外公,必有其外孙女,"我想到,"她不会是疯子吧?"她一直不作声,我等着她开口。

"我是来拿书的!"她终于小声说,同时垂下视线,望着地面。

"噢,不错!有你的几本书,这就是,拿去吧!我特意为你收起来的。"

她好奇地看了我一眼，有些古怪地撇了撇嘴，似乎想笑一笑表示怀疑。但这丝笑意瞬间消失，脸上的表情随即又像原先那样严肃，让人捉摸不透。

"难道外公对您说起过我？"她问，那嘲讽的目光把我从头到脚打量了一番。

"不，他没有说起过你，可是他……"

"那您怎么知道我一定会来？是谁告诉您的？"她急切地打断我的话，问道。

"因为我觉得你的外公不可能独自一人生活，不可能没有任何人照料。他年老体弱，所以我想一定有什么人常来看望他。拿走吧，这就是你的书。这是你的课本吗？"

"不。"

"那你要书有什么用？"

"早先我来看外公的时候，他教我。"

"难道后来你就不来啦？"

"后来不来了……我病了。"她补充道，似乎在为自己辩解。

"你有家吗？妈妈呢，爸爸呢？"

她突然皱起了眉头，甚至不无惊恐地看了我一眼。随后她低下头，默默地转过身去，不出声地走出房间，没有回答我的问话——那样子跟昨天完全一样。我不胜惊讶地目送着她。但她在门口站住了。

"他怎么死的？"她稍稍向我侧过身子，急促地问。她的姿势和动作，跟昨天出门后问起阿佐尔卡的情况时完全一样，当时她也是脸对着门站着。

我走到她跟前,急忙向她讲起当时的情况。她垂着头,背对着我站在那里,默默地留神听着。我还对她讲起,老人临死前提到了六街。"所以我猜想,"我补充道,"那里一定住着他的什么亲人,所以我老等着,说不定哪一天会有人来探望他。他一定很喜欢你,因为他在最后一分钟还想着你。"

"不对,"她有点不情愿地小声说,"他不喜欢我。"

她显得十分激动。我讲话的时候不时向她弯下腰去,察看她的脸色。我发现,她在使劲克制自己的激动,似乎是出于高傲想对我掩饰她的感情。她的脸色变得越来越苍白,还紧紧地咬着下嘴唇。特别使我惊异的是她那奇怪的心跳声。她的心脏跳得越来越急迫,越来越响,最后,甚至两三步外都能听到,就像她长了动脉瘤似的。我料想她会像昨天那样突然泪流满面,不过她控制住了自己。

"那道栅栏在什么地方?"

"什么栅栏?"

"他死去的地方。"

"我一定指给你看……等我们出去的时候。噢,对了,你听我说,你叫什么名字?"

"用不着……"

"什么用不着?"

"用不着问。没什么……从来没有人叫我的名字。"她断断续续地、又像抱怨似的说,而且抬腿要走。我拦住了她。

"等一等,你这个小姑娘可真怪!我可全是为了你好。昨天,你躲在楼梯拐角哭的时候,我就挺可怜你。想起这件事我就无法平静……再说你的外公是死在我怀里的,他说到六街的时候一定是想起了你,这么看来,他好像是把你托付给我了。这些天我常常梦见他……你瞧,我把你的书都收起来保存好,可你却这么古怪,好像怕我似的。你一定很穷,是个孤儿,说不定已经落在别人手里。是这样吗?"

我热情地一再说服她,自己也不知道她为什么竟能如此吸引我。在我的感情中,除了纯粹的怜悯之外,还有另一种东西。是整个事件的神秘性,是史密斯给我留下的深刻印象,还是我个人情绪里的想入非非——究竟是什么我也说不清,然而确有一种东西使我不可抗拒地想接近她。我的话看来打动了她;她有点怪异地看了我一阵,但眼神不再那么严厉,而是显得温和、从容。后来她又低下头,像在考虑。

"叶连娜。"她忽然小声说,让人感到意外,而且声音极轻。

"你叫叶连娜?"

"是的……"

"那好,你以后能不能常来看我?"

"不行……我不知道……我会来的。"她小声说,似乎内心在斗争,又似乎在思索。这时,不知何处的挂钟突然敲响了。她吓了一跳,带着难以形容的痛苦和忧愁望着我,小声问:"几点啦?"

"大概十点半了。"

她惊叫了一声。

"天哪！"说完她拔腿就跑。但我在过道里再次拉住了她。

"我不能就这样放你走，"我说，"你怕什么？你回去晚了吗？"

"是啊，是啊，我是偷偷跑出来的！请您放开我，她会打我的！"她大声叫道，显然说漏了嘴，并使劲挣脱我的手。

"你听着，别跑；你要回瓦西里岛，我也去那里，我去十三街。我也要迟到了，想雇一辆出租马车。你愿意跟我一道走吗？我送你回去。总比走路要快……"

"您可不能去我那里，不行。"她惊恐万状地叫道。一想到我可能去她住的地方，她吓得脸都变了样。

"我告诉你，我是去十三街办自己的事，我不去你那里！我也不会老跟着你。坐车很快就到。走吧！"

我们赶紧往楼下跑。我叫住了碰到的第一辆出租马车。这是一辆糟糕透顶的马车。看得出来，叶连娜异常着急，因为她居然同意跟我一道坐车走。最不可思议的是我甚至不敢多问她几句。开始时我问她家里有什么人让她这么害怕，她就挥动双手，差点从马车上跳下去。"这里有什么秘密呢？"我想。

她在马车里坐得很不稳当。只要车子一晃，她必定用那只肮脏的、布满裂口的小手抓住我的大衣才能坐稳。她的另一只手紧紧抱住她的书。从各方面看来，这些书对她来说十分珍贵。她坐正身子时突然露出一只脚来，让我大吃一惊的是，我看到她光脚穿一双破鞋，居然没有穿袜子。尽管我已决定不再问她什么,这时我还是忍不住了。

"难道你没有袜子?"我问,"在这样寒冷潮湿的天气里,怎么能光脚出门呢?"

"没有。"她粗声粗气地答道。

"唉,我的上帝,可是你总得跟什么人住在一起吧!既然要出门,你可以向别人借一双袜子呀。"

"我愿意这样。"

"那你会冻病的,会冻死的。"

"死就死好了。"

她显然不愿意回答我的问题,对我的提问很生气。

"瞧,他就死在那个地方。"我说着便指给她看那幢房子,老人就死在那儿。

她仔细地看了一阵,忽然向我转过身来,苦苦哀求道:

"看在上帝的分上,您千万别跟着我!我会去找您的,会去的!只要可能,我一定去!"

"好吧,我已经说过,我不到你那儿去。可是你到底怕什么呢?你一定很不幸。我看着你就心里难受……"

"我谁都不怕。"她愤恨地答道。

"可是你刚才还说:'她会打我的!'"

"让她打好了!"她答道,她的眼睛放出光来。"让她打!让她打!"她痛苦地一再重复。她的上唇微微翘起,开始发抖,一副鄙薄不屑的神气。

最后,我们总算到了瓦西里岛。她让马车夫在六街街口停下,跳下马车，焦急不安地往四下里张望。

"您走吧；我会去的，会去的！"她十分不安地一再重复，一再求我不要跟着她，"您快走吧，快走吧！"

我坐车走了。但是，马车在滨河大道上没有驶出多远，我就放走了马车夫。我又返回六街，疾步跑到街对面。我看见了她，她没走多远，尽管她走得飞快，而且一再回头张望。有一次她甚至停了一会儿，以便仔细看清楚：我是不是跟在她后面？可是我躲进了附近的门洞，所以她没有发现我。她继续往前走，我跟着她，不过我一直在街对面跟着。

我的好奇心已达到了极限。虽说我已决定不跟她进去，但我一定要查明她进了哪幢房子，以防万一。我为一种沉重而奇怪的感受所左右，当初阿佐尔卡在点心店里死去的时候，她的外公也曾引起我类似的感受……

第四章

我们走了很久，一直走到小街。她几乎在跑，最后进了一家小铺。我停下来等她。"她总不会住在小铺里吧，"我这样寻思。

不一会儿，她果真出来了，但书已经没有了。现在她端着一只陶碗。又走了一小段路，她进了一幢样子难看的房子的大门。房子不大，砖砌的，是一幢两层楼的旧房子，外墙刷成浊黄色。底层有三扇窗子，其中一扇窗里摆放着一口漆成红色的小棺材——这是一家小棺材铺的招牌。上层的窗子都呈正方形，极小，镶着不透光的、布满裂纹的绿色玻璃，透过玻璃可以看到里面粉红色的粗棉布窗帘。我过了街，走到房子跟前，看到大门上的一块铁皮牌子上写着：市民布勃诺娃寓所。

我刚看清这一行字，突然从布勃诺娃家的院子里传来一个女人刺耳的尖叫，紧接着就是一阵恶骂。我从栅栏门往里看，只见在木头门廊的台阶上站着一个胖婆娘，她一身小市民打扮，包着头巾，披一条绿色大披肩。她有一张极难看的赤红脸，两只布满血丝的浮肿的小眼睛里射出狠毒的凶光。显然她喝醉了，尽管还不到吃午饭的时间。她冲着可怜的叶连娜尖声叫喊，叶连娜则端着碗站在她的面前，石雕泥塑般一动不动。在红脸婆娘背后的楼梯上，有个衣衫不整、涂脂抹粉的女人在探头张望。不一会儿，楼梯口通向地下室的一扇门打开了，台阶上出现了一个衣着简朴、外表端庄文静的中年妇女，她大概是被吵嚷声吸引出来的。住在底层的其他房客，一个骨瘦如柴的老头儿和一个姑娘，也都从半开的房门里往外张望。有个高大而壮实的汉子，大概是看门人，拿着一把扫帚站在院子中央，正懒洋洋地在看热闹。

"好啊，你这个该死的，你这个吸血鬼，你这个贱骨头！"那婆娘尖声叫喊，一口气倒出一肚子脏话，其中大部分既没有逗号，也没有句号，只有上气不接下气的喘息声。"你就是这样来报答我对你的恩情吗，你这个小叫花子！我刚打发她去买黄瓜，她却偷偷溜了！我叫她去的时候，心里就嘀咕她会溜的。

我好伤心哪,伤心哪!为这种事,昨天晚上我揪住她的头发,狠狠地训了她一顿,谁知她今天又跑了!你去哪儿啦?小婊子!去哪儿啦?你去找什么人,你这个该死的蠢货,傻瞪着眼的恶鬼,毒蛇,你去找什么人啦?说呀,你这死不要脸的烂污货,要不说,我立马掐死你!"

于是这个狂怒的婆娘就向可怜的小姑娘扑过去,但她看到那个住在底层的女人正从门廊里瞧着她,便突然停了下来。她向那个女人转过身去,挥动着双臂,大喊大叫,声音比原先更加刺耳,似乎要请她来作证,证明她那可怜的受害者犯下了什么滔天大罪。

"她的娘断气了!这你们都知道,好人们,留下她孤零零一个人。我看见你们这些穷人都在照顾她,可是你们自己也吃不饱呀。我想,哪怕看在天主的仆人圣尼古拉的分上,我要尽点心,让我来收养这个孤儿吧,我就收留了她。可是你们猜怎么着?我养活了她两个月——这两个月里她是喝我的血、吃我的肉啊!这吸血鬼、响尾蛇!缠人的魔鬼!她一声不吭,你打也好,骂也好,她就是一声不吭。就像嘴里含满了水,就是一声不吭!我好伤心哪——她还是一声不吭!你把自己当成什么人啦?你算什么货色?你这绿毛猴!没有我,你早在大街上饿死啦!你只配给老娘洗脚,喝老娘的洗脚水,你这恶鬼,法国臭丫头!没有我,你早就冻死啦!"

"您怎么啦,安娜·特里福诺芙娜,您干吗这么劳神呢?她又做了什么事惹您生气啦?"那个女人看到这个暴跳如雷的泼妇冲着她大喊大叫，便毕恭毕敬地问。

"做了什么事，我的好人，这还用得着问吗？我不愿意别人跟我作对！不管是好是坏，你都得听我的——我就是这么一个人！[1]可是今天她差一点儿把我活活气死！我打发她去小铺买黄瓜，可她过了三个钟头才回来！我打发她去的时候，就料到她会这样做：我好伤心哪，伤心哪，真伤心哪！她上哪儿去了？她去哪儿啦？她给自己找了什么保护人啦？她怎么就不领我的情呢？我一笔勾销了她那个不要脸的娘欠下的十四个卢布，又掏钱把她给埋了，还收养了她的小鬼头，我的好人哪，这些你都知道，知道！怎么，我做了这么多好事，难道就没有权力管教她？她本该领情啊，可是她不但不领情，反而跟老娘作对！我希望她幸福。我想让她这个贱货穿上细纱连衣裙，还去商场买了一双皮鞋，把她打扮得像只孔雀——乐得我像过节似的！你们猜怎么着，好人们哪！才两天工夫她就把新衣服撕个稀巴烂，稀巴烂，她就是这么贱，这么贱！你们怎么想，她是故意撕烂的呀——我不想撒谎，是我亲眼看到的；她说，我就想穿粗布衣裳，不愿穿细纱连衣裙！好，我当时就让她尝到一点儿厉害，狠狠地揍了她一顿，后来我只好把医生请来，还得为她付钱呢。我要是把你掐死了，你这贱货，老娘大不了一个礼拜喝不上牛奶——为你这种事，我顶多受这样的处罚！为了惩治她，我罚她擦地板；你们猜怎么着：她就擦起来！这个死鬼，

---

[1] 摘自作者的《西伯利亚笔记》。"笔记"中记录许多民间谚语和俗语。

她擦呀，擦呀！气得我火冒三丈——她老也擦不完！哦，我想：她会从我这里逃跑的！我刚这么想，一瞧——她已经跑了，昨天跑的！你们都听到了，好人们哪，为这件事我昨天揍了她，把我的手都打疼了，我把她的袜子和鞋都收走了——我想，光着脚总跑不了吧，谁知她今天又跑了！你去哪儿啦，给我说！你去向谁诉苦啦，小杂种，你去向谁告我啦？说呀，你这个吉卜赛人，假冒洋妞的小骗子，快说！"

她发了疯似的向吓呆了的小姑娘扑过去，一把揪住她的头发，猛地把她摔倒在地上。装黄瓜的碗飞到一边，摔破了，气得这个醉醺醺的泼妇更加暴跳如雷。她打她的脸，打她的头，但是叶连娜倔强地沉默着，一声不吭，一声不叫，一声也不抱怨，即使在挨打的时候也是如此。我怒不可遏地冲进院子，径直向醉醺醺的婆娘奔去。

"你干什么？你怎么敢这样对待一个可怜的孤儿！"我抓住这个泼妇的一只胳膊，喊道。

"怎么回事？你是什么人？"她抛下叶连娜，双手叉腰，又吼起来，"在我的家里，你想干什么？"

"我想告诉你，你是个没良心的婆娘！"我叫道，"你怎么胆敢这样毒打一个可怜的孩子？她又不是你家的人，我刚才亲耳听到，她只不过是你收养的一个可怜的孤儿……"

"我主耶稣！"泼妇号叫起来，"你是什么人，跑到这儿来胡搅蛮缠？你是不是跟她一道来的？我这就去叫警察局局长！人家安德龙·季莫费伊奇可是十分敬重我这个正派人的！怎么，她是不是找你去了？你是什么人？居然跑到别人家里来撒野！救命啊！"

于是她挥起拳头朝我扑来。但就在这一瞬间，突然响起一声尖锐刺耳的非人的惨叫。我抬头一看，只见一直像失去知觉般站在那里的叶连娜，随着这声恐怖古怪的尖叫，猛地栽倒在地上，浑身可怕地抽搐着。她的脸都扭歪了。她的癫痫病发作了。那个衣衫不整、涂脂抹粉的姑娘和那个从地下室上来的女人立刻跑过来，抬起她急忙送到楼上。

"断了气才好呢，这该死的东西！"那婆娘在后面尖声叫喊，"一个月发作了三次……你滚吧，掮客！"说罢，她又朝我扑过来。

"看门的，你怎么傻站着？你拿工钱是干什么的？"

"走吧，走吧！你是不是想挨揍啊，"看门人懒洋洋地低声说，似乎只为了应付差事，"两人相好，旁人管不着，鞠个躬，趁早溜！"

我没有办法，只得走出门外，深信我的干涉完全是无济于事的。但是我满腔怒火。我站在大门外的人行道上，继续朝栅栏门里张望。我刚离开，那婆娘便朝楼上奔去，看门人做完自己的事，不知躲到哪儿去了。过了片刻，那个帮忙抬起叶连娜的女人从楼梯上走下来，急着要回她的地下室去。她看到我便站住了，还好奇地打量我一阵。她那善良温和的面孔给了我勇气。我又进了院子，径直走到她跟前。

"请问，"我开始说，"这个小姑娘是怎么回事，那个恶婆娘收留她做什么？请别以为我只是出于好奇才打听情况。我遇见过这个小姑娘，由于某种情况，我十分关心她。"

"既然您关心她，那您最好把她领回家去，要不就给她找个什么地方，免得她在这里遭殃。"那个女人有点勉强地说，边说边迈开腿，又要走开。

"如果您不给我出个主意，我又能做些什么呢？我告诉您吧，我的确一无所知。那个婆娘大概就是房子的主人布勃诺娃吧？"

"正是她。"

"那么这个小姑娘是怎么落到她的手里的？她的母亲是死在她这儿的吗？"

"所以就落到她的手里了……这不关我们的事。"说完，她又想走开。

"请您多费心了，我想告诉您，我很关心这件事。我也许真能做点什么。这小姑娘是什么人？她的母亲是什么人？这些您知道吗？"

"好像是外国人，新搬来的。跟我们一起住在地下室里。她病得厉害，是肺痨，后来死了。"

"既然她住在地下室的一个角落里，那么她一定很穷吧？"

"唉，穷极了！看着她心里都难受。我们的日子已经够艰难的了，可她在我们这里住了五个月，还拖欠了我们六卢布的债。我们还把她安葬了，我丈夫做的棺材。"

"可是布勃诺娃怎么说是她给埋的呢？"

"哪里是她埋的！"

"她姓什么？"

"我也说不准,老爷,挺难念的;好像是德国人的姓。"

"史密斯?"

"不,好像不是这个。安娜·特里福诺芙娜把这个孤女带走了,说是要收养她。其实根本不是什么好事……"

"她收留她总有什么目的吧?"

"她不怀好心,"那女人答道,她若有所思,似乎拿不定主意是说还是不说,"关我们什么事,我们是外人……"

"你最好把你那舌头给拴起来!"我们身后传来一个男人的声音。这是一个中年人,穿着长袍,长袍外面又罩着束腰罩衫,看样子像个手艺人。他就是跟我说话的那个女人的丈夫。

"先生,她跟您没什么可谈的;这不关我们的事……"他斜着眼打量我说,"你快走吧!再见,先生;我们是棺材匠。要是哪一天用得着这门手艺,那我们就太高兴啦……除了这件事,您跟我们就毫不相干了……"

我走出这幢房子,思前想后,十分激动。我一筹莫展,但又感到我很难丢下这件事不管。棺材匠女人的有些话特别引起我的不安。这里面一定包藏着什么祸心:我有这种预感。

我低头走着,满腹心事,突然有一个刺耳的声音在叫我的名字。我抬头一看——在我面前站着一个摇摇晃晃的醉汉,他穿得相当整洁,但又披着一件斗篷式的脏大衣,戴一顶油腻的便帽。这脸很熟悉。我仔细端详起来。他向我挤了挤眼,又嘲讽地笑了笑,说道:

"怎么,认不出来啦?"

第五章

"啊,原来是你,马斯洛博耶夫!"我叫了起来,突然认出他是我省立中学的老同学,"嘿,真是巧遇!"

"的确是巧遇!快有五六年没有见面啦。话又说回来,好像也见过几次,只是阁下对我不屑一顾。要知道,您现在可是将军啦,文坛名将啊!……"他说这话时一直面带嘲讽的微笑。

"行了,马斯洛博耶夫老兄,你这是胡说,"我打断了他的话,"首先,将军,哪怕是文坛上的将军,绝不会是我这副模样;其次,让我告诉你,我确实记得有那么两三次,我在大街上遇见过你,但你显然在回避我。既然我看到有人想回避我,那又何苦迎上前去呢?你知道我此刻怎么想吗?如果你现在没有喝醉,你刚才还不会叫我呢。不是吗?噢,你好哇!我,老朋友,遇见你真是非常非常高兴!"

"那好啊!不过我的这副……尊容不会有损你的名声?噢,这其实用不着问;这无关紧要。我可是一直记得,万尼亚老弟,你是个非常好的小伙子。还记得你为我挨鞭子的事吗?你一声不吭,始终没有把我供出来,可是我非但不感谢你,反而把你取笑了整整一个礼拜。你是一个不做坏事的人!你好哇,我亲爱的朋友,你好哇(我们拥抱亲吻)!这些年来,我一直独自一人在苦苦挣扎,白天加黑夜——一昼夜就过去了,可是从前的事还是忘不掉。难以忘怀呀!噢,你怎么样,你怎么样?"

"我还能怎么样,不也是独自一人在苦苦挣扎……"

他因为贪杯，身体显得虚弱，忽然动情地久久注视着我。不过，他本来就是一个极其善良的人。

"不，万尼亚，你跟我不同！"末了他悲哀地说，"我已经拜读过了；拜读过了，万尼亚，拜读过了！……噢，你听我说，让我们推心置腹地谈一谈！你有急事吗？"

"有急事。不瞒你说：有一件事弄得我心情糟透了。你最好告诉我，你住在什么地方？"

"我会说的。但这不是最好的；要我告诉你干什么最好吗？"

"说吧，干什么？"

"那边就是！瞧见了吗？"他指着十步开外的一块招牌对我说，"你看：点心店兼餐馆，简单地说，也就是吃饭的地方，不过这是一处好地方。我先告诉你，环境相当不错，至于伏特加，那就别提啦！都是从基辅运来的！我喝过，喝过好多次，我知道；他们那里不敢用次货来蒙我。他们都认得菲利普·菲利佩奇。我就是菲利普·菲利佩奇。怎么？你皱什么眉头？不，你让我把话说完嘛。现在是十一点一刻，我刚看过表；这样吧，到十一点三十五分我准时放你走。在此之前咱们喝个痛快。为老朋友耽搁二十分钟，这总行吧？"

"如果只是二十分钟，那当然可以，因为，亲爱的老同学，我真的有事……"

"一言为定。不过我得先说两句：你的脸色难看，好像刚才有什么事让你很不痛快，是不是？"

"不错。"

"我猜着了吧!老同学,我现在正研究相面术,这也是一门学问啊!好,咱们一边走,一边聊。在这二十分钟里,首先我要来一杯将军茶提提神,然后来一杯白桦酒,接着来一杯苦味橘子酒,然后来一杯酸橙露酒,接着来一杯 parfait amour[1],最后临时再想出点别的什么酒。我喜欢喝酒,老伙计!我只有在节日、做礼拜前才是清醒的。你可以不喝。我只要你陪我坐坐。不过,如果你也喝了酒,那你就会显示出你的心灵特别高尚。咱们走吧!咱们进去好好聊聊,之后又各奔东西,一别十载。老朋友,我可配不上你呀,万尼亚!"

"行了,你就别说个没完啦,我们快走吧。二十分钟算你的,过后你一定放我走。"

那家餐馆设在二层,所以必须登上一座分成两段、拐角有个小平台的木头楼梯。在楼梯上,我们突然碰上两位喝得烂醉的先生。看到我们后,他们摇摇晃晃地让开了路。

其中一人,是一个十分年轻、面嫩的小伙子,嘴上没有胡须,也就是刚长出一些茸毛,脸上的表情却极其愚蠢。他打扮得像个花花公子,但样子令人可笑:他好像穿着别人的衣服。他手指上戴着好几只贵重的宝石戒指,领带上有一枚贵重的别针,发式特别傻气,额际上的一绺头发高高拱起,像个鸡冠。他面带笑容,老是嘿嘿笑着。他的同伴已经五十开外,人很胖,大肚子,穿得相当随便,领带上也有一枚大别针,秃顶上有几根

---

[1] 法文:甜蜜的爱情。这里是一种酒名。

稀稀拉拉的头发，一张麻脸上皮肉松弛，醉意朦胧，像纽扣一样的塌鼻子上架着一副眼镜。这张脸上的表情既凶恶，又好色。他那双下流、恶毒、多疑的小眼睛，陷在浮肿的眼泡里，像是从缝隙里往外察看。这两人显然都认识马斯洛博耶夫，不过大肚子在遇见我们时做了一个不满的鬼脸，虽说这表情转瞬即逝；而那个年轻人却立刻换成一张谄媚邀宠的甜蜜笑脸。他甚至摘下了便帽。他是戴着便帽的。

"请原谅，菲利普·菲利佩奇，"他讨好地望着他，含糊不清地说。

"什么事？"

"对不起，先生……那个……（他用手指弹了弹领子）米特罗什卡坐在那边，先生。这么说吧，他是个恶棍，菲利普·菲利佩奇。"

"怎么回事？"

"是这样，先生……他（他冲着自己的同伴点头示意）在上个礼拜，都是那个米特罗什卡搞鬼，在一个不体面的地方，让人抹了一脸的酸奶油……嘿嘿！"

他的同伴恼火地用胳膊肘捅了他一下。

"您跟我们一起去吧，菲利普·菲利佩奇，我们去久索酒家[1]喝它半打，您肯赏光吗，先生？"

"不行，小老弟，现在不行，"马斯洛博耶夫答道，"我有事。"

---

[1] 彼得堡一家法国餐馆，它的老板就叫久索。——俄编注

"嘿嘿！我也有点小事，要找您，先生……"他的同伴又捅了他一下。

"以后再说，以后再说！"

马斯洛博耶夫不知怎么显然竭力不去看他们。我们走进第一个房间，只见长长的一条柜台横贯全室，柜台相当整洁，上面摆满了各种冷盘，各式糕点，露馅的大馅饼和一瓶瓶五光十色的露酒。我们一走进这个房间，马斯洛博耶夫立刻把我领到一个角落，对我说：

"那个年轻人是著名粮商的儿子，叫西佐布留霍夫，父亲死后他得了五十万遗产，如今在花天酒地寻欢作乐。他去了一趟巴黎，在那里挥金如土，恐怕把钱都花光了，可是他叔叔死后，他又拿到一笔遗产，于是就从巴黎回来了。现在他正在这里挥霍他剩下的钱。再过一年，不用说，他就得去讨饭。他蠢得像头鹅——经常出入高级酒家，钻地下室[1]，泡小酒馆，追女演员，居然还想当骠骑兵——前不久刚递交了申请书。另一个，上了年纪的，叫阿尔希波夫，也是个商人或经纪人之类的角色，还承包酒税，是个老滑头、骗子，现在是西佐布留霍夫的酒肉朋友，既是犹大，又是福斯塔夫[2]，双料的破落户，令人作呕的老色鬼，邪门歪道的鬼点子多得是。据我所知，有一桩这类的

---

[1] 指赌场、妓院等藏污纳垢之地。
[2] 犹大，原为耶稣的十二门徒之一，曾为了三十块银子把耶稣出卖给犹太教当局。耶稣死后，他感到悔恨，把三十块银子丢在圣殿中，出外自缢而死。后来他成为叛徒的代称。福斯塔夫是莎士比亚的剧作《亨利四世》和《温莎的风流娘儿们》等剧中的人物，是个好色、吹牛、贪杯的浪荡子。

刑事案件牵连到他，但他却巧妙地脱身了。由于某种原因，我很高兴刚才在这里碰见他；我正等着他呢……这个阿尔希波夫，不用说，正在盘剥西佐布留霍夫。各种各样寻欢作乐的隐蔽场所他都知道，所以这帮年轻人才把他当成了宝贝。老同学，我早把他恨得咬牙切齿。米特罗什卡也对他恨之入骨，瞧，米特罗什卡就站在窗子跟前，那个神气活现的小伙子，穿一件贵重的紧腰长外衣[1]，有一张吉卜赛人的脸。他在倒卖马匹，本地所有的骠骑兵都认识他。我告诉你，这人是个大骗子，就算他当着你的面制造伪钞，你哪怕也识破了，但你还得给他把伪钞破开。你看他穿着紧腰长外衣，虽说是天鹅绒的，模样却很像个斯拉夫派[2]（依我看，这身打扮对他很合适），可是如果现在让他穿上一件最考究的燕尾服，或者诸如此类的礼服，把他带到英国俱乐部[3]，并在那里宣布，这一位是世袭的巴拉巴诺夫伯爵，那么在两小时内，那里的人都会对他毕恭毕敬，把他当成真正的伯爵——他又会玩惠斯特牌，又会像伯爵那样谈笑风生，叫人识不破他；他就会招摇撞骗。他不会有好下场的。现在这个米特罗什卡恨透了那个大肚子，因为米特罗什卡现在手头很紧，可是大肚子却从他手里抢走了西佐布留霍夫。西佐布留霍夫原

---

[1] 一种平民男子穿的外衣，扣子在衣服一侧，腰部带褶。
[2] 与西欧派是19世纪40—60年代俄国的两个思想派别。斯拉夫派反对俄国欧化，强调俄国应有不同于西欧的独特的发展道路。斯拉夫派的一些成员，如理论家康斯坦丁·阿克萨科夫，不穿西服，而是蓄长须，着民族服装。
[3] 是一家贵族俱乐部。彼得堡的英国俱乐部创建于1710年，莫斯科的英国俱乐部创建于1807年。会员数量很少，入会条件极严。——俄编注

先是他的朋友，而他还没有来得及剪光他朋友身上的毛。既然刚才他们在餐馆里碰上了，那么肯定演过一出好戏。我甚至知道是什么戏，我事前就料到，阿尔希波夫和西佐布留霍夫会上这儿来，在这些地方窜来窜去干什么坏事——这消息不是别人，正是米特罗什卡告诉我的。我想利用米特罗什卡对阿尔希波夫的仇恨，因为我有自己的种种原因。就是为这个我才上这儿来。我不想让米特罗什卡看到我，你也别老是盯着他看。等我们离开这儿的时候，他肯定会主动走过来，把我想知道的情况都告诉我……现在我们走吧，万尼亚，到那个房间去，看见了吗？喂，斯捷潘，"他对一个跑堂说，"你知道我要什么吗？"

"知道，老爷。"

"能办到吗？"

"能办到，老爷。"

"那你去办吧。你坐下，万尼亚。咳，你干吗老这么瞧着我？我发现你老盯着我看。你感到奇怪吗？不必奇怪。一个人什么事都可能遇到，甚至包括连做梦都梦不到的事，尤其是在那种时候……噢，甚至就在你我当年死记硬背科尔涅利乌斯·涅波斯[1]的著作的时候！是这样，万尼亚，你要相信这一点：我马斯洛博耶夫虽说误入歧途，但他的心还像原来一样，只不过环境发生了变化。我虽然浑身污浊，但一点儿也不比别人龌龊。[2]

---

[1] 科尔涅利乌斯·涅波斯（约公元前99—前32），古罗马历史学家，他的著作被用作俄国中学拉丁文教科书。——俄编注
[2] 均出自陀思妥耶夫斯基的《西伯利亚笔记》。

我当过医生，一度准备当个语文教员，写过关于果戈理的论文，还曾想去淘金，甚至打算结婚——是个活生生的人嘛，总想吃口白面包[1]，她也同意了，虽说我家里"富"得找不出一样东西能把猫儿从屋子里骗出来。我已经准备举行婚礼了，本想借一双结实点的皮靴，因为我自己的靴子一年半前就穿破了……但是最后还是一场空。她嫁给了一名教员，我后来到办事处找了一份工作，不是商务办事处，而是普普通通的办事处。唉，那就完全是另一回事啦。几年过去，虽说我现在不再当差，可是钱倒挣得方便：我收受贿赂，又捍卫真理；在绵羊面前我是好汉，在好汉面前我是绵羊。[2]我有自己的行为准则：我知道，比如说，一个人不能孤军作战。但我还得做我的事。我的事多半是探听别人的底细……你懂吗？"

"那你是不是那种密探？"

"不，不完全是密探，不过我确实干着这一类的事务，部分是职业的需要，部分是个人的志趣。万尼亚，你看我爱喝伏特加，但我从来不会喝昏了头，所以我知道自己的前途。我的好时光过去了，黑马是洗不成白马的。[3]我只想说一点：如果不是我内心人性的呼唤，我今天是不会走上前去叫你的，万尼亚。你说得对，以前我也碰到过你，见到过你，好几次我都想走上前去，但我始终不敢，所以一再拖延下来。我配不上你。你又说对了，

---

[1] 均出自陀思妥耶夫斯基的《西伯利亚笔记》。
[2] 均出自陀思妥耶夫斯基的《西伯利亚笔记》。
[3] 出自陀思妥耶夫斯基的《西伯利亚笔记》。

万尼亚，刚才我之所以敢走上前去，只因为我喝醉了。虽说这些都是小事，不值一提，不过我的事，咱们就到此为止吧。最好谈谈你的情况。哦，亲爱的：我拜读了！我拜读了，而且还读完了！好朋友，我说的是你的处女作[1]。我读完以后，朋友，差一点儿就变成一个正派人了！只差一点儿；可是细细一想，我又改变了主意，还不如照旧当个不正派的人。是这样……"

他还讲了许多话。他醉得越来越厉害，变得十分伤感，几乎要落泪了。马斯洛博耶夫本来是一个很不错的小伙子，但他总是很有心计，显得有点早熟；从学生时代起他就为人狡猾，好耍花招，投机取巧，行为乖张；但从本质上讲，他不是那种没有良心的人。他是一个沉沦堕落的人。在俄国人当中，这种人为数不少。这些人往往很有才干，可是他们头脑里的一切，不知怎么乱成一团；此外，在某些紧要关头，他们由于自身的软弱，往往会有意识地去干违背良心的事。他们一再沉沦下去，而且自己早就知道，他们正走向毁灭。顺便说一句：马斯洛博耶夫已经酗酒成性，难以自拔了。

"现在还有一句话，朋友，"他继续道，"我听说，你的名声最初轰动了文坛；后来我又读到一些批评你的文章（真的，我读过，你别以为我这人已经什么都不读了）；后来我看到你穿着破靴子，满街泥泞也不穿胶皮套鞋，老戴一顶旧帽子，我心里就有数了。你现在靠给杂志写作谋生喽？"

---

[1] 指陀思妥耶夫斯基的处女作《穷人》。

"不错,马斯洛博耶夫。"

"这么看来,你就成了一匹疲于奔命的驿马啦!"

"好像就是这样。"

"哦,关于这一点,老同学,你听我说:不如喝酒去!我喝醉以后,回家往沙发上一倒(我那沙发好极了,有弹簧),就觉得我,比如说吧,就成了荷马[1]或但丁[2],要不然就成了腓特烈大帝[3]——你知道,我可以自由自在地想象。可是你却不能想象你是但丁或是腓特烈大帝,首先,因为你想保持本色;其次,你的一切欲望都在被禁之列,因为你只是一匹疲于奔命的驿马。我有想象,而你只有现实。听着,请你毫不隐瞒地、直截了当地、像亲兄弟那样告诉我(否则,你就得罪了我,十年之内我都生你的气)——你要钱用吗?我有。你别皱眉头啊!你把钱拿去,还清那些出版商的债,甩掉那枷锁,然后保证自己一年的生活费,坐下来写你想写的东西,创作出一部伟大的作品来!啊?你看怎么样?"

"听我说,马斯洛博耶夫!你的一片兄弟情谊我心领了,但我现在不能做任何答复——至于为什么,说来话就长了。有一些情况,不过我答应日后一定告诉你,像亲兄弟一样把什么都告诉你。我感谢你的建议,我保证日后一定拜访你,而且经常

---

[1] 古希腊诗人,史诗《伊利亚特》和《奥德赛》的作者。

[2] 但丁(1265—1321),意大利诗人,著有《神曲》。

[3] 腓特烈大帝(约1123—1190),德意志国王,神圣罗马帝国皇帝(1152—1190),一生有许多传奇故事。

去拜访你。现在是这么一回事:既然你对我无话不说,所以我决定听取你的忠告,何况你是这方面的行家。"

于是我把史密斯和他外孙女的事全都告诉了他,从米勒点心店说起。可是奇怪的是,我讲的时候,从他的眼神里看出,他好像多少知道这件事。于是我就问他。

"不,我不知道,"他答道,"不过,关于这个史密斯我倒略知一二,只听说有个老头儿死在点心店里了。至于布勃诺娃太太的情况,我倒的确知道一些。两个月前,我收下了这位太太的一笔贿赂。Je prends mon bien, où je le trouve[1],仅仅在这方面我有点像莫里哀[2]。虽说我敲了她一百卢布,可我当时就起誓一定要驯服她,那就不是一百卢布,而是五百卢布了。可恶的婆娘!尽干些见不得人的勾当。这本来算不了什么,可有的时候就实在太恶劣了。请你别把我当成堂吉诃德。问题在于,我从中可以捞到不少好处,所以半个钟头前我在这里遇到西佐布留霍夫的时候,真是太高兴了。西佐布留霍夫显然是被人带到这里来的,带他来的人就是那个大肚子,因为我知道大肚子偷偷摸摸地在干什么勾当,所以我断定……好,我要把他当场捉拿归案!我很高兴从你这儿听说了小姑娘的事,现在我无意中发现了另一条线索。你知道,老同学,我现在承办各种各样的私人委托,还认识不少社会名流!前不久我还为一位公爵追查

---

[1] 法文:哪儿有好处,我就在哪儿伸手。
[2] 这句广泛流传的俗语一直被认为出自法国剧作家莫里哀(1622—1673),但很可能出自由莫里哀戏班演出的西班牙话剧《桑丘·潘沙的省长生涯》(1642)。

一件小事，我可以告诉你：恐怕谁也不会相信这位公爵竟会交办这种小事。要不，我给你讲一个有夫之妇的故事？老同学，你来找我吧，我为你准备了许许多多这类故事情节，你只要把它们写下来，肯定让人难以置信……"

"那位公爵姓什么？"我预感到了什么，便打断他的话问。

"你问这个干什么？不过我可以告诉你：瓦尔科夫斯基。"

"名字叫彼得？"

"正是，你认识他？"

"认识，但不太熟。好了，马斯洛博耶夫，为了了解这位先生，我会不止一次去找你，"我起身说，"你引起了我极大的兴趣。"

"这就对了，老朋友，你想来多少次都行。我是讲故事的高手，不过只能讲到一定的程度，这话你明白吗？否则我就会失去信用和名誉，我是指业务上的名誉，以及诸如此类的东西。"

"那好吧，你能讲多少就讲多少，只要无损于你的信誉。"

我甚至十分激动。他注意到了这一点。

"哦，关于我刚才告诉你的那件事，你现在还能说点什么吗？你又想起什么了吗？"

"你刚才讲的那件事？你先等我两分钟，我付账去。"

他走到柜台前，在那里像出于无心似的，突然站到那个穿紧腰长外衣、被人不客气地叫作米特罗什卡[1]的小伙子身边。我感到，马斯洛博耶夫同他熟识的程度远比他向我承认的要深得

---

[1] 原意为：有钱人家的呆公子。

多。至少可以看出，他们现在不是第一次见面。从外表看，米特罗什卡是个相当奇特的小伙子。他身穿紧腰长外衣，红绸衬衫，一张脸轮廓分明、五官端正；他相当年轻、肤色微黑，目光炯炯，显得无所畏惧；他给人一种新奇而不讨厌的印象。他的姿势和动作有点故作豪放，不过此刻他显然有所收敛，更愿意装出一副精明能干、十分稳重的样子。

"噢，万尼亚，"马斯洛博耶夫回到我身边时说，"你今晚七点钟来找我，我也许能告诉你一些情况。你瞧见了吧，我单枪匹马是干不成大事的，以前倒有点作为，可现在我只是一个酒鬼，什么事也干不成啦。但我还有不少过去的关系，多少可以打听到一些情况，跟各种各样微妙人物私下里有点来往；我就靠这个本事取胜。不错，要是有空，也就是在我清醒的时候，我自己也干点什么，也是通过熟人……多半是四处打探……咳，这算什么呢！够了……这是我的地址：在六铺街。可是现在，老同学，我已经软得不行了。等我再喝一杯红葡萄酒，我就回家去。我要躺一会儿。等你来了，我介绍你认识亚历山德拉·谢苗诺芙娜。有时间的话，咱们再谈谈诗歌。"

"可以。那件事也谈谈？"

"噢，说不定也谈谈。"

"那太好了，我去，一定去……"

第六章

安娜·安德烈耶芙娜已经等了我很久。我昨天向她说起娜塔莎便函的事,引起了她极大的好奇心。她一大早就开始等我,以为我至迟十点来钟会到。当我午后一点多钟才去看她时,可怜的老太太已经焦急万分,等得不耐烦了。此外,她一心想告诉我她从昨天起又产生的种种新希望,还想告诉我,尼古拉·谢尔盖伊奇昨天又不舒服了,变得愁眉苦脸,不过对她却不知怎么特别和气。我刚到的时候,她一脸不满的表情冷冰冰地接待我,几乎从牙缝里挤出话来,那副样子似乎对什么都不感兴趣,好像在说:"你怎么又来啦?你倒有兴致每天来这里闲串门!"她为我的迟到正生气呢。可是我有急事,所以毫不耽搁便把昨晚在娜塔莎那里发生的一切都告诉了她。老太太听说老公爵亲自登门拜访,又郑重其事地为儿子提亲,她原先那副假装出来的悲伤神态顿时一扫而光。我简直无法形容她是多么高兴,她甚至有点失魂落魄,又是画十字,又是喜极而泣,又是给圣像跪拜,又是拥抱我,还想马上跑去找尼古拉·谢尔盖伊奇,把这个喜讯告诉他。

"你要知道,孩子,他是因为受了种种屈辱和伤害这才闷闷不乐,现在他若知道娜塔莎如愿以偿了,转眼之间他就会忘掉这一切的。"

我好不容易才劝住了她。别看这个好心的老太太同丈夫已经共同生活了二十五个年头,她对他还很不了解。她还急着要跟我一道去看娜塔莎。我向她指出，尼古拉·谢尔盖伊奇也许不但不赞成她的举动，而且我们这样做反而会把整个事情搞糟。她总算改变了主意，但已白白耽误了我半个钟头，她一直自顾自地说个不停。

"现在我是这么高兴，可是一个人坐在四堵墙壁中间，"她说，"叫我跟谁去说话呀？"最后我说服她放我走，告诉她娜塔莎此刻正急不可待地等着我。于是老太太便在我胸前连连画着十字要我快走，并带去她对娜塔莎特别的祝福。当我坚决地说，如果娜塔莎没有什么特殊情况，我今晚就不再来了时，她差点急哭了。这一次我没能见到尼古拉·谢尔盖伊奇：他通宵失眠，说他头痛、浑身发冷，这会儿正躺在书房里休息。

娜塔莎也等了我一上午。我进屋的时候，她像往常那样双手交叉抱在胸前，沉思默想地在房间里踱来踱去。直到现在，每当我回想起她的时候，眼前总是呈现出一幅画面：在一间陋室里，她独自一人，满腹心事，被人抛弃却又有所期待，双手交叉抱在胸前，垂下视线，毫无目的地走来走去。

她一面继续踱步，一面小声问我为什么来得这么迟。我把所遇到的事情简略地告诉了她，但她几乎没有听我说话。看得出来，有件事让她忧心忡忡。"又有什么新情况？"我问。"没有什么新情况，"她答道，可是她那副神态让我立刻猜到，她又遇到了新情况，她等我正是为了把这个新情况告诉我，只不过按照她通常的做法，她不会马上告诉我，而是要到我快走时才说。我们向来都是这样。我已经习惯了她的这种做法，只好等待。

189

不消说，我们开始谈起昨天的事。使我特别惊异的是，我们对老公爵的印象几乎完全一致：她非常不喜欢他，今天比昨天更不喜欢。当我们细细分析他昨天来访的整个情景时，娜塔莎突然说：

"你听我说，万尼亚，事情往往是这样：如果你一开始就不喜欢某个人，那么这几乎预示着你日后准会喜欢他。至少我总是这样的。"

"上帝保佑，但愿如此，娜塔莎。我想谈谈我的看法，而且是我最终的看法。我分析了整个局面，得出的结论是：虽说公爵也许还在耍花招，不过他同意你们的婚事却是当真的，严肃的。"

娜塔莎在房间中央站住了，严厉地看了我一眼。她的脸色大变，连嘴唇都微微哆嗦了一下。

"他怎么能在这种场合耍花招，并且……撒谎呢？"她神态高傲，疑惑不解地问。

"就是，就是。"我急忙附和她。

"他肯定没有撒谎。我看这一点倒不必多虑。甚至找不出任何理由去耍什么花招。最后，我在他眼里成了什么人，如果他竟敢这样取笑我？难道一个人可以这样去侮辱人吗？"

"当然，当然。"我连声证实道，可是心里却想："可怜的姑娘，原来你在房间里踱来踱去就想着这件事，看来你的疑虑比我还重啊！"

"唉，我真希望他能快点回来！"她说，"他答应整个晚上要陪我,到时候……既然他抛下一切走了,那他一定有要紧的事。你知道是什么事吗,万尼亚?你没有听说什么吗?"

"天知道他有什么事。其实他只是一心想赚钱。我听说他在本地,在彼得堡的一个什么承包合约里有一点股份。娜塔莎,对这种事咱们可是一窍不通。"

"当然一窍不通。阿廖沙昨天说起过一封信。"

"这倒是一件新闻。那么阿廖沙来过了?"

"来过了。"

"来得早吗?"

"十二点才来的:你知道,他爱睡懒觉。他只坐了一会儿。我催他去看望卡捷琳娜·费奥多罗芙娜,不去是不行的,万尼亚。"

"难道他自己不想去那里?"

"不,他自己就想去……"

她本来还想说下去,但住口了。我望着她,等待着。她神色忧郁。我真想问问她,但有时她极不喜欢别人问长问短。

"真是个怪孩子。"她终于说,还微微撇了一下嘴,似乎竭力不抬眼看我。

"怎么啦!大概你们出什么事了吧?"

"没有,什么事也没有;算不了什么……况且,他还是很可爱的……就是有点……"

"如今他的一切烦恼和忧虑都无影无踪啦。"我这样说。

娜塔莎全神贯注地、寻根问底地盯了我一眼。她自己大概想这样回答我:"他本来就没有多少烦恼和忧虑。"但她似乎感到我的话里也有这层意思,便板起脸生闷气了。

不过她很快又变得和蔼可亲起来,这一次她显得特别温柔。我在她那里坐了个把钟头。她十分不安,公爵把她吓着了。我从她提出的那些问题中看出,她很想确切知道,她昨天给公爵留下了什么印象:她的举止是不是得体?她在公爵面前的表情是不是过于高兴了?她是不是器量太小了?或者相反,她太宽宏大量了?他不会有什么想法吧?他没有笑话她吧?他不会看不起她吧?……一想起这些问题,她就激动得满脸通红。

"仅仅为了揣摩一个坏人的想法,值得这么激动吗?由他怎么想去!"我说。

"你为什么说他是坏人?"她问。

娜塔莎疑心很重,但心地纯洁,襟怀坦荡。她的多疑来源于她的纯洁。她自尊心很强,自尊而又气度高贵,她不能容忍她心目中高于一切的东西受到别人的嘲笑。对于一个小人的轻蔑,她无疑只会报之以轻蔑,然而一旦她心目中的神圣事物遭到不论是谁的嘲笑,她心里总会感到痛苦。这并非由于她不够坚强。部分的原因是,她对人情世故知之甚少,不习惯同人们交往,长期深居简出而与世隔绝。不错,她一辈子都生活在自己的角落里,几乎足不出户。最后,心地极其善良的人们的一种本性(也许是她的父亲遗传给她的),在她身上发挥到了极致,那就是对人过分赞扬,固执地认为这人比他实际的为人更好,凭一时热情夸大他身上好的一面。这种人日后就会因失望而感到痛苦,一旦认识到错在自己,就会加倍地痛苦。为什么对别人总是期待过高呢？失望情绪时时刻刻都在等待这样的人。他们真不如安安静静地待在自己的角落里，永远不踏入社会才好。我甚至注意到他们确实极爱自己的角落，以至于见了生人就想躲起来。不过娜塔莎却遭受了许多不幸，许多屈辱。她是个受过伤害的人，不能责备她，哪怕有时我的话里带点责备的语气也不行。

但我急着要走，便起身告辞。她看到我要走，吃了一惊，差点要哭了，尽管我待着的时候她始终不露半点热情，恰恰相反，她对我比平时还要冷淡。她忽然热烈地吻了我一下，不知为什么久久地凝视着我。

"你听啊，"她终于说，"阿廖沙今天可笑极了，连我都觉得奇怪。看样子他很可爱，很幸福，他像一只花蝴蝶似的飞了进来，像一个花花公子，对着镜子转过来扭过去。现在他已经有点过于不拘礼了……再说他在这里待的时间也不长。你能想到吗，他居然给我带糖果来了。"

"糖果？这有什么，这样做很可爱，也很天真。嗨，瞧你们这一对！现在已经开始互相观察，互相刺探，互相研究对方的神色，破读对方脸上的隐蔽思想了（其实在这方面你什么也不懂！）。他倒没什么，依旧像中学生一样快乐。可你呢，你呢！"

我记得，每当娜塔莎变了语气跟我说话，或者埋怨阿廖沙，或者要我帮她消除什么微妙的疑惑，或者告诉我什么秘密，希望我听了她的只言片语就能心领神会的时候，她总是定睛望着我，半张着小嘴，似乎在恳求我一定要给她一个完美的解答，好让她立即安下心来。我还记得,遇到这种场合,不知怎么,我总是用一种严厉而生硬的语气说话,就像在申斥某人,我这样做完全是无意识的,但每次总能见效。我的疾言厉色恰到好处,因而显得更有权威,因为有时人们会感到一种难以遏制的强烈愿望,非得让别人训斥一顿才痛快。至少娜塔莎在离开我的时候,有时就完全安心了。

"不,你瞧,万尼亚。"她继续道,把一只手搭在我的肩头,另一只手握住我的手,讨好地望着我的眼睛。"我感到,他有点让人捉摸不透……他让我觉得他已经是什么mari[1]了——你知道,就像他已经结婚十年了,但对妻子却始终那么殷勤。这岂不是太早了点吗?……他满面春风,还对着镜子搔首弄姿,不过这一切好像那样……好像跟我只有一部分关系,而不像从前那样……他总是急着要去看卡捷琳娜·费奥多罗芙娜……我跟他说话,他要么听而不闻,要么说起别的事情,你知道,之前你我都一再劝他抛弃这种讨厌的贵族习气。总而言之,他变得……甚至有点冷淡……不过,我这是怎么啦!瞧,一说起来就没个完!唉,万尼亚,我们全都是一些多么苛刻、反复无常又独断专行的人啊!直到现在我才看清楚!我们不能原谅别人脸上微不足道的变化,可是谁又知道他为什么变了脸色!万尼亚,你刚才训斥我一顿是对的!这全是我的过错!我们往往自寻烦恼,还去埋怨别人……谢谢你,万尼亚,你让我完全安心了。

---

[1] 法文:丈夫。

啊,要是他今天能来就好了!可不是吗!也许他还在为刚才的事生气呢。"

"难道你们两个吵架了?"我惊呼道。

"我没有露一点儿声色!只是我有点伤心,他呢,本来高高兴兴的,一下子变得闷闷不乐了。我感到他同我分手的时候相当冷淡。不过我会派人去找他的……你也来吧,万尼亚,今天晚上。"

"一定来,除非有事给拖住了。"

"哦,你能有什么事?"

"是自己找的!不过,我想我一定会来的。"

第七章

晚上整七点,我来到马斯洛博耶夫家。他住在六铺街一幢不大的楼房的侧翼,一套三间的住宅里相当凌乱,不过陈设却不寒碜。看得出来,主人收入颇丰,但极不会料理家务。给我开门的是一个十八九岁、长得很美的姑娘,她穿得很朴素,但十分好看,她的神态极其纯真,有一双善良而又快活的眼睛。我立刻猜到,她就是亚历山德拉·谢苗诺芙娜,不久前他顺便提到过,当时他还表示要介绍我们相识。她问我是谁,得知我的姓氏后便说,他正在等我,不过现在他还睡在自己房里,她把我领去了。马斯洛博耶夫睡在一张既漂亮又柔软的沙发上,身上盖着他那件斗篷式的脏大衣,枕着一个磨破了的皮枕头。他睡得不踏实,我刚进去,他就叫起我的名字来了。

"啊!是你吗?我正等着呢。我刚梦见你进来,要把我叫醒。这么说,是时候了。咱们走吧。"

"我们去哪儿?"

"找一位太太。"

"哪一位太太?去干什么?"

"找布勃诺娃太太,为的是狠狠地教训她!"他又转向亚历山德拉·谢苗诺芙娜,慢腔慢调地说:"真是个美人儿!"可是一想到布勃诺娃太太,他甚至嗫了一下自己的指尖。

"去你的,亏你想得出来!"亚历山德拉·谢苗诺芙娜说。她认为理应做出一副有点生气的样子。

"你们还不认识吧?我来介绍一下,老同学:这位是亚历山德拉·谢苗诺芙娜。这一位呢,我向你郑重推荐,他是文坛名将——这种人一年只有一次免费供人瞻仰,其余的时间是要收费的喽。"

"得了吧,你别把我当成傻瓜。请您别听他的,他老是取笑我。这位先生哪儿像将军呢?"

"所以我才告诉您:这位是特封的将军。而你呢,阁下,可别以为我们都很愚蠢,我们比乍看上去要聪明得多哩。"

"您别听他的!他老是在好人面前奚落我,真不害臊!什么时候他带我去看演出才好呢。"

"亚历山德拉·谢苗诺芙娜,您要爱自己的……您没有忘了要爱什么吧？我教您的那个词儿没忘了吧？"

"当然没忘。那全是胡说八道。"

"说呀，是哪个词儿？"

"我可不愿在客人面前出丑。那个词儿兴许有丢人的意思。我要是说出来，就会烂舌头。"

"这么说，您忘了？"

"我可没有忘：珀那忒斯[1]！你要爱自己的珀那忒斯……瞧他胡说八道的！兴许根本就没有什么珀那忒斯，干什么还要去爱他们呢？他老是瞎说。"

"可是在布勃诺娃太太那儿……"

"呸，你同你的布勃诺娃见鬼去吧！"亚历山德拉·谢苗诺芙娜气呼呼地跑出去了。

"到时候了，咱们走吧！再见，亚历山德拉·谢苗娜！"我们出门了。

"你瞧，万尼亚，首先，让咱们坐上这辆马车。很好。其次，前不久我跟你分手之后，又打听到一些情况，这回可不是凭空推测，而是十分准确。我还去瓦西里岛调查了整整一小时。那个大肚子是个可怕的恶棍，他下流，卑鄙，一肚子坏水，还有种种无耻的嗜好。那个布勃诺娃早就臭名远扬，一直偷偷摸摸干些见不得人的勾当。前不久，一个清白人家的小闺女差一点儿落入她的魔掌。你上午谈到她拿细纱连衣裙打扮那个孤女的

---

[1] 珀那忒斯，罗马神话中的家宅保护神。

事，使我感到不安：因为在此之前我已经听说过这类事情。刚才我又打听到一些情况，尽管纯属偶然，但看来是千真万确的。你那个小姑娘几岁啦？"

"看长相有十三四岁。"

"看身材可能更小。嘿，她一定会这样做的。只要需要，她可以说是十一岁，也可以说是十五岁。还因为这个可怜的孩子孤苦伶仃，又无家可归，所以……"

"当真会这样？"

"那你怎么想？要知道，布勃诺娃太太决不会仅仅出于同情而收养一个孤女。既然大肚子经常往她那里钻，那么肯定就是这么一回事。他跟她今天上午还碰过面呢。他们答应给呆公子西佐布留霍夫找一个大美人，一个有夫之妇，官太太，丈夫是个校级军官。那帮花天酒地的商人子弟就喜欢这一套，总爱打听别人是什么官衔。这就像拉丁文语法里讲的，你还记得吧：词义比词尾重要。不过现在我好像还没有醒过酒来。嘿，布勃诺娃不敢独自干这种勾当。她还想欺骗警察，但这是痴心妄想！所以我要去吓唬吓唬她，因为她知道我按照老规矩……嗯，如此这般——你明白吗？"

我大吃一惊。所有这些消息都使我极度不安。我总担心我们去迟了，便不断催马车夫快跑。

"放心吧。已经采取了措施，"马斯洛博耶夫说，"那里有米特罗什卡。他会叫西佐布留霍夫花钱消灾，叫那个老流氓大肚子赤身露体显原形。这是刚才决定了的。哦，那个布勃诺娃归我收拾……所以她不敢……"

我们先到一家饭店门口停下车,但那个叫米特罗什卡的人并不在场。我们吩咐马车夫在饭店的台阶前等我们,便去找布勃诺娃。米特罗什卡在大门口等我们。窗子里灯火通明,只听到西佐布留霍夫醉醺醺地在哈哈大笑。

"他们全在里边,大概有一刻钟了,"米特罗什卡向我们通报说,"现在正是时候。"

"我们怎么进去呢?"我问。

"像客人那样进去,"马斯洛博耶夫答道,"她认识我,也认识米特罗什卡。果然,门全上锁了,不过那不是对付我们的。"

他轻轻地敲了敲大门,大门立即打开。看门人打开门后,跟米特罗什卡交换了一个眼色。我们轻手轻脚地走进去,屋里的人没有听到我们的声音。看门人领我们登上窄小的楼梯,敲了敲门。里面有人喝问他,他回答说,就他一人,有点事。门开了,我们一拥而入。看门人溜掉了。

"嗨嗨嗨,都是些什么人?"布勃诺娃叫道。她喝得醉醺醺的,头发蓬乱,拿着一支蜡烛站在小小的前室里。

"什么人?"马斯洛博耶夫接口道,"您怎么啦,安娜·特里福诺芙娜,连贵宾都不认识啦?不是我们,还能是谁?……菲利普·菲利佩奇。"

"啊,是菲利普·菲利佩奇!是您哪……真是贵宾……可是你们怎么……我……没什么……请进吧。"

她完全慌了手脚。

"进哪儿呢?这里有隔板……不行,您得找个好一点的地方伺候我们。我们想在您这儿喝点咝咝冒气的香槟酒,有没有我喜欢的妞儿[1]?"

老板娘顿时眉开眼笑,来了精神。

"为了伺候这样的贵宾,哪怕挖地三尺,我也得把她们给挖出来;行,我上中国去订货。"

"问你一点儿事,亲爱的安娜·特里福诺芙娜:西佐布留霍夫在这儿吧?"

"在……在这儿。"

"我正要找他呢。这个混蛋,他怎么敢抛开我,独自一个人寻欢作乐!"

"他哪能把您给忘了。他一直在等什么人,准是等您哪!"

马斯洛博耶夫猛地推开门,我们便进了一个小房间。房间里有两扇窗,一盆天竺葵,几把藤椅,一架破旧的钢琴,就像通常那种摆设。不过在我们进来以前,当我们还在前室里讲话的时候,米特罗什卡就悄悄地溜掉了。事后我了解到,他根本没有进来,而是躲在门外等什么人。过后会有人给他开门。今天上午从布勃诺娃的身后探头张望的那个衣衫不整、涂脂抹粉的女人原来是他的相好。

西佐布留霍夫正坐在一张简陋的仿红木小沙发上,面前是一张小圆桌,铺着桌布,上面摆着两瓶温过的香槟酒和一瓶劣

---

[1] 此处据俄编注译。

质罗姆酒，几个盘子里放着糖果、糕点和三种果仁。在西佐布留霍夫的对面，有个面貌丑陋、四十岁上下的麻脸女人坐在桌旁，她穿着黑色塔夫绸连衣裙，戴着古铜色的手镯和胸针。这就是那位校级军官太太，一看就知道是冒牌货。西佐布留霍夫已经喝醉，一副酒足饭饱的样子。他的大肚子同伴没有跟他在一起。

"你就是这么干的！"马斯洛博耶夫扯着嗓门吼道，"还说要请我上久索酒家哩！"

"菲利普·菲利佩奇，十分荣幸，先生！"西佐布留霍夫含糊不清地小声说，傻呵呵地站起身来迎接我们。

"喝酒呢？"

"对不起，先生。"

"你别对不起，还是招待客人吧。我们是来找你一块儿吃喝玩乐的。你瞧我还带来了一位客人：我的朋友！"马斯洛博耶夫指着我说。

"很高兴，很荣幸，先生……嘿嘿！"

"咦，这也叫香槟酒！像酸菜汤！"

"你太瞧不起人了，先生。"

"看来你是不敢上久索酒家喽，还说要请客呢！"

"他刚才还说他去过巴黎，"军官太太接口道，"他一定又是吹牛！"

"费多西娅·季季什娜，您别瞧不起人！我去过。当真去过。"

"得了吧，巴黎是你这样的乡巴佬能去的吗？"

"去过的。怎么不能去？我跟卡尔普·瓦西里伊奇在那边可出风头啦。您可认识卡尔普·瓦西里伊奇？"

"我干吗要认识你那个卡尔普·瓦西里伊奇？"

"是那样……事情嘛，先生，关系到礼数。我跟他两人在有个叫巴黎的地方，在朱贝尔太太家里，打碎了一面英国造的壁镜[1]。"

"打碎了什么？"

"壁镜。镜子有一堵墙那么大，顶着天花板。当时卡尔普·瓦西里伊奇已经醉得太厉害，就跟朱贝尔太太说起俄国话来了。他就站在壁镜旁边，把胳膊肘支在镜面上。朱贝尔太太冲着他嚷嚷，当然说的是她的本国话：'这镜子值七百法郎（一法郎合咱们四分之一卢布），你会把它打碎的！'他得意地嘿嘿笑着，望着我；当时我坐在他对面的长沙发上，有个美人儿陪着我，她可不像眼前这个丑八怪，一句话，是个小妖精，先生。话又说回来，当时他还嚷了起来：'斯捷潘·捷连季伊奇，喂，斯捷潘·捷连季伊奇！咱俩一人付一半，怎么样？'我说：'行！'——于是他抡起大拳头朝壁镜上来了这么一下——砰的一声，碎镜片四下里乱飞。朱贝尔太太失声尖叫，冲着他的嘴脸责问他：'你这强盗，你要干什么？（这句话当然是用她的本国话说的）他却对她说：'朱贝尔太太，你把钱拿去，我爱——爱怎么干就怎

---

[1] 大立镜，俄语原文为中性名词，不变格，他误读成阴性名词，还变格了。——译者注

202

么干,你别管我。[1]'说完立刻给了她六百五十法郎,大方得很。嘿嘿,我们少给了她五十法郎。"

正在这时候,传来一声可怕的尖叫,听起来离我们不远,大约在相隔两三个门的小房间里。我不寒而栗,也叫了起来。我听出了这声喊叫:这是叶连娜的声音。在这一声凄惨的尖叫之后,紧接着又传来另外几个人的喊叫、咒骂和扭打声,最后显然是几声清脆而响亮的耳光。想必这是米特罗什卡用自己的办法在收拾他的仇人。突然,房间的门猛地被推开,叶连娜冲了进来,她脸色惨白,泪眼模糊,身上那件白色细纱连衣裙已经完全弄皱、撕破,原先梳理过的头发,现在完全弄乱了,像是经过了一场搏斗。当时我面对门站着,她径直朝我扑来,双手抱住了我。大家都跳了起来,乱成一团。她一露面,又引起了一片尖叫和吵嚷。随后,米特罗什卡出现在房门口,他揪住仇人的头发,把那个衣衫不整、狼狈不堪的大肚子给拖来了。他把他拖到门口,使劲推进我们的房间。

"他在这儿!把他捆起来!"米特罗什卡扬扬得意地喊道。

"听着,"马斯洛博耶夫不慌不忙地走到我跟前,拍了拍我的肩头,说道,"坐上咱们的马车,带上小姑娘,赶紧回家,这里没有你的事了。剩下的事明天我们就可以了结。"

---

[1] 出自伊·费·戈尔布诺夫(1831—1896)的剧本《商人习气》(1861)。该剧第2场中,车夫这样说起他的商人老板的脾气:"……他干的事,真可怕!酒馆里的玻璃、盘子、碟子,什么都砸。他说:值多少钱,我来付;我爱怎么干就怎么干,你别管我!"——俄编注

我无须他重复第二遍。我抓起叶连娜的手,把她带出了这个卖淫窟。我不知道他们那里的事会怎么收场。没有人阻拦我们:老板娘吓昏了。这一切发生得那么迅速,使她无法阻拦。马车夫在等我们,二十分钟后,我们就回到了我的住处。

叶连娜像半死不活似的。我解开她连衣裙上的扣钩,往她脸上喷了点水,让她躺在沙发上。她开始发烧,说胡话。我看着她苍白的小脸和血色全无的嘴唇,看着她原先梳理整齐还抹上了油、现在却歪到一边的黑发,看着她这一身打扮,看着她的连衣裙上那几个残留着的粉色蝴蝶结——一下子我全明白了:这是一桩多么丑恶的勾当啊!可怜的孩子!她的情况变得越来越糟糕。我一直守着她,决定当天晚上不去看娜塔莎了。有时叶连娜抬起长长的睫毛望着我,久久地凝神望着我,似乎想认出我是什么人。她很晚才入睡,当时已半夜十二点多了。我躺在她身边的地板上,后来也睡着了。

第八章

我起得很早。这一夜,我几乎每隔半小时便醒一次,走到我可怜的小客人身边,留心察看她的神色。她在发烧,不时轻轻地说几句胡话。天快亮时,她才沉沉地入睡了。我想,这是个好兆头。不过清早我醒来后,还是决定趁可怜的孩子熟睡之际,尽快去请一位大夫来。我认识一位大夫,他是一个好心肠的孤老头儿，很早很早以前，就同他的德国女管家住在弗拉基米尔街上。我便去请他。他答应十点钟来我家。我去找他的时候是八点。我真想顺路去看看马斯洛博耶夫，但我又改变了主意，我想他一定还没有起床，另外我担心叶连娜醒来后看见我不在，自己却睡在我的房间里，也许会害怕的。她在病中可能会忘记：她是什么时候，又是怎样来到我这儿的。

我走进屋，她也刚好醒来。我走到她跟前，小心翼翼地问她感觉怎么样，她没有回答，却用那双动情的黑眼睛久久地久久地望着我。从她的目光中我感觉到，她什么都明白，什么都记得。她之所以不回答我，也许出于她一向的习惯。记得昨天和前天她来找我的时候，对我的一些提问也是一句话不说，而只是突然用固执的目光久久地盯着我的眼睛，那目光中除了疑惑和强烈的好奇之外，还有一种古怪的傲气。此刻我发现她的目光严峻，甚至好像有点不信任。我伸手去摸她的额头，看她是不是还在发烧，但她却默默地用小手轻轻推开我的手，而且翻过身去面对着墙壁。为了不打扰她，我只好走开了。

我有一只大铜壶。我早就用它代替茶炊来烧开水。木柴我也有，看门人每送一次就够我用四五天。我生着了炉子，下楼打水，坐上了铜壶，又在桌上摆好我的茶具。叶连娜朝我转过身来，好奇地看着我做这一切。我问她要不要吃点东西，但她又掉过脸去，还是不答话。

"她究竟为什么生我的气呢？"我思忖道，"真是个古怪的小姑娘！"

我那位老大夫十点准时到达。他以德国人那种认真细致的态度检查了病人，然后对我说，病人虽然还有点发烧，但已无大碍。他的话使我大为放心。他又补充说，她可能患有另一种慢性病，所以心律不大正常。"不过这需特殊观察才能确诊，目前她并无危险。"他给她开了一种药水和几种药粉，这与其说出于病情的需要，不如说出于职业的习惯。后来他开始盘问我：她怎么会在我这里？同时，他又吃惊地打量着我的住处。这个小老头儿真够啰唆的。

叶连娜也让他不胜惊讶。他给她号脉时，她把手使劲抽了回去，也不肯伸出舌头让他察看。对他所有的问题，她都一声不吭，却一直盯着挂在他脖子上的那枚很大的斯坦尼斯拉夫勋章。"她肯定头疼得厉害，"小老头儿说，"你瞧她看人的样子！"我认为没有必要告诉他叶连娜的身世，便以这事说来话长支吾过去了。

"需要的话，请通知我，"他临走时对我说，"目前并无危险。"

我决定整天都陪着叶连娜，而且在她完全康复之前，尽可能不把她单独留下。但我知道，如果娜塔莎和安娜·安德烈耶芙娜等不着我，一定会十分焦急，于是我决定通过市邮局给娜塔莎发一封信，告诉她今天我不去看她了。至于安娜·安德烈耶芙娜，我却不能给她写信。因为有一次我给她写了一封信，告诉她娜塔莎生病了，后来她便求我，以后再也不要给我写信。"老头子看到你的信就皱起了眉头，"她说，"他很想知道信里写什么，可怜的人儿，可他又不好意思问，总也下不了决心。这一整天就像丢了魂似的。再说，我的孩子，你的信只能惹我生气。十来行字管什么用！我想问个仔细，可你又不在身边。"所以我只给娜塔莎一人写了信，我把药方送到药铺去的时候，顺便把信投邮了。

这时叶连娜又睡着了。在睡梦中，她不时轻微地呻吟，身子一阵阵打战。大夫猜对了：她头疼得厉害。有时她轻轻地叫出声来，并惊醒过来。每当她看我时，她甚至带着几分烦恼，似乎我的看护让她特别难受。老实说，这使我很伤心。

十一点，马斯洛博耶夫来了。他满腹心事，又好像心不在焉。他只是顺路来待一会儿，正急着要去什么地方。

"哦，老同学，我早料到你的住处不会阔气，"他环顾室内说，"不过说实话，我可没想到你居然住在这样的箱子里。这只是箱子，而不是住房。好吧，就算这也算不了什么，最糟糕的是，所有这些不相干的麻烦事只会让你无法专心写作。这一点还在昨天我们去找布勃诺娃的路上，我就想到了。你知道，老同学，从我的个性和社会地位来说，我属于这样一类人：他们自己什么有益的事都不做，就只会教训别人去做。现在你听我说，我也许明后天还会来看你，但你务必在星期天上午找我一趟。我希望在此之前这个小姑娘的事能彻底解决。到时候我还要认真地跟你谈一谈，因为须要好好地开导你一番。这样生活是不行的。昨天我只是向你暗示了一下，如今我要给你讲一番道理。好了，最后，你得告诉我：你是否认为暂时从我这儿拿点钱用，对你来说是不光彩的？……"

"你别吵了！"我打断了他的话，"你不如说说，昨天你们那里的事是怎么收场的？"

"没什么，事情顺利了结，目的也达到了。你明白吗？现在我可没有时间，我只是顺路进来通知一声，我很忙，现在顾不上你的事。对了，顺便了解一下：你对她是另有安排，还是自己想收留她？因为这种事是需要慎重考虑再做决定的。"

"这事我还没有想好，不瞒你说，我等你来就是想跟你商量商量。比如说，需要有什么理由我才可以收留她？"

"哎，这有什么，哪怕当女仆呢……"

"请你说话小点声。她虽说病着，但神志完全清醒。刚才她看到你时，我注意到她好像哆嗦了一下。这么看来，她想起了昨天的事……"

于是我把她的性格以及我在她身上发现的一些特征都对他讲了。我的话使马斯洛博耶夫很感兴趣。我补充道，也许我会安排她去一个家庭，又简略地向他谈起我的两位老人。让我吃惊的是，他已经多少了解娜塔莎的事。我问他是怎么知道的，他这样回答：

"是这样，很久以前，在办一件事的时候，好像无意中听说过。我已经对你说了，我认识瓦尔科夫斯基公爵。你想把她送到那两位老人家里，这你就做对了。否则她只会妨碍你。还有一件事：她需要办个身份证件。这事不用你操心，包在我身上了。再见，有空请常来找我。她现在怎么样，睡着了吗？"

"好像是。"我答道。

但是他刚走,叶连娜立刻就叫我了。

"他是什么人?"她问。她的声音颤抖,然而她望着我的目光依然那么专注,而且有点傲慢。我只能这样来形容她。

我说出马斯洛博耶夫的姓氏,又补充道,多亏了他,我才能把她从布勃诺娃那里救出来,又说布勃诺娃很怕他。她的小脸蛋顿时涨得通红,一定是想起了昨天的事。

"那么她往后再也不会来这里啦?"叶连娜探询地看着我,问道。

我急忙劝她放心。她不吭声了,用发烫的手指抓住我的手,但马上又放开了,似乎猛地醒悟过来。"她不可能当真感到我是那么讨厌,"我想,"这只是她的习惯,或者……或者只是因为这个可怜的孩子遭受的不幸太多,所以不信任世界上的任何人了。"

在约定的时间我去取药,同时又去了一家熟悉的小饭馆,我有时在那里吃饭,老板信任我,允许我赊账。这一次,我出门时提了一个饭盒,在小饭馆里为叶连娜要了一份鸡汤。但她不想吃,汤就一直放在炉子上。

我给她吃完药后,便坐下来写作。我以为她睡着了,但无意中看了她一眼,突然发觉她微微抬着头,正目不转睛地看我写字呢。我假装没有发觉。

最后她真的睡着了,而且让我十分高兴的是,这一回她睡得很安稳,既不说胡话,也没有呻吟。我不由得沉思起来。娜塔莎由于不知道怎么回事,不仅可能生我的气,埋怨我今天为什么不去看她；我想，她甚至会因为我不关心她而十分伤心，因为在她最需要我的时刻。我却没有去关心她。目前她很可能遇到了什么麻烦，有些事也许还要托我去办，可我却不在，而且像故意不去似的。

至于安娜·安德烈耶芙娜，我简直不知道明天见了她该怎么搪塞过去。我思前想后，突然决定这两处地方我都要跑一趟。我外出的时间顶多需要两小时。叶连娜睡着了，她不会听到我出门的。我跳起来，披上大衣，拿起帽子，正要动身，忽然叶连娜叫我过去。我很奇怪：难道她是装睡？

顺便提一句：虽说叶连娜经常装出一副不愿跟我说话的样子，但她又常常喊我，一旦有什么疑虑，总想找我解答——这表明情况完全相反，老实说，我为此感到高兴。

"您想把我往哪儿送？"我走到她跟前时她问。一般说来，她的提问不知怎么总很突然，是我完全预料不到的。这一次，我甚至没有马上听明白。

"刚才您不是跟您的熟人说，要把我送到什么人的家里去。我哪儿也不去。"

我向她俯下身去：她浑身发烫，又发烧了。我开始安慰她，让她放心。我一再向她保证，只要她愿意留在我这里，我就绝不会把她送到任何地方去。我一边说，一边脱下大衣和帽子。在这种情况下我不敢把她一人留下。

"不，您还是走吧！"她立刻猜到我要留下，便这样说，"我想睡觉，我马上就会睡着的。"

"可是哪能把你一个人留下呢？……"我迟疑地说，"不过两小时后我一定回来。"

"好了，您走吧！要是我病上一整年，那您还能一整年不出门？"说完她试着微微一笑，同时又有点古怪地瞥了我一眼，似乎在克制她内心萌生的一种美好的感情。可怜的小姑娘！尽管她生性孤僻，而且显然很倔强，然而她那颗善良而温柔的心还是显现出来了。

我先去看望安娜·安德烈耶芙娜。她正焦急万分地等着我，一见面就连连责备我。她自己也极其不安：尼古拉·谢尔盖伊奇吃完午饭就走了，不知跑到哪儿去了。我预感到老太太准是忍不住，又把一切都告诉了他，当然是像通常那样，是拐弯抹角地说的。其实她自己就几乎向我供认了这一点，说她忍不住要同他分享这份快乐，可是尼古拉·谢尔盖伊奇，用她的话来说，脸色变得比乌云还要阴沉，他什么也没有说，"老是一声不吭，甚至不搭理我的问话"，吃完午饭说走就走了。他就是这种人。讲起这一切，安娜·安德烈耶芙娜吓得直打哆嗦，她一再恳求我跟她一起等候尼古拉·谢尔盖伊奇回来。我推辞了，而且几乎是斩钉截铁地对她说，也许我明天也来不了，现在我之所以跑来，就是为了事先通知她这一点。这一次，我们差点吵了起来。她哭了，开始伤心地狠狠地责备我，直到我已经走出门外，她又突然朝我扑来，两只手紧紧搂住我的脖子，让我不要生她这个"孤苦老人"的气，也不要把她的那些气话放在心上。

出乎我的意料，我去娜塔莎那里时，发现她又是一人在家。

而且奇怪的是,我觉得这一次她见到我时,完全不像昨天和以往任何一次那么高兴。好像我在什么事上惹恼了她,或者妨碍了她。我问她:"今天阿廖沙来过吗?"她答道:"当然来过,不过没待多久。"她若有所思地又加了一句:"他答应今晚再来。"

"昨天晚上他来过吗?"

"没——没有。他有事。"后一句她说得又急又快,"哦,万尼亚,你的事情怎么样了?"

我看得出来,不知何故她总想岔开我们的谈话,总想换个话题。我细心打量她:她显然心情烦躁。不过当她发现我正在仔细观察她、揣摩她的心思时,她突然急促而气愤地盯了我一眼,那目光是如此锐利,几乎要把我灼伤。"她又有什么伤心事了,"我想,"只是她不愿意告诉我。"

既然她问起我的事,我便把叶连娜的详细情况对她说了。我的叙述引起了她极大的兴趣,甚至使她感到震惊。

"我的上帝!你怎么能把她一个人留在家里?要知道,她病着呢!"她叫道。

我解释道:"今天我本来不想来看你了,但又想到你会生我的气,另外也许需要我做点什么事。"

"需要嘛,"她喃喃自语地说,似乎在考虑着什么,"也许真需要你帮点忙,万尼亚,不过最好下次再说。你去过我们家了吗?"

我把老人的情况都告诉了她。

"是啊,天知道现在父亲会怎样对待所有这些消息。其实,这也没什么可……"

"怎么没什么呢?"我问,"多大的变化呀!"

"是这样……不过,他又能跑到哪儿去呢?上一回,你还以为他是来找我的。你瞧,万尼亚,如果可能的话,你明天再来一趟。也许我会告诉你一些情况……我真不好意思老打搅你,现在你最好回家去照料你的小客人。你出来恐怕有两个钟头了吧?"

"有了。再见吧,娜塔莎。哦,阿廖沙今天来看你时情绪怎么样?"

"阿廖沙吗?没什么……你的好奇心甚至让我感到吃惊。"

"再见,我的朋友。"

"再见,"她有点心不在焉地把手伸给我,当我最后举目向她道别的时候,她扭头避开了我的视线。我离开她的时候,心中不免纳闷。"不过她的确有不少事须要好好考虑。"我想,"这可不是儿戏。想必明天她会主动把一切都告诉我的。"

我忧心忡忡地回到家中,一进房门便大吃一惊。当时屋里全黑了。我定睛细看,才发现叶连娜坐在沙发上,头垂在胸前,似乎有一肚子心事。她甚至没有抬头看我一眼,又像在打盹。我走到她跟前,听到她在喃喃自语。"难道又说胡话了?"我这样寻思。

"叶连娜,我的朋友,你怎么啦?"我坐到她身旁,一手搂着她,问道。

"我想离开这里……我还不如去找她呢,"她依旧没有抬头看我,这样说道。

"上哪儿去？去找谁？"我吃惊地问。

"找她去，找布勃诺娃。她老说我欠她的债，说我妈妈是她出钱给埋的……我不愿意她老骂我的妈妈，我想给她干活，把挣的钱全都还给她……等还清了债，我自己就会离开她。可现在我要回到她家里。"

"你冷静一些，叶连娜，你不能去找她，"我说，"她会折磨你的，她会把你毁了……"

"就让她毁了我吧，就让她折磨我吧，"叶连娜激动地抢白说，"我又不是头一个：不少人比我好，他们也在受折磨。这是街上一个要饭的女人对我说的。我穷，可我愿意受穷。一辈子受穷。妈妈临死的时候就这样嘱咐我。我可以干活……我不愿意穿这身衣服……"

"我明天就去给你买一身新衣服。我再去把你那些书拿回来。你就住在我这里吧。我绝不会把你交给任何人，除非你自己不愿意留下。你放心吧……"

"我要去做女仆。"

"好，好。不过现在你要安下心来，躺下睡觉！"

可怜的小姑娘先是流泪，渐渐地转为号啕大哭。我简直不知如何是好。我端来一盆水，给她擦了太阳穴和脑袋。最后她精疲力尽地倒在沙发上，身体又忽冷忽热了。我把能找到的东西都盖在她身上，她入睡了，但睡得很不安稳，不时打战并惊醒过来。这一天虽说我走的路不多，但此刻已劳累不堪，我决定早点躺下休息。满脑子都是令人烦恼的操心事。我预感到这个小姑娘将给我带来不少麻烦。不过最使我忧虑的还是娜塔莎和她的近况。总之，我现在回想起来，我的心情还很少像在那个倒霉的夜晚入睡时那么沉重。

第九章

我醒来时已经很晚，大约上午十点了。我感到像是生病了：头晕，头疼。我看了一眼叶连娜的床铺；床上是空的。就在这时，从我右边的小屋里传来一种声音，好像有人在扫地。我出去看个究竟。叶连娜正一手拿着笤帚，一手提着从昨晚起一直没有脱下的漂亮连衣裙在扫地呢。用来生炉子的劈柴，已经整整齐齐堆在一角，桌子抹过了，茶壶擦得干干净净，一句话，叶连娜在料理家务了。

"听着，叶连娜，"我叫道，"谁要你扫地来着？我不想叫你干这个，你还病着呢。难道你是来给我当女仆的吗？"

"那么谁来这里扫地呢？"她直起腰来，看着我的眼睛回答道，"现在我没病了。"

"可是我把你接来，不是为了让你干活的，叶连娜。你好像怕我会像布勃诺娃那样骂你，说你在我这里吃闲饭，是这样吧？你是从哪儿弄来这把脏笤帚的？我可没有笤帚。"我吃惊地看着她，补充道。

"这是我的笤帚。我自己带来的。早先我拿它给外公扫地。

从那时起，笤帚就一直放在这里，在炉子底下。"

我回到大房间，陷入沉思。也许是我不对；但我确实感到，我的好客似乎使她感到不安，所以她想方设法要向我证明，她在我这里不是吃闲饭的。"这样看来，这是多么倔强的性格呀！"我这样想。两分钟后，她走了进来，默默地坐到沙发上她昨天坐过的地方，不时探询地看我几眼。这时我烧了一壶开水，沏好了茶，给她倒了一杯，又递给她一块白面包。她默默地、顺从地接了过去。她几乎一昼夜没有进食了。

"瞧，笤帚把你的漂亮连衣裙弄脏了，"我发现她的裙子边上有一长条污迹，便这样说。

她看了看衣裙，突然放下杯子，显然是沉着地、平静地用双手揪了一下那件细纱连衣裙，猛一下把它从上到下撕成了两半，这使我大惊失色。撕完后，她抬起那双固执的、目光炯炯的眼睛，默默地看着我。她脸色苍白。

"你这是干什么，叶连娜？"我叫了起来，相信我看到的是个疯子。

"这衣服不好，"她说，激动得几乎喘不过气来，"为什么您说它漂亮？我不愿意穿它，"她突然从座位上跳起来，大声喊道，"我要撕烂它。我没有求她打扮我。是她硬逼着我穿上的。我已经撕烂了一件，我要把这件也撕烂。我要撕！我要撕！我要撕！……"

于是她发疯般拿那件倒霉的连衣裙来出气，转眼之间就把它撕成无数碎片。撕完之后，她脸色变得煞白，几乎站不稳当。我无比惊讶地看着她那种冷酷无情的举动，她则用挑衅的目光望着我，好像是我做错了事，对不起她似的。不过我已经知道该做什么了。

我决定不再拖延，今天上午就去给她买一身新衣服。应当用仁慈来感化这个粗野而冷酷的小孩儿。她看人的模样说明，她似乎从来没有遇见过好人。既然她不怕受到严厉的惩罚，已经撕烂过一件这样的连衣裙，那么现在当这件连衣裙使她想起不久前那可怕的场面时，她对它的态度就只能是冷酷无情了。

在旧货市场可以买到既好看又朴素的连衣裙，而且价钱很便宜。糟糕的是，当时我几乎囊空如洗。不过我在头天晚上躺下睡觉时已经决定，今天先去一个可以弄到钱的地方，好在那地方跟旧货市场在同一个方向。我拿起帽子。叶连娜目不转睛地盯着我，似乎在等待着什么。

"您又要把我锁起来吗？"当我拿起钥匙像昨天和前天那样想锁起房门的时候，她问。

"我的朋友，"我走到她跟前对她说，"你别为这个生气。我所以锁门，是怕有人会进来。你现在生着病，恐怕会吓着你。再说天知道来的是什么人呢，说不定布勃诺娃会突然找上门来……"

我是故意这么说的。其实我把她锁起来是因为我信不过她。我总觉得，总有一天她会突然想起要离开我。我决定暂时还是小心为好。叶连娜不作声了，因此这一回我还是把她锁在屋里了。

我认识一个出版商，三年来他一直在发行一种多卷本的丛书。[1] 每当我手头拮据的时候，通常就找他要点事做。他认真支付稿费。这一次我又去找他，他给我预支了二十五卢布稿费，条件是一周后我交出一篇编写好的文章。可是我却指望挤出时间来写我的长篇小说。每当我身无分文又急需钱用时，我总是这么办。

弄到钱后，我立刻去了旧货市场。在那里，我很快找到了那个我认识的老太婆，她出售各种各样的旧衣服。我告诉她叶连娜大致的身材，一眨眼的工夫她就给我挑出一件素净的印花布连衣裙，这裙子很结实，最多只洗过一次，价钱还特别便宜。顺便我又买了一条围巾。付钱的时候我又想到，叶连娜还需要一件短皮袄或者斗篷之类的东西。现在天气很冷，而她简直什么衣服都没有。但我决定下次再买。叶连娜很爱生气，又那么高傲。天知道她会怎么对待这件连衣裙，尽管我特意挑选了最朴素、最不显眼、最普通的家常便服。不过我还是又买了两双线袜和一双毛袜。我把东西交给她时可以借口说她有病，而屋子里很冷。她也需要内衣。不过这些东西我要等到跟她处熟之后再说。我又买了几块遮床的旧帷幔——这东西很有用，叶连娜见了一定会很高兴。

我拿了这些东西回到家时已是下午一点了。我开锁时几乎不出声音，所以叶连娜甚至没有听见我已经回来。我发现她站在桌子前，正在翻看我的书和稿纸。听到我的脚步声，她很快

---

[1] 指俄国出版家、编辑 A. A. 克拉耶夫斯基（1810—1889）。他历任当时俄国大型刊物的编辑，颇有组织才能；但十分贪财，剥削文学家，遭人鄙视。

合上正在阅读的书,涨红了脸,从桌子前走开了。我瞧了一眼那本书:这是我第一部长篇小说的单行本,扉页上印着我的名字。

"您不在的时候,有人来敲过门,"她说话的语气似乎在讽刺我:瞧你干吗非要把我锁在屋子里?

"不会是大夫吧,"我说,"你没有答应他吗,叶连娜?"

"没有。"

我没有回答,拿起小包,把它解开,取出买来的那件连衣裙。

"你拿去,我的朋友叶连娜,"我走到她跟前对她说,"你总不能像现在这样,老穿着破烂衣服。所以我给你买了一条连衣裙,最普通的,最便宜的,你完全用不着过意不去。总共才一卢布二十戈比。你就凑合着穿吧。"

我把连衣裙放在她身边。她涨红了脸,睁大了眼睛,盯着我看了好一阵子。

她十分惊讶,与此同时,我又感到她不知怎么非常害羞。她的眼里流露出和善、温柔的神情。我看她不作声,便回到桌子跟前。我的行为无疑使她震惊。但她竭力克制自己,一直坐在那里,眼睛望着地面。

我的头又疼又晕,而且越来越厉害。户外的新鲜空气并没有给我带来一点好处。这时我应当去看望娜塔莎。从昨天起,我对她的挂念有增无减。忽然我觉得,叶连娜好像叫了我一声。我便向她转过身去。

"您出门的时候,别再把我锁在屋里了。"她说话时眼睛望着一旁,一个手指不停地抹着沙发的边沿,仿佛专心致志地在做这件事。"我不会离开您的。"

"好,叶连娜,我同意。不过,要是来了一个生人呢?真的,天知道来的是什么人!"

"那您把钥匙留下,我在里面锁上。要是有人敲门,我就说不在家。"她还调皮地看了我一眼,似乎在说:"你瞧,事情本来就这么简单嘛!"

"谁给您洗衣服?"我还没来得及回答,她突然这样问道。

"这楼里的一个女人。"

"我会洗衣服。您昨天从哪儿弄来了吃的东西?"

"一家小饭馆。"

"我也会做饭。以后我来给您做饭。"

"行了,叶连娜。你怎么会做饭呢?你尽说些不相干的话……"

叶连娜不说话了,又低下头去。我的话无疑伤了她的心。至少过去了十来分钟,我们两人都默默不语。

"汤。"她忽然说,还是没有抬起头来。

"汤?什么汤?"我纳闷地问。

"我会炖汤。我妈妈生病的时候,我常给她炖汤喝。我还常去市场。"

"你瞧,叶连娜,你瞧,你是多么高傲,"我走到她那里,坐到她身旁的沙发上,这样说道,"我为你做的一切,完全是听从我内心的吩咐。你现在没有亲人,孤孤单单,十分不幸。我想帮助你。我要是遭到不幸,你也同样会帮助我的。但你不愿意这样去想,所以我给你的一件最普通的礼物你都感到难以接受。你立即想付出代价,用干活来抵偿,就好像我是布勃诺娃,我会责骂你似的。你如果这样想,那是可耻的,叶连娜。"

她没有回答,嘴唇在颤动。她似乎很想对我说些什么,但她克制住自己,一直默不作声。我起身准备去看望娜塔莎。这一次我把钥匙留给了叶连娜,并告诉她:要是有人再来敲门,你就答应,并问他是谁。我确信娜塔莎又遇到了很不妙的事,而且暂时还瞒着我——这种情况在我们之间已发生过多次。无论如何我决定去看她一趟,而且只待一会儿,否则我的不时打扰只会惹她生气。

果然是这样,她又用那种不满而严厉的目光迎接我。我本应该立刻就走,可是我的两腿发软,迈不开步。

"我只待一会儿,娜塔莎,"我开始说,"我找你商量一下:我拿我的小客人怎么办呢?"于是我尽快地把叶连娜的事都对她讲了。娜塔莎默默地听我说完。

"我不知道该给你出什么主意,万尼亚,"她答道,"从各方面看来,这是一个十分古怪的小家伙。也许她遭受过太多的屈辱,被吓坏了。目前至少先让她恢复健康。你想把她送给我们的老人吗?"

"她一直说她决不离开我。再说天知道他们老两口儿会怎样对待她,所以我不知该怎么办。哦,我的朋友,你怎么样?你昨天好像不大舒服!"我有点胆怯地问她。

"不错……今天还有点头疼,"她心不在焉地答道,"你没有看到我们的老人吗？"

"没有。明天我去看他们。明天可是星期六……"

"那又怎么样？"

"明天晚上公爵要来……"

"那又怎么样？我没有忘记。"

"不，其实我只是随便说说……"

她在我面前站住了，久久地定睛看着我。在她的目光里有一种果断、顽强的神色，一种狂热、急躁的情绪。

"万尼亚，"她说，"行行好，离开我吧，你太妨碍我了……"

我从圈椅里站起身来，怀着难以言表的惊慌心情望着她。

"我的朋友，娜塔莎！你怎么啦？出什么事了吗？"我惊恐地叫道。

"什么事也没有！明天你什么都会知道的，现在我想一个人待着。听我说，万尼亚：你现在走吧。我看到你心里就难受，真难受！"

"可是，你起码得告诉我……"

"明天你什么都会知道的！哦，我的上帝！你到底走不走？"

我只好离她而去。我感到万分诧异，简直不知所措了。玛芙拉在外屋追上了我。

"怎么，她生气啦？"她对我说，"现在我都不敢走近她啦！"

"她到底是怎么回事？"

"还不是咱们那位少爷，一连三天没露面啦！"

"怎么三天呢？"我吃惊地问，"她昨天还亲口告诉我，说他昨天上午还来过,而且晚上还要来……"

"什么晚上!昨天上午他压根儿就没来过!我告诉你,他三天没露面啦!她昨天当真说了他上午来过?"

"当真说了。"

"唉,"玛芙拉沉思着说,"这么看来,既然她在你面前都不肯承认他没有来过,那这事就太伤她的心啦。哼,他真行啊!"

"你这是什么意思?"我叫道。

"我的意思是,我都不知道拿她怎么办好了,"玛芙拉摊开双手继续道,"昨天她还打发我去找他,可是又两次把我从半路上叫了回来。今天她都不愿意搭理我了。你最好去看看他。我现在都不敢离开她了。"

我气愤若狂地奔下楼去。

"今天晚上,你还来我们这儿吗?"玛芙拉在身后喊道。

"看情况再说吧,"我边走边回答,"也许我会顺便来找你问问她的情况,只要我自己还活着。"

我确实感到,我的心像挨了重重一击。

第十章

我直接去找阿廖沙。他住在滨海小街他父亲的家里。尽管公爵单身,却有一幢相当大的住宅。阿廖沙在这座住宅里占用两个考究的房间。我很少去他那里,在此之前大概只去过一次。

他倒常来找我,特别是在他和娜塔莎同居的初期。

他不在家。我径直走进他住的房间,给他写了这样一封短信:

阿廖沙:您大概是疯了。既然星期二晚上令尊亲自请求娜塔莎使您能荣幸地娶她为妻,您对这一请求也很高兴,这一点我可以作证,那么您得同意,您目前的行为有点令人费解。您知道您对娜塔莎做了什么吗?我希望这封短信至少会提醒您,您对未来妻子的所作所为是极其不成体统、极其轻率的。我很清楚,我无权教训您,但我对此毫不在意。

又及:此信她一无所知,有关您的近况,甚至不是她告诉我的。

我把信封好,把它留在桌上。对我的问题,仆人回答说,阿列克谢·彼得罗维奇几乎很少回家,即使今天回来,也要到后半夜天快亮的时候。

我好不容易才走回家。我的头发晕,两腿发软,还不住地打战。我的房门是开着的。尼古拉·谢尔盖伊奇·伊赫缅涅夫正坐在屋里等我。他坐在桌旁,一言不发,吃惊地看着叶连娜,叶连娜同样吃惊地打量着他,虽说一直固执地不说话。"是啊,"我心想,"他一定觉得她很古怪。"

"你瞧,我的孩子,我已经等了你整整一个钟头,老实说,我怎么也没有料到……居然这样找到你,"他继续道,一面四下里打量着房间,一面暗地里用目光向我示意,他指的是叶连娜。

他的眼睛里流露出惊异的神色。但当我走近些细看他时，我发现他很激动很忧伤。他的脸色比平时更苍白。

"你快坐下，坐下，"他接着说，一副心事重重、焦急不安的样子，"我有急事找你，不过你怎么啦？你的脸色难看得很。"

"我有点不舒服。清早起来就头晕。"

"哦，小心点，可不能大意。你是不是受凉感冒了？"

"不是的，不过是神经方面的毛病引起的。我有时就这样。您怎么样，身体好吧？"

"没什么，没什么！不要紧，我这是在气头上。有一件事。你坐下吧。"

我拉过一把椅子，与他面对面在桌旁坐下。老人弯下腰朝我这边靠了靠，压低嗓子开始说：

"注意别去看她，并装出一副我们在谈论不相干的事的样子。坐在那里的你那位小客人是怎么回事？"

"以后我再告诉您，尼古拉·谢尔盖伊奇。这小姑娘很可怜，是个无依无靠的孤儿，她是在这里住过、后来死在点心店里的那个史密斯的外孙女。"

"啊，原来他还有一个外孙女！嘿，孩子，她可真古怪！瞧她那眼神，瞧她那眼神！老实说：要是你再过五分钟还不回来，我就不会坐在这里了。她好不容易才打开门，直到现在也没有说过一句话。跟她待在一起简直可怕，她不像个活人。她怎么跑到你这里来了？哦，我明白了，准是她来看她的外公，不知道他已经死了。"

"不错,她很不幸。老人临死的时候还惦记着她。"

"嗯,真是有什么样的外公,就有什么样的外孙女!日后你一定要把她的事详细告诉我。既然她是那么不幸,也许我可以想法帮她一点儿忙……噢,现在你能不能叫她走开,因为我有正经事要跟你谈谈。"

"可是她没地方可去,她就住在我这儿。"

我尽量简要地向老人做了解释,并告诉他有话可以当着她的面说,因为她还是个孩子。

"哦……当然是个孩子。只不过你,万尼亚,真让我大吃一惊,她怎么跟你住在一起呢,我的上帝!"

老人再一次惊讶地看了看她。叶连娜感觉到我们在谈论她,便默默地坐在那里,低下头,用几个手指抹着沙发的边沿。她已经穿上了新衣服,那件连衣裙很合身。也许是因为穿上新衣服的缘故,她的头发梳得比平时仔细些。总的说来,如果她的眼神中没有那种古怪的野性,她其实是一个非常漂亮非常可爱的小姑娘。

"简单明了地说,孩子,是这么一回事,"老人开始说起来,"这事由来已久,至关重要……"

他低头坐着,一副严肃的、若有所思的样子,尽管自己很着急,又想"简单明了",但却不知怎么开头才好。"那会是什么事呢?"我不禁想道。

"你瞧,万尼亚,我来找你,是有一件非常重要的事请你帮忙。不过首先……因为我现在考虑,有一些情况最好先给你解释清楚……一些非常微妙的情况……"

他清了清嗓子，飞快地看了我一眼，随即涨红了脸；脸一红，他便因为自己不够沉着而大为生气；一气之下，他反而下了决心：

"唉，这又有什么可解释的！你自己也会明白。简单明了一句话：我要找公爵决斗！我请你来安排这件事，并当我的决斗证人。"

我不由得仰靠到椅背上，大惊失色地望着他。

"你盯着我看什么！我可没有发疯。"

"不过，对不起，尼古拉·谢尔盖伊奇！你以什么为借口？有什么目的？最后，怎么可以这样……"

"借口！目的！"老人大声喊道，"问得真妙！……"

"好，好，我知道您要说什么。但是，您的这种反常举动能起什么作用！决斗能解决什么问题呢？老实说，我什么也不明白。"

"我早料到你什么也不会明白。听着：我们的官司了结了（就是再过几天就要结案了，目前只剩下一些无关紧要的手续问题）；我输啦。我得付他一万卢布，已经这么判决了，拿伊赫缅涅夫卡做抵押。因此，现在这个无耻小人可以说已经把这笔钱弄到手了。我呢，拿伊赫缅涅夫卡抵了债，就成了脱离关系的人啦！现在我也可以抬起头来了。我要说，如此这般，最最尊贵的公爵大人，您欺负我两年啦，您侮辱了我的人格，败坏了我家族的好名声，对于这一切，我只得忍气吞声！那时我不能找您决斗。因为您肯定会说：'嘿，狡猾的家伙，你预料到法院迟早会判你赔款，所以你想杀死我好赖账吧？不行，咱们先得瞧瞧这场官司的结局，之后你再来挑战吧！'现在，尊贵的公爵大人，官司了结了，您赢了，因此也就不存在任何障碍，所以现在去决斗场总可以了吧。就这么回事。怎么，照你看，难道我就没有权利为自己，为一切，为一切，报仇雪恨吗！"

他目光灼灼。我默默地看了他很久。我想弄清他内心的秘密。

"请听我说，尼古拉·谢尔盖伊奇，"我终于答道，我决定直奔要害，否则我们是不会互相理解的。"您能对我推心置腹地谈一谈吗？"

"能。"他斩钉截铁地答道。

"请您坦白告诉我：仅仅是复仇的情绪促使您提出决斗呢，还是在您的内心深处另有所图？"

"万尼亚，"他答道，"你是知道的，我不允许任何人跟我谈话时触及某些方面，不过这一次我可以破例，因为凭你清醒的头脑，你立刻就能看出，要想回避这个方面是不可能的。不错，我另有所图。我的目的就是：挽救我那误入歧途的女儿，不要让她走上毁灭之路，最近出现的一些情况正把她往死路上推呢。"

"但是，您通过决斗又怎能挽救她呢？问题就在这里。"

"决斗可以阻止那边正在策划的一切！你听着：你别以为，在我的内心深处只有父爱之类的弱点在起作用。这全是胡说！我不对任何人吐露我的心思。连你也不知道我在想什么，女儿抛弃了我，跟她的情人私奔了，于是我也就把她从我的心里赶走了，永远永远赶走了，就在她出走的那天晚上——你总记得吧？即使你后来看见我对着她的肖像痛哭过，那也不能由此断定我想宽恕她。那时我也没有宽恕她。我哭的是失去的幸福，是空幻的梦想，但不是哭她，哭现在的她。我也许经常伤心流泪，我并不羞于承认这一点，正如此刻我也不羞于承认，我曾经爱我的孩子胜过爱世上的一切。所有这些，看来跟我目前要采取的行动是矛盾的。你可以对我说：既然这样，既然您已经不认您的女儿，对她的命运毫不关心，那您为什么还要去干预那边正在策划的事呢？我可以这样回答你：首先，我不想让这奸诈小人阴谋得逞；其次，出于一种最最平常的仁爱之心。即使她已经不是我的女儿，但她毕竟是个无人保护、受人欺骗的弱女子，他们会变本加厉地继续欺骗她，要让她彻底毁灭。这事我无法直接插手，但可以通过决斗间接进行干预。如果我被他一枪打死，或者受伤流血，难道她能像那个罗马王的女儿（你还记得吗，咱们家有过一本小书，你拿它当作阅读课本的？）坐着大马车驶过自己父亲的尸体那样[1]，跨过我们的决斗场，甚至跨过我的尸体，跟那个杀死我的凶手的儿子去教堂举行婚礼吗？最后还有一点：一旦进行决斗，那么我们的公爵父子自己就不想再举行什么婚礼了。总之，我不想看到这门婚事，所以我要想方设法阻止它。现在你明白我的意思了吧？"

---

[1] 据罗马历史学家利维乌斯（公元前59—17）在其《罗马史》中记载：罗马帝国第六王塞尔维乌斯·图利乌斯（公元前578—前534）被其女婿塔克文指使人杀害，并暴尸街头。塔克文随后在广场上宣布自己为王。图利乌斯的女儿在塔克文宣布登基为王之后，从广场回家时，她乘坐的大马车驶过其父的尸体，因此她回家的路上都留有她父王的血迹。——俄编注

"不明白。既然您希望娜塔莎好,那么您怎么又拿定主意要阻挠她的婚事呢?我的意思是,正是这门婚事才能使她恢复好名声。要知道她还年轻,来日方长,她需要好名声。"

"她应该唾弃一切上流社会的舆论!她应该意识到:对她来说,最大的耻辱就是这门婚事,就是跟这帮卑鄙无耻的小人、跟这个可恶的上流社会发生关系。自尊,高傲——她应当这样去回答上流社会。那样的话,也许我会同意与她和解,我倒要瞧瞧,到时候谁还胆敢败坏我孩子的名声!"

这种十足的理想主义使我感到震惊。但我立刻领悟到,他的情绪有点失常,他是一时激愤才这么说的。

"这过于理想化了,"我回答他说,"因而显得冷酷。您要求她坚强,可是在她出生的时候,也许您并没有赋予她这种精神力量。难道她同意这门婚事只是想当一名公爵夫人吗?要知道,她爱他;要知道,这是一种痴迷,这是天意。最后一点:您要求她蔑视一切上流社会的舆论,可是您自己又屈从于这种舆论。公爵侮辱了您,他在公开的场合怀疑您抱有卑鄙的动机——说您设下骗局,妄图高攀他家的公爵门第。所以您现在这样推论:如今在他们一方提出求婚后,如果她能断然拒绝他们,那么不用说,这将最彻底、最明显地推翻他们以前的诽谤。这就是您力求达到的目的,您屈从于公爵本人的意见,您力求让他承认自己的错误。您一心想嘲笑他,报复他,为此您不惜牺牲女儿的幸福。难道这不是自私吗?"

老人脸色阴沉、皱眉蹙额地坐在那里,好久都没有作答。

"你对我不公道，万尼亚，"他终于说，一颗泪珠在他的睫毛上闪烁，"我向你起誓，你对我不公道，不过咱们别谈这个了！我无法把我的心给你掏出来，"他接着说，同时起身去拿帽子，"我只说一点：你刚才提到我女儿的幸福。我绝对不相信、当真不相信有这种幸福，此外，即使我不干预，这门婚事也是永远办不成的。"

"怎么会这样呢！您为什么这么想？您也许知道什么情况吧？"我好奇地叫起来。

"不，什么特别的情况我都不知道。不过是这只该死的老狐狸下不了决心这么干罢了。这一切完全是胡说，是阴谋诡计。我确信这一点，你记住我的话，结局只能是这样。其次，如果这门婚事当真办成了，那么只有在一种情况下才有可能，那就是这个无耻小人另有他自己特殊的、秘密的、无人知晓的打算；根据这种打算，这门婚事对他有利——至于是什么打算，我可一点儿也捉摸不透。那你自己说吧，你问问自己的心：这门婚事会使她幸福吗？责备，低三下四，一辈子伺候一个长不大的孩子——而他现在已经把她的爱情当成了累赘，一旦结了婚，马上就会不尊重她，欺负她，伤害她。与此同时，她的热情有增无减，对方却日益冷淡；忌妒，烦恼，痛苦，离婚，甚而至于犯罪……不，万尼亚！如果你们在那里就是这么干的，而你还从中帮忙，那么我有言在先，你是要对上帝负责的，恐怕到那时已经晚了！再见！"

我把他拦住了。

"请听我说，尼古拉·谢尔盖伊奇，咱们这样吧：先等一等。您要相信，不只是一双眼睛关注着这件事，也许它会以最好的方式自行解决，而不必采取类似决斗这种强制的人为的办法。时间是最好的仲裁者！最后，请允许我对您说，您的全部计划根本行不通。难道您当真认为（哪怕只有一分钟），公爵会接受您的挑战吗？"

"怎么会不接受？你怎么啦，你好好想想吧！"

"我向您起誓，他不会接受的。请您相信，他会找到十分充足的理由。他会以认真而又傲慢的态度处理这一切，与此同时，您却成了别人的笑柄……"

"得了吧，万尼亚，得了吧！你这话简直要吓死我啦！他怎么就不会接受呢？不，万尼亚，你不过是个诗人，没错，一个真正的诗人！那么照你看，跟我决斗有失他的身份吗？我不比他低贱。我是一个老人，一个受尽侮辱的父亲；你是一位俄国作家，所以也算得上是一个体面人，你完全可以做我的决斗证人，而且，而且……我简直弄不明白你还需要什么？……"

"您等着瞧吧。他会找出种种借口，让您自己先发现，您找他决斗的事，是绝对办不到的。"

"哼……好吧，我的朋友，就照你说的办吧！我可以等，但等待是有限度的，这不用说。我倒要瞧瞧，时间能起什么作用。不过还有一句话，我的朋友，你给我保证：无论是她那边，还是在安娜·安德烈耶芙娜跟前，你都不会提起我们这次谈话。"

"我保证。"

"其次,万尼亚,你行行好,从今以后,你也永远不跟我提起这件事。"

"好的,我保证。"

"最后还有一个请求:我知道,亲爱的,你在我们家里也许会感到无聊,不过还是请你尽可能常去走走。我那可怜的安娜·安德烈耶芙娜多么喜欢你,而且……而且……你不去,她就会想念……你明白吗,万尼亚?"

说完,他紧紧地握住我的手。我真心诚意地答应了他。

"现在,万尼亚,最后还有一桩不便启齿的事:你有钱吗?"

"钱!"我不胜惊讶地重复道。

"没错(老人立刻脸红了,还垂下了视线);我看你,孩子,看你的住处……你的境况……所以我想,你也许有一些紧急的开支(眼前正需要这种开支),所以……喏,孩子,这是一百五十卢布,你先拿着用……"

"一百五十卢布,还说是先拿着用,在您刚刚输了官司的时候!"

"万尼亚,我看你还根本不了解我!你总会有不时之需的,你要明白这一点。在有些情况下,金钱有助于一个人保持独立性,作出独立自主的决定。也许你目前并不需要,你能说日后也不需要吗?无论如何我要把这钱留给你。我能弄到手的就这么一点儿。你用不完,以后可以还我。好了,现在再见吧!哎呀,我的天哪,你的脸色多么苍白!你生病啦!……"

我不再推辞,把钱收下了。他留钱给我为了派什么用场,那是显而易见的。

"我都快站不稳了。"我回答道。

"这事你可别大意了,万尼亚,亲爱的,可别大意了!今天你哪儿也别去。我会把你的情况告诉安娜·安德烈耶芙娜的。要不要请个大夫?明天我一定来看你,无论如何拼着老命也要来,只要我的腿还迈得动。现在你快去躺下……好了,再见。小姑娘,再见。瞧她又扭过脸去了!听着,我的朋友!这里还有五卢布,是给小姑娘的,不过你别跟她说是我给的,你把钱花在她身上就是了,给她买双鞋子、内衣什么的……需要添置的东西少不了!再见,我的朋友……"

我把他送到大门口。顺便我让看门人去买食物。叶连娜到现在还没有吃饭呢……

第十一章

可是我刚回到房里,就感到头晕目眩,一头栽倒在房间中央。只记得叶连娜一声惊叫:她举起双手拍了一下,便扑过来扶我。这是留在我记忆中的最后一瞬间……

我清醒过来时发现已躺在床上。事后叶连娜告诉我,当时看门人正好给我们送饭来,于是两人一起把我抬到了沙发上。我几次醒来,每次都能看到叶连娜那张又怜悯又着急的小脸蛋在俯视我。不过现在回想起来,这一切恍若梦中,恍若迷雾中;

由于我昏昏沉沉，可怜的小姑娘那副可爱的模样，似乎像一个幻影，像一幅图画，不停地在我眼前闪动。她不时端水给我喝，把被子盖好，要不就坐在我跟前，一脸发愁和惊恐的神色，还用小手轻轻地抚平我的头发。有一次，我记得她还在我的脸上轻轻地吻了一下。另一次，我半夜醒来，发现一张小桌子被搬到沙发旁，在靠近我这一侧的桌面上，点着一支快要燃尽的蜡烛。在烛光下，我看到叶连娜靠着沙发，小脑袋倒在我的枕头上，那苍白的小嘴半张着，一手贴在自己温暖的面颊上，正提心吊胆地在打瞌睡。直到清晨，我才完全清醒过来。蜡烛燃尽了，那明亮的玫瑰色霞光已经在墙壁上闪耀。叶连娜坐在桌旁的椅子上，疲乏的小脑袋枕着放在桌上的左臂，睡得正香呢。记得我出神地看着她那张稚气的脸，这张脸即使在睡梦中也布满了孩子不应有的忧郁表情，以及一种奇特的病态的美。她面色苍白，脸颊瘦削，睫毛很长，一头浓密的乌发随随便便地绾成一个发髻，沉重地垂在一旁。她的另一只手放在我的枕头上。我轻轻地吻了一下这只干瘦的小手，但可怜的孩子没有被惊醒，只是在她苍白的小嘴上似乎掠过一丝笑意。我看着看着，重又沉入了平静而有益于健康的梦乡。这一次，我一觉睡到了中午。醒来后我感到自己好像完全康复了，只有肢体的软弱和沉重，表明我不久前刚生过病。这种神经性的突如其来的病，我以前也犯过多次，我很熟悉这种病。通常这病一昼夜就完全过去了，尽管如此，在犯病的这一昼夜里，病情却十分严重，而且变化急剧。

已经快到中午了。我看到的第一件东西就是挂在屋角一根细绳上的帷幔,这是我昨天买来的。叶连娜自己动手,在室内为自己隔出了一个单间。她坐在炉子跟前,正在烧水。看到我已经醒来,她高兴得笑逐颜开,立刻朝我走来。

"我的朋友,"我拉起她的手说,"你守了我整整一夜。我还不知道你心肠这么好呢。"

"您怎么知道我守着您呢,也许我睡了一夜呢?"她问,面带和善而又腼腆的调皮神态看着我,随即又为刚才的话羞红了脸。

"我几次醒来,都看见了。一直到天快亮时你才睡着……"

"您想喝茶吗?"她打岔说,似乎不愿继续这个话题,凡是心地纯洁、生性诚实的人,每当听到别人夸奖他们的时候,往往就是这样。

"想喝,"我答道,"不过你昨天吃午饭了吗?"

"午饭没吃,晚饭倒吃了。是看门人送来的。您最好别说话了,静静地躺着,要知道,您还没有完全好呢。"她补充道,一面给我端来了茶,并在我床边坐下。

"哪能老躺着呢!不过天黑以前我可以躺着,晚上我还得出门。一定得走,列诺奇卡[1]。"

"嘿,又是一定,一定!您要去找谁?不是去找昨天来过的那个客人吧?"

"不,不是找他。"

---

[1] 叶连娜的小名。

"不去找他就好。就是他昨天把您弄病的。那么您要去找他的女儿吗？"

"你怎么知道他的女儿？"

"昨天我全听见了。"她低下头，答道。

她皱起眉头，脸色变得十分阴沉。

"他是个坏老头儿。"后来她补充道。

"你怎么会了解他呢？刚好相反，他是个很好的人。"

"不，不，他很坏，我听见了。"她激动地答道。

"你到底听见了什么？"

"他不肯宽恕自己的女儿……"

"可是他爱她。是她对不起他；可他却惦记着她，为她操碎了心。"

"那他为什么不宽恕她？现在，即使他宽恕了她，她也不会回到他的身边去。"

"怎么这样说？为什么呢？"

"因为他不值得她的女儿去爱，"她激动地答道，"让她永远离开他，她不如去讨饭；让他看到女儿在讨饭，让他伤心去吧。"

她的两眼放出光来，双颊通红。"她这么说大概不是没有原因的。"我暗自思量。

"您就是想把我送到他们家，是吗？"沉默片刻后，她又问道。

"不错，叶连娜。"

"不行，我还不如去当女仆呢。"

"哎呀，你说这话可不好，列诺奇卡。真是胡说：你能给谁去当女仆?"

"给随便哪个庄稼人。"她不耐烦地答道,把头埋得更低。她显然很急躁。

"庄稼人可不要你这样的女仆,"我笑着说。

"那就去找老爷们。"

"你这样的脾气,能伺候老爷们?"

"我就这脾气!"她的火气越大,她的回答便越生硬。

"再说你也受不了。"

"我受得了。别人骂我,我就故意一声不吭。别人打我,我还是一声不吭,一声不吭,让他们打去,反正我不哭。我不哭,就会把他们气死的。"

"瞧你,叶连娜,你心里有多少怨恨,你又多么高傲啊!看来,你遭受了很多苦难……"

我站起身来,走到我那张大书桌跟前。叶连娜仍旧坐在沙发上,若有所思地望着地面,用几个手指抹着沙发的边沿。她默不作声。"她听了我的话是不是生气了?"我寻思道。

我站在桌旁,机械地打开了昨天我拿回来准备重新编写的书,渐渐地读得入迷了。我常常这样:走到书桌前,翻开一本书,本想核对一下某段文字,可是读着读着就产生了兴趣,把一切都忘掉了。

"您老是在那里写什么呢?"叶连娜走到桌子跟前,腼腆地笑着问。

"什么都写,列诺奇卡。我就靠这个挣钱。"

"写呈文吗?"

"不,不是呈文。"于是我尽可能向她解释。我写的是各种各样的人和故事:把这些印成书,就叫中篇小说或者长篇小说。她非常好奇地听着。

"那您写的全是真的啦?"

"不,是我编造的。"

"那您为什么不写真的呢?"

"哦,你读读这本书,你瞧,在这儿。你不是已经看过了吗?你会看书吧?"

"会。"

"你读了就会明白的。这书是我写的。"

"您写的吗?我会读的……"

她很想对我说些什么,但显然难以启齿,而且异常激动。在她那些提问后面隐藏着什么。

"您写书能挣很多钱吗?"她终于问道。

"这要看情况。有时很多,有时一个钱也没有,因为有时写呀写呀,写不下去了。这事很难,列诺奇卡。"

"这么说,您不是富翁啰。"

"是啊,我不是富翁。"

"那我去干活,帮助您……"

她飞快地瞥了我一眼,涨红了脸,垂下眼睑,朝我走了两步,突然伸出双臂搂住了我,把脸紧紧地、紧紧地贴在我的胸前。我不胜惊讶地望着她。

"我喜欢您……我并不高傲,"她说,"您昨天说我高傲。不,不……我并不那样……我喜欢您。只有您一个人爱我……"

然而泪水已使她窒息。不一会儿眼泪便夺眶而出,像昨天发病时那样一发而不可收。她在我面前跪下,不住地吻我的手,我的脚……

"您爱我!……"她重复道,"只有您爱我,只有您!"

她伸出双臂,抽搐着抱住了我的膝盖。她压抑得那么久的全部感情,顿时不可遏止地迸发出来,于是我开始懂得了这颗一直藏而不露的纯洁心灵,以及它所表现出来的那种古怪和倔强,而她表现得越是倔强,越是冷淡,她也就越发强烈地需要表露自己,宣泄郁结在心中的感情。一旦这一切不可避免地迸发出来,她的整个身心便忘情于这种对爱的渴求、感激、柔情和眼泪而不能自持了……

她放声大哭,到后来歇斯底里发作了。我好不容易才掰开她抱住我的手。我把她抱起来,送到沙发上。她又哭了很久,把脸埋在枕头里,似乎不好意思看我,但她的小手一直紧紧地抓住我的手,把它贴在自己的胸口。

她慢慢地平静下来,但仍旧不肯抬头看我。有两次,她飞快地瞥我一眼,那目光充满了柔情,还有一种羞怯的、重新掩藏起来的感情。最后她涨红了脸,对我甜甜一笑。

"你好一些了吗?"我问,"我的多情的列诺奇卡,我的让人心疼的孩子!"

"不是列诺奇卡,不是的……"她小声说,那小脸一直在躲着我…

"不是列诺奇卡？那是什么？"

"内莉。"

"内莉？为什么一定是内莉呢？不过，这倒是一个很好听的名字。要是你愿意，我也要这么叫你。"

"妈妈就这么叫我……除了她，从来没有人这么叫过我……而且我也不愿意别人这么叫我，除了妈妈……但您可以这么叫，我愿意……我要永远爱您，永远爱您……"

"一颗多情而高傲的心，"我寻思道，"经过了多长时间，我才赢得你的信任，让我叫你……内莉呀！"现在我已经知道，她的心将对我永远忠诚。

"内莉，你听着，"她刚平静下来，我便问，"你刚才说，除了你妈妈以外，再没有人爱你了。难道你的外公也不爱你吗？"

"不爱……"

"可是你还为他哭过，记得吗？在这里的楼梯上。"

她沉思了片刻。

"不，他不爱我……他坏。"她的脸上浮现出一种痛苦的表情。

"可是我们对他不能太苛求了，内莉。他好像完全精神失常了。他死的时候就像一个疯子。我不是对你讲过他怎么死的吗？"

"不错。不过他直到最后一个月才完全不记事了。他常常整天坐在这里，要是我不来看他，他就会坐上两三天，不吃也不喝。以前他要好得多。"

"以前指什么时候？"

"妈妈还没有死的时候。"

"这么说来,是你来给他送吃的喝的啰,内莉?"

"不错,是我送。"

"你从哪儿弄到的食物,从布勃诺娃那里吗?"

"不,我从来不拿布勃诺娃的任何东西,"她坚决地说,声音有点发颤。

"那你从哪儿拿的,你不是什么也没有吗?"

内莉默不作声,脸色变得十分苍白;后来她久久地、久久地注视着我。

"我到街上去讨钱……讨到五戈比我就给他买点面包和鼻烟……"

"他怎么让你去乞讨!内莉呀内莉!"

"起先是我自己去的,我没有告诉他。后来他知道了,就老催我去讨钱。我站在桥上,向过路人乞讨,他站在附近走来走去等着。他一看到有人给我东西,马上向我扑过来,并把钱夺走,好像我不是为他乞讨,要把钱藏起来似的。"

说到这里,她不屑地苦笑了一下。

"这些都是妈妈死后的事,"她补充道,"当时他已经完全像疯子一样了。"

"看来他很爱你的妈妈,是吗?那他为什么不跟她一起生活?"

"不,他不爱她……他坏,他不肯宽恕她……就跟昨天那个坏老头儿一样。"她说话的声音很轻,几乎像是耳语,脸色变得越来越苍白。

我灵机一动。整部小说的情节已经呈现在我的想象中。一个可怜的女人死在棺材匠的地下室里,她留下的孤女偶尔去看望诅咒她妈妈的外公;一个古怪的疯老头,在他的狗死了之后,自己在点心店里也奄奄一息……

"要知道,阿佐尔卡原先是妈妈的,"内莉忽然说,含笑沉湎于回忆中,"外公原先很爱妈妈,妈妈离开他以后,他身边就只剩下妈妈的阿佐尔卡了。所以他才那么喜欢阿佐尔卡……他不肯宽恕妈妈,等到狗一死,他自己也死了。"内莉严肃地补充道,脸上的笑容顿时消失了。

"内莉,他原先是干什么的?"我等了片刻,问道。

"他原先很有钱……我不知道他是干什么的,"她答道,"他开了一家工厂……这是妈妈对我说的。她起初认为我还小,不愿把什么事都告诉我。她常常一面吻我,一面说:你什么都会知道的,到时候你什么都会知道的,我可怜的不幸的孩子!她老是叫我可怜的不幸的孩子。夜里,她常常以为我睡着了(我睡不着,但假装睡着的样子),她老是对着我哭,吻我,一边说:我可怜的不幸的孩子!"

"你妈妈到底是怎么死的?"

"得肺痨死的,死了快六个礼拜了。"

"你外公有钱时候的情形你还记得吗?"

"那时我还没出生呢。妈妈在我出生以前就离开外公了。"

"她跟谁一道走的?"

"我不知道,"内莉若有所思地小声答道,"她出国去了,我是在外国出生的。"

"外国?在哪儿呢?"

"在瑞士。我去过好些地方,去过意大利,还去过巴黎。"

我感到奇怪。

"这些事你还记得吗,内莉?"

"许多事我都记得。"

"你的俄语怎么说得这么好,内莉?"

"妈妈在国外就开始教我说俄语。她是俄国人,因为她的妈妈是俄国人。外公是英国人,不过他也像俄国人。一年半以前,当我和妈妈回到这里时,我已经完全学会说俄语了。那时妈妈就病了。后来我们越来越穷。妈妈老哭。开始的时候,她在这儿,在彼得堡,寻找外公,找了很久,老说她对不起他,她老哭……哭啊哭啊,哭得很伤心,她知道外公也穷了,就哭得更伤心了。她常常给他写信,他却从来不回信。"

"你妈妈为什么回这里来?难道就是为了找你的外公?"

"不知道。不过我们在那边的生活过得好极了,"内莉的眼睛发亮,"妈妈和我住在一起。她有一个男朋友,跟您一样好……他在这里就认识她了。可是后来他在那边死了,妈妈也就回来了……"

"那么你妈妈是跟他一道离开你外公的?"

"不,不是跟他。妈妈是和另一个人离开外公的,可是那个人把她抛弃了……"

"那人是谁,内莉?"

内莉看了我一眼,没有作声。她显然知道她妈妈跟谁一道出走,那人可能就是她的亲生父亲。哪怕对我提起他的名字,也使她感到痛苦。

我不想用种种问题来折磨她。她脾气古怪,喜怒无常,充满热情,但她总是压抑着内心的冲动;她讨人喜欢,但又孤僻高傲,令人难以接近。自从我认识她以来,尽管她全心全意地爱着我,怀着最圣洁、最纯真的爱爱着我,她对我的爱,近乎她对死去的母亲的爱,而每当她想起母亲的时候,总不能不感到痛苦——尽管如此,她却很少向我敞开胸怀,而且除了这一天之外,她很少感到需要跟我谈谈她的过去;甚至刚好相反,不知怎么她总是冷冷地回避我。直到今天,她才一连几小时一面伤心地抽抽搭搭地哭泣,一面断断续续地把她记忆中最使她激动和伤心的事全都告诉了我。我永远忘不了这个可怕的故事。不过这个故事的主要情节将在后面展开……

这是一个可怕的故事。这是一个被遗弃的女人的故事。这个女人失去了往日的幸福,疾病缠身,历尽苦难,被所有的人抛弃。就连她唯一可以指望的人——她的生身父亲也把她拒之门外,因为他当年蒙受过她深深的伤害,那份难以承受的痛苦和屈辱最后逼得他精神失常。这是一个走投无路、陷于绝境的女人的故事。起先这个女人还能领着她一向认为还是娃娃的女儿,在彼得堡寒冷而肮脏的大街上向行人乞讨,后来一连几个月,这个奄奄一息的女人只能躺在潮湿而阴冷的地下室里苦苦等死,即使在生命的最后时刻也未能得到父亲的宽恕。直到最后一分钟，她的父亲才猛地醒悟，跌跌撞撞地赶来跟她和解，但为时已晚：等着他的只是一具冷冰冰的尸体，而不是他在人世间最最疼爱的女儿。这是一个奇特的故事。故事讲到一个精神失常的老人，同他年幼的外孙女之间那种神秘难解的关系。这个女孩子年纪虽小，却能体谅她的外公，而且懂得不少世事——换了另一个衣食无愁、生活优裕的同龄人，即使再过上十年八年，恐怕也无法体验到这种种人间辛酸。这是一个悲惨的故事，但像这样令人揪心的悲惨故事却屡见不鲜。在彼得堡黑沉沉的天空下，在这座大城市那些阴暗而隐蔽的陋巷里，在那人欲横流、花天酒地的生活中，在自私自利的愚钝中，在种种利害冲突中，在触目惊心的荒淫无耻中，在无数密谋的犯罪活动中——总之，在整个这种由毫无理性的反常生活所汇成的地狱般恐怖的环境里，像这样阴森可怕、催人泪下的悲惨故事是经常发生的，仅仅因为它们十分隐蔽，才不易为人们察觉……

不过，这个故事将在后面展开……

第三部

第一章

暮色四合，早已是傍晚时分，直到此刻我才从阴森恐怖的噩梦中醒来，想起了当前的事。

"内莉，"我说，"瞧你现在有病，心情很不好，可是我还得出去，只好把你一个人留在这里伤心落泪。我的朋友！原谅我，你要知道，那边也有一个惹人爱怜却得不到宽恕的人儿，她很不幸，蒙受了侮辱，又被人抛弃。她正在等着我。现在，听了你讲的故事后，我真想飞到她的身边，我觉得，如果我不能马上见到她，我简直一分钟也待不下去了……"

我不知道，内莉是否听懂了我对她讲的这一番话。她讲的故事，加上我刚生的那场病，使我坐立不安，但我还是立即赶去看望娜塔莎。我到她那儿的时候已经很晚,八点多了。

在娜塔莎住处的大门口。我看到街上停着一辆四轮马车,我觉得它像是公爵的车。要去娜塔莎的住所,须要穿过一个院子。我刚登上楼梯,便听到我前面与我相距一段楼梯的地方,有一个人正小心翼翼地摸索着向上爬,他显然不熟悉这个地方。我先以为这人一定是公爵,但随即又不敢肯定了。这个陌生人一面往上爬,一面唠唠叨叨地咒骂楼梯难上,而且他爬得越高,骂得就越凶、越来劲。的确,楼梯很窄,又脏又陡,而且从来也不点灯。但我无论如何也难以设想从三楼传来的这种咒骂会出自公爵之口,因为这位登楼的先生污言秽语,如同车夫骂街。不过从三楼开始就有亮光了:娜塔莎的门前点着一盏小灯。直到房门口我才赶上这个陌生人,当我认出他正是公爵时,着实吃了一惊。就这样同我不期而遇,看来也使他很不高兴。最初的瞬间,他没有认出是我,但忽然间他的面容大变。原先瞪着我的那种凶恶而憎恨的目光,顿时变得那么亲切,那么愉快,他还有点喜出望外似的向我伸出两只手来。

"啊,原来是您!刚才我真想跪下来求上帝救我一命呢。您听见我骂街了吧?"

于是他极其天真地哈哈大笑起来。但转眼之间他神色又变,满脸严肃和忧虑。

"阿廖沙怎么能让纳塔利娅·尼古拉耶芙娜住这种房子!"他边说边摇头,"从这些所谓的小节上,就能看清一个人的为人。我真为他担心。他生性善良,心灵高尚,可是您看眼前就是一个例子：他爱得发疯，却又让他所爱的女人住在这样的狗窝里。我甚至听说，有时连面包都吃不上哩，"他小声补充了一句，一面在寻找门铃的拉手，"我一想到他的将来，尤其是想到安娜[1]·尼古拉耶芙娜的将来，她将成为他的妻子，我就头痛欲裂……"

他说错了名字，但并没有觉察。由于找不到门铃，他显然十分恼火。其实根本就没有门铃。我摇了摇门把手，玛芙拉立即为我们开了门，并忙着迎接我们。小小的外间用木板隔出了一个厨房，从开着的厨房门望进去，可以看到里面做了一些准备：一切都似乎跟平常有点不一样，到处擦洗得干干净净；炉子里生着火；桌上摆着一套新餐具。显然是在等候我们。玛芙拉奔上前来为我们脱大衣。

"阿廖沙在这儿吗？"我问她。

"压根儿没来过，"她神秘地小声对我说。

我们去看娜塔莎。她的房间里没有做任何特殊准备，一切还是老样子。不过她那里向来都很整洁美观，所以也用不着收拾。娜塔莎站在门旁迎接我们。她那消瘦的病容和惨白的脸色让我大吃一惊，虽说也有一片红晕瞬间掠过她那毫无血色的双颊。她的眼神是狂热的。她没有说话，急急忙忙地向公爵伸出手去，显然有些慌乱和激动。她甚至没有看我一眼。我站在那里，默默地等待着。

---

[1] 应为纳塔利娅，他说错了。

"我来啦！"公爵友好而愉快地说，"我回来才几个小时。这段时间里，我一直忘不了您，"他温柔地吻了吻她的手，"关于您的事，我反反复复思量过！我想了很多话要对您说，要告诉您……好啦，现在我们可以说个痛快了！首先，我看到我那个浪荡公子还没有来……"

"请原谅，公爵，"娜塔莎涨红了脸，不好意思地打断了他的话，"我有两句话要对伊万·彼得罗维奇说。万尼亚，你跟我来……就两句话……"

她抓住我的手，把我领到屏风后面。

"万尼亚，"她把我引到最远的一个角落，小声说，"你能原谅我吗？"

"娜塔莎，哪儿的话，瞧你说的！"

"不，不，万尼亚，你向来都原谅我，一再原谅我，但是要知道，任何耐性总是有限度的。我知道你永远不会不喜欢我，但你一定会把我看成一个忘恩负义的人。昨天和前天我对你就忘恩负义，又自私，又冷酷……"

她突然流下眼泪，把脸贴在我的肩膀上。

"哪儿的话，娜塔莎，"我赶紧劝慰她，"要知道，昨天夜里我病得厉害，直到现在还站不稳当呢，所以昨天晚上和今天白天都没能来看你，而你却以为我生气了……我亲爱的朋友，我难道还不知道你此刻的心思吗？"

"那就好……这么说，你像往常一样又原谅我了，"她噙着眼泪含笑说，一边紧紧地握住我的手，把手都捏疼了，"其余的以后再谈。我有许多话要对你说,万尼亚。现在咱们过去吧……"

"快走吧,娜塔莎。我们这么突然地把他撂在一边……"

"你马上会看到,看到将发生什么事,"她飞快地小声对我说,"我现在什么都明白了,我完全看透了。全都是他的罪过。许多事情今晚会见分晓。我们走吧!"

我不明白她的话,但没有时间再问。娜塔莎泰然自若地朝公爵走去。他拿着帽子依然站在那里。她愉快地向他道歉,取过他的帽子,亲自给他搬来一把椅子,于是我们三人便在她的小桌旁坐下了。

"我刚才说到我那个浪荡公子,"公爵继续道,"我只跟他打个照面,而且是在大街上,他正坐车要去拜访季娜伊达·费奥多罗芙娜伯爵夫人。他急得不行,你们想想看,在分别四天之后,他甚至不想起身下车,跟我一道回家去。此外,纳塔利娅·尼古拉耶芙娜,他到现在还没有来您这儿,而我们倒比他先来了,这也许是我的过错。因为我本人今天不能去看望伯爵夫人,所以我乘此机会托他去办一件事。不过,他马上就会来的。"

"他大约答应您今天一定来吧?"娜塔莎一脸天真地望着公爵,问道。

"哎呀,我的上帝,好像他不会来似的,您怎么这样问呢!"他注视着她,惊呼道,"不过我明白:您在生他的气。他来得比我们都晚,这的确太不像话了。不过,我要重复一遍,这是我的过错,就请您别生他的气啦。他轻浮,浅薄;我向来不替他护短,但是有些特殊情况,要求他现在不仅不能抛开伯爵夫人,抛开其他一些人情关系，而是相反，他应当尽可能多去走动一下。好了，既然如今他跟您大概形影不离，忘了世上的一切，那么，倘若有的时候我借用他一两个小时，让他替我办点事情，也就只好请您别迁怒于他啦。我相信，那天晚上以后，他大概一次也没去过К公爵夫人家，我真后悔，刚才竟来不及好好问问他！"

我看了娜塔莎一眼。她面带一丝嘲讽的微笑，静静地听公爵讲话。但他说得那么坦率，那么自然，看来对他不可能有丝毫怀疑。

"您当真不知道，这些日子里他一次也没有来过我这儿吗？"娜塔莎平静地小声问，就像随便谈起一件对她来说最平常的事。

"怎么！一次也没来过？对不起，您在说什么呀？"公爵说，分明是一副大感不解的样子。

"您在星期二深夜来我这儿，第二天上午，他顺路来看过我，只待了半个钟头，从此以后，我再也没有见过他。"

"可这真令人难以置信！"他越来越惊讶了，"我还一直以为他跟您形影不离呢。对不起，这太奇怪了……简直令人难以置信！"

"但这是千真万确的。很遗憾：我还特地等待您，以为可以从您那儿了解到他此刻在什么地方呢。"

"啊，我的上帝！他马上就会来的！可是您刚才说到的情况真让我大吃一惊，我都……老实说，他做出什么事来我都不会奇怪，却没有料到他会这样……这样！"

"瞧您那副吃惊的样子！照我想，您不仅不会吃惊，甚至早就料到会有这样的结果。"

"我？早料到？可是我向您保证，纳塔利娅·尼古拉耶芙娜，我只是今天才见过他一面，而且还来不及向任何人问起他的情况。我感到奇怪，您好像不相信我。"他继续道，一面来回打量着我和娜塔莎。

"上帝见证，"娜塔莎应声答道，"我完全相信，您说的都是真话。"

她又笑起来，逼视着公爵的眼睛，那目光使得他似乎抽搐了一下。

"请解释一下。"他有点慌张地说。

"这用不着解释。我的话很简单。您其实知道，他是多么轻率和健忘。如今您给了他充分的自由，他就神魂颠倒了。"

"不过像这样神魂颠倒是不允许的。其中必有缘故，等他一来，我非得让他把这事解释清楚。然而最使我吃惊的是，您好像也怪罪于我，其实前些日子我都不在彼得堡。不过，纳塔利娅·尼古拉耶芙娜，我看得出来，您对他很生气——这也是可以理解的！您有这个权利……而且……而且……不用说，有错的首先是我，哪怕仅仅因为我是头一个撞到这里，不是这样吗？"他继续道，一面转向我，气愤地冷笑着。

娜塔莎一下子脸红了。

"对不起，纳塔利娅·尼古拉耶芙娜，"他尊严地继续道，"我承认我有过错，但是，我的过错仅仅在于在我们相识的第二天我就离开了彼得堡，加上您的性格，据我观察，有点多疑，您因此便改变了对我的看法,更何况您所处的环境也促成了这一点。如果我不离开彼得堡,那您就会更好地了解我,而阿廖沙在我的管教下也不至于这么轻浮了,今天您就能听到我会怎么教训他。"

"这就是说,您要做的,是让他开始感到我是一个累赘。像您这样的聪明人,居然当真认为这种办法对我有好处——这是不可能的!"

"您这岂不是暗示:我是存心这样安排,要让他感到您是一个累赘?您冤枉我了,纳塔利娅·尼古拉耶芙娜。"

"不论我跟谁说话,都尽可能少用暗示,"娜塔莎答道,"相反,我总是尽量直言不讳,您也许今天就会相信这一点。我不想冤枉您,再说也没有必要,哪怕只是因为不论我对您说什么,您都不会为我的话而动气。对此我深信不疑,因为我完全明白我们之间的关系:您是不会认真对待这种关系的,不是吗?但是,如果我当真冤枉了您,那么我准备道歉,以便在您面前尽到……一个主人殷勤待客的责任。"

最后这句话尽管娜塔莎说得很轻松,甚至带点戏谑的口吻,而且嘴角还挂着一丝笑意,但我还从来没有见过她激愤到如此地步。直到此刻我才明白,这三天来她的心里郁结了多少痛苦啊。她曾说她明白一切,什么都看透了,这句令人费解的话曾令我担惊受怕,现在看来,它是直接针对公爵说的。她已经改变了对他的看法,而且把他看成自己的敌人——这一点是显而易见的。看来,她把她同阿廖沙关系中的种种挫折都归咎于公爵施加的影响，而且说不定她手里还掌握了这方面的证据。我担心他们随时会争吵起来。她那戏谑的口吻太外露了，太不加掩饰了。她后来对公爵说的那句话"您是不会认真对待这种关系的"，她那句"准备道歉"，以"尽到主人殷勤待客的责任"的话，她说当天晚上她就可以向他证明她的直言不讳，这简直就是威胁——这一切是那么尖酸刻薄，那么不加掩饰，公爵是不可能听不懂的。我看到他变了脸色，但他善于控制自己。他立刻装出一副假象，好像他根本没有留意这些话，也不明白其中的真实含义，而且，不用说，他开个玩笑就应付过去了。

"上帝也不会允许我要求道歉哪！"他笑嘻嘻地接口道，"我根本不希望这样，再说要求女人道歉，也不是我的为人之道，还在我们初次见面的时候，我就多多少少向您说明了我的性格，因此，如果我要发表一种看法，想必您不会生我的气吧，何况这种评论是泛指所有女人而言的。"他彬彬有礼地向我转过身来，继续道："想必您也会同意这种看法。是这么一回事，我注意到女人性格中有这么一个特点，比方说吧，女人若是犯了过失，那她多半会在日后，在将来，用满腔柔情来弥补，而不会在事发的当时，在证据最为明显的时候承认错误，并请求原谅。因此，姑且假定您确实冤枉了我，那么现在，此时此刻，我也存心不要您道歉，不如等到您日后认识到自己的错误，想用……满腔柔情对我弥补过失的时候，这样岂不是对我更为有利？而您是那么善良，那么纯洁而娇艳，还那么率直，因此我可以预料，一旦您悔过的时候，一定是万分迷人的。您与其向我道歉，倒不如现在告诉我,今天我能否用别的办法来向您证明,我对您的所作所为,远比您所想象的要真诚得多,也直率得多呢?"

娜塔莎满脸绯红。连我都感觉到,公爵的这番回答,语气过于轻佻,甚至有点放肆,是一种不顾体面的调笑。

"您想向我证明,您对我是直率的、坦诚的吗?"娜塔莎面带挑衅的神气望着公爵,问道。

"不错。"

"既然这样,那您答应我一个请求。"

"我事先就答应您。"

"我的请求是:无论今天还是明天,请您不要用任何话语或者暗示,使阿廖沙因为我而感到难堪。不要责备他忘了我,更不要教训他。我只想在遇见他的时候,好像我们之间什么事也没有发生过,让他什么也看不出来。我需要这样。您能这样向我保证吗?"

"乐意效劳,"公爵答道,"请允许我由衷地再补充一句,在处理这类事情上,我还很少遇到比您更明智、更有远见的人……不过等一等,好像阿廖沙来了。"

果然在外间响起了一阵嘈杂声。娜塔莎哆嗦了一下,似乎对什么事做好了准备。公爵一脸严肃地坐在那里,等着将要发生的事。他留心地注视着娜塔莎。门开了,阿廖沙飞也似的向我们跑了过来。

第二章

他当真是飞也似的跑了过来,眉飞色舞,喜不自胜。看得出来,这四天里,他过得快活而幸福。看他那副神气就知道,他有什么事要告诉我们。

"我不是来了吗!"他向屋里所有的人宣布道,"我本该来得比谁都早。不过,你们马上就会知道一切,一切,一切!爸爸,刚才我都来不及跟你说上两句话,其实当时我有许多话要告诉你。他只有在心情好的时候才允许我用你称呼他。"说到这里,他朝我转过身来,"上帝见证,别的时候他是不许我这么叫的。他的策略是:开始对我以您相称。可是从今天起,我希望他永远有好心情,这一点我能做到!总之,这四天来我整个人都变了,完完全全变了,我要把一切都告诉你们。不过,这些待会儿再讲。眼前主要的是,她在这儿!她在这儿!又见到你啦!娜塔莎,亲爱的,你好啊,我的天使!"他一边说,一边挨着她坐下,热烈地吻她的手,"这些天来我是多么想念你呀!可是心里想你,人却来不了!事情太多,脱不开身,我亲爱的!你好像瘦了一些,脸色也有点苍白……"

他喜极欲狂地吻遍了她的双手,那双漂亮的眼睛如饥似渴地瞧着她,似乎总也瞧不够。我看了娜塔莎一眼,从她的神色我猜到,她和我的想法是一致的:他完全没有过错。这样一个天真无邪的人什么时候、又怎么会成为一个罪人呢?娜塔莎苍白的双颊忽地布满了鲜艳的红晕,仿佛汇入她心房的鲜血,刹那间全部涌上她的面颊。她目光炯炯,骄傲地瞥了公爵一眼。

"可是你……在哪儿……待了这么多天呢?"她沉住气,断断续续地问。她的呼吸沉重而不均匀。我的上帝,她是多么爱他呀!

"问题就在于我好像真的对不起你,我说的是:好像!当然我有错,这一点我自己也知道,正因为我知道,我就回来啦。卡佳昨天和今天都对我说,一个女人是不能原谅这种怠慢的。——星期二我们这儿发生的事她全知道了,是我第二天告诉她的。我同她争论,一再向她证明,说有这样一个女人能原谅一切,她叫娜塔莎,我还说,全世界也许只有一个女人跟她不相上下:那就是卡佳。我上这儿来的时候,不用说已经知道,这场争论我赢啦。难道像你这样一位天使会不原谅我吗?'他没有来,一定是让什么事耽搁了,绝不是因为他不爱我了。'——我的娜塔莎只能这样想!再说,我怎么能不爱你呢?难道可能吗?我心里总是苦苦地思念着你。不过我还是有错!可是等你了解了一切,你第一个就会起来替我辩护的!我马上就讲,我要向你们大家说说心里话,我就是为这件事来的。今天我本来有半分钟空闲时间,真想插翅飞到你的身边,哪怕只为了匆匆吻你一下,可是连这个也办不到:卡佳有十分重要的事要我立刻去找她。后来我坐上马车,爸爸,当时你不是也看见我了吗。这是我接到第二封便函去找卡佳。要知道,如今我们两家的仆人可忙啦,成天拿着便函从这家跑到那家。伊万·彼得罗维奇,您那封短信我直到昨天夜里才读到,您在上面写的完全正确。

可是有什么办法呢？脱不开身啊！于是我想，明天晚上我一定要向你们把一切都说清楚，因为今天晚上我是不能不来看你的，娜塔莎。"

"什么短信？"娜塔莎问。

"他去找我，自然没有碰到我，于是就给我留下一封信，狠狠骂了我一顿，只因为我老不来看你。他完全正确。这是昨天的事。"

娜塔莎瞥了我一眼。

"可是既然你有时间从早到晚待在卡捷琳娜·费奥多罗芙娜身边……"公爵开始说。

"我知道，我知道你要说什么，"阿廖沙打断他的话，"'既然你能待在卡佳身边，那你有双倍的理由待在这里。'我完全同意你的意见，甚至还要补充一句：不是双倍的理由，而是一百万倍的理由！不过首先，生活中常有一些奇怪的意外事件，把一切都搅乱了，搅得天翻地覆。噢，我就碰到了这种事情。我要说，这些天来我完全变了，从头到脚整个人都变了。所以，的确有重要情况！"

"哎呀，我的上帝，你究竟出什么事啦！快别折磨人了，烦劳啦！"娜塔莎叫道，一直含笑望着阿廖沙那副激动的模样。

他确实有点可笑：他很性急，说起话来又快又乱，倒像在敲鼓似的。他恨不得把所有的事一下子都说出来，讲给我们听。可是他在叙述的时候始终没有放下娜塔莎的手，而且不停地把它举到唇边，似乎永远也吻不够。

"问题就在于我遇到了不少事,"阿廖沙继续道,"啊,我的朋友们!我看到了什么啦,我做了什么啦,我认识了一些怎样的人哪!首先是卡佳:她简直完美无缺!在此之前,我对她一点儿也不了解,完全不了解!星期二那天,我对你谈起过她,娜塔莎——你记得吗,当时我说得那么热烈,咳,其实那时我还根本不了解她!在此之前,她对我总是隐瞒着什么。但是现在我们彼此已经完全了解啦。我们之间现在已经用你相称了。不过我还是从头说起吧:首先,娜塔莎,要是你能听到,关于你她对我说了什么,那就太好了!因为在第二天,在星期三,我把我们这里发生的事都告诉她了……顺便说一说,我记起来了,那天上午,星期三上午,我来看你的时候,我在你面前显得多么愚蠢哪!你欢天喜地地迎接我,完全陶醉于我们新的处境,只想跟我谈谈这方面的事。你有点忧愁,但还是跟我打闹玩乐,而我——却硬要装成一个稳重的人!啊,傻瓜,我真是个傻瓜!要知道,说真的,我当时的确想卖弄一番,夸耀一番:瞧我快要做丈夫,成为一个稳重的人啦!而且我想在谁面前卖弄呢——在你面前!唉,不用说,那时候你当然要嘲笑我啦,而我也活该受到你的嘲笑!"

公爵坐在那里没有说话,只是脸上挂着得意的嘲讽的微笑望着阿廖沙。他似乎很高兴,因为儿子暴露出了那些轻薄的甚至可笑的观点。整个晚上我都在用心观察他,我完全相信,他根本不喜欢他的儿子,尽管人们都说他是如何如何疼爱自己的孩子。

"我离开你后，就去找卡佳，"阿廖沙喋喋不休地说下去，"我已经说了，直到那天上午我们彼此才完全了解，这事说来可真有点奇怪……我甚至不记得……几句热情的话，一些自然流露的感觉，以及直言不讳的思想，使我们永远成了亲密的朋友。你一定、一定得认识她，娜塔莎！啊，你不知道，她是怎么说你的，怎么谈论你的！她还对我解释，为什么说你是我的无价之宝！渐渐地，渐渐地，她向我说明了她的全部思想和对人生的看法。啊，她是一个多么严肃而又热情的姑娘！她谈到责任，谈到我们的使命，谈到我们大家都应为人类服务，因为在五六个钟头的交谈中，我们的观点完全一致，所以最后我们互相起誓，要永远保持友谊，并且终生在一起共同行动！"

"怎么行动？"公爵惊讶地问。

"我完完全全变了，父亲，所以这一切自然会使你感到吃惊。我甚至事先就料到你会提出种种反对意见。"阿廖沙庄严地回答，"你们都是一些讲求实际的人，你们有那么多过了时的原则，既严厉又苛刻的原则。对待一切新事物，对待一切年轻的、新鲜的东西，你们一概采取不信任、仇视和嘲笑的态度。但是，我现在已经不是几天前你所了解的那个人了。我完全是另一个人了。我现在勇敢地面对世界上的一切人和一切事。既然我知道我的信念是正确的，那我就要始终不渝地去追随它；只要我不迷失方向，我就是一个光明正大的人。对我来说，这就足够了。以后你们爱怎么说就怎么说去吧。反正我相信自己是正确的。"

"哎哟！"公爵嘲讽道。

娜塔莎不安地看着我们。她为阿廖沙担心。他经常因为侃侃而谈而使自己处于极不利的地位,她知道这一点。她不想让阿廖沙在我们面前,尤其是在他父亲面前,暴露出可笑的一面。

"你怎么啦,阿廖沙!要知道,这已经是哲学问题了,"她说,"一定是有什么人教你的……你最好谈一谈你的事。"

"对啊,我正要讲呢!"阿廖沙叫道,"是这么回事,卡佳有两个远房亲戚,也就是堂兄弟吧,叫列文卡和博连卡,一位是大学生,另一位只是很普通的年轻人。她跟他们有来往,而这两位——简直是不同凡响的人物!他们按自己的原则行事,几乎从来不去伯爵夫人那里。当我和卡佳谈到一个人的职责、使命,以及这一类问题时,她便向我提到了他们,并且立刻写了一封短信交给我。我马上赶去结识他们。当天晚上我们就成了志同道合的好朋友。那里有二十来个各种各样的人,有大学生,有军官,有画家,还有一位作家……他们全都知道您,伊万·彼得罗维奇,也就是说,他们都读过您的作品,而且对您未来的创作寄予很大的希望。这是他们亲口对我说的。我告诉他们,我认识您,而且答应把您介绍给他们。他们大家像亲兄弟般接待我,张开臂膀欢迎我。初次见面我就告诉他们,我很快就要结婚成家了,所以他们也就把我当成了有家室的人。他们住在五层楼上,紧挨着屋顶。他们尽可能经常聚会,多半在星期三,在列文卡和博连卡那里。这是一群朝气蓬勃的年轻人。他们对全人类充满热爱。我们在一起谈论我们的现在和未来,谈论科学和文学,谈得那么好,那么直率,那么真诚……有个中学生也常去那里。他们相处得十分融洽,他们的人品多么高尚啊!在此之前,我还从来没有见过像他们这样的人!在此之前,我去的都是些什么地方?我见过什么啦?我又是在什么土壤上长大的呢?只有你一个人,娜塔莎,曾经对我讲过这一类的话。哎呀,娜塔莎,你一定要认识他们,卡佳已经认识他们了。他们谈到她的时候,都很敬佩哩,因为卡佳已经对列文卡和博连卡说了,一旦她有权支配自己的财产,她一定立即捐献一百万卢布用于公益事业。"

"这一百万卢布的支配者,想必就是列文卡、博连卡和他们那一伙喽?"公爵问。

"不对,不对,你这么说,父亲,是可耻的!"阿廖沙激动得叫起来,"我对你的想法表示怀疑!关于这一百万我们的确谈论过,而且讨论了很久:该怎么使用这笔巨款?我们最终决定,首先用于社会教育……"

"没错,到目前为止,我的确还不太了解卡捷琳娜·费奥多罗芙娜,"公爵像是自言自语地说,脸上依然挂着嘲讽的微笑,"她的许多行为都在我的意料之中,我却没有料到这个……"

"这个怎么啦!"阿廖沙打断他的话,"你为什么这么大惊小怪的?是因为这有点越出你们的常规?是因为至今还没有人捐献过一百万,而她将要捐献?是这样吗?可是,既然她不愿意依赖别人生活,那又怎么样!因为靠这几百万生活,就意味着依赖别人生活——这一点我现在才弄明白。她愿意做一个有利于祖国和大众的人,所以才想为公益事业做出自己的贡献。

关于尽力做贡献的话，我们早在识字课本里就读到过了，可是这个贡献竟是一百万，这又从哪儿听说过呢？你们大加宣扬、我也一直深信不疑的这一整套为人处世的大道理，又是建立在什么基础上的呢？你干吗这样看着我，父亲？你像在看一个小丑，一个傻瓜！嘿，傻瓜又怎么样！娜塔莎，你真应该听听卡佳对此是怎么说的：'要紧的不是头脑，而是指导头脑的天性，心灵，高尚的品格和修养。'不过主要是，别兹梅金在这方面发表过天才的论述。这位别兹梅金是列文卡和博连卡的朋友，他是我们的领头人，简直是个天才人物！就在昨天，他在谈话中说到这么一句话：一个傻瓜，有朝一日认识到自己是个傻瓜，那他就再也不是傻瓜了！[1]说得对呀！这样的格言警句在他的言谈中随时都可以听到。他出口就是真理。"

"当真是天才呀！"公爵指出。

"你老是挖苦人。可我从你那里从来没有听到过这样的话，在你们的整个上流社会里，我也没有听见谁说过这样的话。恰恰相反，你们总是藏而不露，你们总是贬低一切，你们总想让所有人的身材、所有人的鼻子都长得合乎同一个尺寸、同一个规格——好像这是办得到似的！这是不可能的，这比我们谈论事情和思考问题要难上一千倍！可你们还把我们叫作乌托邦！你真该听一听他们昨天对我谈的一席话……"

---

[1] 这句话可能是讽刺性模拟革命民主主义者杜勃罗留波夫的某些语言风格。——俄编注

"那么你们谈论些什么,思考些什么呢?你快说呀,阿廖沙,我直到现在还听不太明白呢。"娜塔莎说。

"总而言之,谈的是有关导致进步、人道和仁爱的方方面面,这一切涉及当前的种种问题。我们谈论新闻自由,谈论正在开始的改革,谈论对人类的爱,以及当代的一些活动家;我们阅读并研究他们的著作。不过最主要的是,我们互相保证,彼此要开诚布公,要毫不隐瞒地、毫不拘束地说出有关自己的一切。只有直言不讳,只有开诚布公,才能达到目标。别兹梅金特别重视这一点。我把这事告诉了卡佳,她完全赞同别兹梅金的做法。所以我们大家在别兹梅金的领导下,立誓终身正直而坦率地行事,而且不论别人怎么议论我们,不论别人怎么指责我们,我们都决不为任何事情而犹豫动摇,决不因为我们的热情、我们的追求、我们的过失而感到羞耻,我们要勇往直前!既然你希望别人尊重你,那么首先你得尊重自己;只有这样,只有自尊自重,才能赢得别人的尊重。这话是别兹梅金说的,卡佳完全同意他的观点。总而言之,目前我们已经在信念问题上达成一致,并决定各自先研究自己,然后再大家一起互相交流……"

"一派胡言乱语!"公爵不安地叫道,"这个别兹梅金是什么人?不行,这种事不能听之任之……"

"为什么不能呢?"阿廖沙抢白道,"听着,父亲,为什么现在我要当着你的面讲这些话呢?因为我想,我希望把你也带进我们的圈子里。我已经在那边为你作出了保证。你笑了,哼,我早料到你会笑,可是你先听完我的话,你善良,高尚;你会明白的。要知道,你现在并不了解这些人,从来没有见过这些人,你没有听过他们的讲话。就算所有这些话你都听说过,你都研究过,你很有学问,但你还没有见过他们本人,没有在他们那里待过,因此你又怎么能正确评价他们呢!你只是自以为了解罢了。不,你一定要到他们中间去,听听他们的言论,到那时——到那时,我可以保证:你将是我们的人了!主要是,我要想方设法把你解救出来,免得你在你所迷恋的上流社会里毁灭,我还要让你放弃你那套信念。"

公爵默不作声,面带恶毒的嘲笑听完这篇奇谈怪论,他的恼怒已写在脸上。娜塔莎以一种毫不掩饰的反感注视着他。他看在眼里,却装作没有觉察。阿廖沙话音刚落,公爵便突然哈哈大笑起来。他甚至仰靠到椅背上,似乎已经无法控制自己。但这笑分明是造作的。十分明显,他纵声大笑的唯一目的,就是要把自己的儿子狠狠地奚落一番,羞辱一番。阿廖沙当真很伤心,他的脸表露出无限悲哀。但他还是耐心地等待着父亲不再拿他耍笑取乐。

"父亲,"他忧郁地开始说,"为什么你总要嘲笑我?我对你是坦率的,真诚的。如果你认为我说的是蠢话,那你就开导我,而不要嘲笑我。再说你嘲笑的是什么呢?你嘲笑的是如今对我来说最神圣、最崇高的东西。好吧,就算我误入歧途,就算这一切都不对,都是错的,就算我是一个小傻瓜,就像你几次叫我的那样;可是即使我误入歧途,但我还是真诚的,光明正大的呀;我并没有失去自己的尊严。我赞赏崇高的思想。就算这些思想是错误的,但它们的基础是神圣的。我刚才对你说过,你和你的那些人还从来没有对我讲过一句能为我指明方向、使我心向神往的话。你可以驳倒那些思想,对我说一些比它们更好的话,那么我就会跟你走,但请你不要嘲笑我,因为这使我很伤心。"

阿廖沙的这番话说得光明正大,严肃而又庄重。娜塔莎深表赞许地注视着他。公爵甚至不胜惊异地听完儿子的话,而且立刻改变了自己的语气。

"我绝不想羞辱你,我的朋友,"他答道,"相反,我是为你忧虑呢。在人生的道路上,你正准备迈出这样一步,此后你就该不再是一个轻浮的孩子了。这就是我的想法。我情不自禁就笑了,根本没有羞辱你的意思。"

"可是为什么我有这种感觉呢?"阿廖沙面带痛苦的表情继续说,"为什么很久以来我就感觉到,你对我总是带着敌意,总是冷嘲热讽,而没有通常那种父子感情呢?为什么我总觉得,假如我处在你的地位,我绝不会像你现在这样嘲笑我,这样羞辱自己的儿子呢?听我说:让我们现在就开诚布公地、一劳永逸地彼此说清楚,免得再留下任何误解。还有……我想说句心里话:刚才我进来的时候,我好像感到,这里也发生了某种误解,完全不像我想象中你们聚在一起的样子。是不是这样?如果是,那么每个人都说出自己的感受岂不更好?竭诚相见能消除多少敌意呀!"

"说吧,说吧,阿廖沙!"公爵说,"你对我们提的建议十分高明啊。也许一切正应该从这儿开始。"他瞥了娜塔莎一眼，又补充道。

"你可不要因为我直言不讳而生气，"阿廖沙开始说，"是你自己愿意这样，是你自己提出的。听我说：你同意了我和娜塔莎的婚姻，为了给我们这种幸福而克制了自己。你宽厚仁慈，我们大家都赞赏你的高尚举动。但是，为什么现在你总是幸灾乐祸地不断向我暗示：我还是一个可笑的孩子，根本不适合做别人的丈夫。此外，你好像总想在娜塔莎面前嘲笑我，贬低我，甚至中伤我。只要你能抓住什么，暴露出我可笑的一面，你总是特别高兴，这一点我不是现在才觉察，而是早就发现了。不知为了什么目的，你好像竭力向我们证明：我们的婚姻是可笑的，荒唐的，我们不般配。说真的，你好像自己也不相信你为我们安排的未来，你似乎把这一切看成一场玩笑，一种有趣的空想，一出可笑的滑稽戏……我不是仅仅根据你今天的话才得出这样的结论。还在那个星期二晚上，我从这儿回到你那里的时候，我就听你说了几句怪话，这些话使我大吃一惊，也伤了我的心。到了星期三，你在离开彼得堡的时候，又几次暗示到我们目前的处境，也谈到了她——并不盛气凌人，而是相反，但总有点异常，完全不像我希望从你那儿听到的那样，而是有点过于轻薄，有点缺乏爱心，对她不很尊重……这是很难说清楚的，但你的语气很明显：我的心感觉到了。你就告诉我说我错了。你就说服我放弃我的看法吧，你就让我和……她振奋一下吧，因为你也伤了她的心。我刚走进来时，一眼就看出来了……"

阿廖沙的这番话说得热烈而坚决。娜塔莎神色庄重地听他讲话，满脸绯红，显得十分激动。她有两三次自言自语地接着阿廖沙的话说："不错，是这样！"公爵面有窘色。

"我的朋友，"他答道，"我当然记不住对你说过的每一句话。不过，如果你这样去理解我的话，那就太奇怪了。我将竭尽所能来说服你放弃你的看法。如果我刚才笑了，那么这也是可以理解的。我告诉你，我甚至想用这笑来掩饰我内心的痛苦。如今每当我想到，你很快就要做丈夫了，我就觉得这是根本实现不了的，荒唐的，恕我直言，甚至是可笑的。你责备我不该这么笑，而我要说，这一切全是由你引起的。我也有过错：也许我近来很少关心你，所以直到现在，直到今天晚上，我才了解到你竟能干出这种事来！现在一想到你和纳塔利娅·尼古拉耶芙娜的未来，我就不寒而栗。我太性急了，我发现你们彼此太不相同了。任何爱情都会消失，而性格的差异却永远存在。我就不说你的前途了，但是，如果你还有一点点真诚的话，你就想想，你是在让纳塔利娅·尼古拉耶芙娜跟你一起陷于不幸，肯定是陷于不幸！瞧你刚才整整一个钟头大谈对人类的爱，大谈崇高的信念和你结交的那些高尚的人，可是你不妨问问伊万·彼得罗维奇，刚才我们两个顺着这座糟糕透顶的楼梯爬到四层时，我对他说了什么？我们站在门口，感谢上帝救了我们的命，多亏上帝保佑，才没有摔断了腿。你知道我当时冒出一个什么念头吗？我感到奇怪，既然你深深爱着纳塔利娅·尼古拉耶芙娜，你又怎能忍心让她住在这种房子里呢？你怎么就没有想到，既然你没有财产，既然你没有能力履行自己的义务，那你也就没有资格做丈夫，没有资格承担任何责任。光有爱情是不够的，爱情要通过行动来证实，而你却这么认为：'哪怕你跟着我受苦，但你也要跟我生活在一起。'——要知道，这是不人道的，这是不高尚的！一方面大谈对人类的爱，热衷于探讨全人类的问题，另一方面又对爱情犯罪，而且对罪行熟视无睹——这简直不可理解！请别打断我的话，纳塔利娅·尼古拉耶芙娜，您让我把话说完。我太痛心了，我非得一吐为快。阿廖沙，你说这几天你对一切高尚、美好、珍贵的东西产生了浓厚的兴趣，还责备我，说在我们的上流社会里没有任何令人神往的东西，有的只是干巴巴的为人处世的大道理。你看一看吧：你对崇高、美好的东西发生了浓厚的兴趣，可是在星期二这儿发生了那些事之后，一连四天你却把她丢在脑后，而她，似乎应该是你在世上最可宝贵的人儿！你甚至在和卡捷琳娜·费奥多罗芙娜的争论中承认，纳塔利娅·尼古拉耶芙娜无比爱你，她宽宏大量，所以肯定会原谅你的行为。但是，你有什么权力指望这种原谅，并且拿这个来打赌呢？难道你当真一次都没有想到，这些天来你使得纳塔利娅·尼古拉耶芙娜产生了多少痛苦的思虑，多少怀疑和猜忌？难道就因为你在那里迷上了什么新思想，你就有权利漠视你首要的责任吗？请原谅，纳塔利娅·尼古拉耶芙娜，我违背了我刚才的诺言。可是，眼前这件事比诺言更要紧：您自己也会明白的……你知道吗，阿廖沙，我发现纳塔利娅·尼古拉耶芙娜陷入深深的痛苦中，就立即明白，这四天来你简直是把她扔进了地狱,而这段时间,正好相反,本来应该是她一生中最美好的日子。一方面如此行事,另一方面是——空话,空话,空话……难道我说错了吗?既然你完完全全错了,你怎么还能责怪我呢?"

公爵说完了。他简直陶醉于自己滔滔不绝、能言善辩的口才中,以致无法在我们面前掩饰他那扬扬得意的神色。阿廖沙听到娜塔莎这些天来所受的痛苦时,无比忧伤地看了她一眼,但娜塔莎已经拿定了主意。

"行了,阿廖沙,别伤心了,"她说,"另一些人比你更有过错。你坐下来听一听,我现在有话要对你父亲说。这一切该结束了!"

"请把话说清楚了,纳塔利娅·尼古拉耶芙娜,"公爵接口道,"我恳切地请求您!我已经听了两个钟头的哑谜。这叫人无法忍受,而且老实说,我没有料到,我们在这里的会面搞成这个样子!"

"也许吧,因为您用花言巧语来迷惑我们,不让我们觉察到您内心隐秘的想法。对您有什么可解释的!您其实什么都知道,什么都明白。阿廖沙说得对:您的最大愿望,就是要拆散我们。您早就预料到星期二晚上以后这里发生的一切,您什么都估计到了,简直了如指掌。我已经对您说过,您无论对我,还是对您所策划的婚事,都不是严肃认真的。您在跟我们开玩笑,您在玩弄我们,您有自己明确的目的。对您玩的把戏您稳操胜券。阿廖沙说得对,他责备您把这一切看成一出可笑的滑稽戏。您真不该责备阿廖沙,相反,您倒应该感到高兴,因为他虽然一无所知,却做了您希望他做的一切:也许还超出了您的期望。"

我不由得惊呆了。我也料到这天晚上会发生悲剧性的急剧变化。但是,娜塔莎那种不顾情面的率真以及毫无掩饰的轻蔑语气,还是使我大为震惊。我想,她确实知道什么,所以才刻不容缓地拿定主意要决裂。也许她一直急不可耐地等待着公爵的到来,以便当着他的面直截了当地道出要说的一切。公爵的脸色变得有点苍白。阿廖沙则一脸天真的恐惧和焦急期待的表情。

"您想想吧,刚才您指责我什么啦!"公爵叫道,"您说话得动动脑子……我一点儿也不明白。"

"啊!这么说,您不想明白我刚才的话喽,"娜塔莎说,"就连他,就连阿廖沙对您的看法也跟我一样,而我们事先并没有商量过,甚至没有见过面!连他也觉得,您在跟我们玩弄一场不体面的、侮辱人的把戏,而他一直是爱您的,把您奉若神明,无限信赖。您认为对他用不着那么小心,那么狡猾,您估计到他是识不破您的花招的。但他有一颗敏感、温柔、易受感动的心,因此您的话,您的语气,正如他说的那样,他的心感觉到了……"

"我一点儿也不明白,不明白。"公爵重复道,一面做出无比惊诧的样子转向我,似乎要让我替他作证似的。他很恼怒,也很急躁。"您太多疑了,您太容易激动了,"他又继续对她说,"您无非是忌妒卡捷琳娜·费奥多罗芙娜罢了,所以就要责怪世上所有的人,首先责怪我,还有……还有……请让我把想说的话都说出来吧:您的性格让人感到太古怪了……我可不习惯这种吵吵闹闹的场面,要不是顾及我儿子的利益,我在这里连一分钟也待不下去了……我仍在等待,您可否费神解释一下?"

"这么说,尽管您对这一切非常了解,您却固执己见,不想明白我刚才的话啰?您非得要我把一切都照直对您说出来吗?"

"我要求的正是这个。"

"好吧,您听着,"娜塔莎眼里闪着怒火,叫道,"我这就说出一切,一切!"

第三章

娜塔莎一跃而起,开始站着说话,由于激动她对此竟毫无觉察。公爵听着听着也站了起来。整个场面变得异常严肃。

"想想您在星期二说过的话吧,"她开始说,"您说,您需要钱财,需要功成名就,需要上流社会的声望,这话您可记得?"

"我记得。"

"那好,正是为了得到这笔巨款,为了获得所有这些从您手里溜走的成就,您在星期二来到找这里,想出了提亲这一招儿,认为这个把戏有助于您捞回您所错过的一切好处。"

"娜塔莎,"我叫道,"你想想,你在说什么!"

"把戏!好处!"公爵一再重复道,一副人格受到侮辱的气愤模样。

阿廖沙坐在那儿仿佛被痛苦击倒,他瞧着这场面,几乎什么也不明白。

"不错,不错,请别打断我的话,我发誓要说出一切,"盛怒之下的娜塔莎继续道,"您总记得吧:阿廖沙不听您的话。整整半年之久,您在他身上下功夫,要让他离开我。可他没有向您屈服。突然您碰上一个千载难逢的时机。错过这一时机,那么无论未婚妻,还是金钱——主要是金钱,一笔三百万的嫁妆——将从您的手指缝里溜走。眼前只有一个办法:让阿廖沙爱上您为他指定的未婚妻。您认为:一旦他爱上了她,也许就会抛弃我了……"

"娜塔莎,娜塔莎!"阿廖沙悲哀地叫道,"你说些什么呀!"

"于是您就这么做了,"她不理会阿廖沙的叫喊,继续说下去,"但是,这还是老一套!本来一切可以顺利解决,谁知道我又出来挡路!只有一件事给了您希望:您这个狡猾而世故的人,也许早已觉察到,有的时候阿廖沙似乎对他的旧情有点厌倦了。您不可能不注意到,他开始不把我放在心上,开始感到烦闷,一连五天都不来看我。您以为或许他会彻底厌倦我,抛弃我,可是突然间,在星期二,阿廖沙果断的行动却给了您致命的一击。您该怎么办呢!……"

"对不起,"公爵叫道,"恰恰相反,这一事实……"

"听我说下去,"娜塔莎固执地打断他的话,"那天晚上您问自己:'现在该怎么办?'于是您决定:允许他同我结婚,但这不是真的,只不过口头上说说罢了,为的是让他平静下来。您认为婚期可以任意拖延下去,这期间却会萌生新的爱情,您注意到了这一点。于是您就把全部希望都寄托在这一开始萌生的新欢上。"

"罗曼蒂克,罗曼蒂克,"公爵像是自言自语般小声说,"足不出户,异想天开,再加上浪漫小说读多了!"

"不错,您把一切都寄托在这新欢上了。"娜塔莎重复道,她没有听见、也不理会公爵的话,全身心陷入狂热的激情中,而且越来越兴奋。"而要另觅新欢,这可是大好时机呀!还在他不了解这位姑娘的全部美德的时候,新的爱情就开始萌生了!那天晚上,当他向这位姑娘表白,说他不能爱她,因为他的责任,他对另一个女人的爱,不允许他这样——正是在这一刻,这位姑娘突然在他面前显示出如此高尚的情操,显示出对他、对自己情敌深深的同情,而且表示了真心诚意的谅解,以致他虽说先前也相信她的美好心灵,但在此之前,他却不曾料到她竟如此完美!当时他也来找过我——谈来谈去全是她;她把他征服了。不错,第二天,他必然感到迫切需要再去看望这位美妙的人儿,哪怕只是出于感激之情也罢。再说,他为什么就不能去看她呢?要知道,那位原先的情人现在已经不再痛苦,她的命运已经决定,要知道他的终生将奉献给她,只留下一时片刻给……如果娜塔莎对这一时片刻都感到忌妒,那她岂不是太忘恩负义了吗?于是他不知不觉地从这个娜塔莎那里夺去的不是一时片刻,而是一天、两天、三天的时间。在这段时间里,这位姑娘以一种完全出乎意料的崭新面貌出现在他的面前:她是那么高尚,那么热情,而且还是一个那么天真的孩子,在这一点上,她同他的性格是多么相似。于是他们互相起誓要永远保持友谊,要情同兄妹,要一辈子永不分离。'在五六个钟头的交谈之后',他的整个心灵便充满了全新的感觉。他的心完全被征服了……于是您想,总有一天,他会把自己的旧情同自己全新的纯真感情做一番比较:在旧情中,一切都是熟悉的、一成不变的;那里总是那么认真,那么苛求;在那里,他受到忌妒和责备;在那里,他看到的只是眼泪……即使跟他打闹玩乐,对方也总把他当成孩子,而不是恋人……最主要的是:一切都是老一套,早已习以为常。"

泪水和痛苦的抽噎,使她接不上气来,但娜塔莎暂时还是克制住了,她又坚持了片刻。

"以后会怎么样?以后可以由时间去解决;因为同娜塔莎的婚礼至今没有定下来,有的是时间,一切都会变的……这期间少不了您的说教、暗示、议论和雄辩……对这个倒霉的娜塔莎甚至可以恶意中伤一番,使她处于不利的地位……这一切如何了结——我不知道,但胜利一定是属于您的!阿廖沙!你别责怪我,我的朋友!不要说我不理解你的爱情,不要说我不太珍惜你的爱情。我知道,你至今爱着我,我知道,也许此时此刻你并不理解我的怨诉。我也知道,现在我把这些话全都说了出来,是做了一件天大的蠢事。但是,既然我了解这一切,而且越来越爱你……爱得……失魂落魄……那我又有什么办法呢!"

她双手掩面,颓然跌落在圈椅里,像孩子一样失声痛哭。阿廖沙一声惊叫,朝她扑去。每当他看到她哭时,他总免不了伤心落泪。

她的痛哭看来帮了公爵的大忙：她在作长篇说明时迸发出来的全部激情，她顶撞他的反常态度，以及毫不留情的指责（哪怕只是从礼貌上考虑，这种做法也足以令人恼火）——这一切现在显然可以归结为娜塔莎突然爆发的疯狂的忌妒心，归结为她那受伤害的爱情，甚至可以归结为一种病态。甚至应当表示一下同情……

"请您平静下来，别伤心了，纳塔利娅·尼古拉耶芙娜，"公爵劝慰道，"这一切是狂怒，是想入非非，是孤独的结果……您因他的轻浮行为气成这样……不过要知道，这仅仅是他个人轻浮的一面。您刚才特别提到的最主要的事实，也就是星期二发生的事，本来该向您证明，他对您的爱恋无限真诚，而您恰恰相反，却认为……"

"哎哟，请您别说了，至少现在请您别来折磨我了！"娜塔莎痛哭着打断他的话，"我心里全都明白，早就明白了！难道您认为，我还不明白他的旧情已经不复存在了吗……在这儿，在这间屋子里，我独自……当他撇开我，忘了我的时候……一切我都体验过了，一切我都反复考虑过了……可是我又有什么办法！我并不责怪你，阿廖沙……你们何必欺骗我呢？难道你们以为我不曾试图自我欺骗吗？……啊，多少次，有多少次啊！难道我不曾留心倾听他的只言片语吗？难道我不曾学会根据他的脸色和眼神来揣摩他的心思吗？……一切，一切都毁灭了，一切都被埋葬了……唉，我是多么不幸啊！"

阿廖沙跪在她面前哭泣。

"是的,是的,这是我的错!全是因为我!……"他边哭边反复说道。

"不,你别责备自己,阿廖沙……这里有别的人……我们的敌人。是他们……他们!"

"不过,您总得让我说几句吧,"公爵有点不耐烦地开始说,"您有什么根据把所有这些……罪行,强加在我的头上?要知道,这仅仅是您的猜测,毫无根据的猜测……"

"根据!"娜塔莎霍地从圈椅里站起来叫道,"您还要证据,您这个阴险的人!上次您来这儿提亲的时候,您是走投无路了!您须要安抚您的儿子,免得他受到良心的谴责,使他可以更自由地、更心安理得地投入卡佳的怀抱,否则他就会老是想念我,不会听您摆布,而您当时已经等得不耐烦了。怎么,难道不是这样吗?"

"老实说,"公爵冷笑着答道,"假如我真想欺骗您,那我的确会这么考虑;您非常……机灵,但是,您先得拿出证据来,然后您再拿这些指责去侮辱人……"

"拿出证据!那么当您以前想把他从我这儿夺回去的时候,您的所作所为又算什么?有人为了世俗的利益,为了金钱,不惜教唆儿子蔑视和玩弄应尽的义务,正是这个人把他引入了歧途!刚才您对楼梯和糟糕的住房说了什么?难道不是您,取消了原先一直供给他的生活费用,想用贫穷和饥饿来迫使我们分手吗?都是因为您,才有这种住房和这种楼梯,可您现在反倒把他数落了一通,您这个口是心非的人!那天晚上,您怎么突然跑到这儿,您怎么那么热情,怎么冒出了那么多与您格格不入的全新的信念?您为什么会如此需要我?这四天来,我一直在这里走来走去,思考了一切,掂量了一切,包括您的每一句话和您脸上的每一种表情,最后我深信,这一切都是佯装的,是一场玩笑,一出滑稽戏,一出侮辱人的、卑鄙的、不体面的滑稽戏……我了解您,早就了解啦!阿廖沙每次从您那儿回来,我都能根据他的脸色,猜到您对他说的一切,对他暗示的一切;您对他施加的种种影响我全都研究透了!不,您可骗不了我!也许您还有别的算计,也许我现在说的并不是最主要的;不过那也无关紧要!您欺骗了我——这才是主要的。这话我要当着您的面说出来!……"

"就这些?这就是全部证据?但是,请您想一想,您这个疯女人:我的这个反常举动(您对我星期二提亲的事就是这么看的),只能束缚我自己。假如果真如此,我也未免过于轻率了。"

"您用什么,用什么束缚住自己啦?在您看来,欺骗我又算得了什么?侮辱一个像我这样的姑娘,又有什么关系!她无非是个不幸的私奔者,被父亲拒之门外,无依无靠,自己败坏了自己的名声,品行不端!既然这场玩笑能带来好处,哪怕是微不足道的好处,那又何必跟她客气!"

"您把自己摆在什么位置了,纳塔利娅·尼古拉耶芙娜,您好好想想吧!您坚持认为,是我侮辱了您。而这种侮辱是如此严重,如此有失您的体面,以至于我都不明白,这是怎么想出来的,更不明白您怎么还能坚持这种论调。既然您那么轻易地得出这种假设,恕我直言,可见您平时早已养成了这种无中生有的习惯。我倒有权责备您,因为您教唆我的儿子起来反对我:即使他现在并没有站出来为您而反对我,但他的心已经在反对我了……"

"不,父亲,不,"阿廖沙叫道,"如果说我没有反对你,那是因为我相信你不会侮辱人,而且我也无法相信可以用这种方式侮辱人!"

"您听见啦?"公爵叫道。

"娜塔莎,都是我的错,别怪罪他。这样说是罪过的,太可怕了!"

"你听见了吗,万尼亚?他已经反对起我来了!"娜塔莎叫道。

"够啦!"公爵说,"应当结束这种令人难堪的场面了。这种无限膨胀的忌妒心盲目而疯狂地发作,使我对您的性格有了一个全新的认识。我受到了一次警告。我们太性急了,的确是太性急了。您甚至没有觉察到,您如何侮辱了我;对您来说,这算不了什么。我们太性急了……太性急了……当然,我的诺言应当是神圣的,但是……作为父亲,我总希望我的儿子幸福……"

"您想收回您的诺言,"娜塔莎气愤若狂地大叫,"您因为遇到了良机而高兴!不过让我告诉您,还在两天前。我一个人在这里已经拿定了主意:允许他收回自己的诺言,现在我当着大家的面重申我的决定。我拒绝这门亲事!"

"这就是说,也许您想用这种方式,重新唤起他心中的不安和责任感,以及'因责任引起的种种苦恼'(您刚才是这么说的),这样一来,您又可以像过去一样把他和您拴在一起啦。这可是根据您的理论推断出来的,所以我才这么说。不过够了,时间会裁决的。我将等到您心平气和的时候,再向您做出解释。我希望,我们不至于彻底断绝关系。我还希望您学会更好地尊重我。今天我本来想告诉您一个有关您父母的计划,从中您会看到……但是够了!伊万·彼得罗维奇!"他走到我跟前,接着说,"进一步结识您,不用说,这是我由来已久的愿望,现在看来,这种愿望比以往任何时候都更为珍贵。希望您能了解我。日内我将登门拜访,您可允许?"

我鞠了一躬。我心里感到,现在我已不能回避同他交往了。他握了握我的手,默默地向娜塔莎一鞠躬,然后带着一副人格受到侮辱的模样扬长而去。

第四章

一连几分钟,我们谁都不说话。娜塔莎坐在那里陷入沉思,神情忧郁而沮丧。突然间,她感到浑身无力了。她望着前方却视而不见,似乎忘掉了世上的一切,一只手还握着阿廖沙的手。阿廖沙小声哭泣,宣泄自己的痛苦,只偶尔怯懦而又好奇地看她一眼。

最后，他开始小心翼翼地安慰她，哀求她不要生气，一再责备自己。看得出来，他很想为父亲辩白，这事沉重地压在他的心头，他几次提起话头，但又不敢明说，生怕又激怒了娜塔莎。他一再向她起誓，说他永远爱她，忠贞不渝，并且热烈地替自己对卡佳的好感辩解。他不断重复，说他爱卡佳就像爱一个妹妹，一个可爱而善良的妹妹，他总不能完全不理她吧，否则他就太没有礼貌，太狠心了。他还一再强调，如果娜塔莎认识了卡佳，那么两人肯定会立即成为好朋友，好得永远分不开，到那时就永远不会有任何误会了。他特别欣赏这种想法。这个可怜的人倒一点儿也没有说谎。他不能理解娜塔莎的种种担心，而且根本就没有听懂她刚才对他父亲说的那些话。他只知道，他们争吵了，这件事像一块巨石沉重地压在他的心头。

"你为你父亲责怪我吗？"娜塔莎问。

"我怎么会责怪你呢，"他痛苦地答道，"既然这一切都是我造成的，全是我的错。是我惹得你发这么大的火，你一气之下就责备他，因为你总想为我辩护。你一贯为我辩护，而我却不配你这样做。总得找出个罪人来，于是你就想到了他。而他确确实实是无辜的！"阿廖沙兴奋起来，叫道，"他哪能抱着这种想法来这里呢！他哪能料到这种场面呢！"

但他看到娜塔莎面带悲哀和责备的神情望着他，又立刻胆怯了。

"好了，我不说啦，不说啦，请你原谅我，"他说，"都怪我不好！"

"不错,阿廖沙,"她沉痛地继续道,"如今他插入我俩之间,破坏了我们的和睦,永远破坏了。你一向信任我,超过信任任何人,如今他在你的心里注入了对我的怀疑和不信任,你开始责怪我,他从我这儿已经夺走了你一半的心。一只黑猫[1]从我们中间跑过去了。"

"别这么说,娜塔莎。你为什么要说'黑猫'呢?"他听到这个用词很不愉快。

"他用假仁假义把你拉过去了,"娜塔莎继续道,"今后他会越来越激起你对我的反感的。"

"我向你起誓,不会这样!"阿廖沙更加热烈地叫道,"他是在盛怒之下才说:'我们太性急了。'明天,或者再过两三天,你自己会看到,他会醒悟过来的,如果他太生气了,以至于真的不再赞成我们结婚,那么我向你起誓,我不会听从他。我也许有足够的勇气这么做……你知道有谁会帮助我们吗?"他一想到这个主意便突然兴奋地叫起来,"卡佳会帮助我们的!你会看到,你会看到,她是一个多么出色的人!你会看到,她是不是想成为你的情敌,是不是想拆散我们!你刚才说,我属于那种婚后第二天就会变心的人,你真是太不公道了!我听了这话真伤心!不,我不是那种人,如果说我经常去看卡佳……"

"行了,阿廖沙,你随时都可以去看她。我刚才说的不是这个意思。你根本没有听懂我的话。不论你跟谁在一起,我都祝

---

[1] 俄国民俗:路遇黑猫不吉利,黑猫为不祥之物。

你幸福。我不能向你的心要求太多,超出它所能给予的那份感情……"

玛芙拉走了进来。

"怎么样,上茶吗?茶炊都开了两个钟头啦,这是闹着玩的吗?都十一点啦!"

她说话的口气粗鲁而气愤。看得出来,她的心情很不好,她在生娜塔莎的气。是这么一回事:从星期二开始,几天来她满心欢喜,因为她家小姐(她很爱她家小姐)就要出嫁啦,她已经把这个喜讯张扬出去,弄得整个公寓的住户、邻近的熟人、小铺子里的人和看门人都知道了。她炫耀了一番,得意扬扬地告诉大家,说公爵是个大人物,还是将军呢,富得了不得,亲自上门请求她家小姐答应这门婚事,这是她玛芙拉亲耳听见的,不料忽然之间,这事竟没影了。公爵气冲冲地走了,连茶都没喝,不用说,这都怪小姐不好。玛芙拉听见的,她跟他说话时态度很不恭敬。

"也好……端上来吧,"娜塔莎答道。

"那么,冷盘也上吗?"

"好吧,冷盘也上吧,"娜塔莎都搞糊涂了。

"我还一个劲地准备,准备!"玛芙拉接着说,"从昨天起,忙得我跑断了腿。这酒是我跑到涅瓦大街买的,可这会儿倒好……"她气呼呼地走了出去,砰的一声带上了门。

娜塔莎涨红了脸,有点异样地看了我一眼。这时候茶端上来了,冷盘也端了上来。有一种野味,一种鱼,从叶利谢耶夫[1]店里买来的两瓶高级葡萄酒。"准备了这么多东西干什么呢?"我不禁想道。

"你瞧,万尼亚,我这是怎么啦,"娜塔莎说着走到桌子跟前,甚至在我面前她都感到不好意思了,"我早料到今天这一切会这样了结,可我还是抱有幻想,或许,说不定,不会这样收场吧。阿廖沙一来,他会开始调解,我们会言归于好;我那些怀疑原来是没有道理的,我被说服啦,于是……我还准备了几个冷盘以备不时之需。我想,说不定我们会谈得很融洽,坐得很久……"

可怜的娜塔莎!她说这番话的时候满脸通红。阿廖沙欣喜万分。

"你瞧,娜塔莎!"他叫道,"连你自己都不相信自己呢,两小时以前你还不相信自己的种种怀疑!不,这一切应该予以纠正;是我的错,一切因我而起,因此这一切由我来纠正。娜塔莎,你让我立即去找父亲!我必须见到他;他受了冤枉,受了侮辱;应该去安慰他一番,我要向他说出一切,以我的名义道歉,只以我个人的名义,绝不会牵连到你。我会把一切办妥的……你可别生我的气,说我只想找他,又把你一人留下。完全不是那么回事;我只是可怜他;他会向你证明他是无辜的,你会看到的……明天一早我就回来,一整天都守着你,不去看卡佳了……"

---

[1] 是彼得堡一家高级美食店的老板。

娜塔莎没有阻拦他，甚至还劝他快走。她现在最害怕的是，阿廖沙从现在起会一连几天故意地勉强自己，坐在她这儿，因而对她产生厌倦。她只要求他不要以她的名义说任何话，在和他分手的时候，还竭力装出快活的样子对他笑了笑。他已经准备出门，但突然又回到她身边，抓住她的双手，挨着她坐下了。他望着她的眼睛，那一片柔情简直难以形容。

"娜塔莎，我的朋友，我的天使，不要生我的气，而且从今以后咱俩永远不要吵嘴了。你向我保证，你永远相信我的一切，我也向你这样保证。现在，我的天使，我要跟你讲一件事：有一次，不记得为了什么事，我跟你吵架了，是我不对。我们彼此不说话。我不想先认错，当时我很难受。我在城里跑来跑去，到处闲逛，还去看望朋友，可心里却十分难受，十分难受……当时我突然冒出一个念头：万一你，假如说吧，得了什么病死了，那怎么办？一想到这里，我突然感到非常绝望，就好像我当真永远失去了你。我的心情越来越沉重，越来越恐慌。后来我渐渐觉得，我好像来到了你的墓前，在墓地上昏倒了，我抱着墓碑，悲痛得死去活来。我想象着，我怎样亲吻着这墓碑，呼唤你从墓里出来，哪怕一分钟也好，我又祈求上帝显示奇迹，让你在我面前哪怕复活短暂的片刻，我想象着，我怎样扑上去拥抱你，把你紧紧地搂在怀里，不住地亲吻你，而且我似乎在无比的幸福中死去了。是啊，如果我能像从前一样再一次拥抱你，哪怕拥抱片刻，那也是无比幸福的啊！我想象着这一切的时候，忽然领悟到：如今我祈求上帝让你复活哪怕短暂的片刻，而你跟我已经厮守了六个月。六个月来,我们争吵过多少次,有多少天我们彼此不说话!我们成天吵架,不珍惜我们的幸福,而现在我却呼唤你从墓里出来,哪怕只是一分钟,而且为了这一分钟我准备付出自己的生命!……我一想到这些,就再也忍受不住,赶紧跑回来找你,跑到这儿,发现你正在等我呢,当我们和好如初,重又拥抱在一起的时候,我记得,我把你紧紧地搂在怀里,好像当真会失去你似的。娜塔莎!咱俩永远不要再吵架了!每次吵架总叫我心里难过!主啊!怎么能设想我会离开你呢!"

娜塔莎哭了。他俩紧紧地拥抱在一起,于是阿廖沙再次向她起誓:永远不离开她。随后他飞跑着找父亲去了。他深信他能安排好一切,使事情圆满解决。

"全都结束了!全完了!"娜塔莎哆哆嗦嗦地握住我的手说,"他爱我,而且永远不会不爱我;但他也爱卡佳,再过一段时间,他爱卡佳就会胜过爱我。而那个阴险的公爵是不会打瞌睡的,到时候……"

"娜塔莎!我也相信公爵的行为不高尚,但是……"

"你不相信我对他说的一切。这一点,我看你的脸色就知道了。但你等着吧,你会看到我说得对不对。我其实还只是泛泛而论,天知道他还有什么鬼心思!这是一个可怕的人!四天来,我在这屋子里踱来踱去,把一切都琢磨透了。他就是要让阿廖沙解脱出来,减轻他的心理负担,摆脱掉妨碍他生活的忧虑,摆脱掉爱我的责任。于是他想出了登门求亲这一招,另外也可以插到我们中间,施加他的影响,再用仁慈和宽宏大量来迷惑阿廖沙。这是真的，真的，万尼亚！阿廖沙正是这种性格的人。这样一来，他对我就放心了，他不必再为我而于心不安。他会这样想：现在她已经是我的妻子了，我们将永远生活在一起，于是他就会不知不觉地更加关心起卡佳来了。公爵显然把这个卡佳琢磨透了，看出她跟他很相配，而且她比我更能吸引他。唉，万尼亚！如今我就指望你了：公爵出于某种目的想接近你，同你交往。你别拒绝他，亲爱的，看在上帝的分上，你要尽快去拜访伯爵夫人。结识一下这个卡佳，仔细观察她，然后告诉我：她是个什么样的人。我想知道你对她的看法。没有人像你这样了解我，你知道我需要什么。你再仔细观察一下，他们的友谊发展到了什么程度，他们之间是什么关系，他们谈论些什么。最要紧的是，你要观察卡佳，卡佳……希望你能再一次向我证明，我亲爱的、心爱的万尼亚。再次证明你对我的友谊！如今我的希望全寄托在你身上了，我就指望你一个人了！"

我回到家时，已是午夜十二点多了。内莉睡眼惺忪地为我开了门。她立刻笑逐颜开，愉快地望着我。这个可怜的孩子不住地埋怨自己睡着了。她本想一直等我回来的。她告诉我，有人来找过我，跟她坐了一阵子，还在桌上留下一张便条。便条是马斯洛博耶夫写的。他要我明天中午十二点钟去找他一趟。我很想向内莉问个明白，但我决定推到明天再说，于是我坚持要她马上去睡觉；可怜的孩子本来就很累了，还一直等着我，直到我回来前半小时，她实在熬不住，才睡着了。

第五章

　　第二天早上，内莉向我讲起昨天有人来访的事，说到一些相当奇怪的情况。本来，马斯洛博耶夫忽然想起昨天晚上来访，这事本身就叫人纳闷，因为他肯定知道，当时我不在家。还在上次我们见面的时候，我就事先告诉过他，这一点我记得很清楚。内莉讲到，起先她不想开门，因为她害怕，当时已是晚上八点了。可是他在门外央求她，还说：他如果现在不给我留一张便条，那明天不知为什么我一定要倒霉的。她放他进来后，他立即写好便条，走到她跟前，挨着她在沙发上坐下。"我站起来，不想理他，"内莉叙述道，"我非常害怕他。他就开始说起布勃诺娃来，说她现在很生气，又说她现在已经不敢碰我了，接着他开始夸奖您。他说，他跟您是好朋友，还说从小就认识您。这时我才开始理他。他掏出一把糖果要我接着，我不要，于是他开始说服我，说他是好人，还会唱歌跳舞。说完他就蹦起来，当真手舞足蹈，逗得我笑了起来。后来他说，他要再坐一会儿，'我等万尼亚，说不定他马上就能回来。'他一再要我别害怕，要我坐在他身边。我坐下了，但不想跟他说什么。这时他告诉我，说他认识我的妈妈和外公，于是……我就说话了。他坐了很久呢。"

　　"你们谈些什么呢？"

　　"谈到妈妈……布勃诺娃……还有外公。他坐了快两个钟头呢。"

　　内莉似乎不想详细讲他们谈话的内容。我也不再多问，希望以后能从马斯洛博耶夫那里了解到一切。我只是觉得,马斯洛博耶夫是故意趁我不在家时来的,以便能和内莉单独谈谈。"他这样做会有什么用心?"我不禁想道。

她拿出他给她的三块糖让我看。这是水果糖,包着红红绿绿的糖纸,质量很差,大概是从蔬菜店里买来的。内莉让我看的时候,自己都笑了。

"你为什么不吃呢?"我问。

"不想吃,"她皱着眉头,一本正经地说,"我没有要他的,是他自己留在沙发上……"

这一天我要去许多地方。我开始同内莉告别。

"你一个人在家,感到烦闷吗?"我临走前问她。

"又烦闷,又不烦闷。要说烦闷,是因为您老不在家。"

说完,她无限深情地瞥了我一眼。这天早上,她看我的目光一直是这样动情,显得那么快活,那么温柔,与此同时,又带着几分羞涩,甚至举止有点畏怯,似乎生怕因为什么惹得我不高兴,生怕失去我对她的好感,而且……生怕感情过于外露,好像为此而感到羞愧呢。

"那么为什么又不烦闷呢?你刚才不是说'又烦闷又不烦闷'吗?"我情不自禁地微笑着问她。这一刻我觉得她是那么可亲可爱。

"我心里知道为什么,"她笑一笑,答道,不知怎么又羞红了脸。我们是在敞开的门口谈话的。内莉站在我面前低垂着双眸,一手抓住我的肩头,一手不时拉着我的衣袖。

"怎么，是秘密吗？"我问。

"不……没什么……我——您不在家的时候，我开始读您写的书，"她小声说，又抬起眼睑，温柔而深情地看了我一眼，脸上又飞起了红晕。

"啊，原来是这么回事！怎么样，你喜欢吗？"我作为书的作者，受人当面赞扬，不免有点忐忑，可是假如我此刻吻她一下，天知道会怎么样。但好像不能这样做。内莉有片刻没有作声。

"为什么，他为什么死了呢？[1]"她带着无限忧伤的神情问道，又飞快看了我一眼，立即又垂下眼睑。

"你说谁呢？"

"那个年轻人，害了肺痨……书里写的。"

"有什么办法，只能这样，内莉。"

"根本不该这样，"她耳语般小声说，但不知怎么忽然又粗鲁地、几乎是气愤地撅起了小嘴，眼睛更加固执地盯着地板。

又过了片刻。

"那么她……噢，我是说他们……那个姑娘和老人[2]，"她小声问，一边继续使劲拉我的袖子，"会怎么样，他们会在一起生活吗？他们不会受穷了吧？"

"不，内莉，姑娘要去很远的地方，她要嫁给一个地主，而老人将独自留下。"我万分遗憾地答道。我真的很抱歉，因为我

---

[1] 内莉读的是《穷人》，这里是指该书中穷大学生波克罗夫斯基之死。
[2] 指《穷人》中的瓦连卡和马卡尔·杰武什金。

不能告诉她任何更令人宽慰的事。

"嘿，瞧……你瞧！怎么会这样呢！哎呀，瞧他们……我现在都不想读下去了！"

她生气地推开我的手，飞快地转过身去，走到桌子跟前，面对着屋角，眼睛看着地面。她满脸通红，喘着粗气，一副极度伤心的样子。

"别这样，内莉，瞧你生气啦！"我走到她跟前说，"要知道，这都不是真的，是写出来的，是编造的故事。好了，这有什么可生气的！你真是一个重感情的小姑娘！"

"我没有生气，"她腼腆地说，同时抬起头来，那样快活、那样深情地望着我，后来突然抓住我的手，把脸埋在我的怀里，不知为什么哭起来了。

但同时她又笑了——又哭又笑。我也觉得好笑，而且心里还感到几分……甜蜜。但她无论如何不肯抬起头来看我，我想把她的小脸蛋从我肩头挪开，她反而贴得越来越紧，笑得越来越开心了。

这个多情的场面终于结束了。我们分手了，我急着要走。内莉满脸通红，依然还有几分羞涩，一双眼睛像星星那样闪亮。她跟着我一直跑到楼下，一再央求我快些回来。我答应一定回来吃午饭，而且尽可能更早些。

我先去看望两位老人。他们都病了。安娜·安德烈耶芙娜病得不轻，尼古拉·谢尔盖伊奇坐在他的书房里。他听见我来了，但我知道，按照他通常的做法，至少要一刻钟后他才会出来,好让我们先谈个够。我不想让安娜·安德烈耶芙娜过分伤心,便尽量轻描淡写地讲到昨晚发生的事,但说出了实情。使我纳闷的是,老太太虽说心里难受,但听到他俩的关系可能破裂却并没有十分吃惊。

"哦,我的孩子,这事我早料到啦,"她说,"那天你走了以后,我翻来覆去想了很久,终于想明白了,这事成不了。我们不配蒙受上帝的恩惠,再说公爵这人多么卑鄙,哪能指望他发善心呢。他平白无故拿走了我们的一万卢布,这是闹着玩儿的吗!他明知没有道理,但还是拿走了。把最后一块面包都抢走啦,他们迟早要卖掉伊赫缅涅夫卡的。娜塔舍奇卡不相信他们,这是对的,她很聪明。你可知道,孩子,"她压低嗓子接着说:"我那老头子,老头子!根本就反对这门婚事。他说漏了嘴:'我不想这样。'他就这么说!我原以为他是胡说呢,不对,他是当真的。真要成了的话,她,我的小宝贝,该怎么办呢?要知道,他会永远诅咒她的。也罢,那一个呢,我是说阿廖沙,他怎么样啦?"

她又仔细问了我很久,而且像往常一样,每次听完我的回答,总要唉声叹气,抱怨一番。总之,我发现她近来简直像掉了魂了。各种各样的消息使她大为震惊。娜塔莎的不幸遭遇伤透了她的心,也摧残着她的健康。

老人穿着睡衣、趿着拖鞋走了进来。他抱怨身子不适,忽冷忽热,但却温柔地望着妻子,我在他们那里的时候,他一直照料她,像保姆似的。他注视着她的眼睛,甚至在她面前有点胆怯。他的目光里饱含着一片柔情。她的病把他吓坏了,他觉得,一旦失去了她,那么在这个世界上他就一无所有了。

我在他们那里坐了大约一小时。在跟我告别的时候,老人跟着我来到外屋,谈起了内莉的事。经过认真的考虑,他决定要认她做女儿,把她接回家来。他跟我商量,怎样才能让安娜·安德烈耶芙娜也同意这样做。他特别好奇地向我盘问有关内莉的事,又问我是不是打听到她的一些新情况。我匆匆讲了一些。我的话使他深受感动。

"这事我们以后再谈,"他果断地说,"暂时……不过,我会去找你的,只等我的身体稍好一些就去。到那时我们再作决定。"

十二点整,我来到马斯洛博耶夫家。使我不胜惊讶的是,我进屋后遇到的第一个人竟是公爵。他正在前厅里穿大衣,马斯洛博耶夫则忙前忙后张罗着,正把手杖递给他。尽管他已经对我说过他认识公爵,但这次巧遇还是使我大吃一惊。

公爵见到我,似乎面有窘色。

"啊,是您哪!"他大声叫道,显得有点过分热情,"您瞧,真是不期而遇!不过,我刚才从马斯洛博耶夫先生那里得知,你们原来是老朋友了。我很高兴,很高兴,万分高兴遇见了您。我正想见到您,希望尽快去拜访您,您可允许?我有一事相求:帮助我,把我们目前的状况解释清楚。您想必明白,我说的是昨天的……您是他们的朋友,自始至终注视着事态的发展;您的话很有影响力……非常抱歉,我现在不能跟您……杂务缠身哪!不过最近几天内,也许更早,我非常乐意登门造访。可是现在……"

他握一下我的手,显得过分用劲,又跟马斯洛博耶夫彼此使了个眼色,便走了出去。

"看在上帝的分上,你要告诉我……"我一走进室内,便开始说。

"我绝对什么也不会告诉你,"马斯洛博耶夫打断我的话头,急忙拿起帽子又返回前厅,"有事呢!老朋友,我也得快跑,我已经迟啦!"

"这可是你自己写的,要我十二点钟来。"

"写了又怎么样?我是昨天给你写的,可是今天别人又给我写了便条,弄得我脑袋快要炸了——就这么回事!有人在等我。原谅吧,万尼亚。为了弥补过失,现在我能向你提出的唯一建议是,由于我让你白跑了一趟,你痛打我一顿好了。如果你想得到补偿,那就打吧,不过看在基督的分上,要快些动手!你别耽搁我,我有事,有人在等我……"

"我何必打你呢?既然有事,那你就快走吧,谁都会碰上意料不到的事。只是……"

"不,关于这个只是,我倒有话要说,"他打断我的话,一面急忙跑进前厅,穿上大衣(我跟着也穿上大衣)。"我也有事要找你;十分重要的事,为此我才把你叫来;这事直接牵涉到你的利益。可是眼下这一时半刻我无法说清楚,所以要请你看在上帝的分上,答应今晚整七点再来一趟,既不要提前,也不要迟到,我在家等你。"

"今天吗,"我犹豫不决地说,"瞧,老兄,今天晚上我说好要去……"

"那你现在就去你晚上要去的地方,亲爱的,晚上就可以来找我了。因为,万尼亚,我要告诉你的事,你怎么也想不到。"

"那好吧,好吧。那会是什么事呢?老实说,你引发了我的好奇心。"

这时我们已经走出大门,站在人行道上了。

"那么你肯定会来的?"他语气坚决地问。

"我说过了,我会来的。"

"不行,你得保证不食言。"

"咳,瞧你这个人!好吧,我保证不食言。"

"好极了,真体面。你上哪儿去?"

"我走这边。"我指着右边答道。

"好吧,我走这边,"他指着左边说,"再见了,万尼亚!记住:七点整。"

"真叫人纳闷!"我望着他的背影想道。

晚上我本想去找娜塔莎。现在既然答应了马斯洛博耶夫,我便决定立即去找她。我确信会在她那儿遇见阿廖沙。他果然在那儿,见我来了他非常高兴。

他显得十分可爱,对娜塔莎无限温存,因为我的到来脸上简直笑开了花。娜塔莎虽说竭力做出快活的样子,但显然很勉强。她脸色苍白,满面病容,因为夜里没睡好。她对阿廖沙似乎格外殷勤。

阿廖沙虽说滔滔不绝地讲了许多事情,分明想让她高兴起来,驱散她那副想笑又笑不出来的不自然表情,但他显然避而不谈卡佳和父亲。看来昨天他试图进行调解的努力没有成功。

"你知道吗?他急于想离开我,"阿廖沙出去对玛芙拉说什么事的当儿,娜塔莎赶紧对我小声说,"可他又害怕。而我也不敢对他说让他走,因为那样的话他也许会故意不走,而我最怕他感到烦闷,并因此对我完全冷淡下来,那怎么办呢?"

"天哪,你们把自己弄到什么地步了!你们互相猜疑,你们彼此戒备!推心置腹地谈一谈不就完了吗!这种局面也许当真会让他感到厌烦的。"

"那该怎么办呢?"她惊恐地叫道。

"等一下,这事由我来为你们安排……"我借口请玛芙拉把我的一只很脏的胶皮套鞋擦洗干净,便朝厨房走去。

"多加小心,万尼亚!"她在我背后叫道。

我刚走到玛芙拉跟前,阿廖沙立即向我扑过来,好像在等我似的。

"伊万·彼得罗维奇,亲爱的,我该怎么办呢?快给我出个主意:还在昨天我就答应了,今天,也就是现在,一定去看卡佳。我不能食言哪!我爱娜塔莎胜过一切,愿意为她赴汤蹈火,但是,您一定也同意,完全撇下那边,这也是不行的呀!……"

"那您去好了……"

"可是娜塔莎怎么办?我会使她伤心的,伊万·彼得罗维奇,您想办法救救我……"

"我看您最好还是去。您知道娜塔莎多么爱您,她总觉得您跟她在一起会感到烦闷,您是强打精神待在她这儿。最好不要勉强自己。不过,我们过去吧,我会帮助您的。"

"亲爱的伊万·彼得罗维奇!您真是好人!"

我们回到娜塔莎那里。过了一会儿,我对他说:

"刚才我见到您的父亲了。"

"在哪儿?"他吃惊地叫道。

"在街上,偶然碰上的。他停下来,跟我聊了一会儿,并再次要求成为我的朋友。他提到您,问我是否知道眼下您在什么地方,他急着要见到您,想告诉您什么事情。"

"啊,阿廖沙,你走吧,快去找他。"娜塔莎领会了我的用心,连忙接口道。

"可是……叫我现在到哪儿去找他呀?他在家吗?"

"不在,我记得他说了,他要去伯爵夫人那里。"

"哦,那可怎么办……"阿廖沙愁眉苦脸地望着娜塔莎,一派天真地说。

"咳,阿廖沙,这有什么!"她说,"难道你为了让我放心,当真要断绝这段交情。这太孩子气了。首先,这是不可能的;其次,你这样做,对卡佳而言,简直是忘恩负义。你们是朋友,哪能这么粗暴地断绝关系呢;最后,如果你认为我是那么忌妒你,那你简直就是侮辱我。去吧,快去吧,我求你了!再说,你父亲也会安心的。"

"娜塔莎,你是天使,我抵不上你的一根小指头!"阿廖沙兴奋异常、又懊悔不迭地叫道,"你这么好,可我……我……还是让我坦白了吧!刚才在那里,在厨房里,我央求过伊万·彼得罗维奇,请他帮助我离开你。他就想出了这一招。可是你别责备我,天使娜塔莎!不全是我的错,因为我爱你胜过爱世上的一切,而且胜过一千倍,所以我想出一个新的主意:坦诚地向卡佳说出一切,立刻把我们目前的处境和昨天发生的事统统告诉她。她会想出办法搭救我们的,她是我们最忠实的朋友……"

"那就快走吧,"娜塔莎微笑着答道,"还有,我的朋友,我自己也很想认识卡佳呢。约会的事怎么安排呢?"

阿廖沙简直欣喜若狂。他立即提出了如何见面的种种设想。照他看来,这事轻而易举:卡佳能想出办法的。他激动而热烈地发挥着自己的想象。他答应今天,两小时之后,就带来答复,整个晚上将陪着娜塔莎。

"你当真会来吗?"娜塔莎送他走时问。

"难道你不相信?再见,娜塔莎,再见,我心爱的人儿,你永远是我心爱的人儿!再见,万尼亚!啊,天哪,我无意中叫你万尼亚了。请听我说,伊万·彼得罗维奇,我爱您——为什么我们不以你相称呢。让我们以你相称吧。"

"好的,让我们以你相称。"

"感谢上帝!这种想法我有过一百次了。不知怎么却总也不敢对您说。瞧,刚才我又说您了。这个你字是很难说出口的。好像托尔斯泰在哪本书里出色地描写过这样的事:两人约好彼此以你相称,可是无论如何做不到,只好在说话的时候尽量不用人称代词。[1]啊,娜塔莎!什么时候我们把《童年》和《少年》拿来再读一遍,写得真好啊!"

"行了,你走吧,走吧,"娜塔莎笑着赶他道,"高兴起来,就聊得忘了时间……"

"再见!过两个小时我一定回来!"

他吻一下她的手,匆匆离去了。

"你看到了吧,看到了吧,万尼亚!"她说着便流下了眼泪。

我陪她又坐了两个多小时,不断地安慰她,劝说她安下心来。不用说,她完完全全是对的,她的那些顾虑也是对的。一想到她目前的处境,我的心都揪了起来,我真为她担忧。可是又有什么办法呢?

阿廖沙这人也使我感到奇怪:他对她的爱一如往日,也许由于悔恨和感激之情,甚至比过去更为强烈,更令他痛苦。然而与此同时,新的爱情也牢牢地占据了他的心。真难以预料,这件事会如何收场。我自己也很感兴趣,想见见这个卡佳,我再一次答应娜塔莎一定结识她。

最后,娜塔莎甚至好像快活起来了。顺便提一下,我把有关内莉、马斯洛博耶夫和布勃诺娃的事,把我今天在马斯洛博耶夫家遇见公爵以及七点钟的约会,全告诉了她。所有这一切使她产生了极大的兴趣。关于两位老人的情况我对她谈得不多,

---

[1] 指列夫·托尔斯泰的小说《童年》的一个插曲(第23章)。1859年《童年》与《少年》曾合为一册出版。

对伊赫缅涅夫的来访则避而不谈：尼古拉·谢尔盖伊奇提出要同公爵决斗，这件事会把她吓坏的。她也觉得，公爵同马斯洛博耶夫的来往十分蹊跷，公爵竭力想跟我结交的愿望也令人生疑，尽管目前的情况已足以说明这一切是怎么回事⋯⋯

三时许我回到家里。内莉笑容满面地迎接我⋯⋯

第六章

晚上整七点，我已经到了马斯洛博耶夫家。他大声欢呼迎接我，张开臂膀拥抱我。看得出来，他已喝得半醉。但使我最为吃惊的是，他们为我的到来，特地做了一番准备。他们显然一直在等我。一张小圆桌上铺着精美而贵重的桌布，一把漂亮的铜锌合金制的茶炊正在上面沸腾，水晶的、银的、细瓷的茶具闪闪发亮。在另一张桌子上，铺着另一种同样华贵的桌布，上面摆着各色果盘，有精美的糖果，干湿两种基辅蜜饯，水果软糖，水果软糕，果子冻，法国果酱，橙子，苹果和三四种坚果——一句话，倒像摆了一个满满当当的水果摊。第三张桌子铺着雪白的桌布，摆满了各种各样的冷盘，有鱼子酱，奶酪，酥皮大馅饼，灌肠，熏火腿，鱼，还有一溜精致的水晶玻璃瓶，里面装着各色佳酿，有绿色的，红宝石色的，棕色的，金色的，真是赏心悦目。最后，在旁边一张也铺着白桌布的小圆桌上，摆着两大瓶香槟酒。沙发前的长条桌上摆着三瓶酒，十分引人注目:一瓶索丹白葡萄酒,一瓶拉斐特红葡萄酒,一瓶白兰地——这些都是从叶利谢耶夫店里买来的价格不菲的名酒。亚历山德拉·谢苗诺芙娜则端坐在茶桌旁,衣着打扮虽说简单朴素,但显然费了一番心思,的确十分雅致、出色。她知道,她这身打扮很得体,分明为此而感到骄傲。她十分庄重地欠起身来欢迎我。她那红扑扑的脸蛋上洋溢着得意和快活的神情。马斯洛博耶夫坐在一旁,趿着一双精美的中国拖鞋,穿着贵重的长袍和考究的新内衣。在他的衬衫上,凡是可以钉上扣子的地方,都钉着时髦的领扣和纽扣。头发梳理整齐,抹了油,还偏分,这是一种时髦的发式。

我大吃一惊,站在房间中央,张口结舌地时而看看马斯洛博耶夫,时而看看亚历山德拉·谢苗诺芙娜,她那副沾沾自喜的模样已经发展到了扬扬得意的地步。

"这是怎么回事,马斯洛博耶夫?难道你们今天要请客?"最后,我不安地叫道。

"不,就你一个人。"他神色庄重地答道。

"那么弄这些干什么?"我指着冷盘说,"这些东西都够一团人吃啦!"

"还有喝的——你忘了主要的:够一团人喝的!"马斯洛博耶夫补充道。

"这一切就为了我一个人?"

"也为了亚历山德拉·谢苗诺芙娜呀。这一切都是她精心张罗的。"

"哼,瞧你说的!我早知道你会这样!"亚历山德拉·谢苗诺芙娜红着脸叫了起来,不过那得意的神色没有减去分毫,"殷勤待客都不会,马上就怪罪起我来了!"

"听说你晚上要来,她从大清早起,你想想吧,从大清早起就张罗开啦。都快忙死了……"

"看你又瞎说!根本不是从大清早起,而是从昨天晚上就开始了。昨晚你一回家就这么告诉我,说有人要来做客,消磨一个晚上……"

"您这是听错啦。"

"根本没有听错,你就是这么说的。我从来不说谎。为什么我们不能招待客人呢?我们在这里住了很久,谁也不登我们家的门,可我们什么都有。让那些好人都来看看,我们也会像别人那样过日子。"

"主要是让他们知道,您是一个多么好客又能干的主妇和管家,"马斯洛博耶夫补充道,"你瞧啊,朋友,我成了什么怪物啦!硬给我绷上这件荷兰衬衫,钉上这些纽扣,穿上这中国拖鞋和中国长袍,还亲自给我梳头,抹上香柠檬油。她还想在我身上撒什么香水,法国的,哎哟,我忍无可忍,就造反啦,摆出了大丈夫的威严……"

"哪是什么香柠檬油,那是最好的法国发蜡,是装在一个花花绿绿的小瓷罐里的!"亚历山德拉·谢苗诺芙娜涨红了脸抢白道,"您想想吧,伊万·彼得罗维奇,他不让我去剧院,不让我去跳舞,就知道送我衣服,我穿上新衣服又怎么样?我打扮一番,也只能一个人在屋里走来走去。前几天,我央求他带我去看演出,他答应了,可就在出发前,就在我回去别胸针的那一会儿,他却走到酒柜前,一杯接一杯地喝,最后喝醉了,又去不成啦。没有人,没有人,没有一个人上我们家来做客;只有上午才有些人来办什么事,他还要把我赶走。可我们既有茶炊,也有餐具,还有许多漂亮的茶杯——我们什么都有,全是别人送的。吃的东西也有人送,几乎只有酒,加上什么发蜡,才是花钱买的。瞧,那边的各色冷盘——酥皮大馅饼呀,熏火腿呀,糖果呀,那是特地为您买的……真想让别人来看看,我们生活得怎么样!我一年到头都在想:只要能来一位客人,真正的客人,我们就把所有东西全摆出来,好好招待他,听听客人的夸奖,我们自己也舒心呀!至于我给他这个傻瓜抹上发蜡,他倒真也不配;就让他老穿脏衣服好了。您瞧他身上的那件长袍多好:也是别人送的,您说他配穿这种长袍吗?他就知道喝得烂醉。您看着吧,他不会请您喝茶,倒会先请您喝酒的。"

"那又怎么样!的确如此:万尼亚,咱们先喝点红葡萄酒和白葡萄酒,提提精神后再喝别的酒。"

"嘿,我就知道会是这样!"

"别担心,萨申卡[1],我们也要喝茶的,掺点白兰地,为您的健康干杯!"

"瞧,我说什么来着!"她双手击掌,大声叫道,"那是中

---

[1] 亚历山德拉的小名。

国王爷喝的茶，六卢布一磅呢，是前天一个商人送的，可他却想掺白兰地喝！别听他的，伊万·彼得罗维奇，我这就去给您斟一杯……您喝了就会知道，这是多么好的茶！"

于是她就在茶炊跟前忙开了。

很明显，他们指望我整个晚上都待在那儿。亚历山德拉·谢苗诺芙娜盼客人盼了一年，现在准备把这一番盛情都用到我的身上。这一切真是出乎我的意料。

"听着，马斯洛博耶夫，"我坐下时说，"其实，我根本不是来你家做客的；我是有事而来，是你自己叫我来，说要告诉我什么事……"

"咳，事情归事情，像朋友那样聊聊天也无妨啊！"

"不行，我的朋友，别指望了。我八点半就得告辞。我有事，已经答应……"

"我看这可不成。天哪，你叫我怎么办？你叫亚历山德拉·谢苗诺芙娜怎么办？你看看她：她都吓呆啦。她给我抹上发蜡做什么：那是香柠檬油啊，你想想吧！"

"你老是开玩笑，马斯洛博耶夫。我向亚历山德拉·谢苗诺芙娜起誓，下个星期，哪怕这个星期五也行，我一定来你们这儿吃午饭。可是现在，老朋友，我答应人家了，或者不如说，我非得去一个地方不可。你最好告诉我，你想说什么事来着。"

"难道您只能待到八点半！"亚历山德拉·谢苗诺芙娜胆怯地抱怨道。她差点要哭了，还给我端上一杯香茗。

"别担心，萨申卡，这全是胡扯，"马斯洛博耶夫接口道，

"他会留下来的,他这是胡扯。你最好告诉我,万尼亚,你老往什么地方跑?你有什么事?我可以知道吗?你每天都往哪里跑,也不去工作……"

"你何必打听呢?不过,我也许以后会告诉你。现在你最好解释一下,为什么你昨天去找我?我可是告诉过你,你总记得吧,晚上我不在家。"

"后来我才想起来,可是昨天却忘了。我确实有一件事想跟你谈一谈,不过最主要的是,我想安慰一下亚历山德拉·谢苗诺芙娜。'瞧',她说,'有一个人,原来还是老同学,为什么你不请他来呢?'于是她,老同学,为了你,把我搅了四天四夜。当然啦,凭这香柠檬油,哪怕我有四十桩罪孽,到了另一个世界也会得到赦免的,可是我想,为什么我们不能像老朋友那样愉快地度过一个晚上呢?于是我略施小计:给你留了便条,说事关紧要,要是你不来,我们就要全军覆没啦。"

我请他往后别这么干,有事直说为好。不过他的解释并不令我满意。

"那么,今天早上为什么你见了我就想跑?"我问。

"那时我确实有事,我一丁点儿也没说谎。"

"是不是跟公爵有关?"

"您喜欢我们的茶吗?"亚历山德拉·谢苗诺芙娜声音甜甜地问。

她已经等了五分钟,想听我夸奖他们的茶,而我竟没有想到这一点。

"好极了，亚历山德拉·谢苗诺芙娜，好极了，我还从来没有喝过这么好的茶呢。"

亚历山德拉·谢苗诺芙娜高兴得满脸通红，急忙跑过来又给我续了一些茶水。

"公爵！"马斯洛博耶夫叫道，"我的朋友，那公爵是个恶棍，是个骗子……哼！我可以告诉你，老朋友，我自己虽说也是个骗子，但是，哪怕我仅有一点点清白，我也不愿与他为伍！不过够了，不说啦！关于他，我能告诉你的就这些。"

"可是我特意来找你，顺便也想详细打听一下他的情况。不过这事以后再谈。那么，昨天我不在家的时候，你为什么给我的叶连娜糖果，还在她面前跳舞？你跟她说什么能谈上一个半小时？"

"叶连娜，这是个小姑娘，十二岁，也可能十一岁，目前暂时住在伊万·彼得罗维奇那里。"马斯洛博耶夫突然转身向亚历山德拉·谢苗诺芙娜解释说，"你瞧，万尼亚，你瞧，"他用一个指头指着她说，"她脸红啦，一听说我给一个陌生姑娘送糖果，她就满脸通红，还浑身哆嗦，倒像我们突然开了枪似的……瞧她那双眼睛，火辣辣的，像烧着的煤块。您瞒不了的，亚历山德拉·谢苗诺芙娜，瞒不了的！您吃醋啦。我要是不说这是个十一岁的姑娘，那她立刻就会揪我的头发：到时候香柠檬油也救不了我啦！"

"它现在也救不了你！"

亚历山德拉·谢苗诺芙娜说着便一跃而起，从茶桌旁跳到我们跟前,马斯洛博耶夫来不及护住自己的头,她就抓住他的一绺头发,使劲揪起来。

"活该,活该!你敢当着客人的面说我吃醋,看你还敢,你敢,你敢!"

她虽说笑着,却面红耳赤,马斯洛博耶夫没有少吃苦头。

"什么丢人现眼的事他都说!"她一本正经地对我加了一句。

"你瞧,万尼亚,我就过着这种日子!由于这个原因,我非得喝伏特加不行了!"马斯洛博耶夫当机立断,一面整理着头发,几乎是扑向酒瓶。但亚历山德拉·谢苗诺芙娜早料到他这一招儿,抢先跑到桌前,亲自斟了一杯递给他,甚至还亲热地拍拍他的脸颊。马斯洛博耶夫立即神气地向我挤挤眼睛,咂了一下舌头,得意洋洋地把酒一饮而尽。

"至于糖果嘛,这就很难说清楚了,"他挨着我在沙发上坐下,开始说,"这糖果是我前天喝醉后在蔬菜店里买的,——我也不知道为什么买它。不过,可能是为了支援国家的工商业吧。到底为什么,我也说不清,只记得当时我醉醺醺地走在大街上,摔倒在污泥里,我撕扯自己的头发,哭自己没有能耐,怎么也爬不起来。不用说,我把水果糖给忘了,所以这糖一直留在我的口袋里,直到昨天我坐到你家的沙发上时,一屁股坐在糖块上,才想起它们。至于跳舞,同样是一种醉态:昨天我酩酊大醉,每当我喝醉了的时候,往往对自己的命运感到心满意足,有时就情不自禁手舞足蹈起来。情况就是这样。此外,也许是这个孤儿唤起了我的怜悯心。而且,她一直不肯跟我说话,好像很生气。于是我就跳起舞来，逗她开心，还请她吃水果糖。"

"你是不是想收买人心，好从她嘴里掏点什么？你老实交代：你是不是明知我不在家才来找我，好跟她私下里谈谈，探出点情况？我可知道，你跟她待了一个半小时，还让她相信，你认识她死去的母亲，又向她探听了不少事情。"

马斯洛博耶夫眯起眼睛，狡猾地嘿嘿一笑。

"这个想法倒真不赖呀，"他说，"不，万尼亚，不是这么回事。其实既然遇到机会，为什么我不能问问呢，但不是这么回事。听我说，老朋友，尽管我眼下也跟往常一样醉得相当厉害，不过你要知道，我菲利普是永远不会心怀恶意欺骗你的，也就是说，我对你绝无恶意。"

"这么说，你并无恶意？"

"对……并无恶意。不过，让这件事见鬼去吧！咱们喝酒，谈正经的！这件事嘛，无关紧要。"他干了一杯，又继续道，"那个布勃诺娃没有任何权利收留这个小姑娘，我全都弄清楚了。根本没有收养关系或其他什么。那个做母亲的欠了她的钱，她就把小姑娘弄去了。布勃诺娃虽说是个骗子，是个坏蛋，可是像所有的婆娘一样，又是个蠢货。死去的那个女人的护照保存完好，因此一切都是清楚的。叶连娜可以住在你那儿。尽管最好是有个慈善人家能正式收养她。不过暂时还让她留在你那儿吧。这不成问题，我会为你把一切都办妥的：布勃诺娃连一个手指头都不敢碰你一下。关于那个死去的母亲，我几乎打听不出她的任何准确情况。她是什么人的遗孀，娘家姓萨尔茨曼。"

"是这样,内莉对我也是这么说的。"

"好,这件事到此为止。现在,万尼亚,"他郑重其事地开始说,"我有一个小小的请求。你一定要答应我。你给我尽可能详细地说说,你在忙什么事,你经常往哪儿跑,你成天待在什么地方。我虽说也略有耳闻,知道一些,但我需要知道更详细的情况。"

这种郑重其事的语气使我暗自吃惊,甚至不安起来。

"这是什么意思?为什么你需要知道这些?瞧你这么一本正经地问……"

"是这样,万尼亚,我不兜圈子了:我想为你效劳。你瞧,老朋友,如果我要跟你耍滑头,我用不着这么一本正经也能探出你那些秘密。而你却怀疑我在跟你耍滑头:刚才你还说到那些水果糖,我心里明白。既然我现在郑重其事地找你谈话,那就是说,我不是出于利己的目的,而是为了你。所以你不要怀疑,要照直说,把真实情况都告诉我。"

"为我效劳?你听着,马斯洛博耶夫,你怎么不愿跟我谈谈公爵的事?我需要了解这个。这才是帮我的忙。"

"公爵的事!哼……好吧,我直说了吧:我现在要问你的,正是有关公爵的事。"

"怎么?"

"是这么回事:我发现,朋友,他不知怎么已经介入你的事了。顺便说一句,他曾多次向我盘问你的情况。他怎么知道我们是老相识——这跟你无关。不过最要紧的是,你要提防这位公爵。这是一个出卖耶稣的犹大,甚至比犹大还坏。所以我看到他插手你的事情时，真为你提心吊胆呢。可是我对你的事一无所知，为此才要求你讲一讲，以便做出判断……我今天请你来正是为了此事。直说了吧，这才是那件重要的事。"

"你起码得告诉我一点儿什么，哪怕就说说为什么我非得提防公爵不可。"

"好的，这可以做到。我的朋友，一般说来，我受人之托，总要给别人办一些事。不过你想想：人家之所以委托我办事，正因为我不是个多嘴的人。我怎么能随便告诉你什么呢？所以请你不要见怪，如果我讲得很一般，很笼统，我只是为了向你说明：他是一个多么卑鄙无耻的人。好吧，那你先说说你的事。"

我考虑，我那些事根本用不着向马斯洛博耶夫隐瞒。娜塔莎的事不是什么秘密，再说我还指望马斯洛博耶夫能给她一些帮助。当然，我在叙述的过程中，有些方面还是尽量回避的。有关公爵的一切，马斯洛博耶夫听得特别仔细，他几次打断我的话，许多地方他一问再问，因此我对他讲得相当详细。我讲了足有半个钟头。

"嘿，这姑娘有头脑，很聪明！"马斯洛博耶夫断定道，"如果说，她也许还没有完全看透公爵的为人，那么，单就她一开始就认清了她在跟什么人打交道，并跟他断绝了一切来往，这就很了不起。纳塔利娅·尼古拉耶芙娜是好样的！我为她的健康干杯！"他一饮而尽。"要避免上当受骗，不仅要用脑子，还要用心。她的心没有出卖她。不用说，她是输定了：公爵不达目的誓不罢休，阿廖沙最终会抛弃她。只可惜伊赫缅涅夫白给了这个无耻小人一万卢布!这桩案子是谁替他张罗的,是谁为他跑腿的?恐怕就是他本人!嘿,所有那些急性子的上流人士都是这样!别人拿他毫无办法!对付公爵可不能这么干。我本可以给伊赫缅涅夫找一名大律师——唉"说罢,他懊恼地捶了一下桌子。

"噢,现在可以谈谈公爵了吧?"

"你老问公爵的事。可是关于他有什么好谈的,我真不该答应你的要求。万尼亚,关于这个骗子我只想警告你,要你,这么说吧,提防他,不受他的影响。凡是跟他打交道的人都难免遭殃!所以你要竖起你的耳朵,加倍小心,我要说的就是这个。可你还以为我会告诉你一些天知道什么样的巴黎的秘密[1]。显然你是一位小说家!行了,关于无耻小人有什么可说的?小人就是小人……噢,也行,我来举个例子,给你说一件他的小故事,当然,不提地点,不提城市,不指名道姓,也不指出确切的时间。你知道,在他还非常年轻的时候,在他不得不靠小职员的薪水维持生计的时候,他娶了一个富有的商人之女。哦,他对这个女人却很不客气,虽说现在我们不谈她的事,但我要指出,我的朋友万尼亚,他这人一辈子最喜欢从这类事情中捞到实惠。后来又有一个机会:他出国了。在国外……"

"等一等,马斯洛博耶夫,你讲的是哪一次出国?在哪一年?"

---

[1] 指的是法国作家欧仁·苏描写巴黎社会底层的小说《巴黎的秘密》(1842)。该书在当时广泛流传。

"整整九十九年零三个月以前。[1] 接着听，先生。在国外，他从一个父亲那里拐骗了他的女儿，带着她私奔到了巴黎。你听听他是怎么干的！那个父亲好像是工厂主，或者是这类企业的股东，我也说不太准。其实我现在跟你讲的，都是我根据一些材料推断和想象出来的。公爵先是把他骗了，钻进了他的企业。他完全蒙骗了他，拿了他不少的钱。当然，那老人手头有一些字据，证明公爵拿了他的钱。可是公爵却想拿了不还，照我们的说法，就是盗窃。老人有一个女儿，女儿是个美人，美人身边有个热恋着她的极好的男人，他是席勒的老弟[2]，诗人，同时又是商人，一个年轻的幻想家，总而言之，是个地道的德国人，姓什么费费尔库亨。"

"你是说他姓费费尔库亨？"

"噢，也许不是费费尔库亨，鬼知道他叫什么，这无关紧要。只是公爵也钻到那姑娘身边，而且十分得手，弄得她像疯了似的爱上了他。这时的公爵一心想要两样东西：其一，占有女儿；其二，占有那些能证明钱原本是老人所有的字据。老人所有抽屉的钥匙都由女儿保管。老人太爱他的女儿了，爱得昏头昏脑，爱得不愿让女儿出嫁。真是这样，对所有的求婚者他都忌妒，他不能设想离开女儿怎么生活，连那个费费尔库亨也被他赶走

---

[1] 从这里开始，基于密探的身份，马斯洛博耶夫在谈到时间、地点、人名时故意信口开河，但有关公爵的事均属实。
[2] 席勒（1759—1805），德国诗人，剧作家。"席勒的老弟"意为心地善良的幻想家和理想主义者。

了,真是个古怪的英国人……"

"英国人?那么,这一切究竟在哪儿发生的?"

"我只是随便说说:英国人,打个比方,可你却抓住不放了。这事发生在圣——菲——德——波哥大[1],也可能在克拉科夫[2],不过最大的可能是在拿骚公国[3],瞧,这矿泉水瓶子上也写着呢,对,正是发生在拿骚,这下你满意了吧?好,于是公爵拐骗了姑娘,带着她离开了父亲。在公爵的坚决要求下,那姑娘还带走了一些文件字据。要知道,这样的爱情故事太常见啦,万尼亚!哎呀,我的上帝,其实那姑娘是多么正直、高尚、完美!说真的,她很可能不知道这些文件有多大用处。她只担心一件事:父亲会诅咒她。这时公爵立即想出办法,给她立下一张正式文据,保证同她结成合法夫妻。他还这样劝她,说他们只是暂时出去玩玩,等老人的怒气消了,他们举行完婚礼再回到他的身边,从此他们三人将永远生活在一起,一道积攒钱财,诸如此类的话说了不少。她跑啦,老人诅咒她,而且彻底破产了。那个弗劳因米尔希追到巴黎去找她,他抛弃了一切,抛弃了商务,因为他太爱她了。"

"等一等!这个弗劳因米尔希又是什么人?"

"就是那个,他叫什么来着!费尔巴哈……呸,真该死:就是费费尔库亨啊!听着,先生,公爵当然是不会娶她的:赫列

---

[1] 即波哥大,为哥伦比亚首都。
[2] 为波兰一省会。
[3] 是当时普鲁士西南莱茵河畔的一个小公国,1866年起并入普鲁士王国。

斯托娃[1]伯爵夫人会怎么说？波莫伊金男爵对此有何评论？因此，他还得骗人。哦，他骗起人来太无耻啦。首先，他几乎要动手打她；其次，他故意邀请费费尔库亨常去做客，于是那位就经常去看他们，成了她的知心朋友。两人便一起伤心落泪，整晚整晚相对而坐，各自哭诉自己的不幸，他来安慰她；显然，都是天使般的人。公爵是故意设下圈套：有一次他深夜归来撞上他们，硬说他们私通，百般刁难，一口咬定是他亲眼所见，于是他就把他们两个赶出大门，自己则跑到伦敦暂住。当时她即将分娩，她刚被赶出家门，便生了一个女儿……哦，不是女儿，是个儿子，是个小男孩[2]，施洗时取了个教名叫沃洛季卡，费费尔库亨成了他的教父。就这样她跟费费尔库亨走了。他手头还有一些积蓄。他们走遍了瑞士、意大利……尽情游览了那些诗情画意的地方。她老是哭哭啼啼，费费尔库亨也陪着落泪，就这样许多年过去了，小姑娘也长大了。公爵万事如意，只有一件事不称心：那张答应跟她结婚的字据没能弄到手。'你是个卑鄙的小人，'分手时她对他说，'你抢光了我的钱财，你玷污了我的名声，现在你又要抛弃我。永别了！可是字据我不会给你。倒不是因为日后我还想嫁给你，而是因为你害怕这个证据。那就让它永远留在我的手里！'总之，她气极了，可是公爵却心

---

[1] 是亚·谢·格里鲍耶陀夫的喜剧《智慧的痛苦》中的一个人物，一个好发号施令的老太婆，她是另一人物法穆索夫的大姨子。法穆索夫在终场时感叹说："哎呀，天哪，玛丽亚·阿列克谢耶夫娜公爵夫人会怎么说呢？"

[2] 下文又说是小姑娘。马斯洛博耶夫这里是故弄玄虚。

安理得,若无其事。一般说来,这种无耻小人尤其擅长跟所谓的高尚人士打交道。这些人的心灵无比高尚,所以很容易上当受骗;其次,他们通常采取高傲的蔑视态度应付发生的事,即便可以诉诸法律,他们也不会实际去运用法律手段解决问题。就拿这位母亲来说吧:她就采取了这种高傲的蔑视态度,尽管她手里握有证据,但是公爵知道,她宁肯去上吊,也不会利用证据去告发他,所以他一直十分放心。虽说她痛斥了他的无耻嘴脸,可是她还有沃洛季卡:她要是死了,孩子怎么办?不过这一点她从来没有考虑过。布鲁德夏夫特只知道鼓励她,也没有考虑这件事。他们只知道读席勒的作品。后来,布鲁德夏夫特不知怎么萎靡不振,离开了人世……"

"你是说费费尔库亨吧?"

"没错,见他的鬼!而她……"

"等一等!他们流落了多少年?"

"整整二百年。听着,先生,后来她又回到了克拉科夫。她的父亲不接纳她,诅咒她。最后她死了,这下公爵高兴得画起十字来。我去过那里,眼看着蜂蜜吃不到口,得了点甜头就赶紧往外溜……咱们喝呀,亲爱的万尼亚!"

"我怀疑你现在正替他张罗这件事,马斯洛博耶夫。"

"你当真这么想吗?"

"可是我不明白,在这件事上你能做什么!"

"你瞧,既然她离去十年之后又回到了马德里,还改名换姓的,那么他就得把一切打听清楚:布鲁德夏夫特怎么样啦,老人怎么样啦，她是不是真的回来了，那小家伙怎么样啦，她是不是死了，那字据还在不在，诸如此类的事少不了。还有别的人，别的事。这人坏透了，你可要提防他，万尼亚，说到我马斯洛博耶夫，你记住一点：在任何时候任何情况下你都不要叫他卑鄙小人！虽说他也卑鄙（照我看，没有一个人不卑鄙），但他不会害你。我喝醉了，不过你听着，要是有一天，或早或晚，或者是现在，或者是明年，要是你发觉我马斯洛博耶夫在什么事上耍滑头害了你（请注意，别忘了耍滑头这个词儿）——那么你要知道，这也并无恶意。马斯洛博耶夫一直在关照你。所以你不要疑神疑鬼，最好常来坐坐，像亲兄弟一样跟马斯洛博耶夫推心置腹地聊聊天。好了，现在你想喝一杯吗？"

"不。"

"吃点儿东西呢？"

"不，老同学，请原谅……"

"好吧，那你就走吧。现在九点差一刻，你不是急着要走吗？现在你可以走啦。"

"怎么？你说什么？他真是喝醉了，居然赶起客人来了！他向来都是这样！哎呀，你真不害臊！"亚历山德拉·谢苗诺芙娜叫道，几乎要哭了。

"走路的跟骑马的，做不了旅伴！亚历山德拉·谢苗诺芙娜，咱俩留下来恩爱一番吧。这位是将军！不，万尼亚，我这是胡扯。你不是将军，而我却是一个小人！你看看，我现在像个什么？在你面前我算得了什么？原谅我，万尼亚，别责备我，让我诉诉衷肠……"

他拥抱我,泪流满面,我准备告辞。

"哎呀,我的上帝!我们把晚饭都准备好啦。"亚历山德拉·谢苗诺芙娜无比伤心地说,"那么星期五您一定会来的喽?"

"一言为定,亚历山德拉·谢苗诺芙娜,星期五我一定来。"

"您说不定会嫌弃他这么一个……酒鬼。请您别嫌弃他,伊万·彼得罗维奇,他是个好人,心地善良,而且他是多么爱您!现在他日日夜夜都对我谈起您,老是谈起您。他还特地买您的书来给我看,我还没有读呢,明天开始读。您要是能来,那我就太高兴啦!我见不到任何人,谁也不上我们这儿来坐一坐。我们什么都有,可老是冷冷清清的。刚才我坐在那儿,一直听啊听啊,听你们说话,这样真好……好吧,星期五再见……"

第七章

我告辞后赶紧回家:马斯洛博耶夫那一番话使我大为惊讶。天知道我当时想到了什么……好像是天意,回家时我又碰到一件意外事,这件事犹如电击一般使我胆战心惊。

在我居住的那幢楼房的大门对面,有一盏路灯。我刚刚跨进大门,突然有一个古怪的人影从路灯后面向我扑来,吓得我惊叫一声。这个惊恐万分、浑身打战、半疯的活人喊叫着抓住了我的双手,我不禁毛骨悚然。这人是内莉。

"内莉！你怎么啦？"我叫道，"你这是干什么！"

"那边，楼上……他坐着……在我们那儿……"

"他是谁？咱们走吧，跟我回去。"

"我不去，不去！我再等一等，等他走了……在外屋……我不去。"

我带着某种奇怪的预感上楼回家，开门一看——是公爵。他坐在桌旁看小说。起码书是翻开了的。

"伊万·彼得罗维奇！"他高兴地叫起来，"您总算回来了，我太高兴了。刚才我都想走了。我等了您一个多小时啦。由于伯爵夫人一再恳请，我答应她今天晚上一定领您去看望她。她那么真诚地请求我，那么殷切地希望同您结识！因为您已经答应过我，所以我考虑不如早些直接登门造访，趁您尚未外出，邀请您跟我一道前往。您想想我多么伤心：我来了，您的女仆却说您不在家。怎么办？要知道我是用名誉担保您会去的，所以只好坐下来等您，心想等上一刻钟再说。可是这一刻钟好长啊，于是我翻开您的小说，就读得入迷啦。伊万·彼得罗维奇！这可是一部杰作！舆论还没有给您应有的评价！您简直把我感动得落泪了。要知道我都哭了，而我是很少掉眼泪的……"

"那么您是要我去一趟？不瞒您说，现在……虽说我完全不反对，但是……"

"看在上帝的分上，咱们走吧！您怎么向我交代呀？要知道，我等了您一个半钟头呢！……再说，我十分需要、十分需要跟您谈一谈——您明白谈什么吗？整个这件事您知道得比我更清楚……我们很可能会做出什么决定,在某些方面取得共识,您想想吧,看在上帝的分上,请您不要推辞!"

我考虑,反正我迟早要去一趟。虽说现在娜塔莎很孤独,她需要我,但她自己也委托我尽快去了解卡佳的为人。此外,阿廖沙也可能在那边……我知道,如果我不给娜塔莎带去有关卡佳的消息,她是不会安心的,所以我决定走一趟。可是内莉的事又让我为难。

"请等一下,"我对公爵说,随后走到楼梯上。内莉站在一个黑暗的角落里。

"为什么你不愿意进去,内莉?他对你怎么啦?他对你说了什么?"

"没什么……我不愿意,不愿意……"她重复道,"我怕……"

不论我怎么恳求她,都无济于事。最后我们约定,等我和公爵一走,她立即进屋,把门锁起来。

"你别放任何人进来,内莉,不管他怎么求你。"

"那么您要跟他一道走吗?"

"不错,跟他一道走。"

她打了个哆嗦,抓住我的两只手,似乎想求我别跟他去,但一句话也没有说。我决定明天再详细问她原因。

我向公爵道歉后开始更衣。他便劝我说,上那里根本用不着更衣打扮。"除非衣着能使人显得更精神些!"他说着,像宗教裁判官一般从头到脚审视我,"您知道,这些无非是上流社会的偏见……而要完全摆脱这些偏见又是不可能的。在我们的社会里,您永远也不会找到没有偏见的理想境界。"他发表完他的议论,看到我还有一件燕尾服,颇为满意。

我们出去了。但我把他留在楼梯上,又返回房间,这时内莉已经溜了回去,我再次跟她道别。她激动异常,脸色发青。我真为她担心,把她独自留下,我感到不安。

"您的那个女仆真古怪,"下楼时,公爵对我说,"那个小姑娘是您雇的女仆吧?"

"不是,她……暂时住在我这儿。"

"古怪的小姑娘。我相信她是个疯子。您想想,起初她答话答得好好的,可是后来像认出我是什么人,便朝我猛扑过来,大声尖叫,浑身发抖,一把抓住了我……她想说什么——可又说不出来。老实说,我都吓坏了,正想赶快逃走,可是她,谢天谢地,自己倒先跑掉了。我很吃惊。你们怎么能住在一起呢?"

"她有癫痫病。"我答道。

"哦,原来如此!这就不奇怪了……原来她是癫痫病发作了。"

这时候我突然觉得这事很蹊跷:昨天马斯洛博耶夫明知我不在家却前来探访;今天我去看望马斯洛博耶夫时,他在醉醺醺的状态下不太情愿地讲的那些事,他约我晚上七点再去,并一再要我相信他没有对我要滑头;最后公爵等了我一个半小时,也许他明知这时我在马斯洛博耶夫那里,而内莉却不想见他,竟跑到了街上——我觉得这几件事之间似乎有某种联系。许多事都值得思索一番。

大门外停着他的四轮马车。我们登上马车就出发了。

第八章

走不多远便到了通商桥。起先我们相对无言。我一直在想：他的话会从哪儿开始呢？我总觉得他会试探我，摸摸底，打听什么情况。但他毫不拐弯抹角，单刀直入地就谈起正事来了。

"目前有一件事让我十分操心，伊万·彼得罗维奇，"他开始说，"这件事我想首先跟您商量一下，听听您的意见：我早已决定放弃我打官司赢来的这一万卢布，把有争议的钱让给伊赫缅涅夫。你说怎么办才好呢？"

"你不会不知道怎么办的，"我突然闪过一个念头，"你该不是拿我开玩笑吧？"

"我不知道，公爵，"我尽量直率地答道，"在别的方面，具体说在有关纳塔利娅·尼古拉耶芙娜的事情上，我准备向您提供您和我们大家都必须知道的情况，但是在这件事上，您当然比我更清楚。"

"不，不，我当然不如您了解得多。您跟他们很熟，很可能就连纳塔利娅·尼古拉耶芙娜本人也不止一次向您说到过她对这个问题的看法，而这就是我遵循的主要原则。您能帮我大忙；这件事极其难办。我准备让出这笔钱，甚至已经拿定主意，不论其他的事怎么了结，这笔钱非让不可，您明白吗？可是怎么让，以什么方式让，这就成问题了。那老头子高傲、固执，说不定我的好心得不到好报，他会把这些钱给我甩回来。"

"不过，对不起，您是怎么看这笔钱的：是您自己的，还是他的？"

"官司我打赢了，所以这钱自然是我的啦。"

"可是凭良心说呢？"

"毫无疑问，我认为钱是我的，"他答道，我不客气的提问使他受了一点刺激，"不过，您似乎并不了解此事的关键所在。我并没有责怪老头子蓄意欺骗，坦率地说，我从来没有这样责怪过他。是他故意装出一副受尽委屈的样子。他的过错是粗心大意，对委托他的事务不尽心竭力，根据我们过去的契约，有些诸如此类的事情应该由他承担责任。可是您知道吗，问题甚至不在这里：问题在于我们吵翻了，而且当时我们彼此辱骂对方。总而言之，双方的自尊心都受到了伤害。当时我也许并不在意这区区一万卢布，不过您自然明白，整个案子当时是因何而起的。我承认自己生性多疑，我做得也许不对（也就是说，当时做得不对），但对此我当时并没有觉察，又受到他粗鲁无礼的羞辱，一怒之下，我不想错过机会，便告了他。您也许觉得，我这方面的行为不够大度。我无意替自己辩白，只想向您指出一点：愤怒，以及自尊心受到伤害，后者是主要的——这还不能说是缺乏高尚的气度，这是人之常情，是很自然的事，而且老实说，我要向您重复一遍：我其实几乎根本不了解这个伊赫缅涅夫，而是完全听信了那些有关阿廖沙和他的女儿的传闻，因此也就相信了他是存心偷钱……不过这事不谈了。主要的问题是：我现在该怎么办？这笔钱我可以放弃，但是，如果我同时声明，我现在依然认为我的控告是对的，那么要知道，这岂不等于说：这笔钱是我送他的。再加上目前纳塔利娅·尼古拉耶芙娜处境微妙……他一定会把这些钱给我甩回来。"

"您看，您自己也说：他会甩回来的，由此可见，您也认为他是一个诚实的人，因此您完全可以相信他没有偷您的钱。既然如此，您为什么不能去找他，不能开诚布公地对他说，您认为自己的告发是没有法律根据的？这才是高尚的行为，那样的话，伊赫缅涅夫拿自己的钱也许就毫不为难了。"

"哼……自己的钱，问题就在这里；您把我当成什么人了？去找他，对他说：我认为自己的控告是没有道理的。那么，既然你知道没有道理，为什么还去告他呢？——所有的人都会这样当面责问我的。而我不该受到指责，因为我控告他是合理合法的。我从来没有在任何地方说过或者写过：他偷了我的钱；但他粗心大意，办事马虎，不善经营，这些我至今深信不疑。这笔钱不用说是我的，所以，要我自己把诬告的罪名安到自己头上，那就太叫人难堪了！最后，我再说一遍：那老头子是自讨苦吃，您看到他受了委屈，逼着我去求他原谅——这也太让人难堪了！"

"我以为，如果双方都想和解，那么……"

"那么您认为这很容易？"

"是的。"

"不，有时很不容易，尤其是……"

"尤其是如果还有另一些情况跟这事搅在一起……在这一点上，我同意您的看法，公爵。纳塔利娅·尼古拉耶芙娜和令郎的事，在涉及您的各种问题上，全部应由您来解决，而且应当解决得让伊赫缅涅夫夫妇完全满意。只有这样，您才能十分真诚地同伊赫缅涅夫一道，彼此把这场官司解释清楚。目前，由于任何问题均尚未解决，所以您只有一条路可走：承认您的控告是不公道的，要真心实意地承认，如有必要，还要公开承认——这就是我的看法。我对您直言不讳，因为您本人刚才征求过我的意见，因此想必您不愿意我对您耍什么花招。这也使我有勇气来向您提一个问题：为什么您在如何把钱退给伊赫缅涅夫的问题上煞费苦心？既然您认为您的控告是正当的，那您何必又把钱给他呢？请原谅我的好奇，因为这一点同另一些情况密切相关……"

"那么您怎么想？"他突然发问，好像根本没有听见我刚才的提问，"您是不是深信伊赫缅涅夫这个老头子肯定会拒绝这一万卢布，假使我把钱交给他，不带任何附加条件，也……也……也不说任何道歉的话？"

"当然会拒绝！"

我怒不可遏，甚至气得哆嗦起来。这个厚颜无耻地表示怀疑的问题，给我的感受就像公爵冲着我的脸啐了一口唾沫。令我感到受辱的还有另一种因素，那就是他那上流人士蛮横无理的态度，对我的问题充耳不闻、不予理睬，却用另一个话题来岔开，大概是要让我明白，我太想入非非了，太放肆了，竟敢向他提出这样的问题。我对上流社会的这种习气深恶痛绝，之前就劝导阿廖沙力戒这种恶习。

"哼……您太冲动了，这个世界上有不少事都不能按您的想法去办，"公爵针对我的大声回答平静地说，"不过我认为，在这件事上，纳塔利娅·尼古拉耶芙娜多多少少能解决问题，这一点请转告她。她可以提个建议嘛。"

"绝对不会，"我粗鲁地答道，"刚才我对您讲的话您充耳不闻，还打断了我。纳塔利娅·尼古拉耶芙娜会明白，如果您退钱不是出于真心，也不说任何如您所说的道歉的话，这就等于说，您付钱给父亲是因为他失去了女儿，您付钱给她是因为她失去了阿廖沙——总而言之。您是想用钱来补偿……"

"哼……瞧您竟这样理解我的用心，我的最最善良的伊万·彼得罗维奇。"公爵笑了起来，他为什么笑呢？"可是，"他继续道，"我们还有许多事情需要一块儿商量。不过现在没有时间了。我只请求您明白一点：事情直接关系到纳塔利娅·尼古拉耶芙娜和她的整个未来，而这一切多多少少取决于我跟您在这个问题上做出的决定和取得的共识。您是不可或缺的人——您自己也明白。所以，如果您至今还钟情于纳塔利娅·尼古拉耶芙娜的话，那就不能拒绝跟我商量，即使您对我不抱多大的好感。不过我们到了……A bientòt[1]。"

---

[1] 法文：回头见。这里意为：回头再见。

第九章

　　伯爵夫人的日子过得很好。所有的房间收拾得既舒适又雅致，虽说根本谈不上富丽堂皇；不过，一切陈设都带有暂住的性质。这不过是一幢供短期使用的相当不错的住房，而不是豪门望族那种永久性的宅第，所以既没有贵族老爷家那种豪华气派，也没有那些被认为必不可少的稀奇古怪的摆设。据说伯爵夫人每年夏天都要到辛比尔斯克省自己的庄园避暑（虽说庄园已经败落，并多次被抵押出去），而且每次公爵都陪同前往。我已听到过这种传闻，不免苦恼地想道：一旦卡佳跟随伯爵夫人离开这里时，阿廖沙将如何是好？此事我还没有向娜塔莎提起，我真为她担心。可是我从某些迹象看出，她似乎也听到过这种传闻。但她缄口不谈，只是暗自伤心发愁。

　　伯爵夫人十分客气地接待我，彬彬有礼地向我伸出手来，一再表示早就想在家里见到我了。我们都围着茶炊坐下，伯爵夫人亲自从一只精致的银茶炊里为我斟茶。除了我和公爵之外，还有一位上了年纪、贵族气十足的绅士，他胸前佩戴着一枚星形勋章，衣领浆得笔挺，一副外交官派头。这位客人看来很受尊敬。伯爵夫人回国以后，还没有来得及在这个冬天在彼得堡广为交际，确立自己的地位，像她自己所希望和打算的那样。除了这位宾客，席间并无他人，整个晚上再也没有人来。我举目寻找卡捷琳娜·费奥多罗芙娜，她同阿廖沙在另一个房间里，听我们到来，便立即出来见我们。公爵殷勤地吻了吻她的手，伯爵夫人则向她以目示意，要她招呼我。公爵立刻为我们做了介绍。我急切地细心打量她：这是一个温柔的金发姑娘，穿着白色连衣裙，身材不高，脸上的表情文静而安详，正如阿廖沙讲的那样，一双眼睛纯粹是蓝色的，她周身上下焕发着一种青春之美，也就如此而已。我原以为会见到一个绝色佳丽，但她没有那么美。一张鹅蛋脸端端正正、轮廓柔和，相当端正的五官，一头浓密的金发倒的确很美，梳着普通的家常发式，文静而专注的目光——假如我在别的地方遇到她，恐怕会毫不留意地从她身边走开。但这仅仅是第一面的印象，后来在这个晚上我得以进一步观察她。她向我伸出手来，一脸天真的表情，聚精会神地一直望着我的眼睛，却一句话也不说，仅是这副奇特的神态就让我感到惊奇，我自己也不知为什么，不由自主地对她微微一笑。显然，我立即感到，站在我面前的是一个心地纯洁的人。伯爵夫人留心地注视着她的一举一动。卡佳握了握我的手，便有点匆忙地离开我，坐到房间的另一端，跟阿廖沙在一起。阿廖沙向我问候的时候，悄悄地对我说："我在这里只待一会儿，马上就去那边。"

"外交官"——我不知道他的姓名，但总得给他一个称呼，姑且就叫他外交官吧——镇静而得意地侃侃而谈，在发挥某个论点。伯爵夫人专心致志地听他讲话。公爵则面带赞赏、谄媚的微笑。讲话的人经常向他转过身去，大概把他看成一位值得尊敬的听众。给我斟过茶后，再没有人来打搅我，对此我非常高兴。于是我乘机从旁观察伯爵夫人。她给我的第一印象，不知怎么使我无意中对她产生了好感。也许她已不年轻，但在我看来，她绝不会超过二十八岁。她的面容依然鲜艳，想当年在豆蔻年华时，她一定长得极美。深褐色的头发还相当浓密，目光十分和善，却透着轻佻和几分顽皮的嘲讽意味。不过目前她不知何故显然有所克制。这目光也显示出她很聪明，尤其显示出她心地善良，生性快活。在我看来，她主要的性格特征，是有点轻佻，追求享受，还有一种温和的自私，也许甚至是极端的自私。她处在公爵的控制下，公爵对她有着异乎寻常的影响。我知道他们两人关系暧昧，还曾听说他们在国外逗留期间，他完全不是一个猜忌心重的情夫。但我总觉得——直到现在也这么认为——把他们联系在一起的，除了从前那些关系，还有另外一种颇为神秘的东西，一种类似双方基于某种算计而相互承担义务的约定……总而言之，确实存在某种默契。我还知道，目前公爵已经把她视作累赘，但与此同时，他们的关系却没有因此中断。也许当时最能把他们连在一起的，就是他们都在打卡佳的主意，而首先打这种主意的，不用说，是公爵。基于这一理由，公爵才摆脱了同伯爵夫人的婚姻（伯爵夫人的确有过这种要求），并说服她促成阿廖沙同她的继女的婚事。根据阿廖沙以前那些天真的叙述，我至少可以得出上述结论，而阿廖沙对有些情况还是有所觉察的。也是根据他的部分叙述，我还觉得，尽管伯爵夫人对公爵百依百顺，但公爵不知为什么却有点怕她。这一点连阿廖沙也看出来了。我后来了解到，公爵有意让伯爵夫人早日再婚，而且部分出于这个目的，他才把她送到辛比尔斯克,指望在外省为她找到一个体面的丈夫。

我坐在那里听他们说话,不知道怎样才能尽快同卡捷琳娜·费奥多罗芙娜单独交谈。外交官正在回答伯爵夫人提出的问题:当前的局势如何,开始实行的种种改革[1]怎么样了,以及人们是不是应当害怕这场改革。他高谈阔论,泰然自若,俨然是个权威人士。他机智地、头头是道地发挥着自己的论点,但他的论点却令人反感。他坚持认为,改革和改良的全部精神很快就会产生相应的结果;人们看到这些恶果就会领悟过来,那时不仅这种改革的新精神将在社会上(当然是指社会的一部分)销声匿迹,而且人们会凭经验看到这一错误,于是就会加倍努力地开始维护旧传统。经验,哪怕是惨痛的经验,也将十分有益,因为它能教会人们如何维护这种能拯救危局的旧传统,并为旧传统提出新的根据。因此,甚至应当希望目前这种轻举妄动尽快发展到极致。"没有我们是不行的,"他作出结论。"从来还没有哪个社会离开了我们还能存在下去。我们不会丧失什么,而是相反,我们将会获得巨大的利益。我们会重新崛起,重新崛起,当前我们的口号应当是:'Pire ça va, mieux ça est'。[2]"公爵对他微微一笑,脸上那种谄媚的神情令人作呕。演说家扬扬得意起来。我真蠢,居然想起来驳斥他;我感到怒火中烧。但是公爵那恶毒的目光制止了我。他飞快地向我这边扫了一眼,让我

---

[1] 当指1858—1860年间俄国报刊广泛议论的问题,如即将废除农奴制、司法公开和新的书报检查条例等一系列改革。
[2] 法文:越糟糕越好。

感到,公爵正期待着我做出某种乖张而幼稚的举动;也许他巴不得我这样做,好欣赏我怎样糟践自己的名声。与此同时我深信,外交官对我的反驳肯定会嗤之以鼻,甚至对我本人也不屑一顾。我开始感到同他们坐在一起很不痛快,多亏阿廖沙解救了我。

他悄悄地走到我跟前,碰了碰我的肩头,请我过去说两句话。我猜想他是卡佳的使者。果真如此。一分钟后,我已经坐在她的身旁了。起初她只是仔细地打量我,仿佛心里在说:"哦,原来您就是这个样子!"刚开始时,我们两个都不知从哪儿谈起。不过我相信,一旦她开了个头,就会不停地说下去,一直说到天明。阿廖沙所说的"经过五六个钟头的交谈之后",忽然在我的脑海中闪过。阿廖沙坐在近旁,焦急地等着我们开口。

"你们怎么一声不吭啊?"他含笑望着我们,开始说,"见了面,又不说话!"

"噢,阿廖沙,你真是……我们马上就开始,"卡佳答道,"其实我们有太多事情需要一块儿商量,伊万·彼得罗维奇,所以我都不知道从哪儿说起了。我们真是相见恨晚,本该早些见面,因为我对您真是久闻大名了。我多么想见到您啊!我甚至想过要给您写信……"

"写什么呢?"我微笑着问。

"要写的事可多着呢,"她认真地答道,"比如说吧,阿廖沙在谈到纳塔利娅·尼古拉耶芙娜时总说,即使在这种时候他把她一人留下,她也不会因此而见怪的,他这话是真的吗?哦,是不是可以像他这样行事呢?喂,为什么你现在还待在这儿,请问你能告诉我吗？"

"唉，我的上帝，我马上就走。我刚才说过了，我在这儿只待一会儿，瞧瞧你们俩，看看你们怎么谈话，然后我立即就去那边。"

"我们不是在一起了吗，不是坐在这儿了吗？——你都看见了吧？他总是这样，"她脸上泛起淡淡的红晕，伸出一个指头，指着他对我说，"他老说：'一会儿，只待一会儿。'可是你瞧吧，一坐就坐到半夜，这么晚了，还怎么去那边呢。他老说：'她不会生气的，她心地善良。'——瞧，他就是这样犟嘴的！嘿，他这样做好吗？嘿，这样做高尚吗？"

"看来我只能走了，"阿廖沙闷闷不乐地答道，"可是我真想跟你们待在一起呀……"

"你跟我们待在一起干什么？正好相反，我们有许多事须要单独谈谈。听着，你不要生气，必须这样——请你理解。"

"既然必须这样，那我马上就……这又何必生气呢。我先到列文卡那里待一小会儿，之后立刻去她那里。还有件事，伊万·彼得罗维奇，"他拿起帽子，继续道，"您知道吗，我父亲打算放弃那笔同伊赫缅涅夫打官司赢来的钱。"

"我知道，他对我说过了。"

"他这样做是多么高尚啊！可是卡佳不相信他会行事高尚。您跟她谈谈这件事。再见，卡佳，还有，请不要怀疑我对娜塔莎的爱。为什么你们全都拿这些清规戒律来束缚我，责备我，监视我——好像你们是我的监护人似的！娜塔莎知道我多么爱她，她相信我，我也相信她是相信我的。我不顾一切地爱着她，爱得忘了自己应尽的种种义务。我说不出我多么爱她，就是爱她。所以你们不要老来盘问我，好像我是个罪人。你可以问问伊万·彼得罗维奇，现在他已经来了，他会向你证明，娜塔莎忌妒心重，虽然她那么爱我，但在她的爱情中有许多自私的成分，因为她从来不肯为我牺牲什么。"

"怎么能这样说？"我吃惊地问，简直不相信自己的耳朵。

"你说什么呀，阿廖沙？"卡佳双手一拍，几乎惊叫起来。

"是啊，这有什么好大惊小怪的？伊万·彼得罗维奇知道。她总是要求我待在她身边。虽然嘴上不要求，但看得出来，她心里就是这么想的。"

"不害臊，你这么说也不害臊！"卡佳说，气得脸都红了。

"这有什么可害臊的？说真的，卡佳，你也太那个了！要知道，我对她的爱比她想的更为强烈，要是她也能真正地爱我，也就是像我爱她那样爱我，那么她一定能为我牺牲她的快乐。不错，是她主动让我出来的，可是我看她的脸色就知道，这样做时她心情沉重，所以对我来说，这跟不放我出来也没什么两样。"

"不对，他不会无缘无故这么说！"卡佳叫道，她的眼睛里闪着怒火，重又转脸看着我。"你老实承认，阿廖沙，马上承认，这些话是不是你父亲给你灌输的？今天灌输的？还有，请你别跟我耍滑头：我立刻会弄清楚的！是不是这样？"

"不错，是他说的，"阿廖沙不好意思地答道，"这有什么大不了的？他今天跟我谈话的时候那么和气，那么友好，而且老在我面前夸奖她，弄得我都感到奇怪了：她那样侮辱了他，他却那样夸奖她。"

"而您，您也就信了，"我说，"她把一个女人能够付出的一切都献给了您，直到现在，就在今天，她还完全在为您担心，生怕您什么时候烦闷了，生怕您没有机会去看望卡捷琳娜·费奥多罗芙娜！这些都是她今天亲口对我说的。而您竟突然相信了这些虚情假意的鬼话！您怎么不害臊呢？"

"忘恩负义！那有什么，他从来不知道什么叫害臊！"卡佳说完，对他一挥手，就像他这人不可救药了。

"你们也真是的！"阿廖沙继续抱怨道，"你从来就是这样，卡佳！你总是怀疑我居心不良……至于伊万·彼得罗维奇，我就不说了！你们都认为我不爱娜塔莎。我不是因为不爱她才说她自私。我只是想说，她太爱我了，爱得有点过分，这样一来，我和她都感到痛苦了。父亲永远骗不了我，尽管他倒也想这样做。可我不受他的骗。他从来没有从坏的意思上说她是个自私的人，我心里清楚。他对我说的跟我刚才告诉你们的一字不差：说因为她太爱我，爱得太强烈，其结果就只能是自私了，弄得我和她都感到痛苦，往后我的日子会更不好过。怎么啦，父亲说的可是实话呀，因为他爱我，这根本谈不上他侮辱了娜塔莎，正好相反，他所看到的是她最强烈的爱，这爱情没有节制，到了令人难以置信的程度……"

但是卡佳打断了他的话，不让他说下去。她开始严厉地责备他，一再向他证明，他的父亲之所以夸奖娜塔莎，正是为了用他的伪善来蒙蔽他，而这一切的目的就是要拆散他们，使得阿廖沙本人在无形中不知不觉地对她产生反感。她热烈而机智地推断出娜塔莎多么爱他，任何爱情都不能原谅他目前对她的做法——因此真正自私自利的不是别人，正是他，阿廖沙。渐渐地卡佳的话使得他极度悲伤，悔恨交加。他坐在我们旁边，眼睛望着地面，一句话也答不上来，一脸痛苦的表情，简直无地自容了。但卡佳毫不留情。我极其好奇地细心观察她。我真想尽快了解这个奇特的姑娘。她还完全是个孩子，但却是一个奇特的有坚强信念的孩子，她有自己坚定的原则，怀着热烈的与生俱来的爱，向往善良和正义。如果当真还能把她叫作孩子的话，那么她应当属于爱思考的这一类孩子，这种孩子在俄国家庭中是相当多的。看得出来，她已经思考过许多问题。假如能窥探一下这个思考着的小脑袋，看看里面那些纯粹是孩子的想法和概念，如何同来自生活的切身感受和严肃的观察（因为卡佳已经有了一定的生活经验）相互混杂在一起，那一定是很有趣的，更何况她的脑子里还塞满了不少她所不熟悉的、从未体验过的观念，这些从书本上获得的抽象观念，一定使她感到震惊，这样的观念一定很多很多，也许她还误认为这些观念都是她亲自体验过的呢。我觉得，在这天晚上，以及随后的日子里，我对她有了相当透彻的了解。她的心是炽烈的，敏感的。在有些场合，她似乎不屑于约束自己，而把真理看得高于一切，她把形形色色的人生信条看成千篇一律的偏见，并且似乎还为抱有这种信念而感到自豪，许多充满热情的人往往都是这样，即使有的人已不年轻。然而正是这一点赋予她一种独特的魅力。她很爱思索，很爱探求真理，但她绝不刻板，经常做出一些幼稚的孩子气的举动，让你一见到她立即就开始喜欢她身上的种种奇特之处，而且会认同它们。我想起了列文卡和博连卡，便觉得这一切是十分自然的。奇怪的是，第一眼看到她时，我没有觉得她长得多么漂亮，但在这天晚上，我渐渐地感到她的脸变得越来越美，越来越有魅力。这种半是孩子半是思考着的女性的天真神态，对真理和正义的这种幼稚的同时又是最执着的渴望，以及对自己的追求坚定不移的信念——凡此种种，使得她的脸焕发出一种动人的真诚的光辉，赋予它一种崇高的精神之美。于是我开始明白，这种美不是一般冷漠的目光一下子就能看出来的，这种美的全部内涵更不是很快就能发掘出来的。而且我也明白了，阿廖沙一定会热烈地依恋于她。既然他自己不会思考，不会判断，那他就一定会爱上那些能替他思考，甚至替他希望的人——而卡佳已经把他监护起来了。他的心灵是高尚的、令人倾倒的，它一下子就听命于一切正直而美好的事物，而卡佳怀着孩子般的真诚和好感，已经向他倾诉了她的思想和感情。他毫无主见，她却有许多坚定、强烈而热诚的志向，而阿廖沙只会依恋于那种能支配他甚至指挥他的人。想当初他和娜塔莎相恋的时候，娜塔莎之所以吸引他，部分原因就在这里。不过与娜塔莎相比较，卡佳却有着更大的优势，那就是她还是个孩子，而且看来很久之后仍将是个孩子。她的这种稚气，她的聪慧,与此同时,又有点不够理智——这一切不知怎么使得阿廖沙对她倍感亲切。他感觉到了这一点,因此卡佳对他也就越来越有吸引力了。我相信,当他们单独在一起谈话的时候,除了卡佳严肃地进行"说教"以外,他们说着说着,多半会玩闹起来。尽管卡佳大概经常数落阿廖沙,而且已经管束住他,但他显然觉得跟她在一起比跟娜塔莎在一起更为轻松。他们俩彼此更加般配,这才是主要的。

"行了,卡佳,行了,够啦;你从来都是对的,我从来都不对。这是因为你的心灵比我的纯洁。"阿廖沙说着站起身来,伸出手去跟她握别,"我这就去看她,列文卡那里我不去了……"

"你本来就用不着去列文卡那里。现在你听话了,去看她了,你这样做很可爱呀。"

"可你比任何人可爱一千倍,"忧伤的阿廖沙答道,"伊万·彼得罗维奇,我有两句话要对您说。"

我们走出两三步。

"今天我做了一件可耻的事,"他小声对我说,"我的行为很卑鄙,我对不起世界上所有的人,特别对不起她们二位。今天午饭后,父亲介绍我认识了亚历山德林娜,一个迷人的法国女人。我……动心了,于是……唉,我说这个干什么,我不配跟她们在一起……再见了,伊万·彼得罗维奇!"

"他心地善良,他人品高尚,"卡佳急忙开始说,这时我又坐到了她的身旁,"不过他的事我们以后再详谈,现在我们首先必须商讨一下:您对公爵怎么看?"

"他不是好人。"

"我也这样认为。因此,在这一点上,我们是一致的,下面的话我们就好谈了。现在谈谈纳塔利娅·尼古拉耶芙娜……您知道,伊万·彼得罗维奇,我现在眼前一片漆黑,我一直盼着您给我带来光明。请您把这一切都向我讲清楚,因为在最主要的问题上,我仅仅是根据阿廖沙的叙述推断出来的。除了阿廖沙,我无法从任何人那里了解情况。请您告诉我,第一,也是主要的,您认为阿廖沙和娜塔莎在一起会不会幸福?这是我首先必须知道的,以便我最终决定,我自己该采取什么行动。"

"这种事怎么能说得很准呢?……"

"不错,当然不可能很准,"她打断了我的话,"那您感觉怎么样?因为您是一个很聪明的人。"

"照我看,他们是不会幸福的。"

"为什么呢?"

"他们不相配。"

"我也有这种看法!"她绞着双手,仿佛万分痛苦似的。

"请您详细谈谈。您听着:我十分想见到娜塔莎,因为我有许多事要跟她商量,我觉得,我跟她在一起什么都能解决。近来我总在脑子里描摹她的形象:她一定很聪明,严肃,诚实,而且非常美。是这样吗?"

"是的。"

"我也相信是这样。哦,既然她是这样的人,那她怎么能爱上阿廖沙这个孩子呢?请您解释这一点。我经常想这个问题。"

"这是解释不清的,卡捷琳娜·费奥多罗芙娜,很难想象一个人为什么会爱上另一个人,又怎样爱上的。不错,他还是个孩子。可是您知道人们是怎么爱上孩子的吗?"我望着她,望着她那双深沉、严肃、殷切而专注地盯着我的眼睛,我的心就变软了。"娜塔莎本人越是不像孩子,"我继续道,"越是严肃认真,她就会越是迅速地爱上他。他诚实,真挚,非常天真,有时天真得十分可爱。她之所以爱上他,也许是——这该怎么说好呢?……也许是出于一种怜悯。一颗高尚仁爱的心,往往会由怜悯而生出爱情……不过我觉得,我对您什么也说不清,可是我倒想问问您本人:您也爱他吗?"

我大胆地向她提出了这个问题,我感觉到,我这个唐突的问题不会搅乱这颗无限天真、无限纯洁的心灵的平静。

"说真的,我还不知道呢,"她坦白地望着我的眼睛,安详地回答我,"不过,好像,很爱他……"

"不错,现在您知道了吧。您能解释一下为什么爱他吗?"

"他不虚伪,"她想了想答道,"当他坦诚地望着我的眼睛,对我说起什么的时候,我很喜欢他这样……请听我说,伊万·彼得罗维奇,现在我跟您谈这种事,可我是个姑娘,而您是个男人。我这样做,是好还是不好?"

"这有什么不好的?"

"对呀,当然啦,这有什么不好的?可是他们,"她朝茶炊旁的那些人瞧了瞧,"他们肯定会说这样不好。他们说得对不对?"

"不对。既然您心里明白,您这样做没有什么不对,可见……"

"我从来都是这样做的,"她打断我的话,显然巴不得多跟我谈谈,"每当我遇到什么事犹豫不决的时候,我就立即问问我的心,如果我的心是平静的,那我也就泰然了。应该永远这样做。我现在之所以能够坦率得像对自己一样对您诉说一切,这是因为,首先,您是一个非常好的人,我知道在阿廖沙出现之前您同娜塔莎的关系,当我听说这件事的时候,我都哭了。"

"是谁告诉您的?"

"当然是阿廖沙啦,他是含着眼泪告诉我的,他这样做就很好,我很喜欢他这样。在我看来,他爱您胜过您爱他,伊万·彼得罗维奇。正因为这些事情,我才喜欢他。噢,其次呢,我之所以能够坦率得像对自己一样对您诉说一切,是因为您是一个非常聪明的人,您可以给我出许多主意,并且教导我。"

"您怎么知道我聪明得都可以教导您了呢?"

"瞧,您这是哪儿的话!"她沉思起来。

稍后她接着说:"我也就是这么说说,咱们还是谈谈最主要的吧。请教教我吧,伊万·彼得罗维奇,现在我感到我成了娜塔莎的情敌,这一点我自己清楚,那我该怎么办呢?所以我刚才问您:他们将来会不会幸福。我为这件事昼思夜想。娜塔莎的处境太可怕了,太可怕了!其实他完全不再爱她了,却越来越依恋我。是这样吧?"

"好像是这样。"

"他倒是没有欺骗她,因为他也不知道自己其实不再爱她了,而这一点娜塔莎肯定是知道的。她该多么痛苦啊!"

"那么您打算怎么办,卡捷琳娜·费奥多罗芙娜?"

"我有许多方案,"她认真地答道,"可同时我又漫无头绪。所以我才迫不及待地等着您来,想请您帮我解决这个难题。这一切,您比我清楚得多。要知道,对我来说,您现在就像是万能的天主。请听啊,起先我是这么考虑的:既然他俩彼此相爱,那就应该促成他们的幸福,为此我必须牺牲自己去成全他们。只能这样!"

"我知道您已经做出了牺牲。"

"是啊,我做出了牺牲,可后来,他开始经常来找我,而且越来越爱我了,于是我开始暗自思量,我一直在想:我该不该牺牲自己?要知道,这样想很糟糕,不是吗?"

"这很自然,"我答道,"一定会是这样……这并不是您的过错。"

"我不这么想,您所以这么说,那是因为您很善良。而我自己认为我的心灵并不十分纯洁。如果我心灵纯洁的话,那我就知道该怎么办了。不过咱们不说这个了!后来,我从公爵,从maman[1],从阿廖沙那里,对他俩的关系有了更多的了解,我就推测他俩并不般配,您刚才也证实了这一点。于是我想得就更多了:现在怎么办?要知道,既然他俩不会幸福,那他们还不如分手为好,可后来我又决定:先跟您详细了解一下情况,然

---

[1] 法文:妈妈。

后亲自去见娜塔莎,再跟她一起来解决这个难题。"

"问题是到底怎么解决?"

"我打算这样对她说:既然您爱他胜过世上的一切,那您就应该珍惜他的幸福,把它看得比自己的幸福更重要,为此您必须跟他分手。"

"不错,可是她听后会怎么想?即使她同意您的观点,她是不是有勇气去这么做呢?"

"这也是我日日夜夜考虑的问题……而且……而且……"

说到这里,她突然哭了起来。

"您不会相信,我是多么可怜娜塔莎!"她含着眼泪,嘴唇发颤,小声地说。

这时已无须多说。我默默地望着她,情不自禁地自己也想哭了,不知为什么,大概是出于一种爱怜之情吧。这是一个多么可爱的孩子啊!我也不再问她,为什么她自以为能使阿廖沙幸福。

"您一定很喜欢音乐吧?"她问,这时她已经平静了些,但因为刚刚哭过,神情依然压抑。

"喜欢。"我不无惊讶地答道。

"要是有时间,我一定为您弹一支贝多芬的第三协奏曲。我现在正在练习呢。所有这些感情那里面全有……跟我目前的感受完全一样。至少我这么认为。不过这要到下一次了,现在我还有许多话要说。"

于是我们开始商量,她怎样才能见到娜塔莎,约会的事该怎么安排。她告诉我,她的一举一动都受到监视,虽说她的继母为人很好,也爱她,但无论如何不会允许她结识纳塔利娅·尼古拉耶芙娜,所以她只能耍点花招。早晨,她有时乘车外出散心,几乎总是和伯爵夫人在一起。有时伯爵夫人不能跟她去,她就让一个法国女人陪伴她,这女人眼下正病着。伯爵夫人头疼的时候常常这样安排,所以必须等她头疼。而在此之前,她可以说服那个法国女人(一个类似女伴的老太太),因为法国女人心地善良。谈来谈去,结果是:她去看望娜塔莎的时间,无论如何也不能事先确定下来。

"您一定要认识娜塔莎,而且不会后悔的,"我说,"她自己就很想了解您;哪怕只是为了知道她将把阿廖沙交给什么人,她也必须这样做。见面的事,您也不必太忧虑了。不用您操心,时间会解决问题的。听说你们要到乡间去?"

"不错,很快就去,也许再过一个月,"她答道,"而且我知道,是公爵坚持要这样做。"

"您怎么想,阿廖沙会跟你们一道去吗?"

"我也想过这个问题!"她定睛望着我说,"他肯定会去的。"

"他会去的。"

"我的上帝,这一切会造成什么结局,我不知道。请听我说,伊万·彼得罗维奇,我要把一切写信告诉您,我会经常给您写信,写很长的信。瞧,我现在就开始折磨您啦。您能经常来看我们吗?"

"不知道,卡捷琳娜·费奥多罗芙娜:这取决于各种情况。也许我根本不会再来了。"

"那为什么?"

"这将由许多原因决定,而主要取决于我同公爵的关系。"

"他是一个不诚实的人,"卡佳断然道,"您说,伊万·彼得罗维奇,如果我去拜访您,这样做好还是不好?"

"您自己怎么认为呢?"

"我想是好的。是啊,我真想去看看您……"她微笑着补充道,"我其实还想说,我不只敬重您,而且很喜欢您……我可以向您学到很多东西。我真的喜欢您……我把这些话都告诉您,是不是有点……不害羞?"

"有什么不害羞的?对我来说,您已经像妹妹一样可亲了。"

"那么,您愿意做我的朋友吗?"

"噢,是的,是的!"我答道。

"可是他们肯定会说,一个年轻姑娘不应该这样行事,这是可耻的。"她说着,又一次向我指了指围坐在茶桌旁谈话的那些人。这里我要指出:看来公爵是故意让我们单独在一起谈个够。

"我其实很清楚,"她补充道,"公爵想要我的钱。他们总认为我还完全是个孩子,甚至当着我的面也这样说。我可不这么看。我已经不是孩子了。他们都是怪人:他们自己才像孩子呢,瞧他们成天忙忙碌碌图个什么呀?"

"卡捷琳娜·费奥多罗芙娜,我忘了问您:阿廖沙经常去找的列文卡和博连卡都是些什么人?"

"他们是我的远房亲戚。都很聪明,很正派,但就是说得太多……我了解他们……"

说完，她又微微一笑。

"听说您日后要捐赠他们一百万，这是真的吗？"

"噢，连您也知道了；就拿这一百万来说吧，他们议论起来就没个完，叫人听了都心烦。我当然乐意为公益事业捐款，我要这么一大笔钱有什么用，您说对不对？可是我还不知道什么时候能捐出来呢，可现在他们却在那里分配啦，又是讨论，又是叫嚷、争吵：把钱用在什么地方更好，他们甚至为了这个闹翻了——这样做也太奇怪了！他们性子太急啦。不过，他们毕竟都那么真诚，而且……那么聪明。他们都在学习。这总比另一些人过的那种生活要好得多。是这样吧？"

我和她还谈到了许多事。她几乎把她的一生经历都对我讲了，她也用心地倾听我的话。她一再要求我多给她讲点有关娜塔莎和阿廖沙的情况。当公爵向我走来，提醒我该告辞了的时候，已是午夜十二点了。我起身道别。卡佳热烈地握了握我的手，动情地看了我一眼。伯爵夫人请我常去做客。我和公爵一起走了出去。

在这里，我忍不住要提一下我的一种奇怪的、也许与正事完全无关的印象。在我同卡佳进行的三小时交谈中，我还附带地得到一种奇怪的、但同时又是深刻的信念：她还完全是个孩子，对于男女关系的全部奥妙，还浑然无知。这就使得她的一些言论，以及她在说到许多重要问题时所用的那种严肃口吻，显得特别可笑……

第十章

"怎么样?"公爵和我一同登上马车时,对我说,"现在我们一起去吃点夜宵,您意下如何?"

"真的不知道,公爵,"我有些犹豫地回答,"我从来不吃夜宵……"

"哦,当然,用餐时我们要谈一谈。"他留神地、狡黠地盯着我的眼睛,又补充了一句。

哪能不解其用意呢!"他有话要说,"我想,"这正是我需要的。"我同意了。

"一言为定。咱们去海洋大街的 Б 餐厅[1]。"

"去餐厅?"我有点迟疑地问。

"不错。那又怎么啦?我可是很少在家里吃夜宵的。您总不好意思拒绝我的邀请吧?"

"可是我已经对您说过了,我是从来不吃夜宵的。"

"偶尔一次嘛,不算什么。再说这是我请您……"

言外之意是:我替你付账。我确信,他是故意加上这么一句的。我答应去餐厅,但决定自己付账。我们到达后,公爵要了一个单间,十分内行地挑了两三个很有品位的菜。菜价不菲,他又要了一瓶佐餐纯葡萄酒,价钱同样昂贵。我囊中羞涩,这

---

[1] 指海洋大街(今列宁格勒〔现名圣彼得堡〕的赫尔岑街)上的博雷尔餐厅。——俄编注。

些都付不起。我看了看菜单,要了半只松鸡和一杯拉斐特红葡萄酒。公爵激烈反对。

"您不愿意跟我一起用餐!简直可笑! Pardon, mon ami[1],这其实是一种……令人反感的过分拘泥于小节。出自一种最浅薄的自尊心。其中还夹杂着等级偏见,我敢打赌,一定是这样。请您相信,您这是瞧不起我。"

但我坚持我的做法。

"那就请便吧,"他补充道,"我不勉强您……伊万·彼得罗维奇,我能跟您完全像朋友那样谈谈吗?"

"我希望能这样。"

"那好,依我之见,这种拘泥小节的学究气对您毫无好处。你们这些作家也都是这样在损害自己。您是文学家,您应当了解上流社会,而您却总是独来独往。我现在不是说松鸡,而是说您,我是说您根本拒绝同我们圈子里的人进行任何交往,这是十分有害的。除了您会失去许多东西以外——哦,一句话,就是失去锦绣前程——除此之外,哪怕您只是为了亲自去熟悉一下您所描写的事物,也应当去见见世面啊,在你们那些小说里,不也写到伯爵、公爵和太太们的小客厅吗……不过……我说到哪儿啦?现在,你们的作品里尽描写贫穷,丢失的外套。钦差大臣,好斗的军官,一群官吏,过去的岁月,以及分裂派教徒

---

[1] 法文:对不起,我的朋友。

的生活[1]，这些我都知道，都知道。"

"可是您错了，公爵；如果说我不常去您所谓的'上流人士的圈子'，那是因为：首先，那里很无聊；其次，我在那里无事可做！最后，我毕竟还是去的……"

"我知道，去P公爵府上，一年去一次，我就是在那里认识您的。而在一年的其余时间里，您就抱着您那民主主义的自尊心足不出户，在您的阁楼里一天天憔悴下去，虽然你们那些人并不都是这样。其中有一些人热衷于搜罗陋巷奇闻，看了真令人作呕……[2]"

"我请求您，公爵，换一个话题，不要再谈我们的阁楼了。"

"哎呀，我的上帝！瞧您也见怪啦。话又说回来，这可是您自己答应我像朋友那样跟您谈谈的。不过，这是我的不对，我还不配赢得您的友谊。这葡萄酒还不错，请尝尝。"

他从自己的酒瓶里给我斟了半杯。

"您瞧，我亲爱的伊万·彼得罗维奇，我心里十分清楚，强求别人的友谊是不体面的。可是要知道，并不是我们所有的人，

---

[1] 公爵攻击的是文学中民主主义的果戈理派。"丢失的外套"、"钦差大臣"和"官吏"暗指果戈理的《外套》和《钦差大臣》。"好斗的军官"可能指萨尔蒂科夫—谢德林的《外省散记》的主人公们。"过去的岁月"和"分裂派教徒的生活"为帕·伊·梅列尼科夫-彼切尔斯基的几部反农奴制中篇小说的题材。——俄编注

[2] 可能指叶·彼·科瓦列夫斯基的长篇小说《彼得堡的昼夜》（1845）。该书是描写社会底层生活的。也不排除这一攻击指向更广泛的对象，指向"自然派"的作家们，攻击他们偏爱"下层"的体裁（例如《风俗随笔》）、题材和主人公。——俄编注

如你们想象的那样,都那么傲慢,对你们都那么无耻。噢,我心里也十分明白,此刻您跟我坐在这里并非出于对我的好感,而是因为我答应跟您谈谈。不是吗?"

他笑了起来。

"由于您关心一位女士的利益,所以您很想听听我会怎么说。是不是这样?"他面带刻薄的冷笑,补充道。

"您没有说错。"我不耐烦地打断了他的话(我看出他是那样一种人,这种人只要发现别人受他的控制,哪怕只是微不足道的影响,他就立刻要让对方感觉到这一点。此刻我受制于他:如果不听完他想要说的话,我就不能走开,这一点他心里十分清楚。他说话的口气顿时变了,变得越来越放肆无礼,越来越冷嘲热讽)。"您没有说错,公爵,我正是为了这个而来的,否则,说真的,我才不会坐在这里……而且还这么晚。"

我本想说:"否则,我无论如何不会跟你这种人待在一起。"但我没有这样说,而是换了一种说法,这倒不是因为我胆怯,而是由于我那该死的软弱和拘礼。说真的,即使对方咎由自取,即使我存心要顶撞他几句,但是一个人又怎能当着别人的面出言不逊,无礼待人呢。我觉得,公爵从我的眼神中看出了这一点,所以在我说话的时候一直嘲讽地看着我,似乎在欣赏我的怯懦,那目光分明在向我挑衅:"怎么样,没这个胆量吧,害怕了吧,就是嘛,小老弟!"肯定是这样,因为他等我说完后立即放声大笑起来,还做出一副袒护的样子,亲切地拍拍我的膝盖。

"你真叫我好笑,小老弟!"——我从他的眼神里看出了他的心思。"等着瞧！"——我心中暗想。

"今天我很快活！"他叫道，"说真的，自己也不知道为什么。不错，不错，我的朋友，不错！此刻我就想谈谈这个女人。这事应当彻底讲清楚，商量出一个结果来，我希望这一次您能完全明白我的意思。前不久我对您提起过那笔钱，讲到那个头脑简单的父亲，一个六十岁的娃娃……得了，现在就不提他啦。我也就是随便说说！哈哈哈！要知道您是文学家，您应当猜得出……"

我不胜惊讶地望着他。看来他还没有喝醉。

"哦，不过说到那位姑娘，说真的，我尊敬她，甚至喜欢她，请您相信。她有点任性，可是'哪一朵玫瑰不带刺？'五十年前人们就这么说了，还有：'刺儿虽然扎人，玫瑰却很迷人。'这话也说得好。虽说我的阿廖沙是个小傻瓜，不过我已经多多少少原谅他了——他倒很有审美力哩。简单地说，我喜欢这种姑娘，我甚至还——"说到这里，他意味深长地抿紧嘴唇，"还另有一些打算……噢，这以后再说……"

"公爵，请听我说，公爵！"我大叫起来，"我真不能理解您变得这么快……我请您换一个话题！"

"您又发急了！噢，好吧……我换一个话题，换一个话题！只是我想问您一声，我善良的朋友：您很尊敬她吗？"

"自然。"我很不耐烦，生硬地答道。

"噢，那么也爱她喽？"他很讨厌地龇着牙，眯起眼睛，接着问。

"您忘乎所以了！"我叫道。

"好，我不问了，不问了！请别生气！今天我的心情特别好。我好久都没有这么快活了。咱们何不来点香槟！尊意如何，我的诗人？"

"不喝，我不想喝！"

"快别这么说！今天您一定得陪陪我。我的心情极好，因为我善良得心都软了，因此不能独享这份幸福。谁知道呢，说不定有朝一日我们还要喝订交酒[1]，从此以'你'相称，做好朋友哩，哈哈哈！不，我年轻的朋友，现在您还不了解我！我相信，总有一天您一定会喜欢我的。希望您今天能与我同欢乐、共悲伤，跟我一块儿高兴，一块儿流泪，虽说我希望我至少不会哭出来。怎么样，伊万·彼得罗维奇？您只要想一想，如果我得不到我想要的东西，那我的激情就会过去，就会落空，就会消失，这样您也就什么也听不到了。噢，要知道您留下来的唯一目的，不就是想听点什么，难道不是这样吗？"他又厚颜无耻地向我挤挤眼睛，补充了一句："那就由您选择啦！"

威胁可谓严厉。我同意了。"他不是要灌醉我吧？"我暗自思量。在这里我要顺便提一下有关公爵的一则传闻，其实这传闻我早就听说了。据说，尽管他在社交界总是那么衣冠楚楚，彬彬有礼，有时却喜欢在夜间纵酒作乐，喝得烂醉，还喜欢偷偷摸摸地寻花问柳，沉溺于丑恶而神秘的淫乐中……我听到过他的不少可怕的传闻……据说，阿廖沙也知道父亲有时纵酒作

---

[1] 西方习俗：彼此挽臂干杯，从此你我相称，成为朋友。

乐,但他竭力向大家隐瞒真相,特别是对娜塔莎更是守口如瓶。有一次他对我说漏了嘴,但立即岔开话头,对我的追问避而不答。不过,我从旁人那里也了解到这些丑闻,老实说,起先我还不相信呢。现在我将拭目以待,看个究竟。

酒送上来了。公爵斟了两杯酒,一杯为自己,一杯为我。

"一个可爱的,可爱的姑娘,虽说她痛骂了我!"他津津有味地品着酒,接着说,"不过这些可爱的人儿正是在这种时刻才显得分外可爱……她一定以为把我奚落了一顿,您记得那天晚上吧,她把我骂了个体无完肤!哈哈哈!她脸一红就更俏啦!您对女人一定很内行喽?有的时候,苍白的脸上忽地泛起一片红晕,那才叫迷人呢!不知您注意到没有?哎呀,我的天哪,您好像又生气了?"

"不错,我生气了!"我已经无法克制,便大声叫道,"我不准您现在用这种口气谈论纳塔利娅·尼古拉耶芙娜!我……我不允许您这样做!"

"哎哟!好吧,对不起了,我听您的,换一个话题。我这个人此刻像一块和好的面团,既随和又柔软。那就来谈谈您吧。我喜欢您,伊万·彼得罗维奇,您不知道,我对您怀着多么友好、多么真诚的同情……"

"公爵,不如谈谈正事为好。"我打断了他的话头。

"您是想说,谈谈咱们的事。您说半句,我就听懂啦,mon ami。如果现在我们来谈谈您,当然,如果您不打断我的话,那您就不会怀疑我们的谈话是多么贴近主题。所以,我接着说:

我要告诉您,我最珍贵的朋友伊万·彼得罗维奇,像您目前过的这种生活只能毁了您自己。请允许我触及这一微妙的话题,我这是出于友谊。您很穷,您从您的出版商那里预支一笔稿费,用来偿还各种债务,剩下的钱只够您喝半年的清茶。您在自己的阁楼里成天战战兢兢,急于早日写完您的小说,然后交给出版商办的刊物。是这样吧?"

"就算是这样,可这总比……"

"总比偷盗,奴颜婢膝,贪污受贿,玩弄阴谋诡计,以及诸如此类的勾当要体面得多!我知道,知道您想说什么。所有这些话早就印在书上啦。"

"所以您就无须来谈我的事。难道还要我来教您这位公爵如何礼貌待人吗?"

"噢,那当然,用不着您来教我。不过,假如我们现在就是要触动这根微妙的弦,那又怎么样呢?要知道,这是无法回避的。不过也行,咱们就不谈阁楼了吧。我本人也对阁楼不感兴趣,除非在某种情况下,"说到这里,他又可憎地哈哈大笑起来,"可是让我感到奇怪的是:为什么您心甘情愿充当一名次要角色?当然,你们中的一位作家,我记得,他在什么地方说过这样一句话:一个人最伟大的功勋,也许就在于他在生活中能满足于充当一名次要角色[1]……好像是这么说的!我在别的地方

---

[1] 这里指的是伊·谢·屠格涅夫的长篇小说《前夜》(1860)中的人物别尔谢涅夫与友人舒宾争论时说的一句话:"……依我看,我们的生命的整个意义,倒是应该把自己放在第二位呢。"

也听过类似的话。可是阿廖沙抢走了您的未婚妻啊,这事我知道,而您却像那个什么席勒,不遗余力地为他们张罗,为他们效劳,几乎当了他们的跑腿……请恕我直言,我的亲爱的,要知道,这是在玩弄高尚的感情,是一种可恶的游戏……说真的,您怎么就不感到厌烦呢!简直是可耻。我要是处在您的地位,恐怕要苦恼死了;主要是:可耻,可耻!"

"公爵!看来,您是存心把我叫来侮辱一番的!"我大叫道,愤怒得难以自持。

"哦,不是的,我的朋友,绝无此意,此时此刻我不过是个讲求实际的人,而且希望您幸福。总而言之,我想圆满地解决这件事。不过,这件事也可以暂时放在一边,请您听我把话说完,尽量不要发急,哪怕只给我两三分钟呢。哦,假如让您结婚,您意下如何?您瞧,我现在说的可完全是另外一件事,您干吗这样吃惊地望着我?"

"我等着您把话说完。"我答道,当真不胜惊讶地望着他。

"不过这也无须多说。我只想知道,假如您的一位朋友,希望您获得幸福,一种牢靠的、真正的、不是昙花一现的幸福,为此给您介绍一位姑娘,这姑娘年轻漂亮,只是……已经有了点经验,那您会怎么说呢?我这是打个比方,其实您明白我的意思。挑明了吧,就像纳塔利娅·尼古拉耶芙娜这样的姑娘,不用说,还会带上一笔可观的馈赠……请注意:我现在说的是另外一件事,而不是咱们的事。哦,不知您会怎么说?"

"我会对您说:您……疯了。"

"哈哈哈！哎呀，您大概准备揍我了吧？"

我的确想朝他扑去。我忍无可忍了。我感到他像一条丑恶的爬虫，像一只贪婪的大蜘蛛[1]，我恨不得一脚把它踩死。他把嘲弄我当成一种享受，像猫儿戏弄耗子那样玩弄我，自以为我只能受制于他。我感到（我也明白），正是在他的卑鄙庸俗中，在这种蛮横无理中，在他终于当着我的面撕下假面具的恬不知耻中，他找到了一种乐趣，甚至是一种极大的满足。他想欣赏我的惊讶，欣赏我的恐惧。他打心眼里鄙视我，嘲笑我。

我一开始就预感到，这一切是早有预谋和目的的。但我当时的处境是：我无论如何得硬着头皮把他的话听完。这关系到娜塔莎的利益，为此我只好下决心来应付一切，忍受一切，因为整个事件也许就要在此刻决定下来。但是，我怎么听得下去，又怎能心平气和地忍受这些针对她的下流无耻的诽谤呢？更有甚者，公爵本人十分明白，我不得不听完他的话，这一点使我加倍地恼火。"不过，他也有求于我，"我这样想，于是我开始以牙还牙，毫不客气地回敬他。这一点他心里明白。

"瞧，我年轻的朋友，"他一本正经地望着我，开始说，"像这样，你我是无法谈下去的，所以最好先来个约定。您看，我真想对您说点心里话，那么您就应该给个面子，同意不论我说什么，您都要听下去。我希望随兴之所至畅所欲言。说真的，本来就应

---

[1] 类似的比喻在陀思妥耶夫斯基的《死屋手记》（第1部，第3章）和《群魔》的"谒见吉洪"中都出现过。蜘蛛的形象具有淫荡无耻的象征意义。

该这样嘛。好了,怎么样,我年轻的朋友,您有这份耐性吗?"

尽管他面带恶毒的嘲笑看着我,似乎要激起我最强烈的抗议,可我还是克制住自己,保持沉默。但他明白,我已经同意不走开,便接着说下去:

"别生我的气,我的朋友。您生什么气呢,只因为我太赤裸裸了,不是吗?要知道,不管我用哪种态度跟您说话:是和颜悦色、彬彬有礼,还是现在这样,其实您都不曾指望我会说出别的什么话来,因此我要说的意思跟刚才讲的完全一样。您鄙视我,不是吗?您知道吗,我身上有这么多可爱的纯朴、坦率,还有这种bonhomie[1]。我要毫不隐瞒地向您说出一切,连那些儿时的恶作剧也可以告诉您。是的,mon cher[2],是的,如果您也多些bonhomie,那我们就能好说好商量,最后彼此之间就能彻底了解啦。您对我别那么大惊小怪的,我讨厌透了所有这些天真烂漫,所有这些阿廖沙的田园牧歌,整个这种席勒气质,以及在同这个娜塔莎(话又说回来,她毕竟是个很可爱的姑娘)这种该死的关系中所有这些高尚情操,以至于我,这么说吧,只要有机会对这一切做一阵鬼脸,我就会情不自禁地高兴起来。瞧,机会来了。此外我也想对您倾诉衷肠。哈哈哈!"

"您让我感到吃惊,公爵,我简直认不出您来了。您说话的口气像个小丑;还有,这种露骨的话,出人意料……"

---

[1] 法文:好心肠。
[2] 法文:我的亲爱的。

"哈哈哈！您这话说得有点道理。十分可爱的比喻,哈哈哈!我喜欢大吃大喝，我的朋友，我纵酒作乐，我快活，我满足，哦，您呢，我的诗人，您对我应当尽量宽容才是。不过，咱们还是喝酒吧，"他心满意足地说着，又往杯中斟酒，"您瞧，我的朋友，您还记得在娜塔莎那儿度过的那个荒唐的夜晚吧，当天晚上简直把我彻底打垮了。不错，她本人倒十分可爱，可是我离开那里的时候却满腔愤恨，这件事我可忘不了！我不想忘掉，也不想掩饰。当然，也会有我们得意的时候，甚至这一天很快就要到来，不过现在我们先不提这个。顺便我想告诉您，在我身上还有一个您所不知道的性格特征——那就是我憎恨所有这些庸俗无聊的、一钱不值的天真烂漫和田园牧歌，我最感兴趣的一大享受是：起先我装模作样，学着他们的腔调，百般爱抚并鼓励某个永远年轻的席勒，然后一下子把他吓呆：我在他面前霍地扯下假面具，挤眉弄眼，把原先热情洋溢的脸变成一副鬼脸，就在他始料不及、不知所措的时候，再对他吐出舌头来。什么？您不明白这个，那么您认为这是丑恶的、荒唐的、下流的，我没说错吧？"

"当然没有。"

"您倒很坦率。唉，既然我也受人折磨，那有什么办法呢！我这样直言不讳是有点愚蠢，但这就是我的性格。话又说回来，我还是很想讲讲我一生所经历的几件事。您听了一定能更好地了解我，何况这些事也是很有趣的。不错，我今天也许的确像个小丑，可是要知道小丑向来是直率的，不是吗？"

"听着，公爵，现在已经很晚了，而且说真的……"

"什么？天哪，您这人真没有耐性，再说您急什么呀？好了，咱们再坐一会儿，像朋友那样推心置腹地谈谈，就像好朋友那样，边喝边聊。您以为我醉了：不要紧，这样更好。哈哈哈！说真的，这种友好的聚会日后总叫人难以忘怀，每当回忆起来心情就特别愉快。您不是一个好心人，伊万·彼得罗维奇，您既不多愁善感，也不重感情。为了像我这样的朋友，您花上一两个钟头又算得了什么？何况这其实也跟正事有关……咳，这一点您怎么就不明白呢？还是文学家哩，您真应该庆幸机会难得才是。要知道，您完全可以把我写成一个典型啊，哈哈哈！天哪，我今天坦率得多么可爱呀！"

他显然喝醉了。他的脸完全变了，露出一副凶相。他分明想蜇人，咬人，挖苦人，嘲弄人。"他醉了，从某种意义上说这倒更好，"我心想，"酒后吐真言嘛。"但他仍然神志清醒，别有心机。

"我的朋友，"他显然是自鸣得意地说，"刚才我向您坦白承认，在某种场合下，有时我会忍不住想对某个人吐舌头，当然，我告诉您这事也许有欠妥当。由于我的这种天真、诚实和率直，您把我比作小丑，这真叫我好笑。但是，如果您责备我，或者对我大感不解，只因为我现在对您态度粗鲁，而且或许还像个乡巴佬一样不成体统，总而言之，只因为我突然对您改变了语气，那么您这一次就完全错啦。首先，我乐意这样做；其次，我不是在自己家里，而是跟您在一起……我是想说，现在我们像好朋友一样在纵酒作乐；最后，我最喜欢别出心裁。您可知道，有过一个时期，我由于想入非非，简直成了一名空想家和慈善家，满脑子都是像您现在这样的思想。不过这已经是很久很久以前的事了，那是我青春年少的黄金时代。我记得还在那时候，我满怀人道主义想法回到我乡间的田庄，不用说，我在那里无聊透啦。您简直不会相信，当时我都干了什么。由于无聊，我开始结识许多漂亮的小姑娘……怎么，您不是在做鬼脸吧？啊，我年轻的朋友！要知道，我们现在是朋友相聚啊。正是大吃大喝、敞开胸怀的时候！我天生是俄罗斯人的性格，地地道道的俄罗斯人的性格，一名爱国者，喜欢开怀畅饮，更何况人本应抓住时机，及时行乐。人总是要死的——死了还有什么呢！于是我就追起女人来啦。记得有个牧羊女，她的丈夫是个庄稼人，长得却年轻英俊。我狠狠地惩罚他，还想送他去当兵，（这都是往昔的恶作剧，我的诗人！）但用不着送他去当兵了，他死在我的医院里了……那时我在村里办了一所医院，有十二张床位，设备齐全，整齐清洁，还铺着镶木地板。不过我早让它关门了。可当时我却引以为自豪：我是慈善家嘛。哦，那个乡巴佬由于妻子的缘故，差点被我用鞭子抽死……嘿，您怎么又做鬼脸啦？您听了觉得很难受吧？触犯了您高贵的感情啦？好了，好了，请息怒！这一切都过去了。我干这些事的时候，充满了浪漫激情，我想造福人类，建立一个慈善团体……当时我走的是这条道。当时我也抽人。现在我不抽人了，现在该装腔作势了，现在我们大家都在装腔作势——目前就是这样的时代……现在最叫我好笑的，是那个傻瓜伊赫缅涅夫。我相信，有关那个乡巴佬的插曲他全知道……您猜怎么啦？他的心太仁慈——他的心像是蜜糖做的，再加上他当时爱上了我，把我夸过了头，所以他拿定主意什么都不信，他当真就不信这件事。也就是说，他不相信事实，十二年来，他像座山似的，总是袒护我，直到有一天他本人受到了触动。哈哈哈！不过这一切都微不足道！咱们喝酒，我年轻的朋友。听着：您喜欢女人吗？"

我没有回答一句话。我只是听他说。他已经开始喝第二瓶酒了。

"我吃夜宵的时候就喜欢谈论女人。吃完夜宵，我来给您介绍一位 mademoiselle Philiberte[1] 好吗？意下如何？哎呀，您倒是怎么啦？连看都不愿意看我了……哼！"

他若有所思。但突然他又抬起头来，耐人寻味地瞧我一眼，接着说下去：

"听着，我的诗人，我想对您披露造化的一个秘密，对此您好像还一无所知。我相信，此时此刻您一定把我叫作罪人，也许干脆叫作流氓，叫作腐化堕落、荒淫无耻的色鬼。可是您听我说！假如做得到（不过，由于人的天性，这是永远做不到的），假如我们每一个人都能把各自的全部隐私拿出来讲一讲，把他平时不敢说出、无论如何也不肯告诉人的事，把对自己的好朋友都不敢言明，甚至有时对自己都不敢承认的事，都拿出来讲一讲——那么这个世界就要臭气冲天，我们大家就得窒息

---

[1] 法文：菲尔贝特小姐。

而死！[1]顺便说说，我们上流社会的规范和礼节好就好在这里。在这些规范和礼节里含有深刻的思想——我不是指道德的思想，只是说预先防范的思想，令人舒适的思想，当然，最好还是说令人舒适的思想，因为道德就其实质来说亦即令人舒适，也就是说，人们发明道德仅仅是为了让人过上舒适的日子。不过有关礼节的话题以后再谈，我现在离题了，请您以后提醒我谈谈这个问题。我可以这样断定：您在责备我荒淫无耻，腐化堕落，道德沦丧，可我现在的过错也许仅仅在于我比别人更加坦率，如此而已；我的过错就在于，我不隐瞒换了别人恐怕连自己都要隐瞒的隐私，像我刚才说的那样……我这么做很糟糕，可我现在就乐意这样做。不过，请您放心，"他面带刻薄的冷笑补充道，"我说了'我有过错'，但我根本不请求原谅。还请您注意一点：我不为难您，也无意问您是否也有这类隐私，以便用您的那些隐私来证明我的正确……我这样做体面而高尚，一般说来，我的行为向来是光明正大的……"

"您简直在胡扯！"我轻蔑地看着他，说道。

"我胡扯，哈哈哈！要我来说说，此刻您在想什么吗？您在想：为什么他非把我弄到这里，而且无缘无故突然对我吐露隐私呢？是不是这样？"

"是这样。"

---

[1]《白痴》中也有类似的情节，女主人公纳斯塔西娅·菲利波芙娜曾要求客人们每人讲一件自己的丑事。

"哦,这个您以后会明白的。"

"最简单的原因是,您快喝完两瓶酒了,所以……您有几分醉意了。"

"直说就是喝醉了。也许是这样。'有几分醉意了!'——这种说法比说喝醉了要委婉得多。啊,真是个彬彬有礼的人!可是……我们好像又开始吵架了,而刚才我们谈起了一个多么有趣的话题。不错,我的诗人,如果说这世界上还有什么美妙而甜蜜的东西,那就是女人。"

"您可知道,公爵,我还是不明白,为什么您异想天开,把我当成了信得过的人,向我吐露您的那些秘密和男女……私情呢?"

"嗯……可是我已经对您说过,您以后会明白的。别不安,不过嘛,就算这样吧:这没有任何原因。您是诗人,您定能了解我,这一点我刚才已经对您说过了。像这样突然摘下假面具,像这样以玩世不恭的态度,突然在别人面前不顾羞耻地暴露出自己的真面目,能给人一种特殊的快感。[1]我给您讲一件趣闻:在巴黎,有一名精神失常的官员,这人后来被送进了疯人院,因为完全可以证明他是个疯子。当他疯病发作的时候,他便想出这么一种办法来取乐:他在家里把身上的衣服脱个精光,像亚当那样一丝不挂,只穿一双鞋子,再披上一件长及脚跟的宽

---

[1] 这种突然摘下伪善的假面具,彻底暴露主人公道德沦丧的手法,在陀思妥耶夫斯基随后的作品《罪与罚》《群魔》和《卡拉马佐夫兄弟》中是经常使用的。

大斗篷，把自己裹住，然后就一本正经地、大摇大摆地上街去了。噢，从旁看去——他跟常人一样，披着宽大的斗篷在那里溜达散心呢。但是，只要他遇见一个单独的行人，周围再无旁人，他便默默地朝那人走去．一副极其严肃和深沉的神态，突然在那人面前站住，猛地掀开自己的斗篷，展示自己的……赤身裸体。这样持续了一分钟，然后他又裹上斗篷，默默地，甚至脸上的肌肉也纹丝不动地从那个吓呆了的看客跟前走开，神色庄重，步态从容，就像《哈姆雷特》里的鬼魂[1]。他对所有的人都这样做，不论是男人、女人还是孩子，这件事成了他的全部乐趣。[2] 如果你在一个席勒式的人物面前，突然出乎意料地吐出舌头，把他吓呆，那时你也多多少少能体验到这种乐趣。'吓呆'——这个词儿怎么样？这是我在你们的一部当代文学作品里读到的。"

"哼，那是一个疯子，可是您……"

"我神志清醒？"

"不错。"

公爵哈哈大笑。

"您说得对，我的亲爱的，"他面带最无耻的表情补充道。

"公爵，"我说，他的厚颜无耻使我无比愤慨，"您仇视我们，包括仇视我，所以您现在要为一切、为所有的人来报复我。这

---

[1] 在莎士比亚的悲剧《哈姆雷特》中，丹麦国王之弟毒死其兄并篡夺王位，老国王的鬼魂在城堡里游荡，要求他的儿子哈姆雷特王子为他复仇。

[2] 这一情节源出法国作家卢梭的《忏悔录》。在陀思妥耶夫斯基的《少年》中，阿尔卡季·多尔戈鲁基也有过类似的行径。——俄编注

一切源自您那渺小的自尊心。您心怀恶意而器量狭小。我们触怒了您,也许最使您恼火的是那天晚上。不用说,您除了彻底蔑视我之外,再也找不到更好的办法来报复我。您甚至完全不顾那种通常的、人人应有的、我们彼此也必须遵守的礼貌。您明明白白地要向我表明,您简直可以无耻地对待我,在我面前那样不加掩饰地、那样出人意料地摘下您那丑恶的假面具,暴露出您道德上的恬不知耻……"

"您说这些干什么?"他粗鲁地、恶狠狠地看着我,问道,"想表明您的远见卓识?"

"想表明我了解您,并且把这一点当面告诉您。"

"Quelle idée, mon cher,[1]"他突然变了腔调,换成原先那种快活的、善意唠叨的口吻,接着说下去,"只是您岔开了我的话题。Buvons, mon ami,[2]让我来给您斟酒。我刚才本来想给您讲一件极其美妙也异常有趣的艳遇。现在我就给您说个大概吧。从前我认识一位小姐,她年纪不轻,有二十七八岁了。好一个绝色美人,多么迷人的胸脯,多么苗条的身段,多么优雅的风度!她的目光锐利如鹰,总是那么冷峻而严厉,她的举止威严,让人难以接近。她的冷若冰霜是人所共知的。她那拒人千里、冷酷无情的品性让所有的人望而生畏。她的确冷酷无情。在她那个圈子里,再没有像她这样不容异见的审判者。她不只惩戒放

---

[1] 法文:这是什么意思,我的亲爱的。
[2] 法文:咱们喝酒吧,我的朋友。

荡行为，甚至对别的女人身上哪怕微不足道的弱点，也从不放过。在她那个圈子里，她有很大影响。连那些最傲慢、德性最乖张的老太婆都敬重她，甚至还巴结她。她冷漠无情地看待众人，就像中世纪的一名女修道院院长。那些年轻妇女遇到她的目光，听到她的指责就吓得胆战心惊。她的一句简单的评语，她的一个暗示，就足以使人身败名裂。——她在社会上的地位就这样举足轻重，就连男人也怕她三分。最后，她皈依了一种消极无为的神秘教派，而这一庄严圣洁的神秘教派也主张清心寡欲……可是您猜怎么着？没有一个荡妇比这个女人更淫荡的了，而我有幸博得了她的完全信任。总而言之，我成了她秘密而神秘的情夫。我们的幽会安排得那么巧妙，那么高明，就连她的家人都从未产生过丝毫怀疑。了解她的全部秘密的，只有她的一个法国使女，这个法国使女长得非常漂亮，为人绝对可靠，因为她也参与其事——怎么参与的？这个恕我现在就从略啦。我的这位小姐荒淫无度，就连德·萨德侯爵[1]恐怕也得向她请教哩。然而在这种淫乐中，最强烈、最刺激、最让人销魂之处，便是它的神秘性以及恬不知耻的欺骗。这种对一切崇高、神圣、不可侵犯的事物的公然嘲笑（而这些正是伯爵夫人竭力在社会上宣扬的），这种发自内心的魔鬼般哈哈大笑，最后这种有意识地糟蹋一切不容糟蹋的东西——而且这一切都干得肆无忌惮，简

---

[1] 德·萨德侯爵（1740—1814），法国作家，专写色情小说，描写主人公的淫乱和残酷。德·萨德的性格特征、言行录和创作，后来成了淫乱与性虐待相结合的"施虐淫"的基础。陀思妥耶夫斯基在《群魔》中也提到过德·萨德的名字。

直到了登峰造极、无以复加的地步,哪怕最狂热的脑袋也不敢想象,有人竟放肆到如此程度——这种淫乐最鲜明的特点,主要就在这里。不错,她是魔鬼的化身,然而这个魔鬼又能勾魂摄魄,让人无法抗拒。至今我一想到她仍感到心花怒放。在这种心荡神迷的淫乐达到高潮的时候,她会突然发狂般哈哈大笑起来,而我能领会,完全能领会这种狂笑意味着什么,于是自己也哈哈狂笑起来……直到现在,我单是想想当时的情景,也还会兴奋得喘不过气来,尽管这已是多年以前的事了。一年后她甩了我,换了别人。就算我想中伤她,我也力不从心。嘿,谁能相信我呢?这算什么性格?您会怎么说,我年轻的朋友?"

"呸,真是荒淫无耻!"我无比厌恶地听完了他的自白,回答道。

"如果您不这样回答,那您就不是我年轻的朋友了。我早料到您会这样说的。哈哈哈!您再等一等,mon ami,等您再多活上几年,到时候就会心领神会啦,而现在您需要的还是蜜糖饼干。不,您这样说表明您不是诗人;那个女人倒懂得生活,而且善于享受生活。"

"可是为什么非得兽性发作呢?"

"什么兽性发作?"

"就是那个女人的行径,您跟她一块儿搞的那一套。"

"啊,您把这叫作兽性发作,这就表明您还在让人牵着鼻子走。当然,我承认,独立自主有可能完全走向反面,但是……让我们说得简单点,mon ami…您得承认,这一切都是废话。"

"那么什么才不是废话?"

"我本人,我自己,就不是废话。一切为了我,整个世界都是为我创造的。听我说,我的朋友,我还相信,在这个世界上可以生活得很好。而这是一种最好的信念,因为如果没有这种信念,那就连苦日子也过不下去:只好服毒自杀。据说有一个傻瓜真这么干了。他成天高谈哲理,说要摧毁一切,一切,甚至摧毁一切正常而自然的人类责任的规范,最后弄到一无所有的地步。结果只剩下了一个零,于是他宣称,生活中最好的东西是氢氰酸[1]。您会说:这是哈姆雷特,这是一种可怕的绝望——总之,这是一种我们连做梦也想不到的悲壮。然而您是诗人,而我不过是凡夫俗子,所以我要说,看待事物应当用最简单、最实际的观点。比方说,我早就摆脱了一切束缚,甚至一切责任和义务,只有在这些责任能给我带来某种好处的时候,我才认为我有这些责任。当然啦,您是不会这样看待事物的,您被捆住了手脚,而且您的兴味是病态的。您朝思暮想的是理想,是美德。但是,我的朋友,其实我本人乐意承认您的一切见教,然而,如果我确实知道,构成人类一切美德的基础是极端的利己主义,那叫我怎么办呢?一件事情越是合乎道德,其中的自私成分就越多。爱自己——这是我承认的唯一准则。人生是一笔交易,您不要虚掷金钱,不过,您也不妨花钱请客,这样您就尽了对亲朋好友的责任——这就是我的道德,如果您非得知

---

[1] 是一种剧毒物质。

道我的道德的话。我要老实告诉您,照我看来,其实对亲朋好友也不必破费,而要善于迫使他们无偿地为您效劳。我没有理想,也不想有理想,我从来没有感到需要去追求什么理想。在这个世界上,没有理想照样可以生活得很快乐,很惬意……而且 en somme[1],我很高兴,没有氢氰酸我也活得下去。要知道,如果我当真道德高尚一些,我恐怕就离不开氢氰酸了,就像那个傻瓜哲学家(他肯定是德国人)。不,生活中还是有许多好东西!我喜欢名望、官衔、酒家餐厅,以及下很大的赌注(我非常喜欢赌牌)。不过最主要的,最主要的,还是女人……各种各样的女人。我甚至喜欢偷偷摸摸地寻花问柳,越是稀奇古怪,越是花样翻新,就越是妙不可言,甚至偶尔去找个暗娼换换口味……哈哈哈!我看您的脸色就知道:您现在是多么鄙视我!"

"您说得对。"我答道。

"好吧,就算您也是对的,但是要知道,暗娼无论如何总比氢氰酸要好一些,不是吗?"

"不,还不如氢氰酸!"

"我是故意问您:'不是吗?'好欣赏您的回答,其实我早料到您会这样说。不,我的朋友,如果您真心实意爱人类,那您就祝愿所有的聪明人都有我这样的雅兴,甚至也去嫖娼宿妓,否则一个聪明人在这个世界上很快就会无事可做,结果就只剩下一些傻瓜了。正是傻瓜才会幸福!要知道,目前流传一句俗

---

[1] 法文:一般说来。

语：傻有傻福。您可知道，最愉快的事就是跟傻瓜生活在一起，跟着他们随声附和，连连叫好！您别以为我这人死抱偏见，墨守成规，追名逐利，其实我知道，我生活在一个空虚的社会里，不过这个社会暂且还很温暖，于是我对它也就随声附和，一再表明我尽力维护它，可是一有机会，我就第一个起来抛弃它。你们的那些新思想其实我都知道，尽管我从不为它们伤脑筋，再说也没有这个必要。没有任何事情让我感到过良心不安。只要我生活得好，我什么都同意。像我们这样的人多得不可胜数，我们也确实生活得很好。世界上的一切都可能消亡，只有我们永远不会灭绝。从世界存在的那一天起，我们就存在了。整个世界也许会堕入深渊，但我们总会浮在上面。顺便说说，您只消看一看，我们这些人是多么富有生命力。我们的生命力大概特别顽强，对此您可曾感到惊讶？看来，这是万物之主在庇护我们，嘿嘿嘿！我一定要活到九十岁。我不喜欢死，也害怕死。因为鬼知道一个人会怎么个死法！不过说这个干什么！都是那个服毒自杀的哲学家引发了我的这番议论。让哲学见鬼去吧！Buvons, mon cher！[1] 我们本来在谈漂亮姑娘……哎，您这是去哪儿？"

"我要走了，再说您也该……"

"哪儿的话，哪儿的话！我可以说把整个心都给您掏出来了，可是您却没有感觉到，我这样做多么鲜明地表明了对您的友谊。

---

[1] 法文：咱们喝酒吧，我亲爱的！

嘿嘿嘿!您的内心缺乏爱,我的诗人。不过等一等,我还想再来一瓶。"

"第三瓶。关于美德,我年轻的弟子(请允许我用这个甜蜜的字眼来称呼您,因为谁知道呢,也许我的这些告诫日后对您大有用处哩)……总之,我年轻的弟子,关于美德我刚才已经对您说过:'一件事情越是合乎道德,其中的自私成分就越多。'[1]我想就这个话题给您讲一个十分美妙的小故事:我一度爱上了一个姑娘,几乎是真心实意地爱上了她。她甚至为我做出了许多牺牲……"

"就是那个被您抢光了钱财的姑娘吧?"我粗鲁地问道,再也不想约束自己。

公爵哆嗦了一下,脸色大变,瞪着一双通红的眼睛死死地盯着我,目光中透着疑惑和疯狂。

"等一等,"他像是自言自语地继续道,"等一等,让我想一想。我真的喝醉了,很难想起……"

他不作声了,依旧面带恶毒的神色看着我,那目光显然要探个究竟,还用手按住我的一只手,仿佛怕我掉头而去。我确信,此刻他正在琢磨,在推测,我是从哪儿得知这件几乎是无人知晓的事的,这里面有没有什么危险?这样持续了大约一分钟,但转眼之间他的脸色说变就变,他的眼睛重又流露出原先

---

[1] 这可能是对19世纪60年代俄国革命民主主义者尼·加·车尔尼雪夫斯基的伦理学说"合理的利己主义"的讽刺。——俄编注

那种嘲讽的醉醺醺的快活表情。他又哈哈大笑起来。

"哈哈哈！塔莱兰[1]，您不过是个塔莱兰罢了！不错，当她血口喷人，说我抢光了她的钱财的时候，我当真是被她啐了一脸的唾沫星子！当时她大喊大叫，骂得多凶！那女人简直发疯了，而且……毫不克制。但是，您说说看：首先，我根本没有抢光她的钱财，像您刚才讲的那样。钱是她自己送我的，所以这钱就是我的了。噢，比方说吧，您现在要把您的这件最好的燕尾服送给我（说到这里，他瞟了一眼我唯一的那件走样的燕尾服，这是三年前一个名叫伊万·斯科尔尼亚金的裁缝为我做的），当下我向您道谢，把它穿上了，一年后您突然跟我吵翻了，就要我把衣服还给您，可是我已经把它穿旧了。这样做多不体面，当初为什么要送人呢？其次，尽管钱是我的，即使我一定要把钱还回去，叫我一下子从哪儿能筹到这么大一笔款子呢？这一点恐怕您也会同意。不过，最主要的是，我受不了他们那种牧歌情调和席勒气质，这一点我已经对您说过了——哦，这就是整个事件的原因。说出来您一定不会相信，她是怎样对我装腔作势，大喊大嚷，说什么她送了我一笔钱（既然送了，那钱就归我啦）。我大发雷霆，同时迅速作出了完全正确的判断，因为我这人是从来不会张皇失措的。我考虑，我若把钱还给她，很可能反而会使她不幸。因为这样一来，我岂不使她无法体味到

---

[1] 塔莱兰·尔·莫里斯（1754—1838），法国外交家，以不讲原则、不择手段著称，是一个玩弄外交游戏和阴谋的行家里手。此处意为目光锐利的聪明人。

完全因为我的缘故而吃尽苦头的个中滋味,使她不能享受到为此可以终生咒骂我的乐趣。请相信,我的朋友,在这类不幸中,她甚至可以得到一种极大的自我陶醉——她意识到自己完全正确而且宽厚高尚,又有充分的权利把那个欺负她的人呼之为无耻小人。这种充满怨恨的陶醉,在那些席勒式的人物身上常常可以见到;也许日后她会穷得吃不上面包,但我深信,她在精神上是幸福的。我不想夺去她的这份幸福,所以决定不把钱还给她。这样也就完全证实了我的一个准则:一个人越是慷慨大方,喊得越是响亮,那么他的行为中最可恶的自私成分也就越多,对此,难道您都弄不明白吗?可是……您还想抓住我的过失,哈哈哈!……哦,您承认吧,您是不是想抓住我的过失来挖苦我?……啊,塔莱兰!"

"再见!"我起身说。

"稍等一下!还有最后两句话要说,"他叫道,他一改讨厌的腔调,忽地又变得正经起来。"请听完我最后的话:从我刚才对您讲的一席话里,应当清清楚楚地得出结论(我想您自己已经看出来了):我从来都不肯为任何一个人放弃我的利益。我喜爱钱,我需要钱。卡捷琳娜·费奥多罗芙娜很有钱,她的父亲收了十年酒税。她有三百万卢布,这三百万对我来说大有用处。阿廖沙和卡佳,真是天生的一对:两人都傻得无以复加,我需要这样。所以我不是希望,而是一定要让他们成婚,而且越快越好。再过两三周,伯爵夫人和卡佳就要去乡间消夏。阿廖沙必得陪同前往。请您事先给纳塔利娅·尼古拉耶芙娜打个招呼,叫她收起那一套牧歌情调，收起那一套席勒气质，休想跟我作对。我有仇必报，性格狠毒，对自己的利益寸步不让。我不怕她；毫无疑问，一切都将按我的心愿去做，所以我现在提出警告，几乎是为她着想。您注意了，叫她别干蠢事，放聪明点儿。否则她就要倒霉，倒大霉。我没有告她一状，好好收拾她，光凭这一点她就得感激我才是。您知道，我的诗人，法律是保护家庭和睦的，法律是保障子从父命的，对那些教唆子女不去尽到对父母应尽的神圣义务的人，法律是不会姑息的。最后，请您考虑一下，我结交的人有权有势，她却没有一个靠山……难道您真的不明白，我会怎么收拾她？……但我没有这样做，因为到目前为止，她的所作所为还算明白事理。别担心：这半年来，他们的一言一行时时刻刻都处在严密的监视之下，每件事情，直到细枝末节，我都一清二楚。所以我现在平心静气地等待着阿廖沙自己抛弃她，这个过程已经开始了，暂时让他高高兴兴地消遣消遣。在他的心目中，我依然是个慈父，我正需要他这样看待我。哈哈哈！我记得，那天晚上，我几乎是把她赞美了一番，说她多么宽厚，多么无私，说她竟不愿嫁给他；现在我倒是想知道她怎么个嫁法。至于那天我去看她，目的只有一个：他俩的关系该结束了。但是我想亲眼看见，亲身经历这一幕……好了，您满意了吗？也许您还想知道：为什么我把您带到这里来，为什么我在您面前这么装腔作势，这么无缘无故地向您吐露隐私，本来不说这些奇闻秘事，这一切也完全可以说得清的，不是吗？"

"不错。"我竭力克制自己,专心地听着。我已经无须再回答什么了。

"那只是因为,我的朋友,我发现,比起那两个小傻瓜,您更通情达理些,对事物的看法也更清楚些。您可能早就了解我的为人,早就在不断地猜测、设想我的一切,但我想让您省下这份苦心,便决定毫不掩饰地向您表明,您在跟谁打交道。实际的印象是最深刻的。请您理解我,mon ami。您知道您在跟什么人打交道,您是爱她的,所以希望您现在要运用您的全部影响(您对她毕竟是有影响的),要她避开某些麻烦。否则肯定会有麻烦,我向您保证,向您保证,这可不是闹着玩的。哦,最后,我向您开诚布公的第三个原因是……不过我想您已经猜到了,我的朋友,没错,我确实想对这整个事件啐上几口唾沫,而且要当着您的面啐……"

"您已经达到了您的目的,"我说,激动得声音发颤,"我承认,除了吐露隐私之外,您再也无法向我发泄您的全部愤恨,以表达您对我、对我们大家的全部轻蔑。您不仅不怕您这种做法会有损于我心目中的您的形象,您甚至对我也恬不知耻……您的确像那个披着斗篷的疯子。您简直不把我当人看待。"

"您猜对了,我年轻的朋友,"他起身说,"您全猜对了:您不愧为文学家。我希望我们能友好地分手。咱们不干一杯订交酒吗?"

"您醉了,仅仅因此,我也无须正面回答您……"

"又是省略加强法[1]——您怎么不说完，您要怎么正面回答我，哈哈哈！您不允许我替您付账吧？"

"不劳您操心，我自己会付的。"

"好吧，其实这毫无疑问。我们不同路吧？"

"我不会跟您一起走的。"

"再见，我的诗人。我希望您已经了解我了……"

他走了，脚步有点踉跄不稳，也没回过头来看我。仆人扶他坐进马车。我也转身回家。已近凌晨三点。下着雨；夜，黑沉沉的……

---

[1] 一种修辞方法。

第四部

第一章

　　我不想来描述我的满腔愤怒。尽管这一切都在预料之中,但我还是感到万分震惊,一如他突然出现在我的面前,暴露出他那丑陋无比的面目和灵魂。不过我记得,我当时感到惊慌不安:我像被什么东西压倒了,砸伤了,种种忧思越来越沉重地压在我的心头;我为娜塔莎担惊受怕。我预感到日后她会受许多苦,我惶惶不安地考虑着怎样才能避开这些苦难,怎样才能较为轻松地度过这最终结局到来前的最后时刻。事情必有终结,这是毫无疑问的。结局已经迫近,我又怎能不去猜测它将如何来临呢!

　　我在不知不觉中回到家,虽说淋了一路的雨。已是凌晨三点来钟了。我还没来得及敲自己的房门,便听到一声呻吟,门也霎地打开了,似乎内莉并没有去睡觉,而是一直守在房门口等我。一支蜡烛点燃着。一看内莉的脸我就吓坏了:这张脸完全变了模样,一双眼睛烧得通红,目光有点古怪,好像她从来不认识我似的。她发着高烧。

"内莉,你怎么啦,你病了吧?"我问她,一边俯下身子,用一只手搂着她。

她浑身发抖,紧贴着我,仿佛害怕什么似的,随即便急急地、断断续续地说起话来,仿佛她等我回家,就是为了把这些话尽快告诉我。但是她的话前言不搭后语,令人莫名其妙,我一句话也没有听懂。她在说胡话。

我赶紧扶她上床。但她一再向我扑来,紧紧依偎着我,仿佛受了惊吓,仿佛在恳求我保护她防备什么人。躺到床上以后,她始终抓住我的手不放,抓得很紧,生怕我又离开她。我十分惊骇,神经承受不了,以致看着她时甚至哭了起来。我自己也病了。她看到我的眼泪,便使劲集中注意力,一动不动、久久地凝望着我,似乎想了解并弄清什么事情。看得出来,她这样做费了一番努力。终于她的脸上流露出似乎在思考什么的神情,每当她的癫痫病大发作之后,通常总有一段时间她会丧失思考能力,话也说不清。目前就是这种状况:她先是做出了极大的努力想告诉我什么,又猜到我听不明白,便伸出一只小手,为我抹去了眼泪,又搂着我的脖子往她身边拉,吻了我一下。

显而易见,我离家外出的时候她又犯病了,而且是她站在门旁的一瞬间发作的。恢复知觉之后,她可能很久都回不过神来。这时候现实同谵妄混成一片,她一定想起了什么可怕的情况,一件十分恐惧的事情。同时,她又模模糊糊地意识到,我一定会回来,会敲门,于是她就躺在门口的地板上,警觉地等着我回来。一听到响动,她便爬起来了。

"不过为什么她偏偏躺在房门口呢?"我这样思忖着,忽然吃惊地发现她穿着短皮袄(这是我刚刚从我认识的一位老太太那里为她买的,这位老太太做点小买卖,常来我的住处,有时购物还让我赊账),由此可见,当时她正准备出门,可能已经打开了门,不料癫痫病突然发作。她究竟想去什么地方?当时她是否已经神志不清了?

此刻她的高烧一直不退,很快她又说起了胡话,神志不清了。她这病在我这里已经发作了两次,但每次都平安地结束,不过目前她像害了热病。我照看了她半个多小时,后来把几把椅子搬到沙发前,在她近旁和衣而睡,这样只要她叫我,我就能马上惊醒。我没有吹灭蜡烛。入睡前又看了她许多次。她脸色煞白,嘴唇烧得干裂了,而且还有血迹,大概是摔倒时碰伤的。她的脸上依然布满恐惧的神色,还有一种难以忍受的痛苦表情,看来即使在梦中她也摆脱不了痛苦。如果她病情恶化,我打算明天尽早去请医生。我怕她真的得了热病。

"一定是公爵把她吓坏了!"想到这里,我不寒而栗。我还想起了他讲过的那个女人的故事:她把钱甩到他的脸上。

第二章

……过了两个礼拜，内莉才渐渐康复。她的高烧退了，但身体还是十分虚弱。直到四月末一个阳光明媚的日子，她才下了病床。那是复活节的前一周。

可怜的孩子！我现在无法按原先的顺序继续讲我的故事了。我目前记叙的所有这些往事，发生在多年以前，然而直到今天，我依然怀着深深的揪心般的痛苦不时回想起她那张苍白消瘦的小脸蛋，她那双黑眼睛锐利、凝视的目光。在那些日子里，我们俩经常留在家里，她躺在床上望着我，久久地望着我，那目光似乎要我猜一猜她的脑子里在想什么。但她看到我没有猜出来，依旧一副莫名其妙的样子，便会悄悄地、似乎会心地微微一笑，突然温柔地向我伸出一只滚烫的小手，那些瘦削的手指像干枯了似的。如今一切已成往事，一切均见了分晓，可是直到如今，我也不知道这颗病态的、饱受折磨和屈辱的小小心灵里藏着的全部秘密。

我感到，我会偏离我所叙述的故事，但此时此刻我一心只怀念着内莉一个人。很奇怪，现在当我独自躺在病床上，为所有我所热爱的人们所抛弃的时候，有时一件往日被我忽略、很快就忘却的琐事，会突然浮现在我的记忆中，而且出乎意料地在我的心目中获得了另一种完整的意义，它向我说明了我至今都弄不明白的一些事情。

在她犯病的最初四天里，我和大夫为她十分忧虑，但到了第五天,大夫把我叫到一旁,告诉我现在无须为她担心了,她肯定会慢慢好起来的。这位大夫我早就认识,他上了年纪,是个单身汉,心地善良,脾气古怪,内莉第一次犯病的时候我就请过他。当时他脖子上的那枚斯坦尼斯拉夫勋章大得出奇,着实让内莉吃了一惊。

"这么说来,完全用不着担心啦!"我高兴地说。

"不错,目前她正在康复,但此后她很快就会死去。"

"怎么会死!那是为什么?"我叫道。大夫的这一判决简直把我吓呆了。

"是的,她一定会很快死去。患者的心脏有先天性缺损,一遇到哪怕微不足道的不利环境她又会病倒。也许她还能再次好转,但以后又会再次病倒,直到死去。"

"难道她就无法挽救了吗?不,这不可能!"

"但必定如此。不过,如果能避开种种不利环境,过上平静而安逸的生活,再保持愉快的心情,病人也有可能活得久些。甚至会出现一种意料不到的……奇怪的……异常情况。总之,在上述各种有利条件的共同作用下,病人甚至可能有救,但想彻底治愈,那是绝对不可能的。"

"我的上帝,现在该怎么办呢?"

"听从医嘱,过平静的生活,还要认真服药。我发现这个小姑娘任性,喜怒无常,甚至喜欢捉弄人。她很不愿意好好服药,您瞧,她刚才就坚决拒绝服药。"

"是这样,大夫。她的确脾气古怪,不过我以为,这一切可以归结为病态的亢奋。昨天她就很听话,可是今天我给她端药的时候,她好像无意似的碰翻了匙子,把药全弄洒了。当我想重新给她调药的时候,她却把整盒药从我手里夺过去,使劲摔在地上,接着便放声大哭……只是这好像并非因为我逼她服药啊。"我想了想,又补充道。

"噢,亢奋!以前多次的重大不幸(我已经把内莉的许多经历详细而直率地告诉了大夫,我讲的情况令他大为吃惊),所有这一切都郁结在心,这就是病因。目前唯一的办法就是服药,她必须服药。我这就再去好好劝劝她:她必须听从医嘱……一般说来,也就是……要服药。"

我们两人离开厨房(我们就是在那里交谈的),大夫又回到病人床前。但内莉好像听到了我们的谈话,至少她从枕头上抬起头来,侧耳对着我们,一直竖着耳朵在偷听——这是我从半开着的门缝里发现的。当我们回到她身边时,这小滑头一下子又钻进了被子,面带嘲讽的微笑不时瞧瞧我们。在生病的这四天里可怜的孩子瘦了好些:眼睛陷了下去,高烧还没有退尽。她那副淘气的样子以及寻衅的、咄咄逼人的目光,使她的面容更加古怪,这一点使大夫,这位全彼得堡最最善良的德国人,大为惊异。

他神情严肃,但又尽量柔声细语,用一种温和亲切的口吻,向她说明服药如何必要,以及药能治病救人,因此每一个病人都必须服药。内莉已经微微抬起头来,但突然,就像完全出于无心,手一动,把匙子碰翻了,药又全洒在地上。我相信她是故意这样做的。

"这么毛毛躁躁很不好,"老大夫平静地说,"我怀疑你是存心这样做的,这太不可取了。不过……一切都可以补救,可以再调一匙。"

内莉冲着他咯咯地笑起来。

大夫慢条斯理地摇着头。

"这很不好,"他重新调着药,说道,"这很——很不应该。"

"请别生我的气,"内莉答道,她忍不住又笑起来,"我一定服药……那么您会爱我吗?"

"如果您的表现值得赞许,我会非常爱您的。"

"非常吗?"

"非常。"

"那么现在不爱吗?"

"现在也爱。"

"要是我想吻您,您也会吻我吗?"

"不错,如果您配得到的话。"

这时内莉又忍不住开心地笑起来。

"病人生性快活,但现在——这是神经质和胡闹。"大夫板着脸,十分严肃地小声对我说。

"噢,好吧,我这就把药喝下去,"突然内莉有气无力地叫道,"可是等我长大了,成了大姑娘,您会同意我嫁给您吗?"

看来,想出这个新的玩笑使她很得意。她的两眼放出光来,笑得连嘴都扭歪了,她望着有点惊慌的大夫,等着他回答。

"哦，没错，"他答道，她想出的这个新的古怪念头，使他不由得微微一笑。"哦，是的，如果您将来长成一个心地善良、很有教养的姑娘，又听话又肯……"

"服药？"内莉接口说。

"哦，对呀，又服药，好姑娘。"他扭头对我小声说："她身上有许许多多……善良、聪明的地方，不过……出嫁嘛……想得多么刁钻古怪！……"

他又把药送到她跟前。可这一回她甚至不要花招，干脆伸手从下往上把匙子掀翻，这一下所有的药全都泼在可怜老人的胸衣和脸上。内莉放声大笑，但已不是原先那种天真无邪的爽朗笑声。一种无情的凶狠的表情掠过她的脸上。在整个这段时间里，她像是一直躲着我的目光，面带嘲笑，只望着大夫一人，不过，透过嘲笑可以看到几分不安。她等着那"可笑的"老头子接下去会怎么办。

"啊！您又……真糟糕！不过……药还可以再调，"老人说着，用手绢擦着脸和胸衣。

这使内莉大为震惊。她本以为我们会发怒，会骂她，责备她，而且也许她此刻下意识中正巴不得我们这样做，好让她能找个借口哭起来，可以歇斯底里地号啕大哭，像刚才那样再把药粉洒掉，甚至可以恼怒起来乱砸东西，用这些举动来发泄她那颗任性的心灵里郁结已久的痛苦。有这种随心所欲、喜怒无常的表现的，不单是病人，也不只内莉一人。我自己就经常这样：我在室内走来走去，下意识地希望尽快有人来欺负我，或者说上一句可能被当作是侮辱人格的话，那我就能立刻借机来发泄一通心中的闷气。而女人们，当她们以这种方式来"发泄"的当儿，往往会失声大哭，洒下最真诚的眼泪，其中最多愁善感的人甚至会歇斯底里大发作。这种事十分简单，也很平常。每当有人心中生出一种无人知晓的悲哀，想找人一吐为快却又不能的时候，常常如此。

但是内莉突然停了下来，被她奚落的老人那天使般的善良，以及他毫无怨言又为她调第三匙药的那份耐心，突然使她大为震惊。嘲笑从她唇边消失，红晕飞上她的双颊，她的眼睛变湿润了。她飞快瞥了我一眼，立即又扭过头去。大夫把药送到她面前，她抓住老人一只红红胖胖的手，老老实实地、不好意思地把药喝了，慢慢地抬头望着他的眼睛。

"您……生气了……因为我太坏了。"她本想说下去，但没有说完便钻进被子里，蒙上头，歇斯底里地号啕大哭起来。

"哦，我的孩子，别哭了……这没什么，这是神经出了毛病。来喝点水吧。"

但内莉不听他的。

"您静一静……别伤心了，"他继续道，自己都差点儿为她抽泣了，因为他是一个十分重感情的人，"我原谅您，也会娶您，只要您是一个规规矩矩的好姑娘，又肯……"

"服药！"从被子里传出一串银铃般清脆的神经质的笑声，但不久又被一阵号啕大哭所打断。这种笑，我非常熟悉。

"真是一个善良、懂事的孩子，"大夫几乎是含着眼泪，神色庄重地说,"可怜的小姑娘!"

从此刻开始,大夫和内莉之间萌生出一种奇特而美妙的依恋之情。对我则相反,她变得越来越忧郁,越来越神经质,动不动就生气。我不知道这该怎么解释,只是对她感到诧异,何况她这种变化有点突如其来。在她犯病的最初几天里,她对我特别温柔,特别亲切。她老是看着我,似乎总也看不够,经常用滚烫的小手抓住我的手,不让我离开她,拉我坐在自己身旁。只要发现我脸色阴沉或心绪不宁,她就想办法逗我,有时开个玩笑,有时跟我打闹,总是朝我笑,可又分明在压抑着内心的痛苦。她不愿意我夜里工作,也不要我夜里不睡守着她,看到我不听她劝告时,她便愁眉不展。有时我见她忧虑不安,有时她开始盘问我,想弄清我为什么发愁,心里在想什么。但奇怪的是,只要我一提到娜塔莎,她立即默不作声,或者岔开话题,讲些别的事。她似乎不想谈到娜塔莎,这令我很惊讶。每当我回来时,她总是眉开眼笑;每当我去拿帽子,她便一脸不高兴,有点古怪地望着我,似乎带着责备的眼神目送我离开。

在她犯病的第四天,整个晚上直到深夜我都待在娜塔莎那里。当时我们有许多事情要谈。离家时我跟我的小病人说,我这就回来——我也本想早点回来。谁知不经意中我在娜塔莎那儿待了很长时间,不过我对内莉是放心的,因为她并非独自在家里,有亚历山德拉·谢苗诺芙娜陪着她。亚历山德拉·谢苗诺芙娜从马斯洛博耶夫那里听说(他顺路来看过我,在我这里坐了一会儿)内莉病了,我又有许多事要操心,而且又是个单身汉。

我的天哪，好心肠的亚历山德拉·谢苗诺芙娜这就忙乎起来了。

"这么看来，他最近是不会来我们家吃饭了！……唉，我的上帝！他是个单身汉，可怜的人，是个单身汉。好吧，现在让他瞧瞧我们对他的一番好意吧。眼前是个机会，可不能错过啊。"

她立即坐车，赶到我们这里，随身带来一大包东西。她第一句话就宣布，她现在就在我这儿不走了，她是来帮我做那些操心事的，说完就解开包裹。里面有给小病人吃的糖浆，果酱，待病人开始康复时吃的几只仔鸡和一只母鸡，做糕饼用的苹果，橙子，基辅蜜饯（如果大夫让吃的话），此外还有内衣、床单、餐巾、女式衬衫、绷带和敷布——这些东西足够一家诊所用的了。

"我们家什么都有，"她对我说，好像急着去哪儿似的，话说得又快又急，"瞧，您过的是单身汉的日子，您这儿这些东西都缺。所以请允许我……菲利普·菲利佩奇就是这么吩咐的。哦，现在……快点，快点！现在该先干什么？她怎么样？还清醒吧？唉，她这么躺着多别扭，该把枕头弄一弄，让她的头枕低一些，您知道吗……是不是换个皮枕头更好？皮枕头凉快些。哎哟，瞧我多糊涂！怎么没想到带一个来。我这就回去拿……要不要生火？我会叫我那个老太婆上您这儿来。我认识一个老太婆。您这里连个女仆都没有……哦，现在该做什么呢？这是什么？草药……大夫开的吗？大概是清热养肺的汤药吧。我这就去生火。"

但我劝她先别着急，她看到要做的事情并不太多，感到很奇怪，甚至有点难过。不过她也丝毫没有因此而泄气。她很快就跟内莉交上朋友，在内莉生病期间帮了我不少忙，几乎每天都来看我们,每次来总是一副急匆匆的样子,好像什么东西丢了、跑了,非得赶紧把它找回来。说话时她总要添上一句:菲利普·菲利佩奇就是这么吩咐的。内莉也很喜欢她。她俩相亲相爱情如姐妹,我想亚历山德拉·谢苗诺芙娜在许多方面也跟内莉一样还是个孩子。她给内莉讲许多故事,逗她发笑,于是后来每当亚历山德拉·谢苗诺芙娜回家去了,内莉便常常感到烦闷。可是当亚历山德拉·谢苗诺芙娜第一次出现在我们家的时候,我的小病人却感到奇怪,但她马上就猜到了这位不速之客的来意,于是像她通常那样,甚至皱起了眉头,变得不言不语,很不友好了。

"她来我们这里干什么?"亚历山德拉·谢苗诺芙娜走后,内莉一脸不高兴地问。

"来帮助你,内莉,来照料你。"

"那,干吗……为什么?要知道,我可从来没有给她做过什么事。"

"好人做事从来不考虑,是不是以前得到过别人的好处,内莉。即使没有得过好处,他们也乐于去帮助那些需要帮助的人。够了,内莉。这个世界上好人还是很多的。你没有遇见他们,在你需要帮助的时候没有碰到过一个好人,这只能说是你的不幸。"

内莉不再作声,我起身离开她。但过了一刻钟,她用虚弱的声音把我叫到床前,说要喝点水,却突然紧紧地抱住我,把头埋进我的怀里,很久都不肯松手。第二天,亚历山德拉·谢苗诺芙娜又来了,这时内莉便以笑脸相迎了,但不知为什么,见了她总好像有点不好意思。

第三章

也就是这天,我在娜塔莎那里待了整整一个晚上。我回来时已经很晚。内莉睡了。亚历山德拉·谢苗诺芙娜也困得想睡,但她一直守着病人,等我回来。她一见到我,立即急急忙忙地小声告诉我,说内莉开始时很快活,甚至经常笑,但后来就感到烦闷了,见我老不回来,便不再说话,一个人在想什么心事。"后来她抱怨头疼,哭起来,哭得那么厉害,叫我都不知如何是好。"亚历山德拉·谢苗诺芙娜接着说,"她又跟我谈起纳塔利娅·尼古拉耶芙娜,可是我对她说不出什么来,她也就不再细问,后来就一直哭,最后含着眼泪睡着了。好了,再见吧,伊万·彼得罗维奇,我看她已经好一些了,我也该回去了,菲利普·菲利佩奇就是这么盼咐的。跟您说真的,这一次他只放我出来两小时,是我自己留下来的。那又怎么样,没什么,您别替我担心,他不敢生我的气……不过除非……哎哟,我的天哪,亲爱的伊万·彼得罗维奇,您说我怎么办好呢:现在他回家时总是喝得醉醺醺的!他有事,忙得很,可他什么也不跟我说,一个人发愁,脑子里有件什么重要的事。这个我看得出来,可到了晚上总要喝得烂醉……我只担心一点:要是他现在回到家里,谁把他弄上床呢？好了，我走了，我走了，再见吧。再见啦，伊万·彼得罗维奇。我翻了翻您这儿的书，您的书可真多啊，这些书里尽是学问吧，我可是个笨人，从没读过什么书……好啦，明天见。"

可是到了第二天，内莉醒来后却愁眉苦脸、神情忧郁，不愿意搭理我，她自己更是一句话也不跟我说，好像在生我的气。我发现，她瞟了我几眼，像是在偷看我，在她的目光中虽说饱含着内心的隐痛，但是比起她直视我的目光，还是多了几分柔情。也就是在这一天，在服药的时候，她几乎跟大夫吵了起来，我不知道该怎么理解这件事。

然而内莉对我的态度却彻底改变了。她古怪、任性、有时几乎是恨我，所有这一切一直持续到她不再跟我住在一起的那一天，也就是一直持续到我们这部小说结尾时发生的那场悲惨事件为止。但这已经是后话了。

不过有的时候，突然之间，在短时间内，她对我又像以前那样亲热了。这当儿，她对我似乎倍加温存；与此同时，她又经常哭哭啼啼。但这样的时刻很快就过去了，于是她又变得像先前那样苦恼，又对我表现出敌意，或者像对大夫那样调皮捣蛋，或者当她发现我对她的胡闹表示不悦时，她又蓦地哈哈大笑，而且每一回几乎总是以眼泪收场。

有一次，她甚至跟亚历山德拉·谢苗诺芙娜争吵起来，说她不想从她那儿得到任何东西。我当着亚历山德拉·谢苗诺芙娜的面开始责备她，她居然大动肝火，发泄出满腔积怨，恶狠狠地回敬我，但说着说着突然又不做声了，此后整整两天都没跟我说过一句话,也不肯服药,甚至不吃不喝,只有老大夫能劝得了她,让她感到惭愧。

我已经说过,从内莉开始服药的那天起,她同大夫之间便产生了一种奇妙的依恋之情。内莉十分喜欢他,每次都是高高兴兴、笑容满面地迎接他,不论他来之前她是多么苦恼。而那位老人也开始天天来我们这儿,有时一天来两次,甚至在内莉已经可以下床走动、身体已经完全康复之后,也照来不误。看来,他被她深深地迷住了,以至听不到她的笑声,听不到她拿他开的那些十分逗趣的玩笑,他好像一天都活不下去。后来他开始给她带一些有教益的小画书,有一本还是特地为她买的。再后来他开始给她带一些甜食和漂亮小盒子装的糖果。每逢这种时候,他就像过命名日那样郑重其事地走进来,于是内莉立即就猜出他带来了礼物。但他迟迟不把礼物拿出来,只顾诡秘地笑着,坐到内莉身旁,转弯抹角地说,如果有个小姑娘品行端正,当他不在的时候表现也值得尊敬,那么这个小姑娘理应得到嘉奖。这样说的时候,他一直十分坦诚而又和善地望着她。虽说内莉嘻嘻哈哈,毫无顾忌地取笑他,但她那双闪闪发亮的眼睛里,却流露出一股发自内心的热烈的依恋。最后,老人神色庄重地从椅子上站起来,拿出一盒糖果亲手交给内莉,而且一定要加上一句:"送给我未来的亲爱的夫人。"此时此刻,想必他比内莉还要幸福。

随后他们开始谈话,每一次他都一本正经地、语重心长地劝她保重身体,给了她许多有益的医嘱。

"最要紧的是保重身体，"他用一种训诫的口吻开始说，"头等要紧的事，就是要活着；其次，要永远保持健康的体魄，只有这样才能获得人生的幸福。我亲爱的孩子，如果您有什么苦恼，那您就忘掉它，最好尽量不去想它。如果您没有什么痛苦的事，那么……您同样别去想它，不如尽量去想一些愉快的事……一些又开心又好玩的事……"

"什么才是开心好玩的事呢？"内莉问。

大夫顿时语塞了。

"哦，比如说……一些适合于您年龄的天真的游戏，或者……哦，诸如此类的事……"

"我不想做游戏，我不喜欢游戏，"内莉说，"我更喜欢新衣服。"

"新衣服！嘿，这可不太好。每个人都应当在各个方面满足于过一种俭朴的生活。不过……也许……喜欢穿新衣服也是可以的。"

"等我嫁给您以后，您能给我做很多很多新衣服吗？"

"什么古怪念头！"大夫说着，不由得皱起了眉头。内莉调皮地笑开了，甚至得意忘形地笑着瞥了我一眼。"不过……如果您的行为可嘉，我会给您做一身新衣服的。"大夫继续道。

"等我嫁给您以后，还要天天服药吗？"

"哦，到时候就不必天天服药了。"连大夫也笑起来了。

内莉也笑起来，谈话中断了。老人跟着她笑，满怀深情地观察她的愉快心情。

"聪明顽皮的孩子！"他转身对我说，"不过还是看得出她的任性，古怪，容易激动。"

他说得不错。我真不知她怎么啦。她似乎压根儿不愿意跟我说话，就像我做错了事，对不起她似的。为此我很伤心。我自己也变得愁眉不展了，有一次我一整天都没理她，但到了第二天我便深感内疚。她动不动就哭。我简直不知该怎样去安慰她。不过有一次，她主动对我打破了沉默。

一天黄昏前我回到家里，发现内莉急忙把一本书藏到枕头底下。这是我写的一部长篇小说，我外出时她从桌上拿起来读。她干吗要藏起书不让我知道呢？我想，她大概是不好意思吧，于是我装作什么也没有看见。一刻钟后，我上了一趟厨房，她飞快地跳下床，把书放回原处，我回来时看到书已经摆在桌上了。过了一会儿，她把我叫到床前。她的声音听起来有些激动。她已有四天不跟我说话了。

"您……今天……要去看娜塔莎吗？"她断断续续地问我。

"不错，内莉，我今天必须见到她。"

内莉不作声了。

"您……很爱她吗？"她有气无力地问道。

"不错，内莉，我很爱她。"

"我也爱她。"她小声附和了一句。接着又是沉默。

"我想去她那儿，跟她住在一起。"内莉又开始说，还怯怯地看了我一眼。

"这不行，内莉，"我回答，感到有些奇怪，"难道你在我这儿不好吗？"

"为什么不行？"她激动得涨红了脸，"您自己老劝我去跟她的父亲住在一起，可是我不愿意去。她那边有女仆吗？"

"有。"

"那好，就让她辞了她的女仆，我去伺候她。我什么事都替她做，不收她一分钱。我会爱她的，我会给她做饭。您今天就这么去告诉她。"

"这是干吗？怎么会这么瞎想，内莉？而且瞧你是怎么看她的：难道你当真认为，她会同意你去当厨娘？即使她收留你，那也会把你当成小妹妹，平等待你的。"

"不，我不要跟她平等。我不要这样……"

"为什么呢？"

内莉默不作声。她的嘴唇哆嗦起来：她想哭。

"是不是她现在爱着的那个人要离开她、抛弃她？"终于，她这样问道。

我不胜惊讶。

"你怎么会知道这件事，内莉？"

"是您自己对我说的，另外，前天上午，亚历山德拉·谢苗诺芙娜的丈夫来的时候，我也问过他：他通通跟我说了。"

"难道马斯洛博耶夫前天上午来过？"

"来过，"她垂下眼睑说。

"为什么你不告诉我他来过呢？"

"这……"

我想了片刻。天知道为什么这个马斯洛博耶夫没事儿老来串门，而且行动诡秘。他又打什么主意？我该去见见他。

"哦，要是他抛弃了她，这跟你有什么关系，内莉？"

"您不是很爱她吗，"内莉答道，还是没有抬眼看我，"既然您爱她，那么，等那个人走了以后，您就娶她好了。"

"不，内莉，她爱我不像我爱她那样，再说我……不，这是不可能的，内莉。"

"我来做你们的女仆，伺候你们两个人，你们会生活得很快乐的。"她喃喃地说，依旧没有看我。

"她这是怎么啦？怎么啦？"我琢磨道，我的心里全乱了。内莉不作声了，整个晚上再没有说一句话。我离家以后，内莉就哭起来，哭了一个晚上，直到含着眼泪睡着了——这是事后亚历山德拉·谢苗诺芙娜告诉我的。甚至夜里做梦她也在哭，还不时说胡话。

从那天起，内莉变得更加忧郁、更加沉默，她已经完全不跟我说话了。不错，我曾注意到她偷偷地瞥过我几眼，那目光中饱含着一片柔情！然而这种情况，连同那唤起这突发柔情的一刹那，都转瞬即逝，而且似乎是为了抵制这种冲动，随着时间的推移，内莉变得越来越忧郁，甚至对大夫也是这样，她的性格的这种变化使大夫都感到惊讶。与此同时，她几乎完全康复了，大夫终于允许她外出散步，呼吸点新鲜空气，不过时间不能太久。那些天阳光明媚，暖意融融。正是复活节前的一个礼拜,这一年的复活节来得特别晚。[1] 我一早就出门了,我必须去娜塔莎那儿,但我决定早点回家,好陪内莉外出散步。我暂时把她独自留下了。

但是家中等着我的是什么样的打击,我简直难以言表。我急急忙忙赶往家里。走到门口一看,钥匙插在门外的锁眼里。我走进室内:一个人也没有。我吓呆了。我一看,桌上有张纸条,上面写着两行歪歪扭扭的粗重的铅笔字:

我离开您了,而且永远不会再来找您。但是我很爱您。
您忠实的内莉

我吓得惊呼一声,立即冲出住所。

第四章

在我还来不及跑到街上,来不及考虑现在我该怎么办的时候,突然看到一辆轻便马车停在我们的大门口,看到亚历山德拉·谢苗诺芙娜拉着内莉的一只手下了车。她紧紧地攥着这只手,似乎生怕内莉再次逃跑。我立即朝她们奔去。

---

[1] 复活节在春分月圆后的第一个星期日,故时间不定,或早或晚,大约在俄历3月31日至4月25日。

"内莉,你这是怎么啦!"我叫道,"你跑哪儿去了,为什么?"

"请等一下,别着急嘛。我们还是赶快进屋去,到时候您就全知道了,"亚历山德拉·谢苗诺芙娜开始叽叽喳喳地说起来,"我要告诉您的事,伊万·彼得罗维奇,真叫人吓一跳……"她一边走,一边急急忙忙小声说,"快走吧,您马上就能知道了。"

她脸上的神情表明她有异常重要的情况。

"去吧,内莉,去吧,快去躺一会儿,"我们走进房间后她说,"要知道你累啦,跑了这么多路,这可不是闹着玩的,你病刚好,会吃不消的,躺下吧,亲爱的,躺下呀。您跟我暂时离开这儿,别吵她,让她先睡一觉。"她向我眨眼示意,要我跟着她去厨房。

但内莉不肯睡,她坐到沙发上,用双手捂住了脸。

我们出去了,于是亚历山德拉·谢苗诺芙娜开始急急忙忙告诉我事情的原委。后来我又了解到更多的细节。原来是这么一回事:

在我回家前的两三个小时,内莉给我留了一张纸条就走了。她先跑去找老大夫。他的地址她事先早打听好了。大夫告诉我,看到内莉来他家时,他简直吓呆了。她待在他那儿的时候,"我简直不相信自己的眼睛。""直到现在我也不相信,"他讲完经过后这样补充道,"我永远也不相信会有这种事。"但是内莉的确去找过他。当时他正心平气和地坐在书房的圈椅里喝着咖啡,还穿着睡衣,突然内莉跑了进来,他还没有回过神来,内莉已经扑上去搂住了他的脖子。她边哭边拥抱他,吻他,吻他的双手,尽管语无伦次,但坚决请求他收留自己,并说她不想也不能再跟我住在一起了,所以就从我那儿跑了出来。她说她心里很难过,说她今后再不会取笑他,再不会提新衣服的事,她会做个听话的好姑娘,她要学习,一定学会"给您洗胸衣,烫胸衣"(这些话她可能在路上,甚至可能更早就全都想好了),最后又说今后她一定听话,哪怕每天都服药,服什么药都成。至于说到她要嫁给他,其实是她开玩笑,她没有当真这么想。那个德国老头儿一直坐在那里,惊得目瞪口呆,那只拿雪茄的手一直举着,却忘了吸烟,最后雪茄也灭了。

"小姐,"到了大夫好歹能说话了,便这样开始说,"小姐,根据我对您的话的理解,您是想在我家里找点事做。但这是——不可能的!您瞧,我手头很紧,没有可观的收入……此外,又这么突然,来不及考虑……这太可怕了!此外,照我看来,您是从家里跑出来的。这太不可取了,也是不应该的……此外,我原来只允许您稍稍散散步,还要在天气晴朗的日子里,在您恩人的监护下。您却抛开您的恩人,跑到我这儿来,这种时候您本应保重身体,而且要……而且要……服药。而且……而且……最后,我简直不能理解……"

内莉没让他把话讲完,又哭了起来,又苦苦求他,但一切都无济于事。老人越来越觉得惊讶,越来越糊涂。最后内莉抛开他,叫了一声"啊,我的上帝!"就跑出了房间。"那天我病了一整天,"大夫讲完经过又加了一句,"临睡时还服了一剂汤药……"

内莉又跑到马斯洛博耶夫家。她也保存着他家的地址,尽管费了一番周折，还是找到了他们。马斯洛博耶夫正好在家。亚历山德拉·谢苗诺芙娜听说内莉请求他们收留她，惊得举起双手一拍。她一再问内莉：为什么她要这样做，是不是在我那儿不快活？但是内莉一句话也不回答，放声大哭着扑到椅子上。"她哭得那么厉害，哭得那么伤心，"亚历山德拉·谢苗诺芙娜对我说，"让我觉得，照这样哭下去，她一定会哭死的。"内莉苦苦央求他们，说她可以当女仆，也可以当厨娘，说她会擦地板，还说一定学会洗衣服（对洗衣服这件事她抱了特大的希望，不知为什么，她把这当作让别人收留她的最有说服力的理由）。亚历山德拉·谢苗诺芙娜的主意是，在事情没有弄清楚之前，暂时让内莉留下，同时立刻通知我这一情况。但菲利普·菲利佩奇坚决反对，并命令她把逃兵马上送回去。一路上亚历山德拉·谢苗诺芙娜都搂着她，不时吻她，内莉却因此哭得更伤心了。望着她那副模样，亚历山德拉·谢苗诺芙娜不由得也失声大哭。就这样，两人哭了一路。

"为什么呢，内莉，为什么你不愿意住在他那里，难道他欺负你了吗？"亚历山德拉·谢苗诺芙娜流着泪问。

"不，他不欺负人。"

"那又是为什么呢？"

"没什么，我就是不想住在他那儿……我不能……我对他老是那么凶……可他对我那么好……在你们这儿，我不会那么凶的，我会干活。"她一边说，一边歇斯底里地失声痛哭。

"那你为什么对他这么凶呢，内莉？"

"没什么……"

"我从她嘴里只追问出一个'没什么',"最后,亚历山德拉·谢苗诺芙娜一边说一边擦着眼泪,"她为什么这样痛苦呢?是不是得了急惊风啦?您是怎么想的,伊万·彼得罗维奇?"

我们回到内莉那里。她躺着,把头埋在枕头里抽泣。我在她面前跪下,握住她的双手吻了起来,但她使劲把手抽回,哭得更厉害了。我不知说什么好。这当儿伊赫缅涅夫老人走了进来。

"我找你有事,伊万,你好!"他打量着我们每一个人,说道,看到我跪在地上,他一脸吃惊的表情。近来老人一直多病。他脸色苍白,身体消瘦,但他好像想对什么人示威似的,完全无视自己的病痛,也不听安娜·安德烈耶芙娜的一再劝告,始终不肯卧床休息,而是继续为自己的案子到处奔走。

"回头见吧,"亚历山德拉·谢苗诺芙娜定睛看了看老人后说,"菲利普·菲利佩奇吩咐我尽快回去。我们有事。晚上,天黑的时候,我再来看你们,再待上一两个钟头。"

"她是谁?"老人小声问我,显然心里想的是别的事。我做了一番解释。

"嗯。我找你有事,伊万……"

我知道他有什么事,而且一直在等着他前来。他是来跟我和内莉商量,要她从我这里搬到他们家去住。安娜·安德烈耶芙娜终于同意收养这个孤女。这是我和她几次密谈的结果:我一再劝说安娜·安德烈耶芙娜,并告诉她,这个孤女的母亲也遭到自己父亲的诅咒,看到那孤女的模样,我们的老人也许会回心转意的。我把自己的计划向她讲得十分透彻,所以她现在老是缠着丈夫要他把孤女接回家。老人之所以同意办这件事,因为第一,他要满足他的安娜·安德烈耶芙娜的愿望;第二,他自己另有打算……不过这一切容我以后再详细说明……

我已经说过,还在老人第一次来访时,内莉就不喜欢他。后来我发现,只要有人在她面前提起伊赫缅涅夫的名字,某种憎恶的神情就会流露在她的脸上。老人这一次也不拐弯抹角,他径直走到内莉床前,她则一直躺着,用枕头捂住自己的脸。老人拉起她的一只手,问道:她是不是愿意搬到他家去住,做他的女儿?

"我有过一个女儿,我曾经爱她胜过爱我自己,"老人这样说,"但是她现在不跟我在一起了。她死了。你是不是愿意取代她在我家里以及……在我心中的位置?"

他那双干涩的、因高烧而变得通红的眼睛里,热泪盈眶。

"不,我不愿意。"内莉头都不抬就回答道。

"那是为什么,我的孩子?你没有亲人。伊万总不能永远带着你,你到我那里就像回到自己的家啦。"

"我不愿意,是因为您坏。真的,您坏,您坏!"她抬头坐了起来,面对着老人接着说道,"我自己也坏,比谁都坏,但您比我还要坏!……"说这番话的时候,内莉的脸色煞白,目光咄咄逼人,在一股强烈感情的冲动下,连她那颤抖着的嘴唇都变白了,扭歪了。老人困惑不解地望着她。

"是的,您比我还坏,因为您不肯宽恕自己的女儿,您想完全忘掉她，收养一个别人家的孩子，可是自己的亲生女儿怎么忘得掉呢？难道您真会爱我？您只要看到我，就会想到我不是您的亲生骨肉，您有自己的亲闺女，只是您把她忘了，因为您狠心。我可不愿意跟狠心的人一起生活。我不去，我不去！……"内莉呜咽起来，还偷偷地瞥了我一眼。

"后天是复活节，所有的人都要互相亲吻，互相拥抱，大家都要和解，一切罪过都会得到宽恕……可我知道……只有您一个人不会宽恕人，只有您……哼！狠心的人！滚开吧！"

她又哭起来。看来，她的这番话是早就想好的，背熟了的，只等着老人再来请她去他家里住时这么说。老人大为震惊，面色变得惨白。他的脸上流露出痛苦的表情。

"这是干什么，干什么，为什么大家都这么替我操心？我不去，我不去！"突然，内莉发狂般大叫起来，"我宁愿去讨饭！"

"内莉，你怎么啦？内莉，我的朋友！"我不由得也大声嚷嚷起来，但我的喊声不过是火上浇油。

"不错，我宁愿去沿街讨饭，也不想再留在这里，"她边哭边喊，"我妈妈也讨过饭，临死的时候，她对我说：'宁愿受穷，宁愿讨饭，也不要……'，讨饭并不可耻：我不是向一个人讨饭，我是向所有的人讨饭，而所有的人并不是一个人。专向一个人讨饭是可耻的，向所有的人讨饭并不可耻，有一个讨饭的女人这样对我说过。因为我还小，没地方可以挣钱，所以只好向所有的人讨饭。我可不愿意留在这里，不愿意，不愿意！我坏，我比谁都坏，瞧我有多坏！"

完全出乎大家的意料，内莉突然抓起小桌上的一只茶杯，使劲把它摔到地板上。

"瞧，它被摔碎啦，"她露出一副扬扬得意的神气，挑衅地望着我说，"茶杯一共两只，"她接着说道，"我要把另一只也摔了……到时候看您用什么东西喝茶！"

她像是发疯了，似乎在这种疯狂中体验到极大的乐趣。她似乎也觉得这样做可耻，不成体统，但与此同时，她又像在纵容自己继续胡闹。

"她有病，万尼亚，就是这么回事，"老人说，"要不然……唉，我也弄不明白这孩子到底怎么啦。再见吧！"

老人拿起自己的帽子，跟我握了握手。他面无人色，神情沮丧。内莉狠狠地侮辱了他。我顿时火了。

"你也不可怜可怜他，内莉！"剩下我们两人的时候我立刻大声嚷道，"你也不觉得害臊，你不害臊！没错，你不是好人，你的确很坏！"于是我没戴帽子就跑出去追老人。我想送他到大门口，哪怕对他说上一两句安慰的话。我跑下楼梯的时候，眼前似乎还看到内莉那张在我的责备声中变得煞白的脸。

我很快就追上了我的老人。

"可怜的孩子受尽了屈辱，她自己也很痛苦，相信我，伊万。我却去对她诉说自己的伤心事，"他苦笑着说，"是我刺痛了她的创伤。俗话说：饱汉不知饿汉饥。我呢，万尼亚，还要补充一句：饿汉也未必知道饿汉饥。好了，再见吧！"

我本想再讲点别的事，但老人只是挥了挥手。

"用不着来安慰我。不如看紧点,别让你那个小姑娘又跑了。瞧她那副神气,她还是会跑的。"他像怀着怨气似的添了一句,说完便快步离开了我,还挥舞着手杖敲击人行道。

老人不会料到,他果真言中了。

我回到房里,简直吓呆了:内莉又不见了!当时我是多么焦急呀!我冲到外屋找她,跑到楼道里找她,我喊着她的名字,甚至敲门去问了几家邻居,我无法相信,也不愿相信,她居然又跑了。她怎么会跑了呢?这幢房子只有一个大门,在我跟老人说话的时候,她非得从我们身边经过呀。然而令我万分沮丧的是,我很快就想到,她完全可以先在楼梯上的某个角落躲起来,等我往回走过后再跑,这样我就根本看不到她。反正她也跑不远。

我又极度不安地跑出去找她,我没有锁上房门,以备万一她自己回来时进得了门。

我先上了马斯洛博耶夫家。在那里,我既没碰到马斯洛博耶夫,也没见着亚历山德拉·谢苗诺芙娜。我给他们留了一张便条,告诉他们这个新的不幸,并请求他们,如果内莉来找他们,立刻通知我。随后我又去找大夫。可是大夫也不在家。女仆告诉我,除了不久前那次外,内莉没有再来过。怎么办?我只好去找布勃诺娃,从我认识的那个棺材匠老婆那里了解到,女主人打昨天起不知为什么事进了警察局,至于内莉,自从那天起,他们那儿谁都没有见过她。我精疲力竭地又跑回马斯洛博耶夫家,结果还是没人在家,他们也没回来过,我的便条仍旧放在桌上。我该怎么办呢?

夜色浓重，已经很晚了，我才万分懊丧地向家走去。这天晚上，我本该去看望娜塔莎：她早上就叫我过去。可是这一天我滴水未进，一想到内莉，我便忧心忡忡。"这到底是怎么回事呢？"我思忖道，"难道这是一种古怪的后遗症？她是不是已经疯了，或者快要疯了？可是，我的上帝，现在她在什么地方，叫我到哪儿去找她呢？"

我刚想到这里，突然抬头看见了内莉，她离我才几步远，站在B桥[1]上。她站在路灯下，并没有看到我。我本想跑过去，但又站住了。"她在这地方干什么呢？"我暗自寻思，但我既然有把握，这回再不会让她跑了，便决定等一等，看她要干什么。十来分钟过去了，她一直站在那里，打量着过往行人。终于走过来一位穿着讲究的老先生，内莉便迎上前去。那人没有停下来，边走边在衣袋里掏什么，然后递给了她。她向他屈膝行礼。我简直说不出这一刹那的感受。我的心一阵抽搐，疼痛欲裂，仿佛有一种珍贵的东西，一件我所喜爱、珍惜、倍加呵护的东西，此刻在我面前被玷污了，遭到了唾弃，与此同时，眼泪夺眶而出。

不错，我为可怜的内莉落泪了，虽说同时又满腔愤怒，几乎难以遏止，因为她不是因为穷才去乞讨的，她不是被人抛弃，得不到任何人的帮助，只好听天由命才流落街头的；她不是从狠心的欺压者那里逃跑的，她是从一些喜欢她、爱护她的朋友那里逃跑的。她似乎想用自己的惊人之举使什么人感到诧异，

---

[1] 指彼得堡叶卡捷琳娜运河（现名格里鲍耶陀夫运河）上的沃兹涅先斯基桥。

或者感到害怕,她是不是要向什么人炫耀自己?于是在她的心中一个秘密的念头渐渐成熟起来……是啊,老人说得对:她受尽屈辱,她心中的创伤无法愈合,于是她似乎故意用这种令人不解的举动,用这种对大家的不信任,来竭力刺激自己的伤口,似乎她以痛苦为乐,以这种受苦的利己主义(假如可以这么说的话)为乐。这种刺激伤痛并以此为乐的心理我能理解:许多受到命运摧残、感到命运不公的被侮辱被损害的人,都以此为乐。可是我们有什么做得不公道的事会让内莉抱怨呢?她似乎想用自己的任性胡闹和反常举动让我们吃一惊、吓一跳,她当真在向我们炫耀自己……然而也不像!她现在独自一人,我们中谁都不会看见她在乞讨。难道她从中自得其乐?她为什么要乞讨?她讨来了钱有什么用?

她得到了施舍后便从桥上走开,来到一家商店灯火通明的橱窗旁。她在那里数起讨得的钱来。我站在离她十步开外的地方。她手里的钱已经不少,看来她一大早就开始乞讨了。她把钱捏在手里,穿过街道,进了一家小铺。我立刻跟到小铺敞开的大门旁,看看她在那里干什么。

我看到她将钱放在柜台上,人家给她拿来一只茶杯,杯子很普通,很像方才她为了向我和伊赫缅涅夫表明她多么坏而故意摔碎的那一只。这只茶杯大概卖十五戈比,也许还不到。店主把茶杯用纸包上,用绳子捆好,交给了内莉。内莉于是急匆匆地从小铺里走出来,一副很满意的样子。

"内莉!"她走过我身旁时,我叫道,"内莉!"

她吓了一跳，看了我一眼，茶杯从手中落下，掉到马路上打碎了。内莉面色苍白，但她瞧了我一眼，确信我什么都看见了，什么都明白了，顿时涨红了脸。这红晕说明她内心充满难以忍受的痛苦和羞愧。我拉住她的手把她领回家，好在路不算远。一路上我们都默默无言。回到家里，我坐下了。内莉站在我面前，若有所思，神情尴尬，脸色依然苍白，眼睛盯着地面。她不敢看我。

"内莉，你去讨钱啦？"

"是的！"她小声说，把头埋得更低了。

"你想讨点钱，买只杯子来赔你方才摔碎的那一只？"

"是的……"

"可是难道我责备你了吗？难道我为了这只杯子骂你了吗？难道你没有看到，内莉，你这样做有多坏，不仅坏，你还扬扬得意！这样做好吗？难道你不觉得害臊吗？难道……"

"害臊……"她说话的声音轻得几乎听不见，一颗泪珠顺着她的脸颊滚了下来。

"害臊……"我跟着她重复道，"内莉，亲爱的，如果我有什么对不起你的地方，请你原谅我，我们和好吧！"

她抬头看了我一眼，顿时泪如雨下，随即扑到我的怀里。

这当儿亚历山德拉·谢苗诺芙娜飞跑了进来。

"怎么！她在家呀！又跑啦？唉，内莉，内莉，你这是怎么搞的？好了，好了，总算又回来了……您是在哪儿找到她的，伊万·彼得罗维奇？"

我向亚历山德拉·谢苗诺芙娜使了个眼色，要她别再多问，她立即明白了我的意思。我温柔地跟内莉道别,她一直在伤心地哭泣,我请求善良的亚历山德拉·谢苗诺芙娜陪伴内莉,直到我回来,随即跑去找娜塔莎。我已经去迟了,因此十分着急。

这天晚上要决定我们的命运,我同娜塔莎有许多事要谈,但我还是插空讲了内莉的事,把近来发生的一切详详细细对她说了。我的讲述引起了娜塔莎的兴趣,甚至令她大吃一惊。

"你知道吗,万尼亚,"她想了想,说道,"我觉得她爱上你了。"

"什么……怎么会呢?"我吃惊地问。

"没错,这是爱情的萌芽,女人的爱情……"

"你说什么,娜塔莎,得了吧!她还是个孩子呢!"

"一个快满十四岁的孩子。她这种冷酷之情是由于你不理解她的爱情,不过,也许她自己也不理解她自己。这种冷酷无情虽说有许多孩子气的成分,但它是认真的,痛苦的。最主要的是,她忌妒你对我好。你是那么爱我,你在家里一定只惦记着我一个人,说的是我,想的也是我,因此你对她就很少关心了。她注意到了这一点,这就伤了她的心。她也许很想跟你谈谈,感到有必要向你披露心迹,又不知该如何披露,她感到害羞,自己也不理解自己,她在等待时机,而你不但不促使这个时机早日到来,却总撇下她,往我这儿跑,甚至在她生病的时候,还成天地把她独自留下。她为此才时时哭泣:她缺少的是你的爱,而最让她伤心的是你对此竟毫无觉察。瞧你现在,在这种时刻,你为了我又把她独自留下。明天她就会因此而病倒。你怎么能把她抛下不管呢？赶快回到她身边去……"

"我也不想把她抛下不管，可是……"

"噢，不错，是我叫你来的。那现在你快走吧。"

"我这就走，不过嘛，不用说，你刚才讲的我一点儿也不相信。"

"因为她的一切都与众不同。你想想她的遭遇，再把这一切联系起来好好想想，你就会相信了。她可不是像你我这样长大的……"

我还是回来晚了。亚历山德拉·谢苗诺芙娜告诉我，内莉又像那天晚上那样哭了很久，后来"哭着哭着就睡着了"。"现在我该走了，伊万·彼得罗维奇，菲利普·菲利佩奇就是这么吩咐的。他在等我呢，可怜的人。"

我谢了她，随后坐到内莉的床头。我心里也很难过，我怎么能在这种时候把她抛下不管呢。我坐在她身边，思前想后，一直坐到深夜……这段时间真是太不幸了。

不过应该先说说这两周来发生的事……

第五章

自从我同公爵在 Б 餐厅度过了那个让我终生难忘的夜晚之后，一连几天我无时无刻不在为娜塔莎担惊受怕。"这个该死的公爵会怎样威胁她，他到底要采取什么办法来报复她？"——

我一刻不停地这样问自己,但每次都是百思而不得其解。最后我得出结论,公爵的威胁不是无稽之谈,不是虚张声势,只要娜塔莎跟阿廖沙生活在一起,那么公爵肯定会给她制造许多麻烦。我想,他这人心胸狭隘,有仇必报,心肠歹毒,而且诡计多端。要让他忘掉所受的侮辱而不伺机报复,那是难上加难。不管怎么说,在整个这件事上他倒是向我挑明了一点,而且对此说得十分清楚:他坚决要求阿廖沙同娜塔莎一刀两断,希望我能做些工作,让她对即将到来的分手做好充分的准备,千万别"吵吵闹闹,来一套牧歌式的哭哭啼啼,席勒式的难舍难分"。不用说,他目前最操心的事,还是让阿廖沙始终对他满意,继续把他视为"慈父",这对他日后随心所欲地占有卡佳的钱财是十分必要的。因此,现在我要做的事就是让娜塔莎对近在眼前的决裂做好思想准备。然而我发现娜塔莎变化很大:她对我不再像原来那样坦率,不仅如此,她好像连我都不信任了。我的安慰平添了她的痛苦,我的探问越来越使她心烦,甚至让她恼火。常常是我坐在她那儿,只能眼巴巴地望着她!她两手交叉抱在胸前,从屋角到屋角,不停地踱来踱去,神情抑郁,面色苍白,似乎想得出神,似乎忘记了我在这儿,在她的身边。她偶尔看我一眼时(她几乎回避我的目光),脸上突然现出极不耐烦地恼怒,随即她迅速地扭过头去。我明白,面临即将到来的决裂,她可能在考虑着自己的对策,在这种时刻她又怎能不痛苦,怎能不伤心呢?我确信,她已经拿定主意要跟阿廖沙分手了。但她那阴郁绝望的情绪还是让我痛苦,使我担心。再说有时我都不敢跟她说话，不敢安慰她，所以我只能惶恐不安地等待着，看这一切将如何了结。

至于她对我的那种冷峻的、拒人于千里之外的态度，虽说也使我不安，令我苦恼，但我始终相信我的娜塔莎的心：我看到她心情沉重，痛苦不堪。一切外来的干预，只能徒增她的烦恼和气愤。在这种情况下，一些了解我们秘密的亲朋好友的干预，就尤其令人心烦。但是我也清楚地知道，最终娜塔莎将重新回到我的身边，并在我对她的情谊中寻求慰藉。

关于我同公爵的那次谈话，我自然对她避而不谈：说了只会使她更加激动和伤心。我只是顺便提了一句，说我曾同公爵去过伯爵夫人那儿，我深信他是个可怕的无耻小人。但她根本没有打听他的事，这使我暗自高兴。然而对我讲述见到卡佳的全部情况她却听得全神贯注。听完之后，她同样一句话也没有提到卡佳，然而苍白的脸却涨得通红，之后一整天都显得特别激动。对于卡佳的情况，我丝毫没有隐瞒，而且坦率地承认，卡佳甚至也给我留下了美好的印象。再说又何必隐瞒呢？因为即便我有所隐瞒，娜塔沙也一定猜得出，这样一来只会惹她生我的气。所以我有意讲得尽量详细些，揣摩她可能提出的种种问题而力求先做交代，尤其是处在她的位置，她本人难以启齿向我问长问短：说真的，做出一副漠然的样子去追问自己情敌的种种美德，这容易吗？

我猜，她还不知道，按照公爵无可改变的安排，阿廖沙一定会陪同伯爵夫人和卡佳前往乡间。我感到为难，不知怎样才能让她知道这件事,同时又尽量减轻对她的这一打击。谁知我刚说了两句,娜塔莎就打断我,并说用不着来安慰她,这件事五天前她就知道了,这使我不胜惊讶。

"天哪!"我叫道,"究竟是谁告诉你的?"

"阿廖沙。"

"怎么?他已经告诉你了?"

"不错,而且不管发生什么情况,我都想好了,万尼亚。"她补充道,脸上的神情明确地,甚至有点不耐烦地警告我,别再继续这个话题了。

阿廖沙倒常常去看望娜塔莎,但总是只待片刻。仅有一次在她那里一坐坐了好几个小时;但那次我没有在场。他每次进门时总是一副愁眉不展的样子,胆怯而温柔地望着娜塔莎,但娜塔莎总是那么温柔、那么亲切地接待他,让他立时忘却一切,重新快活起来。他也开始常来找我,几乎每天都来。不错,他很痛苦,但要让他独自承受痛苦,他就连一分钟也待不下去,所以他就总是跑来找我,寻求慰藉。

我能对他说什么呢?于是他责备我冷淡,对他漠不关心,甚至说我恨他。他烦恼,他哭,于是便去找卡佳,终于在那里得到了安慰。

在娜塔莎告诉我她已经知道阿廖沙要走的那一天(那是在我同公爵谈话大约一周之后),阿廖沙十分绝望地跑来找我,一进门就抱住我,扑到我的怀里,像孩子一样放声大哭。我默默无言,等着他开口。

"我是一个卑鄙无耻的人,万尼亚,"他开始对我说,"救救我的灵魂吧。我哭,并不是因为我卑鄙无耻,我哭,是因为娜塔莎将因我而不幸。要知道,是我使她遭到不幸……万尼亚,我的朋友,你告诉我,替我拿个主意,我更爱她们中的哪一个:是卡佳,还是娜塔莎?"

"这种事我可没法替你拿主意,阿廖沙,"我答道,"你比我更清楚……"

"不,万尼亚,我问的不是这个,我还不至于蠢得提这样的问题。可是问题出在这里:现在我自己什么都不明白了。我不断自问,但我答不出来。你是旁观者,也许看得比我更清楚……哦,就算你也不知道,那么你说说,你感觉怎么样?"

"我觉得你更爱卡佳。"

"你也这么觉得!不,不,完全不对!你完全猜错了!我无限地热爱娜塔莎。我无论如何不能抛弃娜塔莎,永远不能,我就是这样对卡佳说的,她完全同意我的看法。你为什么不说话?我看见你刚才微微笑了一下。唉,万尼亚,每当我心里十分难受的时候,就像现在这样,你从来都没有安慰过我……再见吧!"

他从屋里跑出去,给吃惊的内莉留下了异乎寻常的印象——她一直默默地听我们交谈。当时她还在病中,还不能起床,并在服药。阿廖沙从来不跟她说话,每次来访,他几乎没有注意过她。

两小时后阿廖沙又回来了,他满面春风,让我吃了一惊。他又扑过来,搂着我的脖子拥抱我。

"问题解决啦。"他叫道,"所有的误会都消除啦。从您这儿出来我直接去找娜塔莎:我很痛苦,因为我不能没有她。我一进去就跪倒在她面前,吻她的双脚:我需要这样,我愿意这样,不这样,我会愁死的。她默默地拥抱我,哭了起来。这时我老老实实地告诉她,我爱卡佳胜过爱她……"

"那她呢?"

"她什么也没有回答,只是爱抚我,安慰我,尽管我对她说了这种话!她真会安慰人,伊万·彼得罗维奇!啊,我一边哭,一边向她诉说我的痛苦,把所有的话都对她说了。我老实承认,我很爱卡佳,但是我又说,不论我多么爱卡佳,也不论我爱上什么人,反正没有她,没有娜塔莎,我就活不下去,我就会死掉。不错,万尼亚,没有她,我一天也活不下去,我有这种感觉,真的!所以我们决定赶快去教堂结婚,可是由于我在离开彼得堡之前不可能做这件事,因为现在是大斋期[1],不能举行婚礼,所以只能等我回来以后再办,那就要拖到六月一日了。父亲会答应的,这毫无疑问。至于卡佳,那也没有问题!要知道,没有娜塔莎我就活不下去……举行完婚礼,我们一起去她那儿,去卡佳那儿……"

可怜的娜塔莎!安慰这个大孩子,陪他坐着,听他的自白,编造出很快结婚的童话来为这个天真而自私的人解忧——她这样做心里是什么滋味啊!阿廖沙当真安心了几天。他常常跑去

---

[1] 复活节前七周,基督徒在此期间进行斋戒,不许吃荤食,禁止娱乐和结婚。

看望娜塔莎,其实他这样做只是由于他那颗软弱的心难以独自承受这份忧伤。然而随着离别的时刻日益临近,他又心神不安,又眼泪涟涟,又经常跑来找我,哭诉内心的痛苦。最近一段时间他十分依恋娜塔莎,别说一个半月,就是一天,他也离不开她。但他直到最后一刻还是满心相信,他只是离开她一个半月,一回来他们就举行婚礼。至于娜塔莎,那她已经十分清楚,她的整个命运正在发生变化,阿廖沙从此将永远不会再回到她的身边,结局也只能是这样。

他们分手的一天终于到来。娜塔莎病了——她脸色苍白,两眼通红,嘴唇干裂,偶尔自言自语一声,偶尔急速而锐利地盯我一眼。她没有哭,也不回答我的问话,当听到阿廖沙进门时响亮的说话声时,她浑身哆嗦,像风中的一片树叶。忽地她满脸红晕,急忙向他奔去,颤抖着拥抱他,吻他,露出了笑脸……阿廖沙定睛看着她,有时不安地询问她身体可好,并安慰说,他离开的时间不会很长,回来后他们马上举行婚礼。娜塔莎分明在努力克制自己,强忍着快要落下的眼泪。她在他面前始终没有哭。

有一次,阿廖沙说起该给她留下一些钱,供她在自己离开期间花销,他让她不要为此不安,因为父亲答应给他一大笔旅费。娜塔莎皱起了眉头。剩下我们两人的时候,我对她说,我手头有一百五十卢布可供她不时之需。她没有问起这笔钱的由来。这事发生在阿廖沙离开彼得堡的前两天,在娜塔莎同卡佳第一次也是最后一次见面的前一天。卡佳让阿廖沙带来一封便函,请求娜塔莎允许她第二天登门拜访,同时也给我写了几句:她们相见时,她希望我也在场。

我拿定主意,不管会有什么脱不开身的事情,我十二点(卡佳指定的时间)一定要到娜塔莎那里,可是麻烦事和脱不开身的事儿还真不少。内莉就不用说了,近来伊赫缅涅夫夫妇也给我添了好些麻烦。

这些麻烦事还在一周前就开始了。有一天早上,安娜·安德烈耶芙娜让人来找我,要我扔下一切,立刻赶到她家,因为有一桩十分重要的事,一分一秒也耽搁不得。我到了她那里,只见她一人在家;她焦急、恐慌,发狂似的在房间里走来走去,提心吊胆地等着尼古拉·谢尔盖伊奇回来。像往常一样,我半天也没能从她那儿弄清到底是怎么回事,她又为什么如此害怕,与此同时,不消说,此时的每一分钟都十分珍贵。她没谈正事,一上来就性急地把我数落一通:"为什么你老是不来,把我们撇在一边,让孤老头子和孤老婆子独自受罪",以至于"天知道你不在的时候会出什么事情"。这之后她才告诉我,这三天来,尼古拉·谢尔盖伊奇一直非常激动,激动得"简直没法说啦"。

"他简直像换了一个人,"她说,"他像发了疯似的,每天夜里背着我跪在圣像面前祷告,睡着了还说梦话,醒来后也糊里糊涂;昨天喝菜汤,匙子放在他面前,他就是找不着,问他话,他答非所问。动不动就出门,说什么'我出去有事,我要去见见律师'。今天早上,他又把自己反锁在书房里,说什么'我要为打官司的事写一份重要的申诉'。哼,好吧,我暗暗寻思,匙子摆在盘子旁边你都找不到,你还能写什么样的申诉呢?可是我从锁眼里偷偷往里瞧,看见他坐在那里,一边写一边伤心落泪。我心想这申诉怎么要这样写呢?说不定他这是心疼我们的伊赫缅涅夫卡,这么看来,我们的伊赫缅涅夫卡是彻底没救了!我正这么琢磨着,他霍地从桌旁跳起来,把笔往桌上使劲一扔,涨红了脸,眼睛闪亮,一把抓起帽子,就跑了出来。他对我说:'安娜·安德烈耶芙娜,我很快就回来。'等他一走,我立即走到他的书桌前。那上面堆了无数打官司的文件,他从来都不准我碰它们。我不知求过他多少次:'你哪怕让我挪动一下那些文件,我好擦擦桌上的灰尘。'这怎么行,他又是嚷嚷,又是挥手:自从他到了这个彼得堡,遇事就很急躁,动不动就嚷嚷。这回我走到书桌前就找,他刚才写的是什么申诉?因为我确实知道,他没有把它带走,他从桌子前站起来的时候,把它塞到那一堆文件下面了。喏,这就是我找到的东西,伊万·彼得罗维奇,亲爱的,你瞧瞧吧。"

她递给我一张写了一半的信纸,但涂改很多,好些地方简直看不清。

可怜的老人!一看头几行就可以猜出,他写了些什么,是写给谁的。这是一封给娜塔莎的信,给他最最疼爱的女儿的信。一开头他写得热情而亲切:他宽恕了她,叫她回来。但信的全部内容很难看清,因为写得很乱,很仓促,还无数次涂改过。看得出来,令他拿起笔来写下最初几行亲切动情的文字的那份热情,在写完这几行之后,很快变成了另一种感情:老人开始谴责女儿，用毫不留情的笔触描写她的罪行，愤怒地提及她的固执，谴责她无情无义，说她恐怕一次也没有想到对父母干了什么好事。他威胁要对她的高傲加以惩罚和诅咒。信的最后，他要求她立即乖乖地回家，"那时，只有到那时，当你在'家庭的氛围内'，规规矩矩地过上一种模范的新生活之后，我们或许会决定饶恕你"，他这样写道。看得出来，在写完开头几行之后，他把原有的那种宽容视作软弱，并为此感到羞耻，最后，他因自尊心受到伤害而痛苦不堪，便以愤怒和威胁来结束此信。老太太抱着胳膊站在我面前，战战兢兢地等着我读完信会说什么。

我把自己的看法直截了当地告诉了她。我的看法是：老人没有娜塔莎再也活不下去了，可以肯定地说，他们必须尽快和解。但是，这一切又取决于各方面情况。我同时向她说明了我的推测：首先，官司打败了，他因此十分伤心和震惊，更不必说他的自尊心由于公爵的得胜受到了极大的刺激；另外此案的这种判决，使他产生了满腔的愤怒。在这种时刻，他的心不能不寻求同情，于是他便越来越思念起他的女儿——这可是他在世界上最最疼爱的人儿。最后，也可能他听到了阿廖沙就要遗弃她的消息（因为他密切注视着这事的发展，有关娜塔莎的任何情况他都知道）。他能理解她目前的心境，能切身感受到，她是多么需要得到安慰。然而他又不能战胜自己，总认为是女儿让他受尽了屈辱。他可能还想过，终究不是她首先向他迈出这一步，说不定她根本就没有想到过他们，更没有感到有必要和解。"他一定是这么想的，"我发表完我的看法后说，"所以他才没有把信写完。也许他认为这样做会带来新的屈辱，比原先更为强烈的屈辱，而且，谁知道呢，也许反而会推迟和解的到来……"

老太太一边听我讲，一边掉眼泪。最后，我对她说，我必须马上赶到娜塔莎那儿，我已经被她耽搁了，这时她猛地一惊，又说她把最要紧的事给忘了。原来她从文件堆下抽信的时候，不小心把墨水瓶打翻了。信的一角果然染上了墨水，老太太吓得要命，她怕老爷子根据这片墨迹，发现有人乘他不在的时候翻了他的文件，知道安娜·安德烈耶芙娜读了他给娜塔莎的信。她的恐惧很有道理：仅仅由于我们知道了他的秘密，他就会恼羞成怒，久久怀恨在心，还会出于高傲，固执己见，不肯饶恕自己的女儿。

但是我把这事仔细考虑了一下，便劝老太太不必担心。我说，他写了那么一封信，站起来时心情一定十分激动，他不可能记得那些个小事，所以这会儿他可能认为是他自己弄脏了信，于是把这事给忘了。我这样安慰了安娜·安德烈耶芙娜，随后两人小心翼翼地把信放回原处。临走前，我忽然想起应该跟她认真地商量一下内莉的事。我认为，这个被遗弃的可怜孤女。她的母亲同样受到亲生父亲的诅咒，倒可以讲讲自己过去的生活，讲讲母亲的死，而这些令人伤心的悲惨故事，一定能打动老人的心，唤起他宽恕女儿的高尚感情。目前，他其实已经做好了心理准备，一切都酝酿成熟了，对女儿的思念已经逐渐战胜了他的傲气和被伤害的自尊心。目前缺少的只是一个动力，一个最后的有利时机，而内莉就可以提供这个有利时机。老太太极为专心地听我解释,她满脸喜色,充满了希望。听完后,她便立即责备我:这事为什么不早些告诉她?她急切地开始向我打听内莉的情况,最后庄严地保证,说她现在要主动去求老爷子把孤女领回家来。她已经真心实意地爱上内莉了,为她的病担心,一再问到她的病情,还亲自跑到储藏室里拿了一罐果酱,非要让我带给内莉。她以为我没钱请大夫,又给我拿来五卢布,我不接她的钱,她就不高兴。直到听我说内莉需要连衣裙和内衣,而她在这方面还可以帮上忙的时候,她才好歹平静下来,内心感到快慰,于是她立即开始翻箱倒柜,把自己的衣服全都摊开,挑选可以送给"孤女"的衣物。

随后我便去看望娜塔莎。我前面已经提到,她那儿的楼梯是螺旋形的。我登上最后一段楼梯时,看到她的房门外站着一个人。那人正要敲门,但一听到我的脚步声就住手了。最后,想必经过一番犹豫,他突然又放弃了原来的打算,转身下楼了。我在最后一段楼梯的第一级台阶上碰见了他,当我认出这人竟是伊赫缅涅夫时,着实吃了一惊。那里的楼梯白天也黑魆魆的。他贴着墙根,给我让路,我记得他那双盯着我的眼睛里闪出一种古怪的亮光。我觉得他顿时面红耳赤,至少他很尴尬,有点不知所措了。

"啊,万尼亚,是你呀!"他支支吾吾地说,"我来这地方找一个人……找录事……还是为那桩案子……他不久前搬家了……说是搬到这一带……好像又不住在这儿。我弄错了。再见!"

说完，他急忙跑下楼去。

我决定暂时不告诉娜塔莎这次不期而遇，但是等阿廖沙一离开彼得堡，剩下她独自一人的时候，我会立刻把这事告诉她。眼下她太伤心，即使能意识到并理解这件事的全部意义，但未必能像在日后，在她心灰意冷、悲痛欲绝时那样深刻地领悟和感受它。现在时机还不成熟。

那天我本来可以再去看望一下伊赫缅涅夫夫妇，我也非常想去，但还是没有去。我觉得，老人见到我会很难堪的，他甚至可能认为，我是因为这次不期而遇故意去找他的。我再去他们家时已经隔了一天。老人郁郁不乐，但相当随便地接待我，而且三句话不离他的案子。

"哦，那一天你去找谁啦？楼梯那么高，你还记得吗，我们还碰上了，这是哪天来着？——好像是前天吧。"他好似十分随便地突然问我，但不知怎么还是移开视线，不再看我。

"那儿住着一个朋友。"我回答，同样移开了视线。

"啊！我是去找我的录事阿斯塔菲耶夫的，别人指给我的是那幢房子……谁知弄错了……哦，我刚才跟你谈起那桩案子：最高法院已经裁定啦……"等等，等等，他说了许多。

开始说到案子的时候，他甚至脸红了。

就在这一天，为了让安娜·安德烈耶芙娜高兴起来，我把这事都对她说了，同时我又恳求她，从现在起，千万不要用异样的眼神去看他，不要老是叹气，不要做任何暗示，一句话，不要以任何方式表现出来，她已经知道了他最近这种反常的举动。老太太又是吃惊，又是高兴，起初简直不相信我说的话。同时她也告诉我，说她已经多次绕着弯向尼古拉·谢尔盖伊奇提起那个孤女的事，但他始终一声不吭，而先前总是他求她同意把小姑娘领回家来。我们两个决定，明天由她直截了当地请他办这件事，不要转弯抹角，也不用暗示。可是到了第二天，我们两个都被吓坏了，一整天都心神不宁。

事情是这样的：这天上午，伊赫缅涅夫见到了经办他案子的官员。那官员告诉他，说他见到了公爵，公爵虽然还是把伊赫缅涅夫卡据为己有，但"鉴于某些家庭状况"，决定给伊赫缅涅夫一笔补偿，要给他一万卢布。老人从官员那里直接跑来找我，他的情绪异常激动，两眼射出凶光。不知为什么他把我从屋里叫到楼道里，并坚决要求我立即去找公爵，转达他要跟公爵决斗的挑战。这事让我大为震惊，很长时间弄不明白这是怎么回事。我开始劝他。但老人气愤若狂，忽然又晕过去了。我赶紧跑回屋去取水，可是等我转身回来，发现他已不在楼道里了。

第二天，我跑去看望他，但家里也没有他。就这样一连三天，他不知去向了。

直到第三天，我们才了解到发生的一切。原来他离开我后便直接去找公爵，公爵不在家，他就给公爵留了一张便条。他在留言中写道，他已经得知公爵对官员说的那番话，并视作对自己的极大侮辱，他认为公爵是个卑鄙小人，鉴于上述原因，他要求与公爵决斗，并且警告说，若公爵胆敢逃避决斗，必将身败名裂。

安娜·安德烈耶芙娜告诉我，他回到家后，神情异常激动，异常沮丧，甚至躺倒了。他对她倒很温存，但对她的问话却很少作答。看得出来，他正焦急难耐地等着什么。第二天上午，市邮局送来一封信，读完信，他大叫一声，便抱住了头。安娜·安德烈耶芙娜都吓晕了。但他立即抓起帽子和手杖，跑出了家门。

信是公爵写的。他严厉地、简短地、不失礼貌地通知伊赫缅涅夫，关于他对那位官员说的话，他无须对任何人做任何解释。虽说他对伊赫缅涅夫败诉一事深表遗憾，但他不论怎么遗憾，也不认为败诉一方为了报复有权要求同自己的对手决斗。至于说到用来威胁他的"身败名裂"，公爵则请伊赫缅涅夫不必为此多虑，因为他绝不会因此身败名裂，也不可能身败名裂。最后他说，伊赫缅涅夫的信即将呈送有关方面，警察局接到报案后，当有能力采取必要的措施以维护社会治安。

伊赫缅涅夫拿着信，立刻又跑去找公爵。公爵还是不在家。但老人从听差那里打听到，公爵此时大概在纳英斯基伯爵家里。于是他不假思索就往伯爵家跑去。他已经走上楼梯，却被伯爵家的看门人挡住了去路。极度气愤的老人挥起手杖去打他。老人立即被人抓住，拖到门外的台阶上，又被交给了警察，接着警察把他送进了警察分局。当时就有人报告了伯爵。当在场的公爵向老色鬼伯爵说明，这个伊赫缅涅夫就是纳塔利娅·尼古拉耶芙娜的父亲时（在这种事情上公爵已经不止一次为伯爵效劳了），那位身居要职的小老头只是会心一笑，他的愤怒已化作了仁慈。他当即下令释放伊赫缅涅夫，但是又过了一天老人才被释放出来,释放时有人告诉他(想必这是公爵的盼咐):多亏公爵为他说情,伯爵才对他开恩。

老人像疯了一样跑回家,倒在床上,一动不动地躺了整整一小时。后来他总算欠起身来,但令安娜·安德烈耶芙娜大为惊恐的是,他竟郑重地宣布,他要永远诅咒自己的女儿,让她永远得不到父母的祝福。

安娜·安德烈耶芙娜吓坏了,但她想到应当帮助老人,尽管她自己也昏头昏脑,这一天一夜却一直伺候着他,用醋敷他的额头,再放上冰块。他发着高烧,尽说胡话。我离开他们时已是午夜两点。不过次日清晨,伊赫缅涅夫就能下床了,当天他就跑来找我,商量要把内莉接回家去。有关那天他同内莉见面的一幕我在前面已经说过,当时的场面使他感到极度的震惊。回家后,他又病倒了。这一切发生在复活节前的星期五,正好是卡佳和娜塔莎约定见面的日子,也就是阿廖沙和卡佳离开彼得堡的前一天。这次会面我也参加了,约会安排在清晨进行,之后老人才来找我,接着内莉第一次出逃。

第六章

阿廖沙在约会前一小时就来通知娜塔莎。我赶到那儿的时候,卡佳的马车刚好停在楼前的大门口。陪同卡佳前来的是一个法国老太太,在卡佳的一再恳求下,她犹豫了很长时间,最后终于同意陪同前来，甚至允许卡佳独自上楼去见娜塔莎，但必须跟阿廖沙一同上去，她自己则留在马车里等着。卡佳没有下车，她把我叫到跟前，请我去把阿廖沙叫下来。我上楼后看到娜塔莎泪眼汪汪——她和阿廖沙两人都在伤心落泪。听说卡佳来了，她从椅子上站起来，擦干眼泪，焦急不安地站到门前迎候。这天早上她身着一袭白色连衣裙，深褐色的头发梳理得很光洁，在脑后挽成一个很大的发髻。我很喜欢这种发式。娜塔莎看到我留下来陪她，要我也下去迎客。

"在此之前我都无法来看望娜塔莎，"卡佳上楼时对我说，"有人在监视我，真可怕。我劝了 madame Albert[1] 整整两个星期，她最后总算同意了。而您，伊万·彼得罗维奇，一次也没来看过我！我也不能给您写信，再说也不想写，因为写信什么事也说不清。而我多么需要见到您……我的上帝，我的心现在怦怦直跳……"

"楼梯很陡。"我答道。

"不错，楼梯是……哦，您怎么认为，娜塔莎不会生我的气吧？"

"不会的，为什么要生气呢？"

"不错……当然，为什么要生气呢；我马上就会看到，何必还问呢？……"

我挽着她的胳膊。她脸色发白，好像非常害怕。在最后一

---

[1]　法文：阿尔贝特夫人。

个拐弯处,她停下来喘了一口气,但看了我一眼后,又坚决地向楼上走去。

在房门外她又一次停下来,悄声对我说:"我走进去就对她说:我十分信任她,所以不怕来见她……不过,我说这些干什么,我确信,娜塔莎是个极其高尚的人。不是吗?"

卡佳畏怯地进了门,像一个罪人似的。她凝神望了一眼娜塔莎,对方立即向她微微一笑。卡佳于是快步走过去,拉起她的双手,把自己丰满的小嘴贴到她的唇上。还没有对娜塔莎说一句话,她接着就严肃地甚至严厉地对阿廖沙说,请他出去,让我们单独待上半小时。

"你别生气,阿廖沙,"她补充道,"这是因为我有许多话要对娜塔莎讲,要商量一件十分重要十分严肃的事,这些话你不能听。放聪明一点儿,走吧。而您,伊万·彼得罗维奇,请您留下。您应当听到我们的全部谈话。"

"我们坐下吧,"她等阿廖沙走后对娜塔莎说,"我就这样,坐在您的对面。我首先想好好看看您。"

于是她在娜塔莎对面坐下,定睛打量了她一阵子。娜塔莎情不自禁对她露出笑脸。

"我已经见过您的相片了,"卡佳说,"是阿廖沙让我看的。"

"怎么样,我像相片上的人吗?"

"您本人更美,"卡佳坚决而又认真地答道,"我原先就是这么想的:您本人一定更美。"

"真的吗?瞧,我看您都看得入迷了。您太漂亮了!"

"您说什么呀！我哪能跟您比……我的亲爱的！"她补充了一句，用颤抖的手拉住娜塔莎的手，两人又不说话了，只是互相打量着。"听我说，我的天使，"卡佳首先打破了沉默，"我们只有半小时能待在一起，这还是 madame Albert 勉强同意的，可是我们有许多事要商量……我希望……我应当……好吧，我就直接问您：您很爱阿廖沙吗？"

"是的，很爱。"

"既然如此……既然您很爱阿廖沙……那么……您也应当珍惜他的幸福……"她胆怯地小声补充道。

"是的，我希望他幸福……"

"那就好……不过现在的问题是：我能使他幸福吗？我有权利这么说吗，因为我是从您那儿把他抢走的呀。如果您觉得，而且我们现在也能确认，他跟您在一起会更幸福，那么……那么……"

"这事已经定了，亲爱的卡佳，其实您自己也看到，一切已成定局。"娜塔莎小声答道，低下了头。显然，她很难继续这场谈话。

估计卡佳本来准备就"谁更能使阿廖沙幸福，谁应该让步"这个问题，作一次很长的解释。但在娜塔莎回答之后，她立即明白，一切早已成了定局，再也无话可说了。她漂亮的小嘴张了张，困惑地、忧伤地望着娜塔莎，仍然把娜塔莎的手攥在自己手里。

"那么您很爱他吗？"娜塔莎突然问她。

"是的。可是我还想问您一个问题,我这次来就是为了这个:请您告诉我,您究竟为什么爱他?"

"不知道。"娜塔莎答道。她的答话中似乎有一种痛苦的不耐烦情绪。

"您觉得他聪明吗?"卡佳问。

"不,我只是爱他罢了。"

"我也是。我老觉得像是可怜他。"

"我也是。"娜塔莎答道。

"现在拿他怎么办呢!他怎么能为了我而抛下您呢,我真不明白!"卡佳激动地叫道,"现在我见到了您,就更不明白啦!"娜塔莎没有答话,眼睛望着地下。卡佳沉吟片刻,忽地从椅子里站起来,默默无言地抱住了娜塔莎。两人相拥着,哭成了泪人儿。卡佳坐在娜塔莎圈椅的扶手上,一直把娜塔莎搂在怀里,并去亲吻她的手。

"您不知道我有多么爱您!"卡佳哭着说,"让我们做姐妹吧,我们要永远通信……我会永远爱您的……我会一直这么爱您,一直爱您……"

"他跟您提起过六月份我们要结婚的事吗?"娜塔莎问。

"提起过。他说您也同意。其实这一切不过是那样,为了安慰他,不是吗?"

"当然。"

"我也是这么想的。我会加倍爱他的,娜塔莎,我会把一切情况写信告诉您。看来,他很快就要成为我的丈夫,好像是这样。他们全都这么说。亲爱的娜塔舍奇卡,那么您现在会回……回自己的家吗?"

娜塔莎没有出声,但默默地、深情地吻了她一下。

"祝您幸福!"娜塔莎说。

"也……祝您……也祝您幸福,"卡佳喃喃地说。这时门打开了,阿廖沙冲了进来。他再也不能、再也无法熬过这半个小时。看到她俩互相拥抱,泪水涟涟,他浑身瘫软、痛苦万分地跪倒在娜塔莎和卡佳的面前。

"你哭什么呀?"娜塔莎对他说,"是因为要跟我分开吗?难道要分开很久吗?六月份你不是要回来吗?"

"那时你们就要结婚啦!"卡佳噙着泪水急忙说,也为了安慰阿廖沙。

"可是我离不开你,一天也离不开你,娜塔莎!没有你,我会痛苦死的……你不知道,你现在对我有多么宝贵!特别是现在!……"

"哦,你可以这么办,"娜塔莎忽然活跃起来,说道,"伯爵夫人不是要在莫斯科待些日子吗?"

"是啊,要待上一周呢。"卡佳附和道。

"一周!那么最好这么办:你明天把她们先送到莫斯科,也不过一天而已,然后你立即回来。等她们要离开莫斯科的时候,你再去莫斯科陪着她们,这样一来,咱俩分别的日子就只有一个月了。"

"噢,对呀,对呀……这样你们又可以一起多待上四天了。"

卡佳兴高采烈地叫道，同时意味深长地跟娜塔莎交换了一个眼色。

阿廖沙听到这个新方案后欣喜若狂，那副模样真叫我难以形容。他忽地完全安下心来，喜气洋洋地拥抱娜塔莎，亲吻卡佳的双手，拥抱我。娜塔莎面带忧郁的微笑望着他，但卡佳再也受不了啦。她向我投来炽烈的闪烁的一瞥，拥抱了一下娜塔莎，便站起身来要走。这当儿正巧那个法国女人让人来叫她们赶紧结束这次会见，因为已经过了说好的半小时。

娜塔莎也站起身来。两人面对面、手拉手地站着，似乎努力用目光来传达郁结在心头没有说出的一切。

"要知道，我们从此再也不会相见了。"卡佳说。

"再也不会相见了，卡佳。"娜塔莎答道。

"好吧，我们告别吧。"她俩拥抱了一下。

"请不要责怪我，"卡佳匆匆低语，"而我……将永远……请您相信……他会幸福的……我们走吧，阿廖沙，你送送我！"她抓住阿廖沙的手，匆匆说道。

"万尼亚！"他们走后，娜塔莎神情激动、悲痛欲绝地对我说，"你也跟他们走吧……别再回来了：阿廖沙会在我这儿待到晚上八点钟；再晚他就不能待了，他要走了。我将一个人留下……请你九点钟再来吧！"

晚上九点钟，我把内莉留下，请亚历山德拉·谢苗诺芙娜陪着她（这是在摔茶杯之后），立即去看望娜塔莎。这时只有她孤单单的一个人，正焦急地在等我。玛芙拉给我们端来了茶炊，娜塔莎为我倒了一杯茶后,便在沙发上坐下,叫我坐到她的身边。

"一切都完了,"她凝神望了我一眼,说道。那眼神叫我永远也忘不了。

"我和他的爱情也完了。半年的生活!这一生也就结束了。"她握着我的手补充道。她的手很烫。我便劝她穿暖和些,上床躺下。

"待一会儿吧,万尼亚,待一会儿,我好心的朋友。你先让我说两句,稍稍回忆一下……我现在像被彻底击倒了……明天,我还能见他最后一面,十点钟……最后一面!"

"娜塔莎,你在发烧,待会儿会发冷的。你要爱惜自己呀……"

"那又怎么呢?他走后这半小时里,我一直在等你,万尼亚。你猜我想什么啦,问自己什么啦?我反复问自己:我究竟爱不爱他,我和他的爱情到底是怎么回事?你不觉得可笑吗,万尼亚,直到现在我才这样问自己?"

"你不要自寻烦恼,娜塔莎……"

"你瞧,万尼亚:我其实可以肯定,我没有把他当作一个身份、地位相当的人去爱他,不像通常女人爱男人那样爱他。我对他的爱……如同母亲……我甚至觉得,双方作为平等的人彼此相爱,这种爱情在世界上是根本不存在的,是不是这样?你是怎么想的?"

我忐忑不安地望着她,担心她的热病就要发作。她似乎被什么东西迷住了,觉得特别想说话,她有些话前言不搭后语,有些话简直含糊不清。我非常害怕。

"他曾经是我的,"她继续道,"我第一次见到他时,就产生了一种不可克制的愿望,要让他成为我的人,尽快成为我的人,想让他除了我,除了我一人以外,不看任何人,不认识任何人……卡佳刚才说得好,我正是这样爱他的:不知为什么我总像有点可怜他……我总有一种抑制不住的愿望:希望他非常幸福,永远永远幸福,每当我独自一人的时候,这种愿望简直让我受不了。望着他的脸(你是知道他脸上的表情的,万尼亚),我的心就无法平静:他那种表情任何人都没有,只要他笑起来,我就浑身发冷、打战……真的!……"

"娜塔莎,你听我说……"

"大家都说,"她打断了我的话,"而且你也说过,他的性格软弱,而且……智力有限,像个孩子。可是我最喜欢他的正是这一点……你信吗?不过我也不知道,我是不是仅仅爱他这一点。我爱他的一切,假如他跟现在稍有些不同,有点个性,或者更精明些,那我也许就不会这么爱他了。你知道吗,万尼亚,有件事我要向你承认:你记得吗,三个月前我跟他吵了一架,那是因为他又去找那个女人,找她,哦,找那个明娜……是我打听到的,是我查问出来的,你相信吗:我当时非常痛苦,可同时又好像有点高兴……我也不知道是为什么……当时我只是这样想:他长大了,他也要跟那些成年人一样去寻花问柳,也要去找明娜了!我……我从那次争吵中获得了多大的快乐啊,然后再原谅他……啊,我亲爱的人!"

她朝我脸上看一眼,有点古怪地笑起来。然后她似乎沉思起来，似乎还在回忆往事。就这样她坐了很长时间，唇边始终漾着微笑，沉浸于往日的回忆中。

"我特别喜欢原谅他，万尼亚，"她继续道，"你可知道，每当他留下我独自一人的时候，我总是在房间里走来走去，我痛苦，我落泪，可是有时我又想：他越是辜负我，就越好……不错！你可知道，在我的想象中，他永远是那么个小男孩，我坐着，他把头枕在我的膝盖上睡着了，于是我轻轻地摸着他的脑袋，爱抚他……每当他不在的时候，我总是这么想象着……听我说，万尼亚，"她突然补充道，"卡佳多么迷人啊！"

我觉得，她这是故意触痛自己的伤口，她这样做是出于内心的一种渴求——渴求去感受绝望和痛苦……但凡遭受过重创的心灵常常会有这样的渴求！

"我觉得卡佳会使他幸福，"她继续道，"她性格刚强，说话总那么自信，对他那么严肃认真——尽讲一些人生大道理，就像她是一个大人似的。其实她呀，她呀，还完完全全是个孩子！一个可爱的小姑娘，可爱的小姑娘！啊，但愿他们幸福！但愿，但愿，但愿！……"

顿时她泪如雨下，伤心得号啕大哭起来。整整半小时她控制不住自己，无法哪怕稍稍平静下来。

可爱的天使娜塔莎！就在这天晚上，当我看到她多少平静了一些，或者不如说她累了，为了排遣她的愁绪，我就对她讲起内莉的事来。尽管她自己痛苦不堪，但她依然关心我那些操劳……这天晚上，我很晚才离开她，我是等她睡着了才走的，临走时我关照玛芙拉，让她整夜都不要离开她生病的女主人。

"啊，快些吧，快些吧！"我在回家的路上不胜感慨地叫道，"让这些痛苦快些结束吧！不管用什么方式结束，不管怎样结束，就是要快，快！"

次日上午整十点，我已经在她那儿了。阿廖沙与我同时到达……来告别。这个场面我就不说了，我不想去回忆它。看来，娜塔莎发誓要克制自己，做出一副愉快、冷静的样子，但却做不到。她浑身打战、紧紧地拥抱阿廖沙。她没跟他说几句话，只是用一种痛苦得近乎疯狂的眼神久久地凝视着他。她贪婪地倾听着他的每一句话，可是他对她说了什么，她又似乎完全听不明白。我记得，他一再请求娜塔莎宽恕他，饶恕他并饶恕他对她的爱情，饶恕他在这段时间里使她受到的所有屈辱，饶恕他的不忠实，他对卡佳的爱，以及他的离去……他语无伦次，最后泣不成声。有时他突然想起安慰她，就说他只走一个月，顶多五个星期，等他夏天一回来，他们立即举行婚礼，说父亲到时候会同意的；此外，最主要的是，后天他就会从莫斯科赶回来，这样又有整整四天时间可以厮守在一起，所以说，现在他们只是分别一天……

真是怪事：既然他完全相信自己说的是真话，而且后天一定能从莫斯科返回……那他为何又这样痛哭流涕，苦恼不堪呢？

最后，时钟敲了十一下。我好不容易才说服他离开。去莫斯科的火车十二点整开出，现在只剩下一个小时了。娜塔莎后来告诉我，她都不记得怎么看了他最后一眼。我记得，她为他画了十字,吻了他一下,随后双手掩面,冲回了房间。而我不得不把阿廖沙一直送上马车,否则他一定会跑回来,那就永远也下不了这楼梯啦。

"一切都拜托您了,"他下楼时对我说,"我的朋友,万尼亚!我对不起你,也从来不配得到你的爱,但请你永远做我的兄长:爱她,不要离开她,写信告诉我一切,写得尽量详细些,字写得尽量小些,因为字写小了,就可以多写些内容。后天我又能回到这里啦,一定,一定的!可是,待我走了以后,你要给我写信啊!"

我扶他登上一辆轻便马车。

"后天见!"他从离去的马车上向我喊道,"一定!"

我忐忑不安地回到楼上。娜塔莎抱着臂膀,站在房间中央,困惑不解地看了我一眼,就像不认得我似的。她的头发披散到一边,眼神不安而又迷惘。玛芙拉手足无措地站在房门口,提心吊胆地看着她。

突然,娜塔莎的眼睛闪出光来:

"啊,这全是你干的好事,你!"她冲着我喊了起来,"现在只有你一个人了。你恨他!你永远不会原谅他,因为我爱上了他……现在你又在我身边了!怎么样?你又是来安慰我,劝我回到抛弃我、诅咒我的父亲那里。我昨天、我两个月以前,就知道会这样的!……我不愿意,不愿意!我也诅咒他们!……你走吧,我不想见到你!走吧!走吧!"

我明白,目前她正处于狂妄状态,我在这儿只能使她更加生气，我明白，这是难免的，我想还是出去为好。我走到楼梯口，坐在第一级阶梯上等着。有时我起身推开门，把玛芙拉叫出来，问问娜塔莎的情况。玛芙拉只是哭。

这样过去了一个半小时。这段时间里，我的心情简直难以形容。我的心脏似乎停止了跳动，感到无比疼痛。忽然房门打开了，娜塔莎跑到楼梯口，戴着帽子，还披着斗篷。她似乎精神恍惚，事后她告诉我，她只是隐隐约约记得这件事，不知道自己要往哪儿跑，想去干什么。

我还来不及从我坐的地方站起身，找个地方躲起来，她突然看见了我，吃惊地站在我的面前一动不动了。"我突然清醒过来了，"她事后对我说，"我这个疯子，这个冷酷无情的人，竟能把你，把你，我的朋友，我的兄长，我的救命恩人，给赶了出去！当我看到你这个可怜的人，受了我的欺负，却坐在楼梯上不走，一直等着我再叫你回去——我的上帝！你不知道，万尼亚，当时我什么感觉！就像有人朝我的胸口捅了一刀……"

"万尼亚！万尼亚！"她向我伸出双手，呼喊道，"你在这里……"话没有说完，她便倒在我的怀里了。

我扶住她，把她抱回室内。她晕过去了！"怎么办？"我寻思，"她会发高烧的，这是肯定的！"

我决定赶紧跑去请大夫来治病。大夫可以很快请来，因为两点以前我那位德国老人通常都待在家里。我跑去找他之前，恳求玛芙拉一分一秒都不要离开娜塔莎，也不让她跑出去。真是上帝助我：如果再晚一点，我就找不到我的老大夫了。他已经走出寓所，让我在街上截住了。我立即请他坐上我租的马车，他还没来得及问清情况，我们的马车已经朝娜塔莎的住处驶去了。

真的，真是上帝助我！在我离开的半小时里，娜塔莎遇到了一件意外的事，如果不是我和大夫及时赶到，这件事会彻底把她击垮的。我走后还不到一刻钟，公爵就来了。他是刚刚送走阿廖沙等人，从火车站直接来找娜塔莎的。这次造访想必是他经过周密考虑，早就谋划好的。娜塔莎后来告诉我，在她看到公爵的最初一瞬间，甚至并不觉得奇怪。"我的脑子全乱了，"她这样说。

公爵在她的对面坐下，用一种亲切的深表同情的目光注视着她。

"我的亲爱的，"他叹一口气说道，"我能理解您的痛苦，我知道，此时此刻您的心情多么沉重，因此感到有责任来看望您。如果您做得到的话，您可以以此自慰，您放弃了阿廖沙，至少成全了他的幸福。不过，对此您比我认识得更清楚，因为是您下定决心，做出如此豁达、如此伟大的举动……"

"我坐在那儿听着，"娜塔莎后来告诉我说，"可是开始的时候，说真的，我好像听不懂他的话，只记得我睁大眼睛盯着他。他握住我的一只手，开始不停地捏来捏去。这样做好像使他感到很舒服。当时我心乱如麻，甚至没有想到抽回我的手。"

"您已经明白，"公爵继续道，"一旦您成了阿廖沙的妻子，日后只能招致他对您的憎恨，而您有着高尚的自尊心，所以能认识到这一点，而且拿定主意……但是，我今天来并非为了夸奖您。我只是想向您申明：无论何时何地，您都不会找到比我更好的朋友。我同情您，怜惜您。整个这件事情我是身不由己地介入了，但是——我只是在尽我的责任。您那颗高贵的心一定能理解这一点，并跟我的心和解……此刻我的心情比您的更沉重，请您相信！"

"够了，公爵，"娜塔莎说，"您让我安静一下吧。"

"一定，我这就走，"他答道，"可是我像爱自己的女儿那样爱您，所以您得允许我经常来看望您。从现在起，您可以把我当成您的父亲，并答应我为您效劳……"

"我什么都不需要，您走吧。"娜塔莎再次打断他的话。

"我知道，您生性高傲……但我的话是真诚的，发自内心的。现在您打算怎么办？跟父母和解吗？这原本是一件好事，只不过您那个父亲不讲道理，一身傲气，还一意孤行；请恕我直言，但事实如此。现在您回到家里，只会遭到责备，受到新的折磨……话又说回来，您应该独立自主才对，而我的责任，我的神圣职责，就是现在来关心您、帮助您。阿廖沙恳求我不要抛下您，要我做您的朋友。不过除了我以外，还有一些人对您也十分忠诚。想必您会允许我向您介绍 N 伯爵吧。他的心地极好，是我们家的亲戚，甚至可以说是我们全家的恩人，他为阿廖沙做了许多事情。阿廖沙非常敬重他，热爱他。他是一个有权有势的人物，他已经老了，所以像您这样的年轻姑娘完全可以接纳他。我已经对他说起过您的情况。他会把您安置好的，如果您愿意的话，他甚至能为您找到一份很好的工作……在他的一个亲戚，一位夫人家里。我早就直截了当地、毫不隐瞒地向他说明了我们的那件事情，从而激发了他那善良的、极其高尚的感情。他对此发生了浓厚的兴趣，甚至现在一再求我，尽快让你们见面相识……这个人怜惜一切美好的事物，请相信我，他是一位慷慨而可敬的老人，很能赏识他人的长处，就在不久前，他就以极其高尚的方式处理了您父亲的一场纠纷。"

娜塔莎霍地挺起身来：她受到了侮辱。现在她明白他的来意了。

"离开我，马上离开！"她叫道。

"可是，我的朋友，您显然忘了：伯爵或许还可以为令尊效劳呢……"

"我的父亲完全无求于你们！您快给我走开！"娜塔莎再次叫道。

"天哪，您多么性急，多么多疑！我做什么啦，您竟这样对待我！"公爵说，同时有些不安地环顾四周，"无论如何请您允许我，"他接着说，并从衣袋里掏出一大包东西，"请您允许我给您留下这个，它能证明我对您的关心，特别是 N 伯爵对您的关心，因为这是他给我出的主意。这儿，在这个包里，一共有一万卢布。请等一下，我的朋友，"他看到娜塔莎怒不可遏地站起身来，急忙说道，"请耐心地听完我的话：您知道，令尊的官司输给我了，这一万卢布算是一份补偿，它……"

"滚，"娜塔莎大声喊道，"拿着这些钱给我滚出去！我把您这个人看透了……啊,卑鄙、卑鄙、卑鄙小人!"

公爵也站起身来,气得脸色煞白。

显然,他是来探探路,了解一下情况,大概也满心指望,这一万卢布能对这个贫穷的、遭到众人遗弃的娜塔莎起到很大作用……这个卑鄙无耻之徒,在这类事上已经不止一次为老色鬼N伯爵效劳。但他憎恨娜塔莎,一看此事行不通,立即变了腔调,急忙幸灾乐祸地侮辱她,这样一来,他起码也不虚此行呀。

"您大发脾气,我亲爱的,这就不好喽。"他说话的声音有些发颤,因为他正急不可待地想尽快欣赏到他的侮辱所产生的效果。"这就太不好喽。人家帮您找个靠山,您却翘起您的小鼻子……您还不知道吧,您本该谢我才对。我原来完全可以把您送进管教所,因为我就是那个被您勾引坏了的年轻人的父亲,您还骗了他的钱财,可是我没有这么做……嘿嘿嘿嘿!"

幸亏我们回来了。我刚走进厨房就听到室内有人在说话,就让大夫停下脚步,于是听到公爵最后那句话。随后传来他那可恶的哈哈大笑以及娜塔莎绝望的呼喊:"噢,我的上帝!"这时我推开门,扑向公爵。

我向他脸上啐了一口,又使劲给了他一记耳光。他本想还手,但看到我们有两个人,拔腿就往外跑,临走还不忘抓起桌上那包钞票。他就是这么干的,这是我亲眼所见。我抓起厨房桌上的擀面杖就去追他……当我又跑回屋里的时候,看到大夫正扶着娜塔莎不让她跌倒,但她挣扎着,甩开他的臂膀,像是犯病了。我们很长时间都无法让她平静下来,最后,我们总算把她弄到床上,让她躺下了。她好像得了热病,在昏迷中说着胡话。

"大夫!她怎么啦?"我提心吊胆地问。

"等一等,"他答道,"先得观察一下病情,然后才能做出诊断……但是总的说来,情况很糟。很可能最后要发热病……不过我们会采取措施……"

这时我灵机一动,忽然冒出一个主意。我恳求大夫再守护娜塔莎两三个小时,而且要他保证一分钟也不离开她。他做了保证,我随即跑回家。

内莉坐在屋角,神色忧郁,焦急不安,她用古怪的目光打量着我。大概我自己的模样也很古怪。

我把她抱了起来,自己坐到沙发上,让她坐在我膝头,热烈地吻了她一下。她的脸通红了。

"内莉,我的天使!"我开始说,"你愿意救救我们吗?你愿意救救我们大家吗?"

她困惑不解地望着我。

"内莉!现在全部希望都寄托在你身上了!有这样一个父亲:你见过他,也认识他。他曾诅咒自己的女儿,昨天他来过,让你上他家做他的女儿。现在她,娜塔莎(你不是说过你爱她吗),已经被她爱过并且为之离家出走的那个人抛弃了。那个人就是公爵的儿子。公爵也来过,你还记得吗,有一天晚上他来找我,却遇到你一个人在家,而你见了他就跑,后来你就病了……你不是也认识他吗?他是个坏人!"

"我知道。"内莉答道。她哆嗦了一下,脸色刷白。

"不错,他是坏人。他恨娜塔莎,因为他的儿子阿廖沙想跟她结婚。今天阿廖沙离开彼得堡了,可是一小时之后他的父亲却到了娜塔莎那儿,他侮辱她,威胁要把她送进管教所,还百般嘲笑她。你明白我说的话吗,内莉?"

她那双黑眼睛炯炯发光,但她立即又垂下了眼帘。

"我明白。"她说,声音小得几乎听不清。

"现在娜塔莎孤单一人,还生着病。我让咱们的大夫留下来照看她,自己就跑来找你了。听着,内莉:我们去找娜塔莎的父亲吧。我知道你不喜欢他,也不愿意去他们家,可是现在我们一道去吧。我们进去后,我会说,你现在愿意去他们家顶替娜塔莎做他们的女儿了。老人家现在也病了,因为他诅咒了娜塔莎,还因为阿廖沙的父亲前几天狠狠地侮辱了他。他现在不想听到有关女儿的事,但他心里爱她,非常爱她,内莉,他还想跟她和解呢,这我知道,我什么都知道!是这样的!……你听清了吗,内莉?"

"听清了。"她还是那样小声地说。而我说着说着竟落泪了。她胆怯地望着我。

"你相信这件事吗?"

"相信。"

"那好,我带你进去以后,让你坐下,他们就会欢迎你,亲亲热热地接待你,并且开始提出各种问题。到时候我会引出话题,让他们问起你过去的生活情况,问起你妈妈和你外公的情况。你就把一切都告诉他们,内莉,就像你以前对我讲的那样。

你要把一切全讲出来，统统讲出来，照直说，毫不隐瞒。告诉他们，那个坏人怎么抛弃了你的妈妈，你妈妈在布勃诺娃的地下室里怎么死去的，你怎样跟着妈妈沿街乞讨；她奄奄一息的时候对你说了什么，要你去做什么……这时你也可以讲讲你外公的事。告诉他们，你外公怎么不肯宽恕你妈妈，你妈妈在临死的一刻又怎样打发你去找他，请他来看她，宽恕她，可他怎么就是不肯来……后来你妈妈又是怎么死去的。把一切都告诉他们，统统告诉他们！你这样讲的时候，老人就会在心里感受到这一切。因为他已经知道，今天阿廖沙抛弃了她，此刻她受尽了屈辱，被玷污了名声，孤单一人，无依无靠，只能听任仇人百般辱骂。这一切他都知道……内莉！你要救救娜塔莎！你愿意跟我去吗？"

"愿意。"她答道，同时深深地叹了一口气，并用一种异样的眼神久久地凝视着我。这目光中透着某种谴责的意味，我心里感觉到了。

但是我无法放弃我的这个主意。我太相信它了。我拉起内莉的手，一道走了出去。已经是下午两点多钟。天上乌云密布。近来天气一直十分闷热，现在第一声春雷总算从远处传来了。大风扫过街道，到处尘土飞扬。

我们坐上了出租马车。一路上内莉默默无言，只偶尔用那种古怪的、让人捉摸不透的眼光看我一下。她的胸脯剧烈地起伏着，在马车里我用手扶着她，就感到她那颗小小的心脏在我手掌下猛烈跳动，似乎要从她的胸腔里跳出来。

第七章

　　我感到这段路好像走不到尽头。最后我们总算到了,我怀着一颗忐忑不安的心走进我那两位老人的门。我不知道我离开他们的家时会是怎样,但我知道,在离开的时候,我无论如何要让老人答应宽恕他的女儿,答应与她和好如初。

　　已经到了下午三点多钟。两位老人像往常那样枯坐在家里。尼古拉·谢尔盖伊奇心情很坏,他生病了,正伸直腿半躺在自己的安乐椅里。他面色苍白,疲惫不堪,脑袋上裹着头巾。安娜·安德烈耶芙娜坐在他身旁,不时地用醋给他擦太阳穴,同时不停地用一种探究而又饱含痛苦的眼神察看他的脸色,看来,这令老人感到心烦,甚至大为恼火。他固执地一言不发,她也不敢开口。我们的突然到来让两人都大吃一惊。安娜·安德烈耶芙娜看到我和内莉后,不知怎么突然吓坏了,在最初几分钟里,她看着我们的那副样子,就像忽然觉得自己做错了事啦。

　　"瞧,我给你们带来了我的内莉,"我边进门边说,"她已经想好了,现在她自己愿意到你们家来了。请好好地接待她,爱她吧……"

　　老人怀疑地瞧了我一眼,光凭这眼神就能猜到,他已经什么都知道了,也就是说,他知道娜塔莎现在已是孤单一人,被甩掉,被抛弃了,很可能还受尽了侮辱。他很想弄清我和内莉前来的秘密原因,所以一直用疑问的目光看着我们。内莉战战兢兢,紧紧地抓住我的一只胳臂,眼睛望着地面,只偶尔胆怯地往四下扫一眼,那神态活像一头被逮住的小兽。但很快安娜·安德烈耶芙娜就明白过来,猜到了是怎么回事,于是她急忙向内莉奔去,亲吻她,爱抚她,甚至哭起来了,她亲热地让内莉坐在身边,一直攥着内莉的小手。内莉好奇地、略带惊讶地从侧面斜眼打量着她。

但是,老太太爱抚了内莉一阵,又让她挨着自己坐下以后,就想不出还有什么可做的了,于是带着天真的表情期待地望着我。老人皱起了眉头,好像猜到了我把内莉领来的用意。他看到我正注视着他那不满的表情和愁眉不展的额头,便抬起手来摸了摸脑袋,生硬地来了一句:

"我头疼,万尼亚!"

我们依旧坐着,大家都不说话。我琢磨着从哪儿说起。房间里一片昏暗,乌云当空,远处又传来隆隆的雷声。

"今年春天雷打得真早,"老人说,"不过我记得,三七[1]年,我们那地方的雷打得更早。"

安娜·安德烈耶芙娜叹了一口气。

"要不要把茶炊端来?"她胆怯地问了一声,但是没有人接应,于是她又朝内莉转过身去。

"亲爱的,你叫什么名字呀?"她问她。

内莉小声说出了自己的名字,把头垂得更低了。老人目不转睛地看了她一阵。

---

[1] 指1837年。

"也叫叶连娜,是吧?"老太太接着说。她兴奋起来。

"嗯。"内莉答道,接着又是一阵沉默。

"我有个表姐普拉斯科维亚·安德烈耶芙娜,她的侄女也叫叶连娜,"尼古拉·谢尔盖伊奇说,"我记得,也管她叫内莉。"

"亲爱的,你没有亲人了吗,没有爸爸,也没有妈妈?"安娜·安德烈耶芙娜又问。

"没有。"内莉简短而又胆怯地小声说。

"这个我听说了,听说了。那么你妈妈去世很久了吗?"

"不久。"

"唉,我可怜的没爹没娘的孩子!"老太太满怀同情地望着她,接着说。尼古拉·谢尔盖伊奇则不耐烦地屈指敲着桌子。

"你妈妈是个外国人,是吗?您是这么说的吧,伊万·彼得罗维奇?"老太太战战兢兢地继续问。

内莉那双黑眼睛飞快地瞥了我一眼,仿佛求助于我。她的呼吸有点急促、困难。

"安娜·安德烈耶芙娜,"我开口说,"她的外公是英国人,外婆是俄国人,所以不如说她的妈妈是俄国人。不过内莉是在外国出生的。"

"那她的妈妈跟她的丈夫干吗出国呢?"

内莉顿时涨红了脸。老太太立刻意识到自己说错了话,在老头子愤怒目光的注视下不禁打了个哆嗦。老人严厉地瞪了她一眼,便扭脸去望着窗户。

"她的妈妈让一个卑鄙无耻的坏蛋给骗了,"老人忽然又转脸对着安娜·安德烈耶芙娜说,"她瞒着父亲跟他私奔了,还把父亲的一大笔钱交给了情夫,那坏蛋骗取了她的钱财,把她带到国外,抢光了她的财物就把她甩了。有一个好人,一直没有撇下她,一直帮助她,直到去世。他一死,也就是在两年前,她才回到了父亲那里,万尼亚,你是这么说的吧?"他突然问我。

内莉激动万分地站起来,想走到门口去。

"上这儿来,内莉,"老人说,终于向她伸出手去,"坐到这儿来,坐在我身边,这儿,你坐下吧!"他弯下身子,亲吻了一下她的额头,开始轻轻地抚摸她的小脑袋。内莉突然浑身战栗……但她克制住了自己。安娜·安德烈耶芙娜万分激动,她满怀希望,高高兴兴地看着她的尼古拉·谢尔盖伊奇终于疼爱起这个孤女了。

"我知道,内莉,你的妈妈让一个坏蛋,一个卑鄙无耻的坏蛋给害了,但我也知道,她爱她的父亲,尊敬她的父亲。"老人激动地说,继续抚摸着内莉的小脑袋,忍不住要在这一刻向我们发出这一挑战。他苍白的脸上泛起淡淡的红晕,竭力不看我们任何人。

"妈妈爱外公,胜过外公爱她。"内莉胆怯地、然而坚决地说。她也竭力不看我们任何人。

"你怎么知道的?"老人很不耐烦地发问。他像孩子似的沉不住气,又像为自己这么没有耐性而感到不好意思。

"我知道,"内莉生硬地答道,"他没有收留妈妈,还……把她赶走了……"

我看到，尼古拉·谢尔盖伊奇本想说点什么来反驳，比如说，老人不收留女儿是事出有因之类的话，但他看了我们一眼，没有吭声。

"既然外公没有收留你们，那怎么办，你们上哪儿去住呢？"安娜·安德烈耶芙娜问。她突然萌生了一个强烈的愿望，非得把这个话题继续谈下去不可。

"我们来到这里以后，花了很长时间寻找外公，"内莉答道，"可怎么也找不着。妈妈当时跟我说，外公从前很有钱，曾经开过一家工厂，可是现在他很穷了，因为那个把妈妈带走的人从她手里拿走了外公所有的积蓄，再不还了。这是妈妈亲口告诉我的。"

"哼……"老人哼了一声作答。

"她还告诉我，"内莉继续道，她变得越来越兴奋，似乎有意要反驳尼古拉·谢尔盖伊奇，只面对安娜·安德烈耶芙娜一个人说下去。"她告诉我，外公对她很生气，说都是她的错，她对不起外公，又说她现在除了外公以外，在这个世界上就再没有一个亲人了。她这样说的时候，老是哭……'他不会宽恕我的，'在我们从国外回来的路上她就对我这么说，'但是，也说不定他见到你后会喜欢你，为了你的缘故也就宽恕了我。'妈妈很爱我，每当她说这些话的时候老是吻我，可是她却很怕去见外公。她教我为外公祈祷，她自己也祈祷，她还对我讲了好多好多事情，说她从前跟外公一起过的是什么样的生活，外公如何疼爱她，爱她胜过爱世界上的任何人。她给他弹钢琴，每天晚上为他读小说，外公老是吻她，送给她许多礼物……什么都送，结果有一次，在妈妈的命名日那天，他们为礼物的事还闹过别扭。因为外公一直以为，妈妈还不知道要收到什么样的礼物，其实妈妈早知道是什么了。妈妈想要一对耳环，外公就故意骗她，说他不送耳环，要送胸针。到了那一天，他拿来耳环，发现妈妈已经知道是耳环，而不是胸针。就因为妈妈事先知道了是什么礼物，外公生气极了，半天都不跟她说话，可是后来又跑来吻她，请她原谅……"

内莉讲得兴致勃勃，连她那苍白的、满是病容的小脸也泛出了红晕。

显然，她的妈妈曾不止一次对自己的小内莉讲起她从前的幸福生活。她们坐在地下室自己的角落里，妈妈搂着自己的女儿，不断地亲吻她（这是她生活中唯一的快乐），对着她伤心落泪，与此同时她毫不怀疑，她讲的这些事情对这个患病的孩子那颗过分敏感而又早熟的心灵，会留下多么强烈的印象。

然而，兴致勃勃的内莉像是猛地醒悟过来，怀疑地环顾四周，不作声了。老人又皱眉蹙额，接着敲起桌子来。安娜·安德烈耶芙娜则暗自落泪，用手帕默默地擦着眼睛。

"妈妈来这儿的时候已经病得不轻，"内莉又小声地说，"她的肺部患有重病。我们找了外公，可很久都没找到，只好在地下室里租了一个角落。"

"一个角落，还生着病哪！"安娜·安德烈耶芙娜叫道。

"不错……只能租个角落……"内莉答道，"因为妈妈穷。

她对我说,"她又兴奋起来,补充道,"她说:贫穷不是罪过,有钱还去欺负人,那才是罪过呢……她还说,这是上帝在惩罚她。"

"你们是在瓦西里岛上租的房子吧?是不是住在布勃诺娃那里?"老人朝我转过脸来,问道,竭力让自己的问话显得漫不经心。仿佛他之所以要发问,不过是由于他觉得干坐着不说话有点别扭。

"不,不在那儿……起先在小市民街,"内莉答道,"那里又暗又潮湿,"她停了一下继续道,"妈妈病得很重,不过当时还能走动。我给她洗衣服,她就哭。那里也住着个老太太,她是个大尉的寡妇,还住着一个退职的文官,他回来时总是喝得醉醺醺的,整夜里大喊大叫地闹腾。我很怕他。这时妈妈总把我抱到她的床上,搂着我,而她自己也吓得浑身发抖,那个文官又叫又骂。有一次他想揍大尉的寡妇,可她已经很老了,走路还得拄着拐棍。我妈妈可怜她,就上前为她说情,那文官就打了我妈妈,我就打他……"

说到这里,内莉停住了。回忆令她十分激动,那双眼睛泪汪汪的。

"我的上帝呀!"安娜·安德烈耶芙娜惊呼道。她完全听得入迷了,一直目不转睛地看着内莉,而内莉也多半是对着她讲话。

"妈妈只好走出家门,"内莉继续道,"把我也带走了。当时是白天。我们一直在街上走着,直到晚上。妈妈一直在哭,也一直在走,牵着我的手。我累极了,那天我们没有吃过一点东西。

妈妈总是自言自语，总是对我说：'就算再穷，内莉，我死了以后，不管是什么人，不管他说什么，你都别听。别去找任何人，哪怕一个人吃苦受穷，不过得去找份活儿干，要是找不到活儿，宁愿去讨饭，也别去求他们。'后来天黑了，我们穿过一条大马路的时候，妈妈突然叫起来：'阿佐尔卡！阿佐尔卡！'——忽然有一条没毛的大狗跑到妈妈跟前，汪汪叫着扑到她身上，妈妈吓得面色发白，喊叫着扑过去，跪在一个高个子老头儿面前，那老头儿拄着拐棍走着，眼睛望着地面。这个高个子老头儿就是外公。他瘦极了，穿着破烂衣服。这是我第一次见到外公。外公也很惊慌，他的脸色煞白，他看到妈妈抱住他的双腿跪在面前，便挣脱出来，推开妈妈，用拐棍使劲敲了一下石板地面，快步甩下我们走了。阿佐尔卡没走，它汪汪叫着，不住地舔着妈妈，后来又向外公跑去，咬住他的衣角往回拖，外公就用拐棍打了它一下。阿佐尔卡又想跑回我们这儿，可是外公呵斥了一声，它就跟着外公跑了，一路汪汪叫着。妈妈瘫倒在地上像死人一样。周围聚起了很多人，后来警察也来了。我不停地呼唤着妈妈，想把妈妈扶起来。最后她总算站起来了，朝周围看了看，就跟着我走了。我把她带回了家。那些人望了我们很久，不住地摇头……"

内莉停下来喘了口气，定了定神。她的脸色十分苍白，但是目光中透着决心。看得出来，她已拿定主意要把一切都说出来。此刻，她甚至有一种挑战的情绪。

"那有什么，"尼古拉·谢尔盖伊奇激动地说，语气里透着气愤和尖刻,"那有什么,是你妈妈让自己的父亲受尽了屈辱,他就有理由不认她……"

"妈妈也是这么跟我讲的,"内莉很不客气地抢过话头说,"我们往家走的时候,她一直在说:那就是你的外公,内莉,而我实在对不起他,所以他就诅咒我,为此我现在受到了上帝的惩罚。这天整个晚上和以后的日子里,她一直这么说。她不停地说,好像管不住自己……"

老人默不作声。

"那么,后来你们怎么又搬家了呢?"安娜·安德烈耶芙娜问。她仍在小声抽泣。

"当天夜里,妈妈就病了,大尉的寡妇在布勃诺娃那里找到了住处,第三天我们全搬过去了,大尉的寡妇也跟我们住在一起。搬家以后,妈妈就完全病倒了,三个星期一直卧床不起,是我照料她的。我们的钱全用光了,多亏大尉的寡妇和伊万·亚历山德雷奇帮助我们。"

"就是那个棺材匠,那个店主。"我解释道。

"后来妈妈能够下床走动了,她就给我讲起了阿佐尔卡的故事。"

内莉停顿了一下。老人似乎很高兴,因为话题转到了阿佐尔卡。

"她给你讲的阿佐尔卡的故事是怎么样的呢?"老人问。他坐在圈椅里,把身子弯得更厉害,似乎想把脸藏得更深些,他两眼望着地面。

"她总是给我讲外公的事,"内莉答道,"生病的时候也老讲他,说胡话的时候也讲他。后来她身体好一些了,她又开始给我讲起从前的生活……也讲到阿佐尔卡的来历。她说有一天,在城外的小河边,几个小男孩用绳子牵着阿佐尔卡,想淹死它,妈妈就给他们一些钱,买下了阿佐尔卡。外公见了阿佐尔卡,拿它取笑了一番。只是阿佐尔卡跑了,妈妈急得直哭。外公吓坏了,就说谁能把阿佐尔卡送回来,就给谁一百卢布。第三天,就有人把它送来了。外公给了那人一百卢布,从此以后就喜欢上阿佐尔卡了。妈妈那么喜欢它,甚至让它睡到床上。她还告诉我,阿佐尔卡以前跟演杂耍卖艺的人走街串巷,会用后腿直立,会驮起猴子,会扛枪玩棒,还有许许多多本事……妈妈离开外公以后,外公就把它留在身边,出门时总带着它,所以妈妈在街上一眼看到阿佐尔卡,立刻猜到外公就在近旁……"

老人显然没想到有关阿佐尔卡的故事竟是这样的,他的脸色越来越阴沉,也不再发问了。

"怎么,那你们从此再也没有见到外公了吗?"安娜·安德烈耶芙娜问。

"不,后来妈妈的身体渐渐好起来,我又遇见外公了。一天我上小铺买面包,突然看见有人带着阿佐尔卡,我一看,认出是外公。我闪开了,贴着墙根站着。外公看着我,看了很久,那样子太可怕了,真把我吓坏了,随后他从我身边走了过去。可是阿佐尔卡认出我来了,它在我身边跳来跳去,还舔我的手。我赶紧往家走,回头一看,外公也走进了那家铺子。这时我想:

他肯定是去打听我们的情况，心里更加害怕。回家后，我什么话也没有对妈妈说，生怕她又病倒。第二天我没有去那家铺子，推说我头疼。当我第三天去的时候，谁也没有遇见，我还是非常害怕，就赶紧跑了。又隔了一天，我走着，刚拐过街角，一看，外公和阿佐尔卡就在我的面前。我拔腿就跑，拐到另一条街上，从另一个方向往小铺走，不料突然又迎面碰上了他，吓得我站住脚，连走都走不动了。外公站在我的面前，又把我打量一阵，后来他摸摸我的头，拉起我的手，领着我走了，阿佐尔卡跟在我们后面，不住地摇尾巴。我这才看到，外公连走路都困难了，全靠他那拐棍，他的两只手也抖得厉害。他把我领到一个小贩跟前，那人坐在街角，卖蜜糖饼和苹果。外公买了一块公鸡形蜜糖饼，一块鱼形蜜糖饼，一块糖和一个苹果。他从皮夹里掏钱的时候，手哆嗦得厉害，还掉了一枚五戈比硬币，我帮他拾了起来。他把这枚硬币送给了我，把买来的蜜糖饼等也给了我，又摸了摸我的头，但还是一句话也不说，离开我就回家了。

"这天我回到妈妈身边，立即详详细细地告诉了她外公的事，说我起先怎么怕他，躲着他。开始的时候，妈妈简直不相信我的话，后来她高兴得很，整个晚上一再问我那些细节，边吻我边哭。等我把事情经过全讲完了，她就关照我以后不要再怕外公了，她说既然外公特意来找我，可见他是喜欢我的。她还叮嘱说，以后对外公要亲热些，要主动跟他说话。第二天清早，她几次让我出门去，尽管我告诉她外公通常只在黄昏时才出来。她自己也远远地跟着我，躲在街角观望，第二天也是这样，可是外公没有来，那些天老下雨，结果妈妈着凉得了重感冒，因为她总是跟着我出门，后来又病倒了。

"过了一星期，外公又来了，又给我买了一块鱼形蜜糖饼和一个苹果，可还是一句话也不说。当他离开后，我就悄悄地跟在他后面，因为我事先就想好了，要弄清外公住在什么地方，好去告诉妈妈。我在街对面远远地跟着，想办法不让外公发现我。他住得很远，不是他后来一直住到去世的那个地方，而是在豌豆街，也是一幢大房子里，在四层楼。我把这一切全弄清楚了，很晚才回到家。妈妈已经吓坏了，因为不知道我去哪儿了。等我把了解到的情况告诉她之后，她又十分高兴，立刻就想去见外公，想第二天就去；可是到了第二天，她想了想，又害怕了，往后整整三天，越来越害怕，结果就没有去成。后来她把我叫过去说：'是这样，内莉，我现在有病，没法去，可是我写了一封信给你外公，你去找他，把信送去。你要注意，内莉，他是怎么读信的，他说些什么，做些什么；你去给他跪下，吻他，恳求他，请他宽恕你的妈妈……'妈妈哭得很伤心，不住地吻我，祝福我一路顺当，还向上帝祈祷，又让我跟她一起跪在圣像前，虽说她病得很重，但还是把我送到大门口。我几次回头张望，总看见她站在那里，望着我远去……

"我找到了外公的住处，推开房门，门本来就没有挂钩。外公坐在桌旁，正在吃面包和土豆，阿佐尔卡站在他跟前，看他吃东西，一边摇着尾巴。外公的住房里，窗子也很小，屋里很黑，也只有一张桌子和一把椅子。他一个人生活。我走进去，外惊得脸色发白,浑身哆嗦。我也吓坏了,什么话也没说,只是走过去把信放在桌上。外公一看到信,火气就上来了,他跳起来,一把抓起拐棍朝着我挥了一下,可他并没有打我,只是把我赶到外屋,推了出去。我还没有走完第一段台阶,他又打开门,把信原封不动地朝我扔了出来。我回家后把这些事都说了。妈妈立刻又病倒了……"

第八章

这当儿突然响起一声震耳的惊雷,暴雨开始急骤地敲打玻璃窗,屋内立即昏暗了。老太太像是吓着了,在胸前画了一个十字。我们大家突然都不说话了。

"马上就会过去的。"老人望着窗外说,随后他站起身来,在屋里走来走去。内莉用眼角瞟着他的一举一动。她此时陷入了一种异常的、近乎病态的激动之中,这一点我注意到了,但不知怎么她的目光始终在躲着我。

"哦,那后来呢?"老人问。他又坐回自己的圈椅里。

内莉胆怯地环顾四周。

"这么说,你后来再也没有见过你的外公啦?"

"不,见过的……"

"是啊,是啊!那你说下去,亲爱的,说下去。"安娜·安德烈耶芙娜接口道。

"有三个星期我都没看见他，"内莉开始说，"一直到冬天。冬天来了，下了头一场雪。我在老地方又遇见了外公，心里特别高兴……因为妈妈老发愁，怕外公出不了门了。我一看到他，就故意跑到街对面，好让他知道我在躲着他。后来我回头一看，发现外公先是快步跟着我，接着索性跑起来，想追上我，甚至冲着我叫：'内莉，内莉！'阿佐尔卡也跟他跑。我觉得他挺可怜，就停下了。外公走过来，拉起我的手，领着我。他看到我在哭，就站住脚，看了我一眼，然后弯下身子，吻了我一下。这时他看到我的鞋是破的，就问：难道你没别的鞋子啦？我急忙告诉他，妈妈一分钱也没有了，棺材匠夫妇因为可怜我们，才给我们一些吃的东西。外公一句话也没说，但是把我领到市场上，给我买了一双新鞋，叫我立刻穿上，然后又把我带到豌豆街他的住处，在这之前，他还到小铺里买了一块馅儿饼和两块糖。我们到家后，他就叫我吃馅儿饼，我吃的时候，他一直看着我，后来他又把糖给了我。阿佐尔卡就把两只爪子趴到桌子上，也要吃馅儿饼，我给了它一小块，外公笑了起来。后来他拉着我，让我坐在他身边，开始抚摸我的头，问我学过什么，知道什么？我告诉了他以后，他就嘱咐我，只要没事，我可以每天下午三点钟都去他那儿，他亲自教我。然后他要我转过身去，看着窗外，直到他叫我时才可以回过身来。我就这么站着，但偷偷地扭头一看，只见他把自己的枕头拆开一个角落，从那儿掏出四个卢布。掏出后，他把钱交给我，说道：'这是给你一个人的。'我本想收下，但转念一想，就说：'要是只给我一个人，那我就不要了。'外公顿时发火了，对我说：'哼，随你的便，你给我出去！'我说走就走，这一回他没有吻我。

"回家后，我把这事告诉了妈妈。她的身体越来越糟。有个大学生常来找棺材匠，他给妈妈看了病，叫她吃药。

"这以后，我就常常去找外公，是妈妈要我这样做的。外公买了一本《新约全书》和一本地理书，开始教我。有时候他给我讲，世界上有哪些地方，住着什么样的人，有哪些海洋，古时候怎么样，耶稣又怎样宽恕我们大家。每当我自己向他提问，他就很高兴，所以我就经常问他，他总给我解答，关于上帝也谈了很多。有时候我们不学习，而是逗阿佐尔卡玩：阿佐尔卡已经很喜欢我，我还教会了它从拐棍上跳过去，外公看了也笑了，不住地抚摸我的头。只是外公很少笑。有一次他说了许多话，但突然不作声了，坐在那里像是睡着了，可眼睛是睁开的。就这样一直坐到天黑，天一黑他就变得那么吓人，那么老……有时我去看他，他独自坐在自己的椅子上，想着心事，什么都听不见，阿佐尔卡趴在他的脚旁。我等着，边等边咳嗽，外公照样不抬头看我。我只好走了。妈妈早就在家里等我了：她躺着，我就把一切一切都讲了，直到入夜我还没完没了地说，凡是外公的事她都听个没够：今天他做什么了，跟我说了什么，讲了哪些故事，教了什么功课。我还说起阿佐尔卡，说我让它从拐棍上跳过去，外公就笑了，这时候妈妈也突然笑起来，而且有时她笑了半天，高兴了半天，后来又要我再讲一遍，后来她就开始祈祷。我一直在想：妈妈这么爱外公，可外公却不爱她，这怎么行。于是有一天,我去找外公,有意给他讲妈妈如何爱他。他一直听着,很生气的样子,听完后一句话也没说。于是我就问:为什么妈妈这么爱他,总是打听他的情况,而他却从来没有问起过妈妈的事。外公生气了,把我赶了出去。我在门外站了一会儿,而他又突然打开门,叫我回去,不过他还在生气,一直不说话。后来我们开始读福音书的时候,我又问他,为什么耶稣基督说:你们要彼此相爱,要宽恕那些冒犯你们的人,而他为什么不肯宽恕我的妈妈?这时他跳起来,大声嚷着说,一定是妈妈教你这么说的。他又把我推出门外,并且说,以后永远不许我再去找他。我回答说,我自己还不想来找他呢,说完我就走了……外公第二天就搬了家……"

"我刚才就说,雨很快会过去的,这不,雨停了,太阳都出来了……你瞧,万尼亚。"尼古拉·谢尔盖伊奇抬头望着窗外,说道。

安娜·安德烈耶芙娜十分疑惑地看了他一眼,突然,这个向来百依百顺而又胆小怕事的老太太眼睛里射出怒火。她默默地拉过内莉的一只手,让她坐在自己的腿上。

"跟我说,我的天使,"她说,"我要听你讲下去。让那些狠心人……"

话没说完她就哭了起来。内莉探询地看了我一眼,似乎摸不着头脑,又有点害怕。老人看看我,本想耸耸肩,可立即又扭过头去。

"接着讲,内莉。"我说。

"我一连三天都没去找外公,"内莉又开始说,"那几天妈妈的身体更糟了。我们的钱早用光了,拿不出钱去买药,连吃的东西也没有了,因为棺材匠夫妇自己也分文不剩了,他们开始抱怨我们,说我们全靠他们养活。第三天早晨,我起床后开始穿衣服。妈妈问我去哪儿,我说找外公去要钱,妈妈听后高兴极了,因为我把外公怎么把我赶走的事全告诉过她,虽说她哭着劝我再去,但我对她说,以后我再也不去找他了。我到了那儿才知道外公已经搬家了,就去找他的新居。我刚走进他的新家,他就跳起来,还冲到我面前跺起脚来。我立即告诉他,妈妈的病很重,买药要钱,得要五十戈比,可是我们连吃的东西都没有了。外公嚷嚷起来,把我推到楼梯口,随手把门关上,还挂上门钩。他推我的时候,我就对他说,他若不给我钱,我就一直坐在楼梯上不走。于是我就坐在楼梯上。没过多久,他打开门,看到我还坐着,又关上门。后来过了很长时间,他又打开门,看到我还在,就又关上了门。后来他好几次开门往外看。最后他带着阿佐尔卡出来,锁上门,从我身旁走过,出门去了,也没有对我说一句话。我也一句话没有说,就这样一直坐着,坐到天都黑了。"

"我的小宝贝,"安娜·安德烈耶芙娜喊道,"楼梯上可冷着呢!"

"我穿着皮袄。"内莉答道。

"穿皮袄管什么事……我的小宝贝,你可受了不少的苦!那他呢,你那个外公?"

内莉的嘴唇哆嗦起来，但她使劲控制住自己的情绪。

"他回来的时候，天已经全黑了。上楼时他撞着我了，就喊起来：谁在这儿？我说，是我。他大概以为我早走了，可是看到我还坐在那里，他很吃惊，在我跟前站了很长时间。突然，他用拐棍使劲戳了一下楼梯，跑去打开自己的房门。过了片刻，他给我拿来一把全是五戈比的硬币，朝我一扔，硬币都撒在楼梯上了。'给你，'他喊道，'拿走吧，我的钱全在这儿啦，去告诉你妈，说我诅咒她！'说完，他砰的一声关上了门。那些硬币顺着楼梯滚下去。我只好摸黑去捡，外公肯定也想到了，他把硬币扔得到处都是，黑地里我很难都捡回来。于是他打开了门，举着蜡烛出来，我借着烛光很快把硬币都捡起来了。当时外公也帮我捡了一会儿，还告诉我，一共该有七十个戈比，然后他就走了。我回到家里，把钱交给妈妈，把这事都对她说了。妈妈的病情恶化了，这一整夜我自己也病了，第二天还浑身滚烫，但我只想着一件事，因为我生外公的气，等妈妈睡着了，我就跑到街上，往外公家走去，还没有走到，刚上桥，那个人走了过去……"

"那个人叫阿尔希波夫，"我解释说，"我跟您提到过他，尼古拉·谢尔盖伊奇，他跟一个商人去过布勃诺娃家，在那里让人狠狠揍了一顿。当时内莉第一次见到他……接着讲吧，内莉。"

"我拦住他，向他讨钱，讨一个银卢布。他看了看我，问：'一个银卢布？'我说：'是。'他于是笑起来，对我说：'那你跟我走。'我不知道该不该去，这时走过一位戴金边眼镜的老先生——我要银卢布的时候,他听见了——他向我弯下身子,问我要这么多钱干什么用。我告诉他,妈妈生病,非得要这么多钱去买药。他问我们住在哪儿,还记下了地址,并给我一张一个银卢布的钞票。那个人看到戴眼镜的老先生就走开了,没有再叫我跟他走。我跑进小铺,把钞票换成零钱,把三十戈比包在一张纸里,留着给妈妈,另外七十戈比我没有包,我故意把它们捏在手里,跑去找外公。我一到,推开门,站在门口,扬手一挥,把所有的钱都向他扔去,那些硬币滚了一地。

"'喏,收起您的钱!'我冲他说,'妈妈不要您的这些钱,因为您诅咒她。'我砰的一声带上门,拔腿就跑了。"

她的眼睛放出光来,面带天真的挑战神情看了老人一眼。

"就该这么办!"安娜·安德烈耶芙娜说,她根本不看尼古拉·谢尔盖伊奇,只顾把内莉紧紧地搂在怀里。"就该这么对他,你的外公又恶毒又狠心⋯⋯"

"哼!"尼古拉·谢尔盖伊奇回敬了一声。

"哦,后来呢,后来怎么样啦?"安娜·安德烈耶芙娜忍不住问。

"我再没有去找外公,他也没来找我。"内莉答道。

"那剩下你跟妈妈怎么过呢?唉,你们好可怜啊,可怜啊!"

"妈妈的身体更坏了,她已经很少下床,"内莉接着说,她的声音发颤,哽咽得说不出话来了。"我们再也没有钱了,我只得跟大尉的寡妇上街去。大尉的寡妇挨家挨户乞讨,也在街上拦住好心人,向他们讨钱,她就靠这个生活。她对我说,她不是叫花子，她有证件，上面写着她的身份，也写明她很穷。她把这些证件给人家看，别人就给她钱。就是她对我说，向所有人讨钱并不可耻。我就跟着她走，别人给我们钱，我们就靠这个生活。后来妈妈也知道了这件事，因为别的房客开始骂她是叫花子，布勃诺娃还亲自跑来找妈妈，说与其让我出去讨饭，还不如把我交给她。在这之前，她就找过妈妈，还要给妈妈一些钱，我妈妈不拿她的钱，布勃诺娃就说，您这人怎么这样傲气，又叫人送来吃的东西。当时她又提起我的事，妈妈吓坏了，就哭起来，于是布勃诺娃就开始骂她，那天她喝醉了，她还对妈妈说，说我早就成了叫花子，老跟大尉的寡妇出去讨饭，当天晚上她就把大尉的寡妇撵走了。妈妈一听说这件事，就哭开了，后来忽然下了床，穿好衣服，拉起我的手，领着我一道走。伊万·亚历山德雷奇劝她留下别走，可她不听，我们就离开家了。妈妈走都走不动，不时在街上坐下歇脚，我一直搀扶着她。妈妈一直念叨着，说她现在要去找外公，让我领她去，这时早已是夜里了。忽然我们来到一条大街上，这儿一座楼房前停了好些漂亮的马车，有许多人从屋里出来，窗子里面灯火通明，还放着音乐。妈妈这时停住脚，搂着我，对我说：'内莉，你就是再穷，一辈子受穷，也不要去求他们，不管谁叫你去，也不管谁来找你，你都别跟他去。你本来也可以出入这些地方，做个富家小姐，穿上漂亮衣裳，但是我不愿意你这样。他们又恶毒又冷酷，听我的话：永远做个穷人，去干活，要不就去讨饭，要是有人来找你去，你就说：我不愿意跟你们走！'妈妈就是这么对我说的,当时她病得厉害,我一辈子都要听她的话。"内莉的小脸烧得通红,她激动得浑身打战,又补充道,"我要一辈子伺候人,一辈子干活,我到你们这儿,也是来伺候你们,替你们干活的,我不愿做你们的女儿……"

"够了,别再说了,我的小宝贝,别再说了!"老太太紧紧地搂着内莉,叫道,"要知道,你妈妈说这番话的时候正病着呢。"

"她准是发疯了。"老人尖刻地指出。

"就算她发疯了吧!"内莉接过话头猛地冲着他说,"就算她发疯了吧,但她是这么嘱咐我的,所以我一辈子都要听她的话。她对我说完这番话以后,人都晕倒了。"

"我的上帝啊!"安娜·安德烈耶芙娜惊叹道,"生着病,在街头,还是大冬天?……"

"当时有人要把我们送进警察局,可是有一位先生站出来,问了我家住址,给了我十个卢布,还让自己的马车把我和妈妈送回家。从此以后,妈妈就再也起不来了,过了三个星期她就死了……"

"那她的父亲呢?就一直都没宽恕她?"安娜·安德烈耶芙娜叫道。

"没有宽恕!"内莉答道,她痛苦地克制着自己的情绪。"在妈妈死前的一个星期,她把我叫到床前说:'内莉,再去找一趟外公,最后一次,请他来看看我,饶恕我,你对他说,我过不了几天就要死了,就要把你独自留在这世界上了。再对他说:我这样死去太痛苦了……'于是我就去了,敲了敲外公的门,他打开门,一看是我,立即想把门关上,但是我用两只手拉住门,对他嚷道:'妈妈快要死了,她叫您去,走吧!……'但他把我一推,砰的一声把门关上了。我回到妈妈那儿,在她身边躺下,搂住她,什么都没说……妈妈也搂着我,什么都没问……"

这时尼古拉·谢尔盖伊奇吃力地用手撑着桌子站起身来,用一种古怪而又恍惚的眼神看了看我们大家,然后像是精疲力竭似的跌坐在圈椅里。安娜·安德烈耶芙娜再没有看他,只是搂着内莉放声大哭……

"在妈妈临死的最后一天,傍晚时,她把我叫到跟前,拉住我的一只手说:'我熬不过今天了,内莉,'她还想说些什么,但已经说不出来了。我瞧着她,可她好像已经是看不见我了,只是用双手紧紧地攥住我的那只手。我轻轻地抽出手来,立即奔出家门,一路跑着去找外公。他一看见我就从椅子上跳起来,望着我,已经吓得面无血色,全身打战。我抓着他的手,只说了一句:'她快不行了。'他这才手忙脚乱起来,一把抓起他的拐棍,跟着我就跑,连帽子都忘了拿,可是那天冷得要命。我抓起他的帽子,给他戴上,两人一起跑了出去。我一路催他快跑,又说让他叫辆马车,因为妈妈快要死了,但外公身上只有七个戈比。他前后叫住几辆马车,和车夫讨价还价,但他们只是笑话他,还笑话阿佐尔卡。阿佐尔卡也跟我们一起跑,我们就这样跑啊跑啊。外公跑累了,气都喘不上来,但还是拼命跑着。突然他摔倒了,帽子也给摔掉了。我搀扶他站起来,又把帽子给他戴上,开始挽着他向前跑,等我们赶回家时,已经快到深夜了……而妈妈一动不动地躺在那里,她已经死了。外公一见到她,痛苦得把双手在胸前一拍,浑身哆嗦,向她俯下身去,一句话也说不出来。这时我走到死去的妈妈跟前,拽着外公的一只手,冲他喊道:'瞧,你这个冷酷、狠心的坏人,瞧吧!……瞧吧!'——这时外公大叫一声,倒在地上,像死人一样……"

内莉挣脱开了安娜·安德烈耶芙娜的怀抱,跳了起来,她面色煞白,痛苦不堪,惊恐万状地站在我们中间。但是安娜·安德烈耶芙娜朝她扑去,又把她搂在怀里,忽然像是脑子开了窍,大声叫道:

"我,从现在起,我就是你的妈妈,内莉,你就是我的孩子!没错,内莉,让我们走,离开所有这些冷酷、狠心的坏人!让他们拿别人取乐吧,上帝,上帝会找他们算账的……我们走,内莉,我们离开这里,我们走!……"

无论是此前还是日后,我从未见过她这样,我真没有料到她居然会如此激动。尼古拉·谢尔盖伊奇从圈椅里直起身子,坐了起来,结结巴巴地问:

"你去哪儿,安娜·安德烈耶芙娜?"

"去她那儿,去找女儿,去找娜塔莎。"她喊道,一手拉着内莉朝门口走。

"慢着,慢着,等一下!……"

"没什么可等的,你这个冷酷狠心的坏人!我等了那么久,她也等了那么久,好,别了!……"

说完这话,老太太转过身来看了丈夫一眼,不禁愣住了:

尼古拉·谢尔盖伊奇就站在她的面前，他已经抓起自己的帽子，正用哆哆嗦嗦、衰弱无力的一双手慌慌张张地往身上套大衣呢。

"你也……你也要跟我一道去吗！"她叫出声来，同时哀求般双手合十，半信半疑地望着他，似乎不敢相信这样的幸福。

"娜塔莎，我的娜塔莎在哪儿！她在哪儿！我的女儿在哪儿！"这声声呼唤终于冲出老人的胸腔，"把我的娜塔莎还给我！她在哪儿，在哪儿啊！"他抓起我递上的手杖便向门口奔去。

"他宽恕了！他宽恕了！"安娜·安德烈耶芙娜叫道。

可老人还没有走到房门口，门就猛地被推开了。娜塔莎跑了进来，她脸色惨白，目光焦灼，像是得了热病。她的衣裙皱皱巴巴的，给雨水打湿了，戴着的头巾滑到后脑勺上，那一绺绺散乱的浓密头发上，还挂着大滴大滴亮晶晶的雨水。她跑了进来，见到父亲便呼喊着，向他伸出双手，扑倒在他面前，跪了下去。

第九章

但他已经把她搂进自己的怀里了！……

他抱着她，像抱孩子似的扶她起来，带她走到自己的圈椅前，让她坐下，自己则扑通一声跪在她的面前。他吻着她的手，她的脚，他急切地吻她，急切地看她，仿佛还不敢相信，她又跟他在一起了，他又看见了她，又听到了她的声音——她，他的女儿,他的娜塔莎!安娜·安德烈耶芙娜则搂着娜塔莎痛哭失声,把她的头贴在自己的胸前,就这样一动不动地搂着,一句话也说不出来。

"我的朋友!……我的生命!……我的欢乐!"老人语无伦次地欢呼着,他握着娜塔莎的双手,像热恋情人般望着她那苍白、消瘦,但仍然美丽的面庞,注视着她那双泪花闪烁的眼睛。"我的欢乐,我的孩子!"他连连呼唤,随后不再出声,只是怀着虔诚的狂喜望着她,"你们干吗,干吗跟我说她瘦了呢!"他面带孩子般的笑容转身对我们急促地说,依然跪在女儿的面前,"她瘦了,这不假,脸色也有点苍白,可你们瞧瞧她呀,有多漂亮啊!比原先更漂亮了,没错,更漂亮了!"他补充道,但是内心的痛苦,一种由欢乐引起的痛苦,仿佛把他的心劈成了两半,使得他再也说不出话来了。

"您站起来,爸爸!快站起来呀,"娜塔莎说,"我也想吻您呢……"

"噢,亲爱的,你听见了吗,听见了吗,安努什卡[1],她这话说得可真好啊!"他猛地抱住了她。

"不,娜塔莎,我,我就该趴在你的脚下,直到我的心听到你宽恕了我,因为我现在永远、永远都不配得到你的宽恕!是我抛弃了你,是我诅咒过你,你听见了吗,娜塔莎,我曾诅咒过你——我居然能做出这种事来!……而你,你,娜塔莎,你

---

[1] 安娜的昵称。

能相信我曾诅咒过你吗？你相信了——你真的相信了！不该相信哪！你不相信才对，就是不该相信！你的心真狠哪！你为什么不来找我？你心里知道，我会怎样迎接你！……啊，娜塔莎，你一定记得，我以前有多么爱你！可现在，在所有这段时间里，我比以前加倍地、千倍地爱你！我爱你爱得热血沸腾！我恨不得把我鲜活的心血淋淋地掏出来，把心剖开，放在你的脚下！……啊，我的欢乐！"

"那么您就吻我吧，您这个冷酷的人，吻我的嘴，吻我的脸，像妈妈那样吻我吧！"娜塔莎病恹恹地、有气无力地用那被欢乐之泪哽咽住的声音，激动地喊道。

"还要吻吻眼睛！还要吻吻眼睛！记得吧，像以前那样，"老人久久地温柔地与女儿拥抱了之后唠叨着，"啊，娜塔莎！你有没有梦见过我们？我可是差不多每天夜里都梦见你的，每个夜里你都来到我的梦乡，我见着你就哭。有一次你来的时候——还是个小妞，你还记得吗，那时你还只有十来岁，才开始学钢琴——穿着短短的连衣裙，脚上是一双漂亮的小鞋，两只小手红红的……那时她两只小手红红的，记得吗，安努什卡？——你走过来，坐在我的腿上，搂着我……你呀，你呀，你这个坏孩子！你居然会想到，我会诅咒你，如果你回来，我会不收留你！……可我……听着，娜塔莎：要知道我经常去你那儿，你妈妈不知道，谁都不知道，有时我在你的窗前站着，有时我等着你：有一次，我在你们大门外的人行道上等了你大半天！心想，你是否能走出来，让我远远地望你一眼！晚上你的窗口经常点着一支蜡烛,娜塔莎,你知道吗,有多少次我晚上去你那儿,哪怕只看看你的烛光,哪怕只看看你映在窗上的影子,然后默默地祝你晚安。你可曾祝我晚安?你可曾想起我?你的心可曾感觉到,我就站在你的窗下吗?冬天,多少次我夜深人静时爬上你的楼梯,站在漆黑的过道里,贴着门倾听你的声音,听你是不是在笑。我诅咒了吗?可那天晚上我去找你,就是想宽恕你,不过走到你的房门口,又退了回来……噢,娜塔莎!"

他站起身,把娜塔莎从圈椅里扶起,让她紧紧地、紧紧地贴在自己的心窝上。

"她又在这儿,又在我的心窝里了!"他叫道,"啊,感谢你,上帝,为这一切,为这一切,为了你的发怒,也为了你的仁慈!……也为了你的太阳!在一场雷雨之后,现在它重又照耀着我们!为了这一刻的到来,我感谢你!啊!就算我们是被侮辱的人,就算我们是被损害的人,但我们现在又在一起了,让那些傲慢的、不可一世的人,那些侮辱过、损害过我们的人,现在去扬扬得意吧!就让他们朝我们扔石头吧!别害怕,娜塔莎……我们携手并肩一起走,我还要告诉他们,这是我宝贵的、心爱的女儿,这是我清白无辜的女儿,你们侮辱过她,欺凌过她,但是我爱她,我会永远永远地祝福她!……"

"万尼亚!万尼亚!……"娜塔莎用微弱的声音呼唤着。她从父亲的怀抱里向我伸出手来。

啊!我永远不会忘记,在这样的时刻她想起了我,呼唤我!

"内莉在哪儿?"老人边环顾四周边问。

"哎呀，她上哪儿去啦？"老太太惊呼道，"我那宝贝！我们刚才把她给丢在一边啦！"

但内莉已不在客厅里，她悄悄地溜进卧室去了。我们大家都向卧室奔去。内莉站在门背后一个角落里，害怕地躲着我们。

"内莉，你怎么啦，我的孩子！"老人叫着想去抱她。但她不知怎么一直定定地望着他⋯⋯

"妈妈呢？妈妈在哪儿？"她神情恍惚地问道，"我的妈妈在哪儿，她在哪儿呀？"她双手颤抖着向我们伸了出来，又一次叫道。突然，从她的胸腔里发出了一声可怕的惨叫。她的面部开始抽搐，癫痫病猛烈发作，她倒地不起了⋯⋯

尾声

最后的回忆

六月中旬，天气十分闷热，城里简直无法停留：到处是尘土，石灰，翻修的房屋，滚烫的石板人行道，被各种蒸发物污染了的空气……啊，真是喜从天降！近处响起了雷声，天色渐渐阴暗，起风了，刮得城里尘土飞扬。先是稀稀拉拉的大雨点重重地落到地上，随后整个天空仿佛裂开了一道口子，刹那间，滂沱大雨向城市倾泻而下。半小时后，雨过天晴，阳光普照，我推开陋室的窗子，舒展开疲惫的胸腔，贪婪地呼吸着新鲜空气。我喜不自禁，真想扔下笔，抛开一切事务，也抛开出版商，跑到瓦西里岛去看望我的朋友们。虽说我深受诱惑，但还是克制住内心的冲动，重又伏案拼命写作：无论如何我得脱稿！这是出版商的要求，否则他不会付我钱的。那里有人在等着我，不过到晚上我就自由了，像风儿那样彻底自由了，今晚我要犒劳自己一番，因为在这两昼夜里我写出了三个半印张[1]。

　　作品终于写完了，我把笔一扔，站起身来，感到浑身酸痛，昏头昏脑。我知道，此刻我的神经极度紧张，我耳边似乎响起了那位老大夫对我讲的最后一句话："不行，再好的身体也扛不住这份压力，因为这是办不到的！"不过时至今日，这却是办得到的！我的头有点发晕，脚几乎站不稳当，但我的内心却充满了快乐，无限的快乐。我的小说总算写完了，而那个出版商，虽说我现在欠了他一大笔钱，但等他拿到能赚钱的手稿时，他总得多少再给我些钱吧——即便只有五十卢布也好，我的手头很久都不曾有过这么多钱了。自由和金钱！……我喜不自胜，抓起帽子，把稿子往腋窝里一夹，撒腿就跑，想赶在我们珍贵无比的亚历山大·彼得罗维奇[2]出门前截住他。

　　我总算截住他了，但他正要外出。他也是刚刚做成了一笔交易，尽管与文学无关，但十分有利可图。刚才他和一个肤色微黑的犹太人在书房里连着谈了两小时。他送走了客人，便彬

---

[1] 旧俄及现今俄罗斯的稿费计酬单位，一印张约合五万印刷符号。

[2] 这个"生意人"的形象反映了俄国报人、编辑和出版家A.A.克拉耶夫斯基（1810—1889）的性格特征。克拉耶夫斯基在知识界向来以不择手段从事文学交易和剥削作家著称。陀思妥耶夫斯基同意这种观点，并因自己依赖克拉耶夫斯基而感到苦恼。陀思妥耶夫斯基的小品文《生活与文学中一语双关的俏皮话》（1864）抨击的就是他和他主编的《呼声报》。在1840—1870年的书信中，陀思妥耶夫斯基对克拉耶夫斯基有一系列尖锐的批评。他说过，克拉耶夫斯基"一辈子都不把文学事业当作一种事业，而是看成一宗买卖"。——俄编注

彬有礼地向我伸出手来，用他那柔和、悦耳的男低音问我的身体可好。这是一位极其善良的人，说真的，我在许多事情上都对他心存感激。虽说在文学界他一辈子都只是个出版商，可那又怎么能怪他呢？他悟出文学创作需要出版商，而且他的领悟十分及时，因此他理应受到尊敬，也理应享受这份荣誉——自然啦，是出版商的荣誉。

听说我的小说已经完成，他不禁喜上眉梢，这样，下期刊物的主要部分就有了保障。他还对我居然能够如期完稿表示惊讶，同时非常和善地说了几句俏皮话。随后他走到他的铁箱跟前，付给我他许诺下的五十卢布。随手又递给我另一本敌对阵营的厚厚的刊物，把批评栏里的几行文字指给我看，里面有几句话提到了我最近发表的那部中篇小说。

我一看，此文署名"文抄公"[1]。我既没有挨骂，也没有受吹捧，对此我十分满意。但是"文抄公"却又提到，我的所有作品无不"散发出一股子汗味"，也就是说，我写这些东西时流了太多的汗水，付出了太多的劳动，修修改改，呕心沥血，结果让人觉得腻味。

---

[1] 影射俄国批评家亚·瓦·德鲁日宁（1824—1864）。他曾在《现代人》杂志上发表其未署名的《一位外地读者的来信》。德鲁日宁在一封"来信"中谈到陀思妥耶夫斯基的中篇小说《涅托奇卡·涅兹瓦诺娃》时指出："陀思妥耶夫斯基先生的中篇小说写得很吃力，散发出一股汗味（如果可以这么说的话），作者这种不善于掩饰的多余的加工，还使人的观感受到损害。"（《现代人》，1849年，第2期）陀思妥耶夫斯基常常不得不极其仓促地在极短的期限内写作自己的作品，因此他久久不能忘怀批评家有点刻薄的评论。

我和出版商放声大笑。我告诉他,我的上一个中篇是用了两夜时间写成的,而现在这三个半印张只用了我两个昼夜——如果这位指责我写作过于吃力、进展缓慢的"文抄公"了解到这一情况,不知做何感想!

"这可就是您的不对了,伊万·彼得罗维奇。您干吗迟迟不动笔,到末了只得天天熬夜呢?"

亚历山大·彼得罗维奇当然是一位十分讨人喜欢的人,虽说他有这么一个与众不同的弱点,那就是特别爱在一些人跟前夸夸其谈,炫耀自己的文学见解,而这些人,连他自己也不怀疑,恰恰能一眼把他看透。但我不想同他讨论文学问题,接过钱就抓起了我的帽子。亚历山大·彼得罗维奇正好要去瓦西里岛上他的别墅,听说我也要去那里,便好心地要用自己的马车送我过去。

"我新买了一辆轿式马车,您还没见过吧?漂亮极了!"

我们来到大门外。马车确实漂亮。亚历山大·彼得罗维奇因为刚刚拥有这辆马车而异常得意,所以满心想拉自己的朋友坐一坐他的马车。

在马车上,亚历山大·彼得罗维奇又几次就当代文学问题大发议论。他在我面前大言不惭、神态自若地重复着别人的种种观点,而这些观点都是他近来从某些文学家那里听来的,他相信这些文学家,因而也尊重他们的见解。与此同时,他也尊重各种奇谈怪论。个别时候他也会把别人的观点弄错,或者引用得不是地方,结果便成了胡说八道。我坐在那儿洗耳恭听,吃惊地发现人类的欲望竟是如此五花八门，千奇百怪。"就拿眼前这个人说吧，"我暗自寻思，"他就知道给自己攒钱，那就攒去吧；可是不行，他还需要声誉，文学家的声誉，一名优秀出版家、评论家的声誉！"

此刻他正不遗余力地向我详细讲述一种文学观点，这一观点是他三天前从我这里听去的。当时，也就是三天前，他还表示反对，跟我争论来着，可现在却把它当作自己的观点了。不过，亚历山大·彼得罗维奇的这种健忘症每分钟都可能发作，所以在他的朋友中间，他这个无伤大雅的弱点可以说是尽人皆知的。现在他坐在自己的马车里夸夸其谈，喜不自禁，是何等踌躇满志，又何等安然自若！他谈论着文学方面的学术性问题，就连他那柔和、悦耳的男低音，也显示出一种学者风度。但他渐渐滑到自由主义的立场，进而又信奉起天真的怀疑一切的论调，断言在我们的文学界，甚至推而广之在一切领域，在任何时候，任何人都不具备正直和谦逊的美德，有的只是"揪住对方，互相打耳光"——特别是在开始签订合约的时候。我心里暗想，不是别人，正是亚历山大·彼得罗维奇本人，习惯于把任何一个正直而真诚的文学家不是当成傻瓜，起码也当成糊涂虫，只因为他们为人正直、诚实。当然，亚历山大·彼得罗维奇之所以得出这种结论，主要是因为他过于天真。

但我已经不听他的了。到了瓦西里岛上，他放我下了马车，我赶紧向我的朋友们飞奔而去。终于到了十三街，到了他们的小房子。安娜·安德烈耶芙娜一看到我便竖起一个指头警告我，还冲着我又是摆手,又是嘘嘘,生怕我大声嚷嚷。

"内莉刚睡着,可怜的孩子!"她急忙小声对我说,"看在上帝的分上,千万别把她吵醒了!我那小宝贝,她的身体太虚弱啦。我们都为她担心。大夫说这阵子还不要紧。可是从他那儿,从您的那位大夫嘴里又能探出什么名堂来?您不觉得这是罪过吗,伊万·彼得罗维奇?我们一直在等您,等您来吃午饭……您都两天没有露面啦!……"

"可是我前天就说过,这两天我来不了,"我小声对安娜·安德烈耶芙娜说,"我得把那东西写完……"

"可你答应今天来吃午饭的呀!你怎么没来呢?内莉特意下了床,我的小天使,我们让她坐在圈椅里,抬着她出来吃午饭。她说:'我要跟你们一块儿等万尼亚,'可是我们的万尼亚就是不来。都快六点啦!你上哪儿逛去啦?瞧你们这些放荡的人!你太让她伤心啦,叫我不知怎么劝她才好……亏得她后来睡着了,我那小宝贝。尼古拉·谢尔盖伊奇又进城去了,不过他说要回来喝晚茶的!剩下我一个人在这里伤脑筋……他谋到了一个职位,伊万·彼得罗维奇,只是一想到远在彼尔姆,我的心都凉了……"

"娜塔莎在哪儿?"

"在小花园里,我那宝贝在小花园里!你去找她吧……不知怎么她回到家里还是这副模样……我真有点弄不明白了……唉,伊万·彼得罗维奇,我心里不好受!她一再说,她快乐,她满意,可是我不信她的……快去找她吧,万尼亚,不过待会儿你得悄悄地告诉我,她到底怎么啦……听见了吗?"

但我已经不听安娜·安德烈耶芙娜的絮叨,急忙跑进小花园。小花园附属于这幢房子,长宽各约二十五步,园内花草茂盛,绿树成荫:有三棵枝繁叶茂的高大古树,几株小白桦,几丛丁香和金银花,一个角落里长满了马林果,还种着两畦草莓。园内还有两条十字交叉、弯弯曲曲的小径。老人对这小花园十分得意,他断定花园里不久就会长出蘑菇来。其实最主要的是内莉爱上了这个小花园,老人们经常让她坐在圈椅里,再把她抬到花园的小径上,现在内莉成了全家的宠儿。但这时我看到了娜塔莎。她高高兴兴地迎接我,向我伸出手来。她是多么消瘦,多么苍白!她也是刚刚病愈。

"小说写完了吗,万尼亚?"她问我。

"全写完了,今天这个晚上我彻底自由啦。"

"好啊,谢天谢地!赶得很紧张吧?身体吃不消了吧?"

"那有什么办法呢!不过,这倒不要紧。我都习惯了。在这样紧张的工作中,我的神经好像特别兴奋。我的想象变得更加鲜明,我的感受更为生动,更为深刻,连文笔也流畅自如,所以工作虽说紧张,效果反倒更好。一切顺利……"

"唉,万尼亚,万尼亚!"

我发现,近来娜塔莎对我的文学成就和名声未免过分热心了。她居然读了我这一年来发表的全部作品,还经常问起我下一步的创作计划,关心每一篇评论我作品的文章,对有些批评还十分生气,她一定要我高度评价自己在文坛上的地位。她的这种愿望表达得十分强烈,十分坚决,我甚至对她目前的倾向感到惊讶了。

"你这样下去,只会使文思枯竭,万尼亚,"她对我说,"你成天疲于奔命,总有一天会文思枯竭,另外会损害你的健康。你看C***,两年里只写了一部中篇,N*用了十年时间才写一部长篇。[1]可是他们精雕细琢,写得多么完美!让你挑不出一点儿毛病。"

"不错,他们生活富裕,没有人给他们限定交稿日期,而我却是一匹疲于奔命的驿马!不过这一切都微不足道!别谈这个了,我的朋友!哦,有什么新闻吗?"

"新闻不少。首先是他来了一封信。"

"又一封?"

"又一封,"她递给我阿廖沙的一封来信。这已是别后的第三封来信。第一封信他是在莫斯科写的,写时的情绪似乎极度低落。他正式通知娜塔莎,由于各种情况凑在一起,现在他绝对不可能按照分别时的设想,从莫斯科返回彼得堡了。在第二封信里,他急于告诉我们,他将于日内赶回彼得堡,及早跟娜塔莎举行婚礼,这是决定了的,任何力量也阻挡不了。但从全信的语气看来,他显然陷于绝望之中,外来的影响已完全压倒

---

[1] 大概指列·尼·托尔斯泰隔了两年时间才发表完自传体三部曲中的《童年》(1852)和《少年》(1854),伊·亚·冈察洛夫从1848年至1858年用九年时间创作长篇小说《奥勃洛莫夫》。陀思妥耶夫斯基经常抱怨自己必须匆匆忙忙写作。——俄编注

了他,连他自己都失去了信心。他顺便提到,现在卡佳成了他的上帝,只有她一个人安慰他,支持他。我迫不及待地打开了他刚寄来的第三封信。

信一共两页,写得很不连贯,没有条理,仓促而又潦草,信纸上还有几处墨迹和泪痕。在信里,阿廖沙一上来便宣布同娜塔莎断绝关系,并劝她忘掉他。他竭力证明,他们不可能结合,外来的敌对力量强过一切,最后的结果必然是:即使他和娜塔莎在一起生活也不会幸福,因为他们两人并不般配。但写到这里,他又忍不住了,忽然抛开前面的推断和论证,既不撕去信的前半部分,也不把它划掉,紧接着便坦白承认,他在娜塔莎面前是个罪人,他是个堕落的人,没有勇气违抗也来到了乡间的父亲的意愿。他又写道,他无法表达他内心的痛苦,顺便又承认,他完全意识到他本来能够促成娜塔莎的幸福,进而又开始证明,他们两人是完全般配的,并坚决地、气愤地批驳了他父亲的种种论调。最后,他绝望地描绘了他同娜塔莎一旦结婚,必定终生相亲相爱的幸福前景,接着又诅咒自己的软弱,所以只好同娜塔莎——永别了!信是在痛苦绝望中写成的。看得出来,他写信的时候精神已经崩溃,我读后不禁流下热泪……娜塔莎又交给我另一封信,卡佳的信。这封信和阿廖沙的信装在同一个信封里,却单独封上。卡佳写得十分简短,只有寥寥几行,她告诉娜塔莎,说阿廖沙的确很伤心,经常哭泣,似乎悲观绝望,还生了一点儿小病,但是有她和他在一起,他一定会幸福的。同时卡佳极力向娜塔莎说明,请她不要认为阿廖沙很快就能平静下来,似乎他的忧伤不是真诚的。"他永远忘不了您,"卡佳补充道,"也永远不会忘掉您,因为他的心并不如此无情。他无限爱您,将永远爱您,所以只要他不再爱您。只要他想起您时不再忧伤,那么我也会因此而立即不爱他了……"

我把这两封信还给娜塔莎,我们相对无言。看前两封信时也是这样。总而言之,我们现在避免谈论往事,仿佛已达成了默契。她的痛苦难以忍受,这一点我看得出来,但她甚至在我面前也不愿意吐露。回到父母家后,她因热病卧床三周,现在刚开始复原。我们甚至很少谈到我们即将发生的变化,虽说她也知道,老人找到了一份工作,所以我们不久就要分手。尽管如此,在这一段时间里,她对我却十分温柔,十分关心,有关我的一切她都很感兴趣,凡是我应当告诉她的有关自己的事,她都认真仔细地倾听,起初这甚至使我感到难过:我总觉得,她这是为了弥补过失,为了补偿我。不过这种难过的心情很快就消失了:我明白,她有一种完全不同的心愿,她无非是爱我罢了,她无限地爱我,没有我,她就无法生活,因而不能不关心有关我的一切。我认为,娜塔莎对我的爱,远远超出了一个做妹妹的对自己哥哥的爱。我十分清楚地知道,即将到来的离别压在她的心头,她很痛苦;她也知道,没有她,我也无法生活,但是关于这些,我们都只字不提,虽说对即将来临的事件却谈得很细……

我问起了尼古拉·谢尔盖伊奇的情况。

"我想他很快会回来的,"娜塔莎答道,"他答应回来喝晚茶的。"

"他在为他的工作奔走吗?"

"是的。不过,现在工作已经不成问题了,他今天好像根本不必出去,"她想着心事补充道,"其实他明天去也行。"

"那他为什么还要出去呢?"

"因为我收到了那封信……我现在简直成了他的一块心病,"娜塔莎沉默片刻,补充道,"这让我感到很沉重,万尼亚。他好像连做梦也只梦见我一个人。我相信,他满脑子都是我:我的心情怎么样?我过得好吗?我在想些什么?——除此之外,他就什么也不想了。我的任何烦恼都会使他不安。其实我看得出来,他有时很不自然地在克制自己,故意装出一副并不为我发愁的愉快模样,想方设法开个玩笑,还要逗我们开心。这种时候,连妈妈也感到别扭,也不相信他真的笑得出来,于是便唉声叹气……她一点都不机灵……真是个直心肠的老实人!"她笑着补充道,"因为我今天收到了那封信,他就立即避开,免得看到我……我爱他胜过爱我自己,胜过爱世上的任何人,万尼亚,"她低下头,握住我的手,又加了一句:"甚至也胜过爱你……"

我们在花园里默默地走了两个来回,然后她又接着说下去。

"今天马斯洛博耶夫来我们家了,昨天也来过。"她说。

"是啊,近来他倒是常来你们家走动。"

"你知道他来这儿干什么吗?妈妈近来对他十分信任,我不知道她相信他什么。她认为,他十分精通这种事(就是法律之类的事),什么案子都能办成。你知道妈妈现在有什么主意吗?因为我没能当上公爵夫人,她内心很是痛苦和惋惜。这种想法简直让她活不下去了,看来她已经把她的心事毫不隐瞒地告诉了马斯洛博耶夫。她对父亲却不敢讲这些,她想知道,马斯洛博耶夫是否能帮她一点儿忙,根据法律是否能办成这件事。马斯洛博耶夫好像并没有拒绝她,于是她就请他喝酒。"娜塔莎嘲笑地补充道。

"这个浪荡的人能干出什么好事!不过你是怎么知道的呢?"

"是妈妈自己对我说出来的……当然是绕着弯儿说的……"

"内莉呢,她怎么样?"我问。

"我对你都感到吃惊,万尼亚:你怎么直到现在才问起她!"娜塔莎责备我道。

内莉现在成了全家的宠儿。娜塔莎非常喜欢她,内莉最终也全心全意地爱上娜塔莎了。可怜的孩子!她没有想到,居然有一天她遇到了这么多好人,得到了这样深情的爱。我也高兴地看到,她那颗充满怨恨的心终于软化了,她向我们大家敞开了心扉。她怀着过分敏感的热情回报大家对她的爱,这种爱时时刻刻包围着她,这种爱同她过去的遭遇——只能激起她心中的不信任、怨恨和执拗的全部经历,是完全相反的。不过直到现在,内莉还是很固执,在很长的时间里,一直故意向我们隐瞒着郁结在她心中的和解之泪,直到最后才向我们大家献出了真心。她深深地爱上了娜塔莎,后来又爱上了那位老人。我也成了她不可或缺的人,以致我几天不去看她,她的病情就会加重。最近这一次,为了赶完被我耽搁的书稿,我有两天不能前去看她,临别时我只好一再劝慰她……当然是绕着弯儿说的。内莉始终不好意思过于直露地、无所顾忌地表达自己的感情……

她让我们大家深感不安。未做任何商量我们便默默地决定，让她永远留在尼古拉·谢尔盖伊奇家中，然而离开彼得堡的日子越来越近，而她的病情却越来越糟。自从我带她去见两位老人，也就是两位老人同娜塔莎和解的那一天起，她就病了。不过，我这话怎么说呢？其实她一直有病。不过以前的病是逐渐发展的，可是现在的病却是来势凶猛。我不知道也说不准她患的究竟是什么病。诚然，她的癫痫病发作得比过去更加频繁了，但主要的是，她已极度虚弱，经常忽冷忽热、神经紧张——这一切症状使得她最近几天已经卧床不起了。奇怪的是：她的病情越重，她对我们大家的态度却越发温柔、亲切和坦诚。三天前，当我走近她的病床时，她抓住我的手，把我拉到她跟前。室内没有别人。她的脸很烫（她瘦极了），目光像火一般炽热。她颤抖着热情地向我探过身子，我俯身看她时，她伸出两条又黑又瘦的臂膀，紧紧地搂住我的脖子，深情地吻了我一下，随后立即要娜塔莎去看她。我把娜塔莎叫来了。内莉一定要娜塔莎坐在她的床边看着她……

"我真想老看着你们，"她说，"昨天夜里我梦见了你们，今天夜里肯定还会梦见你们……我经常梦见你们……每天夜里……"

她显然有话要说，有一种感情压抑着她。但她连自己也不明白自己的感情，更不知道该如何表达……

她也爱尼古拉·谢尔盖伊奇,几乎超过除我之外的任何人。应该说,尼古拉·谢尔盖伊奇几乎就像爱娜塔莎一样爱着她。他非常善于让她高兴,逗她发笑。只要他走到内莉跟前,立即就引起她的一阵笑声,甚至开始一场游戏。病着的小姑娘快活得像个娃娃,她对老人撒娇,取笑他,把她做的梦讲给他听,总能想出一点花招,逼着老人给她讲故事,老人望着他的"小女儿内莉",总是高高兴兴,十分得意,因为内莉的缘故,他变得越来越开心了。

"是上帝把她送给我们大家的,为了弥补我们遭受的痛苦。"有一次他对我这样说。当时他正要离开内莉,像往常那样,先给内莉画十字,祝她晚安。

每晚我们大家团聚的时候(马斯洛博耶夫几乎每晚都来),有时老大夫也会前来,他现在对伊赫缅涅夫夫妇简直就依依不舍了。我们让内莉坐在她的圈椅里,再把她抬到圆桌跟前。通向凉台的门敞开着,小花园沐浴在夕阳中,郁郁葱葱,一览无遗。花园里散发着绿叶的清香和刚刚开放的丁香花的幽香。内莉坐在自己的圈椅里,亲切地望着我们,细心地听着我们的谈话。有时她自己也兴奋起来,不知不觉地就说起来了……然而在这种时刻,我们大家总是怀着不安的心情听她讲话,因为在她的回忆中,总有一些不应触及的话题。有一天,她一副战战兢兢、万分痛苦的模样,还非要对我们讲述她的身世,这时我、娜塔莎和伊赫缅涅夫夫妇,都感觉到并意识到,这是我们的错。大夫更是反对这种回忆,我们也总是竭力岔开话题。在这种情况下,尽管内莉明白我们的这番用心，但总是不露声色，而是故意跟大夫或尼古拉·谢尔盖伊奇开起玩笑来……

但是她的病却日益恶化。她变得异常敏感。她的心律已经不齐。大夫甚至告诉我，她可能很快就会死去。

大夫的话我没有告诉伊赫缅涅夫夫妇，以免引起他们的恐慌。因为尼古拉·谢尔盖伊奇一直相信，动身前她会康复的。

"你听，爸爸回来了，"娜塔莎听到父亲的声音，对我说，"我们回去吧，万尼亚。"

尼古拉·谢尔盖伊奇刚跨进门槛，就像往常一样大声说起话来。安娜·安德烈耶芙娜连忙向她摆手示意。老人立即不作声了，见到我和娜塔莎后，他便忙不迭地小声告诉我们有关他奔走的收获：他谋求的那个工作已经到手，所以他非常高兴。

"再过两周就可以动身了，"他搓着手说，还担心地用眼角扫了娜塔莎一眼。然而娜塔莎对他只是微微一笑，而且拥抱了他，因此他的疑虑转眼间便无影无踪了。

"我们快走了，快走了，我的朋友们，我们快走了！"他兴高采烈地说，"只有你，万尼亚，只有跟你分手这件事让人难过……"（这里我要指出，他一次也没有建议我跟他们一道去，虽然从他的性格来看，他本来一定会这么做的……如果他不知道我爱上娜塔莎的话。）

"唉，那有什么办法，朋友们，那有什么办法！真的我很难过，万尼亚；但是换一个地方能使我们大家获得新生……换一个地方——意味着一切都会改变！"他补充道，又看了女儿一眼。

他相信这一点,而且对自己的这一信心感到欣喜。

"那内莉怎么办呢?"安娜·安德烈耶芙娜问。

"内莉?是啊……她,我的小宝贝,她是生了一点儿病,不过到走的时候她一定会好起来的。她现在就好一些了,你认为呢,万尼亚?"说到这里,他好像惊慌起来,神色不安地望着我,似乎他的疑虑应当由我来消除似的。

"她怎么样啦?睡得怎么样?她没有出什么事吧?她现在还没有醒吧?听着,安娜·安德烈耶芙娜:我们赶紧把小桌子搬到凉台上去,把茶炊端来,等我们的人一到,大家都坐下来,内莉也会出来跟我们一块儿喝茶……那该有多好!她没有醒来吧?让我去瞧瞧她。只看她一眼……我不会把她弄醒的,你放心好了!"他看到安娜·安德烈耶芙娜又朝他摆手,便补充了一句。

但是内莉已经醒了。过了一刻钟,我们又像往常一样围桌而坐喝晚茶了。

内莉坐在圈椅里被抬了出来。大夫来了,马斯洛博耶夫也来了。马斯洛博耶夫送给内莉一大束丁香花,不过他本人好像有一肚子心事,为什么事十分懊丧。

顺便说说:马斯洛博耶夫几乎每天必到。我已经说过,所有的人都非常喜欢他,特别是安娜·安德烈耶芙娜。但是有关亚历山德拉·谢苗诺芙娜的事,我们却从来只字不提,连马斯洛博耶夫本人也绝口不提她。因为安娜·安德烈耶芙娜从我这儿听说,亚历山德拉·谢苗诺芙娜还没有来得及成为他的合法妻子，便暗自决定，现在既不能在家里接待她，也不能谈起她。这个决定被遵守了，这件事很能说明安娜·安德烈耶芙娜的为人。不过话又说回来，如果娜塔莎不在她的身边，而且主要是，如果没有发生那件已经发生的事，她恐怕就不会这么挑剔了。

这天晚上，内莉显得特别抑郁，甚至好像有什么心事。似乎她做了一个噩梦，还在想着那可怕的梦景。但是马斯洛博耶夫的礼物让她太高兴了，她一直欣赏着插在玻璃杯里摆在她面前的丁香花。

"你特别喜欢花吧，内莉？"老人问，"等着吧！"他兴奋地补充道，"明天……噢，明天你就会亲眼看到！……"

"我喜欢花，"内莉答道，"我还记得我们用鲜花欢迎妈妈的场面。那时候我们还住在那边（那边现在指国外），有一次妈妈病了整整一个月。我和海因里希商量好，等到她能下床、第一次走出她的卧室的时候（她已有一个月没有离开她的房间了），我们要把所有的房间都用鲜花装点起来。我们就这样做了。头天晚上妈妈说，明天早晨她一定出来跟我们一块儿吃早点。第二天，我们起得很早很早。海因里希拿来好多鲜花，于是我们就用绿叶和花环把整个房间装饰起来。有常春藤，有好些宽大的绿叶——我也不知道叫什么名字——还有一种叶子，能粘住各种各样的小东西，有不少白花开得特别大，还有水仙花，我最喜欢水仙花了，还有玫瑰花，多么漂亮的玫瑰花呀，还有好多好多别的花。我们把它们编成花环到处挂，还插在许多瓦罐里，养在几个大木桶里的花，就像成片的花树。我们把这些花摆在每一个屋角和妈妈的圈椅旁,等妈妈走出来一看,嗬,她又是吃惊,又是喜欢……海因里希也很高兴……这情景直到现在我还记得……"

这天晚上,内莉显得格外虚弱,神经也好像特别脆弱。大夫十分不安地注视着她。但她很想说话。她接连不断地讲起她从前在那边的生活。讲了很长时间,一直讲到天黑。我们没有打断她。在那边,她同妈妈和海因里希游览了许多地方,往昔的回忆鲜明地浮现在她的脑海中。她激动地描述着湛蓝湛蓝的天空,她见过和到过的那些冰雪覆盖的高山,还有山间的瀑布。后来她描述意大利的湖泊和山谷,鲜花和树木,谈起乡村的居民,他们的服饰,他们晒黑的面孔和乌黑的眼睛。她还讲到他们遇到过的各种各样的人和事。后来她又谈到一些大城市和宫殿,谈到一座很高的教堂,那教堂的圆顶装饰着无数彩灯,把圆顶照得五光十色。后来又讲到一座炎热的南方城市,那里有碧蓝的天空和碧蓝的大海……内莉还从来没有这样详细地向我们讲述过她的那些回忆。我们全神贯注地听着她的叙述。在此之前,我们只知道她的另一些回忆——一座昏暗阴森的城市,使人压抑、令人窒息的环境,浑浊的空气,总是污迹斑斑的珍贵的宫殿,晦暗而可怜的阳光,还有那些邪恶的近乎疯狂的人。正是这些人让她和她的妈妈遭受了多少苦难啊!于是我的眼前出现另一幅景象:在一个肮脏的地下室里,在一个阴暗潮湿的夜晚,在一张破旧的床上,她们母女俩相拥相抱,回忆着她们的往昔,回忆着已故的海因里希和异乡的美景……后来我的眼前又浮现出内莉的身影：这时她已失去了妈妈，只好独自一人回忆这些往事，而布勃诺娃则想用毒打、用野兽般的残暴摧残她，逼着她去干邪恶的勾当……

然而末了内莉晕过去了，我们急忙把她抬回室内。老人十分惊慌，抱怨不该让她讲那么多话。她的癫痫病又发作了，人也处于昏迷状态。她这病已经一连发作了好几次。内莉苏醒过来以后，坚决要求见我，她有话要单独对我说。她再三央求，使得老大夫这次也坚持要满足她的这一愿望，于是大家都离开了她的房间。

"是这样，万尼亚，"剩下我们两人的时候，内莉开始说，"我知道，他们以为我会跟他们一起走。但我是不会去的，因为我不能去，我要暂时留在你的身边，我得把这事告诉你。"

我开始劝她。我说，伊赫缅涅夫夫妇是那么疼爱她，完全把她当成了亲生女儿。她不去，他们会很伤心的。可是留在我身边却正好相反，她会感到很不方便，虽说我也非常喜欢她，但是没有办法，我们只得分手。

"不，不行，"内莉固执地答道，"因为我近来常常梦见妈妈，她老对我说，要我别跟他们走，要我留在这里。她说，你要是把外公一个人留下，那你的罪过就大了。她说这话的时候一直哭个不停。我想留下来照顾外公，万尼亚。"

"可是你的外公不是已经死了吗，内莉，"我诧异地听完她的话，说道。

她想了想，定睛望着我。

"那你给我再讲一遍外公是怎样死的,万尼亚,"她说,"全都告诉我,什么都不要漏掉。"

我对她的要求不胜惊讶,但我还是详详细细地又讲了一遍。我怀疑她在说胡话,至少在癫痫病发作以后,脑子还没有完全清醒过来。

她用心地听着我讲,我还记得,她那双乌黑的眼睛不时露出痛苦的灼热的闪光,我叙述的时候,她始终目不转睛地盯着我。室内已经黑了。

"不,万尼亚,他没有死!"她听完了我的全部叙述,又想了想,然后十分肯定地说,"妈妈经常对我说起外公,我昨天对她说:'外公不是死了吗',她听了很伤心,哭着对我说,'他没有死,是别人故意这么说的,现在外公正在讨饭,就像我和你以前那样在讨饭,'妈妈说,'现在他一直在我们第一次遇见他的地方走来走去,当时我跪在他面前,阿佐尔卡认出了我……'"

"这是梦,内莉,病人的梦,因为你现在正病着呢。"我对她说。

"我自己也一直在想,这不过是一个梦,"内莉说,"所以我跟谁都没说。我只想告诉你一个人。可是今天我等了半天,你没有来,后来我就睡着了,又梦见了外公。他坐在他家里等着我,他的样子是那么可怕,那么瘦,他说他已经两天没有吃过一点儿东西了,阿佐卡尔也一样。他很生我的气,一再责备我。外公还告诉我,他一点儿鼻烟都没有了,而没有鼻烟他就活不下去。他以前有一次真的这么对我说过,万尼亚,那是在妈妈死后我去找他的时候。当时他病得很重,几乎什么事都弄不明白了。

我今天又听到他这么说，就想：我去要，站到桥上向行人乞讨，讨够了钱就给他买面包、熟土豆和鼻烟。然后我好像就站在那里乞讨，还看到外公在附近走来走去，他犹豫了一会儿，便走到我跟前，看我讨了多少钱，然后把钱都拿走了。'这钱买面包，'他说，'现在再讨点钱好买鼻烟。'我讨来了钱，他便走过来把钱都拿走。我对他说，即使你不来，我也会把钱都交给你的，我自己不会藏一个戈比。'不，'他说，'你偷东西，布勃诺娃告诉我，你是小偷，所以我永远也不会把你领回去跟我住在一起。还有一个五戈比硬币，你把它藏哪儿去啦？'我哭了起来，因为他不相信我，可是他不听我说，只是一个劲地嚷嚷：'你偷了一个五戈比硬币！'说完他开始打我，就在桥上打我，狠狠地打我。我就使劲地哭……所以我现在想，万尼亚，他一定还活着，独自在什么地方走来走去，等着我去找他呢……"

我又开始劝她，说服她不要相信这种梦境，最后好像真把她说服了。她说，她现在最怕入睡，因为一入睡就会看见外公。末了她紧紧地拥抱了我……

"可我还是舍不得离开你，万尼亚！"她把小脸蛋贴在我的脸上对我说，"就算外公不在了，我还是离不开你呀。"

我们大家都被内莉的旧病复发吓坏了。我悄悄地把她那些幻觉告诉大夫，并明确地问他，他对她的病到底怎么看？

"现在一切都还难说，"他一边考虑，一边回答，"目前我还在推测，思考，观察，但是……什么也不能肯定。一般说来，要完全康复是不可能的。她肯定会死去。这话我没有告诉他们，是因为您是这样要求的。但是我很遗憾。明天我会安排一次会诊,也许会诊之后病情会有所好转。我很可怜这个小姑娘,就像可怜我的女儿一样……多么可爱,多么可爱的小姑娘!瞧她多么聪明,多么顽皮!"

尼古拉·谢尔盖伊奇显得特别激动。

"是这样,万尼亚,我想出了一个主意,"他说,"内莉很喜欢花。你知道该怎么办吗?等她明天醒来,我们就用鲜花来迎接她,就像她和那个海因里希欢迎她的妈妈那样,就像她今天讲的那样……瞧她讲这件事的时候多么激动啊……"

"还说激动呢,"我答道,"现在激动对她有害……"

"没错,但是愉快的激动却是另一回事!相信我,亲爱的,相信我的经验吧,愉快的激动是不要紧的,愉快的激动甚至能治病,对健康有益……"

总之,老人完全被自己的主意迷住了,为此他简直兴奋异常。他的意见是不容反驳的。我问大夫的意见,可是大夫还来不及考虑,老人已经抓起便帽,跑出去张罗这事了。

"是这样,"他临走时对我说,"离这儿不远有一个温室,很大的温室。那些花匠就卖花,可以买到很便宜的花!……便宜得出奇!你先劝劝安娜·安德烈耶芙娜,否则她一定会生我的气,责怪我乱花钱……嗯……对了,还有一件事,好朋友:你现在去哪儿?你不是写完了你的小说,没事了吗,那你又何必急着回家去?就在我们这儿过夜好了,住楼上那个明亮的小房间,你可记得,早先你就睡在那里。你的床,你的被褥,全放在老地方，没有人动过。你会睡得像法国国王那样舒服的。怎么样？你就留下吧。明天我们早一点儿起来，他们会把鲜花送来的，八点以前我们用鲜花把整个房间装饰起来。娜塔莎也会来帮忙：她的审美观可比你我要强得多……好了，同意啦？留下过夜啦？"

最后决定，我留在这里过夜。老人把买花的事安排妥了。大夫和马斯洛博耶夫告辞后也走了。伊赫缅涅夫一家人睡得较早，十一点大家就上床了。临走的时候，马斯洛博耶夫若有所思，想告诉我什么事，但他决定推到下次再说。当我向两位老人道过晚安，上楼走进我那间明亮的小房间时，不禁大吃一惊，因为我又看到了马斯洛博耶夫。他坐在小桌旁等我，一面翻阅着一本书。

"我半路上又返回来了，万尼亚，因为我还是现在说了的好。你坐下吧。你瞧，这真是一件蠢事，简直叫人恼火……"

"怎么回事？"

"你那个混账公爵还在两周以前就触怒了我，他那样肆无忌惮，直到现在我还憋着一肚子气。"

"怎么，怎么回事？难道你跟公爵还有来往？"

"嘿，瞧你刚才说的：'怎么，怎么回事？'其实天晓得这是怎么回事。你呀，万尼亚老弟，跟我那个亚历山德拉·谢苗诺芙娜简直一个模样，跟那帮讨厌的娘儿们也没什么区别……我就受不了这种娘娘腔！……只要乌鸦一叫，她们就嚷嚷：'怎么？怎么回事啊？'"

"你别生气呀。"

"我根本就没有生气，可是什么事情都应看得平常一点儿，而不要夸大……这就是我要说的。"

他沉默片刻，似乎还在生我的气。我没有去打扰他。

"你瞧，老弟，"他又开口道，"我发现了一条线索……其实我根本没有发现什么，也谈不上线索，而是有一种感觉……也就是说，根据一些想法我推断出，内莉……可能是……哦，总之一句话，可能是公爵合法的女儿。"

"你说什么！"

"哎呀，你又吼起来了：'你说什么！'跟你这种人简直都没法说话！"他狂躁地把手一挥，叫道，"难道我对你肯定了什么吗，你这个冒失鬼？难道我刚才对你说已经证实她是公爵合法的女儿了吗？我说了没有？……"

"听着，我亲爱的朋友，"我万分激动地打断了他的话，"看在上帝的分上，你别嚷嚷，你最好准确而清楚地解释一下。说实在的，我会理解你的。你要明白，这件事有多么重要，其后果……"

"问题就在于后果，可是这后果从何而来呢？证据何在呢？事情可不那么简单，我现在是作为秘密告诉你的。至于为什么要告诉你这件事，我以后再做解释。这就是说，有这个必要。现在你别作声，好好听着，你得知道，这一切都是秘密……

"你瞧，事情是这样的。那还是在冬天，史密斯死前的事，公爵刚从华沙回来，他立即开始调查这件事。其实调查早就开始了,还在去年就开始了。但当时他调查的是一件事,现在调查的却是另一件事。主要的问题是他失去了线索。自从他在巴黎同史密斯的女儿分手,并抛弃了她,至今已有十三年了,但在这十三年里,他自始至终都在监视她。他知道她跟海因里希生活在一起,今天内莉也讲到了那个人,他知道她生了一个孩子,叫内莉,也知道她本人一直有病。总之,他什么都知道,可是突然间线索断了。这好像发生在海因里希死后不久、史密斯的女儿正动身回彼得堡的时候。如果史密斯的女儿回到了彼得堡,那么公爵毫无疑问很快就会找到她的,不论她回国时用什么样的化名。可是问题在于,他那些国外的密探提供了假情报,把他给骗了。他们向他保证,说她住在德国南部一个偏僻的小镇上。原来那些密探由于粗枝大叶自己也上当了:他们把另一个女人当成她了。这种情况持续了一年有余。一年之后,公爵开始怀疑:根据一些事实判断,他早就觉得那个女人不像是她。现在的问题是,真正的史密斯的女儿跑哪儿去了?他立即想到(尽管毫无根据),她会不会在彼得堡?于是在国外调查的同时,他便着手也在本地进行调查,但他显然不想通过官方的途径来办事,这样便认识了我。有人把我介绍给他,说我如何如何,承办各种案子,是个业余侦探,以及诸如此类的话……

"于是他对我说明了要办的事,只是他说得含含糊糊,这鬼崽子,说得含含糊糊,模棱两可。他的话漏洞百出,而且颠来倒去地说上好几遍,把同一件事用不同的方式说成好几件事……好吧,我心想,不论你怎么狡猾,你总不能把所有的线索全都藏起来吧。我,自然啦,就开始卑躬屈膝地、死心塌地地替他效劳——总之,我对他像奴隶一般忠诚。但是,根据我一贯奉行的原则,同时也根据自然法则(因为这是自然法则),我开始考虑:第一,他是不是告诉我了他的真正目的?第二,在他说出来的目的后面,是不是还有另一个没说出来的目的?因为若是后一种情况,我亲爱的孩子,恐怕凭你那诗人的头脑也会明白——他就占了我的便宜啦,因为他的一个目的,比如说吧,值一个卢布,而另一个目的值四个卢布,如果我为了挣一个卢布却给他做了一件值四卢布的事,那我岂不成了大傻瓜啦!我开始深入了解情况,做种种推测,渐渐地发现了不少线索。一部分线索是从他嘴里追问出来的,另一部分线索是从别人那里打听来的,至于第三部分线索,则是我本人开动脑子琢磨出来的。你可能会问:为什么我想起干这种事呢?我可以回答你:公爵显得异常着急,他很怕出什么事,光凭这一点我就想接这份差事。因为,说实在的,这有什么可怕的呢?他从他情人的父亲那里拐走了她,让她怀了孕,随后又把她抛弃了。嗨,这种事有什么稀奇的?无非是年轻人寻欢作乐,逢场作戏罢了。像公爵这种人根本不会怕它!嘿,可是他却害怕……于是我就怀疑起来。我呀,老弟,顺便通过海因里希也发现了一些十分有趣的线索。当然,海因里希早死了,但他有一个表妹(她嫁给了这里的一个面包师,就住在彼得堡),这个表妹早就热烈地爱上了他,而且十五年来一直痴情不变,尽管她身不由己地为那个大胖子面包师生养了八个孩子。我告诉你,我用尽了心计,终于从那个表妹那里了解到一个重要情况：海因里希按照德国人的习惯，不仅经常给她写信，还记日记，临死前甚至把一些私人文件寄给了她。她是个傻瓜，不明白这些信件有多么重要，只记得信中谈到月亮，谈到我亲爱的奥古斯丁[1]，好像还谈到维兰[2]。但是我从中却得到了我所需要的情报，并且通过这些信件又发现了新的线索。比如说，我知道了史密斯先生的不少情况，知道他有一笔巨款，被她的女儿席卷一空，知道公爵后来又把这笔钱据为己有。透过信中的种种感叹、暗示和比喻，我隐隐约约觉察到了真正的要害。不过话又说回来，万尼亚，你要明白，这一点又是无法肯定的。海因里希这个混蛋故意隐瞒真相，他只是做了一些暗示。可是从这些暗示中，从所有这些情况中，却传送出一串天赐我的美妙乐音：公爵肯定同史密斯的女儿正式结婚了！至于结婚的地点、方式、时间，在国外还是在这儿，结婚证书目前在什么地方——这些我就一无所知了。也就是说，万尼亚老弟，我懊恼得只好揪自己的头发，不得不到处奔波，到处打探，也就是说，日日夜夜四处查访！

"我终于查问到了史密斯，但我来不及见他一面，他突然死了。一个偶然的机会，我突然获悉，有个我觉得可疑的女人在瓦西里岛死去了，我一打听，便发现了线索。我急忙赶到瓦西里岛，你还记得吧，当时我们还见过面。那一次我得到了许多

---

[1] 指德国歌谣《我亲爱的奥古斯丁》。
[2] 克利斯朵夫·马丁·维兰（1733—1813），德国作家，主要创作有小说《阿伽堂》（1766）、《金镜》（1772）以及叙事诗《欧布朗》（1780）。

情况。总之，在这件事上内莉帮了我不少忙……"

"你听着，"我打断他的话，"难道你认为，内莉知道……"

"知道什么？"

"知道她是公爵的女儿？"

"其实你自己也知道她是公爵的女儿，"他气愤地看着我，责备道，"你怎么提这种无聊的问题，你是无聊的人吗？主要的问题不在这里，而在于她不仅知道她是公爵的女儿，而且还是公爵合法的女儿——这一点，你明白吗？"

"这不可能！"我叫道。

"最初我也对自己说'这不可能'，哪怕现在我也有时对自己说'这不可能'！然而问题就在于这是可能的，而且从各方面看来，这是一个事实。"

"不，马斯洛博耶夫，事情不是这样，你这是想入非非，"我叫道，"她不仅不知道这一点，而且实际上她也只不过是私生子。既然她的妈妈手里捏着那么多证据，那她怎么能在这里，在彼得堡，甘心忍受如此悲惨的命运，除此之外，她怎能忍心撇下自己的孩子，让她成为无依无靠的孤儿呢？得了吧！这不可能！"

"我也有过这种想法，也就是说，这一点至今让我感到困惑不解。可是问题在于，史密斯的女儿是世界上最不明智、最偏执的女人。她不是一个平平常常的女人，你只要把所有的情况联系起来考虑一下，就会觉得这是一种浪漫主义——这一切是达到了最荒唐、最疯狂程度的天外奇闻式的愚蠢。就拿这件事来说吧:从一开始她就只往好的方面想,好像天国降临尘世,人人都是天使,她的爱情是忘我的,她的信任是无限的,而且我相信,她后来之所以发疯,倒不是由于他不再爱她并抛弃了她,而是由于她被他骗了,由于他居然能够把她骗了,还把她抛弃了,由于她心目中的天使变成了无耻小人,还唾弃她、侮辱她。她那颗浪漫的丧失理智的心经受不住这种剧变。除此之外,还有屈辱,你明白,那是多大的屈辱!出于惊讶和愤慨,主要是出于高傲,她才无比轻蔑地跟他断绝了来往。从此跟他一刀两断,销毁了一切证件和字据,她唾弃钱财,甚至忘了,这些钱财其实不是她自己的,而是她父亲的,她把金钱视同粪土,不去追回巨款,为的是她能用她的博大胸襟来压倒骗她的人,为的是能把他呼之为贼,为的是有权一辈子蔑视他,当时,很可能她还说过,被人称作他的妻子,对她来说,这是一种耻辱。我们俄国不兴离婚,但 de facto[1] 他们还是离婚了,既然离婚了,她又怎能再去乞求他的帮助呢!你回想一下,她临死的时候疯疯癫癫地对内莉说的那番话:别去找他们,你要干活儿,宁愿饿死,也不要去找他们,不论什么人来叫你(也就是说,直到那时她还幻想着有人会来叫她,因此她就有机会再次报复他,用蔑视来压倒那个前来叫内莉的人——总之,她不是靠面包度日,而是以怨恨和幻想为生)。老弟,我从内莉那儿也探出了许多情况,甚至现在我有时还在试探。当然,她的妈妈有病,得了肺痨,

---

[1] 拉丁文:实际上。

这种病特别容易使病人产生怨恨和激愤。但是，我通过布勃诺娃那里的一个女人确切知道，她给公爵写过信，没错，给公爵写过信，给公爵本人……"

"她写过信！那么信送到了吗？"我性急地叫道。

"问题就在于我也不知道这信送到了没有。有一天，史密斯的女儿遇到了那个女人（你还记得布勃诺娃那里有一个涂脂抹粉的姑娘吧？现在她进了管教所），想请她寄这封信，信已经写好了，可是后来她没有交给她，把信又拿回去了。这件事发生在她死前三周……这个事实很重要：既然她有一次决心把信寄出，即便她后来又收回了，那她就有可能再次把信寄出。因此，她究竟把信寄出了没有，我就不得而知了。但是根据一种情况，可以推断出：她没有把信寄出，因为公爵好像直到她死后才确切知道她在彼得堡，以及她的住址。她一死，他当然高兴极啦！"

"对了，我记得阿廖沙曾提起过一封信，说这封信使公爵十分高兴。不过这是前不久的事，也就是两个月前吧。哦，后来呢，后来呢，你跟公爵的事到底怎么啦？"

"我跟公爵的事吗？你要明白：一方面我内心确信不疑，另一方面是没有任何确凿的证据——尽管我绞尽了脑汁，到处奔波，还是一个证据也没有找到。情况紧急！必须去国外调查，可是去国外的什么地方呢——我不知道。我自然明白，我面临一场搏斗，我只能旁敲侧击地来吓唬他，只能装出一副神气，似乎我掌握的情况远比我实际上提示的要多得多……"

"那又怎么样呢？"

"他没有上当,不过他害怕极了,直到现在都提心吊胆。我们有过几次接触,他把自己装扮成一个多么可怜的拉撒路[1]!有一次,他讲点交情,开始主动对我讲起那件事,当时他还以为我什么都知道了呢。他讲得不错,带着感情,也很坦率——不用说,他这是厚颜无耻地在撒谎!直到那时我才估量到,他怕我怕到什么程度。有一段时间,我在他面前装扮成十足的笨蛋,但同时又向他表明,我这是在耍花招。我笨嘴拙舌地吓唬他,也就是说,我是故意这样做的。我还故意在他面前做出许多傻事来,开始恫吓他——噢,这一切都是为了让他把我当成一个笨蛋,让他能多少吐露出一点真相。他又识破了,这个混蛋!有一次,我假装喝醉了酒,但还是一无所获:他真狡猾!老弟,你能明白这个吗,万尼亚:我总想弄清他怕我怕到什么程度,其次,我要让他觉得,我掌握的情况远比我实际上提示的要多得多……"

"噢,最后怎么样呢?"

"毫无结果。需要证据,需要事实,可是我拿不出来,但他有一点很清楚:我起码可以制造一起丑闻。当然,他怕就怕把他的丑事张扬出去,何况他已经在这里拉关系、攀高枝啦。你知道他快喜结良缘了吗?"

"不知道……"

"就在明年!他去年就相中了未婚妻,当时她才十四岁,今

---

[1] 圣经中提到的乞丐。见《新约全书·路加福音》,第16章,第19—31节。

年已经十五了,还挂着围嘴呢,可怜的孩子!她的爹妈乐意!你明白吗,他巴不得妻子死了才好呢!那可是一位将军家的千金,一个很有钱的小姑娘——钱多的是!万尼亚老弟,你我是永远不会为此而结婚的……只是有一件事我一辈子都不能原谅自己,"马斯洛博耶夫激动地嚷了起来,捏紧拳头,狠狠地捶了一下桌子,"两个礼拜以前,我中了他的圈套……这个混蛋!"

"怎么会这样呢?"

"就这样嘛。我看出,他明白我手里没有任何确凿的证据,此外,我自己也感到,这件事拖得越久,他就会越快地发现我拿他没有办法。因此,我只好同意收下他的两千卢布。"

"你收了两千卢布!……"

"两千银卢布,万尼亚,我是咬着牙收下的。嘿,这件事怎么只值两千卢布!我是低三下四地收下的。我站在他的面前,遭受他的唾弃,他说:'马斯洛博耶夫,您过去为我办了那么多事,我还没有给您报酬呢(其实他早已按照协议,为我以前办的事付了我一百五十卢布),噢,我现在要走了,这里是两千卢布,因此我希望,我们的事到此就全部了结啦。'这时我接口道:'全部了结啦,公爵,'当时我都不敢抬眼看他那副嘴脸。我想,此刻他的脸上分明是这样一副表情:'怎么样,拿得够多了吧?我这是发善心,才把这笔钱给了一个笨蛋!'我都不记得当时是怎么离开他的了!"

"但这是可耻的,马斯洛博耶夫!"我叫道,"你对内莉做了什么呀?"

"何止是可耻,这是犯罪!这是伤天害理!……这是……这是……我现在都找不到词儿来形容啦!"

"我的上帝!他起码总得养活内莉吧!"

"的确应当。可是拿什么去逼他这样做呢?吓唬吗?恐怕他现在什么都不怕了,因为我收了他的钱。我自己,是我自己在他面前供认了,他对我的恐惧总共才值两千卢布,是我自己给自己定下了这个价码!现在拿什么能吓唬住他呢?"

"难道说,难道说内莉的事就这么全完啦!"我几乎绝望地叫道。

"办不到!"马斯洛博耶夫精神一振,激动地叫道,"不,这事我绝不能这样放过他!我要重整旗鼓,万尼亚,我已经下定了决心!不错,我拿了两千卢布,那又怎么样?去他妈的!我收下这笔钱是因为受了他的气,因为他这个无赖欺骗了我,因此也就是耍弄了我。他欺骗了我,还耍弄我!不行,我不能让他耍弄我……现在我,万尼亚,要从内莉身上着手调查。根据我长期的观察,我完全相信,这件事的谜底就在她身上。她什么都知道,什么都知道……是她妈妈告诉她的。在患热病时,在苦闷时她妈妈会对她讲的。她找不到人可以诉苦,只有内莉在她身边,她就对她讲了。说不定我们还能发现什么证据哩。"他搓着双手欣喜异常地补充道,"现在你明白了吧,万尼亚,为什么我老上这儿来闲逛?首先,这是出于我对你的友谊,这是用不着说的;但主要的是,我在观察内莉;还有第三,我的朋友万尼亚,不管你愿不愿意,你都必须帮助我,因为你对内莉有影响!……"

"一定帮忙,我向你起誓,"我叫道,"我也希望,马斯洛博耶夫,主要的是,你得为内莉的事全力以赴——要多为这个可怜的受尽屈辱的孤女着想,而不要只顾你自己的利益……"

"我要顾及谁的利益,这关你什么事,我的老好人?只要能把事情办成——这才是主要的!当然,主要是为了那个孤女,仁爱之心人皆有之嘛。不过你呀,万纽沙[1],即便我也照顾一下自己,那你也不能把我贬得一无是处呀。我是一个穷人,他休想欺负我们穷人!他夺走属于我的东西,还欺骗了我,这个恶棍!那么依你看,对这么一个骗子,我还得讲什么客气吗?办不到!"

但是第二天我们的花节未能办成。内莉病情恶化,她已经走不出她的房间了。

而且从此以后,她再也没有走出这个房间。

两周后她死了。在她去世前的两周里,她一次也没能完全清醒过来,没能摆脱掉她那些古怪的幻觉。她的意识似乎已经模糊了。她咽气之前,一直深信外公在叫她去,由于她没有去,外公便生她的气,还用拐棍打她,叫她去向好人讨钱买面包和鼻烟。她常常在梦中哭喊,醒来后便说她见到了妈妈。

只是偶尔她好像完全清醒过来。有一次,室内只剩下我们两人,她向我探过身子,伸出一只干瘦的、烧得发烫的小手抓

---

[1] 万尼亚的昵称。

住了我的手。

"万尼亚,"她对我说,"我死了以后,你就跟娜塔莎结婚吧!"

看来,这个想法很久以来一直埋在她的心底。我默默无言,对她笑了笑。她看到我的笑容,自己也微微一笑,面带顽皮的表情,竖起一根干瘦的指头吓唬我一下,随即开始吻我。

在她死前三天,那是一个美好的夏日黄昏,她要我们卷起她卧室里的窗帘,把窗子打开。窗子对着小花园,她久久地望着窗外浓郁的绿荫和落日的余晖,忽然又要求我单独留下。

"万尼亚,"她说,那声音微弱得几乎听不见,因为这时她已经极度虚弱,"我很快要死了。很快,所以我想对你说,希望你记住我。我要把这件东西留给你作纪念(她指着一个很大的护身香囊让我看,这个护身香囊跟十字架一起挂在她的胸前)。这是妈妈临死的时候留给我的。现在我快要死了,以后你把这护身香囊取下,收起来,读一读里面写的东西。今天我也要告诉大家,让他们把这个护身香囊只交给你。等你读完了里面写的东西,你就去告诉他,说我已经死了,但是没有宽恕他。你还要告诉他,我不久前读了福音书,书上写着:要宽恕你所有的仇人。我读了这句话,可还是不宽恕他,因为妈妈临死前还能说话的时候,她说的最后一句话是:'我诅咒他!'所以我现在也诅咒他,不是为自己,而是为妈妈而诅咒他……你要告诉他,妈妈是怎么死的,我怎么孤零零一人留在布勃诺娃那儿,再告诉他,你怎么在布勃诺娃那儿看到了我,把一切都告诉他,统统告诉他,对他说:我情愿留在布勃诺娃那里,也不愿去找他……"

内莉说这番话的时候,脸色煞白,两眼发亮,心脏开始剧烈跳动,她不由得倒在枕头上,两分钟内竟说不出话来。

"把他们都叫来吧,万尼亚,"她终于有气无力地说,"我想跟他们大家告别。永别了,万尼亚!……"

她最后一次紧紧地、紧紧地拥抱了我。大家都进来了。老人不明白,怎么她现在要死呢,他不允许有这种想法。直到最后一刻,他还在跟我们争论,相信她的病一定会好转的。他因日夜操劳而十分憔悴,整天整天守候在内莉的床前,有时甚至通宵达旦……最后几夜,他根本就没有合眼。他竭力迎合内莉最古怪的要求,满足她最微小的愿望。每当他离开她回到我们身边时,他总是伤心落泪,但是过了一会儿,他又开始满怀希望,一再要我们相信,内莉的病一定会痊愈的。他在她的房间里摆满鲜花。有一次,他买了一大束鲜艳的红白玫瑰,他是跑了很远的路买来送给他亲爱的内莉奇卡[1]的……他做的这一切让她非常激动。她不能不用她的整个心灵来回报大家的厚爱。就在她同我们告别的那天晚上,老人无论如何也不肯同她诀别。内莉向他微微一笑,整个晚上都竭力装出一副开心的样子,跟他开玩笑,甚至笑出声来……离开她的时候,我们大家几乎又产生了一线希望,但第二天她已不能说话了。两天后她去世了。

我记得,老人用鲜花装饰她的小棺材,绝望地望着她那干瘦、死板的小脸蛋,望着她脸上凝固的笑容和十字交叉放在胸

---

[1] 内莉的昵称。

前的双臂。他伤心痛哭,把她当成了自己的亲生女儿。娜塔莎、我和大家都来劝慰他,但他的悲痛难以平息,安葬完内莉之后,他大病了一场。

安娜·安德烈耶芙娜从内莉的胸前取下那个护身香囊,把它亲自交给了我。香囊里放着内莉的妈妈写给公爵的信。我在内莉去世当天就读了此信。她在信中诅咒公爵,说她不能宽恕他,她描写了自己后半生的生活,描写了她留下的内莉未来的处境将多么可怕,因此她恳求他多少为孩子做点什么。"她是你的孩子,"她写道,"她是你的女儿,你自己也知道,她是你的亲生女儿。我让她在我死后去找你,并把这封信交给你。如果你不抛弃内莉,那么到了另一个世界,我也许会宽恕你,在最后审判的那一天,我会在上帝的宝座前请求天主赦免你的全部罪孽。内莉知道这封信的内容,我把信读给她听了,我向她说明了一切,她知道一切,一切……"

但是内莉没有按妈妈的遗嘱去做:她知道一切,却没有去找公爵,一直到死都没有宽恕他。

从内莉的葬礼上回来后,我和娜塔莎走进花园。那天天气很热,阳光灿烂。一周后,他们就要离开彼得堡了。娜塔莎用一种异样的目光久久地望着我。

"万尼亚,"她说,"万尼亚,这真像做了一场梦啊!"

"你说什么是梦?"我问道。

"一切,一切,"她答道,"这整整一年里发生的一切。万尼亚,我为什么要毁了你的幸福呢?"

从她的眼睛里,我还读到:

"本来我们是可以终身相伴,永远幸福的呀!"

1861 年 7 月 9 日

题解[1]

冯南江

《被侮辱与被损害的》最初发表于《时代》杂志,1861年,第1—7期,署名:费奥多尔·陀思妥耶夫斯基,附有副标题——一个失意文人的札记和题词:"献给米·米·陀思妥耶夫斯基"(他是作者的长兄)。单行本于1861年在彼得堡出版。在作者生前,分别于1865年和1879年各再版一次。

---

[1] 这份详细的题解,介绍了成书过程、作品的特色以及发表后的各种评论,极具研究和参考价值。——译者注

一

本书的构思,应追溯到1857年。是年11月3日,作者自塞米巴拉金斯克函告长兄米哈伊尔,说他拟写一部"类似《穷人》的反映彼得堡生活的长篇小说(但主题思想比《穷人》更为出色)"。1860年春,作者移居彼得堡后,便着手创作,他在1860年5月3日致函А.И.舒伯特说,当时他"完全处于一种狂热状态",原因就在于这部长篇小说。"要把它写得好些,我感到书中有诗意,我知道,我的整个文学前程将取决于它的成功。从现在起我不得不夜以继日地坐三个月左右。可我完稿时会得到什么样的奖赏啊!"然而小说的写作进度缓慢,"用了一年多的时间",于1861年7月9日脱稿。

二

小说用第一人称叙述,叙述者(同时是主人公)伊万·彼得罗维奇是彼得堡一名初学写作的贫穷文学家,平民知识分子。这一形象部分地有作者自传性质。他叙述其初登文坛的情况,"批评家 Б"(即别林斯基)热情洋溢地评价他的第一部长篇小说。年轻作家和他的"老板"(出版商)的相互关系——诸如此类的事实均来自年轻的陀思妥耶夫斯基的个人经历。作为《穷人》的作者,他于1846年登上文坛,一鸣惊人,备受别林斯基本人的赞许。在小说中,伊万·彼得罗维奇的文学前程在成功的开端之后遭到出乎意料和无法解释的挫折,也间接反映了年轻的陀思妥耶夫斯基的经历。

这部小说并不严格遵循按事件发生的先后顺序写作,这与作者后来的长篇小说不同。正如一些研究者不止一次指出,这部小说的时间顺序是不连贯的,事件发生的历史背景是假定的。小说的时间跨度为一年半,可以认为它的开端写的是19世纪40年代中期,然而随后情节的发展却使人联想到19世纪50年代末俄国历史、社会和文学生活中的一些情况和事实。

对于每周星期三"在列文卡和博连卡处"(这两个名字本身就使读者联想到格里鲍耶陀夫的喜剧《智慧的痛苦》中列毕季洛夫的朋友列翁和博连卡,证明了对这个小组的描写具有讽刺性模拟性质)聚会的"进步"青年小组的讽刺性描写,就是陀思妥耶夫斯基有意打乱事件发生的先后顺序,并使不同的时代互相接近的例子。

列文卡和博连卡小组讨论的种种具有抽象的哲学性质的问题,使人回想起作者在19世纪40年代末经常参加的彼得拉合夫斯基小组的"星期五聚会"。至于阿廖沙的朋友们"就当今的种种问题"("我们谈论新闻自由,谈论正在开始的改革,谈论对人类的爱,以及当代的一些活动家……")展开的争论,对于19世纪50年代末至19世纪60年代初俄国资产阶级改革前夕的民主派平民知识分子而言,是有代表性的。

打乱事件发生的先后顺序,使这部作品得以比最初计划更广泛地反映那个时代俄国的个人生活与社会生活,同时也表达了19世纪40—50年代俄国思想与文化生活中继承关系的思想。

这是作者流放归来后的第一部大型长篇小说。小说反映了他从西伯利亚带来的所谓进步的俄国知识界可悲地脱离"根基"这种见解,他不再相信通过革命途径能改变俄国的现实。

伊万·彼得罗维奇被描绘成别林斯基学派的文学家和这位批评家思想上的同志。不过主人公信守不渝的那种追求兄弟情谊、追求善与公正的人道主义理想,却有别于别林斯基的理想,并不具有积极的、富有成效的性质。主人公们对待文坛新秀伊万·彼得罗维奇的态度,似乎服务于他们道德本质的标准。《穷人》的人道主义热情使伊赫缅涅夫夫妇为之神往,但跟瓦尔科夫斯基却完全格格不入,后者对不幸的"小人物"只有贵族们所固有的那种傲慢的不屑一顾的感情。

小说中经常提到《穷人》、别林斯基和19世纪40年代绝非偶然。19世纪40年代俄国文学的人道主义倾向建筑在这样一个信念上:"一个受尽折磨的最卑贱的人也是人,而且是我的兄弟。"

《穷人》和《被侮辱与被损害的》这两部小说的标题独特的相互呼应,证明了它们的内在联系。在陀思妥耶夫斯基第一部长篇小说的标题中,"贫穷的"一词具有多种含义。"穷人"不仅是失去了丰厚的收入或必需的生活资料的人,而且也是不幸的、备受压迫和侮辱、从而博得人们的同情和怜悯的人。因此,"贫穷的"和"被侮辱的""被损害的"几乎是同义语。

小说中描绘的事件发生在彼得堡。作者力求精确地再现这座北方都城的地理风貌。多个街道及桥梁等名称，都是当时彼得堡的，都符合彼得堡历史的具体特征，而彼得堡也被描写成那个时代的一座带有其固有的种种社会矛盾的典型大都市。在这儿，象征金钱势力的"欧洲银行家族罗特希尔德"，决定着人们的命运和关系。

作家从人道主义立场出发阐述的反资本主义主题，贯穿于整部小说。

内莉的故事使作者得以描绘彼得堡那些贫民窟及其居民，描绘充斥着贫困、疾病、恶习和罪行的城市社会"底层"的生活。被人遗忘在这个可怕世界里的"小人物"，命中注定要过贫困、屈辱的生活，在肉体和精神上遭到毁灭。

"这是一个悲惨的故事，"伊万·彼得罗维奇这样描写内莉的遭遇，"但像这样令人揪心的故事却屡见不鲜。在彼得堡黑沉沉的天空下，在这座大城市那些阴暗而隐蔽的陋巷里，在那人欲横流、花天酒地的生活中，在自私自利的愚钝中，在种种利害冲突中，在触目惊心的荒淫无耻中，在无数密谋的犯罪活动中——总之，在整个这种由毫无理性的反常生活所汇成的地狱般可怖的环境里，像这样阴森可怖、催人泪下的悲惨故事是经常发生的，仅仅因为它们十分隐蔽，才不易为人们觉察……"

小说中其他"被侮辱与被损害的"人们的遭遇，也同样悲惨。被瓦尔科夫斯基掠夺和欺骗的内莉的母亲和外祖父，双双死去；灾难猝然降临到同样被他损害与侮辱的伊赫缅涅夫夫妇一家；伊万·彼得罗维奇的私生活与文学创作计划也受到破坏。

瓦尔科夫斯基公爵体现了一种权力无限又无往不胜的恶,他"毫无心肝"(杜勃罗留波夫语),是恬不知耻和贪婪成性的利己主义和个人主义的理论家与实践家。小说中的条条情节线索汇集到这个人物身上。他是"被侮辱与被损害的"人们种种不幸和痛苦的祸根。

瓦尔科夫斯基是作者笔下的一个新典型。这个思想家式的主人公,是同一类型的那些更为复杂、在艺术上也更为完美的主人公——"地下室的奇谈怪论者"、拉斯科尔尼科夫、斯维德里盖洛夫、斯塔夫罗金之流的先驱。不过,他尚不具备跟他最近似的斯维德里盖洛夫(《罪与罚》)和斯塔夫罗金(《群魔》)之流那种心理上和哲学上的复杂性,后二者心里毕竟还有善与恶的斗争。

瓦尔科夫斯基的形象,有些类似西欧各国文学中的某些形象。诸如法国的德·拉克洛、德·萨德、欧仁·苏、巴尔扎克,德国的席勒、霍夫曼等的作品中,均描绘了风度翩翩的无耻之徒、不道德行为的赞美者和鼓吹者,在德国施蒂纳的《唯一者及其所有物》一书的哲学中,也有类似形象。然而瓦尔科夫斯基的不道德行为,在当时的俄国现实中,在与陀思妥耶夫斯基同时代的资产阶级个人主义道德标准中,却有非常重要的根源。对于瓦尔科夫斯基来说,金钱是人们命运的主要动力和主宰。再说他还是渴望及时行乐的享乐主义者。他还认为"人生是一笔交易",金钱至上。他甚至说:"我没有理想,也不想有理想……在这个世界上,没有理想照样可以活得自由自在……"

与这个"贪婪成性的类型"不同，他的儿子阿廖沙则属于心地善良，但性格软弱、毫无主见的人。天真、纯朴和"幼稚"使他具有某种独特的魅力。他没有蓄意作恶，但他行为中那种无所用心的利己主义、轻浮和不负责任，在客观上助长了恶。

作者在描绘"被侮辱与被损害的"人们时，并未把他们内心理想化。这不仅仅是一些值得爱和同情的高尚、不幸而又受苦的人，同时在道德上具有病态和缺陷，这是因为人的尊严经常遭到损害，会毒害他们的心灵，使其变得凶恶起来。

陀思妥耶夫斯基从心理上和哲学上深刻全面地研究了居于小说中心地位的利己主义问题的社会方面和道德方面。利己主义的各种不同形态和表现形式，在他看来是社会性的恶，是使世界和人们关系变得"丑恶"的根源。利己主义甚至会拆散和隔绝彼此最亲近、最珍惜的人们（伊赫缅涅夫一家），妨碍他们富有同情，不能相互理解与和好。

瓦尔科夫斯基就是贪得无厌、厚颜无耻的利己主义的代表。阿廖沙和卡佳，代表天真的、率直的利己主义。娜塔莎对阿廖沙那种病态的、异常的、自我牺牲的爱，这种特有的利己主义使她对亲人的痛苦漠不关心。她（内莉亦是如此）的特点就是高傲而又冷酷地沉溺于受苦的利己主义之中不能自拔。受苦的利己主义也是伊赫缅涅夫老人所具有的，伊万·彼得罗维奇在一定程度上也是这样。

伊万·彼得罗维奇认为，爱情、宽恕、道德的刚毅和"被侮辱与被损害的"人们精神上的团结一致，是摆脱把人们拆散和隔绝的那种不正常的痛苦状态的一条出路。在小说结尾,伊赫缅涅夫老人动人心魄而又天真地表达了这种想法:"啊!就算我们是被侮辱的人,就算我们是被损害的人,但我们现在又在一起了,让那些傲慢的、不可一世的人,那些侮辱过、损害过我们的人,现在得意去吧!就让他们朝我们扔石头吧!……我们要手挽着手一起走……"

自然,作者明白,这种道德上的团结一致,并不能消除以瓦尔科夫斯基为代表的那种占了上风的社会性的恶。小说的结局,是主人公们的命运可悲地被一一葬送。作为人道主义作家,他正确地展示了他那个时代无法解决的种种冲突。

本书在很多方面均是作者创作中的一部过渡性作品。由于他初次创作这种"思想小说",所以它是艺术上还不够完美的第一部试作,其中孕育着作家成熟期的许多思想、形象和诗学的萌芽。

三

小说第一部发表后,车尔尼雪夫斯基便给予好评,他说,小说"第一部就引起了读者强烈的兴趣,他们急于了解三个主要人物的关系如何进一步发展:一个是故事就是以他的名义展开的那位青年;另一个是他热爱的姑娘,她本人也看重他的高尚人品,却钟情于另一个迷人的、没有主见的人。这个幸运的情人的个性构思得十分出色，如果作者能在他和钟情于他的姑娘的关系中，把握住真实的心理描写，那么他这部小说将会是我国近年来出现的最优秀的作品之一。我们认为，第一部讲的故事很真实：这是一个准备忍受心爱的人无比残忍的侮辱的女人身上的高傲和力量的结合……在现实生活中，这种奇特的结合在女人们身上是屡见不鲜的。娜塔莎一开始就预感到，她钟情的这个人配不上她，她打算抛弃他，——但她还是没有甩掉他，相反，她竟为他而抛弃了自己的家，以便留住他对自己的爱并和他同居。……"

阿·尼·普列谢耶夫对这部长篇的第一部分就表示欢迎，他说："这部新作肖似作者以前的作品……甚至还有他如此钟爱的那种离奇的色彩，那种仿佛来自他心爱的作家霍夫曼的色彩，在本书开头便出现了……我们认为，一个怪老头儿带着他的狗出场的新小说的第一章，写得极为精彩。"

这部小说问世后，各个不同流派批评家尽管对小说的思想和艺术成就的评价存在分歧，然而几乎一致承认这部新作妙趣横生、引人入胜。

《祖国之子》杂志发表了A.希特罗夫的文章，肯定小说在艺术上的种种突出优点。"作者是一位了不起的大师，他善于突出他推出的人物的性格，给其中的每一个都涂上特殊的色彩，但并不是分为若干次去涂，而是一下子就涂了上去。小说的主人公们都是活生生的人，每人都根据自己的信念说着符合自己观点的话。您看到您面前这位不幸的史密斯仍栩栩如生，使您觉得他现在还坐在米勒的店里用冷冰冰的目光茫然地瞧着那个性急的德国人……您看到的这位不幸的伊赫缅涅夫也是栩栩如生的,他向别人掩饰自己的感情,却在背地里哭自己的娜塔莎。"批评家指出,陀思妥耶夫斯基塑造的形象在艺术上是可信的。"总之,在这方面作者有许多出色的、精湛的篇章。一个场景就把整个一个人展现在您面前。同时我们也不会忘记,作者选中的那些典型人物并不是从肺部呼出来的。"批评家还指出,这部小说的主要优点,是人道主义思想,是作者深切同情一切"被侮辱与被损害的"人。

与此相反,《俄国言论》的批评家库列舍夫-别兹博罗德科着重指出这部新作在艺术上不够完善,小说的"艺术结构"有松散的一面,情节拖沓,凭空虚构,人物的行为举止不自然等等。例如,伊万·彼得罗维奇对抛弃了他的娜塔莎及其情人的态度似不足信;伊赫缅涅夫老人对辜负了他的信任的伊万·彼得罗维奇的态度也不够真实;娜塔莎对待父母冷酷无情的举止不合情理。他觉得娜塔莎和卡佳对阿廖沙的爱情是不可思议和难以解释的。他认为:"作者没有描绘出、没有刻画出,也没有解释清楚任何一个活生生的人物、任何一个真正的典型。"小说的名称"与其内容完全不符"。隐藏在"被侮辱与被损害的人们"这几个字中的可怕的悲剧何其多呀。而在书中,也许只有伊赫缅涅夫老人"被侮辱与被损害"了。至于其他主人公,"即使被损害,那也毫无例外地是为了自寻开心"。不过,他也同时指出,由于叙事手法高超,小说还是引人入胜的。作者拥有"难以模仿的讲故事技巧；他有自己独特的叙事方式，自己的一套完全独树一帜的并富于艺术性的造句法"。陀思妥耶夫斯基独特的文笔就其优点而言，并不逊于屠格涅夫、冈察洛夫、皮谢姆斯基。批评家把这部小说称为"杰出的童话小说"。

《现代人》1861年9月号发表的尼·亚·杜勃罗留波夫著名的论文《逆来顺受的人们》对这部小说做了最为详尽而又富有思想的分析。

杜勃罗留波夫把这部小说列为"本年度出类拔萃的文学现象"，并满怀同情地提到作者忠实于19世纪40年代的"人道主义"倾向。他还认为，小说中"有很多生动的、精雕细琢的细节，小说的主人公尽管追求令人伤感的悲欢离合，但有些地方还是写得不错，小内莉的性格刻画得极好，伊赫缅涅夫老人的个性也勾画得十分生动自然。凡此种种，使小说理所当然地受到读者的关注"。但就小说整体而言，他并不感到满意。他断言，小说并未"达到美学要求"，例如"人物形象的苍白与模糊"，"加工润色每个人物方面的力不从心"，甚至都没有告诉他"该如何恰当地表达内心感受"，"凡此种种，说明作者积累的生活体验不够丰富多彩，以及他对人物的塑造在艺术上不够丰满和完整"。

他认为那个主要人物的形象，就是小说艺术上的败笔之一，他在"所有被侮辱与被损害的人们当中……被侮辱与被损害得最为惨重"。"小说的情节持续了一个月左右，那位伊万·彼得罗维奇一直在东奔西跑……然而也仅此而已；至于他心里究竟想些什么，我们却不得而知，虽说我们也看出了他并不好受。

总之，我们面对的并不是一个深陷情网、爱得不惜牺牲个人一切的人……我们面对的是这样一位作者，他不擅长运用特定的叙述形式，未考虑到这种形式加诸他一些什么责任。因此叙事的口吻绝对是虚假而又不自然的；实际上本应是当事人的叙述者本人，在我们看来却类似古代悲剧中主人公的挚友那种角色。"小说中的其他人物也遭到批评。"娜塔莎的三段论真实得惊人，似乎她在讲习班里学过它似的，"杜勃罗留波夫挖苦道，"她的心理洞察力令人吃惊，语言结构堪与任何一位演说家，甚至古代演说家媲美。不过您得承认，十分明显的是，娜塔莎岂不是在说陀思妥耶夫斯基先生说的话？而且大多数人物也都用这种口吻说话。"批评家感到纳闷，"像阿廖沙这样一个臭虫，怎能赢得这种姑娘的爱慕"。作者没有解释清楚这一点。"女主人公未向我们敞开心扉，而作者也显然不比我们更了解她心中的秘密。"

批评家认为，作者也未能"探察一下"瓦尔科夫斯基的"心境"。"是什么使公爵成为他现在这样的一个人，这种情况又是怎样发生的呢？使他真正感兴趣和激动的是什么呢？他怕什么，最后，他又相信什么？如果他什么也不信……那么这一有趣的过程又是借助何物并以何种方式进行的呢？"杜勃罗留波夫的评论，总的说来证明他首先是从果戈理和19世纪40年代至50年代的"自然派"的美学观点出发来评价陀思妥耶夫斯基的小说的，"自然派"要求主人公们的性格和行为都必须有社会原因为依据。因此批评家未能充分肯定正在开辟一条通往思想小说之路的陀思妥耶夫斯基在艺术上的创新。杜勃罗留波夫论文的题目，跟他对小说思想内容的解释有直接联系。批评家认为陀思妥耶夫斯基笔下那些"被侮辱与被损害的"主人公，都是"逆来顺受的人"，并把他们的"逆来顺受"评定为"放弃自己的意志，放弃自己的人格"。

不过，他又指出，"逆来顺受的人们"并不是"死魂灵"："这些人是活生生的，他们身上毕竟还隐隐地闪现激情的火花……"尽管表面上他们安于自己的境遇，但"他们感受到这种境遇的痛苦"，"渴求一条出路"。他最后说：这儿已经出现他们脱离苦海的出路，当然这要求助于较少受到这种摧残人并使人苦恼的境遇重压的那些人，而这些人应深入理解事情的状况，知道逆来顺受的人的大部分依然牢固而深刻地保留着一颗活生生的心灵，保留着对自己拥有享受生活与幸福这一做人的权利的觉悟（这种觉悟是永恒的，是不会被任何苦难磨灭的）。

《俄国语言》1861年11月号发表了叶·图尔的评论文章。她也特别强调陀思妥耶夫斯基这部小说的人道主义倾向，说这种倾向从整体上而言是他的创作所固有的而且从未改变。"依然是那种温暖的感情，依然是那种爱，依然是对不幸的人们的那种柔情！那颗心该有多么伟大和宽广，是它促使作者写下那些充满能缓解痛苦的感情、充满无比清新的气息和最动人心魄的多愁善感的篇章。"但她又认为，正是这些品质使陀思妥耶夫斯基的作品也出现了一些缺陷，其中除了细腻的心理刻画和对生活的深刻洞察力外，也往往可以看到对生活的一些天真幼稚的认识。她肯定瓦尔科夫斯基公爵是小说中"最突出、最完整、最忠实于生活与现实的典型人物",此人"集腐化堕落于一身,是一个特殊的社会阶层的产物"。还有阿廖沙这个人物本身被描绘得非常生动而又真实……只有我们俄国的土壤才能在特定的社会阶层中培育出这种毫无主见的人物……他不凶恶,不聪明,不卑鄙,不贪财,然而他作的恶却比恶人还甚,他干的卑鄙勾当比臭名远扬的恶棍更坏……

不过叶·图尔认为,总的说来,这部小说"在艺术上经不起任何最轻的批评",其中充满了种种缺点和不妥之处,"内容和开端也充满难以理解的败笔"。尽管如此,它读起来却使人兴趣盎然。"许多篇章出自对人心惊人的理解,另一些篇章则出自能从读者心灵中激起更为强烈的感情的真情实感。"然而,小说的主人公们:自私自利、忘恩负义的女儿,铁石心肠的父亲,"矫揉造作的恶棍"瓦尔科夫斯基公爵,"小傻瓜"阿廖沙,优柔寡断、意志薄弱的万尼亚(酿成全部灾难的罪魁)——所有这些人物在批评家的心目中都是一些在生活中难得一见的"虚幻的人物"。在她看来,这部小说属于那种轻松题材,"他难于跟在法国文学中不胜枚举的那些十分著名的轻松读物的巨匠相匹敌……作者只不过用他彼得堡的地方色彩润饰了一番……"

阿·亚·格里戈里耶夫在其《我国文学中的现实主义和理想主义》一文中认为,《化身》的"天赋很高的作者",在这部长篇中力图克服"感伤的自然主义"(格里戈里耶夫一直称陀思妥耶夫斯基的创作为"感伤的自然主义"的作品,含有贬义)病态而又不自然的倾向,并说出新的、"明智而又非常吸引人的话来"。但此后在致尼·尼·斯特拉霍夫的信中则持批评态度。他说:"陀思妥耶夫斯基的小说岂不是惊人的感情力量和幼稚的荒唐行为的大杂烩?在餐厅里跟公爵(公爵简直是一本小书!)的那场谈话实在很不像样,矫揉造作。这真是童年,简直就是儿童作品,公爵小姐卡佳和阿廖沙!娜塔莎那么热衷于发表长篇大论,而内莉这孩子城府又有多深!总之,一切空想的和异常的东西简直威力无穷,而对生活则一窍不通!"这些出于陀思妥耶夫斯基的最亲切的批评家之口的评论,几乎集中了当时各个不同流派的评论界对这部长篇的所有指责。

此外,格里戈里耶夫在致尼·尼·斯特拉霍夫的一封信中,特别谈到《时代》编辑部"不该把费·陀思妥耶夫斯基的高度天赋当作驿马驱使,而应加以精心照顾和爱护,并使其不再从事写讽刺小品的活动"。

陀思妥耶夫斯基稍后以下述方式回答了阿·格里戈里耶夫的评论:"格里戈里耶夫在这封信中显然说的是我的长篇小说《被侮辱与被损害的》……既然我写了一部讽刺小品式的长篇小说(对此我完全承认),那么这过错在我,而且仅仅是我。我一辈子都这么写作,除了长篇小说《穷人》和《死屋》的若干章节以外,我所发表的一切都是这样写成的……我完全承认,在我这部长篇小说中展示了许多玩偶,而不是人,其中有一些畅销书中的角色,而不是具有艺术形式的人物(为此的确需要时间,需要从头脑和心灵中拿出思想)。我写作的时候自然充满了工作的热情,但我并未意识到,而只不过是预感到了这一点。但我当时开始写作的时候却确切地知道:1)即使小说并不成功,但其中会有诗意;2)会有两三处是热烈而有力的;3)会有两个最重要的人物被描绘得完全真实,甚至富于艺术性……结果作品有些离奇,但其中约有五十页仍使我引以为自豪,不过这部作品多少引起了读者的注意。"

1864年,陀思妥耶夫斯基在一定程度上倾向于同意阿·格里戈里耶夫和这样一些批评家的意见,他们指责他在《被侮辱与被损害的》长篇小说中没有彻底摆脱19世纪40—60年代以光明与黑暗、善与恶的鲜明对照为特点的民主主义讽刺小品式小说的传统模式。不过与此同时,作家也清晰地认识到自己的创新,他高度评价《被侮辱与被损害的》长篇小说中若干形象的艺术力量和心理深度。

小说于1881年出版瑞典译本。此后,1884年、1885年、1886年先后出版法国、德国、英国等译本。

译后记

经典永流传。我知道陀氏《被侮辱与被损害的》（以下简称《被》）中译本很多。到底有多少？我好奇，便求助于北京大学图书馆我的朋友。不几日，她发我一电子版文件：《被》中译本荟萃（1931-2021）。洋洋洒洒，共11页，才1.86MB，让我惊喜万分，感激不尽。我发现她做得特别专业，有四大特点：

一、资料翔实。不仅检索了北京大学图书馆、国家图书馆等多个图书馆的馆藏目录，CALIS（中国高等教育文献保障系统）联合目录，还参考了豆瓣读书、孔夫子旧书网等网络图书信息平台。二、规格统一。整理出的文档，右侧为图书彩色封面，形象、醒目，难能可贵。左侧为题名、译者、出版社、出版日期、出版书号、页数、装帧、丛书及价格，共九项，一应俱全。三、编排有序。按出版年月降序排列，一目了然。四、结论惊人。

在1931-2021长达90年间,《被》一共出了56个中译版本。由此出发,笔者开启了网上搜索之旅。

一、关于《被侮辱与被损害的》中译版本

《Униженные и оскорбленные》最初发表于俄国《时代》杂志1861年第1—7期上。年底结集出版单行本,在彼得堡发行。在国外,该书被翻译成多种语言,如1881年瑞典版译本,1884年法国版译本,1885年德国版译本,1886年英国版译本等。在我国,《被》一书被多位译者翻译成多个中译本。

李霁野译本

在我国,第一个译本书名为《被侮辱与损害的》,译者为当时未名社成员李霁野,据康斯坦斯·加涅特的英译本《The insulted and the injured》转译。

该书由上海商务印书馆,以王云五主编的《万有文库·汉译世界名著》丛书形式,于1931年以繁体字、竖排本、平装八册陆续发行。

三年后,该书以平装两册再次发行。目前《被》的这两个民国版本,已成图书珍品,只能在一些旧书销售网站才能一见残本与封面真容。

《被》一经问世,很受读者欢迎。一书难求之下,有读者

致函译者，请求借阅。李先生极其谦虚，表示"我也只存下册，即使两册俱全，我也不借。我也会奉劝他们不要再读汉译本了。"

在首译本断版半个世纪之后，才由上海译文出版社再版，收入《陀氏作品集》。

其译后记文字不多，信息量极大。

- 译事缘起："在译书之前，读了韦素园编译的《孤女涅丽的故事》，很受感动。本想两人合译，可惜他一病不起，我译完后，他也无法用俄文校阅了。"
- 再版缘起：1979年，时任上海译文社总编辑的包文棣同志亲自登门，提出"一种名著，无妨有几个不同的译本。"并建议修改重印，也可用俄文校订一次。
- 1980年开始校订，1984年出版，30万字用时三年。字斟句酌，成就精品。
- 李先生极其谦虚："若是新译本较为可看，那主要归功于校阅的人。"
- 《被》第三版经李方仲[1]根据俄文本1972年《陀氏全集》校阅并加注。

此后，上译社以《世界文学名著·普及本(全译本)》丛书形式，

---

[1] 李方仲，李先生之子，1964年毕业于北京外国语学院俄语系，曾任我国驻苏联、俄罗斯使馆参赞。

于1996年12月两次再版单行本《被》。

2004年5月1日，为纪念李先生诞辰一百周年，百花文艺出版社出版了《李霁野文集》（九卷本），第五卷收入《被》。

最可喜的是，2019年，由北京生活·读书·新知三联书店作为《俄苏名著名译丛书》，收入出版了李霁野翻译的《被侮辱与被损害的》。细心的读者不难发现，改了书名，多了一个"被"字。

从1931年的首译本，到2019年的最新版本，李译本共7个版本。见证历史不会忘记，李译《被》在几代读者中产生了广泛而强烈的影响。

邵荃麟译本

邵荃麟译本《被侮辱与被损害的》（据加涅特的英译本转译），首译本由桂林文光书店于1944年，以繁体字、竖排本、平装2册，出版发行。

此后，该译本于1947，1948，1950，1953年由上海文光书店再版。

1956年，由人民文学出版社硬面精装出版，据英译本重译。

1981年，由浙江出版社平装出版。该译本的第8个版本被收入《邵荃麟文集》（八卷）（武汉出版社，2013-10）。

感谢我的朋友，她为我扫描了北大图书馆内珍藏的邵译《被》民国二版的版权页和译后记，让我一见民国版本的真容，从中了解到邵先生：

- 作为读者的感动:"我在病中读陀氏之书,极不相宜……那种逼人的力量简直使我激动得连夜失眠。那时我就想把它翻出来。"
- 作为译者的感受和激动:"有时完全沉浸在小说的世界中间,为它战栗,为它流泪。而当感情极度沸腾的时候,往往被迫得只好搁笔。"
- 译者对原著的精准评价:"在这里作者愤怒地喊出了对于被侮辱与被损害的人们生活和幸福的神圣权利,和对于侮辱与损害别人的人们作出最憎恨的诅咒。他那种从社会底层发出的愤怒和热情的声音是使世界震撼了。在19世纪40年代的人道主义运动中,陀的声音无疑是最杰出的。这是由于他自己也来自社会的底层。"

像邵先生那样动了真情的《译后记》是难得一见、弥足珍贵的。

20世纪80年代起,我国的人民文学、南京译林、上海译文三大文学出版社相继推出了各自的《被》俄文译本。

冯南江译本

冯南江译本《被欺凌与被侮辱的》,于1980年9月由人民文学出版社,以《陀氏选集》丛书形式及单行本,同时推出两个版本。丛书附注:据莫斯科国家文艺书籍出版社1946年版《陀氏文集》译出。

2003年，以名著名译插图本形式再版。

2021年11月11日，人民文学出版社为纪念陀氏诞辰200周年，出版十卷本《陀氏文集》，第一卷便是冯南江译本《被欺凌与被侮辱的》。

冯译本共计四个版本。

冯南江（1931.2—2022.2）上海人，1957年毕业于北京大学俄语系，人民文学出版社编审，资深翻译家。

冯先生没有翻译论著，从他的《被》书名可知，他是直译派。忠实于原文，包括词序。

"翻译工作者的任务，除了介绍外国作品的思想、主题、情节、人物之外，还应把外国的语汇、表达方法等引进我国，以丰富汉语。"（翻译来信）

"直译能保留原文的语言特色。意译则往往过于突出了译者本人的文风，抹煞（有时是损害、歪曲）了原作者的风格。"（同上）

他曾举俄罗斯迦尔洵《画家》中的实例："我感到如释重负。"（意译）"我感到肩头仿佛卸去了一座大山。"（直译）又如圣经中有一句："比骆驼穿针眼还难。"（直译），"难于上青天。"（意译）。

他认为意译可以。但直译更形象，更生动，更契合原文的形式与内容。

臧仲伦译本

臧仲伦译本《被侮辱与被损害的人》，1995年由南京译林出版社,以《译林世界名著·古典系列》丛书形式,出版典藏本、精装本、平装本和单行本四个版本。此后,该书于 1998,1999,2002,2010,2021 年再版,共计 11 版,且多次印刷。

臧仲伦(1931—2014),江苏武进人,1957 年毕业于北京大学俄语系研究生班。北大教授,资深翻译家,著有《中国翻译史话》(1991),专攻陀氏小说翻译,与巴金先生合译赫尔岑的《往事与随想》。

网评:"与原文对比,感觉先生的翻译忠于陀翁的原著,又体现了深厚的中文功底。""臧教授的文学译作既准确地把握了原著的内在精神、风格特点,又体现了汉语的深邃博大,具有很高的审美价值。"

娄自良译本

《被伤害与侮辱的人们》首译本于 2004 年由上海译文出版社以《陀氏文集》精装本、平装本同时出版。此后,2012,2015,2020 年再版,共计 5 个版本。

娄自良,1932 年生于上海,1950 年入读哈尔滨外国语学院俄语系,曾任职于上海译文出版社,资深翻译家。

关于翻译,娄先生自述:"翻译是我一生可以与他人竞争的事业。""我不怕病,不怕死,我只怕我留下的译文被人唾弃。""当我翻译的时候,我的心里只有读者。"

网评:"译者自己也曾是一个'被伤害与侮辱的人',而且他具有一般文学者少见的哲学素养。""译文流畅,翻译准确,忠实传神。"

其他 11 个全译本

除上述五位译者的全译本之外,还有 11 个全译本。它们是:

- 斯元哲译本《被侮辱者与被损害者》(台北出版事业有限公司,1994)
- 孙虹,陈晓敏译本(伊犁人民出版社,2000)
- 宿春礼译本(长春时代文艺出版社,2002)
- 郑奇,李松译本(中国致公出版社,2003,2005)
- 徐玉梅译本(长江文艺出版社,2009)
- 艾腾译本(河北教育出版社,2010)
- 王英丽译本(北方文艺出版社,2012)
- 徐春和译本(安徽师范大学出版社,2013;花城出版社,2015)
- 李霞,赵春梅译本(上海三联书店,2015;江西教育出版社,2016)
- 章莉译本(外语教学与研究出版社,2015)
- 康超,刘徽译本(百花洲文艺出版社,2015)

6个节译本

- 姚易非改写，257页，文化生活出版社，1951
- 梦武，宁远改写，178页，浙江少年儿童出版社，1988
- 如云缩写，176页，海峡文艺出版社，1993
- 王弘缩编，117页，中国少年儿童出版社，2000
- 生昌义译，258页，光明日报出版社，2000
- 康超译，234页，陕西师范大学出版社，2011

节译本的主要阅读对象，为中小学生和一般读者。读者之多，影响之广，不容小觑。

二、浅析《被》的传世魅力

90多年以来，"被"在中国一共出了56个版本，包括16个全译本，6个节译本。这组惊人数字，应该是外国义学出版史上的一个奇迹。它说明：《被》广受我国读者欢迎，经典永流传。

《被侮辱与被损害的》(1861)，是陀氏经历了为期十年的西伯利亚人间炼狱、返回彼得堡后发表的第一部社会小说，也是他第一部批判资产阶级的长篇小说。重获自由的作者，当时"完全处于一种狂热状态"，因为"我知道，我的整个文学前程将取决于它的成功。"（1860.5.3致友人信）

精彩开篇,设下悬念

作家用精准的文字刻画老人的形象：身材高大,弓腰驼背,面无表情,行动呆滞。一对青眼眶里的眼睛总是直愣愣地望着前方。老人总是带着他的狗。主人和狗同样皮包骨头。

神秘的来客每天下午总要到米勒的店里,找个靠炉子的座位,坐上三四个钟头。他那呆滞目光总是直视前方。接下来是一幕哑剧：老人与里加客商的目光对峙战。败下阵来的舒尔茨先生忍无可忍,拍案而起,大声呵斥。

老人受到惊吓,起身要走。发现狗已经死去,老人跪下,抱起狗头,贴脸告别他忠实的伴侣和朋友。这一幕感动了所有在场的人。生性善良的店主立即过来安慰老人。德国侨民说俄语,纷纷表达善意,哑剧瞬间变成喜剧,谐趣丛生……

老人离去,万尼亚追了出去。发现老人坐在街头,奄奄一息,万尼亚搂住他,老人遗言："瓦西里岛……六……街",设下悬疑。

万尼亚找到了他的住所。他家徒四壁,穷得没有找到一分钱……

开篇这章,应该属于作家自认为"至少有50页令我自豪"的文字。它激起了读者对一个孤苦老人深深的同情以及对他身世之谜的强烈好奇。

两条线索，精心布局；情节起伏跌宕，引人入胜

《穷人》20万字，是单线结构。《被》30万字，是一明一暗的双线结构。明线是伊赫缅涅夫一家与公爵的交集。二人初交、反目为仇、公爵诬告、老人败诉，以及娜塔莎和几个年轻人的感情纠葛，小说都有真实细致的描述。高潮是娜塔莎离家出走。结局是受尽侮辱的娜塔莎悟出"既然爱他，就应当为他作出牺牲"而回归家庭。

暗线是史密斯、内莉的身世之谜。事件最早发生在国外，时间跨度至少十二三年。史密斯父女去世，内莉的身世之迷，变得扑朔迷离。公爵请了私人密探，查找当事人下落。私人密探却是万尼亚的中学老同学。他为人仗义，先是救内莉于卖淫窟，他要为万尼亚解忧，为内莉伸张正义。暗线几乎全部由内莉时断时续的回忆碎片拼接而成。

看似两条不同的线索，却有着惊人的相似之处：1. 两段婚恋都违背父意，带有叛逆性；2. 两段婚姻都以悲剧收场；3. 始作俑者是同一个人——公爵。

悲剧与悲剧的叠加，注定了《被》悲剧小说的定位。两记重拳击向公爵，宣示作家精心布局的力度与高超的写作才能。

三个形象，准确，生动，典型

内莉形象：小小年纪，她才十二三岁。作者用精细的文字写她的先天性心脏病，癫痫病的病容和病态，写她的性格喜怒无常、倔强以及她的行为乖张，写她行为背后的心理活动。这是一个贫病重压下被扭曲的小生命。但是内莉生前宁愿乞讨，宁受凌辱，始终保持心灵的纯洁，显示她宁死不与恶妥协的高贵精神。

内莉的形象塑造得极好，真实、丰满。有俄国读者赞誉她是世界文学史上小天使的形象。无数读者为她的悲惨命运惋惜、痛心、落泪。通过内莉这一形象，作者得以拓展彼得堡底层的贫民窟、妓院、赌场以及那些受苦受难的穷人们的挣扎。

公爵形象：二部二章，公爵出场。一页纸，作者高度概括，为他作了细致入微的描写。年龄四十五六岁。身材高大，体态优美，衣着十分考究、精致、时尚。一张椭圆形的脸上五官端正，凡此种种，构成了一个带有贵族血统美男子形象。

公爵能说会道，风度翩翩。他的人生信条：金钱至上。他诡计多端，不择手段，尤其擅长利用女人来敛财致富。他是导致史密斯全家死灭，导致他的原管家伊赫缅涅夫老人受尽侮辱、彻底破产的罪魁祸首。在艺术表现上，人物外表的美与内心的污浊，形成强烈的对比。他是十九世纪俄国新兴资产阶级的典型代表人物。

通过公爵形象，作家拓展了俄国上层社会生活的描写，如伯爵夫人的奢华和无聊，如"外交家"对时局的政见，等等。

万尼亚形象：他是本书以第一人称出现的叙事者，他的形象带有作家部分自传性质。他贫穷，须靠预支稿费以维持生计，他像驿马一样疲于奔命的生活状态，他与出版商的交集，都是作家现实生活的写照。

他的身世、境遇是虚构的。他对娜塔莎一家，对老人与内莉的同情与救助出于本性。他的仁慈与真诚，显示他心灵的高尚。

他爱憎分明。他的形象本身，诠释了本书的主旨：对被侮辱者被损害者的同情与爱护，对新兴资产者的憎恶与鞭挞。

悬疑的设置，精巧的布局，生动的人物形象，鲜明的主题思想，笔者认为也许这就是《被》引人入胜的传世秘藉。

作家艺术特色

《被》首发于1861年，一年内成书，是年作家才四十岁。年纪轻轻，成就传世名作，令后人由衷敬佩。作家曾说"艺术的本质是灵感的自由。""伟大的作品应该在一百年后依然被人阅读。"经典名著是人类思想智慧和审美感受的结晶。其实从《被》的《题解》中可知，该书出版后的各种评价，当时并不十分看好，可以说是毁誉参半。谁曾想，《被》出版近160年之后，在异国他乡，在中华大地上，《被》作为世界文学的经典而长盛不衰。仅此一点，可以告慰陀翁在天之灵。

"陀在国际上的声誉，几乎与托尔斯泰并驾齐驱。但他的影响是复杂的。他的反对资产阶级的激情，他的揭露的倾向，他的深入描写人的心理的现实主义艺术，对许多进步在家起了良好的作用。另一方面他的消极思想，他创作中的非理性的、直接主义的成分，他的醉心于病态心理的描写，使他被现代派作家奉为鼻祖。"[1]

"作为具有深厚的人道主义思想的作家，他一生执着地关注着人类的命运，热烈地捍卫着人的尊严，肯定人的价值和追求社会的和谐，这是一个具有极强的艺术创新意识的杰出的艺术家。他对人性深度的开掘和独到的小说艺术是对世界文学的重大贡献。"[2]

三、关于翻译

关于名著重译

16种全译本，质量如何？孰优孰劣？哪个是最佳版本？留待读者发声、专家评说。在此，笔者向《被》全体译者致敬：他们为自己心仪的原著付出了辛劳，创下了出版奇迹，至少让

---

[1] 《中国大百科全书·外国文学2》第1022页，词条作者：夏仲翼。
[2] 陈燊主编《费-陀氏全集-22卷／陈燊总序》，河北教育出版社，2010年。

读者多了一种选择。

重译中，出现的最大问题是雷同与抄袭的界定。笔者认为，由于是同一原作，由于译者追求忠于原文的主旨是同一的，对原文中那些直白浅显的表述部分，会导致译文惊人的一致，雷同。（例，"从她的眼中，我还读到 ⋯⋯"）。

笔者认为这算不得抄袭，因为无需抄袭。当然，对原文中的长难句，或空灵，或意蕴深长部分，由于不同的译者所持的翻译理念不同，双语能力、文字素养不同，译者会有各自不同的领悟与表述。聪明的译者会借鉴，避雷同。无奈的译者可能会借用，借用多了，便成了抄袭。

在笔者看来，译本大同小异、各有千秋，应该是多种译本的常态。

关于译文质量

读者是宽容的，网上读者留言："既然出版，质量差不到哪里去。""译文再差，也难掩原作思想艺术的光芒。"

译文中常见的问题包括：因误读导致的误译；因粗心导致的疏漏；因笔力不足导致平淡，逊色；因过度修饰导致失真；强调翻译是再创作，导致译者文风张扬；因文风不正，导致粗制滥造，剽窃抄袭等等。

决定译文质量高低的是译者使用语言的能力。一位有经验的译者可能说不出多少翻译理论和技巧，他靠的是自己在语言方面的造诣。比如我国著名翻译家傅雷先生就曾指出"翻译工作要做得好必须一改再改三改四改。""文字工作总难一劳永逸，完美无疵。"

关于直译与意译

直译：按原文的形式、结构进行翻译，当原文与母语有共同的表达方式时，直译是最快捷、有效的方法。

意译：不拘泥原文的形式结构，按译文的习惯，表达原文的意义。当直译无法传达原意时，意译是解决问题的有效方法。

直译不等于硬译、死译。否者便佶屈聱牙。意译不等于无底线的再创作，要基于原作的主旨与风格。

小结：直译与意译同为两种基本的翻译方法。

关于翻译的本质

从语言学的角度看，是两种语言的替换／转换／复制／跨文化的交际。

从语义学的角度看，翻译是"是最大限度地重视原文的意义。"

从文学角度看，文学翻译任务是传达原作的思想、风格、艺术美。即功能等值论。翻译要忠于原文，包括原文的内容、风格、句式、词汇、音调节律、语层等等。

名家译论

严复:"译事三难:信、达、雅。"

鲁迅:"凡是翻译,必须兼顾着两面,一当然力求其易解,二则保存着原作的丰姿。"

傅雷:"重神似,不重形似;译文必须为纯粹之中文。"

钱钟书:化境。化即归化,将外文用自然而流畅的本国文字表达出来。

许渊冲:译诗三美:意美、音美、形美。

郭沫若:"好的翻译等于创作。"

曹靖华:"文学翻译在某种程度上是文艺再创造。中外文并举,认真修炼中俄两种文学。"

行文最后,笔者要深深感谢理想国李恒嘉老师,是她毫不犹豫接纳了我的这个译本[1],从而圆了我暮年唯一的梦想。

译者 冯加

2022 年 7 月

于北大畅春园

---

[1] 目前这个版本,实际上是 2010 年"艾腾译本"的修订本。

Униженные и оскорбленные
Фёдор Михайлович Достоевски
Simplified Chinese character translation copyright © 2024 by Beijing Imaginist Time Culture Co., Ltd.
All rights reserved

图书在版编目（CIP）数据

被侮辱与被损害的 /（俄罗斯）费奥多尔·米哈伊洛维奇·陀思妥耶夫斯基著；冯加译. -- 昆明：云南人民出版社，2024.2
ISBN 978-7-222-22265-6

Ⅰ.①被… Ⅱ.①费… ②冯… Ⅲ.①长篇小说－俄罗斯－近代 Ⅳ.①I512.44

中国国家版本馆CIP数据核字(2023)第225429号

责任编辑：金学丽
特邀编辑：李恒嘉
装帧设计：高　熹
内文制作：马志方
责任校对：柳云龙
责任印制：窦雪松

被侮辱与被损害的

[俄罗斯] 费奥多尔·米哈伊洛维奇·陀思妥耶夫斯基 著　冯加 译

出　版	云南人民出版社
发　行	云南人民出版社
社　址	昆明市环城西路609号
邮　编	650034
网　址	www.ynpph.com.cn
E-mail	ynrms@sina.com
开　本	850mm × 1168mm 1/32
印　张	17.25
字　数	337千
版　次	2024年2月第1版第1次印刷
印　刷	山东韵杰文化科技有限公司
书　号	ISBN 978-7-222-22265-6
定　价	88.00元